KB076960

예그리나

또 다른 이야기

글 지바겐

MM NOVEL

표지 RD **편집** 전미혜 **마케팅** 김정훈 **주간** 정다움

목차

미르내 미르바토 닻별에 일랑일랑 바노니
하늘에 켜켜이 쌓인 마음 별찌 타고 오비노나
푸살거리는 하야로비 나래가 다흰 가슴 적셔 가론
그린비 흐노니 흐노니 헤윰 깊어 잠 못 이루네

나린 님을 꿈 가온에 안아들어 속살거리길
어여쁜 나의 임 예그리나 흐노느라
하제도 아사도 새하마노 찾노라 겨르로이 못 잊고
은애한다 은애한다 비나리는 나의 임 예그리나

곡두기행 외전 :: 예그리나

청사의 손바닥에 마른 햇살이 잡혔다. 볕이 닿은 손끝에 부유하는 먼지들이 내려앉았으나, 오래가진 못했다. 움찔거리던 손끝이 갈고리처럼 구부러졌다. 포근함을 손에 쥐려는 것처럼 가벼운 주먹을 쥔 청사가 천천히 눈을 떴다. 뿌연 것이 먼지 때문인지, 졸음의 막이 한 꺼풀 눈동자를 덮고 있어서인지는 모르겠다. 청사는 나른함을 이불 삼아 몸을 뒤척거리다가 옆으로 손을 뻗었다. 청사가 눈을 번쩍 뜨고 상체를 일으켰다.

구겨져 있던 이불이 허리 밑으로 떨어지는 바람에 전라의 몸이 드러났다. 오랜 시간 수련을 게을리 하지 않은 몸에는 탄탄하고 잘게 조각난 근육들이 유려하게 자리를 잡고 있었다. 뭇 여인들의 마음을 설레게 하는 아름다운 몸이었지만 그 몸의 주인은 자신의 외형을 감상하거나 뽐낼 여유가 없는 몸짓으로 급히 자리에서 일어났다.

"고도?"

아침이라 잠긴 목소리가 성대를 긁었다. 마른기침을 뱉은 후에 다시 한 번 "고도" 하고 불렀다. 대답은 없었다. 청사는 구겨진 이불자락을 들추고 빈 방을 둘러보았다. 어디에서도 인기척은 느껴지지 않았다.

바닥에 떨어진 두루마기를 집어 든 청사가 소맷부리에 팔을 끼웠다. 앞 춤을 추스르지도 않고 장지문을 열었다. 열린 문 너머에서 송곳처럼 날카로운 공기가 몰아쳤다. 사방이 하얀 설원이었다. 동물의 발자국조차 용납하지 않는 백색 눈밭 위로 방 안에서 보았던 햇살보다 시린 빛이 보석처럼 반짝였다. 청사는 눈밭과 동색으로 부서지는 입김을 토했다. 숨을 고르는 청사가 불안한 시선으로 눈이 쌓인 마당을 둘러보았다.

마당에 발자국이 남아 있었다. 보폭이 일정한 모습으로 정갈하게 이어졌다. 발자국이 끊어진 끝엔, 그럭저럭 눈과 비를 피할 수 있는 정자가 보였다. 움막에 가까운 초라한 조형물이었다. 성신 싶으로 만든 지붕 위에서 녹은 눈덩이가 툭하고 떨어졌다. 눈은 사내의 어깨에 닿아 흘러내리면서 검은 두루마기를 적셨다. 앉아 있는 여인이 손을 뻗어 어깨의 눈을 털어 주었다. 여인은 까르륵, 높은 소리로 웃었다. 그 소리에 피식, 가벼운 소리를 내며 사내 또한 따라 웃었다. 입술 사이로 하얀 입김이 새 나왔다. 풍광처럼 녹아 있는 모습이 작은 소란에도 수증기처럼 날아가 버릴 듯 세밀하고 고요한 반응이었다. 사내의 앞에서 꼬리를 흔드는 여인의 활기참과는 대조되었다.

"요 봐라, 고도야. 아무래도 새로 하나 만드는 게 낫지 싶은데."

반듯하게 허리를 편 그는 저를 부르는 여우의 말에 고개만 모로 꼬았다. '고도'라고 불린 이는 제 손을 만지작거리는 여우와 마주 앉아 있었다. 눈밭만큼이나 하얀 머리를 다소곳하게 묶은 미호가 고도의 왼손을 주물렀다. 손목부터 그 아래가 잘려 나간 손이다. 뭉툭해져 버린 손목 끝엔 나무 의수가 덜렁거리며 붙어 있었다. 손가락의 형상까지 본따 만든 의수지만 만든 이의 솜씨가 좋지 않아 정교함이나 섬세함은 찾아볼 수가 없었다. 구색만 갖춘 손을 영 불만족스럽게 본 미호는 입술을 삐쭉였다.

"때가 타서 더러워. 물과 눈에 젖어서 퉁퉁 부었다가 쪼그라들어 갈라진 흔적도 많아. 이런 흉측한 건 손에 달고 있느니만 못하다고."

열 살 내외의 어린아이 형상이었을 때의 미호는 새침데기 애기씨다운 구석이라도 있었지, 성체가 되어 미간을 좁히니 그 모습에서 도색과 미색이 흘러내렸다. 세간 남자들 모두가 현혹될 미모였다. 눈앞에서 붉고 작은 입술을 오물거리는 것은 물론, 고혹적인 눈을 굴리며 말하는데 어느 사내가 연정을 품지 않을까. 그토록 매력적인 아씨를 지척에 두고도 고도는 목석처럼 꿈쩍도 하지 않았다. 매정할 만큼 덤덤한 몸짓이었다. 여인에게 반응하지 않는 사내란 것을 자타가 익히 알고 있거늘, 청사는 더는 지켜보지 못했다. 문에 기대었던 몸을 일으켰다. 마당으로 맨발을 뻗었다. 허공을 밟는 사뿐한 발걸음을 두 남녀는 눈치채지 못하고 말을 이었다.

"흐응, 우리 지진아가 고향에서 쓸데없는 걸 배워왔네."

"쓸데없는 거라니?"

"배려심이라고들 하지. 네게 가장 어울리지 않는 단어다."

"뭐얏! 신경 써줘도 그 얄미운 말투는 변함없네!"

"생물은 자고로 타고난 천성대로 살아야 하는 법. 너는 그냥 떼쓰고 울고 징징거리며 매달리는 게 제일 잘 어울린다."

"욕이지!"

"칭찬이지."

"누가 그런 말을 칭찬으로 들어!"

"남 생각 하지 말고 네 멋대로 해도 된다고 말해주는 건데 삐치기는."

"……고도는 날 놀리기만 해. 미워."

"어허, 말과 행동이 다르지 않느냐. 그깟 칭찬에 꼬리를 흔들고 있어. 거짓말이 능숙하지 못한 놈이로세."

"아이씨, 진짜!"

미호는 손에 쥐고 주물럭거리던 의수를 세게 잡아당기고 말았다. 흥분하여 힘을 조절하지 못했다. 뒤늦게 깜짝 놀라 손을 뗐지만 이미 늦었다. 무두질을 통해 부드럽게 만든 사슴 가죽 끈은 미호의 힘을 견뎌내지 못한 채, 의수를 연결해 놓은 부위가 끊어졌다. 마당으로 나동그라진 의수를 보고 미호의 얼굴이 창백하게 굳었다.

"어, 어떡해, 미안해, 진짜 미안해, 고도."

미호가 황급히 고도의 의수를 잡으러 평상 밑에 발을 뻗었지만, 의수를 먼저 들어 올리는 손길이 있었다. 미호는 정수리 위로 드리워진 기다란 그림자를 따라서 고개를 들었다. 청사가 심통 난 얼굴로 내려다보고 있었다. 동공이 짐승처럼 길쭉하여 냉정하게 보이는 눈이건만. 그 시선을 정면에서 받으면 지은 죄가 없어도 바짝 긴장하게 됐다. 하물며 잘못을 인정한 미호가 두 귀를 뒤로 바싹 젖히면서 뒤로 물러나는 것은 당연했다.

"일어났어?"

고도의 의수를 망가뜨렸는데 혼은 청사에게 날 것처럼, 미호는 뒤로 젖힌 귀를 파드득 흔들었다. 청사의 시선이 가느다랗게 변했다. 미호가 이젠 꼬리까지 동그랗게 말고 뒤로 물러났다. 미안하다고 두 귀를 축 늘어뜨려서 용서를 구하는 바람에 청사는 한숨만 푹 내쉬었다. 호통을 칠 분위기가 아니었다.

"고도."

미호에게서 시선을 뗀 청사가 두 팔을 벌려 고도를 품에 안았다. 허리까지 내려오는 길고 검은 머리카락이 물결처럼 출렁이면서 고도와 청사의 어깨너머로 흘러내렸다. 고도는 청사를 보고 의아한 시선을 감추지 못했다. 청사가 몸에 걸친 것이라곤 속곳처럼 얇은 무명 두루마기 한 겹이 전부였다. 허리춤의 끈도 제대로 묶지 않아서 마른 근육이 잡힌 상체와 탄탄한 허벅지가 훤히 드러나 있었다. 옷 정리도 못 하고 한달음에 달려 나올 만큼 급한 일이 생겼나 오해가 생길 정도였다. 이런 모습에 고도는 면역이 있다 할 손, 미호에게는 망측한 일인지라. 그녀는 뒤로 젖혔던 귀를 앞으로 빳빳하게 세우고 사납게 소리쳤다.

"이 망할 용 새끼가. 옷 좀 제대로 입어! 내가 여성체라는 것도 잊었니?"

높은 목소리로 항의하는 미호를, 청사는 본체만체했다. 그의 관심사는 고도에게 집중되어 있었다. 고도의 관자놀이에 입술을 쪽 붙이면서 배시시 웃기만 했다.

"잘 잤어? 왜 먼저 일어나서 밖에 나와 있는 거야, 춥잖아. 이러다 고뿔 걸린다."

고뿔 걱정은 청사에게 더 잘 어울릴 것을. 고도는 걱정의 주체와 객체가 바뀐 듯한 이 상황을 여전히 의문 띤 시선으로 바라봤다. 맨몸으로 달려와 저를 끌어안은 청사에게 손을 뻗은 건 한참 후였다. 고도는 흐트러진 청사의 긴 머리카락을 정리해 줬다. 머리를 쓸어 만지는 손길이 더없이 다정해서 청사는 얼굴을 발갛게 물들였다. 고도가 표현을 잘 안 해서 그렇지, 행동 하나하나에 애정이 묻어났다. 청사는 몸을 부르르 떨 정도로 좋은 감정을 내색치 않으려고 필사적으로 평정심을 찾아야 했다.

"네 차림새가 고뿔 붙기 제격이구나. 지진아 말처럼 옷을 제대로 갖춰 입고 나오지 그라냐."

고도의 목소리가 닿은 귀가 간지러웠다. 배시시 웃은 청사는 고도를 꼭 끌어안았다. 그의 목에 얼굴을 비비면서 속살거리길,

"귀찮아."

어린애처럼 칭얼거리는 목소리라. 커다란 남자가 온몸으로 사랑을 표하는 모습을 겸연쩍게 여겼다. 청사의 행동은 언제나 사랑스럽고 귀여워서 싫지 않았지만 보는 눈은 신경 쓰였다. 고도는 미호를 한 번 바라보았다. 미호가 입에 거품을 물고 있었다.

"귀찮다는 말로 될 문제가 아니다만. 이러다 지진아 숨넘어갈라."

청사는 고도를 바라볼 때와 확연하게 다른 온도로 미호를 바라봤다. 푸른 눈동자에 얼굴이 붉어져서 씩씩거리는 미호의 형상이 맺혔다. 어떻

게 다 큰 처녀 앞에서 아랫도리를 훤히 내놓고 돌아다닐 수 있느냐며 자신의 불쾌한 심정을 보상해 달라고 외치는 기세였다. 고도를 향한 청사의 시선은 언 마당을 녹일 만큼 포근하고 다정했지만 미호를 쳐다보는 눈은 시큰둥하다 못해 귀찮다는 인상까지 녹아 있다. 미호로서는 아주 괘씸한 노릇이었다.

"이런 뻔뻔한 놈을 봤나. 야, 대롱이 너 너무한 거 아니니? 어떻게 나랑 고도를 대하는 태도가 이렇게 달라, 나 상처 받는다고!"

"뭐래, 이 노처녀 팔미호가."

"뭐라고!"

"네가 고도를 자꾸 꾀어내려 하니까 그러잖아. 누가 쥐 잡아 먹은 입술 오물거리면서 고도랑 얘기해도 된다고 했어? 왜 고도를 넘보고 그러는 건데."

"내 도홧빛 입술은 타고난 것이야! 내가 미쳤다고 저 도사 놈을 유혹하겠니?"

"그렇다면 행동거지 똑바로 해. 고도 마음 흔들지 말고."

"쟨 이런 걸로 흔들릴 애도 아니잖아. 애초에 왜 이런 걸로 질투하는 거야."

"나보다 더 친하게 지내지 마."

"미친 용아, 너 고도에 대한 집착이나 의존도가 엄청 심해진 거 스스로 아나 모르겠어."

"그럴 리가."

"용이 인간한테 이러는 게 말이 되니! 하늘이 통탄할 일이다!"

"괜찮아. 나는 고도의 것이니까. 고도도 내 것이고. 그렇지 않느냐."

쪽, 대답도 듣지 않고 청사는 고도의 볼에 한 번 더 입술을 묻었다. 고도는 이젠 청사의 이런 행동이 익숙한 듯 볼을 내어주면서 부끄러운 기색도 없었다. 미호만 가슴을 퉁퉁 칠 노릇이었다. 청사가 고도에게 품은 마음이 과했다. 고도가 청사를 받아들이는 마음도 지나치게 너그럽다. 둘에겐 절제가 없었다. 좋고 싫음을 즉각적으로 표현하며 주변 눈치를 살피지 않았다. 미호가 아닌 다른 존재가 이 모습을 봤다면 둘을 얼마나 꺼려했을지, 당사자들만 모르고 있지 않나. 인간의 방식으로 혼인을 맺어도 이만큼 애잔하게 서로를 생각하기도 힘들겠다며 미호는 쯧, 혀를 찼다. 미호의 심정따위 아랑곳하지 않는 청사는 고도에게 연신 아양을 부렸다.

"고도야, 네가 옷 입혀 주면 안 되겠느냐."

"어허, 누가 보면 손발 다친 환자라도 되는 줄 알겠어. 옷도 얇게 입고 나온 게 누군데 나한테 칭얼거리느냐."

"엣취."

"억지 기침은 삼가도록."

"쳇, 그러니까 옷 입혀 주면 되지 않느냐."

"멀쩡한 손으로 옷고름도 못 매느냐. 지금까지 어떻게 살아온 거냐."

"그런 의미가 아닌 거 알잖아."

"알았다, 알았느니라. 그만 끌이안아."

고도가 몸을 일으켜 마당으로 내려서려 했다. 청사가 그런 고도를 번쩍 안아들었다. 두 눈을 휘둥그레 뜬 고도는 제 무릎 밑과 등을 받쳐 든 청사를 빤히 올려다보았다. 청사는 올려다보는 고도의 시선을 향해 샐쭉이 미소 지어 보이더니 맨발로 마당에 들어섰다.

"부서진 의수는 새로 만들자. 이번엔 내가 힘을 보태 주마."

얼결에 청사의 목 뒤를 양팔로 끌어안은 고도가 대답했다.

"괜찮다. 낡아도 그럭저럭 쓸 만해."

"내가 보기 불편해서 그래."

"어차피 붙여 놓고 도술을 써서 실제 손처럼 위장하면 된다. 그 정도는 문제없지."

"너 이 녀석, 귀찮아서 새로 만들기 싫단 소리잖아. 의수를 새로 제작하는 게 뭐가 그리 귀찮다고 이 허름한 걸 손목에 달고 다니느냐."

"원래 늙으면 만사 귀찮아지는 법."

"흥, 너는 원래부터 만사에 시큰둥했거든? 요괴 관련한 일만 빼고."

"우리 대롱이가 나에 대해 너무 잘 알게 되어서 이제 재미가 없다. 놀려 먹을 수가 없어."

"나는 즐거워. 이렇게 무심해진 고도가 이상하게 내 품에 안길 때마다 울면서 힘들어하는 모습이 얼마나 귀여운데. 낮과 밤이 이리도 다른 귀여운 연인은 세상에 너뿐일 테다."

"그만해라."

"농담으로 들려?"

"알았다. 그 입 봉해 버리기 전에 다물고."

"부끄러워 하긴, 그럼 약속의 뽀뽀."

"진짜 봉해 버리든가 해야겠네."

"그래, 네 그 입술로 내 입술을 얼른 봉해 주려무나. 어서 뽀뽀."

보채는 청사를 불만족스럽게 올려다보던 고도가 청사의 뒷목에 감고 있던 손에 힘을 주었다. 청사의 고개가 아래로 끌려 내려왔다. 방 안으로 들어가려던 청사가 그 자리에 멈추어 섰다. 쪽. 가볍게 닿은 입술에서 감칠맛이 났다. 청사는 입맛을 다시다가 다시금 입을 맞추었다. 이번에는 다물어 있던 입술을 벌렸다. 고개를 반대편으로 틀어 입술을 열자, 목 뒤를 감고 있는 고도의 손이 움찔거렸다. 고도는 단숨에 깊이 들어오는 청사의 호흡에 숨을 몰아쉬었다. 서로의 입술 주변으로 흩뿌려지는 숨결이 뜨거웠다. 청사는 허공으로 사라지는 고도의 숨결마저 담아 마셨다. 고도와의 입맞춤은 언제나 기분이 좋았다. 입술과 혀를 맞대고 하루 종일 방 안에 있고 싶다는 생각마저 들었다.

"고도, 오늘 바쁜 일 없지."

고도는 자신을 내려 주지 않고 방 안으로 들어가는 청사의 어깨 너머를 바라봤다. 눈 덮인 하얀 마당에 청사의 발자국이 요란스럽게 찍혀 있었다. 정자의 평상 아래에 가지런히 놓인 제 짚신짝보다 더 큰 발자국이었다. 여인만큼 고운 피부에 아름다운 이목구비를 가지고 흑단 같은 머리칼을 지닌 이였지만, 손과 발이 커서 자신을 포근하게 감싸 주는 어엿한 '사내'의 몸을 가진 이이기도 했다. 예쁜 구석이 아무리 많아도 도저히 여인으로 보일 수 없는 이다. 그렇기에 고도는 자신에게 달려드는 청사가 매번 난감했다. 정자에 홀로 남은 미호가 계절이 지난 쑥과 삿갓을 잔뜩 씹어 먹은 표정을 짓고 있는 것도 이해가 될 정도였다. 청사는 심지까지 다 녹여 버리는 불길에 휩싸인 소년처럼 제 마음을 제어하지 못했다.

"일정, 일정이라."

청사의 등 뒤로 문이 닫혔다. 미호의 찌푸린 얼굴이 사라지자 고도는 눈을 들어 청사를 올려다보았다. 이불 위에 고도를 다소곳이 눕힌 청사는 고도의 옷고름을 풀었다. 고도의 눈동자가 전보다 더 빠르게 굴러갔다.

"의수를 새로 맞춰야 한다."

그 말에 청사가 바람 빠진 웃음을 터뜨렸다.

"아깐 귀찮아서 그냥 쓴다면서."

"으으으음, 생각이 바뀌었다. 이왕 끈이 떨어진 거 새로 맞추는 게 좋겠어."

"이 상황을 피해 보려고 아무 말이나 뱉었다면 실망이야."

"어허, 내가 언제 아무렇게나 내뱉었더냐. 언제나 고민하고 숙고해서 딱 한 마디를 하는 신중한 남자인데."

"허이구, 가슴에 손을 얹고 그런 말을 하시지."

"이렇게?"

"아이고, 귀여워라."

"아니, 네 놈 얼굴 붉히라고 하는 짓이 아니라……, 예끼, 이놈아. 내 오늘 꼭 해야 하는 일이다. 옷은 그만 벗겨라."

"고도, 네 말마따나 난 이제 너를 속속들이 알고 있어서 상황을 모면하려고 대충 내뱉는 말도 구분할 줄 알거든."

고도는 청사를 너무 오냐오냐하며 받아 준 것은 아닌지 심각하게 되짚어 보았다. 청사는 요즘 꽤나 자신감이 붙어서 밀어붙이는 경향이 생겼는데 그걸 거절하면 하루 종일 시무룩해 있었다. 승낙하기엔 부담스러울 정도로 애정을 퍼붓고, 제어하면 금세 토라져서 하루 종일 삐쳐 있다. 고도가 보기에 청사는 중간이 없이 끝과 끝의 극단적인 행동만 일삼고 있었다. 이게 모두 청사의 계획이 아닐까, 잠깐 고민해 보았다. 실은 고도가 거절하지 못하도록 뒤가 없도록 행동하는 것이 아닐는지.

청사가 고도보다 우위를 점하게 된 건 고도 탓이 컸다. 고도가 삶을 포기하지 않고 이어 가기로 했을 때, 그 이유가 전적으로 청사라는 사실을 밝히고 나서는 주도권을 잡기 어려워졌다. 청사의 행동에서 불안감이 사라졌다. 이전엔 고도가 청사를 밀어낼까 봐 조심하는 기색이 있었다면 이제는 고도가 자신을 버리지 않으리란 확신이 있었다. 그 확신에 따른 행동에 힘이 붙어서 고도에게 자신의 마음을 표현하는 것은 물론, 고도에게도 표현을 요구했다.

고도는 아직 이런 사랑이 어색했다. 사랑이 무어라고 확실히 정의 내리기도 난감했다. 그저 어렴풋이 짐작하는 것이 있다면, 믿음과 신뢰, 정으로 얽히는 그 어떤 관계보다도 복잡하고, 상대에게는 일희일비하게 된다는 점이다. 저돌적인 청사를 나무라고 있지만, 고도 역시 청사가 곁에 있는 것을 더 안심하고 기뻐하니, 이게 서로를 갈구하는 것과 무엇이 다를까. 이런 관계는 결국 혼자보다는 둘이서 나누는 모든 것에 익숙해지고 길들여지는 과정이었다. 날이 갈수록 청사에 대한 생각이 깊어지고, 이러다 속절없이 청사 없으면 못 살게 되면 어쩔지 걱정이 되었다. 고도의 속을 모르는 청사는 저항이 없는 고도를 보면서 샐쭉이 웃느라 정신이 없었지만 말이다. 청사가 고도의 속곳까지 내리면서 속삭였다.

"의수는 내가 구해다 주마. 오늘은 추우니 나가기 싫지 않느냐. 나랑 계속 이렇게 있자."

귓바퀴를 타고 흘러드는 달콤한 속삭임이 잔뜩 들떠 있었다. 고도는 골몰하던 고민을 머리 한편으로 밀어냈다. 앞으로 있을 일을 고민해 봤자 직접 겪어 보지 않는 한 정답이 없다는 사실을 오랫동안 살아오면서 배워 왔다. 섣부른 판단과 결론을 내리지 않기로 했다. 현재에 충실하기로 결심한 고도는 청사가 자신의 귀를 만지작거리는 동안 몸에서 힘을 풀었다. 볼과 목 부근에 순흔을 남기던 청사가 고도의 앞머리를 손바닥으로 넘겨주었다. 정욕이 가득한 눈이 고도를 신상시켰다. 고도는 목 뒤로 돋아난 소름을 애써 외면했다. 이런 태도의 청사에게 면역이 생기려면 조금 더 시일이 걸릴 듯 했다.

"대롱아."

고도의 부름에 청사는 고도의 양다리를 허리에 감던 행동을 멈췄다.

"왜?"

고도의 다리 사이에 자리 잡은 청사는 고도의 등허리 뒤로 손을 집어넣었다. 이불 위에 반듯하게 누워 있던 고도의 몸이 청사의 두 팔로 인해 허공에 들어 올려졌다. 청사는 벗은 가슴을 맞붙이고 고도를 지척에서 바라봤다. 얇은 살갗 너머에서 울리는 심장 소리가 하나로 합쳐졌다. 날 때부터 한 몸이었던 것처럼 서로의 소리에 익숙해진 것이 청사는 못내 흡족했다. 고도의 턱에 입술을 맞췄다. 고도가 청사의 입맞춤에 응하면서 말했다.

"적당히 봐주면서 해줘라. 말했다시피 내가 늙어서 기력이 없거든."

"이렇게 탐스러운 육체를 두고 그런 노인 같은 말을 하면 안 되지."

"내 살아온 세월이 이미 수백 년이라, 지칠 만도 하지."

"머리는 그렇게 인식하는 모양이지? 몸도 그런지는 한번 볼까?"

청사는 고도의 아래를 손가락으로 더듬었다. 사타구니 사이는 뜨겁고 부드러웠다. 말로는 늙었다 하지만 청사의 손가락을 게걸스럽게 잡아먹은 아래는 아직도 육욕에 착실히 반응했다. 정신과 육체가 느끼는 바가 다른 고도의 모습이 얼마나 사랑스러운지 오늘은 하루 종일 귀에 대고 속삭여 줘야겠다고 생각했다. 고도가 말로는 늙었다, 지쳤다 하고 스스로도 움직이길 귀찮아하는 기색이 역력했지만, 그런 마음가짐과 달리 매번 청사의 품에 안겨서 고개를 뒤로 젖히고 붉게 젖은 눈으로 올려다보며 우는 모습은 야했다. 그 선정적인 모습을 정말로 본인은 모르는 듯했다.

고도가 성감대를 자극받아 숨을 헐떡이는 모습을 상상한 청사는 더는 지체하지 않았다. 고도의 하얀 허벅지가 파르르 떨리는 모습을 보고 싶었다. 발끝을 둥글게 말면서 어쩔 줄 모르는 감각에 휩쓸리는 걸 같이 느끼고 싶었다. 손으로 얼굴을 가리고 힘겨워하는 모습도 당장 탐하고 싶어 미칠 노릇이었다.

"아."

맞닿은 가슴을 느리게 비비자 고도가 짧게 신음했다. 의지와는 상관없는 고도의 육체적 반응이 청사의 행동에 불을 지폈다.

"오늘은 방에서 못 나갈 줄 알아라, 귀여운 내 사랑아."

늙었다는 생각은 두 번 다시 못하게 할 만큼 그의 몸을 뜨겁게 감싸 주겠노라 다짐하는 청사였다.

"아, 그만, 그만, 대룡아 잠시 멈추어라, 아, 아, 읏!"

땀에 젖은 짧은 머리가 흐트러졌다. 숨을 다급히 몰아쉬는 고도가 손을 내밀어 잠시 멈출 것을 요구했다. 청사는 그 뜻을 듣지 않았다. 고도를 내려다보며 제 입술을 핥기만 했다. 색탐에 완전히 몰두해 있는 반응이었다. 고도의 마른 허리가 눈앞에서 둥글게 말린 모습은 색정적이어서 눈을 뗄 수 없었다. 팔에서 힘이 풀린 고도가 상체를 지탱하지 못하고 엎드려서 엉덩이만 든 채 울면 청사는 '쉬, 쉬 괜찮아'라는 거짓 달램을 습관처럼 뱉었다. 끊임없이 허리를 밀어붙였다. 토정한 정액으로 흠뻑 젖은 고도의 엉덩이 사이를 청사가 들쑤실 때마다 젖은 낭심과 엉덩이가 마찰하는 살 소리가 적나라하게 방 안을 울렸다. 고도가 그 뜨거운 열기에 머릿속이 완전히 녹아서는 청사의 허릿짓에 박자를 맞출 때면 청사는 형용 못할 만족감에 목 너머를 그르렁 울렸다.

"아아, 좋아, 아, 좋아서 미치겠어, 고도."

"아, 아웃, 빠, 빨라⋯⋯."

"잘하고 있어, 아, 아아."

청사가 고도의 허리를 잡고 마지막 속도를 올리자 고도가 이불을 움켜쥐었다. 눈가에 눈물이 고였다. 아파서 우는 것이 아니라는 사실을 청사는 잘 알고 있었다.

"아, 아앗……!"

고도가 허리를 비틀며 몸을 웅크렸다. 등을 타고 흘러내린 뼈와 근육의 곡선이 욕망을 절정으로 밀어붙였다. 청사는 고도가 토정하는 그때에 맞춰서 함께 절정에 달할 수 있었다. 몸을 부르르 떨면서 바닥과 이불에 하얀 액체를 질질 싸고 만 고도는 그대로 정신을 잃고 쓰러져 버렸다. 고도가 체력이 완전히 떨어져서 나가떨어진 모습을 본 청사는 아직 제 색욕이 충족되지 않은 현실에 슬픈 표정을 짓고 말았다. 고도의 몸속에서 제 물건을 빼내자 안에서부터 딸려 나온 하얀 점액질이 고도의 허벅지 밑까지 흘러내렸다. 청사는 손수 고도의 몸을 뜨거운 물에 적신 수건으로 닦아 주고, 몸속에 뿌린 정액까지 긁어 낸 후에야 고도를 품에 안고 이불을 목 밑까지 끌어당길 수 있었다.

"매번 이러면 안 되는데."

기절하듯 정신을 놓은 고도를 다정하게 끌어안았다. 고도가 힘에 부치는 사실을 매번 인지하면서도 그만두지 못하는 자신이 한심했지만, 고도만 보면 몸속에서 솟구치는 열기를 제어할 수가 없었다. 고도의 이마에 입을 맞추면서 청사는 연신 고도의 얼굴에 제 얼굴을 비볐다. 이런 상태에서도 고도의 몸을 만지지 않으면 혼자서 열기를 가라앉히기 힘들었다.

손바닥에 감기는 고도의 보드라운 살갗이 좋았다. 왼팔을 고도에게 팔베개를 해준 청사는 자유로운 다른 손으로는 고도의 배를 만지작거렸다. 마른 근육만 잡히는 판판한 배를 손으로 주무르면서 손바닥에 감기는 음모와 성기도 함께 쓰다듬었다. 음모는 많지도, 적지도 않은 적당한 밀도로 우거져 있었는데, 이렇게 높은 체온에 젖어 있으면 은밀한 늪처럼 보여서 연신 손길이 가는 곳 중 하나였다. 젖은 음모를 손가락 사이에 감으면서 말랑거리는 성기를 쓰다듬자 고도가 본능적으로 미간을 좁히며 신음에 가까운 소리를 입술 새로 흘려보냈다.

"아."

귓가에서 짧게 부서지는 신음은 본능적이었다. 고도가 고개를 돌리고 있느라 드러난 목선에 청사는 고개를 묻었다. 숨을 폐부 깊숙하게 들이마시자 고도의 익숙한 체향도 딸려 왔다. 청사는 당장이라도 고도의 다리를 허리에 감고 온몸을 이 은밀한 늪 사이로 파고들고 싶었다. 그 욕구를 참을 수밖에 없었다. 고도는 많이 지쳐 있었다. 매일 기력이 다할 정도로 강하게 몰아붙이는 청사를 감당하는 것도 하루 이틀이다. 고도가 까무룩 정신을 잃을 만큼 밀어붙이는 것도 적당히 하지 않으면 안 되었다. 인간과 용족은 체력과 정신력에 있어서도 같은 선상이 아니다. 자꾸만 이 사실을 까먹어서 극단으로 치닫는 게 문제였다.

청사는 살집 없는 허리와 배를 더 세게 안았다. 자세가 불편해서 몸을 뒤척거리려는 고도에게 어림없다며 끌어안고 놔주지 않는 청사였다. 가슴팍에 고개를 기대고 편안한 숨결을 내뱉는 고도의 모습을 청사는 지겹지도 않은 얼굴로 내려다보았다. 고도의 얼굴 곳곳에 입술을 내려앉혔다. 고도의 얼굴과 머리카락 사이에 고개를 박은 청사도 무거워진 눈꺼풀을 내리고 잠에 빠질 때였다.

'이런, 어떻게 된 일이지? 인간이잖아.'

낯선 소리가 꿈결처럼 들렸다. 실재와 꿈을 구분할 겨를도 없이 소리가 사방으로 번지기 시작했다.

'이상하다. 이런 일은 처음이야.'

'잘못 찾은 거야. 우리가 실수한 게 틀림없어.'

'아냐, 이건 인간이 아니야. 인간은 이런 힘이 없어. 혹시 인간의 껍질을 뒤집어쓴 게 아닐까?'

'그분은 그런 저급한 짓을 하지 않아.'

'맞아, 그분은 아주 우아하고 품위 있고 고귀한 분이셔서 한낱 인간의

껍데기를 탐하지 않으시지.'

'그럼 뭘까. 이 아이는 누구지.'

'누굴까. 무엇이기에 그분의 힘을 가지고 있는 걸까.'

'그분일까.'

'아닐까.'

'맞을까.'

'틀릴까.'

'옳을까.'

속살거리는 작은 소리에 청사는 감았던 눈을 떴다. 서쪽 창에 몸을 숙이고 있는 노을빛 너머로 가마솥을 얹은 아궁이처럼 하늘이 일렁였다. 낮과 밤의 경계. 낮 동안 살아 숨 쉬던 모든 것들이 깊은 잠의 이불을 덮는 시간. 그 시간은 찰나여서 하늘에 걸린 노을의 장막이 바람에 나부끼기 일쑤였다. 세상이 밝음과 어둠의 틈바구니에 낀 때에, 방 안을 가득 울리는 목소리는 신비로우면서도 낯설고 이질적이었다.

청사는 몸을 반쯤 일으키고 사방을 둘러보았다. 평소와 다를 바 없는 풍경이었다. 다만, 어디서 언제 나타난 것인지 모를 빛무리가 깊은 잠에 빠진 고도의 주변에서 반짝거리고 있음이 문제였다.

'그분이야.'

'아니야.'

'맞아.'

'달라.'

'옳아.'

'틀렸어.'

빛들이 고도의 검고 짧은 머리카락을 잡아당기면서 실랑이를 벌였다. 쌕쌕, 고른 숨을 내쉬는 호흡은 흐트러지지 않았다. 깊은 잠에 빠진 고도 주변으로 흰빛이 모여들었으나, 고도는 느끼지 못했다. 빛은 형태가 없었고 손과 발로 보이는 기관도 보이지 않았다. 그런데도 무형의 존재가 머리카락을 들어 올리는 현상을 보였다. 청사는 작은 요괴들의 장난으로만 알았다가 곧 그 생각을 정정했다. 작은 빛은 요괴 특유의 삿된 기운이 전혀 묻어나질 않았다. 빛들이 내뿜는 기운은 상서롭고 귀하여 기린이나 해태 등의 성수 주변에 머무는 힘을 닮아 있었다. 청사는 고도의 머리카락을 잡아당기는 빛을 보면서 중얼거렸다.

"……아리아[1]?"

빛들이 깜짝 놀라 우왕좌왕하는 기색을 보였다. 한데 모여 수군거리면서 고도의 머리카락을 잡아당기던 것들이 뿔뿔이 흩어져서는 허공을 휘적거리며 날아다녔다. 그들이 사방에서 겁먹은 목소리로 소리쳤다.

'우릴 알아!'

'누구야? 요괴인가?'

'이상한 기운이야! 혹시 저게 그분인가?'

'아냐, 그분과 정반대의 속성이야. 저건 하늘의 권속이야.'

'하늘!'

'하늘!'

꺄악, 비명을 지른 빛들이 사라졌다. 맑고 투명하게 울리던 목소리가 사라지고 그들이 은은하게 내비추던 향기와 기운마저 깔끔하게 없어져 버리자 청사는 퍽 당황했다. 너무 갑작스러웠다. 돌연 나타난 빛무리가 고도를 유심히 살피더니 놀라서 줄행랑을 친 것을 어떻게 받아들여야 하는지 모르겠다.

청사는 아리아라는 존재에 대해 많은 것을 알지 못했다. 자연과 만물

---

1 '요정'의 순우리말. 숲의 요정을 '수피아'라고 한다.

의 흐름을 따라 정처 없이 배회한다는 사실만 단편적으로 알 뿐이다. 그들은 땅의 권속 중에서도 힘이 강한 이들 주변에 군집하며 밝은 빛으로 산란하는 쓸데없으면서도 시끄럽지만 하계에서 가장 아름다운 존재였다.

청사가 아리아를 본 것은 처음이었다. 고도와 함께 하계를 놀아나닐 때는 고도가 등 뒤에 구천 마리 이상의 요괴가 봉인된 죽통을 들고 다녔으므로 그 오염된 기운에 아리아는 근처에 얼씬도 하지 않았다. 땅에 속한 정화된 존재들은 스스로 고도를 피했다. 인간들 틈에 섞여들지 못한 고도가 땅에게도 외면 받아 팔미호와 도깨비랑 우애를 다지며 함께 다닌 것은 땅이 먼저 고도를 외면한 탓도 컸다. 고도에게 극노한 염라대왕의 화가 자칫 자신들에게 미칠까 봐 땅이 먼저 등을 돌렸고, 고도는 그 이름만큼이나 외롭고 고된 길을 걸어야 했다. 그런 고도에게 아리아가 먼저 다가온 현상은 가볍게 치부할 일이 아니었다. 고도를 버렸던 땅이 왜 이제야 고도에게 다시 아는 척을 하는 걸까. 왜 갑자기?

"……그분은 뭐지."

아리아들이 속살거린 '그분'의 정체에 대해서도 감을 잡을 수 없는 청사였다. 고도와 누군가를 착각한 걸까. 아주 가능성이 없는 일은 아니다. 땅도 실수를 할 수 있다. 하지만 아리아는 대체로 이성과 본능으로 이루어진 평범한 존재들과는 달리 '땅의 권속과 힘'의 크기에 따라서만 움직이는 특수한 종족이기에 그런 실수는 거의 벌어지지 않는 게 정설이었다. 아리아가 왜 고도 곁에 온 것인지, 정말로 단순한 실수라 넘겨야 하는지 청사는 차분하게 머리를 굴렸다.

"땅에 무슨 변화가 있는 건 아니겠지."

청사는 몸을 일으켰다. 잠이 든 고도를 보고, 그가 당분간 잠에서 깨지 못한다는 사실을 확인했다. 옷을 바르게 갖춰 입고 마루 밑의 신을 꺼내 신었다. 집 주변을 둘러보았다. 아침에 정자에 앉아 있었던 미호는 보이지 않았다. 텅 빈 마당을 한차례 둘러본 청사의 발길이 산으로 향했다. 깊은 산 외딴 곳에 버려진 집에서 생활한 지 몇 달이 되어 가고 있어서, 근처 산세와 길과 방위는 대충 익히고 있는 청사였다. 한밤중에 산에 버려진다 해도 눈 감고도 집을 찾을 수 있었기에 걱정 없이 깊은 골짜기로 들어갔다.

길 어디에서도 아리아의 흔적은 보이지 않았다. 땅의 울림도 어제와 다르지 않았다. 변한 것은 없었다. 땅은 여전히 고요했고 침묵을 지켰다. 인간도 요괴도 도깨비도 성수도, 그 어느 쪽의 편도 들지 않고 묵묵하게 입을 꾹 다문 채 눈을 감고 몸을 웅크리고 있었다. 땅의 눈꺼풀은 무겁다. 진정한 위협이 없으면 눈을 뜨지 않는다. 우직한 땅은 어제도 오늘도 여전히 몸을 웅크린 채 느리게 숨을 내쉴 뿐이었다. 땅이 그대로인데 그의 권속인 아리아가 찾아온 점은 기이했다.

"아리아, 그분. 아리아, 그분."

중얼거리는 청사가 눈을 가느다랗게 떴다. 한동안 고도 주변이 잠잠했다고 생각했는데 또다시 무슨 일이 터지려는 것인지. 입가가 절로 씰룩거리면서 불쾌함으로 일그러졌다.

청사의 피부 위로 용 비늘이 뻣뻣하게 일어났다가 다시 누웠다. 산이 하늘의 기세에 눌려 숨을 죽였다. 어른의 눈치를 살피는 어린아이의 형상이다. 땅을 발아래 굽어 둘 수 있는 존재에게 스스로 몸을 낮추는 태도를 취하니, 청사도 일방적으로 분노를 표출할 수 없었다. 아리아를 쫓으려던 걸음을 멈추고 고도가 잠들어 있는 집으로 되돌아가려 할 때였다.

"어."

예기치 못한 것을 본 청사가 탄성을 터뜨렸다. 걸음을 멈추고 눈앞을 응시했다. 황색 푸르름으로 빛나는 거대한 날개를 지닌 새 한 마리가 나타났다. 마치 청사가 혼자 있기를 기다린 것처럼 은밀하게 모습을 드러냈다. 청사의 주변을 표표하게 날아다니는 날갯짓이 낯설지 않았다. 바람 사이에 몸을 숨기고 있던 새가 기지개를 켜듯 날갯짓이 필요 이상으로 컸다. 오색빛깔의 깃이 비비한 새. 지상이 아닌 천상의 존재였다.

"치미?"

삐익, 새의 대답이 이어졌다. 청사는 퍽 당황한 얼굴로 봉황을 바라봤다. 산과 아리아에 집중했던 마음이 어수선해졌다. 봉황을 보자 까마득히 잊고 있던 하늘 위의 사정이 머릿속으로 쏟아져 들어왔다. 땅에 있는 동안은 청사에게 관여하지 않겠다던 아비의 약속이 메아리처럼 들렸다. 왜 갑자기 봉황이 지상으로 내려와 자신을 찾아온 것인가. 관여 않겠다던 약조는 거짓이었나. 청사는 눈살을 찌푸리고 봉황을 노려보았다. 봉황 다리에 매인 편지가 눈에 들어왔다. 좁혔던 미간을 폈다. 이런 귀한 새를 전서구로 쓰는 이는 청사가 아는 한 하늘에서 단 하나였다.

"아버지가 아닌, 누이가 보낸 거냐."

치미가 청사의 어깨에 앉아 왼쪽 발을 내밀었다. 발목에 묶여 있는 두툼한 양의 종이가 보였다. 비단 끈으로 곱게 묶어 둔 종이는 전서치고는 상당히 많은 양이었다. 청사는 전서의 비단 끈을 풀어 종이를 펼쳤다. 은하수를 갈아 만든 먹이 비단 종이 위로 유려한 필체가 되어 움직였다.

[어리석은 동생에게 할 말이 있어서 누이 서진이 붓을 들었단다.]

"누이에게 지금 신경 쓸 정신이 어디 있다고. 참으로 때를 못 맞춰 서신을 보내는구나."

후환이고 뭐고 지금은 땅에 신경을 쓰고 싶다. 하늘 일은 하늘에 돌아가서 생각해도 되지 않겠는가. 서신을 도로 접어 비단 끈으로 묶어 버리려 하자 치미가 삐익, 울었다. 청사의 머리카락을 부리로 물고 잡아당기며 항의했다. 청사는 하늘의 연락을 모두 무시하고 고도가 자고 있는 집으로 향했으나, 연신 앞길을 가로막는 봉황을 더는 모른 척할 수 없었다.

"알았다, 알았다고."

짜증스레 다시 전서를 펼쳤다. 서신 속 글자들이 반짝반짝 영험하게 빛을 냈다.

[땅 위의 삶은 그럭저럭 버틸 만하더냐. 내 몇 번 내려가 본 적 없지만, 그곳은 참 척박하고 좁았던 기억이 난다. 자미원의 가장 작은 해우소보다 더 작은 곳에서 삼 대가 머물며 함께 사는 모습에 어찌나 측은지심이 들던지. 그러면서 저녁밥은 이십 첩 반상인 것을 보고 놀랐단다. 사람들이 그들을 양반이라 부르던데 양반이 그리 좁은 집에서 살면 한 나라의 왕은 얼마나 작은 데서 산단 말이냐! 우리네 마당보다 더 작은 곳에 아흔아홉 개의 기둥을 세우고 나라를 다스린다 생각하면 손발로 핏기가 가시는 기분이다!]

마당보다 좁은 곳에 터를 잡고 사는 삶이 맞지만, 그게 딱히 좁다고 생각해 본 적은 없었다. 사치스러운 누이의 발언을 새끼손가락으로 귀를 후비는 것으로 대충 넘겼다. 곧 치미가 조그마한 부리로 손가락을 찔러대는 통에 청사는 나머지 내용을 억지스러운 정성을 다해 읽어 내야만 했다. 지상에 대한 불평과 하늘에 대한 예찬을 눈치껏 건너뛴 청사는 누이가 서신을 보낸 결정적인 이유를 단 하나의 문단에서 찾을 수 있었다.

[아버지께서 은퇴를 공식적으로 선언하셨다. 상제님의 허락이 떨어졌고, 후계 수업을 받는 너에게 직위와 권리가 우선적으로 물려질 것을 하늘 전체에 공표했느니라.]

청사의 눈이 한 대목에서 멈추었다. 은퇴, 라는 말을 저도 모르게 소리 내어 뱉었다. 곧 기함하여 소리를 내질렀다.

"뭐?"

청사는 급히 머리를 굴렸다. 아직 아버지의 은퇴 시기와 자신의 천룡 즉위식이 여덟 달은 남은 터였다. 하늘에서 땅으로 내려올 때도 한 해 동안의 자유를 허락받았었다. 그 전제하에 고도를 찾아와 사랑을 나눈 것이 아닌가. 그런데 갑자기 은퇴라니. 마른하늘에 날벼락도 이런 날벼락이 없다. 서신을 읽은 청사가 하늘로 강제 송환을 당할까 우려할 것을 미리 예견했는지 누이는 바로 다음 문장에 곧장 이런 말을 적어 넣었다.

[어디 도망칠 생각 마라. 내가 친히 군대를 끌고 가 네 뒷덜미를 잡고 하늘로 올려 보내는 수가 있노라. 내 눈을 피해 몸을 숨길 생각은 하지 마.]

"대체 언제 예언까지 하게 된 거야, 누이는!"

[그리고 이건 예언이 아니라 네 행동을 꿰뚫어보고 있는 것이니, 굳이 하늘의 별자리를 헤아려 미래를 보지 않아도 네 반응은 뻔하다.]

"염병!"

[이런 나한테 욕하지도 말고.]

"—……."

옆에서 부리로 찍어대는 치미를 밀어낸 청사는 불퉁한 얼굴로 서신을 마저 읽어 나갔다.

[아버지께서 건강이 악화되어 일선에서 빨리 물러나는 것이니라. 그렇다고 거동이 불편하신 정도는 아냐. 그저 요즘엔 고뿔에 걸리면 열흘을 지독하게 앓아누우실 만큼 몸이 많이 쇠하신 게지. 지금도 우려할 정도로 나쁜 상황은 아니니 너무 쓸데없는 걱정은 마라. 아버님께서도 일찍 물러나시며 네가 하계에서 넉넉히 머물어도 된다던 약속을 지키지 못하는 것을 무척 안타까워하신단다. 그래서 상제님과 말씀을 나누신 뒤 네가 바로 즉위식을 갖지 않고 유예해도 될 만한 핑계를 만드셨단다.]

유예가 가능한 핑계가 무엇인지. 선뜻 생각나지 않아서 고개를 갸웃한 청사는 곧 이어진 이야기에 진심으로 비명을 질렀다.

[네가 혼사도 못 치르고 바로 즉위하면 일에 치여 배우자를 찾지도 못할 거라며 하계에서 그를 찾아오느라 늦을 수 있다는 공표를 했노라.]

배우자! 이 무슨 미친 소린가! 왜 당사자의 의견도 묻지 않고 거짓으로 천인들을 속인다는 것인가. 그것도 상제와 아비가 함께. 둘이 죽이 잘 맞는 절친한 사이더니 이런 괴팍한 일에서 즐거움을 찾는 성향도 똑 닮은 건가!

청사는 톡톡히 골탕 먹은 기분이었다. 아비와 상제의 손바닥에서 놀아나고 있으니 기분이 좋을 리 없다. 혼사는 무슨, 당분간 하계에 머물면서 고도랑 사심 없이 사랑을 나누고 종국엔 그를 하늘로 데려가 함께 살 생각만 하지 않았나.

청사는 손톱을 질끈 깨물었다. 손톱 끝을 씹으면서 미간을 잔뜩 찌푸렸다. 읽었던 내용을 다시 찬찬히 되짚었다. 친부가 천룡직에서 물러나면서 해당 직위가 공석이 된 상태다. 이럴 땐 후계자가 바로 즉위식을 갖고 일을 이어 가야 하지만, 예정에도 없이 은퇴를 한 경우라 강제로 즉위식을 앞당기는 대신 당분간 공석으로 두도록 하는 예외사항을 만들었다. 그 예외사항이란 것이 "차기 천룡이 배우자를 찾고자 하계로 내려갔다"는 핑계거리였다. 이건 아버지와 상제가 쌍으로 자신의 목에 줄을 채운 것과 다름없었다. 혼사 생각이 없고 고도와 함께 여생을 보낼 생각만 하는 청사의 동의도 구하지 않고 멋대로 추진하는 일 아닌가.

청사는 화가 나서 가슴이 뜨거워졌다. 머리로 몰리는 열감을 밀어내며 침착함과 평정심을 찾고자 부단히도 노력했다. 아비와 상제가 저를 엿먹이려고 작정한 뒤 이런 일을 벌인 것은 아닐 것이다. 상제는 고도를 탐탁지 않게 여기니 이런 짓을 주도했을 수는 있지만, 아버지는 고도에게 싫은 감정이나 좋은 감정 등 특별한 생각을 하지 않고 있었다. 만약 아버지가 고도를 긍정적으로 생각한다면 그 이유는 "청사에게 누군가를 사랑하는 방법을 가르쳐 줘서"겠고, 부정적으로 생각한다면 "차기 천룡이 자꾸만 하계로 내려가는 몹쓸 원인 제공자"일 테다. 두 가지 의견 모두 나름의 정당한 이유가 존재했다. 그러나 아비는 정작 청사에게 "너도 다 컸으니 일어서 처신하라"고 맡겼을 만큼 고도의 문제를 깊게 생각하지 않는 편에 가까웠다. 혼사란 주제를 들먹인 것은 아비보다 상제의 입김이 더 컸을 터.

청사는 서신을 반으로 접어 더는 읽지 않았다. 근처 바위에 앉았다. 한쪽 무릎을 굽히고 그 위에 팔을 얹어 턱을 괴었다. 서신을 손에 구겨 쥔 채 얼굴을 받친 손가락으로 제 볼을 툭툭 두드렸다.

하계 생활이 끝나면 천룡 즉위식과 혼사 동시에 준비해야 할 것이다. 하늘로 돌아갈 때 부인을 데려가지 못하면 인간들에게 하늘에 제사를 지내도록 강요하여 제물로 받쳐진 인간 여자를 잉태시키는 절차를 가져야 한다. 고도가 옆에 있는데 다른 여인과 배를 맞추어 잉태시키는 일을 받아들일 수 없었다. 여인을 사랑하지도 않는데 어떻게 배를 맞춘단 말인가. 사랑하는 이는 고도뿐이거늘. 하나, 천룡의 의무 중 하나가 후계를 보는 것과 연결된다면 청사는 중대한 결정을 내려야만 했다.

'대롱아, 나는 너를 위해 살고 싶다.'

평생을 죽기 위해 여행을 해온 고도가 동해 용왕 앞에서 그렇게 소원을 빌었다. 평생의 숙원을 접고 오로지 청사를 위해 연명하겠다고 생각을 고쳤다. 수십 년 동안 마음먹은 인생의 지침을 사랑 하나로 포기하는 게 얼마나 고마운 일이었던가. 청사는 잊지 않았다. 자신을 위해 살아가는 저 사랑스럽고 소중한 이를 배신하고 싶지 않다. 그래서도 안 된다. 그가 자신에게 준 목숨을 평생토록 소중히 아끼면서 보듬어 주겠노라 하늘에 맹세했다. 그런 고도를 옆에 두고 다른 연인과 혼약을 맺는 일은 염두에 두고 싶지도 않았다. 함께 사는 것은 고도 하나다. 그가 반려자다.

잉태를 위한 여식과 잠자리를 들면서 고도를 상처 입히고 싶은 생각은 추호도 없었다.

고도의 숨결, 그의 마음, 그의 생각과 육신 모든 것이 청사에겐 필요했다. 단 하나도 다른 존재에게 양보할 수 없었다. 고도는 자신의 것이었다. 자신은 고도의 것이었다. 서로의 존재 가치와 시간을 나누기로 약속한 이였다. 그것은 정인이라는 단순한 단어로 설명할 수 있는 관계가 아니다. 그러나 고도를 반려자로 공표한다 해도 후계를 낳을 여인과의 혼사를 계속해서 추진하려 한다면 청사로서는 도리가 없다. 천룡의 후계는 하늘에서 최우선으로 처리하는 문제이기에 청사 혼자 결정할 수 있는 사안이 아니었다. 상제의 명이 직접 하달되는 일이다. 천룡의 후계가 곧 상제를 보필하는 재상이 된다. 하늘 일을 결정할 때 청사보다 상제의 의견이 중요하게 반영되는 것은 당연했다.

청사가 말없이 고민에 빠지자 지켜보던 치미는 날개를 접어 나뭇가지에 앉았다. 기운 빠진 치미를 보던 청사가 고개를 들었다. 서신을 보낸 누이에게로 생각이 옮겨졌다. 어쩌면 누이는 이 후계 문제를 해결할 방법을 알 수도 있다. 본디 아이를 잉태하고 낳아 기르는 것은 여인의 몸으로 이루어지는 거룩한 행위라, 혼사와 새끼를 낳을 생각이 일절 없는 누이일지라도 그 같은 여성 고유의 영역에는 지극한 관심이 있을 터였다. 누이라면 알 수도 있다. 부탁을 하면 외면하지 않을 것이다.

청사는 전서 뒷면을 손끝으로 훑었다. 안쪽에 적혀 있는 글자들이 서신 바깥쪽으로 움직여 나왔다. 청사의 뜻대로 서신 밖에 새로운 글자가 형성되었다. 그것은 누이에게 현재의 상황을 알리고 자신이 원하는 바를 간단명료하게 적은 답신이었다.

"치미, 네 주인에게 돌아가거라."

치미는 날개를 흔들었다. 청사의 답신을 주인에게 돌려줄 수 있다는 사실이 기쁜 듯했다. 가벼운 몸짓으로 허공을 향해 포롱거렸다. 날아오른 칼깃에서 뿌려지는 오색찬란한 무지갯빛이 흩뿌려졌다. 꼬리털이 유난히 긴 봉황은 청사를 한 바퀴 돌아 바람 속으로 사라졌다. 사라진 치미의 빛을 오랫동안 지켜본 청사가 바위에서 몸을 일으켰다.

청사를 휘감던 바람이 갑자기 길을 바꾸어 청사를 피하기 시작했나. 깊은 산에서 어울리던 이매망량과 도깨비들이 숨을 죽였다. 청사의 먹색 머리를 비추던 달그림자도 고개를 숙였다. 나뭇가지와 돌멩이, 잔 벌레들이 모두 청사의 몸에 자신의 더러운 손이라도 닿을세라 뒤로 물러났다. 숨기고 있던 하늘의 기운을 여과 없이 드러내자 세상 만물이 청사의 아래에 몸을 숙였다.

청사는 한 가지 문제만 해결하면 하늘로 돌아가리라 마음먹었다. 한 가지 문제만. 그 문제가 지나치게 버겁다는 사실을 청사는 인정했다. 고도를 하늘로 데리고 가는 것보다 더 중요하고 풀기 어려운 문제가 거대한 몸을 웅크리고 청사를 바라보고 있었다. 청사는 질린 얼굴로 문제를 쳐다봤지만 여기에서 포기할 수는 없었다. 고도와 함께 올라갈 하늘에서는 이보다 더 골치 아프고 어려운 일들이 닥치게 될 것이다. 고작 눈앞의 문제에 일희일비하며 정신을 차리지 못하면 고도에게 영원을 맹세한 다짐마저 언젠가 흔들릴지도 모르는 법이다. 이번을 기회 삼아 그 어떤 문제도 고도와 자신을 갈라놓을 수 없음을 보여 주기로 마음먹었다. 결심을 굳힌 파란 눈동자가 우아한 품위를 내뿜으며 빛났다.

"고도에게 조금도 피해가 가지 않도록 할 것이다. 누이라면 분명히 그 방법을 알고 있을 거야."

모든 일을 가능한 빠르게 추진하기로 했다.

몽당이 낚시 도구를 챙겨왔다. 바다에서 물질 할 때 쓰는 것과 달리, 코가 작은 쇠갈고리와 명주실이 전부였다. 잡은 고기를 담을 주루먹²은 미호가 부엌에서 들고 왔다. 치마를 걷어서 허리춤에서 묶자, 걷어 올린 옷자락 밑으로 도타운 속바지가 보였다. 보슬보슬 김이 오른 주먹밥을 챙겨서 주루먹에 담아 준 고도가 앞장섰다. 뒤이어 몽당이와 미호과 왁자지껄 웃으며 따라왔다.

고도는 때때로 미호와 몽당을 데리고 얼음낚시를 즐겼다. 꽁꽁 언 계곡가를 발끝으로 툭툭 두드리면서 목 좋은 곳에 구멍을 뚫으면 운이 좋은 날엔 잠자는 송어들이 잡혔다. 어부였던 경험을 무시 못 하는지, 물고기는 고도의 손에 귀신같이 걸려들었다. 똑같이 명주실에 지렁이를 끼우고 고기를 기다려도, 미호와 몽당이에게는 입질이 오지 않았다.

성미가 급한 미호는 낚싯줄을 내팽개치고 토끼나 까투리 등을 잡으러 산으로 들어가곤 했다. 돌아올 땐 양손에 두둑한 찬거리용 고기가 달려 있었고 말이다. 미호는 고기를 들고 아랫마을에서 곶감을 얻어 왔다. 곶감 따위엔 통 관심이 없는 미호지만, 매일 사냥한 육고기, 물고기로만 겨울을 보내는 고도가 신경 쓰여서 입가심을 위해 바꿔 왔다. 고도는 송어 한 마리를 통째로 솥에 넣고 어죽을 끓이다가, 미호의 기특한 행동에 머리를 쓱쓱 쓰다듬었다. 그녀는 "어린애 취급하지 마!"라고 퉁명스레 외치면서도 꼬리를 살랑살랑 흔들었지만 말이다.

---

2 볏짚으로 만들어 어깨에 지고 다니는 배낭

미호는 정자에 앉은 고도 옆에 붙어 앉았다. 미호의 꼬리 여덟 개가 뻣뻣하게 섰다. 미호의 앉은키보다 더 높은 백색 꼬리들이 털을 바싹 세우고 미호의 정수리 위에서 신경질적으로 흔들렸다. 그런 꼬리를 붙잡고 있는 조그마한 도깨비 몽당이는 꼬리가 움직일 때마다 재미있다면서 까르륵 웃느라 정신이 없었다.

"무엇이 널 이리 화나게 만들었을까."

고도의 물음에 미호는 기다렸다는 듯 목소리를 울렸다.

"자꾸만 이 산의 여우들이 나를 찾아와! 토월산으로 빨리 돌아가라고 캐갱캐갱 울어대!"

대체 여우의 언어를 알아들을 수 있는 건 무슨 재주냐고 묻고 싶은 고도였다. 여우도 아니고 인간도 아닌 저 반인반요의 팔미호는 간혹 만능 도사인 고도도 할 줄 모르는 재주를 부렸다. 짐승들과 교감하며 대화하는 부분이 특히 그러했다.

"흐음, 네가 혼약 적령기라 구미호뿐만 아니라, 여우들도 꼬이는 모양이야."

"악, 그런 거 아니거든!"

"그럼 왜일까. 우리 지진아가 이토록 인기가 많았는지 오늘 처음 알았네."

"나같은 예쁜 여성체는 당연히 인기가 많지."

"오호라, 그 인기로 순박한 시골 남자 꼬아내서 또 간이라도 빼먹으려고?"

"이제 인간이라면 치가 떨린다. 그럴 일 없으니 안심해. 아부지가 날 찾는다고 여우들이 합심해서 날 토월산으로 보내려는 거야."

"호오, 버린 자식이 아니었구나."

"버리다니! 내가 촌장 딸인 걸 몰랐던 거야? 토월산에서 가장 영향력 있는 구미호라고."

"그랬군."

"대답이 성의 없어!"

발톱을 꺼내면서 반발하는 미호의 뒤에서 몽당이가 더 크게 웃음을 터뜨렸다. 살랑거리는 여우 꼬리를 잡고 놀이를 즐기던 몽당이 폴짝, 마루 위로 뛰어내렸다. 짤막한 다리를 뒤뚱거리며 달린 몽당이 고도의 양반다리 위로 올라왔다. 포개어 덮은 다리 사이에 자리 잡은 몽당이 고도를 향해 손을 뻗었다. 고도는 곶감을 먹다 말고 몽당을 쳐다봤다. 저를 닮은 얼굴을 한 어린아이의 형상이 낯설면서도 신기한지 데굴데굴 검은 눈을 굴렸다. 고도는 몽당이를 한참이나 관찰했다. 몽당이가 가랑이 사이에서 폴짝폴짝 뛰면서 고도를 향해 손을 흔드는 통에 고도는 소매 속에 감춰 두었던 손가락을 꺼내 주었다. 몽당이는 제 손바닥만 한 고도의 집게손가락을 양손에 쥐고 흔들면서 뭐가 그리 재밌는지 까르륵 웃기 바빴다.

"돌아가면 분명히 혼사를 치르라고 난리일 텐데."

혼사 얘기에 몽당이에게 손가락을 내어 준 고도가 고개를 들었다. 말도 하지 못하는 어린 도깨비에게 관심을 쏟느라 미호의 말을 귀담아 듣지 못했다. 혼사. 그 단어에 고도가 고개를 갸웃했다.

"네 녀석, 혹시 혼사를 피해서 이리로 도망 온 게냐?"

본심을 꿰뚫린 미호의 얼굴이 새빨개졌다. 어쩜, 예나 지금이나 미호가 고도를 속이는 일은 하늘의 별따기보다 어렵다.

"시, 싫어서 도망칠 수도 있지!"

"역시나 나를 대피처 삼았던 거군. 네 놈 그렇게 친구가 없느냐. 나 아니면 찾아올 데가 없었다니."

"그, 그거 아니거든!"

"그럼 내가 그렇게 좋아?"

"으아아, 너 진짜 얄미워!"

"좋아한단 말을 왜 못할까. 자 따라해 봐라. 나 지진아는 고도처럼 늠름하고 잘생긴 남자를 좋아한다."

"아냐!"

"좋아해. 그 말이 그렇게 어렵더냐. 좋아해."

"조, 좋아…… 하지 않아."

대답은 그리하면서도 얼굴이 시뻘건 것이 고도를 다른 누구보다 좋아한단 사실을 부인하긴 어려운 듯하다. 고도는 히죽 웃으면서 미호의 머리통을 손으로 쓰다듬었다.

"싫으면 도망치는 건 예나 지금이나 똑같은 지진아로다."

"웃, 너는 겪어보지 못해서 그래. 혼사로 시달리는 게 얼마나 고통스러운데."

"흐음. 그건 좀 이상하긴 하구나. 넌 인간 남자를 동족보다 좋아하지 않느냐. 그러한 혼사를 집안에서 추진하려고 한다고?"

"그럴 리가 있겠니. 아부지는 날 반인반요에게 시집보내려 할 거야. 인간이 되고 싶은 생각일랑 집어치우고 평생 요괴로 살라는 뜻이겠지."

뻣뻣하게 신경질을 부리던 여덟 개의 꼬리가 힘없이 양옆으로 흔들렸다. 미호의 표정은 덤덤했지만 속이 문드러진다는 사실은 꼬리의 좌우 반동만 봐도 알 수 있었다. 미호는 인간이 되고자 한 희망이 그 어떤 요괴보다 컸다. 사랑하는 남정네가 하필 인간이었기에 그를 위해서 인간이 되길 간절히 소망한 요괴였다. 자신을 포기하면서까지 상대를 위하는 헌신적인 사랑이 결국 파국으로 치달아 생에 가장 큰 상처를 입었지만 그 문드러진 흉터 위에도 꽃은 피고 있었다. 겨울이라 새싹이 움트진 않았어도 마을 남자들이 보내는 시선에 부끄러워하며 언제든 언 마음을 녹일 준비를 하고 있었다.

겉으론 강하고 드세 보여도 속은 그 어떤 과실보다 부드럽고 약한 여인. 그녀는 잘 익은 복숭아 껍질로 썩은 속살을 애써 감추고 있었다. 인간과의 사랑을 염원해도 실천하기는 많이 두려운 듯했다. 인간이 되고 싶고, 인간들이 나누는 진실 된 사랑을 바라지만 평생을 요괴로 살 수밖에 없는 그의 팔자에 고도는 별스러운 위안을 해주고 싶지 않았다. 고도는 몽당이가 깨무는 손가락을 빼내어 자리에서 일어났다.

"금 좋아하느냐."

풀 죽은 얼굴로 마당만 내려다보던 미호가 새하얀 귀를 쫑긋 거렸다. 그녀의 붉은 눈동자가 고도에게 고정됐다.

"금?"

"그래, 묵금 말이다. 네가 이곳에 오기 전까지 내가 묵금 소리꾼으로 제법 유명해졌거든. 그 유명한 소리 한번 들려주려고 그런다."

미호의 꼬리가 이전보다 힘 있게 움직였다.

"건방지게 너는 왜 성의 없이 시작하는 모든 일을 잘하는 걸까?"

"저런, 심한 오해로다. 난 매사 인사를 다하여 열심히 한다."

"너처럼 무관심한 애가 말도 안 돼."

"티 내어 열심히 노력해시 뭐하겠느냐. 요란한 소문 뒤엔 비웃음 혹은 결과가 당연하다는 반응뿐이다. 조용히 노력해야 깜짝 선물 같아서 좋고 말고."

"그래도 열심히 하는 티를 내야 보람이 있지. 혼자 묵묵히 하면 재미없어."

"노력 도중에 관심을 받는 것보다 완성된 결과물로 인정받는 것에 재미를 들리면 된다."

"그럴 끈기와 결과물에 대한 확신이 없어."

"길러야지."

"뭘?"

"네 자신이 어느 정도의 능력을 가졌는지, 스스로를 탐색하는 눈을 길러야지. 그 정도 노력도 없이 네 일을 동네방네 소문내며 빈 수레로 취급하시 나라."

그러면서 집 안에서 묵금을 들고 온 고도가 평상에 자리를 잡았다. 음을 조율하기 위해 오른손으로 현을 뜯었다. 무겁지만 맑은 소리가 평상 밑바닥에 깔렸다. 미호는 검은 두루마기를 입은 검은 머리의 사내가 검은 금을 타고 있는 그 기묘한 조화를 가만히 바라봤다. 낡은 정자 너머로는 소복하게 쌓인 하얀 눈밭이 펼쳐져서 고도의 존재감이 그 어느 때보다 강렬하게 눈에 박혀 들었다.

인간이면서 요괴와 도깨비, 성수의 존경까지 받는 이 특수한 존재는 자신을 닮은 소리를 울렸다. 화려하지도, 요란하지도 않은 소리였다. 자고로 현악기 중 거문고만이 하늘의 소리를 대변한다고 일컬어지거늘, 땅에 가장 가까이 닿아서 울려 퍼지는 소리가 하늘을 대변한다니 이 얼마나 신비로운가. 땅에 속한 고도가 하늘의 권속에게 사랑을 받는 것처럼. 그의 소리가 낮게 퍼질수록 하늘이 정수리에 바싹 닿을 듯 가까워지는 기분이었다.

"고도, 너야말로 언제까지 이런 생활을 계속할 거지. 천룡이 하늘로 돌아가면 너도 따라갈 거야? 이곳을 대피처로 쓰는 이는 내가 아니라 너이지 않느냐."

망가진 의수를 왼손에 끼운 고도는 가볍게 도술을 부렸다. 덜렁거리는 의수를 손목에 매다는 것이 과연 어떤 쓸모가 있는지를 궁금해하던 미호에게 그 어떤 설명보다 더 완벽한 해답을 눈으로 보여 주었다. 도술을 불어 넣은 의수가 뭉툭한 손목 끝에 딱 달라붙었다. 마디마디 이음새가 감추어진 손가락이 실제처럼 움직였다. 자연스럽게 굽혔다 펴지는 모습이 인간의 실제 손과 다를 바 없었다. 도술의 영묘한 힘으로 겉모습만 나무일 뿐, 실제 손을 대변하기에 부족함이 없는 의수였다.

고도는 줄을 뜯었다. 줄 위를 움직이는 손은 날렵했다. 소녀의 발걸음처럼 가볍고 경쾌했다. 서전검을 휘두르던 모습을 떠올릴 만큼 무겁고 안정되기도 했다. 흔들리는 줄을 타고 넘실거리는 소리는 그가 '환영도사'라는 별칭을 얻었던 과거의 모습만큼 다채롭고 예측할 수 없는 방향으로 울려 퍼졌다. 금 소리에 대해 하나도 아는 것이 없는 미호지만, 기분이 좋아졌다. 그의 연주를 듣는 것만으로도 방긋, 미소가 지어졌다. 무거운 소리가 전혀 무겁게 심장을 짓누르지 않는다. 그건 정말로 신기한 일이었다.

"와."

미호의 입에서 짧은 탄성이 터졌다. 고도가 뜯는 줄을 타고 꽃이 피었다. 차갑던 겨우내 공기가 포근해졌다. 뿌연 먹구름 사이로 햇살이 비쳤다. 언 땅이 소리에 맞춰 발을 굴렀고, 땅속에 숨어 있던 꽃향기가 미호의 코끝을 간질였다. 만개한 꽃잎이 화르륵 피어오르는 모습을 보면서 몽당이가 방정맞게 발을 굴렀다. 겨울에 피어난 봄은 고도가 묵금을 연주하며 만들어 낸 환상적인 도술인지, 환영이 보일 만큼 아름다운 소리 때문인지 분간이 가지 않았다. 그저 미호는 꽃이 피어나는 고도의 손끝을 보면서 두 손바닥을 포개어 웃었다.

고도가 청사와 재회하기 전, 이 마을 저 마을을 떠돌며 줄을 뜯는 소리꾼으로 명망이 높은 시절을 들었다. 그의 묵금 소리가 먼 도성까지 닿아 왕이 직접 그를 보고 싶어 할 정도로 고도의 실력이 천하제일이라 손을 꼽았다고 한다. 고도의 소리에는 슬픔과 기쁨이 덤덤하게 묻어 있지만 결코 가볍지 않았다. 이 땅의 모든 의문을 답할 수 있을 듯한 깊이가 담겨 있었다. 인간의 본질에 가장 가까운 소리였다. 모든 인간 군상이 귀를 기울일 정도로 깊고 울림이 가득한 소리였다. 낡은 묵금에서 피어나는 붉고 노란 꽃의 향연이 그 어떤 무릉도원보다 아름답고 안락하다 느낄 때였다.

'그분이야!'

어디선가 밝은 목소리로 외치는 소리가 들렸다. 외침이 사방으로 번졌다.

'그분이 맞아!'

'그분이 확실해!'

꽃바람이 휘감던 정자 주변이 요란스러워졌다. 눈을 감고 묵금을 켜던 고도의 손길이 멎었다. 줄 위에서 멈춘 손가락을 타고 만개하던 꽃잎들이 다시 봉우리를 닫았다. 정자를 꽃밭으로 만들었던 붉고 노란 이파리들이 차가운 겨울 공기에 사르르 날아가 부서졌다. 놀라서 눈을 동그랗게 뜬 미호와 철없이 손을 뻗으면서 신기해하는 몽당이 주변으로 눈대중으로만 수백 개에 달하는 빛의 군집이 화려하게 발광하고 있었다.

'하늘이 근처에 없어, 권속이 사라졌어.'

'지금이야, 지금 데려가야 해.'

'우리가 데려가야 해.'

'그분을 데려가야 해.'

사방에서 터지는 목소리가 고도 주변을 감쌌다. 고도는 빛의 군집을 의아하게 바라보았다. 요괴인가, 귀신인가. 이리저리 뜯어보아도 삿된 기운이나 위협적인 느낌은 없었다. 오히려 신선들이 산다는 청호림의 맑은 기운을 닮아 신령스럽게까지 느껴지지 않은가.

"고도, 이게 다 뭐야?"

그녀는 정신 사납게 정자를 뛰어다니는 몽당이를 품에 단단하게 안고서 눈살을 찌푸렸다. 정체 모를 것들이 위협적으로 느껴지진 않았지만 그렇다고 호의적으로도 보이지 않았는데, 이유인 즉 아까부터 빛이 연신 고도의 머리와 옷을 잡아당기기 때문이다.

"그러게, 나도 처음 보는 것들이네. 이게 어떻게 말을 하는 거지. 입이 어디 있는 거지."

"네가 모르는 게 있어?"

"나라고 만물을 다 알지는 못하지."

고도가 눈앞에서 반짝이는 빛을 톡 건드리자 여기저기서 웃음소리가 터졌다.

'가자, 가야 해! 그분 맞아!'

'까르르륵, 드디어 찾았어, 데려가자.'

'어서, 어서 가자!'

정신 사나운 소리에 미호가 놀라서 고도의 옷자락을 덥석 잡았다. 머리카락이며 옷자락이 잡아당겨지는 당사자는 비실비실 웃기 바빴다. 당황스러운 이는 미호뿐인 듯했다.

"이 미친 도사야! 얘네가 너를 끌고 가겠다잖아! 왜 가만히 있냐!"

미호가 꼬리를 휘둘러 빛 가루를 날려 버리자 빛의 군집이 꺄아악 비명을 지르며 물러났다가 다시 돌아왔다.

"내 인기가 죽지 않았구나."

"퍽이나!"

위기감이라고는 눈곱만큼도 없는 요망한 도사 같으니라고. 손끝에 모이는 빛을 보는 고도 대신 미호가 자리에서 일어났다. 미호는 몸을 낮추고 꼬리를 흔들었다. 그녀의 여덟 개 꼬리를 타고 독한 요기가 흘러 나왔다. 미호의 붉은 눈이 세로로 길쭉, 맹수처럼 변했다. 고도의 살갗이 저릿할 만큼 강한 요력인데도 빛은 요동조차 없었다. 빛은 요기를 두려워하지 않았다. 마치 애초부터 느끼지 못하는 것처럼 말이다.

'데려가자.'

'가자, 가자.'

'그분을 데려가자.'

미호의 요기를 정면에서 무시하는 빛의 반응을 고도는 신중하게 바라봤다. 자신의 힘이 통하지 않는 바람에 미호는 자존심이 상해서 날카로운 송곳니를 드러내고 으르렁, 울었다.

[감히 누굴 무시하는 거야.]

건방진 빛무리를 향해 기다랗게 변한 손톱을 휘둘렀다. 이번에도 소용없었다. 빛은 가볍게 공중제비를 돌고 다시금 고도의 몸에 달라붙었다.

'가자, 가자, 가자.'

동글게 소리를 부르며 연신 고도를 보채고 졸랐다.

'가자, 가자, 가자, 가자.'

음성은 강압적으로 변했다. 고도를 잡아당기는 힘이 커지면서 고도는 비틀, 중심을 잡지 못했다. 빛은 더 이상 영롱하지 않았다. 섬뜩했다. 그들은 비정상적으로 고도에게 집착했다.

'가자, 가자, 가자, 가자, 가자, 가자, 가자, 가자.'

몽당이가 방에 달려가 고도의 서전검을 들고 왔다. 커다란 검을 검의 손잡이보다 작은 덩치의 몽당이가 거뜬하게 들고 있었다. 무겁지도 않은지 그 검을 머리에 이고 고도에게 건네려고 안간힘이다. 고도는 몽당에게 시선을 고정했다. 요괴를 잡아들이고 동해 용왕의 눈을 찌른 검엔 그만큼 독한 힘이 고이기 마련인데 어린 도깨비가 서전검을 조금도 무서워하지 않고 있었다. 도깨비의 왕이라 일컬어진 옛 친우 '소'조차도 이 검만은 손도 대지 못했거늘. 고도는 빛보다 몽당을 먼저 신경 썼다.

"검은 괜찮다."

고도는 몽당이 가져온 검을 평상 위에 올려놓았다. 대신 빛을 향해 맨

손을 뻗었다. 미호가 놀라서 소리를 쳐도 고도는 손을 휘이휘이 저으면서 괜찮다는 말만 되풀이했다. 빛 가루들은 고도가 내민 손에 우르르르 몰려들었다. 한데 뭉쳐진 빛은 마치 노란 달처럼 빛났다. 고도는 손을 비벼서 빛을 흐트러뜨려 보았다. 와글와글 흩어진 빛이 다시 뭉쳐서 눈앞을 밝히는 모습이 정신 사납고 재밌었다.

"이 방정맞고 촐싹대는 빛 덩어리들아. 너희는 누구기에 나를 데려간다고 하느냐."

고도의 반응에 빛 가루들이 요란스럽고 질서 없이 외쳤다.

'너는 그분이니까!'

'인간이 그분인 건 이상하지만.'

'그래도 주인님이 인정했어.'

'인정했어. 주인님께 가야 해.'

'데려 가야 해.'

'가자, 가자.'

'가야 해, 가자, 가자, 그분, 가자.'

지성체가 아닌 빛의 요란한 소리에 고도가 침착하게 반응했다.

"뭐지. 나를 지금 '그분'이라는 것과 헷갈려하는 듯한데."

사방팔방에서 와르르르 대답이 쏟아졌다. 응응응응, 대꾸하는 소리가 메아리처럼 울렸다. 강박적인 외침이 커져서 귀가 아플 정도였다.

"아, 헷갈리는 게 아니라, 내가 그분이 맞다고? 이런 이상한 애들을 봤나. 너희의 주인은 누구냐. 고놈이 뭔갈 오해해도 단단히 오해한 모양이야."

빛이 앞다투어 대답했다.

'주인님은 땅의 주인. 땅의 소리, 땅의 몸신. 땅 그 자체. 이곳에서 잠을 자는 아주 고귀한 존재.'

'그분은 주인님을 대신하여 땅의 뜻을 전해 주는 이.'

'그분은 대대로 성수가 맡아온 직책.'

'이름이 필요 없는 자. 그분.'

'주인님을 대신하는 자, 그분.'

'너는 그분이지만 인간이라 이상해.'

'이상하지만 이상한 게 이상한 법.'

'주인님에게 가자.'

'주인님이 찾아. 가자, 가자.'

이쯤 되면 고도의 시체라도 끌고 갈 기세다. 고도는 뒷머리를 긁적였다. 고도는 요괴와 도깨비, 귀신과 인간 등 이 땅에서도 가장 아래에 위치한 존재에는 박식해도 성수나 신선, 땅의 주인이나 성물 등 고귀한 존재에 대해서는 지식이 얼마 없었다. 애초에 태어나길 미천한 어부의 자식으로 태어난 자신이 땅의 주인과 어울릴 일이 있겠는가. 그들에게 다가가는 것조차 허락받지 못한 존재나 다름없었다. 요괴랑 복작이며 지내온 것이 전부인 고도에게 땅의 주인의 초대는 신기하고 이상하지만 썩 반가운 일은 아니었다.

땅의 주인이라면 지룡地龍인가. 태초에 천룡과 한 배에서 나와 하나는 땅에 몸을 묻고 다른 하나는 은하수에 몸을 묻어서 각기 하늘과 땅을 주관하게 된 중요한 존재. 만약 지룡이 맞다면 고도는 그를 만나고 싶지 않았다. 용과 얽히는 것은 천룡만으로도 벅차 죽겠는데 이젠 땅의 주인까지 알현하라니.

"귀찮고 번거로워. 가기 싫다."

땅의 주인의 초대를 단순히 귀찮고 번거롭다며 거절하는 존재는 고도 외에 없을 것이다. 미호는 어이가 없어서 입을 벌렸다. 고도의 단호한 반응에 몽당이는 무엇이 그리 웃긴지 서전검을 머리에 인 채 배를 잡고 웃느라 바빴다. 빛무리는 고도의 대답을 듣자마자 쿵쿵거리며 발을 굴렀다. 대리 주인으로 임명한 이가 그 주인 된 이의 말씀을 거역하다니. 이치에 맞지 않는 이야기라. 그들의 목소리가 커졌다.

'가야 해!'

'가야만 해!'

'가야 한다니까!'

"네 주인이란 놈이 퍽 건방지구나. 할 말이 있으면 그 주인이 직접 와야지, 누구한테 오라가라하고 있어?"

'주인은 자고 있으니까!'

"저런, 엄청난 잠꾸러기로다. 가서 양 뺨을 때려 깨우거라."

'우리는 깨우지 못해! 그분만이 주인의 눈을 뜨게 할 수 있어!'

"그래, 내가 가서 때려 주면 되느냐?"

도술을 이용해서 한쪽 팔을 커다랗게 부풀린 다음에 땅의 뺨을 후려치는 거야 어렵지는 않은 일. 그런 요사스러운 방법으로 땅의 주인이 눈을 뜨게 만드는 일이라면 동참해 주겠노라 말하는 고도였다. 진지함이라고는 볍씨만큼도 없다. 땅의 주인이 누군지는 궁금해도 그를 만나기 위한 수고스러움을 부러 낭비하고 싶지 않아 했다. 빛이 갑자기 몸집을 키웠다. 그것들은 고도를 한꺼번에 붙잡아 공중으로 들어 올렸다. 빛에 감싸인 고도가 허공으로 두둥실 떠오르자 미호가 소리쳤다.

"고도!"

고도는 빛으로 이루어진 커다란 구 안에 앉은 채 눈을 껌뻑거렸다. 주변을 손등으로 툭툭 두드려 보았다. 빛의 구는 도자기처럼 연약하면서도 매끄럽고 단단하게 자신을 감싸고 있었다. 한 번도 접해 본 적 없는 이 기현상을 어떻게 받아들여야 하는지, 그 땅의 주인이란 자는 무슨 잠을 그리 깊게 들어서 애먼 사람을 납치하는 것인지 이해가 되지 않았다.

"이런, 오랜만에 겪어보는데, 이 납치라는 거."

"좋아할 때냐, 이 망할 도사야!"

"재밌잖냐."

미호에게 실없는 말을 하는 고도는 정말로 그 납치를 즐기고 있었다.

[감히 누구를 데려간단 것이냐!]

등 뒤에서 깊은 목소리가 터졌다. 천지를 울리는 천둥 같은 소리를 향해서 고도가 고개를 돌렸다. 제일 먼저 보인 것은 흡착된 청잣빛 눈동자였다. 육중한 살기를 두 눈에 머금은 청사가 다가오고 있었다. 청사 주변에서만 휘몰아치는 한풍에 그의 옷깃과 머리카락이 넘실거렸다. 걸음을 뗄 때마다 땅이 움푹 파였고, 살얼음이 진 마당의 눈이 녹았다. 이끼 속에서 싹을 틔운 겨울나무가 단숨에 말라붙어서 고개를 숙이는 것은 물론 멧새와 들쥐들이 먼 곳까지 도망을 쳤다. 고도를 허공에 띄운 빛의 구가 청사의 기에 눌려 구름처럼 요동쳤다. 빛무리의 결속이 빠른 속도로 사라지자 빛은 혼비백산이 되어 사방으로 튀어 나갔다.

'하늘의 권속이다!'

'권속이 그분을 빼앗는다!'

'그분, 그분을 빼앗긴다!'

'빼앗기면 안 된다!'

빛의 군집들이 재빨리 고도를 붙잡아 끌려 했지만 옹송망송 흩어진 힘이 다시 밀집하기란 어려웠다. 고도를 잡아끄는 힘과 놓고 가려는 힘이 팽팽하게 대립한 사이, 가까이 다가온 청사의 살기에 겁을 먹은 빛무리는 빠른 속도로 몸을 숨겼다. 한 척 정도 허공으로 떠올랐었던 고도는 정자의 평상 위로 엉덩방아를 찧었다. 두루마기 위로 엉덩이를 문지르면서 한동안 굽은 허리를 펴지 못했다.

[감히 누굴 마음대로 데려간단 것이야!]

다가온 청사가 고도의 손을 잡았다. 고도를 일으켜 양팔로 안았다. 눈을 세로로 홉뜨고 이를 빠득 가는 모습이 진정으로 분노에 들어차 있어서 고도는 입만 벙긋했다. 고도는 청명한 하늘을 닮은 청사의 눈 속에서 불안감이라는 기색을 읽어 냈다. 청사의 불안감은 고도의 손을 꼭 쥐고 있는 손의 떨림으로 전가됐다. 고도가 진정으로 사라질 줄 안 것처럼 퍽 두려워하는 상태였다. 고도는 청사에게 잡힌 손목을 힐끔 내려다봤다. 청사가 급히 고도를 껴안느라 못 본 듯했으나, 고도의 살갗에는 빛이 내지른 비명들이 잔영처럼 남아 있었다. 마치 소인의 손바닥 자국이 찍힌 것처럼, 몸 곳곳에 빛 가루가 흩날리고 있었다. 사라져도 흔적이 남은 빛의 정체에 대해 심도 깊은 생각을 해보려다 그만두었다. 고도는 청사 몰래 소맷부리와 손목에 묻은 빛 가루를 털어 내고 청사의 뒤통수를 쓰다듬었다.

　"어서 오렴."

　그 말에 청사가 울컥해서 외쳤다.

　[왜 그리 천하태평이느냐.]

　"너무 간만에 흥미진진한 일을 겪어서 한 번 즐기고 있었지."

　[그렇다고 눈 반짝이면서 정말로 좋아하면 어떡해! 이상한 것이 너를 탐낸다. 왜 너를 탐내는지 이유는 모르지만 내 무척 기분이 나빠.]

　"땅의 주인이 시킨 일이라고 하네. 그 주인 놈 성향이 과격해서 내 의사는 묻지도 않고 일을 벌였다만, 뭐, 이런 경험이 한두 번도 아니지 않으냐."

　[한두 번이 아니라면 뭘 어떻게 겪었는데?]

　"글쎄, 대롱이, 네 놈이 나를 자꾸 보쌈해서 옷 벗기는 거?"

　그 말에 청사의 눈가가 붉어졌다. 웃, 하고 부끄러운 듯 입술을 깨물다가도 삐쭉이면서 투덜거렸다.

[나와 엮이는 건 다른 문제잖아.]

"수줍어하기는, 하하하."

[시, 시끄럽고. 그 땅의 주인이란 거나 말해봐. 널 데려가려는 거. 그 새 누군지 알아?]

"네가 모르는데 내가 어찌 알까."

[불쾌하다. 정말로 불쾌해.]

글쎄, 고작 빛이 데려가려 했다는 점 때문에 이리도 심기가 불편할 수 있을는지. 청사가 평소보다 훨씬 날이 서서 으르렁거리는 이유를 고도는 짐작하지 못했다. 청사의 심정을 복잡한 얼굴로 지켜보다가 그의 머리를 더 다정하게 쓰다듬었다.

"널 두고 어디 가지 않을 테니 걱정 마라."

달래는 고도의 목소리에 청사의 노기가 차츰 가라앉기 시작했다. 제 아무리 화가 나도 고도가 다정하게 대해 주면 치켜뜬 눈꼬리가 본래대로 내려오고 만다. 청사는 고도의 손목을 움켜쥔 힘을 슬그머니 풀었다. 이전보다 더욱 정겹게 고도를 끌어안았다.

[너는 호기심이 많다. 내가 잠깐만 시선을 돌리면 네 호기심을 따라 움직일 인간이야. 내 허락도 없이 아무 곳이나 갈까 봐 겁이 난다.]

"허어. 내가 물가에 내놓은 아이도 아니고서야."

[농담할 기분이 아니야.]

"오냐, 농담하지 않으마. 약조하마. 네게 한마디 말도 없이 사라지지 않으마. 아무리 호기심이 들어차도 참겠다. 그러니 화 그만 내고 내 볼에 입 맞춰 주지 않겠느냐."

고도가 이 정도로 먼저 청사를 받아들일 태도를 취하면 청사는 화를 풀고 고도의 품 안에 파고들겠지만 이번만큼은 달랐다. 청사는 고도를 가만히 내려다보고만 있었다. 평소와는 다른 청사의 모습에 왼쪽 뺨을 내밀었던 고도가 "음?"하고 소리를 내어 물었다. 고도가 고개를 모로 숙이자 청사가 미호와 그녀의 품에 안긴 도깨비에게 시선을 줬다.

[잠깐 방에 들어가 있어. 고도랑 단둘이 할 얘기가 있다.]

어쩐 며칠 전의 상황과 비슷한 것 같은데. 그때는 둘이서 자리를 피했고 이번엔 선객先客을 내쫓은 경우지만. 미호는 따지고 싶은 말이 목구멍까지 차올라서 입이 댓 발이나 튀어나왔다. 못된 대룡이, 용 새끼. 욕설을 삼키면서 몽당이를 품에 안아 들었다. 기분대로 툴툴거리며 화를 내지 못한 것은 청사가 웬일로 진지하게 자신의 본모습을 드러냈기 때문이다. 청사가 아무리 만만해 보인다지만 하늘에 속한 존재임을 잊어서는 안 될 일이었다. 미호는 고개를 끄덕이고 얌전히 방 안으로 들어갔다.

[고도.]

이야기를 들을 귀가 없음을 확인한 청사가 고도를 불렀다. 청사는 고도와 고도 주변의 평상, 평상 밑에서도 여전히 모래알처럼 반짝거리는 빛 가루를 바라봤다. 햇살이 비친 눈가루처럼 투명한 조각들이 영롱하게 빛을 산란하는 모습이 심히 거슬렸다. 청사는 양손에 주먹을 쥐었다 펴면서 괜한 초조함을 삭였다. 고도를 끌고서라도 하늘로 데려가고 싶다던 생각을 행동으로 옮길까 봐 청사는 스스로를 제어하는 데에 힘썼다. 하늘로 끌고 가면, 고도는 자의로 하계에 내려올 수 없게 된다. 하늘에서 땅으로 오는 방법은 오로지 옥황상제의 허가가 떨어진 경우뿐이다. 한번 하늘로 올라간 고도는 너른 자미원에 갇힌 채로 평생 땅을 밟지 못하고 살아가리라.

청사는 손으로 이마를 감쌌다. 생각이 자꾸만 극단적으로 치우치려는 것을 애써 자제하며 숨을 골랐다. 어리게 굴지 않으려 했다. 감정적으로 행동하지 않으려고 최대한 머릿속의 복잡한 생각을 지웠다. 천룡의 후계자로서 배운 하늘에서의 가르침을 상기하면서 마음을 다잡는 데에 노력했다.

[잠깐만 얘기 좀 나눌 수 있을까?]

"그래, 물론이다."

청사는 고도의 목과 어깨가 춥지 않도록 머리에 쓰고 있는 휘항의 끈을 여며 주었다. 밭은 숨을 내쉬는 고도의 입 앞에 흰 서리가 앉았다. 인간이라면 으레 느껴야 할 추위에 몸서리치지 않고 가만히 쳐다보기만 한다. 휘항이 필요 없는 듯 추위에서 비껴 선 태도였다.

고도는 조금씩 변해 가고 있었다. 그는 추위와 더위라는 계절감에서 해탈한 것이 아니라 인간에서 멀어지는 듯했다. 사람을 멀리한 고도는 산에 가까워졌다. 인간에게 닿지 못하는 존재들과 친해졌다. 땅의 권속 중 가장 성스럽다고 알려진 '아리아'가 고도를 찾아온 시점에서 이미 고도는 인간을 초월한 존재가 되었다고 봐야 했다. 고도가 땅에 가까워지더라도 목숨에 영향이 없다면 반대할 이유는 없지만 청사는 이를 원하지 않았다. 땅에 가까워진다는 말인즉 하늘에서 멀어진다는 뜻이다. 고도가 하늘과 멀어질수록 불안해지는 것은 청사였다. 하늘에서 멀어지고 청사와 멀어져서 닿지 못하는 관계가 될 것이 불안하고 초조했다.

너무 특별하고 무거운 감정이 실려서 고도를 부담스럽게 하지 않도록. 아주 일상적이고 가벼운 어투로 물어보도록 하자.

[저기, 그러니까 고도. 뭐 하나만 물어봐도 될까.]

고도는 입술을 오물거리는 청사를 빤히 올려다봤다. 언제나 생기가 가득한 눈으로 자신을 멀리에서도 지켜봐 주는 청사였지만 오늘은 조금 더 특별했다. 경직된 어깨가 수상했다.

"뭘 물어보려고 이렇게 진지할까."

청사는 슬그머니 집 안을 살폈다. 혹여나 문지방 너머로 팔미호나 몽당 빗자루 도깨비가 엿듣고 있지는 않을까 봐 조심하는 기색이었다. 누구도 이 분위기를 방해할 수 없다는 걸 확인한 후, 청사는 침을 삼켰다.

[그게 말이지.]

"그래."

[이런 곳에서 해도 되는지 잘 모르겠는데 솔직히 귀찮은 일에 휘말리고 싶지 않아서 빨리 말하는 거란다. 하계에서 너랑 더 오랫동안 놀고 싶었는데 내가 초조해져서 안 되겠구나.]

"그렇게 망설이다 쌀 얹힌 가마솥이 다 탄다."

[음?]

"적당히 뜸들이란 소리다."

고도의 꾸중에도 청사는 마른 입술을 혀로 살짝 핥으며 말하길 망설였다. 빤히 올려다보는 고도의 까만 눈동자가 섰 다. 안 그래도 새하얀 휘항에 감싸인 고도는 오목눈이처럼 보이는 터였다. 휘항은 청사가 쓰기 위해 산에서 잡은 토끼로 만든 모자였다. 그런 걸 푹 눌러쓴 고도가 평소보다 배는 귀여웠다. 고도의 몸이 작고 마른 것인지, 휘항의 길이가 긴 것인지, 그것은 중요하지 않았다. 남색 자미색겉감과 진홍색 숙고사 안감이 안 그래도 추위로 얼어 있는 고도의 하얀 얼굴과 까만 머리카락과 묘한 조화를 이루면서 참으로 고왔다. 그 귀엽고 까만 눈을 가진 새끼 뱁새를 똑 닮아서 청사는 고도를 콱 끌어안으려던 팔을 이성으로 붙잡았다.

진정하고 제대로 말하자. 다시금 속으로 다짐한 청사가 마른침을 삼키고 입술을 뗐다.

[나랑 하늘에서 같이 살지 않을래?]

목소리가 떨려 나왔다. 청사의 말에 고개를 바로 세운 고도가 눈을 깜빡였다. 가만히 쳐다보는 검은 눈동자가 어떤 감정을 표현하는지 청사는 쉽게 파악할 수가 없었다. 청사를 말없이 쳐다보기만 하여 청사의 초조함이 극에 달했다. 혹여나 거절의 대답이 들려올까 봐 청사는 재빨리 말을 이었다.

[이런 자리에서 말하는 게 눈치 없는 행동이라면 다시 정식으로 고백힐 데니까 약식으로 네 뜻을 묻는 거라 생각해 주거라. 그러니까 고도가 내 반려자가 되었으면 좋겠다는 뜻이야.]

혼약이라도 하는 것처럼 긴장한 청사다. 북을 치는 듯한 가슴 소리가 고도에게 전해졌다. 청사는 움켜쥔 주먹 속에서 손톱을 하나둘 셌다. 대답은 천릿길을 돌아 나오듯 멀리서부터 울렸다. 귀에 스며드는 고도의 목소리가 처음에는 환청인 줄만 알았다.

"미안하다."

청사는 고도를 내려다봤다. 휘몰아치는 바람 사이에 시린 눈발이 섞여 있었다. 눈송이가 지붕에 쌓이다 흘러내려 청사의 눈꺼풀에 맺혔다. 청사는 그 무거움이 선연해서 억지로 눈을 빤히 뜬 채 고도에게 시선을 고정했다. 고도의 대답이 거짓말처럼 입김을 타고 새 나왔다.

"난 하늘로 가서 살 수 없어. 정말 미안하다."

북소리가 울리던 심장이 완전히 멈추는 기분이었다. 청사는 믿을 수 없다는 얼굴로 고도의 입술만을 바라봤다. 언제부터인지 속눈썹에 걸린 눈송이가 녹아 볼을 타고 흘러내리고 있었다.

미안하다. 난 하늘로 가서 살 수 없어. 정말 미안하다.

그 말이 오랫동안 청사의 귀에 남았다.

[어째서?]

그러니까 왜? 뭐가 문젠데? 설마 정말로 고도가 땅의 권속에 더 밀접히 가까워지면서 하늘을 등한시하는 마음이 생긴 걸까. 그게 아니라면 왜 하늘에서 살지 않겠다는 것인데. 모든 인간들에게는 극락정토나 다름없는 천계가 무엇이 문제일까.

"천계에 올라가는 일은 내게 있어 무리다."

청사는 애써 두근거리는 심장을 달래고 물었다.

[그러니까 대체 왜?]

"내가 하늘에 가면 죽을 수도 있는데, 그래도 괜찮겠느냐."

처음에는 그 말을 이해하지 못해서 입을 벙긋한 채 아무 말도 뱉을 수 없었다. 고도가 죽는다고. 왜. 뭐 때문에?

[네 이름은 명부에서 지워졌다고 들었다. 죽을 리가 없어.]

"명부에 이름이 적힌 것의 의미를 모르느냐. 명부에 적힌 이름과 수명을 보고 저승차사들이 귀들을 인도하러 오는 지침서로 삼는다. 지금은 차사들이 나를 끌고 가지 못해서 죽지 못하지만 누군가 억지로 그곳에 보내면 얘기가 달라지지."

[너를 억지로 명계에 보낼 사람이 어디 있겠어? 잊었느냐, 고도야. 너는 내 형님 앞에서 소원을 빌 때 네게 있는 모든 '악연'을 끊어 달라고 말했다. 또한, 천인으로 환생한 과거의 인간이 너에게 보복을 할 거라고는 생각되지 않는 구나.]

"천인들의 의견도 같을까."

[대체 내가 너를 반려로 지정하는 데에 반대할 사람이 누가 있는데.]

"많이 있겠지. 하계에서 내 악평이 자자하여 하늘에도 닿았다고 들었다. 이런 나를 탐탁지 않아 하는 무리가 그들의 힘으로 나를 명계에 던져 버리면 나는 꼼짝 없이 죽어야 한다. 내 아무리 인간들 사이에선 뛰어난 도사일지라도 천인들을 상대로도 이길 수 있다는 확신이 없으니."

[하나…….]

"죽을 위험까지 감수하고 너와 하늘에 올라가는 것보다는 땅에서 너를 기다리며 짧지만 안전하게 시간을 보내고 싶은데 이 역시 너는 이해하지 못하겠느냐. 나는 죽지 않는 이상 영원히 너를 기다릴 수 있단다. 네가 조급해하지 않으면 우리는 조금 멀리 있지만 끝없이 함께할 수 있지 않느냐."

그럴 수 있다면 고집을 부리지도 않았을 것이다. 청사는 자신이 천룡의 보위에 오르면 고도를 만나기 위해 개인적인 시간을 내기도 힘들뿐더러, 수많은 이들에게 후계 문제로 들볶일 것이 눈앞에 선하다고 생각했다. 그러나 고도의 말도 옳다. 고도를 명계에 던져 버릴 존재가 하늘에는 분명히 있을 것이다. 천인은 삿된 마음을 먹지 않는 게 이치이나, 이치가 절대적으로 만물에 통용되는 것은 아니다. 청사가 고의적으로 하늘의 힘을 땅 위에서 개방하여 지상의 모든 존재들을 발아래 굽이 둔 것처럼, 천인 중에서 내공이 높은 이가 고도에게 어떤 영향을 미칠지 가늠할 수가 없는 일이었다.

천상의 고위 백관이라면. 그들이라면 땅에서 악평을 받고 있는 고도를 용서하고 받아 줄까. 너른 마음으로 용서할지도 모른다. 성과 선을 몸소 실천하는 천인이니, 부처의 자비를 본받아 고도의 허물을 과거에 묻어 둘 뿐 현재까지 끌고 와 질책하지 않을 수 있었다. 그러나 그것은 단지 확률일 뿐이다. 만약 천인들이 고도를 즉시 처결하려 마음먹는다면 아무리 인간 중 가장 뛰어난 도사인 고도일지라도, 인간과 계界 자체가 다른 존재인 천인을 이겨 낼 재간이 없다. 천인들이 고의적으로 삼도천 강에 고도를 빠트린다면 청사도 손쓸 수가 없다. 물살에 휩쓸린 고도가 명계에 닿으면, 설사 상제가 들고 일어나더라도 결과는 같아진다. 삼도천에 떠내려 온 고도를 염라가 직접 처결할 것이다. 고도를 그 어떤 세상과의 소통도 단절된 무저갱에 처박을 것이다. 고도 혼자서는 아무것도 할 수 없고 볼 수도 없고 죽을 수도 없도록 살게 함이 분명했다.

고도를 잃을 가능성이 있다는 사실에 청사는 있는 힘껏 주먹을 움켜쥐었다. 아무리 천룡의 후계자라지만 모든 천인들을 적으로 돌릴 만큼 강경하게 일을 진행할 힘이 아직은 없었다. 고도를 지키기엔 힘이 부족했다.

[내가 노력하겠다. 너에게 아무런 위험이 닥치지 않도록 노력하겠어. 그래도 하늘로 같이 못 간다는 뜻이냐.]

"나는 땅에, 너는 하늘에 있어도 충분히 함께 있을 수 있지 않느냐. 보고 싶을 때마다 네가 내려오면 된다. 혹은 내가 허락 맡고 올라가면 되겠지."

[내가 그 일을 견딜 수 없다.]

"대룡아."

[네가 내 옆에 없으면 아무것도 소용없다.]

고도가 요괴 9,999마리를 잡는 대가를 모두 치르고 나서 청사는 천룡의 후계 수업을 받으러 올라갔던 하늘의 일이 떠올랐다. 너른 천계에서 한시도 고도를 그리워하지 않은 적이 없었다. 참으로 그리워서 낮과 밤을 구분 없이 뜬눈으로 고도를 상상하다가 이내 눈을 감고 책상 위에 고개를 엎길 여러 차례였다. 청사는 눈앞에 그리는 고도에게 손을 뻗지도 못했고, 그의 목소리도 들을 수 없었다. 머리가 기억하는 고도의 표정이, 그의 온기와 목소리가, 시간이 지날수록 흐려지는 바람에 초조함과 불안감이 가중되었다. 이대로 고도를 잊고 영영 그를 보지 못할까 봐, 입술에 피가 배어 나오는 것도 모를 만큼 악착같이 자신에게 주어진 소임을 다하고자 필사적으로 움직였다.

청사는 천룡의 후계직에서 벗어날 수 없는 몸이었다. 때가 되면 아버지가 앉아 계신 천룡의 자리에 자신이 즉위하기로 예정되어 있었다. 예정된 미래를 준비하기 위해서는 배울 것이 많았다. 고도만 생각하면 그리워 눈물이 핑 돌았지만 후계 교육을 그 그리움 때문에 엉성하게 받아들일 수가 없었다. 인간의 나이로 환갑이 넘는 세월 동안 후계 교육을 받는 내내 무슨 생각을 했던가. 오로지 고도와 남은 생을 함께 할 생각뿐이었지 않나. 누구보다 필사적으로 후계 자리를 보존하지 않았던가. 아버지와 상제로부터 "이쯤 하면 되었다"는 이야기에 기쁨의 눈물을 흘렸다. 넉 달 동안 수업을 쉬어도 된다는 명이 떨어지자마자 고도를 만나기 위해 하계로 내려왔다. 그리하여 다시 만난 고도는 변함없이 아름답고 강했다. 기억 속에서 흐려질까 봐 필사적으로 붙들고 있던 그 얼굴과 온기, 목소리가 선명하게 와 닿았을 때 청사는 그를 안고 60년간 참았던 눈물을 쏟았다. 고도의 목소리를 통해서 "내 사랑아"라는 이름을 들었을 때 결심했었다.

그 어떤 일이 있더라도 앞으로는 고도와 헤어지지 않을 것이다. 고도만이 청사에게 가장 의미 있고 유일무이한 존재다. 청사는 스스로에게 각인시켰다. 고도의 마지막 사랑이 자신이며 자신 또한 고도가 최초이자 최후의 반려가 될 것이라 생각했는데, 그리 믿었는데.

[같이 가자, 고도야. 난 너 없으면 안 된다.]

한동안 청사를 올려다보던 고도가 피식, 바람을 꺼트리며 웃었다. 실바람 같은 웃음소리를 듣자 굳어 버린 청사도 점차 현실감을 되찾을 수 있었다.

"왜 너는 땅에서 살겠다는 말을 빈말로도 해주지 않고, 내게만 선택을 강요하는 것이냐."

따져 묻는 말투는 아니었다. 하지만 청사의 취약한 부분을 대번에 꼬집은 질문이었기에 청사는 고도의 손을 힘주어 움켜쥐고 말았다.

[혹시 내가 이기적으로 네게 선택하라 말한 것에 상처 받았어?]

"그런 뜻으로 물은 건 아니다. 네가 땅에서 살 수 없다는 걸 얼핏 이해할 수는 있지만 하늘에서 네가 무슨 일을 하는지 정확하게 알지 못해서 그런단다. 지금처럼 네가 가끔 땅을 방문하여 나와 시간을 보내면 되지 않겠느냐. 굳이 땅의 품에서 자란 내가 어머니를 버리고 낯선 곳에 평생 몸담을 필요가 있느냐."

[미안하다, 고도. 내가 어리석었구나. 네게 내 사정을 제대로 설명도 않고 내 뜻만 따라 달라 우기고 있었어. 내가 이렇게 그릇이 작구나.]

"자책하라고 한 말이 아니다. 설명할 필요성이 없어서 이야기를 꺼내지 않았다면 그 뜻을 존중할 수 있어."

[아니야, 다 말할게. 말하는 게 당연해.]

"억지로 그럴 필요는 없는데."

[아니다, 내가 마음이 급해서 절차도 제대로 못 밟았구나. 너에게 설명도 없이 이해를 강요한 모자란 나를 부디 용서해라.]

청사는 호흡을 골랐다. 어디서부터 어떻게 설명해야 고도가 편히 이해할 수 있는지를 따졌다. 고도가 이해할 수 있도록 모든 부분을 최대한 쉽게 설명하기로 했다. 청사는 데구르르 굴리던 머릿속을 정리한 후 비로소 입을 뗐다.

[고도도 알다시피 나는 천룡이야. 천룡은 옥황상제의 옆에서 땅의 일을 보좌하는 직책이지.]

"음, 그래, 하늘의 주인이 상제이고 네가 그 주인 밑의 최측근이라는 것은 안다."

[그건 천룡직에 보위를 물려받게 된 후고, 지금은 후계로서 수업만 받았어. 이번에 하늘로 돌아가면 나는 아버지의 자리에 즉위하게 될 것이야. 그러면 상제를 모시고 땅을 굽어보는 일에 바빠서 하계로 내려오기도 힘들어지겠지. 즉위한 후 천룡의 모든 힘을 개방하고 나면 내 힘이 너무 커져서 하계의 생명들이 감당을 못 하게 되니까 결코 내려와서도 안 돼.]

"아아."

그래서 자신을 데려갈 생각만 하고 땅에 머물 생각은 하지 못했던 것이구나. 고도는 청사의 설명을 듣자 상황을 정확하게 파악할 수 있었다. 천계에서는 스스로 깨우쳐 가는 존재에의 의식을 하계에 와서는 한 번도 드러낸 직 없는 청사였다. 굳이 자신이 하늘에 속한 존재임을 땅 위에서 자랑할 필요가 없었다. 모든 바람과 빛과 물과 소리와 향기가 청사를 의식하면서 고개를 조아리는 것은 피곤하고 귀찮은 일이었다. 특별한 경우가 아니면 힘을 드러낼 이유가 없었기에 억지로 능력을 눌러 담고 있었다.

그러한 상황이 달라졌다. 청사는 자신이 땅에 있다는 사실을 만물에게 고했고, 사방이 자신을 중심으로 움직이며 흘러가길 명했다. 그러자 눈으로 보이지 않는 변화가 벌어지기 시작했다. 물줄기가 바뀌었고, 삭풍이 멈추었다. 겨울임에도 꽃향기가 났고, 달빛은 대낮의 햇살보다 찬란하게 발광했다. 해는 결코 청사의 머리 위를 지나지 않았으며 구름은 그에게 그림자를 드리우지 않았고 추위는 물러가며 온기가 청사를 반겼다. 청사의 주변 만물이 이치를 따르지 않았다. 시간이 지나서 청사 주변뿐만이 아니라, 땅 전체가 청사를 위해서 재정립된다면 땅 위는 온통 혼란스러워지리라. 청사는 땅에 오랫동안 머물러서는 안 되는 존재였다.

"대룡아."

청사는 고도의 목소리에 바짝 얼어붙듯 긴장했다. 고도가 자신의 일을 부정적으로 말할까 봐 마음의 준비를 해야 했다.

[그래.]

고도의 시선을 마주한 청사는 착잡해 보였다. 억지로 지었던 입꼬리를 조금씩 내렸다. 의연함으로 가장하고 있던 단단한 분위기가 한순간에 얇은 계란 껍데기처럼 부서졌다. 고도에게 "아냐, 고도, 아무 말도 하지 마"라고 입을 막아 버릴 듯이 불안해했다.

"자, 이리 와라, 안아 보자."

고도는 두 팔을 벌렸다. 청사는 이번엔 그 품을 거절하지 않았다. 의연한 척 굴었던 가장이 사라지고 침울한 얼굴을 한 청사가 고도의 품에 안겼다. 고도는 자신에게 꼭 안긴 청사의 등을 토닥여 주었다. 조금 전의 품위 넘치던 분위기는 봄이 와 언강이 녹듯 사르르 사라져 그 자리엔 고도가 으레 알고 있던 애정을 갈구하는 청사가 자리 잡고 있었다.

아아, 그대로구나. 그대로라서 한결같아 다행이다. 고도가 쪽, 가볍게 그 입술에 입을 맞췄다. 갑작스러운 고도의 애정 표현에 두 눈을 휘둥그레 뜬 청사는 곧 얼굴이 불고구마처럼 새빨개져서는 펑, 소릴 내며 터졌다.

[뭐하는 거야, 고도.]

고도는 고저 없는 목소리로 대답했다.

"대룡이, 네가 이상한 분위기를 내보이고 있지 않느냐."

[이상한 분위기는 지금 네가 더, 웃.]

고도가 고개를 반대로 틀어서 쪽, 입을 맞추었다. 청사의 입술이 달싹거리며 어쩔 줄 몰라 했다. 고도의 허리를 안은 팔에 힘이 들어가면서 입가가 잔뜩 일그러졌다. 좋아서 웃어야 하는지 낭황스럽다고 곤란해해야 하는지 모르겠다. 아무런 감정 표현도 없이 쪽, 쪽, 가볍게 입술을 두드리는 입맞춤을 연달아 하는 고도 때문에 청사는 머릿속이 빙글거리며 뒤섞였다. 마음 같아서는 혀라도 내밀어 고도의 입맞춤에 응하고 싶었지만 아기 새가 부리를 쪼아대듯이 가볍게 쪽쪽거리는 고도가 귀여워서 농염한 분위기를 일부러 피하고 싶은 생각이 더 컸다. 청사는 결국 새빨개진 얼굴을 다스리지 못하고 고도의 목과 어깨 사이에 얼굴을 묻었다. 고도가 고개를 비스듬하게 틀어서 붉게 익은 청사의 귓불에도 뽀뽀를 해주는 것을, 청사는 아랫도리가 불끈 솟아오르려는 욕정을 참으면서 받아들여야 했다.

[……가끔 네게 조련당하는 기분이야.]

"흐응, 너와 내가 처음 만났을 때가 기억나네. 그때 내 대롱이가 되겠냐고 물었는데."

[만약 거기서 넘어갔다면 정말로 네게서 헤어 나오지 못했겠어.]

"지금은 헤어 나왔다 그거지."

[주도권을 빼앗기진 않았으니까.]

"이게 빼앗긴 게 아님 뭘까. 나한테 휘둘리면서 욘석 봐라."

[후, 그래, 할 말 없다. 너와 관련된 문제에선 난 언제나 정신을 못 차리니 말이다.]

"정신을 못 차려서 나한테 대뜸 하늘로 올라가자는 말을 한 거냐."

[……그, 미안해. 혹시 내가 더 설명해야 할 게 남았을까.]

"궁금한 게 생기면 그때 물어보도록 하마. 지금 모두 설명해야 한다는 강박은 가지지 않았으면 하는데."

[고도. 나는 언제나 어디서나 함께하고 싶은데 너는 안 그러느냐.]

"그럴 리가 있겠느냐. 나도 너와 함께하고 싶다. 네가 하는 일을 말해 주니 더욱 함께하고 싶구나. 내가 참으로 대단한 이와 사랑을 하고 있다는 걸 그 여느 때보다 확실하게 깨달았기도 하고."

[내 직책이 부담스러운가.]

"아니라곤 말 못 하겠네."

[안 된다, 고도야. 날 버리면 가만두지 않을 테니.]

"또 그런다. 네 녀석 너무 혼자서 생각이 튀지 마라."

고도가 이를 세워 청사의 귓불을 물어 버렸다. 따끔한 아픔이 뒤따랐다. 청사는 마른침을 꿀꺽 삼켰다. 방에 들어가서 확 옷을 벗기고 싶다. 고도의 어깨에 묻은 코를 타고 고도의 살내음이 맡아져서 더욱 죽을 맛이었다. 색욕과 고도가 먼저 표현해 주는 애정 중 무엇이 더 큰 가치를 가지고 있는지 치열하게 고민한 청사는 결국 고도를 꼭 끌어안은 팔을 풀지 않기로 했다. 색정적인 욕심으로 머리가 어지럽지만 지금은 고도의 숨결과 냄새가, 얼굴 곳곳에 뽀뽀를 해주는 감촉이, 훨씬 더 소중했다.

[아무것도 걱정 안 했으면 좋겠다. 고도는 지금처럼 나와 사랑하고 나를 위해서 살아 주면 나는 더 바랄 게 없겠어. 함께 있어 줘, 고도. 난 네게 그것만을 원한다.]

고도는 청사를 빤히 바라봤다. 고도의 분위기를 살피는 청사의 모습이 이전에 알던 그와 제법 분위기가 달랐다. 청사와는 어울리지 않을 거라 생각한 침착함이나 우아함이 느껴졌다. 이전에도 곱상한 얼굴에 잘 자란 양반집 자제의 분위기는 있었지만 그것은 부족함 없이 자라난 부유한 가문의 느낌이라는 게 더 강했다. 지금은 금전이나 재물의 소유 정도보다 아랫것을 부리는 데에 익숙한 분위기에 가까웠다. 부드럽게 군림하는 군주의 느낌이다. 청사라는 존재가 안 본 사이에 변한 것인지, 원래 이런 존재였는데 이제야 능력이 개화하며 분위기가 무르익는 것인지 고도는 확신하지 못했다. 다만, 시간이 지나면 더 높은 곳에 앉을 청사는 고도가 알던 이리고 어여쁜 모습과는 많이 달라질 것이다. 고도는 더 세게 청사를 안았다. 두 사람이 꼭 끌어안느라 찬바람이 비집고 들어올 틈도 없었다. 고도는 포근한 체온에 몸을 기댄 상태에서 특유의 나지막하고 조용한 목소리로 말을 이었다.

"왜 이리도 걱정이 늘었을까. 넌 내 하나뿐인 대롱 뱀이다. 주인은 사육하는 동물을 버리지 않아."

[그건 싫은데.]

"승격시켜 주지, 가축 용."

[날 길들일 거면 주인 된 도리로써 날 버리면 안 된다는 서약이 있어.

서약할 거냐.]

"아아."

[어중간한 대답은 듣고 싶지 않다. 똑바로 말해라. 너는 나와 헤어지고 싶어? 나와 함께 하늘로 가는 게 어려워?]

"한 번만 더 물으면 세 번 채우겠어."

[정말 못 하겠어? 내가 이렇게 사정하면서 부탁해도 진짜 안 될까?]

"굳이 세 번을 채우다니 제사 의식도 아니고."

그제야 청사는 고개를 들었다. 그는 고도의 얼굴을 두 손으로 꼭 쥐었다. 몸의 노화도 성장도 멈춘 고도는 처음 봤을 때와 똑같은 모습이었다. 짧게 잘린 머리카락도, 어린 청년의 외모도, 그 속에 담긴 노인 같은 눈빛도 변함없었다. 변함없는 고도가 좋았다. 그는 세상 물정에 쉽게 흔들리는 나약한 인간이 아니었다. 고도가 올곧게 서 있다면 아무것도 변하지 않을 것이다. 한결같은 소나무처럼 변하지 않을 것이 분명했다.

"그래, 네가 원한다면 그러마."

청사는 고도의 품에서 빠져나왔다. 이야기가 길어져서 몸이 식은 고도였기에 더는 바깥에 세워 두고 싶지 않았다. 청사는 고도의 손목을 잡아 끌고 집 안으로 들어섰다. 신발을 던지듯이 벗은 청사는 곧장 고도를 안아 들고 방 안의 이불 위에 눕혔다. 아랫목에 달궈져서 이불 너머까지 따뜻했다.

"왜 이리 급할꼬. 신도 아직 못 벗었는데."

고도가 몸을 바로하고 다시 나가려 하는 것을 청사가 막았다.

[내가 벗겨 줄게, 괜찮아.]

"어허, 이게 또 음흉한 생각을 하고 있지."

[그냥 내가 해주고 싶어서 그런 거야, 음흉은 무슨.]

직접 두 손으로 고도의 신발을 벗겨 준 청사는 솜으로 누빈 도톰한 버선까지 끌어 내렸다. 굳은살이 박인 고도의 맨발이 눈에 들어왔다. 아주 오랫동안 전국 팔도를 돌아다닌 흔적이었다. 단 한 번도 몸을 편하게 뉘지 않고, 하루 두 시진 정도만 나무 위에서 쪽잠을 자며 요괴 9,999마리를 잡으러 다니던 때에 몸에 남은 상처다.

이젠 하루 종일 서책을 읽거나 묵금을 타면서 여유와 한가로움을 즐기지만 그런 여유조차도 고도에게 충분한 안식을 주지 못하는 기분이었다. 고도는 더 나은 대접을 받을 자격이 충분했다. 글과 소리를 벗 삼아 가난하게 여유를 즐기는 것이 아니라, 따뜻한 물과 고급스러운 옷, 화려한 장신구와 손발이 되어 줄 시종들의 보살핌을 받으며 꽃과 열매로 매일 입이 호화로운 여유를 즐길 자격이 충분했다. 그 자격을 주기 위해서 자신이 곁에 있는 것 아니겠나. 고도가 평생을 웃으며 지낼 수 있게 하려고. 그런데 이제 와 고도가 고통 받은 길苦道에서 벗어나지 못한 채 홀로 외롭게高蹈 살도록 내버려 둘 생각은 결단코 없었다.

청사는 고도의 맨발에 입을 맞췄다. "더럽다, 대체 뭐하는 거냐, 아까부터."라며 설핏 당혹스러운 음성을 뱉는 고도에게 청사는 정성스럽게 발을 주물러 주며 대답했다.

[내 생각이 짧았다. 땅에 속한 네가 땅을 버리고 하늘을 선택하는 게 얼마나 중대한 결정인지, 내 미처 헤아리지 못했다. 내 미련함을 욕하거라. 그저 너와 함께 있고 싶어서 네 아비나 다름없는 땅의 품을 떠나란 말을 너무도 쉽게 말했구나. 그 품을 떠나면 죽을 수도 있는 너를, 내가 파악하지 못했다. 내가 이렇게 아직도 어리구나.]

"이런, 꽤 멋있는 말을 뱉는 구나. 그 역할은 내 몫인데 말이지."

[멋있는 말이라고. 그리하고 싶으면 네가 전부 하거라. 넌 나를 가진 존재이니 그 어떤 명령도 내가 들어줄 수 있어.]

하늘을 가진 존재라. 고도는 뜻하지 않은 청사의 고백에 눈을 느리게 깜빡였다. 자신을 모두 내어 주는 그 희생적인 마음을 단순히 인간들 간에 교류하는 사랑이란 이름으로 치부할 수가 없었다. 청사가 그가 가진 모든 세상을 한낱 인간인 자신의 손에 쥐어 주었다. 하늘을 가지라고, 하늘에게 명령하라고. 그 말이 얼마나 대단한지를 고도가 모를 리 없었다. 고도는 모든 것을 내어 주려는 청사가 안타까우면서도 예쁜 나머지 기운 빠진 미소를 흘렸다.

"하늘에게 명령하는 인간이라. 나도 꽤 출세했는걸."

[더 출세해 보겠느냐. 하늘에서도 너를 위협할 존재가 아무도 없도록.]

"그게 가능하다면 내 능히 받아 주지."

[진심이지?]

청사가 발을 주무르던 손을 떼고 이불을 잡았다. 고도를 자리에 눕히고 그 위로 이불을 단정하게 덮어 주면서 고도에게 출세할 방법을 알려 주었다.

[네가 내 후계자를 낳으면 된다. 그러면 아무도 너를 못 건드려.]

잠시 침묵을 지킨 고도가 차츰 눈살을 찌푸렸다.

"……뭐."

무슨 헛소리냐고 자리에서 일어나려는 고도를 청사는 다시 어깨를 눌러 반듯하게 눕혔다. 고도가 작게 몸부림치면서 벗어나려 했지만 청사는 고도가 편하게 누울 수 있도록 강제했다.

[사내가 아이를 품는 방법은 누이가 알려 줄 것이다.]

"무슨 헛소리냐?"

[후계자를 보존한다는 말이 왜 헛소리지?]

"네놈이 밤일에서 내게 여자 역할을 시키더니 정신이 어떻게 된 모양이다. 남자는 임신을 하지 못해. 어디서 내게 후계자를 잇느니 마느니 하는 말을 할 수가 있지."

[그래, 남자는 임신을 하지 못하겠지.]

"알면서 왜 그런 말을 하느냐."

[하지만 나는 하늘에 속한 천룡이다. 인간들처럼 임신으로 후계자를 낳게 하지 않아.]

"그럼 알이라도 낳는 건가? 뱀처럼?"

[가장 비슷한 방법을 비유하자면 그렇겠지. 용이 후계를 이으려면 하늘의 정기를 담아 잉태를 하는 방법뿐이다. 내 생각에 여기엔 남자와 여자의 역할을 외따로 구분하지 않아도 될 것 같다. 인간이 후대를 보는 것과는 방식이 다르니.]

"……잠깐, 설명 멈춰 봐라."

[아니, 들어 보아라. 네가 후계를 낳을 수 있다면 낳는 게 최선이다. 누이가 도와줄 것이다. 누이는 너를 싫어하지 않고, 내 결정을 진지하게 받아 주는 이니, 분명 도움을 줄 것이다.]

"……."

[네게 해악이 끼칠 만한 일은 결단코 없을 것이다. 지금까지처럼, 앞으로도 날 믿어 줘. 너를 위해서다. 네가 땅을 버리지 않고도 나와 함께 하늘에 있도록, 아무도 그런 우리 둘 사이를 위협하지 않도록, 내가 할 수 있는 모든 방법은 다 하겠다, 고도.]

고도는 하고 싶은 말이 잔뜩 있었지만 끝내 입 밖으로 내뱉지 않았다. 여기서 속에 있는 말을 뱉어 봤자, 청사를 불신하고 남성의 몸으로 용의 후계를 잉태하는 일이 얼마나 불쾌한지에 대해서만 토로할 테니 말이다. 이불 속에 손을 집어넣어 굳은살과 상처가 너저분한 맨발을 정성스레 주물러 주는 청사에게 고맙다는 말을 하지 못할망정, 그런 식으로 화를 내고 싶지 않았다. 하나, 마음과 달리 본성의 거부감을 억누를 수가 없었다.

잉태라니, 용의 후계를 잉태하라니. 설령 인간처럼 열 달을 배불러 아이를 낳는 방법이 아니더라도 잉태라는 것 자체가 주는 혐오감은 이루 말할 수 없었다. 하늘에서 청사와 함께 살려면 최선은 그의 반려자로서 가치를 인정받는 것이라는 생각까지는 이해했다. 반려가 되면 당연히 후계를 봐야 하겠지만 그것까지 고도가 책임져야 한다는 말에 머리가 복잡해졌다. 잉태, 잉태를 해야만 같이 있을 수 있다니.

"정말로 그 방법밖에 없단 말이지."

착잡하게 말하는 고도를 보며 청사는 마른침을 삼켰다. 청사는 그 외엔 솔직하게 아무 방법도 떠오르지 않았다.

[이 외에 너를 인정하게 만들 방법이 생각나지 않는다. 나는 아직 천룡의 후계자라 정치적으로 큰 힘이 없다. 너에게 고위 천인들이 손 하나 대지 못할 만한 보직을 내릴 수가 없어. 네가 나와 붙어 있기 위해서는 반려로서 인정받는 것이고, 반려로서 제대로 인정받으려면 후계를 보는 것밖에 모르겠다.]

고도는 청사의 입장을 백번 이해했으나, 머리가 이해하는 것과 가슴이 시키는 일은 유별했다. 허울만 반려자이면 언제든 정치 싸움에 휘말려 목숨을 잃을 수 있다는 사실을 과거 궁에서 왕의 옆자리를 지킬 때 보아 왔다. 왕의 애정을 받지 못해도 내쳐지고, 붕당의 편을 잘못 서도 사약을 마시기 일쑤였다. 보직이 불안정한 청사에게 가장 큰 무기가 '후계자'를 낳은 반려자라면 고도는 선택 사항이 없었다. 하나 반려자라는 직책이 얼마나 위태로운지를 알기에 고도는 과연 후계자만 낳으면 만사형통인지를 따져보았다. 인간과 하늘의 법도가 다르니 후계자 문제의 중요성을 모르겠어서 판단할 근거가 부족했지만 말이다.

"나중에 다시 생각해 보자."

[고도.]

"네가 원하면 후계를 낳는 데에 동참하겠으나, 정말 많은 다짐이 필요한 일이잖아. 여기서 바로 주먹을 불끈 쥐며 열심히 노력해보겠단 소릴 하는 게 더 이상할 거 같은데."

고도가 청사를 자신의 바로 옆자리에 눕혔다. 모로 누운 청사가 엇, 하고 눈을 깜빡일 때 고도는 그의 콧잔등에 뽀뽀를 해주었다.

"머리가 복잡한 일이야. 아무렴, 이런 건 일단 자고 일어나서 다시 생각하자."

[아니, 난 조금 있다가—.]

"너와 같이 자고 싶어서 그러는데 눈치도 없긴."

품에 안긴 고도를 보면서 눈까지 붉힌 청사는 천천히 몸에서 힘을 뺐다. 그는 팔을 돌려 고도를 부드럽게 안았다. 고도는 청사의 도포자락에 파고들어 팔에 머리를 기대고 눈을 감았다. 뒤척이면서 눈을 깜빡이던 고도의 움직임이 잦아들었다. 청사의 가슴에 얼굴을 기대고 쌔액, 잠을 잤다. 요괴를 잡으러 다니던 지난날, 나무에 올라 앉아 선잠을 자고, 조금만 바스락거리는 소리를 들어도 바로 눈을 뜨던 과거와 판이하게 다른 모습이었다. 편안한 얼굴로 자는 고도의 모습이 낯설면서도 아늑했다.

청사는 어쩐지 울고 싶었다. 고도가 잠을 편하게 자나. 그 당연한 행위가 고도에게는 아주 특별한 의미가 담겨 있었다. 누군가 옆에 있기에 더 편하게 잘 수 있다는 것은 청사를 믿고 신뢰하는 마음이 크다는 뜻이었다. 청사는 고도를 소중하게 끌어안았다. 팔을 풀고 싶지 않았다. 품속에서 쿵쿵 뛰는 고도의 심장 소리와 느린 숨소리를 하나도 놓치고 싶지 않았다.

[뭐든 다 할 거야. 진심이야.]

물기 어린 목소리는 고도의 귀에 닿지 않았다. 쪽, 이마에 입을 맞추어 준 청사는 고도를 소중하게 끌어안았고, 천천히 눈을 감았다.

　반짝, 고도의 눈꺼풀 안에서 불똥이 튀었다. 고도는 어둠 속에서 터진 밝은 빛을 느끼고 눈을 떴다. 구름 너머로 달도 숨은 어두운 새벽, 손과 머리카락에 묻은 빛이 파랗게 제 존재를 과시했다. 이불 속에서 손을 꺼낸 고도는 손목과 소맷부리에 묻은 빛 가루를 보고 고개를 돌렸다. 자신의 주변을 환하게 밝히는 빛은 창호지 너머에서 은은하게 비치는 달빛보다 밝았다. 고도는 가볍게 손가락을 흔들었다. 손끝을 따라 만들어진 바람이 빛 가루를 날려버렸으나 다시 달라와 붙었다. 눈을 가늘게 뜨고 손가락에 감기는 빛을 보던 고도가 슬며시 옆에서 자고 있는 청사에게 눈길을 돌렸다. 고도가 깬 사실도 모른 채 새액새액 자고 있는 청사의 얼굴이 고왔다. 달게 자고 있는 그를 깨우고 싶지 않았기에 고도는 말없이 손끝을 움직여 도술을 펼쳤다.

　고도의 손끝을 타고 나온 그림자가 고도를 감쌌다. 그의 몸이 눈 깜짝할 사이에 방 안에서 마당으로 옮겨졌다. 고도는 옷자락이 바닥에 닿기도 전에 몸을 일으켰다. 소리 없이 장소를 이동하는 도술을 쓴 고도에게 빛들이 몰려들었다.

　'그분!'

　'그분이야!'

　'그분 맞아!'

　사방에서 몰려든 빛이 머리카락과 옷자락을 잡아당겼다. 빛이 제 목숨을 위협하는 기색까진 없어도 밤잠을 괴롭히며 끈덕지게 구는 태도가 영 마음에 들지 않았다. 집착이 정도를 넘어서고 있었다. 그들의 제멋대로

인 행동을 더는 자비롭게 넘어가 주지 않기로 했다. 고도는 전에 없이 차가운 말투로 빛에게 경고했다.

"집착도 이정도면 병증 아니냐. 내게 할 말이 있으면 땅의 주인이 직접 오라 해라."

고도가 손을 휘둘렀다. 고도의 손길을 따라 바람이 날카롭게 갈라졌다. 휘몰아친 바람을 따라 빛이 하늘로 솟구쳐 날렸지만, 흩어진 빛이 다시 고도를 따라왔다.

'가자, 가자, 가자, 가자.'

이성이 없는 존재들이라 한번 정한 바를 이루기 전까진 뜻을 꺾지 않는 모양이다. 빛의 행동은 오로지 고도를 땅의 주인에게 데려가는 데에 초점이 맞춰진 상태라 고도가 무슨 말을 해도 듣지 않았다. 고도는 자신의 몸에 달라붙는 빛을 피해 몸을 숙였다. 검은 두루마기에 묻은 빛이 사방으로 뿌려졌다. 고도의 손을 따라 만들어진 바람이 품이 넓은 검은 두루마기와 소매를 휘날렸다. 펄럭이는 옷과 머리카락 사이로 고도의 검은 눈동자가 맑게 빛났다. 하품만 손바닥에 뱉어 내던 나른한 눈빛은 흔적도 없이 사라졌다. 전성기 때 그 어떤 도사도 따라오지 못하는 도술의 경지에 이르는 자였다. 명계와 청호림 신선들이 각별하게 관심을 가졌던 능력은 거저 얻은 것이 아니었다. 마음만 먹으면 저를 귀찮게 하는 빌어먹을 땅의 주인을 억지로라도 깨울 수 있을 만큼 도력을 방출할 능력이 있었다.

고도는 오른발로 땅을 짚었다. 발바닥이 가볍게 땅을 밀어내는 순간, 청사와 함께 누워 있던 초가집이 등 뒤로 멀어졌다. 축지법을 이용해 달리는 고도가 왼발로 허공을 짚으면 집은 십 리 밖으로 멀어졌고, 다시 오른발을 내딛는 순간 이십 리 밖으로 달아났다. 사방이 산골짜기로 변했다. 깊은 계곡에 닿기까진 눈 깜빡할 시간도 걸리지 않았다. 고도의 축지법을 쫓아올 존재는 세상에 많지 않았다. 도깨비의 왕도, 요괴들의 우두머리도 숨을 헐레벌떡 하며 간신히 쫓아오는 게 전부였다.

'가자, 가자, 가자, 가자!'

놀라운 일이었다. 빛은 축지법을 쓰는 고도를 쫓아왔다. 아슬아슬하게 머리카락을 잡아당기려 할 때마다 고도가 바람을 일으키고 축지를 이용해 높은 나무 꼭대기에 외발로 서기도 하지만 거리는 좀처럼 벌어지지 않았다. 마치 빛에게만 시간과 공간적인 제약이 통하지 않는 것 같았다. 이 땅 어디로 몸을 옮긴다 해도 빛은 물리적인 개념을 무시하고 뒤따라올 것으로 보였다.

도법이 통하지 않는 절대적인 존재라니. 고도는 눈을 가느다랗게 뜨고 너른 뜰이 펼쳐진 산등성이에 멈추어 섰다. 빛이 와르르 쏟아져 달려왔다. 고도는 재빠르게 몸을 숙여 양손과 맨발로 땅을 짚었다. 짐승처럼 낮게 몸을 숙이는 고도 주변으로 8괘의 진이 펼쳐졌다. 역을 구성하는 64괘의 문자가 육합인 하늘과 땅을 그렸다. 문자들이 사방으로 펼쳐지기 무섭게 괘의 중심인 건, 태, 이, 진, 손, 감, 간, 곤의 힘이 주술진처럼 고도를 감쌌다. 주술진이 강한 도력을 방출할수록 새까만 눈이 금빛으로 일렁였다.

'꺄아악.'

빛이 비명을 질렀다. 한때 부적을 이용해서 자신의 주체하지 못한 힘을 억누르던 고도였다. 그가 부적의 방해도 없이 도술을 전개하면 지상의 모든 존재가 놀라곤 했다. 땅과 하늘이 우르릉, 흔들렸다. 산 주인인 호랑이가 낮은 사자후를 지르고, 산 호랑이와 대립했던 늑대는 무리를 지어 고도가 서 있는 산등성이의 반대편으로 달아났다. 앙상한 편백나무가 뿌리째 뽑힐 것처럼 흔들리는가 하면 달빛마저 기울어져 고도를 피해 지상을 비추었다. 고도는 금색으로 변한 눈으로 자신에게 곧장 달려들지 못하고 망설이는 빛무리를 노려보았다.

"내가 마지막 친절을 베풀어주며 다시 말한다. 땅의 주인을 직접 데려와라. 나는 이 산에서 단 한 발자국도 움직이지 않을 것이다."

노기를 띤 고도의 목소리는 이 땅의 지배자인 양 장엄했다. 작은 체구에서 풍기는 기백으로는 믿지 못할 만큼 큰 기운이었다. 빛의 소란이 커졌다.

'어째서, 어째서?'

'어째서 대리 주인이 본래 주인의 뜻을 거스르는 거야?'

빛의 소란은 웅웅거리는 메아리처럼 산을 가득 채웠다. 빛이 고도의 질문에 답하지 않고 물러설 기미도 보이지 않자 고도 역시 더 이상은 자비를 베풀지 않았다. 고도는 오른쪽 발을 들었다가 다시 땅을 짚었다. 그의 오른쪽 발이 쿵, 지상을 울리자 맞닿은 지면을 따라 금빛의 팔진도가 펼쳐졌다. 구궁 9합의 진이 허공으로 떠올랐다. 고도의 옷자락과 머리카락이 나부꼈다. 9합진 속 팔진도가 산등성이를 전부 메울 만큼 넓게 펼쳐졌다.

9합진과 팔진도는 속박의 주술 중 궁극의 힘을 가진 도법이다. 어깨너머로 도법을 공부한 도사라면 인간이나 요괴 등의 생명체를 속박할 수 있고, 실력이 좋으면 귀신이나 망령 등 형체가 없는 혼령을 잡아 둘 수도 있다. 고도가 펼치는 속박술은 망령과 혼을 붙잡는 기술보다 상위의 개념이었다. 그것은 빛과 바람을 가둘 수 있고, 기운과 향기와 온기마저 막아 둘 수 있다. 형태가 없는 것을 힘으로 묶어 둘 수 있다는 사실에 빛들은 소란해졌다.

'갇혔어!'

'움직일 수가 없어!'

주술진 속에서 방황하는 빛이 요란스럽게 울었다. 고도는 호박색 눈동자를 깜빡이면서 오도 가도 못하고 진 속에 매여 있는 빛을 바라봤다. 깊은 산에서 잠을 자던 요괴와 귀신들조차 멀리 도망간 지금, 이 산등성이에서 느낄 수 있는 존재는 빛이 전부였다. 죄 없는 생명체들이 애꿎게 얽힐 일이 없다. 고도는 마음 놓고 빛무리를 위협했다.

"그렇게 자꾸 괴롭히면 쓰나. 내가 아무리 친절하고 착한 인간이라도, '적당히' 해야 같이 즐기지."

'안 돼, 그럴 수 없어!'

"나도 안 돼. 안 따라갈 거야."

'어째서?'

'하늘 때문에?'

'하늘이 방해해!'

고집 부리긴. 고도는 손을 부드럽게 휘저었다. 진의 구궁에서 휴문과 생문이 닫혔다. 나머지 일곱 개의 문이 닫히면 진은 완전히 봉합된다. 봉합된 진을 소멸하면 그 안에 갇힌 빛의 무리 또한 원래 이 세상에 없었던 존재처럼 사라지고 말 것이다.

'아, 안 되는데!'

팔진도의 문이 하나 더 닫히자 당황하는 기색이 커졌다. 어찌 한낱 인간이 그보다 높고 초월적인 존재를 힘으로 가둘 수 있는지 모두들 알지 못해 혼란스러웠다. 고도는 왼쪽 발로 가볍게 땅을 찼다. 상문과 두문, 경문이 한꺼번에 닫혔다. 무자비한 고도의 반응에 빛은 시간을 지체하지 못했다. 이제 팔진도가 봉합되기 까지 세 개의 모서리만 남았다. 고도가 나머지 세 개의 문을 닫아 버리면 빛은 소멸하게 된다. 결국 빛은 안절부절못하며 말했다.

'주인이 힘을 잃었어. 힘을 보충하려고 아주 깊은 잠에 빠졌어.'

'주인을 데려오지 못해.'

'깊이 자니까, 네가 가야 해.'

'주인이 해야 할 일을 대신 할 사람이 필요해.'

'네가 대리 주인이야.'

앞뒤의 아귀가 틀어 맞지 않는 이야기에 고도의 눈살이 찌푸려졌다.

"말이 다르구나. 나보고 땅의 주인을 직접 만나러 가자면서 자고 있다면 내가 만날 필요가 있나."

'맞아, 가도 주인은 깨어나지 않을 거야.'

"그럼 무엇을 위해서 내가 만나러 가는 게냐."

'깨지 않아도 주인의 뜻을 알 수 있어. 네가 대리 주인인 그분이니까.'

이게 다 무슨 헛소리야. 잠을 자고 있는 땅과 내가 교감할 방법이 있다는 소린가. 고도는 눈살을 찌푸렸다. 그들은 상황을 설명할 이성이 없고, 궁금증이 풀릴 만큼 결정적인 단서가 담긴 이야기를 하지 못했다. 이는 땅을 주인으로 모시는 그들조차 정확한 땅의 뜻을 알지 못한다는 의미로 봐야 했다. 명확하게 땅의 뜻을 알고 있다면 이렇게 막무가내로 자신보고 가자며 잡아끌지도 않았을 테지. 상황이 급박해서 빛이 억지를 부리고 있다 여겼다. 예전의 고도였다면 호기심이 동했으리라. 히죽 웃으며 빛을 쫓아갔겠다만 이제는 과거와 같지 않았다.

"일 없다. 돌아가라."

고도는 묶었던 8진도의 여덟 개 모서리를 풀었다. 진 속에 갇혀 있던 빛이 비처럼 후두둑 떨어지는 모습을 보고 고도는 흥미를 잃은 얼굴로 몸을 돌렸다. 이 정도로 단호하게 싫다고 말하면 귀신이든, 요괴든, 인간이든 체념하고 돌아서야 정상이거늘. 상대가 이성이 없는 빛인 게 문제일 줄은 사건이 터진 후에 깨달았다.

'가자, 가자, 가자, 가자!'

빛이 고도의 눈앞에서 폭발하듯 발광했다. 태양을 육안으로 본 것처럼 망막 너머에서 끔찍한 통증이 번졌다.

"윽."

고도는 예상치 못한 빛의 공격에 시야를 잃고 비틀거렸다. 두 손으로 눈을 막았지만 망막에 달라붙어 하얗게 타오르는 불길을 잡을 수 없었다. 앞을 구분할 수 없는 눈부심 속에서 고도는 빛이 자신을 허공으로 띄우는 힘을 느꼈다. 재빨리 손을 뻗었다. 시야를 잃었다고 당황해서 그들이 원하는 대로 끌려갈 만큼 어수룩하지 않았다. 고도는 재빠르게 투시력을 발휘했다. 하얗게 변한 눈꺼풀 너머로 산등성이와 말라붙은 초목, 자신을 감싼 빛의 존재가 먹물처럼 번지듯 나타났다.

고도는 바람 위에 몸을 실었다. 빛이 고도를 완전히 감싸기 전에 바람을 밟고 산 밑으로 미끄러지듯 달려 내려갔다. 축지법을 써도 그들을 따돌릴 수 없다는 걸 이미 확인했기에 멀리 도망가지 않았다. 고도는 민가를 찾아 고개를 돌렸다. 땅을 주인으로 모시는 빛은 신령한 힘을 갖고 있으므로, 인간들이 사는 곳으로 가면 힘을 잃을 가능성이 컸다. 신성하지 않은 땅은 그들에게 오염된 곳이나 다름없으니, 민가로 가서 빛의 힘을 약하게 만든 뒤에 완전히 소멸해 버리는 방법을 택했다.

'가자, 가자, 가자, 가자!'

무서운 기세로 따라붙는 빛을 피해서 민가의 중심으로 달렸다. 민가의 입구를 통과하자 예상대로 빛무리의 움직임이 더뎌졌다. 작은 촌마을의 입구에서 주술 걸린 신령수와 정승을 발견한 고도는 바람에서 뛰어내려 두 발로 땅을 밟았다. 늦은 밤이기에 민가에서 인기척이 느껴지지 않는 것을 다행으로 여겼다. 사내들이 모여서 활을 쏘고 노는 공터에 도착하자마자 고도가 왼쪽 발을 들어 바닥에 찍었다. 흙이 묻은 맨발을 따라 뜨거운 바람이 움직이기 시작했다. 이어서 양손을 부드럽게 움직였다. 오른손으로 하늘을 그리고 왼손으로 땅을 표했다. 뜨거운 바람과 차가운 공기를 한데 모아 인의 주지를 조절했다.

한 번에 잡아서 없애 주마.

고도가 주술을 소리 내어 말했다.

"원수 백천만 귀신은 욕사지귀야아 불욕사지귀야아 욕사지귀는 당아하고 불욕사지귀는 피아할지니 —.[3]"

검붉은 웅어리가 고도의 외피를 뒤덮었다. 옷과 피부에 달라붙은 형상들이 아가리를 벌리는 짐승처럼 위협적으로 움직였다. 꿈틀거리며 고도를 휘감는 것은 짐승도 아니요, 귀신도 아니었다. 진흙탕처럼 뒤섞인 검은 소용돌이 속에서 얼굴을 닮은 것들이 수십 개나 튀어나왔다. 그슨대처럼 주변 어둠을 삼키며 순식간에 몸집을 키웠다. 달려드는 빛을 향해 고도의 등에 타고 있는 어둠이 위아래로 입을 찢기 직전이었다.

"몽당?"

인을 그리며 주술을 외던 고도가 고개를 돌렸다. 한 어염집 아낙네 쌀독에 빠져서 장난을 치던 몽당 빗자루 도깨비가 고도를 바라보고 있었다. 어깨에 탄 끈적한 어둠이 빛을 공격하려다 말고 가까운 곳에 있는 몽당 도깨비를 집어삼키려고 움직였다. 고도는 황급히 인을 풀어 반대의 주술을 외웠다. 도깨비를 향해 달려 나가던 어둠이 비가 되어 바닥으로 떨어졌다. 떨어진 어둠이 땅속으로 서서히 사라졌다. 왜 하필 음과 양, 밝음과 어둠의 대척된 기운을 몸에 품을 때 도깨비가 근처에 있단 말인가. 자칫 인의 주술에 휩쓸리면 도깨비의 혼까지 퇴마가 돼버릴 수 있는 도술이었다.

"몽당아."

고도는 전개하던 모든 술수를 풀고 몽당에게 향했다. 민가의 입구에

---

3 축악귀경

선 장승을 통과하면서 빛의 무리는 그 움직임이 현저히 느려졌으나 여전히 신이한 힘을 뿌리며 달려오고 있었다. 그들이 붙잡는 손길을 간발의 차이로 피한 고도는 몽당의 목덜미를 낚아챘다. 고도의 손끝에 대롱대롱 매달린 몽당은 커다란 눈동자를 굴리면서 빛을 피해 도망치는 고도를 바라봤다. 이게 무슨 술래잡기라 생각하는지 까르륵, 즐거운 웃음을 터뜨렸다. 철없는 어린아이 모습이었다. 재빠르게 축지를 펼쳐 골목 사이를 달리자 빛무리가 우왕좌왕하며 그런 고도를 뒤쫓느라 정신이 없었다. 초가지붕 위를 풀쩍 뛰어넘고 장독대를 발판 삼아 담벼락을 넘나드는 고도는 빛의 놀라운 집착에 조금 질린 표정을 짓고 말았다.

"이런 철없는 녀석 같으니라고."

"모, 몽당."

"알았다, 혼내지 않으마. 그럴 시간도 없고. 그 대신에 음, 부탁 하나만 하자."

고도는 비로소 간신히 눈을 뜰 수 있었다. 아직도 눈앞이 뿌예서 사물의 구분이 명확하진 않았지만 실명하지 않은 게 다행이었다.

"청사에게 가서 이 상황을 전해 주지 않겠느냐."

"몽당?"

"나 혼자 감당하다가 민가까지 피해를 입힐 것 같다. 도저히 정도를 모르는 것들이라 도움 좀 받았으면 하는데. 내 말뜻을 알겠느냐."

"몽당 몽당!"

"물론이다. 이 마을도 무사해야지. 근처 산으로 토끼몰이를 할 터이니 내가 해결하지 못하면 청사가 뒤처리를 해달라고 전해 주거라. 그 정도는 할 수 있지?"

"몽다아아앙!"

주먹을 불끈 쥐는 조그만 도깨비가 기특했다. 고도는 씨익 웃으면서 산속 움막이 있는 방향으로 몽당이를 힘껏 던졌다. 산 중턱으로 포물선을 그리며 날아가는 몽당이의 비명 소리를 뒤로했다. 고도는 우물을 밟고 섰다. 몽당 때문에 멈추었던 음양 인법을 다시 전개했다. 쫓아오던 빛무리가 투명하게 만들어진 눈앞의 결계를 뚫지 못하고 고도 뒤로 날아가 버렸다. 고도는 몸을 돌려 다시 양손을 물결치듯 부드럽게 움직였다. 고도에게 달려들던 빛무리는 또다시 고도가 만들어 낸 결계에 막혀 고도에게 다가가지 못했다. 결계 밖에서 빠르게 휘저어 날아다녔다. 고도에게 닿질 못한 빛은 결계에 달라붙었다. 마치 양손으로 잡고 흔드는 것처럼 결계가 크게 휘청였다.

'고집쟁이!'

'같이 가는 게 뭐 그렇게 어렵다고!'

지성이 없는 존재에게 꾸지람을 듣다니. 오래 살면 못 볼 꼴을 많이 본다던데. 고도는 어쩐지 제 자신이 측은해졌다.

"이것들이 누구한테 고집불통이라 말하는 건지, 원. 이정도 집착이면 병증이래도."

'대리 주인이면서!'

'대리 주인이 본 주인을 만나기 싫어하다니!'

'이 영광을 모르다니!'

"시끄럽다, 이 먼지터럭같은 놈들. 더 이상 귀찮게 하면 정말로 소멸시켜 버린다."

'꺄아아악.'

고도의 힘을 이미 경험한 빛무리는 소멸이란 말에 도망을 쳤다가 다시 나타났다.

'공격 안 할게.'

'너도 공격하지 마.'

빛무리는 고도가 더 이상 도망가지 않길 바랐다. 고도는 그 말을 믿지 않았다. 이렇게 쉽게 타협할 생각이었다면 애초에 빛이 먼저 저를 집착하며 못살게 굴지 않았을 것이다. 고개를 옆으로 숙였다. 흘러내리는 머리카락 사이로 금안이 말갛게 빛났다. 빛이 억지로 끌고 가려는 걸 그만두었다고는 하지만 고도는 결계를 풀지 않았다. 괜히 마음을 놓고 도술을 거두었다가 전처럼 빛에 눈이 머는 경험은 사양이었다. 지성과 이성이 없는 빛이라지만 어떻게 해야 효율적으로 자신을 잡아 가는지에 대해서는 꽤 명확하게 아는 듯했으니 말이다.

"땅의 주인이 뭔지를 정확하게 말해. 정확하게 말하지 않는다면, 나도 그 정체불명의 이상한 놈을 직접 찾아갈 생각 없어. 너희들이 아무리 억지로 잡아 끈다고 해도 마찬가지다."

쑥덕거리면서 고도의 똥고집에 불만을 토하던 빛들이 한데 뭉치기 시작했다. 고도는 제 눈처럼 호박색으로 빛나는 군집을 빤히 응시했다. 모여든 빛은 박쥐의 날개 같은 형상을 띄었다. 두 개의 손바닥을 포개어 놓은 것처럼 얇은 피막이었다. 흰점이 곳곳에 수놓인 모습이었다. 실제 짐승의 날개에선 보기 힘든, 점박무늬 피막이었다. 빛이 고르게 퍼지지 못하고 몇 군데에 응집하면서 한쪽은 환한 점이, 다른 한쪽은 상대적으로 어둡게 보이느라 그런 듯 했다. 하지만 날개만 구분이 될 뿐, 몸체의 형상은 흐릿해서 진정 박쥐의 형상이 맞는지를 확인할 길이 없었다. 날개 두 장만 박쥐처럼 생겼고 얇은 피막 끝에 갈고리 같은 발이 달려 있으니 요괴처럼도 보였다.

'우리는 그분을 따르기 위해 보내진 존재.'

'명명자인 인간은 우릴 아리아라고 불러.'

아리아. 그 말에 고도가 눈을 휘둥그레 떴다. 아리아는 엄숙하고 신령한 존재다. 대다수가 성수나 고귀한 땅에 붙어서 노래를 부르는 이들인데, 주로 맑고 깨끗한 숲에 살아서 수피아라고도 불렸다. 이들이 인간인 자신을 쫓아다니는 것도 놀라울진대, 자신을 데리고 가고 싶어서 안달을 낸다는 것은 상식에 어긋나는 일이었다.

"늙으니 별의별 꼴을 다 보네."

기린이나 해태 주변에서 반짝거리며 별빛을 뿌리는 아리아가 인간인 자신에게 속해 있다니. 고도는 허탈한 웃음을 뱉었다. 아리아들은 숙덕 거리면서 이어지지 않는 문장으로 저마다 한마디씩 하느라 바빴다.

'아리아를 뭐라 설명할 수 있지.'

'그게 뭔지 우리도 몰라.'

'명명자들이 그렇게 말하니까 그리 알 뿐.'

'이름을 중요시하는 건 인간들의 특성, 우리는 달라. 우리는 뭐라 불리 든 상관없어.'

'그분을 도울 수만 있으면 돼. 그분과 함께 주인의 뜻을 이룰 수 있으 면 돼.'

뭘 돕겠다는 걸까. 고도는 말을 할수록 그들의 사고방식을 헤아리길 포기했다. 이러저러한 이야기를 떠드는데 귀를 기울이지 않고 뒷머리만 긁적였다. 없애 보려고 노력을 할까, 아니면 청사가 올 때까지 버텨 볼 까. 갈등하면서 결론을 내리지 못했다. 왜 자신에게 이런 피곤한 일이 생 겼는지 모를 일이었다.

"다른 존재와 나를 헷갈려서 귀찮게 하는 건 아니겠지."

빛은 그 말에 박쥐 날개를 파드득 떨었다.

'틀림없어.'

'네가 그분이야.'

'너를 데리고 가야 해.'

대체 뭘 믿고 땅의 대리 주인이라 하는 걸까. 저희도 아는 바가 없으면서 고집을 부리다니. 고도는 슬슬 화가 나서 눈을 매섭게 뜨고 말했다.

"나는 그저 명부에서 이름이 지워져 죽지도 살지도 못하는 하찮은 인간이다. 나처럼 속세에 찌든 인간이 신령한 땅의 주인이라 말하니, 짚어도 한참 잘못 짚었어. 차라리 성수인 기린에게 가서 빌붙어라. 나보다 훨씬 신령한 존재다."

결계로 만들어 둔 인법을 펼쳐 빛을 공격하려 하자 아리아가 날개를 흔들었다.

'너는 주인을 뭐라 생각해?'

땅의 주인을 묻는 것이라면 고도는 할 말이 없다.

"내가 알 수가 있나. 너네 주인을 왜 나한테 묻느냐."

'괘씸해!'

'맞아, 네가 주인의 믿음을 받고 있는데 왜 그걸 몰라.'

뭔 개소리지. 고도는 뜬구름을 잡는 대화에 지치기 시작했다. 지성이 없는 것들과의 대화는 굉장히 피곤했다.

"나처럼 지은 죄가 많은 사람이 무슨 땅의 믿음을 받는단 거야. 아무리 말을 해도 끝이 없네. 무식한 먼지터럭들, 헛소리 작작 안 하면 정말 없애 버린다."

'아냐, 맞아!'

'전 주인이 직접 인정한 대리 주인!'

'하늘과 다시 이어지길 바라며 너를 그분으로 지목하고 대리 주인으로 임명했어.'

"거, 참, 이해할 수 없는 것 투성이야. 왜 하필 난데."

'하늘의 사랑을 받으니까.'

'하늘의 권속에 속한 유일한 땅의 존재이니까.'

성의 없이 빛의 이야기를 듣던 고도의 표정이 처음으로 진지해졌다.

고도는 흩날리는 머리카락 사이로 금빛 눈동자를 움직여 빛의 날개를 바라봤다. 처음으로 아리아의 말을 이해할 수 있었다. 그들이 말하는 하늘의 권속이 만약 청사라면 청사와 정을 나누고 있는 자신을 특별하게 여기는 것을 어렴풋이 알 수 있었다. 하지만 청사와의 사랑은 지극히 사적인 감정 표현이다. 이를 땅의 주인이 간섭하는 이유를 알 수 없었다.

"청사를 사랑하는 건 사적인 감정일 뿐. 땅의 주인이 관여할 만큼 큰 대의가 엮여 있지 않아."

고도의 반응은 차가웠다. 청사를 좋아하는 마음을 땅이 관여하는 것 자체가 마음에 들지 않았다. 청사를 좋아하는 마음엔 그리 큰 의미가 없다. 청사와 좋아하는 사이가 된 것에 의미를 부여할 생각도 없다. 사랑이 그리 거창한 것이었다면 시작도 못 했을 것이다. 일상적이고 아름답기 때문에 자연스럽게 마음이 간 감정이다. 땅의 대업을 엮고 싶지 않았다.

'큰 뜻은 겉으로 드러나지 않아.'

'숨어 있어. 그걸 주인은 알고 있어.'

'네가 모르는 거야.'

'네가 알도록 우리가 도와줄게.'

청사와 마음이 통하는 일을 땅이 신경 쓸 바가 없다고 밀하려는 순간 거센 바람이 몰아쳤다. 결계를 통과한 바람이 칼날처럼 날카로웠다. 심상치 않은 힘이었다. 고도는 빛의 날개를 담고 있던 금색 눈동자를 등 뒤로 돌렸다. 제일 먼저 본 것은 너른 하늘 위로 길게 똬리를 튼 검은 그림자였다. 그림자의 움직임 하나에 산세가 울었다. 우르릉, 땅의 묵직한 진동이 전해지면서 잠을 자고 있던 멧새들이 일제히 하늘로 날아올랐다. 새까만 새 떼의 비상 너머로 달보다 더 크고 아름답게 빛나는 청색 눈동자가 드러났다. 세로로 길게 찢어진 동공이 정확하게 고도를 향했다. 그 검은 골짜기 같은 동공 너머로 새파란 보석 같은 홍채가 수축했다. 분노를 담은 시선을 느낀 고도는 온몸을 저릿하게 울리는 기백에 눈을 홉 떴다.

살면서 몇 번 느껴 본 적 없는 힘이었다. 고도가 자신이 결코 이길 수 없다고 본능적으로 판단하게 만드는 살기였다. 파란 눈 너머에서 일렁이는 노기와 그 노기가 찌를 듯한 칼날이 되어 쏟아지는 감각의 홍수에 고도는 조심스럽게 중얼거렸다.

"청사?"

하늘을 전부 덮을 정도로 거대한 용이 산등성이 너머에서 몸을 일으켰다. 100장이 넘는 길고 거대한 몸이 지진을 만들었다. 꼬리는 산등성이를 휘감았다. 달빛에 반짝이는 검은색 비늘이 그가 움직일 때마다 물결처럼 파도쳤다. 그 긴 몸에 갈고리처럼 자라난 앞발이 산등성이를 움켜쥐자 나무와 바위가 통째로 부서져 먼지처럼 휘날렸다. 뒷발을 반대편 산등성이에 올릴 땐 한참이나 먼 거리에서 울린 쿵—하는 진동이 발바닥을 타고 고스란히 전해졌다.

"말도 안 돼."

고도는 진심으로 놀랐다. 청사가 언제 저렇게 위엄 있는 용이 되었는가. 처음 목격했다. 고도가 마지막으로 본 청사는 삼십 장을 간신히 넘었고 자신을 등에 태울 수 있을 만큼 크지 않은 용이었다. 이제는 그의 등에 타면 미끄러질 크기다. 손바닥 위에도 넉넉하게 드러누울 수 있는 면적 아닌가. 청사는 맨발로 결계 속에 서 있는 고도를 보고 눈동자가 신경질적으로 곤두섰다. 청사의 비늘이 뻣뻣하게 서면서 눈이 섞인 비바람이 몰아쳤다. 단숨에 눈비구름을 몰고 와서 계절을 부리는 청사의 능력에 고도의 등줄기를 타고 소름이 돋았다. 육안으로 확인이 불가능한 하늘까지 거대한 먹구름을 만들어 내는 용의 능력을 직접 보고 헛숨만 들이켰다. 빛무리가 회오리에 휩쓸려 날아가면서 기다란 비명이 울렸다.

고도가 청사의 본모습에 놀라서 방심한 사이에 바람을 견디지 못한 결계가 유리알처럼 부서졌다. 부서진 결계 조각들이 빛무리와 한데 뒤섞여 위로 솟구쳤다. 하지만 빛무리 중 일부가 고도에게 달라붙었고, 이들은 고도의 살갗을 파고들어 몸속으로 들어왔다. 고도는 피부에서 발하는 빛을 보고 금색 눈을 심각하게 굴렸지만 그에 신경 쓸 겨를이 없었다. 청사가 산등성이를 앞발로 우지끈, 부숴 버리면서 땅을 향해 경고했기 때문이다.

[한 번만 더 고도를 멋대로 다루려 하면 내가 용서하지 않겠다. 그 어떤 땅과 하늘의 규율을 어겨서라도 이곳을 쑥대밭으로 만들 것이니 한 번이라도 더 내 사랑을 내 곁에서 떼어 놓으면 용서하지 않겠노라!]

파르르 떨리는 지상의 겁먹음이 심상치 않았다. 하늘의 권속의 노여움을 땅이 버티기 힘들어하는 것을 느낀 고도가 청사에게 재빨리 손을 뻗었다.

"대롱아!"

고도의 목소리는 바람에 뒤섞여 청사의 귀에 닿지 못했다. 고도는 도술을 이용해 숨을 깊이 들이마셨다.

"대롱이, 너!"

온 산이 울릴 만큼의 사자후를 내지르자 분노로 시퍼렇게 빛나는 청사의 시선이 고도를 알아보았다. 고도가 도력이 머문 목울대를 다시 울렸다.

"땅을 전부 부술 셈이냐! 본래 모습으로 돌아와라!"

고도의 재빠른 저지에 청사가 불만족스럽게 눈을 빛냈다. 그의 노여움을 따라 먹구름이 가득 낀 하늘이 불길한 소용돌이를 만들며 꾸물거렸다.

[하지만 너를 억지로 데려가려는 이들이다! 본보기라도 보여 줘야 할

것 아냐!]

"본보기는 무슨, 명령이다! 내 명령이라면 듣겠노라 약조했다, 네가 직접 내 손을 잡고 약조했어! 그러니 당장 내 말을 들어라!"

벙긋, 입을 꿈뻑이며 빈박하려던 칭사가 분함을 삭이지 못한 듯 앞발에 힘을 주었다. 강인하게 뻗어 있던 산맥이 청사의 앞발에 바스러져 무너졌다. 산사태가 나고 땅에 지진이 이는 바람에 곤하게 밤잠에 취해 있던 민가의 사람들이 놀라서 뛰어나왔다. 고도는 산맥을 부순 청사에게 다시 사자후를 내질렀다.

"청사!"

부서진 산맥을 움켜쥔 앞발에서 천천히 힘을 푼 용은 이내 어둠 속으로 몸을 웅크렸다. 사람들은 와르르 무너지는 산과 지진에 허겁지겁 도망가느라 모습을 숨기는 천룡을 제대로 확인하지 못했다. 꿈틀거린 어둠이 하늘을 덮고 있다가 서서히 사라진 정도로만 인식할 뿐이었다. 고도는 시야에서 사라진 청사로부터 마을 사람들에게 시선을 돌렸다. 구궁팔진도를 전개하여 민가를 덮치는 암석과 언 흙들을 묶어 두면 될 일이었지만 진을 펼치는 데에는 시간이 필요했다. 시간이 오래 걸리지 않는 도술이 필요했다. 고도는 오랫동안 생각하지 않았다.

"구국단망 중천대신 내합아신 오도일이관지吾道一以貫之."

인을 그린 손바닥을 펼치자 고도를 중심으로 그를 똑 닮은 분신이 수십 개 생겨났다. 모두 검은 두루마기에 짧은 머리를 가진 고도가 심각한 표정으로 산사태를 바라보았다. 고도는 곧장 손을 휘둘렀다. 고도의 손동작을 따라 흩어진 백 명의 고도가 낙석 앞으로 뛰어갔다. 민가로 쏟아져 내리는 산사태에 미처 대처가 느린 분신들이 떨어진 바위에 깔리며 사라졌다. 분신이 피해를 받을 때마다 고도의 몸속 기운이 역류했다. 기운의 역류에 휩쓸리면 주화입마를 당할 수도 있는 일이라 고도는 침착함을 유지하며 두 번째 인을 맺었다.

"통제건곤 하재불멸 천라지망天羅地網.⁴"

저마다 낙석 앞에 자리를 잡은 분신들이 일제히 양손을 뻗었다. 고도가 진을 따라 원을 그리듯 한 바퀴를 유려하게 돌았다. 동시에 각각의 분신들 손을 타고 거미줄처럼 섬세한 도력이 뻗어나갔다. 하얗게 빛나는 섬광은 지붕 위로 떨어지는 암석을 꽃가루보다 미세하게 부서뜨렸고, 쏟아지는 흙과 얼음을 붙잡아 고정했다. 초가지붕을 박살내기 직전의 바위들을 모조리 허공에서 붙잡은 고도가 내뻗은 손을 잡아당기자 분신들도 일사분란하게 손을 당겼다. 민가를 쑥대밭으로 만들 뻔한 바위와 흙이 고도의 힘이 분산된 분신들을 통해 산으로 되돌아갔다. 쏟아지는 방위와 나무들을 거미줄처럼 촘촘한 망을 펼쳐 산에 고정해 두었다. 다른 산맥이 터져 바위와 흙이 토사물처럼 쏟아져 내릴지 모르기에 고도는 무너진 산맥을 지탱하면서도 사방을 꼼꼼하게 살폈다. 지진을 만들어 내는 산의 울음을 고도의 금색 눈이 여느 때보다 매섭게 바라보았고, 산맥의 등이 터져나간 상처를 봉합하는 데에 집중했다.

산의 분노를 사지 않기 위해 노력했다. 산에게 입힌 상처가 전혀 의도하지 않았던 바였음을 인식시키기 위해 애를 썼다. 다행히도 고도의 노력을 알아본 산의 분노는 잦아들었다. 지축을 울리던 거대한 지진과 산사태가 소강되기 시작하면서 분신들이 간신히 붙들고 있던 낙석과 쏟아져 내리던 흙의 움직임이 멈추었다. 민가에 전연 피해가 없다고 할 수는 없었지만 집 한두 동만 바위에 지붕이 내려앉고 나머지는 멀쩡한 것은 하늘과 땅의 보살핌이 있었다 해도 과언이 아닌 상황이었다. 우르르 울

---

4 구국단망 중천대신 내합이신 오도일이관지/ 통제건곤 하재불멸 천라지망 : "북두칠성에 두 개의 별을 더한 9개의 별과 하늘의 주인을 대신하여 내 도(道)가 단 하나의 길로 통하느니 내 몸에 와서 합하라/ 하늘과 땅은 내 말을 따라 어떤 재앙이라도 없어지도록 하늘과 땅에 그물을 펼치라" 논어(論語)와 민속신앙 칠성경 경문에 쓰인 단어의 조합으로 실존하는 경문은 아님.

리는 땅의 분노가 잦아드는 것을 확인한 고도의 입술을 타고 작은 안도의 한숨이 흘러나왔다. 이제 되었다 싶어서 인을 그렸던 손을 갈무리하고 몸을 바로 세웠다. 손바닥을 뒤집었다 펼치면서 분신들을 하나둘, 거두니 산시대를 막는 데에 큰 공을 세운 여러 명의 고도들이 하얀 연기를 뿜어내며 차례대로 사라졌다. 오랜만에 광범위한 도력을 사용한 고도는 조금은 지친 얼굴이었다. 따뜻한 물에 몸을 담그고 노곤하게 풀린 정신머리로 한숨 푹 자면 원이 없겠다 생각할 때였다.

"고도!"

청사가 바람을 타고 내려와 자신을 있는 힘껏 끌어안는 힘에 고도는 아무런 대응도 못 하고 숨을 급히 들이마셨다. 도망치는 마을 사람들의 혼란과 소란이 똑바로 멈추어 선 고도와 청사에게 전해지지 않았다. 뛰어서 도망가는 사람들과 달리 고도는 한참이나 청사에게 안긴 채 움직이지 않았다. 바닥을 향해 떨어져 있던 오른손을 들어서 청사의 등을 다정하게 다독여 주고 나서야 비로소 금색 눈동자가 본래의 검은색으로 돌아왔다. 분을 삭이지 못하는 청사는 인간의 형상으로 돌아오고 나서도 고도에게 화풀이처럼 외쳤다.

"젠장!"

긴 머리를 쓸어 넘기는 청사는 눈까지 질끈 감고 분을 삭였다. 고도가 큰일을 당할 뻔했는데도 태평하게 잠이나 자고 있던 스스로에 대한 분노인지, 고도를 끌고 가려던 빛을 향한 분노인지 그 화살의 방향이 명확하지 않았다. 누구를 향한 비난이건, 고도의 눈에는 청사가 감정을 다스리지 못하는 모습이 불편했다. 지금 본인의 짜증 때문에 민가가 폭삭 가라앉을 뻔했는데 어찌 이리 감정 조절을 못할까. 청사의 경솔한 행동으로 마을에 어떤 악재가 닥칠 뻔했는지는 신경 쓰지도 않는 건가. 고도가 청사의 정강이를 걷어찼다. 윽, 하고 정강이를 잡고 무너진 청사를 내려다

보면서 고도가 싸늘한 표정을 지었다.

"어린애 같은 놈. 지금 네가 인간들에게 어떤 재앙을 던지려 했는지 모르겠느냐."

청사는 고도를 올려다보면서 질끈 입술을 깨물었다.

"하지만……."

"하지만이 아니다. 위대한 힘이 있으면서 그걸 조절하지 못하면 어떤 불행이 닥치는지 네놈이 정령 몰라서 이런 짓거리를 한 게냐?"

반박하려던 청사가 입을 다물었다. 산을 통째로 옮겨 놓을 수도 있는 뛰어난 도술을 가진 고도가 그 힘을 바로 사용하지 않고 자만으로 굴었다가 인간 세상에 어떤 나쁜 영향을 미쳤는지가 떠올랐다. 하늘의 힘을 지니고 있으면서 자제를 하지 못해 산맥 하나를 통째로 부서뜨린 후 민가 사람들까지 다 죽일 뻔한 자신과 다를 바 없는 모습이었다. 청사는 반박할 말을 꾹 삼켰다. 고도가 지적하지 않아도 자신이 무엇을 잘못했는지 알고 있었다. 또한 인간들에게 어떤 악영향을 미칠 뻔했는지 인식했지만 머릿속에서는 냉정한 판단이 불가능했다. 고작 자는 사이에 고도를 잃을 뻔했는데 어찌 침착함을 유지할 수 있을까. 천룡의 후계자가 되면 더 바빠져서 고도를 신경 쓰지 못할 일이 많아질 텐데 이번처럼 고도를 노리는 세력에게 속수무책으로 당할 수도 있지 않나. 물론, 고도는 제 한 몸 지키기에 충분한 힘과 능력을 지녔지만 이번처럼 누군가에게 쫓기거나 따라붙는 경우가 벌어진다면 청사는 자신의 무능력을 탓하게 되리라 확신했다.

"이럴 거면 천룡직을 다시 생각해 봐야겠다."

마음 같아서는 차라리 누구에게 떠넘겨 버릴까, 하는 생각까지 치달았다. 고도에게 집중할 수 없어진다면, 천룡직에 앉아도 소용이 없었다. 고도를 행복하게 해주기 위해 천룡이 되려는 것이다. 그 주객이 전도된다면 당연히 다시 생각해 볼 문제였다. 청사의 생각이 깊어지기 직전에 고도가 날카롭게 반문했다.

"천룡직을 수행하고 싶지 않다고 아무렇게나 행동할 셈이라면 내가 흠씬 두들겨 패줄 기야. 고작 나 하나 때문에 네 직위와 지리를 포기하고 멋대로 굴고 싶으냐고."

고도가 스스로를 낮추어 말하자 청사는 화가 났다. 고도를 행복하게 해주겠노라 약속했다. 그 행복을 위해서 천룡이 되기로 결심했는데 자신의 마음까지 부정하는 듯한 말에 화가 났다.

"고도는 직위가 더 중요해?"

"그럼 넌 지금 내가 직위보다 중요하다는 소리냐."

"왜 당연한 걸 묻는데."

고도의 시선이 차가워졌다. 열 마디 비난의 말보다 한 번의 실망의 눈초리가 청사는 견디기 힘들었다. 무너졌던 산의 소리보다 더 큰 소리로 심장이 무너졌다. 고도는 굳어 있는 청사의 멱살을 움켜쥐었다. 시선이 동일한 선상에 위치할 때까지 머리를 끌어 내렸다. 진심으로 화가 났을 때의 고도가 어떤 눈빛을 보이는지, 그제야 청사는 처음으로 알았다. 그의 분노는 고요했고, 빙점 이하로 떨어지는 차가움을 내포하고 있었다. 화가 나면 뜨겁게 타오르는 청사와 정반대의 성향이었다. 평소의 냉정함보다 더욱 냉정해져서 분노를 속으로 눌러 담는 쪽이었다.

"사랑에 휘둘리는 짓은 팔미호 같은 지진아만 하는 줄 알았는데 이리 완벽한 하늘의 존재도 휩쓸리는 불완전한 감정이란 말이더냐."

낮게 울리는 고도의 목소리엔 감정이 철저히 거세당해 있었다. 청사는 가만히 고도를 올려다보다가 바싹 마른 입술을 뗐다.

"고도……."

"네가 정말 크게 착각하고 있는 것이 있다."

"아니, 고도. 내 말을 먼저 들어 봐."

"들을 필요도 없지. 넌 지금 네가 수행할 업보다 나를 먼저 둔다고 말했어. 그 말이 거짓이라 변명할 셈이 아니라면."

"아냐, 그 뜻이 아니다."

"사랑이 그렇게 중요하느냐. 사랑에 미치고 실수를 하는 걸 날 통해 보고서도 그럴 수 있느냐. 내가 사랑을 잃고 자식을 잃어서 해서는 안 되는 짓을 하는 걸 똑똑히 보지 않았느냐. 너처럼 위대한 존재가 누구보다 내게 가까운 곳에서 내가 하는 짓을 보고도 똑같은 실수를 되풀이하려는 마음을 갖느냐."

"고도."

"내가 너를 흔드는 존재냐? 내가 너를 불완전하게 만드느냐? 내가 그리도 믿음직스럽지 못하고 바보 같으며 쓸데없는 존재이냐?"

"아냐, 아냐 고도!"

"똑똑히 듣거라, 한무."

본명을 말하는 고도의 기세에 눌린 청사였다. 청사가 불안이 가득한 눈으로 바라보는 데에 반해 고도는 여전히 살얼음이 지는 눈으로 청사를 똑바로 마주 보았다.

"난 네 것이다. 누구에게도 가지 않아. 나를 이리 마음대로 다룰 수 있는 건 너뿐이다. 그런데도 네 걱정은 무엇이냐. 내가 내 몸 하나 지키지 못할 것을 우려하는 것이냐. 내가 그리 약해 빠진 듯이 느껴지는 모양이야."

"난 그저 널 지키고 싶을 뿐이야."

"내가 아무것도 할 줄 모르는 노인네로 보이는 게지."

"그 뜻이 아니잖아!"

"아니면 뭔데."

"굳이 고생하지 않아도 될 일은 내가 다 막아 주고 싶다는 뜻이야! 네게 집중하면 네게 닥칠 모든 불행과 어수선함을 내가 막아 줄 수 있으니까!"

"네 사랑은 결국 나를 속박하고 싶다는 뜻이잖아."

"고도!"

"네 판단은 어리석게 들리기만 한다. 나는 여전히 강하다. 여전히 이 세상을 혼란에 빠트릴 만큼 강한 힘이 있지. 내 도술은 쓰지 않는다고 사라지는 것이 아니야. 내가 아무런 힘을 내보이지 않는 것을 네가 모르고 있었다니 내가 더 서운하구나."

지켜 주고 싶은 마음과 스스로를 지킬 수 있다는 마음의 대립은 팽팽했다. 청사는 고도의 비난이 억울했다. 왜, 지켜 주고 싶은 마음을 이렇게 싸잡아 욕을 들어먹어야 하는지 분했다. 고도가 제 한 몸을 지킬 힘이 있다는 것은 알지만, 그것과 별개로 뭐든 나서서 도와주고 보듬어 주고 싶다는 뜻 아닌가. 왜 고도는 그 마음을 헤아려 주지 않는 걸까. 청사는 어금니를 깨물었다.

"고도는 내 방식의 사랑을 조금도 이해해 주지 않는 구나."

푸른 눈에 눈물이 차올랐다. 냉정하게 제 말을 잇던 고도가 그 모습에 처음으로 입을 다물었다. 톡 건들면 금방이라도 눈물을 후두둑 떨어트릴 듯한 청사를 보자 고도의 날 선 반응이 주춤거렸다. 고도가 독한 마음을 먹고 자신을 욕한 것이 아니라는 걸 청사는 알고 있었다. 알고는 있지만 자신의 마음과 노력을 인정해 주지 않는 고도의 태도가 서러워서 몇 번이나 목 너머로 삼켰던 말을 뱉었다.

"나는 네가 없으면 안 된다. 한데, 넌 아닌가 보다. 그 온도 차가 견딜 수 없을 만큼 서러워."

매서웠던 고도의 눈가가 당황으로 젖어들었다. 고도는 청사의 눈물방울에 모진 말을 더는 뱉지 못했다. 대신 빨갛게 물든 볼과 눈가를 보면서 입술을 꾹 다물고만 있었다.

"내가 아무런 간섭도 안 하면 되는 거냐. 너도 땅에 있고 싶으면 그래도 된다. 네 뜻을 따르마. 내가 내 마음을 표현해도 돌아오는 게 이렇게 차가운 반응이라면 고집부리지 않으마. 네가 원하는 대로 해줄게."

결국 맺혔던 눈물이 후두둑 볼을 타고 흘러내렸다. 방울진 눈물이 턱 끝에 모여 청사의 신 위로 툭 떨어졌다. 청사는 흐느낌을 꾹 참았다. 다 큰 사내가 눈물을 보인 사실이 퍽 부끄러울 법도 한데, 고도의 태도에 받은 상처가 더 큰 것처럼 청사는 자신의 꼴불견인 모습은 하나도 생각하지 못하고 있었다. 청사의 상처 받은 얼굴과 우는 눈을 보는 고도의 표정도 조금씩 안타까움으로 무너졌다.

이렇게 울리려고 한 말이 아닌데. 고도는 조심스럽게 손을 뻗어 설움에 젖은 뺨을 잡았다. 손길을 쳐내고 뒤로 물러나도 고도는 할 말이 없었지만, 청사가 오히려 고도의 온기를 찾듯이 그 손바닥에 볼을 기댔다. 때리고 밀어내도 여전히 사랑스러운 마음으로 대응하는 청사에게 고도는 스스로가 너무 모질게 느껴졌다. 고도는 손끝으로 조심스럽게 부푼 볼을 쓸어 만지다가 입술을 뗐다.

"미안하다. 내가 너무 심했어. 미안하다, 대롱아."

다정한 고도의 태도에 청사는 눈을 감았다. 흘러내린 눈물이 왼뺨을 감싼 고도의 손톱 끝을 적셨다. 청사가 스스로 감정을 다스리면서 눈물을 멈추려고 노력하는 동안에 고도는 자신을 위해 뭐든지 해주려는 청사의 마음을 단순히 어린애 같다고 치부한 스스로를 한심하게 여겼다. 세상 모든 사람이 고도 자신처럼 이성을 따지는 것이 아니거늘, 왜 청사의 가치마저 짓밟고 그의 마음을 무시했는지. 나이를 허투루 먹은 것이 틀림없었다. 상대방의 사랑을 자신의 방식으로 해석한 것이 너무도 미안했다.

"대롱아."

고도의 부름에 청사는 한참이 지난 후에야 눈을 떴다. 눈물은 멎었으나 젖은 눈동자 너머는 여전히 슬픔으로 흔들리고 있었다. 고도는 청사의 뺨에서 조심스럽게 손을 거두었다. 고도의 체온이 멀어지자 움찔하면서 그 손을 좇으려는 청사였다. 고도는 모든 삶이 자신을 중심으로 이루어지는 청사의 마음이 어여뻐서 조금이지만 부드러운 미소를 지어 보일 수 있었다.

청사는 고도에게 조심스럽게 입술을 가져갔다. 쪽, 고도의 볼에 입을 맞춘 소리가 고도의 귀에도 닿았다. 고도는 느리게 눈을 깜빡이며 청사를 바라봤다. 청사는 자신의 설움을 고도에게 토로하며 위로해 달라고 떼를 부리지 않았다. 고도의 뜻에 반박하여 자신의 의지를 관철시키려 하지도 않았다. 그저 고도가 자신을 밀어내지 않는 사실 하나에 고마워하면서 애정을 표할 뿐이었다. 고도는 청사의 시선을 피했다. 어쩐지 청사를 꼭 끌어안고 울고 싶은 기분이었다.

"나와 하늘에서 같이 살지 않겠느냐."

바닥을 내려다보고 있던 까만 시선이 청사에게 다시 올라왔다. 그 시선엔 거부의 의지가 없었다. 원한다면 고개를 끄덕이겠노라, 대답을 준비하는 고도가 청사는 못내 사랑스러웠다. 당장이라도 고도를 끌어안고 주변을 빙글빙글 돌면서 그의 얼굴에 입술을 내려앉히고 싶은 심정이었다. 하지만 섣부른 행동을 자제하면서 청사는 마른침을 삼켰다.

"하늘에서도 널 지키고 싶다고 하면, 너는 또 내가 사랑 때문에 직위를 포기하는 바보라 생각할까."

"아니, 그렇게 생각하지 않겠다."

"그렇다면 난 너와 함께하고 싶어. 누구의 방해도 받지 않고 너랑 영원히 함께하고 싶단 말이다."

그러기 위해서는 반드시 필요한 절차가 있다고 했지.

고도는 잠들기 전 청사가 했던 말을 생각해 보았다. 차기 천룡 후계자가 자신이 가진 모든 걸 걸고서라도 고도를 안전하게 옆에 둘 수 있는 가장 확실한 방법. 그것은 고도가 고민하다가 머리를 긁적이며 뒤로 미뤄둔 문제였다.

"그럼 내가 후계를 낳아야겠지."

청사는 그렇노라 대답하지 못했다. 입을 벙긋거렸지만 아무 말도 할수 없었다. 후계자 문제가 얽혀서 고도와의 사랑이 더럽혀진 기분이었지만, 그런 섬세한 감정을 설명한다 한들, 고도는 이해하지 못하는 어리둥절한 얼굴로 바라볼 것이었다. 청사가 걱정하는 유일한 것은 오직 고도를 잃는 일이다. 그와 하늘에서 같이 살지 못할 것이 무섭다. 땅에게 그를 빼앗길 것만 같아서 어깨가 떨렸다. 그 점이 가장 큰 문제였다.

고도가 후계를 낳으면 모든 문제가 해결된다. 적어도 천룡으로 즉위하기 전과 후 모두 걱정 없이 고도와 행복하게 지낼 수 있다. 정치적인 변수도 없이 상제와 가족, 천인들 모두에게 가장 신뢰 받을 수 있고 보장된 해결책이었다. 고도가 그것을 받아들인다면, 솔직히 청사는 아무런 걱정도 안 할 자신이 있지만, 문제는 그 방법이 지극히 청사에게 맞추어진 이기적인 방법이라는 점이다. 하늘에서 고도를 반대하는 정략적인 힘에 맞서기 위해서 그가 후계를 낳길 바랐다. 후계의 모체로서 인정받으면 감히 누가 차기 천룡을 낳은 모체를 해하려 하겠는가.

그 모든 해결책이 겉으론 고도를 위해서라 하지만 속사정은 청사가 고도를 포기하지 못한다는 이기적인 욕심에 비롯된 것이었다. 고도를 곁에 두기 위해 고도에게 무리한 부탁을 하는 것이나 다름없었다. 어떻게 남자에게 잉태를 부탁할 수 있는지, 청사는 스스로 뻔뻔하기만 한 요구라 생각했다. 그럼에도 알면서 포기하지 못하겠다. 고도를 포기하는 건 세상을 잃는 것이나 마찬가지다.

"원한다면 낳겠다. 그것으로 네가 걱정하는 모든 상황이 타파될 수 있다면 그 정도도 못하겠느냐. 낳을 테니까."

고도의 답변을 청사는 마음 편히 받아들이지 못했다. 청사는 고도가 억지로 자신의 제안을 승낙했다는 불편한 감정으로 고도의 표정을 살폈다. 고도는 조금 전에 눈물을 보였던 용이 육체적, 정신적 폭력의 가해자를 전전긍긍하며 바라보는 시선에 바람 빠진 웃음을 흘렸다. 고도를 사랑하고 위하는 마음이 지극히 크고 한결같아서 고도는 그를 위해 뭔든 해주겠다고 결심했다. 지금까지 청사가 희생하는 사랑을 많이 보여 줬으니까, 앞으로는 모두 되갚아줄 것이다. 청사가 원치 않고 힘들어하며 버거워할 때까지 모두 다.

"날 평생 포기하지 마라, 한무."

고도의 고백을 이해한 청사는 눈물을 참았다. 그리곤 참다못해 고도를 양팔로 세게 끌어안았다. 정강이를 맞고 언성이 높아지는 말싸움을 벌였지만 이 한마디를 들어서 족했다. 청사가 원하던 말이었다. 후계를 낳겠다는 그 말보다 더 원하던 말.

"고도, 난 널 포기하지 않는다. 절대."

고도를 끌어안은 팔에 힘이 세졌다. 고도의 어깨에 청사는 고개를 묻었다. 고도가 뒤통수를 토닥여 주는 손길이 다정해서 청사는 한동안 고개를 들지 못했다. 우르르 흔들리던 지축과 땅의 울음이 멎었다. 산사태와 지진이 일어났던 일대가 언제 그랬냐는 듯 고요한 밤의 장막을 다시 거두어들였다.

청사는 도포를 펼쳤다. 고도의 부탁을 받고 청사의 잠을 깨운 몽당빗자루 도깨비와 한밤중에 때 아닌 소란을 듣고 부스스 눈을 뜬 미호가 마룻바닥에 기대어 앉았다. 쌓인 눈을 제 때 닦아 주지 않아 물을 먹은 나무 바닥이 삐거덕 날카롭게 울었다. 산중 버려진 집에 거처를 잡고 한 몸 뉘며 자는 용도로 쓰고 있었기 때문에 집 손질을 따로 못한 여파가 컸다. 청사가 도포 안에서 꺼낸 종이 다발을 보고 깜짝 놀란 미호가 꼬리를 곤두세웠다가 지붕을 잘못 건드려 눈덩이가 그의 머리 위로 왕창 떨어져 내린 것이다. 입 안 가득 들어찬 눈덩이를 퉤 뱉으면서 미호는 청사의 도포 속에서 나온 물건을 바라봤다.

태상노군, 원시천존, 옥천대제, 제석천, 천공, 천주, 노천야, 옥황야, 옥황상제, 상제, 하늘님. 다양한 이름으로 불리나 본질은 하늘의 가장 높은 주인이며 33개의 천궁 중 중심산인 수미산에 터를 잡고 사는 이가 있다. 그는 하계에 벼락과 물보라를 일으키는 신이한 재주를 부리기도 하고, 때론 자신의 대리 주인으로 현세에 좋은 뜻을 알리고자 부처를 보내기도 했다. 지금은 하늘의 일을 신경 쓰느라 땅의 일을 천룡과 그 밑의 존재들에게 모두 맡겼지만, 세상이 지금보다 덜 복잡했을 때, 상제는 자신의 복부를 갈라 직접 사리를 뭉쳐 만든 물건을 가장 가까운 이들에게 나눠 줬었다.

하계를 다스리는 땅의 주인에게는 사방 정토를 느낄 수 있는 혜안의 보주를, 바다를 다스리는 용왕에게는 심연 깊은 곳마저 진정시킬 수 있는 영면의 보주[5]를, 바다와 땅을 총괄하여 그 속에 속한 인간과 요괴와 도깨비와 미물을 지킬 수 있는 천룡에게 진명의 보주를, 명계와 신선계에도 각 보주를 줌으로써 세상에는 총 다섯 개의 보주가 존재했다. 이들은 모두 제석천의 뱃속에서 잉태된 사리이고, 보주를 지니고 있는 것만으로도 하늘의 허락을 받지 않고도 하늘의 힘을 끌어다 쓸 수 있었다. 개중 천룡이 받은 진명의 보주는 '여의주'라고도 불려서 천룡의 아래턱에 보존하는 것이 정설로 여겨지는데 그 귀하디귀한 물건이 청사의 품에서 나온 것이다. 미호가 자지러질 만큼 경악스러워하는 것이 당연한 반응이었다.

"넌 아직 천룡이 아니잖아! 왜 여의주를 가지고 있는 거야?"

하늘의 물건을 땅의 요괴가 알아볼 수 있는 것은 제석천의 보주 중 용의 여의주가 가장 많이 알려져 있기 때문이다. 용은 본디 하늘과 밀접하게 연관된 존재이면서 삶의 터전만 하계에 속해 있다. 땅이든, 바다든, 구름 사이든 하계 곳곳에서 살아가고 있어서 본질은 하늘의 권속이지만 땅에 더없이 가까운 존재이기도 했다. 그래서 간혹 용들은 스스로 여의주를 생성하기도 했다. 비록 제석천이 직접 준 천룡의 보주보다는 그 힘이 월등히 약했지만 하늘의 기운을 주먹만 한 구슬에 담고 있다는 사실만으로도 세상 많은 존재들이 탐내는 물건으로 자리 잡았다.

미호가 여의주를 알아본 것도 수많은 용들이 만들어 낸 구슬 덕이지만, 엄밀히 말하면 천룡의 보주를 목도하긴 첨이라. 눈앞에 나타난 검은색의 여의주는 아무것도 모르는 미호가 보기에도 하계와는 다른 속성의 신이한 기운이 담겨 있었다.

---

5 용왕에게 준 '영면의 보주'는 현재 동해 용왕이 소유하고 있지 않다. 마갈어(摩竭魚: 바다에 살며, 두 눈은 해와 같고, 입을 벌리면 어두운 골짜기와 같아서 배도 삼키고 물을 뿜어내는 것이 조수와 같다는 고기)가 보주를 삼키고 바다 가장 깊은 곳에 잠들어 있다고 한다.

끝을 알 수 없는 어둠이 휘몰아치는 보주였다. 마치 세계 밖의 또 다른 세상을 담아낸 것처럼 깊이도 넓이도 알 수 없었다. 보주 속에서 빛나는 은하수는 용의 등뼈를 닮아서 연기처럼 꿈틀거리며 별의 사다리를 잇고 있었다. 아름답지만 위험하고 두려운 존재였다. 강한 힘을 원하는 요괴일지라도 이 여의주를 빼앗을 생각은 엄두도 나지 않을 만큼 차원이 다른 힘이었다. 이 힘은 욕심을 낸다고 될 물건이 아니었다. 자칫 그릇이 작은 이가 이 힘을 접하면 역으로 힘에 잡아먹히고 말 것이다. 이 힘을 다스릴 만한 존재가 세상에 몇 없다는 걸 본능적으로 알 수 있었다.

"대롱이, 너 이거 빨리 집어넣어. 잃어버리면 어쩌려고. 상상만으로도 끔찍해."

"그런 경망스러운 일은 없을 테니 걱정 마라, 지진아."

"네가 왜 이걸 가지고 있는 거야?"

"아버지께 받았어."

"뭐? 아버지 퇴위하셨니?"

"아니, 내가 즉위하기 전까지 나보고 보관하라고 주셨어."

"세상에. 원래 천룡은 그렇게 대범하니? 즉위식에서 보주도 함께 물려받는 게 정상 아니야? 이렇게 미리 받은 기 하늘님은 아시니?"

"음. 모르지 않으려나."

"맙소사. 나 안 본 걸로 할게. 그거 어서 집어넣어. 나 괜히 화 당하고 싶지 않아. 무서워."

덜덜 떠는 미호는 곁에 있는 몽당이를 꼭 끌어안았다. 몽당 역시 겁먹은 커다란 눈을 굴리면서 여의주를 제대로 보지 못했다. 하늘의 권속에 자칫 화를 입을까 봐 몸을 사리는 둘의 반응은 당연했다. 고도처럼 멀거니 바라보다가 직접 손을 대는 행동이 오히려 정상과 거리가 멀었다.

"신묘하구나. 이런 건 나도 처음 봐."

그 어떤 힘도 빨아들일 듯한 아득한 어둠을 보고 고도는 이것이 바로 천룡의 본질임을 알았다. 세상을 어둠으로 삼키는 것도, 그 어둠으로부터 보호하는 것도 모두 천룡이 할 일이었다. 주먹만 한 보주를 손바닥에 굴리는 고도를 보면서 청사가 말했다.

"솔직하게 말할게. 그 보주는 원래 내 몸 안에 보관해야 하지만 아직 감당이 되지 않아 들고 다니고만 있어."

고도가 청사의 말을 듣고 미간을 좁혔다.

"위험한 짓이야. 왜 몸에 담지 않는 것이냐. 감당이 안 될 줄 알았으면 부친으로부터 미리 받지도 말았어야지."

"감당이 안 된다는 건 네가 생각하는 그 덜떨어진 모습을 말하는 게 아니야. 용의 습성을 고스란히 표출하게 된다는 뜻이다. 내가 더는 인간이나 요괴 흉내를 내지 못하고 온전한 용의 형상과 기운을 내뿜게 된다는 말이거든. 감당이 안 되는 것은 내 몸이 아니야. 이런 내 기운을 바로 옆에서 직접적으로 받아들여야 하는 너와 팔미호, 도깨비가 문제가 되겠지."

"허면 이 자리에서 이걸 꺼내 보인 이유가—."

"그래, 이걸 이제 품을 거야. 정말 많은 것이 달라지겠지."

정제되지 않은 하늘의 기운에 그대로 노출된다는 뜻이구나. 고도는 이해를 하고 고개를 끄덕였다. 여의주를 청사의 손에 쥐어 준 고도가 물었다.

"이걸 몸에 품으면 지금의 너와 달라진단 말이지."

"나는 달라지지 않아. 나와 함께 있는 너와 주변이 달라질 거야. 땅의 존재들이 하늘의 힘을 고스란히 방출하는 나를 감당하기 어려울 테니까."

"그럼 하계에 머물지 못하겠구나."

"머물더라도 오래는 못 있겠지. 길어 봤자 몇 달 정도다. 해를 넘기면 만물의 이치가 틀어질 거야."

고도는 시선을 내리고 가만히 고민을 시작했다. 중요한 결정을 앞두었을 때 으레 그랬듯이 전후 사정과 앞으로 벌어질 일을 침착하게 머릿속으로 떠올렸다. 고민 끝에 결론을 내릴 고도를, 청사는 보채지 않았다. 아무리 고민하더라도 고도가 선택할 것이 무엇인지 이미 알고 있기 때문이다. 고도의 선택권을 박탈한 것은 다름 아닌 청사였다. 헤어지는 것도 용납하지 않고 어떻게든 하늘에 같이 가길 요구한 만큼 고도가 그 말을 들어주지 않을 수 없었다.

"나를 끌고 가려던 빛들 말이다. 그들은 아리아라고 하더구나. 땅의 주인이 나를 대리 주인으로 선택했기에 나를 데리고 주인을 직접 만나러 가려 했다더군."

고민을 마친 고도는 담담하게 말했다. 청사는 고도가 민가까지 내려가서 벌인 추격전을 떠올리고 물었다.

"대리 주인이 뭔데?"

"모르겠다. 땅의 뜻을 대신 전달하는 역할인가. 아리아도 잘 모르는 눈치였어."

"이해할 수가 없어. 땅의 주인이 무슨 연유로 너를 선택한 걸까."

"그러게 말이다. 땅의 주인을 직접 보면 알 수 있다던데 내가 만나길 거부해서 영원히 알 수 없는 문제가 되어 버렸어."

"의외네. 땅의 주인이 왜 널 만나고 싶어 하는지 궁금하지 않아?"

"궁금하긴 한데."

"만나지 않으려는 이유가 따로 있어?"

"너무 대단한 존재를 만나는 것이잖아. 복잡한 일에 휘말릴 것 같아서 거부했지. 난 네게 집중할 시간도 부족하거든."

그 말에 보주 때문에 신경이 곤두서서 근심 걱정이 가득했던 미호와 몽당이의 표정이 동시에 일그러졌다. 몽당이 자신을 안고 있는 미호의 팔을 손바닥으로 탕탕 때리며 불만족을 표출했다. 미호가 몽당이를 품에 안고 둥기둥기 흔들어 주면서 "나도 그래, 재수 없어, 저 둘……."하고 중얼거렸다.

　"고, 고도…… 그렇게 말하면……."

　미호와 몽당의 반응이 어떠하든 말든, 여의주를 손에 꼭 쥔 청사는 얼굴을 새빨갛게 불태웠다. 고도에게서 선택권을 박탈한 자신을 욕하더라도 모두 받아들일 준비만 하고 있던 터라 달콤한 고백은 기습 공격과 같았다. 고도가 이렇게 하나둘 받아 주는 것이 늘어날수록 청사는 막무가내로 굴고 싶은 마음을 어떻게든 다잡아야 했다. 고도가 어느 정도 선을 그어 놓아야 청사가 도를 넘으면 으름장을 놓고 저지해야 하는 게 정석이었다. 이제는 뒷머리를 긁적이며 끝내 받아 주는 고도의 태도 때문에 청사는 고도에게 더 강도 높은 애교라도 부리고 싶은 심정이었다. 청사의 욕심을 아는지 모르는지, 고도는 예의 그 무덤덤한 말투를 이었다.

　"네가 원한다면 땅의 주인을 만나 봐도 된다."

　"그럴 리가. 나한테만 신경 써라. 땅의 주인은 알 바 없어."

　"그럴 줄 알았다."

　토닥이는 고도의 손길에 청사는 눈가를 붉혔다. 부끄럽고 가슴이 콩닥콩닥 뛰는 설렘에 손가락 끝을 움직였다. 고도가 직접적으로 청사에게 신경 쓴다고 말한 것은 아마도 처음일 것이다. 줄곧 행동만 보이고 직접 말하지 않아 왔기에 대수롭지 않은 음성으로 설명하는 이 순간이 그렇게 특별할 수가 없었다. 청사는 붉어진 볼을 꼼지락거리던 손끝으로 슬그머니 긁다가 고도의 옆에 바싹 붙어 앉았다. 둘의 모습을 꼴 보기 싫은 미호가 결국 엉덩이를 털고 일어났다.

"나도 고향에 돌아가든가 해야지, 이 망할 것들이 진짜."

집안에서 혼사를 치루라는 아우성에 질려서 잠깐 도피했더니만 그보다 더 못 볼 꼴을 보고 있다는 말투다. 몽당이도 미호의 의견에 동의한다면서 미호의 기다란 머리카락을 쭉쭉 잡아당기며 발을 굴렀다.

"귀여운 몽당이, 우리 토끼 사냥 갈까?"

"몽당!"

"사슴도 잡아먹자."

"몽당 몽당!"

좋아서 두 손바닥을 짝 맞대는 둘에게 고도가 "지진아는 왜 이렇게 편식이 심하냐. 가끔은 풀도 먹어야 건강이 유지되느니라."는 말을 건넨 탓에 "여우는 풀 안 먹어, 이 등신아!"라는 호통을 들어야만 했다. 미호가 커다란 백여우로 변해서는 등에 도깨비불로 변한 몽당이를 태우고 산속으로 사라지자 고도는 청사에게 눈을 굴렸다.

"쟤는 날이 갈수록 입이 거칠어지네. 저 사내 같은 계집을 어떤 남자가 데려가려나, 걱정이로다."

"나이 먹어서 신경질적으로 변한 걸 거야."

"집에서 얼마나 혼사로 닦달을 했으면, 쯧쯧."

"음. 하지만 나도 지진아 상태가 이해가 되긴 하는데."

"네가?"

고도는 청사가 여의주를 도포 속에 챙기고는 부엌간에서 아궁이 불에 데운 따뜻해진 물을 가져오는 모습을 바라봤다. 청사는 뜨거운 물이 담긴 통을 들고 마루 밑에 앉았다.

"나도 반려자를 데려가지 않으면 저 지진아 같이 시달릴 게 뻔하거든."

"그래. 혼사와 후계는 중요한 일이지. 특히나 신분과 직위의 영향을 무시하기 힘든 상황이라면 더욱더."

청사는 고도의 앞에 앉아서 고도의 더러워진 발을 씻겨 주었다. 아리아와 쫓고 쫓기는 추격전을 벌이느라 맨발이 상처가 나고 더러워져 있는 것은 물론, 빨갛게 얼어붙어 있었다. 더러워진 물을 대신 버려 주고 새 물로 발을 헹궈 준 뒤 젖은 발은 청사가 제 도포자락으로 정성스레 물기를 없애 주었다. 천상의 소재로 만들어진 고급스러운 도포가 더러운 발을 적신 물로 젖어드는 모습이 이질적이었다. 고도는 이렇게까지 신경 써줄 필요는 없는데, 하는 마음으로 청사를 바라봤다. 발을 닦아 주는 것만으로도 행복해하는 그의 붉어진 뺨을 보니 굳이 하지 말라고 말리거나 구박할 필요는 없어 보였다.

"고도, 내가 이기적으로 굴어서 미안해."

청사의 작게 떨어지는 목소리를 듣고 고도는 눈을 깜빡였다. 물기를 닦아 준 고도의 마른 발을 여전히 만지작거리면서 만지는 청사는 고도의 눈을 차마 똑바로 바라보지 못했다. 꼭 죄지은 사람처럼 우물거리는 모습이었다.

"변명일지도 모르지만, 이 정도로 내가 무언가를 선택해서 책임지는 경우는 처음이라 경황이 없어졌어. 난 고도랑 같이 지내고 싶은데 내 직위가 너와 함께 지내는 일조차 쉽지 않게 만들어서 화가 많이 났어. 이런 나한테 실망 많이 했겠지. 미안하다."

하늘이라도 어찌 완벽할 수 있을까. 불완전한 부분이 존재하고, 그 부분에 휘둘러서 오히려 하늘보다는 땅에 가까운 존재처럼 보이기에 청사를 받아 주고 마음을 열었거늘. 청사가 하늘이 지닌 단호하고 완벽한 모습만을 갖추었다면 이런 감정도 느끼지 못했으리라. 고도는 제 발을 주무르는 청사의 손을 잡아 주었다. 청사가 여전히 눈을 마주치지 못하고 죄책감에 시달리는 표정을 보니 귀여워서 웃음이 나왔다. 한번 머리 뚜

껑이 열리면 앞뒤 안보고 사건을 저지르는 게 어찌 자신을 닮아 가는 것 같았다.

"처음부터 뭐든지 아는 존재가 어디 있겠느냐. 서로 맞춰 가자. 문제가 뭔지를 솔직하게 털어놓고, 어떤 심정인지, 어떠한 기분인지를 말하면서 지내자. 그러다 보면 네가 '이기적'이라고 생각하는 부분이 실은 사랑의 한 형태라는 걸 내가 알게 될 것이다. 지금까지의 행동만 봐도 네가 이기심으로 나를 주무르려는 것으로 보이지 않거든."

청사는 맞잡은 손을 움직이다가 고개를 틀었다. 따뜻한 숨결이 고도의 턱 아래에서 번져 나갔다.

"입 맞춰도 될까?"

본디 청사였다면 이리 말하면서 새색시처럼 수줍어했을 텐데. 적홍 빛이 도는 도홧빛 뺨 대신 진지한 눈으로 입맞춤의 허락을 구하고 있었다. 고도는 선뜻 고개를 끄덕이지 못했다. 청사가 생각하는 사랑을 지키기 위해서 어떠한 현실적 어려움을 헤쳐야 하는지 깨달은 어른의 눈을 하고 있었다. 아직 미흡하고 부족한 부분이 많지만 그걸 부끄러워하거나 회피하는 대신 정면으로 맞서는 청사였다. 그릇이 달랐다. 왜 하늘이라 불리는지 알 것 같다. 완벽하기 때문에 하늘이 아니라 자신의 허물마저 용기 있게 인정하는 커다란 그릇이어서 하늘이라 불리는 것이다.

고도는 대답 대신 청사의 두 뺨을 손으로 잡았다. 청사의 속눈썹이 움찔, 떨리는 모습을 보면서 고도는 눈을 감았다. 맞닿은 입술이 부드럽게 엉겼다. 윗입술이 아랫입술을 물고, 아랫입술이 보드라운 살점을 씹으면서 혀를 꺼내 서로를 탐했다. 청사는 자연스럽게 고도의 허리를 팔로 감쌌다. 팔로 휘감은 고도의 몸을 자신에게 기대도록 했다. 고도의 너른 소매 안, 뽀얀 손목의 속살에도 입을 맞추었다. 청사는 손목에 입술을 댄 채 속삭였다.

"누이의 답변을 받았어. 몽당 도깨비가 나를 찾아오기 직전에 누이가 날려 보낸 전서구가 내 어깨에 앉았었어."

가슴이 허전하여 눈을 뜬 청사는 옆자리에 누워 있던 고도가 사라진 걸 파악하자마자 문밖으로 달려 나갔었다. 고도의 기운이 집 근처가 아닌 산속에서 어렴풋하게 느껴져서 무슨 일이 벌어진 거라 대번에 파악했었다. 요술을 부려 고도가 있는 곳까지 날아가려던 청사는 곧 눈앞에서 점점이 터진 바람의 빈 공간을 보고 눈을 크게 떴다. 오색찬란한 털을 가진 봉황이었다. 봉황은 아직 어린 새끼였기에 하계의 공기도, 어둠도 달빛도 모두 신기해하며 옹송망송 날아다녔다. 청사는 치미의 발목에 맨 전서를 잽싸게 낚아챘다. 치미는 지붕 위에 앉아 세상을 굽어보았다. 삐이이익, 우는 소리에도 아랑곳없이 누이의 전서를 모두 읽어 내린 청사가 종이를 손에 움켜쥐고 웃었다.

청사가 생각하고 있던 바가 맞았다. 누이의 전서에서 확신을 얻었다. 몇 가지를 더 물어보려고 치미의 발에 답신을 적어 묶어 주려던 청사는 곧이어 몽당 도깨비가 아리아와 대척하는 고도의 상황을 말해 주기 위해 날아온 탓에 치미의 일을 제쳐두고 분노로 용신으로 변화했긴 했지만 말이다. 전서구의 내용을 떠올린 청사가 고도를 붙잡고 말했다.

"오늘은 보름달이 떴고, 아리아가 민가까지 내려가도 오염되지 않는 기일이야. 만물이 눈을 뜨는 밤이라 해서 꽃잠 자기 좋은 때며, 왕실에서도 후계가 없을 때 무당들이 점지해 주는 날로도 통하지. 내일도, 내일 모레도 이 기운이 이어지겠지만, 시작은 오늘이라 오늘 영험한 기운을 받기 가장 좋을 때라고 하더구나. 고도야, 오늘 나랑 중요한 데 가보지 않겠느냐."

너무 늦었다면 푹 쉬고 내일 움직여도 된다만. 청사의 이야기를 가만 듣던 고도가 이번엔 두루마기까지 반듯하게 펴주는 청사에게 물었다.

"멀리 가는 거라면 해가 뜨고 움직이는 게 낫지 않나?"

"멀진 않다. 한 시진 정도 걸으면 도착하는 곳이야."

"흐음. 미리 알아본 모양이네."

"그래, 누이가 이 산을 잘 알더군."

"꼭 오늘이어야 하나. 한숨 자고 가는 게 뭐 대수라고."

"내일도 괜찮긴 해. 괜찮긴 하지만……."

참으로 지지부진한 대답이로다. 청사의 말과 본심이 일치하지 않았다. 청사는 고도의 뜻이 그러하다면 하는 수 없다고 말했지만 서운한 기색이 한가득이었다. 언행이 불일치하는 청사의 모습에서 고도가 다정하게 그를 달랬다.

"내일 바로 움직이자. 오늘은 푹 자고. 그 정도는 괜찮겠지, 대롱아."

"그래."

"대신 잠이 오지 않으면 나랑 한가로이 거닐어도 된다."

특별한 일을 미루어도 일상은 청사에게 내어 주었다. 청사는 고도의 배려가 따뜻해서 부끄러워진 볼을 손으로 살짝 긁었다. 청사가 냉큼 겉옷을 챙겨 왔다. 청사는 고도가 따뜻하게 입은 복장을 신경 썼지만 정작 본인은 제비꽃 색 도포자락만 휘둘렀다. 종족 특성상 냉혈 동물에 가까워서 추위를 거의 느끼지 못하는 듯했다.

고도는 굳이 따지자면 저보다 신장도 크고 몸에 붙은 잔 근육도 많으며 하늘에서는 주요 직책을 물려받을 청사가 어른에 가깝다고 생각했다. 고도는 체질적으로 근육도 잘 안 붙을뿐더러 피부도 찹쌀떡처럼 말랑거려서 남자다운 위엄이 없었고, 머릿속은 노인처럼 끊임없이 세월의 풍파를 겪고 있지만, 정작 신체가 그 생각처럼 노화하지 않는 괴리감으로 어른보다는 어린애 같은 기색이 있었다.

늙을수록 애가 된다는 말이 있다. 그만큼 주변 상황을 눈치 보지 않고 자신의 욕구에 충실하다는 의미다. 늙어서 귀찮아진 마음이 커진 탓에 요즘은 예전만큼 말장난을 늘어놓거나 사사로운 시비를 걸어 재미를 찾기보다는 서책을 읽고 금을 켜고 따뜻한 바닥에 누워 새액새액 자는 것이 편해졌지만, 그래도 이런 식의 청사 반응을 지켜보는 것만큼은 예나 지금이나 맥쩍함을 달래 주는 일이 매한가지였다.

고도는 청사가 내민 외투를 걸치면서 마당 밖으로 내려섰다. 순간, 청사가 뒤에서 고도를 끌어안았다. 날씨가 차서 꽁꽁 얼기 시작하는 고도의 양손을 소중하게 감싸고 말했다.

"은애한다, 고도야."

입술에 쪽, 부드럽게 닿았다가 떨어지는 입맞춤이 뒤를 이었다. 불시에 접촉된 입술의 감촉에 고도는 처음엔 눈을 동그랗게 떴지만 이내 실바람처럼 웃었다.

"내 마음과 같구나."

아무리 들어도 질리지가 않으니 이 정도 증세면 중증이라. 고도는 제 손을 붙잡은 청사에게 손가락을 하나둘 밀어 넣었다. 엉켜든 둘의 다섯 손가락이 갈고리처럼 서로의 손등을 쥐고 놓지 않았다.

"지진아, 장작 패서 아궁이 잘 때워 둬라."

"뭐? 내가 어떻게 장작을 패? 이 가녀린 손 안 보이니?"

"발톱 꺼내서 한두 번 휙휙 그으면 될 거 아냐. 어디서 약한 척이냐."

"이 망할 대롱이 자식, 내가 네 머슴이니? 춥지도 않은데 아랫목 데우고 싶으면 네가 하든가."

"방정맞은 입이네. 고도를 위해서니까 해놓으라고. 너 이렇게 비협조적이면 집으로 가."

못됐어, 착하고 귀여웠던 대롱이는 어디 간 거야! 미호는 자신을 구박하는 청사가 미워서 입술을 삐쭉였다. 여전히 얼굴을 붉히면서 몸을 배배 꼬며 고도에게 안기는 청사의 모습은 자주 목격되지만, 고도 외에는 그런 모습을 보여 주는 여지조차 남기지 않았다. 장죽의 설대만 물고 무심하게 쳐다보면 그렇게 청사를 오래 알고 지낸 미호조차 뜨끔해서 그가 시키는 대로 할 수밖에 없었다. 양반집 규수 대접을 받으려고 고도를 찾아온 것은 아니지만 그래도 다 큰 여염집 아씨를 이리도 박대할 수가. 미호는 설움을 삼켰다.

"고도 고뿔 걸렸니."

그래서 방을 데울 장작이 필요한 거니. 자세하게 묻는 미호에게 청사는 성의 없이 대답하면서 집 주변을 돌아보았다.

"아니, 고뿔드는 것보다 몸 상태가 더 안 좋아질 예정이라서."

그게 무슨 뜻일까. 청사는 신발 끝으로 마당의 흙을 고르면서 곳곳에 결계를 치기 시작했다. 하늘의 기운을 고스란히 담은 기운에 지붕에 앉아서 짹짹 지저귀던 멧새들은 놀라서 날아갔다. 미호는 순수한 하늘의 기운을 느끼고 붉은 눈동자를 동그랗게 떴다. 며칠 전부터 청사가 일부러 하늘의 기운으로 땅을 정화시키고 있다는 걸 느끼곤 있었지만 이렇게 대놓고 자신의 기운을 집 주변에 뿌리는 것은 처음이었다. 결계와 막을 치고 진을 그리는 일련의 과정은 고도의 도술에 비유하면 이중, 삼중으로 집을 보호하는 행동으로 보였다.

"오늘 무슨 일 있어?"

미호의 물음에 청사는 한 번 더 결계를 만들었다.

"오늘 고도의 몸이 열릴 거야."

열린다는 표현을 이해하지 못한 미호가 고개를 갸웃했다. 그 여느 때보다 상서로운 빛으로 감싸인 집을 보면서 청사는 비로소 만족하여 말을 덧붙였다.

"순수하게 모든 기운이 열려서 조금이라도 오염되면 큰일 나. 자칫하면 몸 안에 썩은 물이 고일 수도 있거든. 그러지 않도록 사전에 꼼꼼하게 준비해 두고 있지만 그래도 혹시 모르니까 방 안도 데워 놔줘."

"뭔데 그래? 오늘 무슨 일 할 거야?"

"내 정기를 받을 거거든."

하늘의 정기를 받는 일은 몸을 완전히 개방한 후에야 품을 수 있기에 하늘과 반대 속성인 땅의 기운으로 열린 몸 안이 오염될 수도 있다. 오염을 피하려면 땅에서 나는 음식조차 입에 대면 안 되지만, 그건 개별적인 체질에 따라 다르게 나타났다. 고도의 몸 상태를 벌써부터 판단하긴 어려웠다. 우선 준비할 수 있는 걸 다 준비할 뿐, 청사는 집안의 기운을 다시 한 번 점검하고 얼이 나가 있는 미호에게 당부했다.

"장작 잊지 마. 오늘 고도랑 나랑 조금 늦을 테니까 어디 나가지 말고 기다리고 있고."

"어, 어, 응."

미호는 얼떨결에 고개를 끄덕였다. 고도가 문을 열고 집에서 나와 청사랑 함께 나선 후에야 "아니 근데 지가 뭐라고 날 부려 먹어."라면서 씩씩 거린 미호는 툴툴거리는 말과 달리 곧 장작을 구하러 떠났지만 말이다.

고도는 새하얀 입김을 뱉으면서 깍지를 꼭 끼고 걷는 청사를 바라봤다. 청사는 오늘따라 유독 긴장한 모습이었다. 말 한 번 걸기 어려운 분위기로 손만 꼭 잡고 걷는 청사 때문에 고도 역시 이렇다 할 쓸데없는 말은 삼갔다. 손끝으로 전해지는 긴장과 망설임의 기색을 고스란히 느끼면서 고요와 침묵만이 내려앉은 눈밭을 뽀드득 밟아 나갔다.

청사가 안내한 곳은 깊은 산골짜기였다. 소복하게 쌓인 눈이 설빙으로 얼어붙어서 바위 겉면을 날카롭게 빛냈다. 나뭇가지는 작은 충격에도 성마르게 끊어졌고 점점이 이어지던 토끼나 노루의 발자국도 어느 순간부터는 전혀 보이지 않게 되었다. 먹이를 찾아 어슬렁거리는 호랑이나 설표의 발자국이 드물게 찍혀 있었다. 그 외엔 새소리조차 들리지 않았다.

산의 침묵은 어둠을 닮아 있었다. 고요함이 찬 공기를 짓눌러 목구멍이 까슬거리는가 하면 이 땅에 발을 딛는 모든 존재에게 냉엄한 안식을 선사하고 있었다. 생보다는 사에 가까운 곳. 산 자의 방문을 달가워하지 않는 이 땅의 가장 깊은 심장부였다. 고도가 휘항 밖으로 까만 눈을 드러냈다. 허공으로 녹아드는 하얀 입김을 따라 잔잔한 목소리가 예사 질문을 던졌다.

"어디까지 가면 되느냐."

고도의 설신이 언 땅에 푹푹 빠지는 것을 보던 청사가 고도를 말없이 등에 업으면서 대답했다.

"조금만 더 가면 된다."

"그렇다면 나를 내려 줘도 되는데."

"그냥 업혀 있거라."

"축지를 써서 한 번에 달려 줄까?"

"괜찮다. 등 뒤로 네 체온을 느끼고 싶어서 내가 좋아 업은 거니 신경 쓰지 않아도 된다."

험준한 산을 혼자 걸어도 버거울 때에 멀쩡한 성인 남자를 등에 업고 가려 하다니. 고도는 싫다고 내려 달라는 말을 하는 대신에 청사의 어깨에 턱을 올렸다. 편안하게 등 뒤에 기댄 고도가 의외였던 청사는 등 뒤로 고개를 돌렸다.

마주한 새까만 눈동자가 예뻤다. 자신을 빤히 바라보는 그의 시선이 좋아서 청사는 가던 걸음을 멈추었다. 턱을 뒤로 꺾어서 쪽, 고도의 볼에 뽀뽀를 한 청사가 웃었다. 그의 입맞춤을 받은 고도는 말없이 청사의 목에 얼굴을 묻고 작은 숨소리를 나른하게 내뱉었다.

뽀드득, 눈밭엔 청사의 걸음만이 유일하게 이어졌다. 앞으로 나아갈수록 더 이상 길이라 불릴 만한 지표가 사라졌다. 햇볕마저 높은 산봉우리에 걸려 계곡 사이로 내려오지 못했다. 등성이의 뽀얀 눈이 녹고 젖은 땅이 드러나도 하얗게 얼어붙은 설원을 나아가는 청사의 걸음걸이는 지체되지 않았다.

방향과 위치마저 헷갈릴 만큼 깊은 산길에 들어온 청사가 해가 다 떨어질 때가 되어서야 걸음을 멈추었다. 청사의 따뜻한 등에 기대어 눈을 감고 있던 고도가 눈꺼풀을 들어 올렸다. 청사는 고도를 등에서 내려 주면서 눈가에 묻은 졸음을 손끝으로 더듬어 털어 주었다.

"한때 선녀들이 몸을 씻었던 곳이라고 누이가 말하더구나. 하늘의 기운이 닿은 못 중에서도 단연코 가장 정화가 잘된 곳이라 하더라."

고도는 청사의 설명을 듣지 않았으면 눈앞에 펼쳐진 해괴한 장면에 어리둥절한 표정을 지을 뻔했다. 죽음을 닮은 계곡의 풍경과는 정반대로 녹음이 펼쳐져 있었다. 눈이 녹아서 젖은 땅에는 작은 꽃을 피운 이끼들이 엉성하게 자라나고 있었다. 이끼가 매달려 자란 나무는 여름철 우거진 수풀림처럼 기둥으로는 충분한 물을 머금고 푸르른 이파리를 흔들고 있었다. 나무 밑으로는 달맞이꽃이 한 폭의 치마를 닮은 꽃잎을 활짝 피운 상태였다.

"이리 와보아라, 고도."

주변을 도닐면서 겨울에 볼 수 없는 풍광을 퍽 신기한 눈으로 둘러보던 고도는 청사가 잡아끄는 손길에 녹음이 더 깊은 곳을 따라 들어갔다.

나뭇잎이 더욱 무성해지면서 희뿌연 물안개가 자욱하게 퍼졌다. 안개는 맞잡은 청사의 온기만큼이나 따뜻했는데 어딘가에서 온천물이 솟는 소리를 잡아내자 이는 안개가 아닌 온천의 수증기임을 알게 되었다. 녹음을 걷고 나온 곳에는 커다란 온천 못이 자리 잡고 있었다. 반짝이는 윤슬이 곳곳에 얇게 흩뿌려진 수증기를 닮아 희뿌옜다. 고도는 제법 규모가 큰 온천 못을 보다가 청사에게 고개를 돌렸다.

"여기가 신성시되는 곳이 맞나? 보기엔 몸 담그기 좋은 온천인 것 같다만."

계절을 역행하는 주변 풍경이 마치 신선들만 노니는 청호림 풍경 같았지만, 온천 자체는 평범했다. 고도를 잘 모를 때의 청사였다면 그의 말투에 기껏 이곳까지 안내해 준 제 노력이 하찮은 취급을 받는 듯해 입술을 삐쭉이며 툴툴거렸을 테다. 이제는 그런 시기가 지나서 고도가 무슨 말을 하든 귀엽고 사랑스러워 보이게 되었다.

"밤이 되면 달빛이 이곳을 가득 메우지. 가장 뜨거운 양기를 머금은 수면 위로 달빛이 섞이며 천지가 일합하는 신성한 기운이 뿜어져 나오게 돼. 그 모습을 보면 아무리 고도라도 깜짝 놀라서 눈을 떼지 못할 거야."

그렇게까지 말하니 내심 궁금한 마음이 들었다. 고도는 추위에 언 살갗을 조근하게 녹이는 온천의 물안개를 손으로 휘저었다. 신기한 기운이 어떤 것일까 유추하느라 눈을 반짝이는 고도를 보면서 청사는 마른침을 삼켰다.

청사는 유난히 긴장을 하고 있었다. 오랜 시간 고민한 끝에 이 방법 외엔 남은 것이 없다는 걸 알면서도 고도가 썩 불편해할 방법이기에 선뜻 말을 꺼내지 못했다. 고도가 괜찮다고 말했다 한들, 걱정되는 것은 어쩔 수 없었다. 청사의 바람이 떨리는 목소리를 타고 흘러나왔다.

"이곳에서 너와 합일하고 싶다, 고도야. 여기면 가능하다. 네가 내 후계를 낳는 일이 이곳에서 벌어지길 원한다."

고도가 후계를 이어야 한다. 그래야 하늘도 천룡의 후계를 잉태한 고도에게 고개를 조아릴 테니까. 고도를 하늘로 데리고 올라갈 명분은 여러 가지를 생각할 수 있었다. 고노의 도력이 하계에서 감당할 수 없으므로 하늘로 데려와 감시하고, 좋은 일에 쓰이도록 하면 정치적, 군사적인 이점이 있음을 설파할 수도 있다. 천계에 '천룡이 필요로 의해 데려온 도사'라고 공표하는 순간부터는 섣부르게 움직이지 못함이 자명했다.

그것으로는 고도의 안전까지 보장할 수가 없다. 정치적, 군사적인 이유를 들어 고도를 억지로 하늘로 데려간다 해도 청사의 혼사와 후계 문제는 사라지지 않을 것이다. 청사가 일면한 문제를 해결하느라 고도에게 소홀해지면 그에게 마음의 상처를 입히게 될 것이다. 그 틈에 불온 세력이 고도를 명계로 추방할 수도 있지 않은가. 그러니 방법은 하나다. 고도가 그 후계를 낳아서 후계의 모태로 인정을 받아야 한다. 그리하면 굳이 정치적, 군사적인 이유로 고도의 존재 가치를 천인과 상제에게 하여금 설득할 필요도 사라진다. 혼사 문제도 두 번 다시 언급되지 않을 것이다. 감히 누가 후계를 낳은 존재를 부정하겠는가. 고도를 싫어하는 세력이 있다 해도 천룡의 후계를 낳은 모체를 직접 해치는 일은 상제에 대한 반역행위라 고도를 쉽사리 건들지 못할 것이다.

청사의 의지는 확고했다. 고도가 지금 당장 거북함을 표현한다 해도 그와 자신이 하늘에서 아무 걱정 없이 함께 살기 위해서는 이 과정을 생략할 수 없다. 고도가 어떻게든 이 방법을 받아들이도록 해야겠다고 결심했다.

"천룡의 후계는 대롱이, 네가 꼭 이어야 하는 건가."

고도는 가급적 남성의 몸으로 잉태하는 과정을 피하고자 다른 방법을 강구했으나, 청사는 물러나지 않았다.

"가족과 친지 중 나 외에 후계를 이을 만한 적자가 없는 상황이야."

"아무나 임신이 가능하다면 씨받이의 개념도 없는 거고?"

"세상에, 어떻게 고도가 그런 말을 할 수 있어? 내가 다른 여식과 몸정을 나눠도 상관없다는 소리야?"

"그건 아니지만……."

"충격이야. 나는 고도 말고 다른 누구도 안고 싶다는 생각을 해본 적이 없어. 그런 식으로 널 배신하고 싶지 않아서 이런 곳까지 데려와서 설명하고 있던 건데."

"으, 으음. 그, 그래, 미안하다."

"고도, 빈말로도 그런 말 하지 마라."

고도는 여성을 후계자 잉태에 이용해 보라고 조언할 생각은 아니었지만, 자신이 부탁을 들어주지 않으면 차선책으로 여성을 알아보진 않았을까, 하는 궁금증에서 물었다. 반응을 보아하니 청사는 고도 외에는 누구에게도 씨를 뿌릴 생각이 없는 듯했다. 만약 고도가 청사의 뜻을 받아들이지 않으면 평생 후계는 보지 않을 생각으로 보였다.

고도는 휘항을 벗고 머리를 흔들어 털었다. 남성이 잉태를 한다는 거북함은 여전히 사라지지 않았다. 다만, 청사가 다른 무엇보다 고도와 함께 오랫동안 행복해지고 싶어서 벌이는 일인 만큼 그 뜻을 따라 주기로 했다.

"나는 여성이 아니라서 아기집이 없지. 그런데도 어떻게 후계를 잉태하는지 말해 봐라."

고도가 잉태에 대해 본격적으로 묻자 청사도 진지하게 제 지식을 끄집어냈다.

"간단해. 정기를 이 안에 품고 있으면 돼."

부드러운 손바닥이 고도의 판판한 배를 눌렀다. 배 안에 넣어 두기만 하는 걸까. 고도는 정기를 품는다는 개념이 명확하게 와 닿지 않았다.

"이 안에 어떻게 품으라는 거지."

"그건 내가 해줄 일이니 고도는 아무 걱정 마라."

"그렇다면 네기 넣어 준 정기란 것을 열 달 동안 품고서 낳으면 되나. 난 아기가 나오는 길도 몸에 존재하지 않아."

"아니, 한 달 정도면 돼. 인간처럼 완전하게 생명체로 자라난 아이가 몸 밖으로 나오는 것과 달라. 이 속에 주먹만 한 알을 키우면 되는 거다. 알의 성장과 부화는 이 못이 대신 책임져 줄 테니까 너는 그 작은 알이 만들어질 때까지만 나를 도우면 돼."

"알이란 말이지. 어떻게 배출하지? 입 밖으로 토하면 되나? 아님 변과 함께 배출하는 건가"

"하하, 전혀 아니야. 내가 끄집어내는 거야."

"저런. 내 배를 가른다는 소리구나."

"비슷한 뜻이지. 물론, 네 몸에는 상처 하나 안 날 테지만."

"네가 알 대신 내 장기를 잡아 뜯어서 죽으면 어떡하느냐."

"그걸 지금 농담이라고 하는 건 아니겠지? 널 잘못되게 하면 내가 스스로 목을 맬 테니까 걱정 마."

"그 후사 처리도 매우 극단적이군. 결국 내가 뭔가를 준비할 건 없다는 소리로 들리네. 네 기운을 한 달 가량 품으면 모두 끝날 일이라 말하니."

"응, 고도는 아무것도 걱정하지 마. 내가 다 알아서 할 테니까."

푸르른 청색 눈동자는 기대감으로 고조되어 있었다. 청사의 설명을 들어도 잉태가 무엇인지 직관적으로 파악하기 어려운 고도는 생각할 시간을 달라는 말도 하지 못했다. 청사는 빛나는 눈으로 고도가 얼른 고개를 끄덕이길 기다리고 있었다. 고도와 합일하여 고도를 잉태시킨다는 일에 애써 내색하지 않으려고 하지만 무척이나 설레고 있음이 훤히 드러났다.

청사가 바란다면. 그래서 같이 있을 수 있다면. 고도는 작게 한숨을 내쉬었다. 어쩌다 자신이 이렇게 말랑말랑한 성격으로 변한 것인지 모르겠다. 늙은 거라 치부하기엔 청사를 우선시하는 마음이 컸으니, 이는 사랑 때문에 사람마저 바뀌었다고 봐야 했다.

"하늘의 정기를 어떻게 몸으로 받으면 되는 게냐."

고도가 자신이 후계자를 낳아야 한다면, 어찌 싫다고 말하겠느냐며 반쯤 체념한 목소리로 물었다. 난색을 표하다가도 결국 입맛을 다시면서 그 부탁을 들어주고 마는 고도가 귀여워서 청사는 참았던 웃음을 터뜨렸다. 청사는 저를 빤히 쳐다보는 고도의 시선을 향해 눈꼬리가 샐쭉이 접힐 만큼 예쁘게 웃어 보였다.

"나한테 안기면 되지."

특별할 것 없는 그 한마디에 고도는 눈동자만 데굴데굴 굴렸다. 이런 말 하긴 뭣하지만, 잉태하는 방법은 용족의 특수성이 있으면서 왜 씨를 뿌리는 과정은 인간이나 용족이나 똑같으냐는 불만이 터질 뻔했다. 뱃속에 한 달 동안 정기를 담는 특이한 잉태 방법이라서, 씨를 뿌리는 과정도 별스러울 줄 알았더니만.

"네게 다리를 벌리면 되는 일이냐."

태연하게 묻는 고도 때문에 청사는 얼굴이 빨갛게 익었다.

"아, 야하게 그런 말을 왜 입에 직접 담고 그래."

"평소와 다름이 없어 보여서 말이다. 그런 일이라면 어렵지 않잖아."

"으음. 근데 네가 생각하는 것과 약간 다를지도 몰라."

"네 세 번째 다리를 품는 건 솔직히 이제 익숙해졌는데."

얼굴이 새빨갛게 익은 청사가 펑, 소릴 내며 터지는 기분이 들었다. 한 치의 헛된 마음도 없이 사실을 근거로 한 이야기를 꺼내는 고도였지만 자신이 내뱉는 말이 어떤 유혹이 되고, 청사의 마음을 소란스럽게 만드는지 자각이 없었다. 그래서 더 나빴다. 매번 이렇게 기습적으로 치고 들어오는 고도에겐 익숙해지려야 익숙해질 수가 없었다.

"사, 잠자리를 같이 하는 건 맞지만, 그래도 다르긴 할 거야."

"흐음. 내 보기엔 똑같은 과정인데 다르단 말이지."

무슨 차이점인가 하여 고개를 모로 숙이는 모습을 청사는 마른침까지 꿀꺽, 삼키며 바라봤다. 이 순진무구한 검은 눈동자가 어떻게 변할지 감히 상상도 할 수 없었다. 아버지에게 수태와 잉태를 위한 잠자리가 어떤 특별한 경험을 안겨 주는지 숱하게 들어왔다. 그 경험을 통해서 변하게 될 고도의 모습은, 상상만으로도 얼굴로 열이 몰려서 고도를 똑바로 바라보기도 힘들 정도였다.

청사는 이제 헷갈리기 시작했다. 후계가 중요한 것인지, 수태를 위한 그 과정 속에서 변하게 될 고도가 중요한 것인지. 솔직히 마음으로는 후자를 더 열렬하게 반기며 환호하고 있었지만, 그런 내색을 하면 고도가 싫어할지도 모른다. 용의 반려가 된다는 게 인간인 고도가 모르는 것이 천만다행이었다. 땅의 존재가 하늘의 권속에 속하게 된다는 건, 고도는 평생 청사와 떨어져서는 살 수 없다는 의미였다.

"네가 부디 감당해 주길 바랄게."

고개를 한 번 더 갸웃, 흔들어 낸 고도가 별 의미 없이 청사의 청을 승낙했다.

"그러마."

고도의 허락이 떨어지자 청사는 더는 수태를 위한 과정에 바로 접어들었다. 청사의 가느다란 동공이 조금 더 날카롭게 흡착되면서 파랗던 눈동자가 선명하게 빛을 발했다. 인간의 눈에 가까웠던 눈동자는 투명하고 겹겹이 빛을 내는 파충류의 청안으로 바뀌었다. 그의 몸에서 부드럽게 새어 나오는 특이한 기류에 온천의 물안개가 짙어졌다. 신성한 분위기가 청사의 힘과 섞이면서 온천 못 전체가 금을 녹여 허공에 뿌린 밤하늘의 별처럼 빛나기 시작했다.

[고도.]

마치 천지를 울리는 듯한 부드러운 음성이었다. 청사의 변화를 놀라운 눈으로 쳐다보던 고도는 제 볼에 닿는 청사의 손길을 느낄 수 있었다. 청사의 손이 맞는데도 고도가 익히 알고 있던 손의 크기가 아니었다. 그보다 컸다. 고도의 머리통을 한 번에 끌어안을 정도로 크고 투박하게 변한 손에는 검푸른 비늘이 군데군데 나 있었다. 손등에서 드러난 비늘이 팔꿈치까지 이어졌다. 청사의 몸에서 흘러넘치는 기운에 푸른 도포자락이 넘실대느라 품이 넓은 옷 사이로 청사의 하얀 피부가 드러났고, 그 피부 곳곳에는 보석처럼 반짝이는 비늘이 드문드문 박혀 있었다. 비늘은 살아 움직이는 생명처럼 동시에 파드득, 흔들리며 누웠다가 일어나길 반복했다. 고도는 청사의 새파란 눈 밑, 광대 주변에 펼쳐진 푸른 비늘을 보면서 조심스럽게 몸을 다잡았다.

완벽한 용의 모습도, 위장한 인간의 모습도 아닌 반인반용의 형태였다. 겉보기엔 요괴처럼 일부 징그럽고 단단한 비늘로 덮인 피부가 보였다. 그러나 그 흉측함을 뛰어넘는 신령스러운 힘이 청사와 주변 못 일대를 숨이 막힐 정도로 감싸고 있었다. 청사가 자연스럽게 뿜어내는 하늘의 기운이 고도를 압박했다. 숨을 내쉬는 자연스러운 행동마저 의식적으로 생각해야 할 만큼 긴장감을 안겨 주고 있었다. 청사는 더 이상 불완전한 용이 아니었다. 그는 세상을 호령할 만한 위대한 존재로서 기품과 위압감이 묻어 있었다. 세상의 경배와 외경심을 마땅히 받아들일 수 있는 위치에 서 있는 이였다.

"대롱, 아니 한무."

고도가 하늘의 주인에게 예를 표하고자 한쪽 무릎을 꿇으려 할 때, 청사가 급히 그의 어깨를 붙잡았다.

[고도야, 네게 군신의 예를 바란 적은 단 한 번도 없다. 앞으로도 이런 식으로 내게 예를 갖추려고 하면 화를 낼 거야.]

청사가 무엇을 염려하는지 고도 역시 알고 있으나 당장 눈앞의 위대한 존재에게 예를 갖추지 않으면 어찌 불경한 일이 아닐까. 고도는 자신과 농을 주고받으며 편하게 손을 맞잡고 다니던 연인을 청사가 아닌 하늘의 주인으로 인식해야 했다. 앞으로 그를 따라 하늘에 올라가면 더욱더 그를 외경심으로 모셔야 할 것이다.

"하지만 이건 내가 생각하던 것과는 너무 많이 달라졌어. 앞으로도 너를 편하게 대할 수 있을지가 의문이야."

[편하게 대해. 넌 내 유일한 반려니까.]

"솔직히 지금 네 힘이라면 내가 감당이 안 될 것 같다. 하늘의 정기를 내 몸에 품으라고 했더냐? 글쎄, 장담하지 못하겠구나. 네 힘을 감당 못해서 내가 죽는다 해도 이상하지 않겠어."

[그럴 일은 없을 테니 조금도 걱정 말고. 네가 신경 쓸 것은 수태를 위해 내가 너를 안는 과정을 버티라는 것뿐이다.]

버티라고. 고도는 청사의 말에 입을 벙긋거리다 도로 다물어 버렸다. 수태가 인간과 같다면 청사의 성기를 몸에 품고 그가 씨를 뿌리면 끝날 일이었다. 그 일련의 과정은 한 번이면 완료될 것으로 생각했다. 그토록 단순한 행위를 버티라고 말하는 연유를 모르겠다. 그만큼 몸에 부담이 갈 일이 있는가. 고도가 아무것도 모르겠는 눈으로 천진하게 바라보자 청사는 속으로 작게나마 욕설을 삼켰다. 고도가 아무것도 모를수록, 그 후폭풍이 얼마나 클지 벌써부터 짐작되었다. 고도가 미쳐서 자신을 붙잡고 울며 매달릴 그 모습이.

[고도, 너는 뱀술을 먹어 본 적 있느냐.]

뱀술 이야기에 눈을 깜빡이던 고도가 고개를 저었다.

"딱히 찾아 마실 만큼 좋아하는 음료가 아니다. 왜 갑자기 네 친척을 잡아먹는 얘길 하느냐?"

[친척은 얼어 죽을. 으음? 아닌가. 그래, 비슷하겠구나. 성기는 닮은 구석이 있으니.]

"뭐라."

[뱀은 교미를 할 때 몸속에서 성기가 나온다. 성기는 암컷 몸에 박힌 후 암컷이 아무리 몸부림을 쳐도 빠져나오지 못하도록 표면에 손톱만 한 돌기를 지니고 있지. 그 돌기는 암컷 몸에 박혀서 빠지지 않도록 고정하는 역할을 해.]

"흐음. 뱀의 생태를 탐구하자는 건 아니겠고. 하고 싶은 말이 무엇이냐."

[그 성기를 암컷 몸에 박은 수컷은 짧게는 세 시진에서 길게는 열두 시진 넘게 교미를 한다. 하루 종일 몸을 틀면서 암컷의 몸에 성기를 박고 빼내질 않아. 그래서 인간들이 뱀을 정력제로 보아 술을 담가 먹지 않더냐.]

뱀의 교미에 대해 일장연설을 하는 청사를 고도는 불길한 눈으로 바라봤다. 천천히 청사의 시선과 표정을 살피니 천룡의 눈으로 개안한 청사가 욕망을 표현하고 있음을 발견했다. 수태라는 단 하나의 목적을 위해 모든 정신을 집중한 모습이었다. 용의 교미를 위해서 갈무리하고 있던 하늘의 힘까지 개방한 이상, 뒤로 내빼는 건 어림없어 보였다.

"대롱이 네 이놈, 지금 나랑 하루 종일 교미를 하겠다는 선전포고냐."

청사는 고도의 앞에 한쪽 무릎을 꿇고 앉았다.

[나도 장담 못 한다.]

"어째서?"

[나도 교미는 처음이니까 내가 어떤 식으로 움직일지 모르겠어. 이전에 경험이 없으니 참고할 것이 없구나.]

청사는 고도의 설신과 버선을 벗기고 두루마기를 어깨 너머로 넘겼다. 얇은 모로 만든 흰색 저고리와 속바지만 남긴 청사가 자신도 옷을 벗었다. 풀썩, 바닥으로 떨어진 푸른 도포자락이 눈에 젖어 짙은 색을 띠었다. 그 위로 한 겹, 두 겹 옷을 모두 벗어 낸 청사는 머리를 묶고 있던 비단 끈마저 풀어 버렸다. 새하얀 나신 위로 드문드문 군집해 있는 먹빛 비늘이 제일 먼저 고도의 시선을 사로잡았다.

탄탄하지만 고운 피부엔 잘 정제된 칼끝처럼 빛나는 비늘이 누워 있었다. 비늘은 한쪽 어깨에서 손등까지 이어졌고, 등허리에서 골반을 덮었으며 허벅지와 무릎께에도 돋아나 있었다. 고도가 청사의 나신을 훑는 사이에 비늘과 동색인 머리카락을 길게 내린 그는 비스듬히 고도를 바라봤다. 고도는 제게 입을 맞추려고 얼굴을 숙이는 청사를 두 손으로 슬그머니 턱을 밀어냈다.

"너 체격이 커진 것 같은데."

눈대중으로 청사의 몸집과 키가 커졌다는 사실을 발견했다. 하물며 풀어헤친 머리카락도 평소 등허리에서 할랑거리던 것이 지금은 발목까지 길어져 있지 않나. 청사의 이질적인 모습에 당황한 고도는 그와의 입맞춤조차 꺼렸다. 청사는 밀어내는 고도의 허리에 한 팔을 감으며 속삭였다.

[이게 나란다, 고도야.]

네가 쉽게 저항하기 힘든 이 모습이 실제 내가 맞단다. 귓가에 속삭이는 청사의 목소리를 듣고 고도는 눈에 띄게 당황했다. 그 모습이 청사가 보기에 썩 좋았다. 요즘 들어 고도는 세상만사에 초연해지고 무덤덤해지

고 있었다. 금을 켜거나 서책을 읽거나 잠을 자는 세 가지 행위 이외에
는 아무것도 하지 않았다. 이대로 감정이 결핍된 채 그저 잠만 자다 고도
가 죽어 버리는 게 아닐까, 하는 애먼 상상마저 하고 있었는데 이리도 감
성적으로 대응해 주니 그 어찌 보기 싫은 장면일까. 고도의 시선이 힐끔,
무성한 음모로 뒤덮여 있는 청사의 성기를 바라봤다. 성기가 꿈틀거리며
움직이는 것이 예사롭지 않아 퍽 당황한 표정이었다. 청사는 그런 고도
의 등허리와 무릎 밑을 잡아서 품에 들어올리기만 했다.

[괜찮다, 네게 해가 될 건 없을 거야.]

참방, 뜨거운 물속으로 발을 집어넣으면서 고도를 데리고 들어왔다.
차가운 공기와 상반되는 뜨거운 물의 온도가 살갗을 휘감았다. 청사가
고도의 곁에 앉아서 짧고 검은 앞머리를 이마 뒤로 모두 넘겨주었다. 젖
은 손으로 몇 가닥 흘러내린 고도의 머리칼을 정리해 준 뒤에 이어서 눈
썹과 볼을 매만졌다. 청사의 커다란 손이 낯설어서 고도는 움칠했다.

평소엔 여인처럼 고운 섬섬옥수이건만, 오늘은 힘의 개방으로 외형이
일부 변했기 때문일까, 마치 낯선 이가 자신을 만지는 듯했다. 안 그래도
뿌옇게 수증기가 오른 못에서 청사와 얼굴을 바싹 대고 있지 않으면 그
의 얼굴마저 흐려졌기 때문에 묘하게 불안한 기분도 들었다.

고도는 참방이는 물속을 헤집어 손을 뻗었다. 청사의 얼굴을 두 손으
로 잡고 자신에게 끌어당겼다. 다가온 청사의 새파란 눈동자를 직시하자
안도의 숨이 흘러 나왔다. 고도는 고개를 살짝 틀어 청사의 젖은 입술에
살포시 자신의 입술을 묻었다. 가볍게 닿았다가 떨어지는 뽀뽀에 청사의
시선이 더 짙어졌다. 청사가 고도를 감싼 손을 물속으로 집어넣은 것과
고도가 그런 청사의 목에 두 팔을 감은 것은 동시에 벌어진 일이었다.

"잘 부탁한다."

그 한마디가 도화선이 되었다. 청사는 조심스럽게 고도를 살피던 탐색

을 그만두고 고도의 몸에 자신을 밀착했다. 고도가 아, 하고 짧게 소리를 내면서 눈을 동그랗게 떴다. 맞붙은 몸의 일부가 이상했기 때문이다.

"대롱아. 아, 잠시만."

고도의 부름에도 청사는 아무 말 없이 젖은 옷자락 속으로 손을 밀어 넣고 고도의 몸을 더듬었다. 예전처럼 활동량이 많지 않은 고도였기에 몸에 자리 잡은 단단한 근육들은 많이 사라지고 없었다. 그만큼 허리가 얇아지고 몸의 선이 부드러워졌다. 원래 부드러웠던 피부였지만 이젠 찹쌀떡처럼 말랑말랑하고 쫀득하여 몇 번이나 입에 물고 빨아들이고 싶었다. 그의 팔 안쪽과 허벅지를 쪼옥, 빨아먹으면 탄력 있는 살덩이가 입 안에서 달콤하게 굴러다닐 것만 같아 입에 침이 고였다.

"청사, 잠깐만, 아주 잠깐만도 괜찮으니 손을 풀어라."

아까부터 당황해 있는 고도는 청사를 끌어안았던 목 부근의 팔을 풀어 내고 그의 어깨를 뒤로 밀쳤다. 청사는 손바닥에 감기는 물속의 피부를 음미할 뿐, 고도의 말을 들어주지 않았다. 오히려 고도의 몸에 제 몸을 조금 더 밀착하면서 귓가에 대고 속삭였다.

[왜 그러느냐. 내 사랑아, 말하면 내 무엇이든 들어줄 테니, 이대로 말해 보거라.]

청사가 뒤로 넘겨 준 고도의 머리카락을 타고 또르륵, 물방울이 굴러 떨어졌다. 청사는 제 입술로 떨어진 물방울을 핥고 고도의 귓불에 날카로운 이를 박아 넣었다. 너무 세지 않게 깨물었지만 그 따끔한 감각에 고도의 어깨가 반사적으로 떨렸다. 고도는 불편한 몸을 이리저리 뒤척였다.

"……밑에가……."

의미를 파악하기 어려운 중얼거리는 한마디를 청사는 용케도 알아들었다. 청사는 속으로 웃음을 삼켰다. 당황해 있는 고도의 왼손을 붙잡아

허름한 나무로 만든 의족을 풀어 주었다. 잘려 나가 뭉툭해진 손목을 정성스레 핥아 주었다. 고도가 벌일 수 있는 저항을 하나둘 차단해 버리는 청사의 행동을 가만 지켜보기가 어려웠다. 고도가 거부하더라도 그 거부권조차 받아들이지 않을 기세였다. 이대로 일을 치르기엔 밀착한 하체가 신경 쓰여 참을 수가 없다. 마음의 준비가 필요했다.

고도는 하는 수 없이 도력을 이용해 이 상황을 벗어나려고 했다. 짚신과 자신을 바꿔치기해서 몸을 빼낼 심산이었다. 적어도 도력을 쓰기 위해 힘을 끌어 올렸지만 그 힘이 산산조각 나며 완전히 사라져 버리는 현상을 겪기 전까지 그 생각은 변함없었다.

놀란 고도가 제 오른손을 내려다봤다. 도술을 다시 끌어당겨 봤다. 몸 안에서 도력이 움직이지 않았다. 황급히 한 손으로 인을 맺어 보아도 도력이 실타래처럼 엉켜 나와 고도의 뜻대로 움직이긴커녕, 사방을 감싼 희뿌연 수증기처럼 자꾸만 흩어지기만 했다. 신령한 장소라 도력이 약해졌다. 게다가 도력을 방출하려 할 때마다 밖으로 끄집어낸 기운이 청사를 알아보고 바로 흩어져 버리는 바람에 힘을 쓰는 일이 불가능했다.

고도는 당황한 눈을 들어 청사를 바라봤다. 청사는 고도가 무엇에 그 커다란 눈을 불안하게 굴리고 있는지를 알고 있었다. 누구도 고도를 막지 못해서 그가 하계에서 온갖 말썽을 피운 것이거늘, 단숨에 자신의 힘을 제압한 청사를 믿을 수 없는 눈으로 올려다보는 것이 당연하지 않겠나. 하계의 힘이 천상의 힘에 대적할 수 없음을 온몸으로 처음 느껴 본 고도로서는 자꾸만 몸 밖으로 도력이 흩어지는 현상을 처음 겪어 보고 놀랄 만했다. 청사는 고도를 우아한 시선으로 내려다보면서 말했다.

[난 억지로 널 범하고 싶은 생각 없어. 내 사랑아, 말하면 들어주겠다는데 왜 실력 행사를 하려는 거지.]

그 말에 고도의 얼굴이 붉어졌다. 온천의 뜨거운 기운 때문은 아닐 것이다. 아까부터 고의적으로 몸을 밀착하고 하체를 파고드는 청사의 행동이 여실히 느껴졌다. 고도가 도망가려 할수록 바짝 붙어서 고도를 더 괴롭혔다.

"대롱이 너……."

다시 도술을 써서 빠져나가려던 고도는 눈앞에서 터져 버린 자신의 힘을 보고 입술을 달싹였다. 부적으로 힘을 봉인하는 것도 아니거니와, 진심으로 이 상황을 벗어날 의지마저 있는데 이 상황에서 펼쳐진 도술이 말도 안 될 만큼 허무하게 부서졌다. 하늘과 땅의 차이를 비로소 실감했다. 지금까지 상대했던 그 어떤 성수나 요괴, 도깨비와도 비교할 수 없는 절대적인 힘의 차이에 고도는 바짝, 마르는 입술을 핥았다. 청사는 고도를 살살 달랬다.

[실력 행사하지 말거라. 네 몸의 기운을 빼야 하는데 자꾸 단전에 기운이 모이지 않느냐.]

"웃, 대롱아."

[그래, 도술을 거두고 편하게 있어라.]

"편하게 있을 수가 있겠어? 이 사기꾼 같으니라고."

[뭐가 문제냐?]

고도는 잠시 뜸을 들이다가 입술을 움칠거렸다.

"밑이…… 아무리 봐도 내가 감당할 수 있는 수준이 아니야."

고도의 젖은 살결을 쓸어 만지던 청사가 그 말에 작게 웃음을 흘렸다. 청사는 고도의 젖은 바지를 벗겨 물 밖으로 던졌다. 차르륵, 떨어지는 묵직한 물소리를 뒤로한 청사가 고도의 다리를 벌리고 자신의 허벅지 위로 앉혔다. 뿌연 온천물 속은 보이지 않았다. 다만, 물결에 흔들리는 고도의 음모를 만지작거리면서 성기를 손바닥으로 주무르는 감각을 고도는 눈앞에서 생경하게 보는 것처럼 똑똑히 느낄 수 있었다.

정말로 크고 딱딱했다. 제 허벅지에 비벼지는 것이 고도가 알던 것과 달랐다. 심줄이 불거져 나온 두툼한 살덩이에는 손톱만 한 돌기들이 느껴졌고, 그 돌기들이 박혀 있는 성기는 자못 위협적으로 느껴졌다. 이것이 몸속으로 들어오는 것을 쉬이 상상할 수 없었다. 몸에 큰 무리가 갈뿐더러, 돌기라는 이질적인 감각을 거북해하다가 설령 욕지라도 하면 청사에게 큰 실례가 되는 것이 아닐까. 우왕좌왕하는 고도가 왜 그리 마음을 다잡지 못하는지를 청사는 알 것 같았다. 그래서 그는 단호하게 고도를 달랬다.

[고도야, 너무 겁먹지 마라. 오히려 아주 기분 좋을 것이라 장담할게.]

고도는 엉덩이를 뒤로 뺐다가 청사가 두 볼기짝을 움켜쥐고 자신에게 바싹 끌어안는 바람에 온몸이 뻣뻣하게 굳어 버렸다.

"이런 게 들어오는데 좋을 리가 있겠나."

[교미를 할 때 수컷 뱀은 몸속에 숨긴 성기를 꺼낸다고 말했을 텐데.]

"넌 뱀이 아니라 용이잖아."

[사촌지간이지.]

"언제는 동족 취급 받기 싫다면서, 이런 기회주의자를 봤나."

[동족이든 뭐든, 내 급해지려 한다. 하계에서 이렇게까지 힘을 푼 게 처음이라 자꾸 몸속의 기운이 날뛴다고.]

"그렇다고, 앗."

청사의 기다란 손가락이 예고도 없이 엉덩이 사이를 가르고 들어왔다. 둥글게 잘린 손톱이 몸속을 파고들어 안쪽으로 깊숙하게 자리 잡았다. 고도의 허리에 힘이 들어갔다. 파고든 손가락이 내부를 긁을 때마다 힘이 들어갔던 허리가 움칠거리며 반응했다. 청사의 어깨를 움켜쥔 고도의 손끝에도 강한 힘이 쥐어졌다.

"대롱이 네 손이 원래 이렇게 크지 않았었는데."

불만처럼 토로하는 그 말에 청사는 눈가를 얇게 접어 웃었다.

[지금부터 많은 것이 다를 테니 이런 걸로 놀라면 이르지.]

말이 끝나기 무섭게 내벽을 긁던 손가락이 두 개로 늘어났다. 평소 세 개쯤 들어왔을 부피감이 손가락 두 개에서 느껴졌다. 벌어진 입구 안으로 뜨거운 온천물이 휘감아 올라왔다. 고도는 청사의 어깨를 쥔 손을 세웠다. 오른손 끝이 하얗게 변했다. 손톱이 길었다면 이대로 청사의 살 속으로 손톱이 파고들 힘이었다.

다르다. 지금까지와 많이 다르다. 고도는 그 변화를 온몸으로 체감하면서 눈을 깜빡였다. 수증기가 맺혀 물방울로 변한 속눈썹 끝이 젖은 채 흔들렸다. 고도는 몸 안으로 솟구치는 뜨거운 온천물과 이질적인 청사의 손길에 열기 오른 숨을 뱉었다. 청사는 그러한 고도를 눈 한 번 깜빡이지 않고 집중하여 바라봤다.

당황한 고도가 아랫입술을 살짝 깨물었다가 놓았을 때, 발갛게 부어오른 아랫입술이 너무도 탐스러워 저도 모르게 입을 맞추고 쪽쪽 빨았다. 고도는 과실처럼 입술을 깨물어대는 청사에게 제대로 반응하지 못했다. 온천물과 함께 들어온 청사의 손가락 두 개에 온 신경이 쏠려서 입을 맞추는 청사의 혀에 관심을 가질 수 없었다.

청사가 손가락 끝을 굽혔다가 펴며 내벽을 살살 긁었다. 그때마다 고도는 숨을 삼키면서 어깨를 움츠렸다. 입술을 빨던 청사는 물방울이 맺혀 떨어지는 고도의 앞머리와 속눈썹에 시선을 빼앗겼다. 맞대고 있던 입술을 떼고 단아한 눈썹과 이마를 하염없이 바라보았다. 촉촉이 젖어 있는 이마에 본능적으로 입술을 가져다 댔다. 피부에서 맡아지는 고도의 향기를 폐부 깊이 들이마시면서 밑을 쑤시던 손가락을 세 개로 늘렸다.

"……읏."

손가락 세 개의 부피감은 청사의 기존 성기 두께에 달했다. 아랫배가 꽉 찰 정도로 묵직한 용량이었다. 고도는 몸 안을 가득 채운 청사의 손가락이 버거워서 숨을 헐떡였다. 청사의 입가로 고도의 더운 숨결이 훅 끼쳤다. 눈가를 찌푸리고 청사의 손가락을 받아들이느라 몸 안에 고인 열기가 입 밖으로 느리게 뻗어 나오고 있었다. 청사는 고도의 반응을 하나하나 확인한 후 눈을 가느다랗게 떴다.

고도의 몸이 열리는 속도가 느렸다. 그동안 잠자리를 같이 해서 몸이 쉽게 열릴 줄 알았는데 그렇지 않았다. 고도의 육신에 고여 있는 땅의 기운이 쉽사리 밖으로 빠져나오지 않았다. 수백 년 동안 단전에 쌓인 땅의 기운을 빼내야 그 공간에 하늘의 정기를 담을 수 있는데 땅의 기운을 배출할 만큼 몸이 열리지 않는 것이다.

몸의 가장 은밀한 부위에서부터 천천히 열어 주면 자연스럽게 몸 안이 비어 갈 줄 알았건만. 교미 상태가 된 청사의 신체적 변화가 이질적이어서 그 거북함에 고도가 마음을 편히 먹지 않는 게 문제였다. 억지로 한다고 될 일이 아니다. 그렇다고 시간을 들여 정성스럽게 상황의 변화를 기다리기엔 마음이 급했다. 청사는 애써 초조함을 숨겼다. 뜨겁게 뻗어지는 고도의 숨결을 받아 마시듯 삼키면서 고도의 몸 안에 박아 넣은 손가락 세 개를 움직였다.

"아!"

고도의 짧은 비명과 함께 땅의 기운이 훅, 배출되었다. 배출된 기운은 단전에 쌓인 양의 극히 일부에 지나지 않지만, 고도가 아주 잠깐 이성을 놓쳤다가 붙잡은 그 순간에 몸이 열리는 길을 볼 수 있었다. 고도가 이성적으로 이 일을 거북하다 판단하고 있다면 그러한 생각이 들지 않을 만큼 풀어 주는 방법밖에 없을 듯싶었다.

청사는 고도를 조금 더 세게 품에 안았다. 손가락 세 개를 동시에 움직이자 고도가 뜨거운 숨을 토하면서 온몸을 들썩였다. 청사에게 끌어안긴 고도는 곧바로 몸 안을 파헤치는 청사의 손길에 눈을 질끈 감고 입을 벌렸다.

"아, 아파, 대롱아, 아파."

움찔 떨면서 청사의 목에 매달린 고도가 조금 더 거칠어진 숨을 토했다. 청사가 고도의 몸 안으로 밀어 넣은 손가락을 위아래로 거칠게 흔들 때마다 고도는 들썩이는 몸을 감당 못 하고 청사를 붙잡았다.

"아, 으……."

귓바퀴로 흘러드는 고도의 신음을 들으면서 청사는 아랫배가 꽉 조이는 기분이 들었다. 평소보다 긴장한 고도의 모습도, 마치 새색시처럼 이 행위를 낯설어하는 태도도 모두 청사에게 자극이 되었다. 괴롭히고 싶은 마음은 없었건만 그 생각을 철회해야만 했다. 고도의 색다른 반응에 청사는 저도 모르게 마른침을 삼켰다. 고도가 신음을 토할 때마다 땅의 기운도 함께 뱉고 있어서 그것을 명분 삼아 괴롭히고 말았다.

[매번 만져 주는 곳인데도 유난히 좋아하네. 내 본래 손가락이 마음에 드는 걸까.]

긴 손가락이 성기만 닿던 고도의 몸속 깊은 곳을 찔렀다. 고도는 꽉 감았던 눈을 크게 떴다. 청사의 목을 휘감아 안았던 팔에서 일순간 힘이 빠져나갔다. 물속으로 참방, 떨어진 팔을 간신히 들어 청사의 팔을 잡아 보았지만 청사의 손가락은 성기처럼 변해 고도의 몸속을 쑤셨다.

"아, 앗."

고도는 청사의 팔만 어설피 잡고 청사의 목에 얼굴을 기댔다. 손가락이 몸 안의 정확한 부분을 찌르는 바람에 청사와 고도의 성기가 아랫배를 쿡쿡 쑤시며 부풀어 올랐다. 만져 주지 않았음에도 스스로 부풀어 기립한 성기가 서로의 배를 쿡쿡 쑤셨다. 고도는 청사의 목에 뜨겁게 뱉어 대는 숨을 삼키더니 곧 참지 못하고 허리에 준 힘을 풀었다. 빳빳하게 서 있던 허리가 그대로 무너져 청사에게 완전히 기대었다. 청사는 어깨와 목에 고개를 묻은 고도가 청사의 팔을 붙잡고 말리던 손길을 치우는 걸 지켜보았다. 어느새 허벅지 사이에 힘을 주고 청사를 온몸으로 꼭 붙잡아 안는 모습에 청사의 숨도 함께 거칠어졌다. 고도의 몸 밖으로 빠져나오는 기운의 양이 많아졌다. 슬금슬금 기어 나오던 기운이 한꺼번에 수증기처럼 휘몰아쳤다. 단전에 모여 있던 기운이 겉에서부터 한 겹, 두 겹 벗겨지며 허공으로 흩어지는 모습을 육안으로도 볼 수 있었다.

청사는 허벅지를 벌려 청사의 허리를 감는 고도를 사랑스럽게 바라봤다. 고도는 신음을 삼키면서 표현을 삼가고 있지만 몸에서 반응하는 흥분을 숨기지 못했다. 손가락으로 찔러 줄 때마다 좋아서 끙끙거리는 소리도, 붉어진 얼굴도 사랑스러워서 청사는 고도를 통째로 삼켜 마시고 싶은 심정이었다. 청사는 고도의 내부를 들쑤시던 손가락을 천천히 빼냈다. 손을 따라 허리를 둥글게 휜 고도가 헐떡이며 미처 삼키지 못한 숨을 뱉었다. 청사는 촉촉하게 젖은 고도의 눈가에 입술을 내려앉히며 속삭였다.

[한 번에 기운을 다 빼내진 못하겠지만 시도는 해볼게.]

청사는 도드라진 고도의 턱 선을 지그시 응시하면서 입을 벌리고 혀를 섞었다. 고도가 눈을 감고 그 입맞춤을 받아 주는 동안에 천천히 고도의 엉덩이 사이로 자신의 성기를 끼워 맞추었다. 반밖에 기립하지 않은 청사의 성기가 이미 손으로 길을 낸 고도의 몸속을 느린 속도로 파고들었다. 청사가 몸을 천천히 밀어붙이자 고도는 맞닿은 입술 새로 둔탁해진 호흡을 골랐다. 손가락 세 개의 부피보다 더 큰 귀두가 밀려들어올 때는 미간을 살짝 찌푸린 채 버티던 고도였지만 곧 두껍게 휜 기둥이 밀어들자 참지 못하고 고개를 들었다.

"아, 아, 청사, 청사……."

돌기가 난 기둥이 들어갈 때마다 그 적나라한 감각에 놀란 모습이었다. 미끄러지듯 삽입이 되었던 이전과 달리 돌기가 난 부분에서는 구멍이 더 벌어져야 했고, 벌어진 구멍이 힘겹게 돌기와 기둥을 삼키며 수축해도 곧 또 나른 돌기를 삼키기 위해서 빼끔거려야 했다. 벌어졌다가 다 물어지길 반복했다. 평범하게 밀려들어오는 성기와는 확연하게 다른 그 감각에 고도의 몸이 뒤틀렸다. 고도는 꿈틀거리는 내벽 안쪽으로 울퉁불퉁한 청사의 성기를 받아들이자 정신이 없는 듯 정처 없이 시선이 흔들렸다. 크기와 감촉이 낯설어서 놀란 고도를 달래 주고 싶었지만 불행히도 청사 역시 여유가 없었다.

뜨겁다. 이전에도 고도와 배를 맞대면 기분이 좋고 몽롱해서 고도의 몸 상태를 살피기보다는 이 뜨거움에 심취하여 본능적으로 움직이곤 했지만 이번은 그 기분이 극심했다. 고도의 기운이 비어 가기 때문인 것 같았다. 점점 땅의 색이 사라지는 단전에 자신의 정기를 채워 넣을 생각을 하자 흥분을 감출 수가 없었다. 육체적 결합보다 더 큰 의미가 있었다. 이대로 고도의 몸속에 자신의 정기가 머물고 가득 차서 고도가 오직 청사만을 찾고 원할 생각을 하자 소름이 돋았다.

고도에게 말하지 않은 것이 있었다. 하계의 존재가 땅에서 하늘의 기운을 받아들이면 끊임없이 그 기운을 갈구하게 된다는 사실이었다. 이 단정하고 무심한 고도가 몸에서 기운이 비어 갈 때마다 청사의 옷깃을 잡고 뜨거운 시선을 줄 것이다. 땅에 발붙이고 있는 이 땅의 모든 생명들은 땅의 기운을 자연스럽게 흡수할 수 있어서 힘을 갈구하는 경우가 없었다. 하지만 그 땅의 기운을 몰아내고 하늘의 기운을 억지로 품게 되면 강제적으로 집어넣은 하늘의 힘은 시간이 지날수록 조금씩 사라지기 마련이다. 자연스럽게 소진되는 기운을 얻을 방도는 오직 청사만을 통해서일 것이다. 땅 위의 그 어떤 존재도 고도에게 하늘의 기운을 나눠 줄 수가 없으니 고도는 청사에게만 발정하여 그 힘에 극도로 민감한 반응을 보이게 될 것이다.

인간이 용과 교미를 한다는 것은 그러한 의미였다. 필요한 기운을 오직 반려인 용을 통해서만 획득할 수 있다는 것. 육체와 정신 외에 본능과 생존까지 전적으로 반려자에게 구속되는 방식임을 청사는 고도에게 일부러 설명하지 않았다. 설명하면 분명히 고도는 싫어하고 망설일 테니까. 그러니까 말하지 않는 게 차라리 낫다. 이렇게라도 고도를 완전히 가지고 싶었던 청사의 마음이 색정적으로 물드는 고도의 얼굴을 보면서 뜨겁게 부풀어 올랐다.

청사는 몸을 뒤로 내빼려는 고도의 상체를 움켜 안았다. 힘으로는 빠져나가지 못하고 구속되듯 품에 안긴 고도를 꽉 안은 채 아래를 꾸역꾸역 밀어 넣었다.

"아……!"

고도의 눈가에 눈물이 맺혔다. 벌름거리며 집어삼킨 청사의 성기가 뱃속을 가득 채웠다. 그것은 고도의 몸속에 박혀서 빠져나갈 생각조차 없었다. 박혀서 고정된 것처럼, 고도는 몸 안으로 퍼지는 청사의 기운을 감당하지 못하고 허공을 보며 숨을 헐떡였다.

"하아, 하아."

고도의 몸에서 힘이 풀렸다. 손끝에서 힘이 빠져나가서 청사의 등 비늘을 더듬던 손이 자꾸만 미끄러졌다. 힘주어서 청사의 허리를 감쌌던 허벅지 안쪽도 푸들거렸고, 청사가 쪽, 쪽 얼굴 곳곳에 내려앉히는 입맞춤도 나른할 정도로 기운이 없었다. 고도는 몽롱한 상태였다. 몸에서 기운이 잔뜩 빠져나가서 힘을 주기도 힘들고, 생각을 깊게 할 겨를도 없었다. 느낄 수 있는 건 청사의 신체 일부가 고도의 몸에 박혀 있다는 사실 하나만이었다. 고도는 청사의 가슴에 기대어 숨을 몰아쉬었다. 청사는 고도의 몸에서 절반 이상의 기운이 빠져나간 것을 확인했고, 그 부작용으로 고도가 멍하니 초점을 맞추지 못하는 상태라는 것도 파악했다. 고도의 몸에서 힘이 빠진 덕에 삽입이 수월해져서 다행이었다.

[고도, 고도야.]

톡톡, 손끝으로 입술을 두드리며 부르자, 고도가 뿌연 수증기를 바라보던 시선을 돌렸다. 청사와 눈이 마주치자 처음에는 멍하니 파란 눈을 응시했다. 그러다 고개를 들어 자연스럽게 쪽, 입술을 맞대는 모습이 어린아이처럼 순수하고 천진해 보였다. 고도의 나른한 표정과 연신 고개를 틀어 가며 청사의 턱과 입술에 쪽쪽, 입을 맞추는 모습이 무척 사랑스러웠다. 청사는 고도의 이름을 끊임없이 귓가에 뿌리면서 허리를 움직였다.

"아, 음."

청사의 등을 손바닥으로 잡고서 버티는 고도가 몸 안을 쳐올리는 힘에 눈을 반쯤 감았다. 청사의 허벅지 위에 앉은 고도는 양다리로 청사의 허리를 감쌌다. 밀착한 상체와 청사의 볼에 비벼지는 자신의 입술을 달싹이며 한숨을 내쉬었다.

"하읏, 아, 벅차, 청사, 청사야."

고도가 할딱이며 내뱉는 소리에 청사는 반응할 수 없었다. 청사는 고도의 엉덩이를 양손으로 잡아 벌리고 몸을 빼내었다가 다시 박아 넣었다. 성기가 출입할 때마다 울퉁불퉁한 기둥의 겉면을 따라 벌름거리는 고도의 내벽이 자극적으로 문질러졌다. 고도는 몸속 가장 깊은 곳을 자극하는 데에 그치지 않고 입구에서부터 쾌락을 내던져 주는 결합에 머릿속으로 하얀 불꽃을 터뜨렸다. 손끝을 세워서 청사의 등비늘을 세게 움켜쥔 고도가 쏟아지는 신음을 청사의 가슴팍에 내뱉었다.

"하읏, 읏, 읏."

출렁이는 못의 수면이 고도의 몸을 감쌌다. 열린 몸에서 짙은 땅의 기운이 반 이상 빠져나와 수증기처럼 기화했다. 고도의 그릇이 비어 갈수록 고도는 몸의 쾌락에 쉽게 젖어들었다. 청사는 자신에게 매달리는 고도를 붙잡고 허리를 흔들었다.

[하아, 하, 고도, 고도야.]

청사의 움직임은 거칠었다. 고도의 내벽이 찢어질 정도로 들어찬 성기가 끝까지 빠져나왔다가 퍽, 소리를 내며 한꺼번에 꽂혀들었다. 그럴 때마다 고도는 소스라치게 놀라서 청사의 등에 손톱을 박아 넣었고 머릿속이 하얗게 변하는 쾌감에 파르르 떨었다. 뒤로 쓸어 넘겼던 고도의 앞머리가 이마 위로 다시 흘러내릴 정도로 고도는 들썩이는 몸을 주체하지 못했다.

"아, 어떡하지, 대롱아, 내가 그러니까…… 아."

[쉬이, 쉬, 괜찮다, 내게 매달려.]

"아픈데……, 아, 읏, 아픈데 그만두면 싫…… 아!"

[쉬, 괜찮단다, 내 사랑아.]

"하읏! 아, 아……!"

고도는 고개를 뒤로 젖혔다. 손끝에 힘이 너무 세게 들어가는 바람에 날카로운 청사의 등 비늘에 손끝이 베고 말았다. 출렁이는 수면 위로 핏방울이 톡 떨어졌으나 고도는 상처를 인지하지 못했다. 고도는 몸을 쳐올리는 청사의 성기에 완전히 정신이 날아갔다. 이건, 기분이 좋다는 수준이 아니었다. 완전히 청사에게 물들어 그의 소유가 되는 기분이었다. 청사가 없으면 죽을 것 같은 정신적 교합이었다.

"아아, 처, 청사야, 대롱아, 하읏, 아."

고도가 먼저 청사를 끌어안고 허리를 움직이기 시작했다. 파르르 떨리는 속눈썹과 몸이 중심을 잡지 못해 비틀거리는 모습이 완전히 이 행위에 몰두한 모습이었다. 고도의 적나라한 쾌락을 향한 욕구에 청사도 더는 참지 않았다.

"아!"

청사는 고도의 허벅지를 옆으로 힘주어 벌렸다. 물살이 일 정도로 난폭한 행동에 고도의 몸이 뒤로 밀려났다. 청사는 매끈한 바위에 고도의 등을 기대도록 하고 몸을 뒤로 뺐다가 앞으로 쳐올렸다. 고도가 바위를 등 뒤로 잡고 버티다가 삽입되는 순간 팔 힘이 풀려 비틀거렸다. 팔과 등에 쓸리는 바위의 면이 거칠었지만 고도는 몸속을 두드리는 빠른 움직임에 더 집중했다.

기분이 너무 좋아서 뭐라 설명할 수가 없었다. 청사가 움직이지 않고 몸속에 가만히 자리 잡고만 있어도 행복할 거 같았다. 왜 이렇게 충만하고 충족감이 드는지 이해할 여유가 없는 상태에서 고도는 어깨를 움츠렸다. 움츠린 어깨에 볼을 한쪽 기댄 상태에서 청사의 박자에 맞춰서 허리를 움직였다. 들썩일 때마다 청사의 성기가 꽂혔다. 엉덩이를 찰싹 두드리는 두 개의 낭심이 묵직하게 느껴졌다. 거친 음모는 고도의 회음부와 속살을 간질였다. 벌름거리는 내벽을 쳐올리는 움직임에 고도의 눈가에서 물기가 흘러내렸다. 앞머리에 맺힌 물방울이 굴러떨어진 것인지, 몸이 열리면서 생리적인 반응까지 자연스럽게 이끌어 나온 것인지 확인할 수 없었다. 고도는 참을 수 없는 쾌락에 허리를 반쯤 비틀면서 힘겹게 울었다.

"청사야, 아, 거기, 아, 아……!"

[하아, 하, 고도, 한무라고 불러 줘. 앞으로 나를 한무라고 불러.]

"아, 웃…… 한무!"

[고도.]

"조, 조금만 천천히…… 아앗!"

[하아, 하아.]

흥분한 청사가 더는 참지 못하고 고도를 붙잡아 물 밖으로 나왔다. 뜨거운 온천 열이 살갗에 고여 두 사람을 빨갛게 물들였다. 평평한 바위에 고도를 눕힌 청사가 고도의 양다리를 어깨 위로 올렸다. 젖은 몸 위로 하얀 수증기가 끊임없이 솟구쳤다. 열기의 흔적뿐이 아닌, 고도의 몸속에서 완전히 개방된 땅의 기운이 조각나는 모습이었다.

"아아, 아, 아, 아!!"

고도는 반으로 접힌 허리의 아픔도 감지하지 못하고 한 손으로 젖은 흙을 움켜쥐며 괴로워했다. 물속에서 부드럽게 움직였던 청사의 성기가 뭍으로 나오자마자 흉기처럼 거칠게 고도의 몸속을 파고들었다. 성기에 난 돌기가 살아 있는 생명처럼 커졌다가 줄어드는 것처럼 움직였고, 휘어진 기둥이 내벽을 퍽퍽 쑤실 때마다 고도는 몸속을 채우는 특별한 기운에 정신을 차리지 못했다. 고도는 괴로울 정도로 허리를 틀면서 흙만을 손바닥에 가득 잡았다.

"하아, 아, 앗, 한무, 하, 한무."

어깨에 올린 고도의 다리가 정신없이 흔들리는 모습을 청사의 눈이 핥듯이 바라봤다. 세로로 길어진 눈동자가 눈물을 흘리며 쾌락과 괴로움 사이에서 허우적거리는 고도에게 고정되었다. 흥분의 감도가 짙어질수록 청사의 부드러운 살결은 짙은 색의 비늘로 채워졌다. 청사의 손등에도 비늘이 가득 차오르고, 둥글게 잘려 있던 손톱이 맹수의 그것처럼 길고 날카로워졌다. 청사는 검푸른 용의 발로 변한 손으로 땅을 잡았다. 자칫 고도의 몸에 상처라도 날까 봐 땅에 양손을 박은 채 허리를 흔들었다. 귓가에서 터지는 고도의 짤막한 비명과 신음 소리에 청사는 더욱 흥분했다.

[여기, 응, 여기 좋지, 고도, 고도? 응, 응?]

"아웃, 아, 아! 한무……!"

청사는 어느새 열기로 바싹 말라 허공에서 흔들리는 자신의 긴 머리카락으로 고도를 덮었다. 허리까지 닿았던 머리카락은 발목을 넘어 청사의 키보다 더 자라나 있었다. 머리카락들이 너풀거리면서 고도의 몸에 얽혔다. 고도의 하얀 발목과 허벅지 안쪽, 그의 옆구리와 얇은 허리, 들썩이는 가슴팍까지 부드럽게 훑으면서 청사는 숨을 헐떡였다.

"아웃, 거, 거기, 아, 아……!"

눈물을 터뜨린 고도가 청사에게 옭죄듯 안긴 채 정신없이 흔들리는 하체의 감각에 헐떡였다. 청사의 거친 숨소리가 급박해졌고, 몸을 꿰뚫듯이 쳐올리는 강도가 강해졌다. 비명을 닮은 신음을 터뜨리며 힘겨워하는 고도에의 몸을 빠르게 왕복했다. 절정에 달한 청사가 제 성기를 고도에게 박아 넣듯이 결합했다.

"아……!"

고도는 물기가 맺힌 눈을 크게 떴다. 몸속에 박힌 성기 밖으로 뜨거운 기운이 배출되었다. 마치 열기처럼 화악, 고도의 몸 안을 적시는 기운에 고도는 몸을 바들바들 떨었다. 몸이 텅 비어 가고 있었다. 남은 기운이 얼마 고이지 않았을 정도로 단전이 텅 비어 갔다. 기운을 기화해 버리듯 청사의 분출물이 고도의 몸속을 녹였다.

고도는 참을 수 없는 갈증에 숨을 헐떡였다. 수백 년간 쌓아 왔던 기운이 사라진 두려움과 당황스러움보다, 얼마 남지 않고 고인 그 땅의 기운을 밀어내는 더 강한 청사의 힘에 정신이 쏠렸다. 너무 강하고 아름다워서 감히 느끼는 것도 영광스러운 하늘의 기운이 얇은 육체 너머에서 무서울 정도로 용솟음쳤다. 몸이 비어 가면 비어 갈수록 그 빈 공간을 메우려는 본능처럼 고도는 그 어느 때보다 흥분하여 청사의 허리에 팔을 감았다.

"더 해줘. 한무, 아."

본인이 무슨 소리를 하는지도 모르고 있었다. 청사는 고도가 이미 이성을 잃었다고 판단했다. 거대한 땅의 기운을 단전에 모아 놓고 도술을 부리던 인간이기에 기운이 모조리 기화되어 텅 비자 살기 위한 본능처럼 움직인다고 판단했다.

고도의 몸에 얼마 남지 않은 땅의 기운. 밑바닥에 고여서 찰랑이는 이 기운만 몰아내면 공허한 몸을 완벽하게 연 고도에게 자신의 정기를 담뿍 먹여 줄 수 있었다. 윗입과 아랫입 모두를 자신으로 채워 줄 것이다. 고도가 공허를 느끼지 못할 때까지 매달리도록 그를 자신의 기운으로 적셔 줄 것이다.

[아아, 귀여워, 귀여워, 고도.]

흔들리는 몸을 주체 못 하면서 고도는 청사를 꼭 끌어안았다.

"거기, 아, 음, 거기, 더, 더…… 아아!"

거친 행위에 고도의 등에 상처가 나기 시작했다. 청사는 어깨에 걸쳤던 고도의 다리를 내리고 자신의 허벅지 위에 앉혔다. 비틀거리며 청사의 허벅지에 앉은 고도에게 성기를 밀어 넣었다. 고도가 청사의 목을 끌어안고 울었다. 고도가 원하는 적나라한 욕구를 받아들이면서 청사 역시 흥분으로 잠식되어 가는 머릿속을 비워 갔다.

앞으로 고도는 제 몸을 채운 청사의 기운이 모자라게 되면 이렇게 매달리게 될 것이다. 정기적으로, 주기적으로, 비어 가는 스스로의 욕구를 해갈하지 못해서 먼저 허리를 흔들고 말 것이다. 그렇게 야하고 색정적으로 변하는 고도를 옆에 두고 과연 하늘 위에서 천룡의 정무를 볼 수 있을까. 중요한 일을 하다가도 고도가 먼저 다가와 입을 맞추고 안달을 내면 보는 눈이 있더라도 바지를 내리고 몸을 맞대고 싶어 할 텐데. 이 야한 연인을 다른 사람이 보더라도 눈알을 뽑지 않고 버텨 낼 인내심이 있을까.

청사는 고도가 자신 없이 살 수 없는 몸으로 만들면서도 죄책감보다 큰 갈증을 느꼈다. 땅의 기운을 잃고 하늘의 기운으로 채워진 고도가 계속해서 도술을 쓸 수 있을지, 쓰게 된다면 그것은 신선들이나 천인들이 부리는 신령술일 것인지 궁금했다. 인간의 몸으로 신령한 도술을 부리다 자칫 인과율이 어긋나 고도를 더 고통스럽게 하지 않을까, 하는 걱정이 머릿속 한편에서 꿈틀거렸다.

걱정이 들었다고 해서 몸을 섞는 행위를 도중에 그만두지는 않았다. 걱정이 앞섰다면 이리 행동하지도 못했을 것이다. 설령 고도에게 예기치 못한 문제가 생기더라도 청사가 모두 책임질 생각이었다. 그럴 작정으로 고도와 교미를 하는 것이다. 차기 천룡이라는 직책을 두고 사랑하는 이와 영원을 약속하는 것은 아주 많은 노력과 희생이 필요하다. 이 정도의 결심은 당연했다.

청사는 충족되지 않는 욕심에 마른침을 삼켰다. 고도가 더 자신에게 매달리길 바랐다. 나른하고 여유로운 시선을 주는 고도도 좋지만 참을 수 없는 색욕에 울상을 지으면서 자신의 몸에 벌어진 변화에 괴로워하다가 결국은 먼저 다리를 벌리고 허리를 흔드는 고도의 모습이 꼭 보고 싶었다. 고도가 그리해 줄 수 있다면 지금 하는 교미가 세상에서 가장 중요한 일이 아니고 무엇이겠나.

"한무, 한무야…….'

헐떡이며 우는 고도가 목에 얼굴을 비비면서 힘들어하는 걸 보며 청사의 눈은 세로로 더욱 흡착되었다. 이젠 하늘에 갈지 말지 고민하는 일조차 없을 것이다. 떨어지면 살 수 없게 되는 건 고도일 테니까. 그러한 자신의 변화를 인지하는 데에 시간이 걸릴 것이다. 알려 주지 않으면 자신이 그저 청사와 배가 맞고 난 뒤 색탐을 하게 되었다고 자책하며 끝날 수도 있는 일이었다. 무엇이라도 상관없다. 고도가 제 몸에 일어난 변화를 알든 모르든 그건 중요하지 않으니까 이대로 영원히 자신의 반려가 되길 소원했다.

[고도, 넌 내 것이야. 나는 네 것이고. 이는 영원한 불변의 진리가 될 것이다.]

몸이 텅 빈 고도가 청사의 기운에 매달리며 우느라 그 소리를 듣지 못한 것은 당연했다.

쫄딱 젖은 고도를 청사가 자신의 옷으로 감싸 안고 나타났다. 미호는 경악하여 꼬리와 귀를 빳빳하게 세웠다.

"어!? 대롱아, 이게 무슨 일……."

"미호, 아랫목을 데워 두었어?"

"아, 응, 아궁이 땐 지 좀 됐어."

"고마워."

집을 나선 지 반나절이 지난 후에 나타난 청사는 품에 안겨서 숨을 헐떡이는 고도를 신중하게 바라보고 있었다. 무슨 상황인지 전혀 모르는 미호가 보기에도 고도의 상태는 심상치 않았다. 단순히 젖은 몸으로 고뿔이 들었느냐고 물어볼 분위기가 아니었다.

고도는 정신을 차리지 못했다. 눈을 감은 채 거칠게 숨을 내뱉었다. 양팔을 감싼 채 어깨를 웅크린 그에게선 뿌연 연기가 몸 밖으로 피어나고 있었다. 연기는 수증기도 아니요, 고도가 만들어 낸 환상도 아니었으니, 갈 길을 잃고 배회하는 정체불명의 기운이 육안으로 드러났다. 기운은 평소의 고도가 보여 주던 초월적인 인간 혹은 신선에 가까웠던 도력과 달랐다. 고도는 저를 안고 있는 청사와 꼭 닮은 하늘의 기운을 내뿜었다.

청사의 힘이 강력해서 고도의 도력을 뒤덮은 것인가. 그리 여길 수도 있었지만 고도가 정신을 못 차릴 만큼 일방적으로 기운에 눌려 있는 모습은 결코 예삿일이 아니었다. 미호가 가까이 다가가 고도를 살피려 하자 청사가 으르렁, 화를 냈다.

"만지지 마. 당분간 고도 곁에는 와서도 안 된다."

때아닌 경계령에 미호의 목소리가 날카로워졌다.

"그런 게 어디 있어! 애가 지금 아파서 죽으려고 하는 판국에!"

"필요한 절차니까 호들갑 피우지 말고."

"아픈 게 필요한 절차일 리 없잖아!"

"내 말 들어. 당분간 방에는 절대 들어오면 안 돼. 고도의 몸이 전부 열린 상태라 나 외의 정기에 닿으면 오염되거든. 오염된 후의 정화 작용이 더 어렵고 고도의 몸에도 무리가 가는 터라 사전에 방지하려는 거야."

단호한 청사의 말에 미호는 한 걸음 물러났다. 주변을 경계하는 청사를 보자 미호도 섣부르게 나설 수 없었다. 미호는 고도를 위해 온 신경을 곤두세운 청사를 자세히 살펴보았다.

긴 머리카락에 가려져 있어 처음에는 눈에 띄지 않았으나, 청사의 왼쪽 볼과 이마 언저리에 검은 비늘이 돋아 있었다. 보석처럼 반짝이는 아름다운 것이 용의 비늘을 닮아 있었다. 허리께에서 하늘거리던 청사의 머리카락은 땅에 끌리고 있었고, 정리하지 못해서 지저분하게 등 뒤로 펼친 상태였다. 고도를 안고 있는 팔은 기형적으로 근육이 커져 허벅지만 한 굵기로 보였다. 고도의 젖은 옷에 가려 잘은 보이지 않지만 손 또한 사람의 형상이 아니라. 맹금류의 발톱처럼 검고 날카로운 발톱이 길게 자라 있는 양손은 검푸른 비늘로 덮여 있어서 사람의 손보다는 짐승의 앞발로 보였다.

청사가 하는 말을 완벽하게 이해할 수는 없지만 고도의 상태가 심상치 않고, 청사 또한 평소와 확연하게 다른 모습임은 인지했다. 미호는 더 이상 따져 묻지 않고 고개를 끄덕였다.

"뭐 안 먹었으면 차려 줄게."

"아니, 괜찮아. 필요하면 말할게."

"으, 응."

미호가 가까이 다가가지 못하고 고개를 끄덕였다. 청사는 비로소 안심하여 안방의 장지문을 열었다. 손바닥으로 바닥을 짚어 가장 따뜻한 목을 찾은 후 품에 안고 있던 고도를 내려놓았다.

젖은 옷을 벗겨 주고 보송한 이불로 맨몸을 덮어 주었다. 이불 속에서도 몸을 웅크리고 잘게 떨던 고도가 무거워 보이는 눈꺼풀을 들어 올렸다. 눈꺼풀 너머로 보이는 눈빛은 몹시 지쳐 있었다. 육신에 가해진 맹렬하고도 색정적인 자극에 지쳐서 절실하게 수면을 바라고 있었다.

고도가 도사가 된 후 제 몸이 이 정도로 피곤해 본 적은 없었을 것이라 생각하는 청사였다. 몸의 피로가 정신을 짓누르면 고도는 도술을 이용해 육신의 피로를 없앴다. 하루 두 시진만 자도 일상생활이 어렵지 않을 만큼 육신의 한계를 도술로 다스릴 줄 알았다. 한데 지금은 그러한 편법이 전혀 통하지 않으니, 무거운 몸이 얼마나 괴로울까.

기분이 이상할 것이다. 도술을 쓰고 싶어도 단전에 모인 기운이 없어서 공허함만 느껴질 것이다. 설령 몸에 운용할 기운이 있다 해도 그것은 익숙한 땅의 기운이 아닌 생소한 하늘의 힘일 테니 자유자재로 부려 먹기는 불가능하다.

"한무."

고도는 청사의 옷깃을 잡았다. 고도가 희미하지만 이성을 찾아 청사를 알아보았기에 청사는 재빨리 고도의 손을 잡아 주었다. 고도는 자신을 지탱해 주는 청사의 손을 꽉 움켜쥐고 입을 뗐다. 마른 입술을 타고 나온 고도의 목소리가 바싹 갈라져 있었다.

"무슨 교미가…… 이렇게 사람을 피 말리게 하느냐."

청사는 길고 짙은 손톱으로 고도의 헝클어진 머리카락을 정리해 주었다.

"죽지 않을 테니 걱정 마라."

"교미하다 죽다니. 복상사처럼 끔찍한 소리는 농으로도 하지 말지어다."

이렇게 농담을 할 정도라면 크게 걱정할 상황은 아닌 듯하다. 청사는 안도의 한숨을 작게 흘리면서 눈꼬리를 접어 웃었다.

"하하, 그래, 네가 평범한 인간이 아닌 도사라서 다행이다. 네가 만약 평범한 인간이었으면 이런 과정을 견디기 쉽지 않았겠지."

"내가 평범했으면 잘못될 수도 있다는 소리로 들리는데."

"열에 아홉은 죽어."

죽는다는 소리에 고도는 미간을 찌푸렸다. 청사는 여전히 고도의 손을 잡아 주고 머리카락을 만져 주면서 말을 이었다.

"용의 기운을 잉태할 수 있는 여인은 많지 않아. 여인을 제물로 바치던 풍습이 남아 있을 땐 후계를 볼 때까지 수백의 여자를 하늘에 갖다 바친 역사도 있어."

요즘에는 무당이나 신기가 있는 여자들로만 제사를 지내서 죽는 숫자가 덜하지만 교미 중 사망하는 숫자가 아예 없다고는 하지 못했다. 고도는 청사가 말하는 용의 교미라는 게 얼마나 혹독한 일인지를 실감했다.

더 이상 물어볼 힘도 없어서 지친 눈을 감았다. 졸음이 몰려왔다. 이대로 기절하듯 잠을 청하면 모든 게 편해질 것만 같았다. 하지만 손끝은 청사의 손을 쥐고 놓지 않은 것은 물론, 오히려 청사를 끌어당겨 그를 가슴에 품으려고 했다. 청사와 닿아 있지 않으면 큰 갈증이 밀려들었다. 수면욕보다 더 높은 곳에서 넘실거리는 해갈의 욕구에 고도는 침을 꿀꺽 삼켰다.

눈을 감고 몸 안을 자세히 살펴보자 단전에 고인 기운을 느낄 수가 없다. 배는 텅 빈 도자기잔과도 같아서 공허하고 배가 고팠다. 땅의 기운을 잃어버린 것만 같았다. 그게 아니라면 하늘의 기운에 눌려서 단전에 모인 기운들이 흩어져 뿔뿔이 사라진 걸까. 고도는 다시 눈을 뜨고 청사를 바라봤다.

"······한무."

피곤해하면서도 청사를 놓지 못하는 고도의 이중적인 행동에 청사는 조심스럽게 얼굴을 붉혔다. 매달리는 고도를 진득하게 구경하고 싶지만 고도의 안색이 하얗게 질려 있어서, 청사는 제 욕심을 접었다.

"그래, 고도야. 피곤하지?"

청사가 고도의 등 밑으로 손을 집어넣었다. 아랫목에 누워 있어 따끈해진 등을 제 쪽으로 바싹 끌어당겼다. 혹여나 용의 발톱에 살갗이 상처를 입을까 조심하는 손길을 느끼면서 고도는 청사의 얇은 두루마기에 김싸였다. 고도는 청사의 목 뒤에 손을 감아 얼굴을 내렸다.

"그래, 피곤하다."

그러면서 쪽, 입술을 맞대고 핥았다. 청사는 고도가 입을 맞추기 편하도록 고개를 비스듬히 틀어 주면서 마른 등을 쓰다듬었다.

"피곤하다면서 이리 유혹하면 내가 어찌해야 할까."

"꼭 젊은 시절로 돌아간 것 같아."

"응?"

"제어를 못 하겠어."

무엇을 제어하지 못하겠느냐 물을 필요도 없었다. 청사를 바라보는 시선과 목소리가 욕정을 간신히 억누르고만 있으니, 무슨 말이 더 필요할까.

"고도, 네가 그런 말을 할 줄은 몰랐어."

"나도 내가 이상하구나. 내가 원래 이렇게 밝히는 놈이었나."

다시금 쪽, 청사의 입술을 핥으면서 고도는 진심으로 침통하게 중얼거렸다. 피곤해서 쉬고 싶다면서 그 피곤함보다 청사와 입술을 맞대길 선택한 고도는 이 넘쳐나는 색욕에 스스로 지친 것 같았다. 지친 몸의 반응보다 청사를 원하는 욕구가 더 크다는 사실을 고도와 청사 모두 느꼈다. 청사는 목을 끌어안은 고도의 손을 슬그머니 내리면서 고도의 귀에 대고 속삭였다.

"앙큼한 도사야. 내가 네 유혹에 버티지 못하는 걸 알면서 이러기냐."

청사는 옷고름을 풀었다. 옷 속에서 드러난 판판한 가슴이 고도의 가슴에 맞닿았다. 가슴을 덮은 검은 비늘이 고도의 체온이 닿자 기분 좋은 듯 파드득 몸을 떨었다. 청사는 은하수를 담은 듯, 금빛으로 반짝거리는 푸른 눈동자를 감았다 뜨면서 고도를 내려다보았다.

청사의 가슴에 맞닿아 있는 고도는 물러나는 기색 없이 청사의 볼 곳 곳에 입을 맞췄다. 고도의 입맞춤을 눈을 감으면서 음미한 청사는 손을 내려 고도의 허벅지를 쓸어 만졌다. 검붉은 순흔과 잇자국이 남은 허벅지를 들어 올려서 허리를 감도록 했다. 청사가 하도 물고 빨아서 울긋불긋해진 고도의 나신에 배를 맞추자 고도가 고개를 옆으로 돌리면서 아, 하고 짧게 신음을 터뜨렸다. 즉각적이고 예민한 반응에 청사는 조심스러워하던 태도를 거두었다. 파르르 떨리는 고도의 허벅지를 주무르던 청사가 욕정을 잔뜩 품은 목소리로 속삭였다.

"네 욕구가 해소될 때까지 어디 실컷 배를 맞춰 보자꾸나."

　고도가 기억하는 것은 많지 않았다. 기억이 끊어졌다가 이어지면 언제나 저를 단단하게 안고 있는 청사만이 생각났다. 기억하지 못하는 때엔 고도가 죽은 듯이 잠을 잤다는 청사의 말이 있었지만 그 말을 반대로 생각하면 잠을 자지 않는 모든 시간을 청사에게 안겨 있었다는 소리 아닌가.

　온몸이 부서질 것처럼 아프고 괴롭고 힘든데, 곁에 청사가 없으면 끊임없이 그를 찾던 모습이 떠올랐다. 눈을 떴을 때 청사가 곁에 없으면 고도는 장지문을 열고 나왔다. 신을 발에 끼울 생각도 못하고 눈밭을 맨발로 밟으면서 청사를 찾았다. 그 모습을 청사가 발견하면 마루에 앉아 죽대를 입에 물고 있다가도 황급히 고도를 안아 주었다. 고도가 한기에 노출되지 않도록 안아 주는 것은 물론, 고도가 다시 잠들 때까지 몸을 토닥여 주며 달래 주기도 잊지 않았다.

　고도는 청사와 몸을 섞지 않는 시간에도 청사와 손에 깍지를 끼고 함께 누워 있었다. 때론 청사의 머리카락을 베고 가만히 눈을 감으면 몸도 마음도 편안해서 꿈결에서 두둥실 떠다니는 기분이기도 했다. 청사가 곁에 있는 것만으로도 행복하고 안심이 되는 기분은 처음이었다. 그 감정이 싫지 않았기에 억지로 청사를 제 옆에 바싹 붙여 놓고 팔베개를 하거나 무릎을 베거나 그를 끌어안길 반복했다.

　청사는 고도를 귀찮아하는 기색이 전혀 없었다. 오히려 고도가 이렇게 자신에게 매달리는 모습을 처음 봤기 때문에 그 욕정을 시도 때도 없이 일깨웠다. 고도가 손만 잡고 잠을 자려 하면 부러 맨몸을 쓰다듬으면

서 고도의 색욕을 일깨웠고, 고도가 스스로 청사의 허리에 다리를 감도
록 만들었다.

"이리 예뻐서 어쩌려고 그러냐."

귓기에 속삭이는 청사의 말이 잘 들리지 않았다. 귓바퀴에만 머물고
날아가 버리는 기분이었다. 고도는 청사를 두 다리로 끌어안았다.

"아, 응."

몸 안으로 천천히 들어오는 뜨거운 기운에 한숨을 내쉬었다. 청사가
안에 들어온 것만으로도 충만했다. 청사의 등 너머를 끌어안고 있으면
안심이 되었다. 평온에 안락해지기도 전에, 청사는 언제나 삽입한 몸을
움직였다. 땀이 젖은 온돌 바닥에 등허리가 닿아서 찌근덕거리며 달라붙
는 느낌이 들었다. 한겨울 날씨에 방 안은 습하고 온도가 높으니, 여름처
럼 느껴졌다. 청사의 냄새가 좁은 공간에 가득했고, 그의 체액이 몸을 적
셨다. 고도는 뜨거운 감각에 정신을 차리지 못했다. 목을 뒤로 젖히면서
신음했고, 찌그덕거리며 흔들리는 몸으로 청사의 움직임을 따라야 했다.

"한무, 그만, 아니, 더, 아응, 아, 아아."

무슨 소리를 지껄이는지도 모르겠다. 고도는 머리를 선회하지 않고 입
밖으로 아무렇게나 쏟아지는 말을 주워 담지 못했다. 한번 뱉은 말은 청
사를 쉽게 흥분시켜서 움직임을 더 거칠게 유도했으나, 자신의 본능적인
말들이 청사에게 미치는 영향을 깨닫지 못했다. 고도는 엉덩이 사이를
가르고 들어와 철썩거리며 쳐올리는 청사에게 매달렸다. 매번 신음을 쏟
아 뱉기만 했다.

교미와 발정이 온몸의 체력을 소진하는 극단적인 행위인지를 처음 안
고도는 텅 비어 있던 단전이 청사와 똑같은 푸른색의 맑은 기운으로 들
어차는 것을 알고 있었다. 마치 깨진 독처럼 청사의 기운은 배꼽 부근에
서 모였다가 어딘가로 빨려 들어가면서 사라졌다. 몸에 가득 찬 청사의

기운이 사라지면 고도는 청사의 기운을 다시 받고 싶어서 그에게 매달렸고, 그때마다 청사는 눈까지 붉히면서 좋아한다, 은애한다, 사랑한다 고백을 멈추지 않았다. 몇 날 밤을 그리 청사에게만 안겼는지 모르지만 이대로 더 있다가는 말라 죽겠다는 생각이 들 때였다.

눈 안쪽에서 발광하는 빛을 보았다. 최근 들어 워낙 생소한 경험을 겪고 있었기에 빛도 환상으로 치부하려던 고도였다. 안구에서 명멸하는 빛이 발자국을 찍고 몸속 더 깊은 곳으로 빨려 들어가자 이것이 환상이 아니란 것을 알게 되었다.

빛의 정체는 아리아였다. 귀찮을 정도로 고도를 쫓아다니던 빛에 대해서 까마득히 잊고 있던 고도는 다시금 그네들의 존재를 확인했다. 이번에는 살갗과 머리카락에 달라붙는 것이 아닌 몸속에서 꿈틀거리고 있었다. 청사와 대립한 후 허공으로 흩어져서 보이지 않았던 빛이 몸 안에 고여 있었다.

고도는 손을 들어 손바닥을 가만히 쳐다보았다. 손가락 끝에서부터 반짝이는 빛이 먼지처럼 묻어 있었다. 빛은 살갗과 눈, 머리카락과 음모에까지 군데군데 고여 있었는데 시끄럽게 떠들며 앞뒤가 안 맞는 말을 지껄이던 이들과 달리 순수한 침묵을 고수하고 있었다. 수다스럽던 빛보다 훨씬 농도 짙게 정제된 빛이 고도의 몸속에서부터 환한 존재감을 드러냈다.

땅의 대리 주인이니 뭐니 하던 복잡한 말이 생각났다. 고도는 눈살을 찌푸리고 빛의 궤적을 눈으로 좇았다. 몸속에서 유영하는 빛을 모조리 꺼내 바닥으로 패대기칠까, 하는 생각이 들었지만 빛은 고도를 위협하지도 않았고 성가시게 만들지도 않았다. 그저 고도의 신체 일부인 양 피부 밖, 안구 너머에서부터 조용히 빛을 깜빡일 뿐이었다.

위협이 안 된다면야. 고도는 더는 깊게 고민하지 않고 눈을 감았다. 안

구 깊은 곳에서 반짝이는 빛을 못 본 체하며 새액, 색 고른 숨을 내쉬었다. 시도 때도 없이 찾아오는 잠의 물결에 몸을 뉘고 떠내려가기 직전, 고도는 감았던 눈을 떴다. 격렬하게 눈꺼풀을 들어 올린 고도는 빛이 고인 손을 내려 사신의 배를 움켜쥐었다. 겉보기에 아무런 변화도 없는 배이건만, 고도만이 느낄 수 있는 심한 요동이 안쪽에서부터 휘몰아쳤다.

"……윽."

고도는 난생 처음 느껴보는 복통에 식은땀마저 흘렸다. 몸을 옆으로 돌려 동그랗게 웅크리고 고통을 참아보려 하나, 아픔은 심화되어 고도의 기도마저 막았다. 허억, 허억, 거칠어진 숨을 한꺼번에 토하면서 양손으로 배를 움켜잡았다.

"청사, 대롱아, 한무야."

익숙하게 청사를 명명하는 모든 이름을 입술 사이로 뱉어보았다. 그 소리는 힘없이 바닥으로 처박혔다. 방 안에는 아궁이를 끓이는 뜨거운 불기운만 고여 있었다. 청사의 기척은 문밖에서 느껴졌다. 청사로 짐작되는 목소리가 정자에 앉아 미호와 몽당이랑 함께 무언가를 이야기하면서 웃고 떠들다 툴툴거리고 있었다.

고도는 셋의 다정한 분위기를 부러워할 생각도 하지 못했다. 몸을 비틀고 손가락으로 바닥을 움켜쥐었다. 바싹 세운 손끝이 방바닥을 긁느라 손톱과 살 사이로 피가 맺혔다. 고통의 근원이 무엇인지 알 수 없었다. 아프다는 느낌과 두렵다는 감정만이 어수선하게 머릿속을 물들였다. 아무리 몸을 비틀고 바닥과 이불을 움켜쥐어도 배꼽 아래에서 요동치는 움직임이 멎지 않았다. 도움을 요청하는 목소리도 나오지 않고 손가락에서 반짝거리는 빛만이 날뛰었다.

한무야, 한무야.

소리가 되지 않은 입만 뻐끔거리면서 고도는 눈을 질끈 감았다. 배를 감싸고 몸을 반대편으로 뒤집었다. 통증을 동반한 뱃속의 정기가 육신을 지배하고 있었다. 청사의 기운과는 또 다른 강한 정기였다. 이런 것을 맨몸으로 버텨 본 적이 없기에 술에 취한 것처럼 몸에 힘도 들어가지 않고 머릿속이 뒤엉키는 기분도 들었다. 고통으로 흐트러진 숨을 한꺼번에 내뱉었다. 혼미함을 참을 수 없었다. 목소리가 나오지 않을 만큼 고통을 삼킨 고도가 힘을 쥐어 짜내 소리쳤다.

"한무……!"

짤막한 외침에 밖에서 도란도란 떠들던 소리가 멈추었다. 침묵이 고도의 귀에 닿은 지 얼마 되지 않아 장지문이 벌컥 열렸다. 바닥에 몸을 웅크리고 힘들어하는 고도를 발견한 청사가 당황해서는 신도 벗지 않고 방 안으로 뛰어 들어왔다.

"고도!"

고도가 내민 손을 움켜쥔 청사가 고도를 품에 꼭 안아 줬다. 청사의 옷깃을 움켜쥔 고도는 괴롭게 숨을 토하면서 청사에게 띄엄띄엄 말했다.

"머리가…… 깨어질 것 같다."

"많이 아프냐?"

"잉태…… 의 영향이냐, 배도 지독히 아프다. 죽을…… 거 같아."

엄살과는 거리가 먼 고도다. 발목이 부러져도 덜렁거리는 발목을 무심히 바라보기만 하던 고도였다. 손목이 잘리든, 신체 일부에 날카로운 쇳조각이 박히든 아프다는 호들갑보다는 미간을 찌푸리고 상처를 물끄러미 내려다보던 이가 아닌가. 그런 고도가 바닥에 엎어진 몸을 일으키지 못하고 거칠게 숨을 내쉬었다.

청사는 다급히 고도의 배를 손바닥으로 눌렀다. 고도의 단전 부근에서 기운이 날뛰고 있었다. 이것이 잉태의 당연한 절차인지, 아니면 아무리 뛰어난 도사인 고도라도 하늘의 기운을 한데 모아 품는 것은 무리라서 몸에서 거부 반응을 보이는지 확신이 서지 않았다. 청사는 자신의 기운을 고도에게 밀어 넣어 몸 안을 진정시키려 해보았다.

"아악!"

고도는 더 고통스럽게 비명을 질렀다. 놀란 청사는 다급하게 손을 뗄 수밖에 없었다. 기운을 회수하고 싶어도 이미 고도의 몸속에서 뭉쳐지는 기운은 엉킨 실타래와 같아서 풀어내는 일은 불가능했다.

"고, 고도야."

청사는 식은땀까지 흘리며 헐떡이는 고도를 잡고 급히 말했다.

"안되겠다. 기운을 통째로 드러내자."

그 말에 고도가 식은땀이 맺힌 눈을 깜빡이면서 청사를 올려다보았다. 바닥을 기듯이 납작 누워 꿈틀거리던 고도가 새된 목소리로 물었다.

"잉태한…… 기운을 빼내자고……?"

"말하지 말고! 내가 빼주겠다!"

"……자…… 잠깐. 그러면 잉태는…….."

"지금 그게 문제냐! 네 몸에서 거부 반응을 보이는데!"

잉태는 나중에 다른 기일을 잡아서 시도해도 될 일. 괜히 무리를 해서 고도가 큰일을 당할까 봐 청사는 다급히 자신의 기운을 방출했다. 잉태 자체를 무로 되돌리려는 청사의 기운이 몸 안에 뒤섞이며 역류했다. 후계 문제가 중요해서 그 난리를 쳤으면서 고작 한 번 고통스러워하는 걸로 그걸 전부 포기하겠다고 말했다. 후계 문제는 고려 대상 자체가 아닐 만큼 고도를 먼저 챙기는 바람에 고도는 아랫입술을 꽉 깨물었다. 고도는 아픔으로 정신이 없으면서도 청사의 손목을 잡고 그를 말렸다.

"아니…… 아니, 하지 마."

역류한 기운을 통째로 잡아 빼려던 청사의 눈매가 매서워졌다.

"가만히 있어, 이러다 더 아파."

"괜찮아……. 참아 볼, 웃, 테니까 내 손만 잡고 있어."

"그러다 잘못되면 어쩌려고 고집인데!"

"나 때문에…… 네가 곤란해지는 건 더 싫어."

고도는 숨을 한꺼번에 몰아쉬면서 힘겹게 청사를 올려다보았다. 아랫입술을 질끈 깨물며 내뱉는 숨을 진정시키려고 애썼다. 이 고통을 한 번 못 참아서 앞으로 청사의 앞길을 방해하고 가로막는 존재가 되는 일은 사양이었다. 청사가 잉태라는 작업을 최후의 수단으로 생각했던 만큼, 고도도 그 수단을 감내하고 싶었다.

"후계 문제가 중요하다며…… 그 중요한 걸 고작 아픈 모습 하나 보이는 걸로 포기하면, 어떡하느냐."

고도가 점점이 이어 간 말을 듣고 청사가 눈을 부라렸다. 그는 당장 고도의 몸속에서 기운을 빼내려 했다. 아픈 상태에도 고도는 그런 청사의 손을 정확하게 맞잡고 밀쳐냈다.

"고도!"

지금 무엇이 우선순위인지를 명백하게 보여 주는 청사가 고마웠다. 하나 고마움은 고마움일 뿐, 옳고 그른 가부의 판단을 감성적으로 결정해서는 아니 되었다. 고도는 다시 기운을 소멸시키려는 청사를 붙잡고 말했다.

"내가 네 후계를 잇고 싶으니까 없애지 마."

뜻하지 않은 대답에 청사가 먼저 당황했다. 억지로 잉태를 요구했고, 그로 인해 괴로워하고 있는 고도가 자신이 원하니 잉태를 계속하겠다는 말을 선뜻 받아들이기 힘들었다. 청사는 고도에게 붙잡힌 손을 빼내려 했다. 그러나 고도는 손가락 사이사이를 엮어 깍지를 끼워서는 청사가 멋대로 기운을 없애지 못하도록 막았다. 청사가 입을 벌리기도 전에 고도는 단호하게 말했다.

"어차피 내가 낳아야 할 후계라면, 더 미룰 것 있느냐. 괜찮다. 이대로 손만 잡고 있어 줘."

"이러다 네가 잘못되면 나는 나 자신을 용서 못할 거야."

"괜찮다."

"전혀 괜찮지 않잖아!"

"난 아이를 싫어하지 않으니까. 그것도 네 피가 섞인 아이라면 분명히 많이 아끼고 사랑할 테니까. 그 미래의 행복을 앗아 가지 마⋯⋯."

고도는 힘없이 뱉은 뒷말을 갈무리하지 못하고 눈을 감았다.

"후계 문제는 뒤로 미뤄도 돼."

"⋯⋯."

"고도! 몸 상태를 확인할 수 있게 해 줘!"

고도는 힘들어서 대답하지 않았다. 청사가 날카로운 발톱으로 고도의 아랫배를 누르려 하면 그 손에 깍지를 껴서 막았고, 몸의 기운을 살피려 하면 청사의 몸을 끌어안고 하지 말라 속삭였다.

"⋯⋯고도."

저 때문에 고도가 괴로워진 모습을 보고 청사가 눈물을 보였다. 미안하다고 반복해서 사과하는 소리가 축 처진 고도의 어깨 위로 떨어졌다. 고도는 힘없이 청사의 손을 토닥이고는 몸을 둥글게 말았다.

뱃속의 요동이 심해졌다. 뜨거운 기운이 용솟음치며 몸 안 곳곳을 돌아다녔기에 고도는 잠들 수도 없이 고통 속에서 몸을 비척거려야 했다. 식은땀에 옷이 젖고 이불까지 축축해졌다. 청사는 꿈틀거리는 고도의 움직임이 멎으면 깜짝 놀라서 그의 코밑에 손을 대거나 왼쪽 가슴에 귀를 댔다. 고도가 잠시 정신을 잃은 것을 확인하고 나서야 시무룩한 눈으로 고도의 앞머리를 쓸어 주었다.

땀에 젖은 머리카락 밑으로 인간은 감당하기 힘들어하는 얼굴이 보였다. 많이 지치고 피곤해 보여서 당장 숨이 멎어도 이상하지 않을 만큼 상한 얼굴이었다. 청사는 고도의 얼굴을 안타깝게 만지다가 천천히 주먹을 그러쥐었다.

덜커덩, 마룻바닥에 물건이 부딪는 소리가 닫힌 장지문 바깥쪽에서 들려왔다. 고도를 꼭 끌어안고 있던 청사가 고개를 들었다. 땀이 식은 고도의 머리카락을 매만지면서 문밖을 투시했다.

마루에 쌀 톨, 조그마한 돌멩이, 지푸라기, 산에서 구해 온 듯한 한겨울 산수유 열매까지. 잡동사니가 한 움큼 모여 있었다. 마침 죽은 참새의 시체를 잡동사니 옆에 조심스럽게 내려놓는 몽당빗자루 도깨비가 보였다. 몽당이는 청사의 엄포에 결코 방 안으로 들어오지 않았다. 하지만 며칠 내리 고도가 방에 틀어박혀 아무것도 먹지 않은 채, 잠을 자거나 신음하며 청사를 끌어안고만 있었기에 제 딴에는 걱정이 되어 선물을 잔뜩 모아 오는 걸로 보였다.

어린 도깨비가 배려심을 보이고 있다. 도깨비만큼 저희들 장난과 농지거리에 온 정신을 빼앗긴 개구진 존재가 없거늘, 기이한 일이 아닐 수가 없다. 누군가를 위하는 마음은 성숙한 도깨비들만 보일 수 있건만.

고도의 피로 만들어져서 그런 건가. 인간의 염원이 담겨 귀신이 붙은 물건이 도깨비로 화하는 것과 달리, 고도의 피가 묻어 그 기운으로 영이 생긴 도깨비이니 태생부터가 남달라서 인간적인 면모를 많이 가지고 있을 수도 있다. 무엇보다 고도의 아기 때 모습을 보는 것처럼 커다란 눈망울에 찹쌀떡처럼 보드랍고 통통한 두 볼을 가진 모습이 귀여워 미워할 수 없는 도깨비이다만.

청사는 또 다른 선물을 구하러 가는 도깨비불에게서 투시를 그만두었다. 대신 고도를 가느다란 눈으로 응시했다. 그 시선은 몽당도깨비를 종족 특성으로 따질 때보다 더 큰 의문을 담고 있었다.

잠이 든 고도의 몸 주변으로 빛이 흘러내리고 있었다. 고도의 머리카락을 만질 때마다 손에 묻어나는 빛은 특별했다. 익히 보았던 바로 그 빛이었다. 고도를 데려가려고 잔뜩 벼르고 있던 아리아. 그것들이 이젠 침묵으로 입을 가린 채 고도의 몸 곳곳에서 새 나오고 있었다.

고도의 몸에서 빛이 흘러나온다. 마치 몸에서 생성이 되어 새 나오는 듯했다. 아리아의 존재와 그 역할에 대해 아는 바가 없는 청사는 빛이 고도를 해할까 봐 극도로 예민한 반응을 보였다. 안 그래도 배를 움켜쥐고 기절해 버린 고도를 이 이상 고생시키고 싶지 않았다. 고도가 아파서 눈물이 그렁그렁 매달린 눈으로 볼 때 후계자 잉태를 너무 가볍게 생각한 것 같아 죄스러웠다. 고도에게 지극한 죄책감이 들어 그가 움켜쥔 손을 더 센 힘으로 맞잡아 주었다.

앞으로는 욕심이 앞서서 고도를 난처하게 만들지 않으리라. 두 번 다시 이렇게 괴로울 일을 만들어 내지 않을 것이다. 고도와 연관된 모든 일을 신중하게 접근하리라. 고도의 빛나는 이마에 대고 달빛 아래 맹세하는 청사는 천천히 고도의 옆에 몸을 뉘었다. 고도가 더는 아프지 않길 바라며 그를 끌어안고 눈을 감았다. 청사의 포옹에도 곤히 자고 있던 고도가 눈을 뜬 건 달이 중천을 가로지르는 첫새벽이 되어서였다.

멍하니 시선을 든 고도가 피곤함과는 다른 느낌으로 허공을 쳐다보고 있었다. 지쳐 있기도 하고, 기운이 없기도 하지만 더 이상 복통을 괴롭게 토로하지 않았다. 고도는 기운 없이 눈을 깜빡였다.

"……배고파."

졸려서 시야의 초점이 맞지 않는 눈으로 고도가 힘없이 중얼거렸다. 고도의 혼잣말을 듣고 청사도 옅게 잠이 든 정신을 잡아 깨웠다. 청사는 눈을 뜬 고도가 더는 복통을 호소하지 않은 것에 안도했다.

"괜찮느냐."

"으음. 그래, 아프지 않구나."

"정말 놀랐어."

"놀래켜서 미안하다. 그보다 배가 몹시 주린데."

"—…."

"왜 그러느냐."

청사는 대답 없이 고도를 바라봤다. 청사는 고도의 눈에 완전히 시선을 빼앗겼다. 빛이 묻어 있어 반짝거리는 속눈썹 안쪽으로 동공도 구분할 수 없는 새까만 눈이 보였다가 사라졌다. 익히 알고 있던 고도의 까만 눈동자가 어째서인지 이질적으로 느껴졌다. 공허해 보이는 눈동자와 허기를 입에 담는 입술 모두가 특별해 보였다.

청사는 고도의 시선에 단숨에 사로잡힌 자신을 보면서 미처 잊고 있던 사실을 떠올렸다. 교미는 수컷의 신체적 변화와 암컷의 향기 변화가 동반된다는 것이 뒤늦게 생각났다. 고도가 실제 짐승처럼 수컷을 매혹시키는 향을 내뿜는 것은 아니었지만, 배를 맞댄 수컷이 다른 곳에 눈을 돌릴 수 없을 만큼 강렬한 성적 욕구를 불러일으켰다. 일상으로 느껴지는 시선과 입술 등이 모두 색정적으로 와 닿는 것. 그 변화로 고도의 지친 얼굴마저 연약한 아름다움으로 보이게 된다는 것.

맙소사, 고도. 청사는 그 말을 잇지 못했다. 고도는 평범하게 눈을 뜬 것이었지만 그 의미를 다르게 받아들일 수밖에 없었다. 청사의 손이 본능적으로 고도의 등 뒤를 파고들었다.

"아, 고도—."

고도의 귀 밑에 코를 붙인 청사는 가슴이 들썩일 정도로 숨을 들이마셨다. 콧바람이 간지러운 고도가 어깨를 움츠렸지만 청사를 밀어내진 않았다. 고도는 온몸을 내리눌러 오는 청사의 압박에 짧게 숨을 끊어 쉬고는 조금씩 멍한 눈에 초점을 맞췄다. 청사의 얼굴을 알아볼 수 있을 만큼 정신을 차린 고도가 힘없는 손으로 청사의 얼굴을 밀어냈다.

"갑자기 왜 이러느냐."

복통이 사라졌기에 고도의 목소리는 평온했다. 침착하고 단정한 말투에 청사는 꿈틀, 용솟음치는 욕구와의 처절한 싸움을 시작했다.

"고도."

"그래, 잠깐 비켜 보겠느냐."

"고도, 고도."

"왜 그러냐니까."

참을 수 없는 허기에 고도가 몸을 움찔거렸다. 고도가 움직일 때마다 맞댄 살이 비벼지고 색욕이 자극되었다. 청사는 목울대를 위아래로 움직였다. 고도가 눈을 깜빡이는 모습 하나, 숨이 흐트러지는 소리, 빛이 묻어난 머리카락이 흔들리고 손끝으로 제 목뒤를 더듬는 감촉까지, 청사의 오감이 모두 열려 극도로 민감한 반응을 보였다. 청사는 어떻게든 뜀박질이 심해지는 가슴을 진정시키려 했지만 그 뜻과 달리 두 손은 다급히 고도의 옷을 벗기기 시작했다.

"배가 고파, 고도? 응?"

청사가 땀이 식은 옷을 벗기는 손길을 고도가 당황스러운 눈으로 바라봤다. 온천에서 몸을 맞대었을 때보다 더 다급해 보이는 그의 색탐에 고도는 말려야 하는 기세마저 밀리고 말았다.

"……한무, 왜 이러지. 난 밥이 먹고 싶을 뿐인데 눈 뜨자마자 뭐하는 짓이냐."

"안 돼. 하늘의 정기가 여기 꽉 차 있는데 땅에서 난 음식을 먹으면 기운이 오염된다."

"하지만 며칠을 굶었는데."

"조금만, 조금만 더 참자, 응? 후계를 포기하지 말자고 한 건 너잖아."

"맞는 말이지만, 한무, 잠깐만, 왜 이렇게 달려드느냐."

"못 참겠어."

"뭐……."

"참을 수 없어, 고도, 미안해, 다리 좀 벌려 줘."

"내 분명 배가 고프다 말했거늘, 지금 허기진 사람을 덮치려는 게냐."

"미안한데 한 번만, 응?"

"무슨…… 앗."

허기에 눈을 떴더니 이런 봉변이 있을 수가. 고도는 다급하게 자신의 다리를 활짝 벌리는 청사를 미처 말리지 못했다. 직접적인 자극을 주지도 않았는데 빳빳하게 고개를 든 청사의 성기를 보고 놀란 고도가 눈을 크게 뜨기도 전에 청사가 허리를 숙였다.

"……아!"

전희도 없이 파고든 굵고 울퉁불퉁한 성기에 고도가 헛숨을 삼켰다. 다급하게 터진 신음에도 청사는 고도의 몸속을 파고든 물건을 전진시켰다. 성기의 끄트머리만 들어왔을 때는 기분이 좋아서 부르르 몸을 떨던 청사는 기둥을 오물오물 삼키는 고도의 아랫입을 보며 더없이 흥분했다. 음경 바로 앞, 성기의 가장 두꺼운 부분을 지나고 기둥 전체를 몸에 품었다. 고도가 헐떡거리며 힘들어하자 흥분과 색욕을 주체할 수 없었다.

"아, 아, 하, 한무, 잠깐, 기다려……!"

고도가 편안한 자세를 잡기도 전에 청사는 물건을 한꺼번에 뺐다가 모조리 고도의 몸속으로 밀어 넣었다. 팡, 거칠게 뱃속을 후려치는 삽입에 고도가 떨리는 손으로 청사의 어깨를 잡았다. 손끝이 하얗게 질려서 반질반질한 까만 조약돌 같은 눈이 흔들리는 것이 정말로 많이 당황한 모습이었다.

젠장, 고도. 청사는 속으로 욕을 삼켰다. 고도 본인은 지금 상황을 전혀 이해하지 못하고 있었다. 청사가 무엇에 흥분하지도 모르고 갑작스러운 삽입에 완전히 혼비백산했다. 허우적거리는 그 몸짓이 오히려 청사를 자극했다. 옆으로 뒤틀린 얇은 허리와 청사를 밀어내는 어깨 위의 손바닥, 방바닥으로 정신없이 흩뿌려진 검은 머리카락, 숨을 몰아쉬느라 들썩이는 가슴까지 모든 것이 청사에게는 색욕을 부추기는 원동력이었다.

"아앗……!"

고도의 허리를 양손으로 쥔 청사가 다시 허리를 바깥으로 빼내었다가 안으로 밀어 넣었다. 매끈하지 않은 성기가 빠져나갔다가 처박히는 힘에 몸 안이 쑤욱 딸려 나갔다 밀려들어 오는 기분이 된 고도가 청사의 어깨를 쥔 손에 손톱을 세웠다. 꺼슬한 비늘에 손가락이 눌렸다. 손끝이 비늘에 베였다. 날카롭게 벌어진 상처를 타고 피가 나왔지만 고도는 흥분 상태의 청사를 말리느라 정신이 없었다.

"하, 한무, 그만, 그만해라! 뭐하는 거야!"

"하아, 미안해, 미안한데 고도, 한 번만."

"갑자기 왜…… 아앗, 그, 그만 넣……."

"한 번만, 제발."

사정하는 청사의 목소리가 다급했다. 한순간에 폭발할 듯 기립한 성기를 밀어 넣은 청사가 본능을 억제하지 못하고 고도의 허리를 양손으로 꽉 쥐었다. 고도는 청사의 몸에 엉켜서 억지로 다리가 벌려졌다. 그 사이로 청사가 육중한 기둥을 강렬하게 쳐올리자 숨을 다급히 삼켰다. 뻑뻑하게 몰려드는 아픔과 함께 예고도 없이 머릿속을 새하얗게 만드는 쾌락이 뒤섞이면서 고도는 맨손으로 바닥을 짚었다.

"아, 아파, 한무, 천천히, 아, 웃…!"

청사는 고개를 옆으로 돌리는 고도의 볼에 이를 살짝 박아 넣었다. 찌푸려진 눈가와 눈꼬리 끝에 매달린 눈물이 애처로웠지만 청사는 멈추지 못했다. 붉게 변한 고도의 새하얀 살결이 잘 익은 복숭아보다 탐스러워 보여서 허리를 앞뒤로 흔드는 움직임을 진정시키지 못했다.

"아아, 아, 아."

고도는 머릿속까지 뒤흔드는 강렬한 삽입에 입을 벌리고 헐떡였다. 입술 밑으로 흘러내린 침을 청사가 다급하게 핥으면서 "한 번만, 미안, 미안, 고도."하며 끊임없이 밀어붙였다. 청사는 뒤로 물러나려는 고도의 허리와 엉덩이를 양손으로 단단하게 고정했다. 거대한 맹수가 사냥감을 짓누르듯이 고도를 다리에 끼고 허리를 흔들었다. 고도는 본능적으로 움직이는 청사의 거친 움직임에 눈앞이 새하얘졌다. 벌어진 입을 통해서 젖은 신음만 쏟아냈다. 아프다고 청사를 말려도 보고, 그의 머리를 두 손으로 밀어도 보았지만, 단단하게 맞물려 고정된 하체는 꿈쩍도 않았다. 이 때문에 청사가 움직이는 힘대로 고도는 박자를 맞춰 몸을 들썩이는 수밖에 없었다.

"하웃, 아, 으……!"

고도는 쾌락이 극도로 느껴지는 지점에 청사의 성기가 끼워 맞춰지자 정신을 차리지 못했다. 성감대를 정확하게 찌르고 올라온 성기가 그보다 더 깊은 곳으로 전진하는 기분이었다. 이미 뱃속을 가득 채운 청사의 성기는 고도의 몸 안에 맞물려 완벽하게 고정되었다.

"그, 그만, 그……! 아, 아앗……!"

힘겹게 헐떡이는 소리가 온 방안을 메웠다. 고도는 파르르 떨리는 다리를 주체하지 못하고 찌거덕, 등살이 바닥에 쩍 달라붙었다가 떨어지는 마찰에 등이 화끈한 뜨거움만을 느꼈다. 눈앞이 새하얗게 질려서 머릿속은 온통 청사가 주는 쾌락이 독식하고 있었다. 청사가 움직일 때마다 머리카락이 이마를 덮었다가 출렁이며 바닥으로 흩어졌다. 시야가 눈물 때문인지, 머리카락 때문인지 모를 것들로 흐려지고 엉망이 되어서 고도도 더는 이성적인 생각을 할 수 없었다.

"아……! 너무 깊어……, 아, 아!!"

청사가 가슴을 완전히 맞댄 채 들썩이는 허릿짓에 고도는 호흡할 시점도 놓치고 숨을 내뱉었다. 이미 청사와 자신의 아랫배에 눌린 고도의 성기가 찔끔거리며 토정을 하고 있었다. 엉덩이 사이를 가르고 들어온 거대하고 울퉁불퉁한 뜨거운 기둥 덕분에 고도는 쾌락에 완전히 함락되었다.

"하아, 하, 고도, 하읏, 젠장……."

미칠 것 같은 기분으로 청사는 고도의 몸을 뒤흔들었다. 청사의 이성을 날려 버리는 고도의 분위기를 뭐라 설명할 수가 없었다. 박지 않으면 죄가 될 것 같은 이 야한 몸이 수컷을 유혹하고 있지 않나. 박아 달라고, 음탕한 짓을 하자고 눈웃음을 치는데 어떻게 이성으로 버틴단 말인가. 힘겨워하며 우는 고도의 모습이 지나치게 적나라하고 야해서 머릿속이 어떻게 될 것 같았다. 이대로 머리끝부터 발끝까지 전부 핥아서 삼켜 버리고 싶었다. 커다란 두 눈에 눈물을 매달고 자신을 부르는 고도를 보고 있노라니 딱 미치기 일보 직전이었다. 고도의 허리가 불편할 정도로 꺾인 상태로 청사가 삽입의 속도를 올렸다. 달콤한 신음 대신 강렬하고 급한 비명소리가 청사의 귀를 울렸다.

"그, 그만, 한무, 그만……!!"

이미 청사의 움직임을 감당할 수 있는 수준을 넘은 고도가 절박하게 매달렸다. 청사의 등 뒤를 움켜쥔 고도의 손이 미끄러졌다. 둔중한 삽입과 쾌락이 쏟아지자 고도는 얇은 목선이 드러날 정도로 고개를 꺾었다. 몸이 떨리는 절정에 휩쓸리고 말았다. 아랫배에 눌려서 선단 끝으로 물을 흘리던 고도의 성기는 꺼떡거리며 새하얀 정액을 토했다. 짧고 강렬한 쾌감 속에서 고도가 사정을 하는 동시에 청사의 물건을 삼킨 입구가 움칠거리며 조여들었다.

청사도 고도의 몸에 성기를 박고 액체를 모조리 쏟아 뱉고 싶었지만 절정에 달해서도 사정은 쉽게 이루어지지 않았다. 후계를 양성할 씨앗은 절정의 한계까지 버티다가 터져 나오는 방식을 택했다. 고도의 내벽은 물론 엉덩이와 허벅지, 배를 모조리 흥건하게 적실만큼 많은 양의 액체를 쏟는 것이 그들만의 교미 방식이었다. 인간보다 사정에 달하는 시간이 길었고 또한 집요했으며 거칠고 무자비하다는 것을 고도는 여전히 허리를 앞뒤로 흔드는 청사를 통해 똑똑히 배웠다.

"고도, 하아, 하, 응, 그렇게, 옳지."

끈적거리는 정액으로 음모가 모두 젖어 아랫배에서 물이 흘러내리는데도 청사는 고도가 탈력감에 지쳐 누울 시간조차 주지 않았다. 바닥으로 털썩 누워 버리는 고도의 허리를 다시 붙잡아 들어 올렸다. 힘없이 딸려 올라오는 고도를 위해서 청사는 자리에 드러눕고 고도를 제 몸 위에 앉혔다. 성기는 여전히 철썩이며 젖은 엉덩이 사이를 쳐올렸다. 자세만 바뀌었을 뿐, 삽입 상태가 지속되자 고도는 힘이 풀린 허리를 다스리지 못하고 몸을 흔들었다. 청사의 가슴 위에 양손을 얹어 몸을 지탱하려 애를 썼다. 손바닥 아래로 감기는 먹청 색의 비늘이 파르르 떨리면서 흥분을 주체하지 못하는 것이 느껴졌다.

"고도, 흔들어 줘, 어서, 응, 응?"

보채는 청사의 말에 고도는 본능적으로 바닥에 두 무릎을 댔다. 양팔로 상체를 세우고 허리를 위아래로 움직여 보았다. 누워서 삽입할 때보다 성기가 더욱 몸속 깊숙하게 박혀서 고도는 정신이 아득해졌다. 벌어진 구멍이 청사의 양물을 품고 오물거리며 놔주질 않았지만 그는 제 의지가 아니었다. 고도는 이미 남은 체력이 없어서 숨을 헐떡이는 게 고작이었으니 말이다.

자세를 유지하는 것도 힘들어진 고도는 청사의 가슴 위로 엎드려 얼굴을 기댔다. 쿵쿵 뛰는 왼쪽 가슴팍에 볼을 기대고 힘겨운 한숨을 뱉었다. 청사는 힘들어서 지친 연인의 머리카락을 다정하게 쓰다듬어 줬는데, 그것은 체력적으로 따라오지 못하는 고도를 향한 연민보다 다리를 벌린 채 자신의 양물을 삼키고 기대어 누운 모습이 예쁘고 사랑스럽다는 애정 표현에 가까웠다. 청사는 고도의 어깨를 감싸 안고 자세를 변경하는 일 없이 허리를 위로 쳐올렸다.

"하응, 하, 으으, 으……!"

벌어진 엉덩이 사이를 쑤시는 움직임에 고도가 또다시 흐느꼈다. 청사의 팔에 안겨서 상체가 고정된 상태였기에 엉덩이만 들썩이는 음탕한 모습이었다. 한계까지 벌어진 구멍을 끊임없이 출입하는 양물은 고도의 몸 안에 끊임없이 자신의 길을 새겼다.

고도가 어떤 방향에서든 청사의 양물을 받아들이는 데에 익숙해지고, 쾌락에 허리를 떨며 절정에 달하도록 길을 들였다. 고도의 밑이 빨갛게 부어서 입구에 상처가 날 만큼 오랜 시간의 교합 끝에 마침내 청사가 고도의 허리를 붙잡아 온몸을 그 안으로 밀어 넣었다.

고도의 몸속에 박힌 성기 끝이 열리며 내용물이 폭발하듯 터져 나왔다. 내벽을 가득 채운 뜨겁고 진한 액체가 넘쳐흘러 구멍 밖으로 새 나왔다. 벌어진 엉덩이와 허벅지까지 완전히 적신 액체는 연결된 청사의 몸까지 적셨다. 분탕질에 지친 고도가 청사의 가슴 위에서 기절할 듯 눈을 감았다. 손 하나 까딱하지 못하는 고도의 상태를 확인한 청사는 심각한 갈등에 빠졌다.

교미 중 암컷의 향기에 끌리는 본능과 고도의 몸을 살피고 돌봐야 하는 이성의 치열한 싸움이 시작되었다. 이미 아무것도 생각하지 못할 만큼 지쳐 버린 고도의 몸을 씻기고 편히 뉘여 재우는 것이 최선임을 알지만, 난생 처음으로 교미를 해본 용의 첫 경험에 대한 욕심은 그런 냉철한 이성으로 다스릴 수 있는 부분이 아니었다. 흥분을 조절할 수 없었다.

고도의 몸 안 감도를 기억하고 다시금 안달을 내는 검붉은 성기가 꺼떡거리며 기립했다. 청사는 뻐끔거리는 고도의 입구에서 자신이 뿌려 놓은 하얀 액체가 끊임없이 쏟아져 내리는 것을 느낄 수 있었다. 손가락을 더듬어 엉덩이 사이를 만지면 부어오른 입구가 여전히 청사의 성기를 오물거리며 삼키고 있었고, 잘 맞물리지 않은 부위에선 내벽에서 흘러넘치는 액체가 몸 밖으로 흘러내리는 중이었다.

너무 야해서 참을 수 없는 장면이었다. 다시 고도의 허리를 잡고 고도가 허우적거리는 그 쾌감에 푹 빠지고 싶었다. 하지만 이 이상 심하게 고도를 괴롭혔다간 고도는 더 이상 버티지 못할 것이다.

결국 청사는 삽입되어 있는 성기를 빼내고 고도를 편안하게 눕혀 주었다. 그러나 아무리 머릿속에서 고도를 돌보라 말을 해도 고도의 몸 안의 감촉을 떠올리는 성기는 찬 공기 속에서도 꿈틀거리며 고도를 찾고 있었으니, 짤막한 청사의 이성이 끊어지는 것도 순식간이었다. 청사는 누워 있는 고도에게 다가갔다. 달빛을 가로막는 커다란 그림자를 느낀 고도가 무거운 눈꺼풀을 들어 올렸다. 고도는 청사의 물건이 고도의 입가에 닿은 것을 보고 움찔하며 어깨를 떨었다.

"배고프다고 했지, 고도, 응?"

입술에 닿은 축축한 양물을 향해서 고도가 차츰 눈살을 찌푸렸다. 그는 입술 사이로 가르고 들어오는 선단을 피해 고개를 돌리고 청사를 죽일 듯이 노려보았다.

"……가만…… 안 둘 줄 알아라."

갈라진 목소리마저 야하게 들린다면 이미 중증인 걸까. 청사는 안달이 나서 허리를 들썩였다. 고도가 말할 때 흘러나오는 숨결이 성기에 닿았을 때 더는 참지 못하고 그것을 고도의 입에 물려주었다.

"마셔도 돼. 괜찮으니까."

선홍빛으로 빛나는 고도의 입술과 그 안의 혀가 정액으로 새하얗고 끈적이게 짓는 모습을 상상한 청사의 얼굴이 새빨갛게 익어 버렸다. 쏟아진 정액을 모두 삼키지 못한 고도가 턱 밑으로 그 끈적이는 액체를 흘리고 가슴과 얼굴 부근으로 정액이 튀면 청사는 더는 아무것도 생각 못 하고 다시 고도의 입이나 엉덩이 사이로 성기를 밀어 넣느라 정신이 없어질 것만 같았다.

상상은 청사의 머릿속에서만 그치지 않았다. 도망가려는 고도를 억지로 붙잡아 그의 따뜻한 입 안에 양물을 밀어 넣었다. 청사는 눈앞이 아득해질 만큼 극락을 오가는 기분을 처음 느꼈다. 너무 커서 다 삼키지 못하는 양물을 고도가 한참이나 망설인 끝에 핥아 주는 것을 믿을 수 없는 눈으로 바라봤다. 돌기가 난 기둥을 손으로 주무르고 귀두와 선단을 어설프게 핥아 주었지만 그 작은 혀 놀림과 손의 움직임만으로 청사는 완전히 짐승의 영역으로 들어서고 말았다.

"박아도 돼? 응? 박게 해줘, 고도."

청사는 대답도 듣기 전에 고도가 핥아 줬던 물건을 다시 그의 엉덩이 사이로 찔러 넣었다. 고도가 힘들다고 그만하라 애원하는 소리를 흘려들으면서 고도의 볼과 이마에 쪽쪽, 입을 맞추며 혀를 내밀어 핥아 주었다. 고도는 교미라는 괴팍한 성행위를 따라가지 못해 힘들어했다. 그러면서도 깊은 생각을 할 수 없을 만큼 음란함에 머리가 멍해지면 스스로 청사의 허리를 감고 목을 끌어안으면서 매달렸다.

더 해달라고 조르는 것은 더 이상 청사가 아닌 고도가 되었다. 귓가에서 더 해달라고 보채는 소리를 들은 것도 같은데 확신은 할 수 없었다. 청사는 이미 고도의 몸 안팎을 전부 자신의 흔적과 냄새, 느낌과 온도로 가득 채우면서 피부 안쪽과 바깥에 자신의 존재를 새겨 넣느라 정신이 없었기 때문이다.

사람보다는 짐승에 가까운 교미 내내 고도와 청사는 오로지 서로를 탐했다. 얼굴만 봐도 서로 고개를 틀어 입을 맞췄다. 고도가 지쳐서 잠이 들다가도 몸속을 왕복하는 감각에 눈을 뜨면 둘은 또다시 짐승처럼 헐떡이며 허리를 흔들었다. 고도가 먼저 청사의 가슴 돌기를 빨았고, 청사는 고도의 성기를 입에 물고 핥으면서 엉덩이를 손으로 주무르기도 했다.

눈을 뜨고 있는 모든 시간에 서로에게 취해 있었다. 상대의 몸을 탐한 시일이 무려 나흘 넘게 이어질 정도로 서로에게 푹 빠져 있었다. 그것도 미호가 남세스러운 얼굴로 알려 주고 도망가 버리지 않았다면 날짜의 변화도 몰랐으리라.

청사는 이불로 고도를 둘둘 감싸 안고 꼭 끌어안았다. 나흘 밤낮으로 몸을 섞은 고도가 완전히 정신을 잃고 죽은 듯이 잠만 자는 모습을 몹시도 사랑스럽게 바라보면서, 청사 역시 조심스럽게 눈을 감았다.

[남성의 몸으로 잉태라니 네가 정녕 해괴망측함의 도를 넘고 있구나. 아버지께서 이 일을 아시면 꼬리를 휘둘러 네놈을 묵살 내버리려 함이 눈에 빤하여 골이 아플 정도야. 네 고집이 온 하늘에 정평이 나 버렸어. 네가 하고자 함은 천지가 무너지더라도 해야 하고, 하기 싫은 일은 목에 칼이 들어와도 눈 하나 깜짝 안 하니, 천룡의 후계 문제를 일선에 내밀고 네가 원하는 이에게만 씨를 뿌리겠다고 고집을 피우면 상제님이라도 어쩔 수 없겠지. 일족의 안녕을 위해서라도 모든 것을 알려 주마. 남성의

몸으로 잉태가 가능한 방법은 빠짐없이 기록했다. 이 중 네가 필요한 것을 취하여라.]

청사는 얼마 전, 봉황을 통해서 누이를 통해 받은 전서를 다시 꺼내 보았다. 고도와 교미를 하고 싶으나 청사는 교미 경험도 없고, 남성체를 잉태시키는 방법도 몰라서 누이에게 도움을 요청했었다. 누이는 청사의 결정에 기함하여 구구절절 그를 비판하고 그릇된 일로 말미암아 하늘에 큰 소란이 일 것을 우려했다. 하지만 가족이기에 누구보다 막냇동생의 성향을 잘 파악하고 있었다. 청사 성격에 하지 말라고 말린다고 안할 용이 아니지 않나. 하는 수 없이 청사가 원하는 정보를 낱낱이 기술해 주었다.

누이의 길고 자세한 설명 덕에 청사는 처음 해보는 일에서도 크게 당황하거나 동요하지 않을 수 있었다. 서진은 마치 어미 된 심정으로 용의 교미 행태와 습성, 특수성과 주의점을 알려 주었다. 이러한 정보를 바탕으로 남자의 몸에 잉태가 가능한 기일과 장소, 준비해야 할 것을 세밀하게 일러 주었기에 청사는 고도의 변화를 보면서도 침착하게 대응할 수 있었다.

[잉태한 이는 성별을 불문하고 너에게 모든 반응이 맞춰질 것이다. 신체가 교합되는 만족감과 즐거움뿐만 아니라 정서상의 충만감과 기쁨이 한꺼번에 터져 나올 것이기에 만약 너와 반려자의 궁합이 좋다고 판단되면 혼사가 가능한 지름길이 열릴 수도 있다. 반대로 잉태한 몸을 징그럽게 여겨 스스로 목숨을 끊거나 씨를 뿌린 이를 저주를 할 가능성도 있다. 이 확률은 반반이라, 만약 네가 영원을 맹세한 이가 후자의 반응을 보인다면 차라리 네 손으로 잉태한 기운을 끄집어 없애 버리는 것이 나을 것이다. 하계에서 인간만큼 감성에 충실한 존재가 없다. 사랑과 미움에 가장 극단적으로 반응할 수 있는 존재들이다. 네가 사랑하는 도사도 아무리 뛰어난 지성과 강인한 마음을 지녔다 할 손, 인간이라는 태고의 특성

아래에 자유로울 수는 없는 법. 혹 후자의 반응을 보인다면 지체 말고 내게 연락을 취하거라. 잉태한 몸에 무리가 가지 않도록 기운을 없애는 것을 도와주겠다.]

남성의 육신으로 잉태하는 일을 부정적으로 생각하는 누이의 뜻을 청사는 잘 알고 있었다. 여인의 몸으로도 종족이 다른 이의 기운을 품기 버겁거늘, 애초에 잉태의 개념과 느낌을 알지 못하는 남성이 그 충격적인 변화를 감당하기란 열에 아홉은 불가능한 일이었다. 이에 청사의 누이인 서진이 혹여나 사랑하는 이의 변심 변모에 충격을 받을지 모를 막냇동생을 위해서 두 팔 걷고 도와주겠으니 문제가 생기면 지체 없이 말하라고 신신당부를 했다.

누이의 관심은 청사에게 몹시 고마운 일이었다. 문제가 생기면 혼자 그 문제를 품에 안고 앓으며 괴로워하기보다 누이를 불러 함께 상황을 타파할 수 있으니 말이다. 물론, 그럴 일은 없었다. 오히려 누이가 '가능성이 낮으니 언급만 하고 넘어간다.'고 중요하지 않게 여겼던 일로 인해 청사는 행복해서 어쩔 줄을 모를 지경이었다.

[그 도사가 남성의 몸으로 잉태하고 너를 몹시 좋아해 줄지, 나는 장담할 수 없겠구나. 만에 하나 그런 일이 생기면 기쁘게 여기고 넘어가거라. 뭐, 그럴 일이 없을 것 같으니 문제 생기면 연락하고.]

남성의 몸으로 잉태가 긍정적일 리 없다고 말한 누이의 예견이 완벽하게 빗나갔다. 하긴, 이럴 줄은 청사도 모르지 않았는가. 이렇게까지 기분 좋은 일이 펼쳐질 줄은 솔직히 조금도 생각 못 했으니까.

"한무야."

청사는 수십 번도 더 읽어 보던 서신을 품속에 냉큼 갈무리했다. 청사가 무언가를 숨기는 행동을 미처 눈치채지 못한 고도였다. 교미 기간 동안 복통을 호소하며 힘들어하던 고도는 어느 순간부터 운신이 편해져 평상시처럼 집안을 돌아다닐 수 있게 되었다. 불편해 보이는 기색이 전혀 없는 고도가 청사에게 쪼르르 다가왔다. 방문만 열고 주변을 둘러보던 고도가 정자에 앉아 있는 청사를 발견하고 지체 없이 다가와 안기는 바람에 청사는 행복한 미소로 고노를 마주 안아 주었다.

"몸이 찬데 왜 나와 있느냐. 들어가자."

자신의 머리를 다정하게 넘겨 주는 고도 때문에 청사는 심장박동수가 빨라지는 것을 주체하지 못했다.

"금방 있다가 들어가려고 했는데, 너야말로 나와 있다가 몸이 약해지면 어쩌려 그러느냐."

청사의 배려에 고도는 고개를 갸웃했다.

"불사의 몸을 걱정할 필요는 없을 텐데."

"그런 말 하지 말고! 죽지 않는다 해서 아프지도 말란 법은 없어!"

"으응? 아, 그래, 네가 원한다면 방에 있으마."

"착하구나, 내 어여쁜 고도."

"어쩐지 과보호하는 기분인데."

"넌 당연히 보호받아야 하는 상태니까."

"내가 약해진 거 같아서 기분이 묘해."

"이럴 때 양껏 수발 들어주는 나를 부려먹어 봐라."

"그래, 내 돌쇠가 되려면 마님하고 함께 있어야지. 너도 얼른 들어가자."

"명령이야?"

"어허, 당연하지. 어디 돌쇠가 마님 말을 거역할까."

농도 던지는 게 이제 좀 여유를 되찾은 것 같다. 까만 눈동자를 굴리며 말하는 모습은 콩깍지가 쓴 청사 눈엔 애교가 흘러넘치는 귀여운 얼굴로 보였다. 세상 그 어떤 어여쁜 요물도 고도를 능가하진 못하리라. 어쩜 이렇게 예쁘고 사랑스럽고 귀여울까. 어딜 봐도 사내이다. 요즘 활동량이 줄어서 근육도 줄었다지만 단단하고 평평한 몸과 제 기능을 충실히 임하는 건강한 아랫도리까지 달린 인데 그 어떤 어린아이보다 사랑스럽고 귀여웠다.

나흘 넘게 교미를 이어 갔던 행위가 끝나자마자 고도는 이틀이나 기절해 있었다. 고도의 몸에 문제가 생겼을까 봐 청사는 잠도 자지 못하고 뜬눈으로 밤을 지새웠다. 고도의 이마에 찬물을 적신 수건을 얹어 주면서 스스로 자책하고 또 자책했다. 용의 씨앗을 인간이 품는다는 게 이리도 고통스럽고 인내가 필요한 일인 줄 알았으면 백번은 더 고민해 볼 것을, 스스로를 끊임없이 책망했다. 고도가 교미 행위를 경멸하면 어떡할지, 불안감이 머릿속을 가득 메웠다. 혹여나 고도가 자신을 미워하고 밀쳐내면서 끔찍하게 여길까 봐 애간장이 끓었다. 청사는 고도의 새끼손가락만 꼬옥 쥐고 눈물이 핑 도는 눈가를 여러 번 닦아 냈다.

고도가 쓰러진 동안 오만 가지 부정적인 생각을 다 했던 청사는 고도가 눈을 뜬 바로 그때에 결국 울음을 터뜨렸다. 끊임없이 고도에게 미안하다고 사과했다. 울면서 사과하는 청사를 어리둥절한 눈으로 보던 고도는 청사가 우려하던 그 어떤 행동이나 표정, 말씨도 내보이지 않았다. 오히려 정리가 안 되는 청사의 길고 검은 머리카락을 비단 끈으로 소중하게 묶어 주면서 "괜찮다" 말할 뿐이었다.

괜찮다는 말이 빈말이면 어찌하나. 고도가 자신에게 정이 떨어져 혹여나 떠나지 않을는지. 청사는 여전히 노심초사하며 고도의 동태를 한순간도 빠짐없이 살폈다. 다음 날이 되어도 그다음 날이 되어도 고도는 복통을 호소하지 않았다. 평소와 다름없이 몸을 움직이면서 청사를 책망하지 않았다. 오히려 청사의 눈이 휘둥그레질 만큼, 고도는 청사를 아껴 주었다.

눈이라도 마주치면 사랑한다는 말보다 더 따뜻한 감정으로 바라봐 주었다. 청사가 긴 머리를 제대로 다루지 못하니 여인네처럼 머리를 곱게 묶어 올려서 미호에게 받은 비녀로 고정해 주기도 했다. 미호와 함께 산으로 나가 멧돼지라도 한 마리 잡는 날이 있으면 제일 맛있는 머리 고기부터 떼어다가 청사에게 먹여 주기도 했다. 밤이 되면 청사를 꼭 끌어안고 잤다. 가끔은 먼저 청사의 도포 속으로 손을 넣고 "오늘 밤 안아 줄 수 있느냐."고 먼저 묻기도 했다. 고도 쪽에서 잠자리를 청하는 건 난생 처음 있는 일이었기에 청사는 온 얼굴이 새빨갛게 익어서 교미할 때와는 다른 심정으로 고도에게 몰두했었다. 고도가 행위를 통해 청사에게 먼저 입을 맞춰 주고 그의 목을 끌어안아 주었다. 청사는 고도가 자신을 밀어낼지 모른다는 불안감을 씻은 듯이 지울 수 있었다.

고도가 저를 사랑하고 있다. 이건 착각이 아니었다. 다정하게 바라보는 시선만 봐도 청사는 고도의 마음을 알 수 있었다. 이렇게 정자에 나와 있는 청사에게 먼저 다가와 긴 머리를 만지작거리면서 쳐다봐 주는 얼굴은 진정으로 사랑하는 사람에게 표하는 애정과 존경이 보이지 않는가. 이건 하늘이 보우하사 땅이 맺어 준 인연임이 틀림없다.

교미 후에 고도가 경멸하는 반응을 보일까 봐 마음속으로 단단하게 준비했던 청사였다. 경멸이 아닌 사랑과 호의가 이전보다 더 커졌으면 좋겠다는 것은 욕심에 가까웠기에 엄두도 내지 않았다. 헛된 기대를 가졌다가 상처를 입을 것을 염려했다. 저를 싫어하게 될 고도의 마음을 돌릴 방법만 끊임없이 탐구하던 청사는 그러나, 예상과는 전혀 다른 고도의 반응에 결국 두 눈에 눈물이 핑 돌았다.

청사는 고도를 향해 부풀어 오르는 끝없는 마음을 속으로 갈무리하면서 고도를 품에 끌어안았다. 제 머리를 만져 주는 고도의 볼에 뽀뽀를 해 주었다. 고도를 제 두 다리 위에 앉히면서 그의 볼과 입술에 쪽, 쪽 뽀뽀

를 해주었다. 하루 종일 입을 맞추고 있으면 좋겠다 생각하면서 청사는
고도에게 다정하게 말했다.

"네 의수가 보기 흉하게 망가졌기에 내가 하나 만들고 있었어. 볼래?"

"그래, 보자."

청사가 반대편 손에 들고 있던 것을 고도의 오른 손바닥에 올려 주었
다. 새까만 의수였다. 숲에서 흔히 구할 수 있는 편백나무나 참나무 따위
로 만들었을 것을 예상하고 있던 고도는 의외의 색상과 재질에 눈을 동
그랗게 떴다. "어"하고 놀란 소리를 내뱉는 고도가 사랑스럽고, 또 그를
놀라게 했다는 뿌듯함에 청사는 다시 한 번 젖은 입술을 쪽쪽 빨면서 속
삭였다.

"내 비늘로 만들었어."

그 말마따나 비늘을 가공해서 만든 의수는 표면이 검었지만 햇빛에 비
쳐 보자 오색빛깔로 찬란하게 빛났다. 그 어떤 고급 자개도 만들어 낼 수
없는 신비로운 빛의 향연은 낮과 밤을 고스란히 녹여 만든 하늘을 닮아
있었다. 낮엔 해가 뜨고 밤엔 빛과 달의 은은한 포말이 이는 어두운 하
늘. 무겁지도 않고 색감과 온도가 청사의 몸을 닮아 있어서 익숙하게 느
껴지는 의수였다.

서로 떨어져 있어도 의수를 왼손에 달고 있으면 언제나 청사와 손을
잡고 걷는 기분이 들 것 같았다. 고도는 청사의 입술을 가볍게 물었다가
놓았다. 연신 입술을 맞대고 있던 청사가 그 새침한 반응에 실바람처럼
가벼운 웃음을 터뜨렸다.

"만드느라 고생했다. 아주 예쁘구나. 내 몸에서 한시도 떨어트리지 않
으마."

"아으, 고도야, 너 갈수록 어여뻐서 미치겠어. 왜 갈수록 예뻐지지."

"사내에겐 그런 표현을 쓰는 게 아닌데."

"내 눈엔 삼라만상을 무너뜨리는 그 어떤 절세미인보다 네가 더 예쁘다. 그네들은 볼 게 외모뿐이지만, 너는 하는 짓도 이리 예뻐서 나를 미치게 만들잖아."

"예쁜 짓은 나보다 내가 더 심하지."

"내가 뭘."

"픽하면 이리 입술을 비비면서 뽀뽀를 조르는데 당연히 나보다 네가 더 예뻐 보이지 않겠어?"

"그…… 으음. 고도야. 내가 예쁘냐."

"응."

"고도 마음에 드는 용 맞는 거지."

"물론이지."

빨갛게 얼굴을 물들인 청사는 샐쭉이 웃으며 고도의 목과 어깨 사이에 고개를 묻었다. 행복함을 어떻게 표현해야 하는지 몰라서 청사는 시큰시큰 웃기만 했다. 이 행복이 언제까지고 이어졌으면 좋겠다. 그러기 위해서 고도를 고통스럽게 한 것이니까. 고도가 희생해서 얻게 될 행복은 자신의 목숨을 걸고서라도 지키겠다고 맹세했다.

청사는 등을 쓸어 만지던 손을 앞으로 돌려 고도의 납작한 배를 어루만졌다. 외형상으로는 아무런 변화도 없었다. 그러나 고도에게 복통을 안겨 주었던 기운들이 단전에 암석처럼 모여 단단하고도 둥근 형태를 띠고 있었다. 그것은 여의주만큼이나 높은 밀도로 압축된 하늘의 힘이었다. 고도가 죽을 것 같다며 처음으로 가감 없는 복통을 호소했던 부분에 고도의 주먹보다 작은 정기가 밀도 높게 뭉쳐져 있었다.

날 것의 기운은 최근 며칠 동안 매우 안정적인 기색을 띠고 있었다. 몸 안에서 하늘과 땅의 정반대 기운이 충돌하거나 뒤섞이는 모습을 보이지 않았다. 하늘의 정기가 오염되면 안 된다고 고도에게 땅에서 난 그 어떤 것도 섭취를 막았었지만 이제는 평소 식단 그대로 먹어도 무리가 없었다.

청사는 안정적으로 뭉쳐진 기운에서 손을 떼고 고도를 바라봤다. 고도의 시선에 사르르, 눈 녹듯이 기분이 좋아진 청사가 입을 뗐다.

"오늘 밤에 그 온천 못에 다시 가자. 잉태한 '알'을 낳으러."

그 말에 고도가 자신의 복부를 힐끔 보고 다시 청사를 응시했다. 알을 낳는다는 개념은 몇 번 들어도 생소했다. 배도 불룩하지 않고 몸속에서 살아 있는 생명이 꿈틀거리는 느낌도 없어서 솔직히 이게 잉태인지 아닌지도 모르는 상황이었다.

"아직 한 달이 안 됐어."

"안 돼도 괜찮을 거 같아. 굉장히 안정적이라 꺼내도 문제없어 보여."

"너무 이르게 빼냈다가 알이 잘못되면 어떡하지."

"그럴 걱정이 없으니 알을 낳자고 한 거야. 이대로 네가 몸속에 품고 있어도 달라질 것이 없을 것 같다. 요 며칠 동안 알의 크기를 섬세하게 재고 있었는데 네 주먹 크기에서 자라질 않아. 이 이상의 성장은 못에 맡기는 게 맞는 것 같아."

아는 게 없으니 반박할 말이 없다. 고도는 용의 생태를 인간의 기준으로 판단할 수가 없기에 고개를 끄덕이는 수밖에 없었다. 청사는 고도가 자신을 믿어 주는 태도에 기분 좋은 미소를 지었다. 의심하지도 않고 불안해하지도 않는 고도의 태도를 보니 이젠 정말로 그의 반려가 되었다는 생각이 들었다. 사소한 것으로 싸우고 웃고 울 수도 있지만 그 감정의 기저엔 서로를 믿고 아끼는 마음이 깔려 있었다. 청사는 고도의 손을 꼭 잡고 정자 밑으로 발을 내렸다.

"어이, 팔미호!"

청사가 집 안에서 미호를 찾았다. 목소리를 듣고 문을 쾅 열어 "왜!"하고 대꾸해야 할 그녀의 반응이 없었다. 방바닥에 서전검을 굴리고 그 검에 얼굴을 비쳐 보면서 희희낙락대는 도깨비 몽당이만이 조막만 한 손을 흔들며 청사의 부름에 응했다. 어디 간 건지 의아해하는 청사에게 고도가 대신 답해 줬다.

"산에서 여우들이 불러 잠깐 나갔다."

"여우들이 불렀다니?"

"산을 수호하는 백여우 집단이 이 산 깊은 곳에 살더구나. 무언가 할 말이 있는지 요즘 시도 때도 없이 이 집을 여우들이 찾아와. 지진아가 짜증내면서 도망 다녔는데 이번에는 피하지 못했더군."

그녀에게 몸보신 할 꿩이라도 한 마리 잡아 오라고 말할 셈이었는데 하필 운수도 없지. 청사는 고도에게서 '알'을 낳게 하면 몸이 허할까 봐 퍽 걱정을 보였다.

"그럼 내가 꿩 한 마리 잡아다가 푹 고아 놓아야겠구나."

"으음? 꿩이 먹고 싶으냐?"

"너 보신시켜 주려 그러지. 알 낳고 나면 잘 먹어야 해."

몸속에서 덩어리가 빠져나오는 것이니 용의 잉태나 인간의 출산이나 매한가지려나. 재밌어서 히죽 웃어 보이는 고도였다. 그는 청사의 말투를 지적하는 짓궂은 행동을 잊지 않았다.

"나 때문에 지진아를 부려 먹으려 하다니. 이게 어디서 고얀 걸 배웠을꼬."

"걔가 어디 가서 이런 취급을 받겠어, 우리가 실컷 부려 먹어야지."

"흥미진진한 노비 대우구나. 고향에서는 손발 다 씻겨 주는 무수리를 열댓 명은 이끌고 행차할 여자를 이런 식으로 부리는 존재는 우리가 유일할 테지."

"걔 성격에 집에서 얌전히 수발 받고 그러겠냐. 온갖 패악을 빽 부리겠지. 이 토끼는 털이 거칠어서 먹기 싫어! 하고."

"옷도 마음에 안 든다고 던지겠지."

"하하하, 맞아. 집에서는 예쁨받는 아가씨니까 우리까지 그런 취급해 주면 버릇 잘못 들잖아."

"뻔뻔한 당위성이구나."

말은 그리 해도 미호를 부려 먹는 일에 오히려 앞장설 고도였기에 "그럼 나중에 꿩 사냥하라고 내쫓아야겠다."는 의견을 덧붙였다. 그 모습이 귀여웠던 청사는 머리카락을 살살 쓸어 만져 주었다.

"몽당이, 나와 고도는 잠깐 외출하겠다. 집 잘 지키고 있어라."

청사의 말에 몽당이 고개를 끄덕였다. 청사는 몽당에게 집을 맡기고 고도와 교미를 시작했던 온천으로 향했다. 처음 왔을 때보다 익숙한 길은 도달하는 시간을 반으로 단축시켜 주었다. 해가 지기 전에 무성한 편백나무 숲과 대롱나무 군집을 지나 설원 중 초목이 자라는 신비로운 온천에 닿았다. 온천은 여전히 뿌연 수증기에 갇혀 있어서 이곳을 잘 아는 사람이 아니라면 우연이라도 찾기 어려운 모습이었다.

"고도, 여기 앉아."

청사는 고도가 온천물에 발만 담글 수 있는 평평한 바위를 손비닥으로 두드렸다. 고도가 두루마기 자락이 젖지 않도록 한 손으로 잘 그러쥐고 앉아서는 청사를 얌전히 쳐다보았다. 무슨 일이 벌어질지 기대하는 기색이 역력했다. 청사로부터 매일매일 새로운 것을 알게 된 즐거움에 푹 빠진 고도는 그가 주는 아픔이나 고통에도 무뎌지고 있었다. 청사가 저를 괴롭히려고 고의로 악한 짓을 했더라면 실망하여 그를 밀어냈겠지만, 사랑이 지나쳐서 아픔을 안겨 주었고 그것이 제 뜻에 반하는 결과가 되어 두 눈에 눈물을 매달거나 훌쩍이는 모습을 보노라면 청사가 밉고 괘씸하기보다는 짠한 마음이 더 커졌다.

잘해 보려고 애쓰는데 뜻대로 되지 않아서 성토하는 청사가 예뻤다. 무슨 일이든 고도를 우선순위에 두고 행동하며 생각하는 것이 어여뻐서 고도는 청사의 얼굴만 봐도 배가 부른 기분이었다. 요즘엔 눈을 떼지 못하고 쳐다보면 그 시선에 얼굴이 홧홧해져서는 눈가를 발그레 붉히는 모습이 그리 예쁠 수가 없다.

고도는 자신의 빤한 시선에도 가슴을 크게 부풀리고 좋아하는 청사에게 자연스럽게 입을 맞췄다. 청사는 기분 좋게 웃으면서 고도의 허리를 감쌌다. 빠르게 뛰는 심장소리가 둘의 몸속으로 번졌다.

"고도야, 아기집이 있는 여인이라면 알이 다 클 때까지 알을 품을 수 있지만, 네 몸에서는 크게 자라기 어려울 것 같아. 그러니 이 성스러운 못에 담가 두고 알이 부화할 때까지 내가 돌보도록 하마."

참방, 청사가 옷을 입은 채 온천물에 들어갔다. 고도의 허리를 잡고 있는 손이 검게 변했다. 비늘이 파드득 일어나는 손은 인간의 형상일 때보다 두 배 이상 커졌다. 광대와 볼을 지나 턱과 목으로 이어지는 검은 비늘이 피부 밖으로 돌출되어 단단한 갑옷 같은 형상을 만들어 냈다. 푸른 도포자락 밑으로 꼬리가 드러나기도 했다. 꼬리는 못을 한 바퀴 돌아오고 나서도 자리가 좁아 땅 위까지 삐죽 튀어나왔다. 꽤 크다고 여겼던 못조차 청사의 꼬리 하나 담그지 못한다는 사실에 새삼 청사가 상당히 큰 용이라는 것을 상기하게 된 고도였다. 고도가 단정하게 묶어 주었지만 몇 가닥 흘러내린 긴 머리는 수면 위를 부랑했다. 청사는 이 신령스러운 연못의 기운을 닮은 목소리로 고도에게 양해를 구했다.

[참기 힘들 정도로 아프면 말하여라. 바로 그만둘게.]

고도의 허리를 잡고 있던 손이 조심스럽게 고도의 아랫배로 내려왔다. 옷고름을 풀고 옷자락을 벌린 후엔, 날카로운 검은 손톱이 나있는 손에 힘을 주었다. 고도는 칼날처럼 예리한 손톱이 조금씩 배꼽을 파고드는 느낌을 받았다. 이물질이 몸 안으로 들어오는 바람에 눈가를 찌푸렸다. 뱃속에서 기운을 끄집어내는 것이 이리도 무식하게 배를 가르는 행위를 동반하는 것이었다니. 고도는 여인의 몸으로 할 수 없는 일을 자처한 결과겠거니 여기며 그 아픔과 통증을 최대한 견뎠다.

청사의 손톱만 찔러 들어왔던 상처가 벌어졌다. 청사는 피가 흐르는 고도의 뱃속으로 손가락을 밀어 넣었다. 청사는 고도의 혈색을 면면히 살피고 있었다. 몸을 찢고 들어오는 용의 발톱을 견디고 있는 고도였지만, 조금이라도 힘들어한다면 행위를 당장 중단할 태세였다. 고도는 참을 수 있을 수준의 통증이었기에 고통을 별달리 호소하지 않았고, 청사는 그런 고도의 도움을 받아 원하던 것을 찾을 수 있었다.

찢어낸 배 속으로 밀어 넣은 손끝에 작은 구슬 같은 정기가 만져졌다. 손톱을 세워 구슬을 건드리니 살아 있는 생명체처럼 꿈틀거리는 반응을 보였다. 생각했던 것보다 더 작은 구슬을 손톱 끝으로 조심스럽게 굴리면서 잡아 꺼냈다. 벌어진 상처를 타고 구슬이 조금씩 모습을 드러내자 피가 동반되어 한꺼번에 고도의 옷을 적셨다.

청사는 검고 작은 알을 신중하게 끄집어낸 뒤에 찢어진 부위를 손바닥으로 눌렀다. 청사가 지긋한 힘을 가하자 찢어진 배는 천천히 봉합되어 결국 상처의 흔적도 없이 사라졌다. 상처를 없앤 청사의 능력이 신기하여 눈을 깜빡이는 고도였다. 청사는 제 신이한 능력을 자랑할 새도 없이 그저 안도의 한숨만 내쉬었다.

[네게 아무 문제가 없어서 천만다행이야.]

고도는 단전을 손바닥으로 지그시 눌러 보다가 청사에게 시선을 돌렸다. 청사는 '알'이라 부른 정기 덩어리를 손에 쥐고 있었다. 알은 고도의 피를 흡수하는 기현상을 보였다. 고도의 피를 먹은 구슬 안쪽에서 무언가가 꿈틀거렸다.

생명체보다는 휘몰아치는 기운의 덩어리에 가까웠다. 검푸르게 휘몰아치는 형상이 불길한 연기 같기도 했고, 폭풍우가 치는 성난 바다의 파도를 닮은 것도 같았다. 묘한 분위기의 알을 경계하는 고도와 달리 청사는 냉정하게 알의 상태를 확인하고 신령한 연못에 풍덩 던졌다. 물 위를 두둥실 떠가는 알을 청사의 꼬리가 낚아채서 연못 한가운데로 가져갔다. 다른 곳으로 떠내려가지도, 가라앉지도 않게 고정을 시켜 놓고 하늘의 정기를 계속해서 불어넣어 주었다.

둥둥 떠 있는 알을 바라본 고도가 청사의 어깨에 머리를 기댔다. 그간 기운을 품고 있느라 수고했다고 토닥여 주는 청사의 손길을 받아들이니 참으로 기분이 묘한지라. 후계가 중요하여 그 난리를 부리면서 알이란 것을 품고, 몸속에서 꺼내기까지 했는데 이 이상 자신이 할 일이 없다는 사실에 고도는 착잡함과 서운함이 동시에 느껴졌다. 이걸로 정녕 끝인가. 남은 일이 있을까 하여 고도는 신중한 얼굴로 청사에게 물었다.

"저대로 내버려 두어도 정말 괜찮은 건가."

고도가 걱정하는 기색을 읽은 청사는 자신 있게 대꾸했다.

[알은 내가 돌보겠다.]

"그렇다고 하루 종일 이 못에 있을 건 아니잖아."

[부화할 때까지 못을 떠날 생각은 없었어.]

"그럼 먹지도 자지도 않고 이 못에 앉아 있겠다고?"

고도는 청사가 지극정성인 성격은 알고 있었지만 이 정도로 고생을 감수하겠다는 말은 의외라서 눈을 껌뻑였다. 어리둥절하게 쳐다보는 고도의 말간 시선이 귀여운 청사는 고도의 입술에 쪽, 뽀뽀를 해주면서 웃었지만 말이다.

[먼저 집에 가 있겠어? 가서 맛있는 거 먹고 푹 쉬어라.]

집으로 내쫓는 배려에 고도는 청사의 긴 머리카락을 콱 잡아당겼다.

"부화를 언제 하는데. 그동안 여기 있으면 넌 뭘 먹고 지낼 거냐, 잠은 어떻게 자고. 차라리 나랑 낮과 밤을 나누어서 돌보는 게 낫지 싶다."

[아니다, 이건 내가 할 일이야.]

"나와 분담하여 알을 돌보자."

[안 된다, 집에 가서 쉬어라.]

"너 혼자 이걸 하루 종일 돌본단 말이냐."

[내 예쁜 고도가 만들어 준 기운이다. 내가 반드시 지키마.]

"하지만—."

[고도야. 진짜 괜찮다. 정말이다. 내가 할 수 있는 일이라서 얼마나 기쁜데.]

고도는 따지려던 입을 다물었다. 청사가 하늘의 위엄을 두른 반인반용의 형상이 되어서까지 한결같은 태도로 고도를 대하고 있었다. 만물이 그를 중심으로 굽어보며 눈치를 살피고 있는데 정작 외경심을 받는 존재가 빨리 가서 몸조리나 하라며 토닥여 주고 있다니. 고도는 짧게 한숨을 내쉬며 두 손을 들고 말싸움의 패배를 시인했다. 하늘에서 상제 다음으로 높은 직책까지 거들먹거리는데 말싸움을 해서 무엇 하나. 고도는 알을 휘감은 청사의 긴 꼬리와 용의 앞발로 변형된 손을 가만히 쓰다듬었다.

"가서 네가 먹을 거라도 챙겨 오마."

청사는 끝까지 자신을 신경 써주는 고도가 고마워서 눈가를 현월처럼 접어 웃었다.

[못해도 여섯 시진 뒤에 오거라. 그동안 잠도 푹 자고 네가 먹고 싶은 것도 잔뜩 먹고, 그리한 후에 내가 생각나거든 천천히 찾아오면 된다.]

"오냐. 차기 천룡의 명이라면 받잡아야지."

[참 어여쁘구나, 내 사랑아.]

쪽, 입술에 맞닿은 청사의 입을 고도도 함께 맞춰 준 뒤 자리에서 일어 났다. 청사가 온천물에 담근 상체를 빼내어 바위에 기대서는 고도가 가 는 뒷모습을 하염없이 바라봤다. 다시 불러다가 옆에 와 앉으라 말하고 싶은 욕심을 꾹 참고 고도가 뒤돌아보면 손을 흔들면서 [푹 쉬어.]라는 말을 잊지 않았다. 따뜻한 온천의 기운과 청사의 시선을 몇 번이나 돌아 보던 고도는 잘 떨어지지 않는 발걸음을 옮겼다. 둘이 함께 걸을 땐 신경 쓰이지 않던 계곡의 매서운 바람과 발이 푹푹 빠지는 눈 쌓인 길목이 뼈 에 시리도록 차갑다는 생각이 들었다.

고도는 느린 발걸음으로 집에 도착했다. 집에 돌아오자마자 청사가 만 들어 준 의수를 왼쪽 손목에 걸었다. 기운을 운용해 왼손에 도력을 불어 넣자 용의 비늘로 만든 의수는 나무로 만든 것과 달리 부드럽고 자연스 럽게 손가락을 움직였다. 청사의 체온이 왼손에 머무는 기분이었다. 단 전은 아직 비어 있고, 갑작스레 높은 도력을 사용할 만한 몸 상태는 아니 었다. 그러나 변화와 은신, 축지와 투시, 투청, 주박과 비행 등 주술진을 그리거나 인을 맺는 일과는 별개로 행하는 간단한 도술은 무리 없을 수 준이었다.

고도가 신의 앞코로 언 바닥을 툭툭 두드리며 축지를 시전하려 할 때 문지방 너머에서 몽당이 빼꼼, 고개를 내밀고 쳐다봤다. 고도는 서전검 의 손잡이에 달린 붉은 술을 꼭 쥐고서 쳐다보는 몽당이에게 손가락을 까딱였다. 검과 함께 몽당의 몸이 붕 떠올라 고도에게 날아왔다. 고도는 검에 숨 바람을 후 불어넣어 그 크기를 몽당의 손에 꼭 맞게 줄여 주자 몽당이 뛸 듯이 기뻐했다.

"그 검은 앞으로 네가 원하면 크기가 자유롭게 변할 것이다. 검을 마 음에 들어 하는 것 같으니 당분간 마음대로 쓰거라."

몽당은 검을 든 채 입을 쩍 벌렸다. 커다란 눈을 데굴데굴 굴리던 몽당이 신이 나서 두 팔을 번쩍 들었다. 난생처음 선물을 받은 도깨비는 그 선물을 자기 목숨처럼 귀하게 여긴다는 사실을 고도는 잘 알고 있었다. 바다 용왕의 눈을 찌른 귀한 검이나, 더 이상 땅 위의 만물 이치를 어지럽힐 수 있는 일은 하지 않기로 한 고도였다. 하여 검이 쓰일 일이 없을 테니 귀하게 여겨 줄 이에게 맡기는 것도 나쁘지 않았다.

"나와 함께 꿩 사냥 한번 해보겠느냐?"

검을 받은 몽당은 고도의 어깨에 앉아서 힘껏 대답했다.

"몽당!"

몽당은 서전검을 제 팔처럼 휘둘렀다. 신이 나서 돌리는 검날에 까투리 한 마리가 날아오르다 말고 꽁지깃이 잘려 눈밭을 굴렀다. 다람쥐 한 마리가 검에 잘린 나뭇가지를 머리에 맞아 죽기도 했다. 거칠었지만 정확했고, 어수선하지만 날카로웠다. 서전검을 잘 다루는 몽당이를 신통한 얼굴로 바라보는 고도는 그저 몽당이 죽인 사냥감을 수부복에 담아 숨는 일만 하면 되었다.

집으로 돌아온 후, 미호와 함께 음식을 만들었다. 미호는 마을에서 구한 참빗으로 고도의 머리를 쓸어 넘겨주었다. 솔깃이 삐져나온 고도의 두루마기를 시침질해 주기도 했다. 부엌 아궁이에 지펴 놓은 불 앞에 모여서 아랫마을에 내려오는 기이한 이야기를 풀어놓기도 했다. 늦은 밤까지 웃고 떠들던 미호와 몽당이가 서로의 이마를 기대고 쌔액쌔액 잠든 사이에 고도는 문지방을 희붐하게 밝힌 빛을 바라봤다.

문지방 너머로 달빛이 비치고 있었다. 차가운 빛은 손이 얼 만큼 온도가 낮았다. 방문을 흔드는 겨우내 바람, 달빛을 타고 흘러드는 차가운 공기가 고도는 생소했다. 가장 익숙하게 곁에 두고 있던 차가움과 외로움이 이제는 밤잠을 몰아낼 만큼 낯선 것이 되어 고도를 공격했다. 고도는 손바닥으로 얼굴을 괴고 달빛만 어슴푸레 비치는 방바닥을 응시했다. 문밖에서 부엉이가 울고, 산짐승이 부엌 아궁이를 파헤치는 소리가 유난히 크게 울렸다. 퍼드득, 뛰어 오르는 살쾡이의 그림자가 지붕 위에 머물고 있는 듯했다. 잠을 맞이할 분위기가 아니라. 고도는 결국 자리에서 일어났다.

옷을 여미고 방문을 열자 눈발 섞인 바람이 고도의 머리칼을 헤집었다. 몽당이와 함께 산에 나가 잡아온 까투리가 짚더미 위에 던져져 있다. 살쾡이가 파헤쳐 눈알이 뽑히고 가슴팍에 벌건 피가 홍건했다. 날이 밝는 대로 고기를 손질하여 어설프나마 음식을 만들어 청사에게 가지러 갈 생각이었건만. 부정 탄 음식을 챙겨 갈 수는 없기에 고도는 까투리의 모가지를 움켜잡아 지붕 위로 던졌다. 암수 살쾡이 두 마리가 기다렸다는 듯 까투리를 입에 물었다. 찢어지는 살 소리와 지붕에서 튀는 핏자국, 날리는 깃털을 지켜보던 고도는 입가를 찌푸렸다. 모든 것이 낯설었다. 지붕 위에서 쳐다보는 노란 눈동자도, 피도, 새의 울음소리도, 어찌 보면 무서운 종류의 존재들이었다.

"길들었구나."

익숙한 것이 낯설어지고, 낯선 것이 익숙해지는 경험 앞에서 고도는 하얀 입김만 내뱉었다. 청사의 사랑과 애정, 온기에 길들어진 자신은 이제 고기를 짓씹어먹는 포식자의 모습을 똑바로 보기 불편할 만큼 마음이 나약해지고 말았다. 약한 것이 강한 것에게 먹히는 것은 자연의 이치이거늘, 그 이치를 봄에 있어 연민이라는 감정이 섞였다. 평생을 모를 줄 알았던 감성이라는 걸 직접적으로 깨닫는 바람에 고도의 한숨은 깊어졌다.

'아빠!'

부엉이와 살쾡이 울음소리에 익숙한 것이 섞여 들었다. 고도는 움찔하고 어깨를 떨었다. 잊고 지냈던 아이의 목소리가 머릿속에서 되살아났다.

'아빠아—!'

까르륵 터진 웃음소리가 모래알에 부서지는 파도 소리를 닮은 아이였다. 아이를 기다란 치마폭으로 감싼 여인이 해풍에 말린 생선 코다리를 들고 고도에게 어서 빨리 오라 손짓하고 있었다. 말린 생선을 모아 장에 내다 파는 부인을 대신하여 고도는 아이 손을 잡고 산으로 바다로 자주 놀러 다녔다. 자고로 여인은 조신한 몸가짐을 으뜸으로 쳐야 했다. 하나, 고도는 딸아이가 사내아이처럼 천방지축으로 뛰어다녀도 그 모습이 마냥 예뻐서 바깥으로 나돌아 다녔다. 해가 지고 나서 집에 돌아오면 부인은 아수라 같은 얼굴로 모래 먼지를 뒤집어쓴 아이와 고도에게 벌을 내렸다. 부녀는 모두 무릎을 꿇고 저린 다리를 주무르기 일쑤였다. 둘 다 입을 삐쭉 내민 채 툴툴거리면 불만의 어조를 귀신 같이 알아들은 부인이 어느새 고도와 아이에게 졌다는 얼굴로 바라보곤 했다.

'가족들이 아직도 그리운가.'

아이와 부인을 바다가 삼키고 나서 오로지 분노로 가득 찼던 고도를 받아 준 사람이 도성을 지키는 인간들의 우두머리, 왕이었다. 고도는 높은 자리에 앉은 것들이란, 없는 이들을 박복하게 착취하여 짓밟고 깨부수는 게 업이라고 생각했다. 삐뚤어진 사고방식으로 왕을 대했었다. 왕을 도력으로 괴롭히기도 하고, 그를 놀렸다. 업무를 방해하고 헛것에 취하게 만들어 도성 안을 하염없이 빙글빙글 돌게도 했다.

왕은 그저 고도의 능력을 신기해했다. 골탕을 먹어도 웃었다. 실없는 왕의 태도에 고도의 독기가 먼저 수그러들었다. 자신을 좋아하며 곁에 두려 하는 왕의 의존도가 고도는 내심 마음에 걸리는 터였다. 그를 괴롭히던 것도 그만두고 도력을 써서 왕이 처한 어려운 상황을 도와주거나 그를 감시하는 이들 몰래 도성 밖으로 놀러가기도 했다. 자유롭게 구름을 타고 땅과 하늘을 오갔다. 그때마다 왕은 고도를 부러워하며 고도가 바라본 세상 이야기를 들려 달라 어린아이처럼 보챘다.

임금이 사냥을 나가거나 소리꾼을 모아 잔치를 벌일 때도 꼬박 고도를 챙겼다. 고도가 서책을 읽어 주는 목소리를 자장가처럼 들으면서 행복한 얼굴로 잠들기도 했다. 모든 인간 위에 군림하여 바른 결정을 내려야 하는 왕이 고작 자신을 곁에 두기 위해서 신하와 대립하고 싸우기도 했다. 고도는 그러한 친우를 더는 두고 볼 수 없었다. 왕의 판단을 흐리게 만드는 존재가 되고 싶지 않았기에 왕이 강제적으로 자신을 붙잡아도 끝내 그의 곁을 떠났다.

가족도 지키지 못했다. 친우였던 임금에게 그릇된 판단을 내리게 했다. 부부지정도, 자식에 대한 사랑도, 군신의 예도 모두 고도에게는 망가진 베틀이었다. 틀에 끼워진 씨실과 날실에는 애초에 자신과 같은 인간은 연결되어 있지 않았다. 팔자나 운명이란 것들은 고도를 같은 종족으로부터 고립시켰다. 염라대왕의 명부에서 스스로 이름을 지은 순간부터 그는 세상으로부터 인간다운 행복을 한 톨도 누릴 수 없도록 운명 지어졌다.

인간임에도 인간답게 살도록 허락받지 못한 존재. 하늘과 땅 모두의 분노를 이끌었기에 평생에 걸쳐 그 죄업을 씻어야 하는 몸. 고도는 머릿속을 울리는 지난 세월의 과거 파편을 바라보다가 그만 눈을 질끈 감았다.

청사야, 대롱아, 한무야. 사랑하는 이의 이름을 머릿속으로 떠올렸다.

잡고 버틸 것이 그 이름뿐이었다. 그의 이름을 입술에도 담았다.

"대룡아. 한무야."

그를 부르지 않으면 과거의 어둠에 집어삼켜질 것만 같다. 누구보다 어둠을 닮았고, 그 어둠 속이 포근했던 고도였건만, 이제는 그가 무서웠다. 청사가 곁에서 느끼게 해준 밝은 빛이 익숙해져서 어둠이 두려웠다. 고도는 혼자가 된 지금이 낯설었다. 더는 망령 같은 부인과 아이, 옛 친우에게 붙잡히고 싶지 않았다.

눈꺼풀 위로 눈이 떨어졌다. 굳어 있던 몸이 외부의 자극으로 인해 감각이 되살아났다. 과거의 망령된 것에 끌려 들어가던 고도를 일깨웠다. 한 번 톡, 두어 차례 톡톡, 누군가 고도를 부르는 두드림이었다.

고도는 감았던 눈을 떴다. 평범한 눈앞의 풍경 속에서 숨을 쉬기 어려운 것처럼 거칠게 호흡을 하던 고도였다. 입에서는 하얀 김이 나오는데 이마와 등허리에는 식은땀이 흐르고 있었다. 간신히 현실로 되돌아왔지만 아직도 부엉이 울음소리에 아이와 부인, 임금의 부름이 섞여 들렸다.

그 순간, 우르르, 땅 밑이 울렸다. 짚신 아래로 느껴지는 미묘한 진동에 밤 새 잠을 자던 금수들이 놀라서 사방으로 뛰어나가기 시작했다. 평온했던 공기가 뒤섞였고, 산을 넘어오던 바람이 막혀 반대편으로 놀아갔다. 달빛이 일렁였다. 고도의 왼쪽 가슴과 손 부근에서 아리아의 잔해들이 빛을 내기 시작했다. 빛이 모여 고도를 감싸자 달과 바람과 향기가 모두 그를 빗겨 가기 시작했다. 고요하지만 분명히 변화하는 주변 상황을 보면서 고도는 땀에 젖은 앞머리를 손바닥으로 쓸어 넘겼다.

무언가가 고도의 발밑까지 다가왔다. 그것은 너무 거대하여 고도가 혼자서 감당할 수 없는 것이었다. 바싹, 입안이 타들어 갔다. 지금까지 살아온 세월과 경험으로 발밑의 존재를 노련하게 눈치챌 수 있었다. 그러나 어떻게 그를 대해야 할지 판단이 서지 않았다. 고도는 일렁이는 땅의 움직임 속에서 퍽 당황하여 몸이 비틀거렸다.

깊게 숨을 내쉬는 소리가 울렸다. 폐부 끝까지 들이켠 흡기를 느리고 융성하게 뱉는 소리였다. 땅의 호흡은 거대한 바람이 되어 능선 너머에서 계곡까지 힌꺼번에 흘러내렸다. 비비하게 느껴지는 진동은 눈을 깜빡일 때마다 사라락 흩날리는 속눈썹의 움직임이었다. 규칙적으로 뛰는 심장소리는 거인의 걸음걸이처럼 쿵쿵 울렸다. 산이 흔들렸다. 나무가 들썩였다. 시끄럽던 부엉이와 살쾡이 울음소리가 사라진 대신, 지진처럼 고도의 몸을 휘청, 흔들었다.

"이런."

고도는 몸을 숙여 자리에 앉았다. 가만히 서 있기만 해도 중심을 잡지 못해 비틀거리게 되는 지진을 감당할 수 없었다. 땅 밑의 존재가 움직였다가는 바다가 갈라지고 깊은 곳에 감추어져 있던 대지가 융기하게 될 것이다. 지축 밑에서 녹은 심장처럼 흐르는 뜨겁고 붉은 기운들이 대지 위의 모든 인간을 삼키게 될 것이다. 가까이 다가와 고도에게 손이라도 뻗으려 했지만 고도에게 닿고자 하면 지상이 반쯤 뒤집히니 불가능한 행동이었다.

존재는 지면의 반대편으로 들어갔다. 고도에게서 최대한 멀어져 땅속 깊은 곳에서 몸을 웅크렸다. 덕분에 고도가 몸을 일으켜 세우기도 힘들던 지진이 잦아들었다. 바닥에 양손을 짚고 앉아 있던 고도는 당황한 얼굴로 여전히 발아래만 바라봤다.

조금 전의 감당 못할 진동은 사라졌지만 흙바닥에 닿은 손바닥이 뜨거웠다. 흙 바로 밑에서 무언가가 자신을 안심시키려는 기색으로 느껴졌다. 머릿속의 어둠을 몰아 준 것은 고마웠지만, 이렇게 요란하게 대지를 모두 울리는 일은 지나치게 소란스러웠다. 고도는 점점 뜨거워지는 땅 밑의 기운에 슬며시 손바닥을 치웠다. 고도는 자신이 감당 못할 존재와의 친밀한 연결이 부담스럽고 두려웠다.

"땅의 주인이십니까."

조용한 고도의 목소리가 듣기 좋은지, 고도가 발을 딛고 선 땅이 바르르 떨렸다. 마치 웃음소리를 삼키는 여인의 몸짓처럼 정갈했다. 고도의 머리 위에서 나무에 매달려 있던 눈이 툭, 떨어졌다. 고도는 자신의 어깨에 묻은 눈을 바라봤다. 옷 속으로 스며드는 젖은 물기가 땅의 대답이었다.

잠꾸러기라 들었거늘, 이렇게 친히 행차하다니 어떤 반응을 보여야 하는가. 고도는 혼란스러운 얼굴로 주변을 둘러보았다. 사방에서 거대한 존재의 기척만 느껴지고 실체를 볼 수 없어서 어디를 보고 대화를 시도해야 하는지도 알 수 없었다. 다시 한 번, 툭, 정수리로 눈이 떨어졌다. 고도는 한숨을 내쉬었다.

"네, 제가 고도라는 도사입니다. 당신의 아이들이 한동안 저를 찾아와서 괴롭혔었지요. 당신을 만나라고 아우성이었는데 직접 오실 줄은 몰랐습니다."

땅 밑이 다시금 들썩였다. 고도는 자리에서 일어나고 싶어도 주저앉은 채 별다른 도리가 없었다. 보이지도 않는 존재와의 교감이 오로지 흙바닥을 통해서라면, 다른 곳으로 피신할 방도도 마땅치 않다. 땅은 세상을 구성하고 있으니, 세상 그 어디로도 도망갈 수가 없다.

"그대는 나를 보고 싶으셨습니까."

고도의 조심스러운 질문에 다시금 땅이 울렸다. 무슨 대답인지, 그 음성은 없었다. 다만 땅의 울림이 공격적이지 않고 부드럽다는 데에 고도는 미약하나마 안심했다. 땅이 혹시나 자신을 직접 벌하러 왔다거나 해악을 끼치려 한다면 어쩌나 걱정이 이만저만이 아니었다. 고도는 세상 전체를 적으로 돌리는 공포를 감당할 자신이 없던 것이다.

"으, 음."

아무리 유능한 도사라도 땅의 힘을 빌려 주술을 쓰는 만큼, 힘의 근원이나 다름없는 땅을 거역할 수가 없었다. 고도는 무슨 말을 해야 할지 몰라서 손가락만 쏘무삭거렸다. 아비에게 매 맞는 아이라도 된 기분이었다. 참으로 난감하고 어려웠다.

"이렇게 절 찾아오신 이유가 있을 텐데, 저는 아직 그대의 뜻을 읽지 못하겠습니다."

고도의 난감한 기색을 느꼈는지 땅이 부르르 흔들렸다. 웃음을 참는 것 같았다. 고도는 지금이라도 당장 청사에게 찾아가 이 사태를 도와달라 말하고 싶었다. 땅의 주인을 하늘에 속한 천룡이 대면하는 게 격식도 더 잘 맞을 터이다. 한낱 인간인 자신이 이 원대한 존재를 알현하는 것은 너무도 부담스러웠다. 고도는 한참이나 고민하다가 요 며칠 자신에게 집착했던 아리아의 태도가 떠올라 그것을 먼저 묻기로 했다.

"저를 당신의 '대리 주인'으로 명했다던데 맞습니까."

땅이 다시금 부르르 흔들렸다. 긍정의 대답이다.

"이해가 되지 않습니다. 그대는 나를 미워하지 않습니까. 원망하실 텐데요. 당신이 아끼는 이 모든 땅 위의 세상을 나 혼자서 어지럽혔습니다."

가족도, 군신의 예도 저버린 인간에게 어이하여. 고도는 뒷말을 삼켰다.

"나에게 왜 중한 직책을 주려고 하십니까."

땅은 고도의 어깨에 다시금 눈발을 떨어뜨려 물기로 적셨다. 젖은 어깨를 보면서 고도는 심란한 표정을 숨기지 못했다. 땅과의 교감은 난해했다.

"대리 주인이라는 게 대체 뭡니까."

이번엔 땅이 흔들리지 않았다. 눈발도 떨어지지 않았다.

"저는 그런 직책을 원치 않습니다. 물려주시면 안 되겠습니까."

여전히 땅은 대답하지 않았다.

"선정 기준도 모르겠고요, 제가 대체 땅의 무엇을 대변할 수 있는지 모르겠습니다. 저는 그런 중하고 귀한 일을 한 번도 생각해 본 적 없는 삿된 도사일 뿐입니다만."

이번엔 머리 위에서 커다란 눈뭉치가 한꺼번에 쏟아졌다. 정수리에서 부터 폭삭, 눈 벼락을 맞은 고도는 옷 속으로 들어온 차가움에 몸을 부르르 떨었다. 속눈썹에 걸린 눈을 손등으로 닦아 내면서 파랗게 언 얼굴을 일그러트렸다. 어쨌든, 대리 주인이라는 직책을 물릴 생각이 없다는 대답으로 받아들였다.

아니, 그러니까 대체 왜. 무엇을 위해서 이런 일을 시키는 거지.

땅의 신을 믿고 따르느라 제사를 지내는 인간보다 흙을 뒤집어 경작하고 불을 지르는 이들이 더 많아진 세상이다. 땅은 인간에게 사랑을 강요하지 않았다. 그들의 사랑이 없어도 침묵을 지키며 존재하는 것이 땅이었다. 고도가 땅의 위치에 있었다면 인간들이 고약하고 괘씸해서 한번 거대한 지진을 일으키거나 흙 밑의 불덩이를 토해서 십을 모두 불태울 텐데, 그런 복수조차 없지 않나.

"대리 주인이 무슨 일을 하는지라도 알려 주십시오. 역할이라도 알아야 제가 그 일을 맡을지 말지 선택할 것 아닙니까."

이번에도 머리 위에서 눈이 한 바가지나 쏟아졌다. 고도는 이미 쫄딱 젖은 옷에서 눈을 털어 낼 의지마저 상실했다. 땅에서 태어나고 자란 자신이 이 막무가내인 아비에게 어떻게 대들어야 하는지 답 없는 고민을 하게 만들었다.

"제가 그대의 명을 안 듣고 도망 다니면 어쩔 겁니까."

이번에도 눈이 쏟아졌다. 고도는 굴하지 않았다.

"적어도 인간의 언어로 말이라도 해주세요. 저는 '대리 주인'이 무슨 일을 하는지도 모릅니다."

또다시 눈이 쏟아졌다.

"콜록, 저는 하늘로 올라갈 몸입니다. 땅에 머물면서 그대의 뜻을 이어 갈 여력이 안 됩니다."

눈이 멈추었다. 고도의 몸 위로만 주변보다 수 배에 달하는 눈이 쏟아졌으나, 이번에는 떨어지지 않았다. 고도는 잔기침을 손등에 쏟다가 대답이 달라진 땅의 기색을 읽었다. 눈을 쏟지 않았다는 것은 고도의 말이 옳다는 소리였다.

"제가 하늘로 올라가도 된다는 겁니까."

고도의 예상이 맞았다. 고도에게만 집중 포화되던 눈은 더 이상 떨어지지 않았다.

"그것이 당신이 임명한 '대리 주인'이 해야 하는 일 중 하나라는 뜻입니까. 땅에 머물지 말고 하늘로 올라가라는 겁니까?"

고도는 무릎 밑의 땅이 따뜻해지는 기운을 느꼈다. 생동하는 봄의 기운과 비슷했다. 조금 전 고도가 손바닥으로 짚고 있었을 때 느꼈던 열기. 그 열기가 고도를 덮고 있는 눈을 한꺼번에 녹였다. 고도는 눈을 동그랗게 떴다. 눈을 녹이고 고도의 젖은 옷을 말려 주는 포근함이 마치 부모의 손길 같았다.

땅의 손길이 고도의 머리카락을 지나 그의 가슴과 배에 머물렀다. 고도가 한동안 품고 있었던 또 다른 생명이 머물렀던 공간에도 빛이 모여들었다. 고도는 몸에 닿는 따뜻한 아리아들을 알 것 같으면서도 모르겠다는 눈으로 응시했다. 하늘의 존재들이 성수를 치미로 이용하는 것처럼, 땅은 이 빛으로 자신의 뜻을 전달하고 있었다. 그것이 무슨 의미인지는 정확하게 파악하기 힘들었다. 심장과 배. 그 두 기관에서 그나마 공통된 의미를 추측해 보자면 하나는 고도의 '삶'이었고, 다른 하나는 얼마 전까지 품고 있던 '또다른 생명체의 삶'이었다.

"저와 제가 잉태한 용이 살길 바라십니까."

침착한 한 마디에 빛들이 사그라진다. 고도의 몸속으로 빨려 들어간 빛은 더 이상 환하게 발하지 않았다. 고도는 확신이 서지 않는 목소리로 조심스럽게 말을 이었다.

"살면 되는 것입니까. 아무런 대가도 목적도 없이, 그냥 이 목숨을 이어 가면 되는 것입니까. 제가 잉태한 아이를 끝까지 책임지고 키우면 되는 것입니까. 그게 당신의 대리 주인이 당신을 위해서 해야 할 임무입니까. 그게 땅의 주인께서 신경 쓰셔야하는 문제였습니까. 저같은 인간을 왜. 아, 아니, 하늘의 문제를 그대가 왜……."

고도의 몸을 따뜻하게 녹이던 온기가 조금씩 사라졌다. 저 깊은 곳에서 몸을 웅크리고 있던 존재가 조심스럽게 팔다리를 펴는 바람에 한차례 지진이 일었다. 그러나 왔던 길을 되돌아가려는 듯 고도의 바로 밑에서 울리던 진동이 산등성이 쪽으로 멀어졌다. 명확한 대답도 들려주지 않았으면서, 고작 녹아 버리는 눈 한 덩어리로만 어깨를 어루만지고 등을 돌렸다.

누구의 편에도 서지 않는 땅이 스스로 존재감을 드러낸 것도 놀라운 일이었지만, 그것이 고도를 선택했다. 무리한 것을 요구한 것도 아니다. 그저 살아 주길 바란다. 고도를 위해서, 고도가 품었던 생명을 위해서. 그것만을 위해서 살아 주길 바란다는 그 한마디를 하기 위해 아리아를 고도의 몸속에 심어 주었고, 다가와 만져 준 것이다.

그것에 무슨 깊은 뜻이 있는지, 여전히 고도는 알지 못했다. 그 이유를 설명할 만큼 땅은 자상한 아비가 아니었다. 좀만 헛된 소리를 하면 커다란 눈 바가지를 정수리에 뿌리는 엄격한 이였다. 그러니 멀어지는 그를 도술로 따라잡은 뒤에 대체 무슨 의미냐고 따져 물어봤자 소용이 없을 듯했다. 땅이 고작 한마디를 전하기 위해서 존재를 드러냈다. 고도가 그의 대리 주인으로서 실길 바란나는 그 한마디를 위해서. 이유는 지금 당장은 중요하지 않은 것처럼 말이다.

하늘로 올라가기 전에 직접 그 말을 하고 싶었던 건가. 그러려고 아리 아들이 과도하게 땅의 주인과의 교감을 요구한 것이었고, 이젠 그가 직접 모습을 드러낸 것인가.

고도는 머리카락을 뒤흔드는 바람이 더 이상 차갑지 않다는 것을 그제야 알았다. 고개를 들자 말간 달빛이 자신을 정면에서 내리쬐고 있었다. 산새들이 고도의 머리 위의 나뭇가지로 몰려들었고, 어둠 속에서 노루나 토끼들이 눈을 도록도록 굴리며 바라보고 있었다. 자연의 만물이 고도에게 관심을 표하고 있다. 그에게 다가가고 싶어서 애정을 담아 쳐다본다. 고도를 감싼 세상이 분명히 변하고 있었다. 무서워하며 피하는 대신, 사랑스럽게 다가오고 있다.

세상 모든 것들이 외면했던 자신을 땅의 주인이 인정하고 받아들였다는 사실에 고도는 저도 모르게 힘 빠진 한숨을 내쉬었다. 변한 것은 없었고, 앞으로 변할 것도 없지만, 어쩐지 자신이 살아가는 모든 삶이 땅의 의지와 연결되어 있다고 생각하자 목숨이 중하게 여겨졌다. 언제나 가볍게 생각했던 목숨이 청사를 만난 후 한 번 무거워지고, 땅을 만나면서 배가 되었다.

"……나는 내 사랑을 위해 살 것인데, 그리해도 되겠습니까. 당신이 원하는 방향이 아니면 어쩔 겁니까. 그래도 여전히 저를 당신의 대리자로 명명하실 것인지요."

물어도 대답 없는 땅을 짚고 몸을 일으켰다. 고도는 집으로 되돌아갔다. 이유는 조만간 알아낼 것이다. 왜 자신에게 '대리 주인'이라는 명목 하에 삶의 무게를 더해 줬는지를 다시 물어볼 것이다. 살라 명을 내린 이유를 알아낼 것이다. 그 이유를 알아내기까지 오랜 시간이 걸릴지도 모른다. 의뭉스러운 땅이 직접 대답해 줄 것 같지는 않으므로, 고도 혼자서 그 이유를 찾아야 한다는 막연한 생각이었다. 누군가 고도에게 왜 사느냐고 물었을 때, 고도는 '죽지 못해서' 혹은 '삶의 이유를 찾으려고 살고 있다'는 대답만 했다. 이제는 '청사 때문에'라는 대답이 더 익숙해졌다. 청사를 위해서 살아갈 삶이 땅의 의지와 맞닿아 있으리라 생각하자 심란하고 어색했다. 정말 이래도 되는 걸까.

살쾡이 두 마리가 저희들이 잡아먹었던 까투리를 보은이라도 할 셈인지, 토끼 두 마리를 놓고 갔다. 살아 있는 토끼였다. 마당에서 폴짝폴짝 뛰어다니는 새하얀 눈토끼를 살쾡이들이 지붕 위에서 내려다보고 있었다. 모든 게 낯설고 이상하기만 한 짐승들의 모습을 보면서 고도는 방 안으로 들어왔다. 이마를 맞대고 누운 미호와 몽당이 옆에 몸을 뉘였다.

뒤척거리며 잠을 자지 못했던 이전이 거짓말 같았다. 고도는 눈을 감았다. 쌔액쌔액, 고른 숨을 내쉬었다. 악몽도 없는 단잠이 눈꺼풀을 적셨다.

참방, 수면을 적시는 소란에 청사가 눈을 떴다. 하반신만 못에 담근 청사는 상반신은 바위에 기대어 팔짱을 낀 채 잠이 들려는 찰나였다. 새파란 눈동자만 굴려 소리의 근원지를 바라봤다. 긴 꼬리로 감은 알이 위아래로 움직이고 있었다. 그 요동이 거세서 꼬리 바깥으로 물이 튀어나갔다.

청사는 팔짱을 풀고 몸을 바로 세운 뒤 알을 조금 더 자세히 관찰했다. 고도의 몸에서 꺼냈을 땐 고도의 주먹만 한 보주처럼 생긴 알이었다. 겉은 새까맸지만 속을 가만히 들여다보고 있으면 밀도 높은 하늘의 정기가 폭풍처럼 그 안을 무언가가 요란하게 휘젓고 있었다.

알을 보자마자 대번에 든 생각은 이렇게 농축된 하늘의 정기를 고도가 품고 있느라 얼마나 곤욕이었을까, 하는 미안함이었다. 두 번째로 떠오른 생각은 보통 인간은 이 정도로 하늘의 기운을 담고 있으면 몸이 견디질 못하고 터지거나 죽었을 텐데 고도는 그것을 극도로 압축할 능력이 있다는 사실에 새삼 놀랐다는 점이다.

알은 못에 꺼내 놓자마자 하루가 다르게 크기가 커졌다. 껍질은 단단해졌고, 휘몰아치던 내벽이 더는 겉으로 드러나지 않았다. 청사의 꼬리에 감겨 미동조차 없던 알은 세상 밖으로 나온 지 석 달 보름이 되었을 때부터 움직임이 생겼다. 처음에는 껍질 안에서 꿈틀거리며 생명력이 느껴졌지만, 이제는 알을 겉으로 움직일 만큼 힘이 세졌다. 부화가 얼마 남지 않았다는 신호다. 청사는 부화의 신호를 마냥 기쁘게 받아들일 수가 없었다. 예상보다 부화 속도가 지나치게 빨랐다.

[짧게는 반 년, 길게는 십 년까지 알의 부화 속도가 달라. 기록에 의하면 십 년 간 알 속에 있던 용은 너무 커져서 수미산 꼭대기가 아니면 몸을 움직일 수 없었다더구나. 그게 어떤 용인지는 한무, 너도 잘 알 거다. 네 둘째 형이야. 지금 은하수에 몸을 뉘고 하늘을 지탱하고 있는.]

누나의 서신 속 내용을 떠올린 청사는 알의 부화에 대해 충고한 누이의 마지막 말을 여러 차례 곱씹었다.

[일찍 태어날수록 미숙아에 가깝겠지. 부화 속도가 지나치게 빠르면 태어나자마자 죽을 수도 있어. 장애가 있을 수도 있어. 그건 네가 판단하

여 직접 죽이도록 해라. 용은 크고 강할수록 대접을 받는단다. 크기가 클
수록 하늘의 정기를 더 많이 몸에 품을 수 있는데 조그마한 애들이 무슨
소용이 있겠니. 크기가 너무 작으면 네 첫째 형처럼 하계로 내려 보내 땅
이나 바다를 다스리는 경우도 있단다. 천룡의 후계자로 키우지는 못한다
는 뜻이야.]

고도의 배 속에 약 이십 일을 있었고, 못에서 석 달 보름동안 있었다.
도합 네 달도 되지 않는 짧은 시일에 용이 태어나면 뜻하지 않은 문제가
하나둘 터질 수도 있는 일이었다. 무리해서 후계를 낳으려던 이유가 무
엇이었나. 고도를 하늘로 데려가서 반려자로 공표할 때 반대하는 세력이
없도록 사전 작업을 한 것 아닌가. 후계자 문제에 집중하느라, 태어날 용
의 건강 상태를 고려하지 못한 게 실수였다. 남자의 몸으로 정기를 품는
이례적인 거사를 치르는 데에 준비가 미흡했다. 이럴 줄 알았으면 억지
로 누이를 땅으로 불러들여 더 많은 조언을 얻을 것을, 성급했던 걸까.

청사는 수증기가 닿아 물기가 맺힌 앞머리를 손으로 쓸어 넘겼다. 손
끝에서 심란함이 느껴졌다. 알이 잘못되면, 혹여나 그런 일이 생기면 지
금까지 고생했던 고도의 배려가 모두 수포로 돌아갈 것만 같았다.

"저런, 내가 곁에 오는 것도 모르고 있구나. 무슨 생각을 그리 골몰히
하느냐."

뿌연 수증기 사이로 달콤한 향기가 맡아졌다. 표정을 읽어 내기 힘든
얼굴로 가만히 알만 응시하던 청사는 얼굴에 드리웠던 진중함을 걷어
내고 고개를 돌렸다. 달빛과 공기마저도 고개를 숙이고 마는 천룡의 우
아함은 어느샌가 사라지고, 고도를 반기는 기쁨만이 그 얼굴에 자리 잡
았다.

[고도.]

청사가 두 팔을 활짝 벌렸다. 고도가 가까이 다가가 그 팔 안에 안겨

주니, 청사는 고도의 목에 고개를 묻고 숨을 크게 들이마셨다. 달콤한 향기였다. 고도 몸에서만 맡아지는 달콤한 꿀을 닮은 꽃향기. 교미를 했던 영향인지, 이젠 산 어디에 있어도 고도의 기척을 느낄 수가 있고, 가까이 오면 기분이 절로 들뜨게 되는 냄새가 맡아져 청사는 정신을 못 차렸다. 용이 반려를 정한다는 게 원래 이런 걸까. 아니면 고도에 대한 사랑이 깊어져서 머릿속에서 고도의 향기를 만들어내 혼자 취하고 마는 걸까. 청사는 고도의 살갗과 머리카락에까지 코를 묻고 깊숙하게 호흡한 뒤에 속삭였다.

[오늘은 조금 늦었구나.]

하루 중 유일하게 고도를 만나는 소중한 순간이었다. 해가 뜨고 얼마 지나지 않아 고도는 청사에게 먹을 것을 가져다주러 왔다. 주로 전날 손질한 산나물로 만든 반찬에 보리, 피, 수수가 섞은 밥을 가지고 오는데 고도가 얼마나 음식 솜씨가 없는지, 청사는 간을 맞추고 양념을 묻힐 바에야 그냥 생나물을 들고 오라고 말할 정도였다. 고도가 식탐이 없어서 맛있는 음식이나 요리 자체에 별 관심이 없다는 걸 알지만 이 정도로 생활력이 부족한지는 같이 살면서 안 사실이었다.

요괴를 잡으러 다닐 때야 바빠서 끼니를 거르는 게 일상이었다지만, 하루 종일 한가하게 서책이나 보고 금을 뜨는 사람이 밥 먹는 것도 깜빡해서 늦은 저녁이 되어서야 "아, 오늘 한 끼도 안 먹었구나."라는 말을 하는 게 정상일까. 이러니 고도의 뒤를 졸졸 쫓아다니면서 빨래는 했는지, 아침은 먹었는지를 일일이 확인해야만 했다. 청사가 연못에 몸을 담그고 알을 보호하는 동안 좋아진 일이라면 고도가 청사를 먹이기 위해 꼬박꼬박 아침을 함께 먹게 된 일이다. 적어도 하루 중 오전은 고도가 음식을 먹는다는 사실이 청사로서는 다행이었다.

"아침에 눈이 많이 녹았더구나. 잠깐 근처를 돌아본다는 게 산수유나무를 발견해서 열매 몇 알을 따다가 늦었어."

고도가 등에 멘 주루목을 펼쳐 그 안에 담아 온 빨간 열매들을 보여 주었다. 상록수의 푸른 나뭇잎으로 감싼 열매가 군데군데 터져서 붉은 물이 흘렀지만 고도는 괘념치 않고 멀쩡한 알맹이들을 꺼내 보였다.

"밥 먼저 들겠느냐. 아님 이걸 먼저 먹겠느냐."

밥이라고 해봤자 조와 수수를 삶아 찐 것에 민가에서 받아온 김치가 전부였지만, 고도는 청사가 맛있게 먹어 줄 생각에 눈을 반짝거리고 있었다. 그 모습이 어찌 예쁘던지, 뭐든 상관없으니 먹여 달라는 소리가 목구멍 위에서 넘실거렸다. 아무렴, 생활력이 없으면 뭐 어떠한가. 이렇게 예쁜데, 인간이라면 응당 허술한 구석이 있어야지. 완벽한 건 제 자신이 있으니 뭐. 청사는 행찬과 산수유 열매를 양손에 들고 빤히 쳐다보는 고도에게 손을 뻗었다. 양손의 음식을 모두 바닥에 내려놓은 청사가 짓궂게 웃으며 고도를 끌어당겼다.

[너 먼저 먹으면 안 될까?]

살살, 여인처럼 눈웃음을 치는 청사를 보며 고도는 처음엔 무슨 소린지 몰라 눈을 끔뻑이더니 곧 손날을 세워 청사의 이마를 쿵 쳤다.

"밝힘증이 심해졌다."

[아파.]

"나만 보면 왜 이렇게 달려드느냐. 시도 때도 없이."

[하지만 너한텐 정말 맛있는 향기가 난단 말이야.]

"음식 냄새가 밴 건가?"

[아니, 네 향기다. 침이 꿀떡 삼켜질 정도로 달큼한 향은 네 고유의 냄새다. 난 고도 너를 먼저 먹고 싶은데 말이다.]

동의를 구하기도 전에 벌써 고도를 연못 안으로 첨벙, 끌어당겼다. 고도를 허벅지에 앉힌 순간 이미 빠져나갈 구석을 원천 봉쇄해 버린 청사였다. 고도는 젖은 옷 안으로 손을 밀어 넣어 엉덩이를 조물딱 만지는 청사를 눈만 가느다랗게 뜨고 쳐다봤다. 식욕보다 색욕을 앞세우는 청사를 나무라기엔 고도의 이마와 머리카락에 쪽쪽 뽀뽀를 해주는 행동이 참으로 사랑스러웠다.

"먹고 하자."

[하고 먹자.]

"하루에 딱 한 번 먹는 끼니를 이렇게 미루면 안 된다."

[하루에 딱 한 번 보는 고도를 계속 안고 싶어서 그러지.]

"먹고 해도 안 도망간다."

[좋아, 절충안이다. 하면서 먹자.]

"뭐시라."

농이 아니었다. 청사는 고도의 바지를 벗겼다. 당황한 고도가 몸을 뒤척이느라 잔잔한 못 수면에 파도처럼 거친 물보라가 일었다.

"아침부터 정말――."

[벌써 며칠째 못 했는 줄 아느냐. 어젯밤에 꿈에서도 네가 나와서 죽는 줄 알았어.]

"여기서 옷 하나 더 벗기면 정말로 죽여 주마."

[기대되는걸.]

"그런 뜻으로 한 말이 아닌 걸 알면서 능청 떨다니."

[기대할게, 날 한 번 질펀하게 죽여줘 봐라, 고도야.]

적나라한 표현에 얼굴이 새빨개진 고도를 보면서 청사는 혀로 입술을 핥았다. 곤욕스러워하는 고도가 선뜻 청사의 행동을 받아 주기 힘들어하자 청사는 고도의 턱을 잡고 슬며시 고개를 어깨 너머로 돌려주었다.

[저 녀석을 낳으면 다 끝난 줄 안 게냐. 저게 시발점인걸. 이제 넌 내 반려자라서 내가 어디에도 못 가게 꽁꽁 묶어 버릴 테다.]

고도는 청사의 손길에 고개를 등 뒤로 돌리고 눈을 깜빡였다. 못을 휘감은 거대한 꼬리 가운데에 수면에서 반쯤 잠긴 알이 떠 있었다.

[알이 제법 커졌다. 네 두 손바닥보다 클 것이야. 보이지? 이제 제법 알다운 껍질도 가졌어.]

미려한 비늘이 붙은 꼬리 끝이 살랑살랑 흔들리며 위치를 알려 주었다. 꼬리 끝을 감아 올려 물속에 담긴 알을 반쯤 꺼내 보여 주자 고도는 시선을 떼지 못했다. 청사는 눈을 반짝이는 고도가 귀여워서 웃음을 삼켰다. 고도가 신기해하는 눈으로 시선을 떼지 못하는 걸 알 법했다. 몸 안에서 품어 낸 것이 세상 밖으로 나와 청사의 기운과 온천물의 따뜻함에 감싸여 점점 자라나고 있으니 만감이 교차할 것이 분명했다.

"내가 정말 저걸 보름 동안 몸에 품고 있었단 말이지."

[그래, 정말 수고했어. 고도가 정말 강한 도사여서 알 속의 기운도 강하게 압축된 것으로 보인다. 내가 지금까지 본 알 중에 가장 작거든.]

"이런, 좋은 징조가 아니란 건가?"

[좋은 징조일 거다. 태동이 강해. 건강하게 자라고 있으니 크게 염려할 것은 없어 보여.]

"알에 문제가 없다면 다행이다만, 용의 알이 저렇게 작아도 되는 건지, 내가 아는 바가 없어서 걱정이 되는구나."

[사서 걱정이다. 원래 용의 알은 작아.]

"정말?"

청사는 웃었다. 사실을 알려주면 고도가 얼마나 신경 쓸지 알기에 거짓말을 했다. 손끝으로 찌푸려진 고도의 미간을 펴며 그를 안심시켰다.

[그럼.]

"그러면 괜찮지만…… 한무, 너 그 사이에 손을 움직이는 버릇은 대체 어디서 배운 거지."

노려보는 고도에게 고개까지 비죽이 틀면서 예뻐 보이는 각도를 자처한 청사는 대화하는 사이에 벗긴 고도의 바지를 바위 위에 올려놓았다. 쫄딱 젖은 옷 아래로 차르륵, 쏟아지는 물소리는 잠시였다. 청사는 아래춤을 푼 허벅지에 고도를 올렸다. 뿌언 온천 속의 사정은 육안으로 보이지 않았지만 둘 모두 상의는 옷고름도 풀지 않은 채 아래만 훤히 드러내고 살을 맞댔다. 고도가 느끼기엔 옷을 모두 벗은 것보다 음란했다.

청사는 물속으로 집어넣은 손을 굴려 고도와 자신의 성기를 두 손에 담았다. 미끈한 물에 감긴 성기 두 개를 함께 문지르면서 훑어 내자 고도가 어깨를 움츠렸다. 고도는 이곳에서 벌어졌던 교미 때와 달리 청사의 성기가 그때보다 조금 작으며 돌기가 없다는 점에 안도했다. 교미를 위해 변형된 생식기가 아니라, 평소와 다름없었다.

청사에게는 솔직하게 말하지 않았지만, 교미를 위한 성기는 너무 커서 온몸에 버거운 기분이었다. 성관계가 정도 이상으로 과하게 느껴져서 무서울 정도였으니 말이다. 지금까지 알고 있던 청사의 성기도 충분히 크고 두터웠기에 굳이 변형되지 않는 것이 오히려 만족스럽고 좋았다.

"아, 음."

청사의 손길에 고도가 작게 한숨을 내쉬었다. 아침부터 벌어진 관계에 고도가 부담스러워하지 않아서 다행이라며, 청사는 고도와 자신의 물건을 함께 흔들었다. 고도가 남자라서 참으로 다행이라는 생각이 들었다. 잠자리를 가질 때 초반에는 좋고 싫음의 호불호가 갈릴 수 있겠지만 우선 성기를 잡고 흥분시키면 이성보다 본능의 침식을 강하게 받는 게 남자 아니던가. 우선 고도를 흥분시키면 청사가 밀어붙여서 끝까지 가는 일이 태반이었다. 이번에도 그리 해볼까. 청사는 기분 좋은 신음을 흘리면서 고도에게 입을 맞췄다.

[밥 먹여 준다 하지 않았나. 산수유 먹여 주면 좋겠는데.]

어리광을 부리는 청사를 보면서 고도는 젖은 숨을 내뱉었다. 꿈틀거리는 성기가 언제 엉덩이 사이를 가르고 올라올지 몰라서 당황스러운데 이런 상황에서 청사가 뭔가를 먹여 달라는 여유를 부리고 있었다. 갈수록 청사가 성관계에 능숙해지고 고도는 그 능숙한 청사에게 끌려가는 기분이라 곤욕스러웠다. 주도권을 잡지 못하겠다. 예전의 청사라면 고도가 싫어하진 않을지 눈치를 살피고 조심스러운 모습을 보였는데 이제는 고도의 반응을 모두 꿰뚫고 있기에 그가 유도하는 대로 고도가 움직이는 형상이었다. 침착함을 찾아야 하는데. 고도는 이미 교미 때 달려들던 청사의 강렬함이 뇌리에 박혀서 선뜻 움직이지 못했다. 청사가 고도를 '지배'할 수 있다는 것을 처음으로 그 관계에서 배웠기 때문이다. 한번 각인된 청사의 행동이 고도의 생각을 유연하게 만들었다. 고도는 바위 위에 올려놓은 열매로 손을 뻗었다.

고도가 열매를 집기 위해 몸을 들어 올린 그 사이에 고도의 물건에 비벼지던 청사의 성기가 몸속을 가르고 들어왔다. 불시의 공격이었다. 손가락으로 풀어 주지도 않고 미끈한 온천물을 이용해 어려움 없이 쑤욱 들어오는 솜씨가 아주 계획적이었다. 고도가 산수유를 집자마자 청사가 허리를 손으로 잡고 확 내려 버린 탓에 고도는 허리를 타고 올라오는 색정적인 감각에 탁한 숨을 삼켰다. 꿈틀거리며 내벽을 비비는 성기의 귀두 끝이 고도를 괴롭혔다.

"너 이 녀석—……."

[고도야, 아.]

생글생글 웃으면서 입만 벌리고 산수유를 받아먹을 준비를 하는 청사가 얄미웠다. 고도는 열매 하나를 손가락으로 눌러 터뜨렸는데 청사가 그 반응에도 눈 하나 깜짝 않고 과즙에 젖은 고도의 손가락을 핥았다.

[입으로 먹여 줘.]

어디까지 기어오르려고. 고도가 눈살을 찌푸렸지만 청사는 꼬리를 휘저어 알의 존재를 상기시켰다.

[벌써 석 달 넘게 알만 지키고 있다. 고도한테 이렇게 어리광 부리는 거 싫은가? 나 혼자 여기서 외롭고 쓸쓸해서 그러는걸.]

자신의 예쁜 얼굴을 참으로 잘 이용하는 족속이로다. 고도는 미호보다 더 여우같은 이 검은 용을 어쩌면 좋을지 난감함이 가득 담긴 한숨을 내쉬었다. 눈가를 찌푸리고 쳐다보는 고도를 보채던 청사가 허리를 흔들었다. 고도는 갑작스러운 충격에 청사의 어깨를 움켜잡았다.

"한무…… 하나만 하자, 하나만……!"

열매를 먹든, 고도를 먹든, 한 가지만 정해 놓아야 사람이 헷갈리지 않지, 준비도 못 하고 불시에 이런 행동, 저런 행동을 요구당하는 탓에 고도는 애먼 청사의 어깨만 세게 쥐었다. 이러한 행위가 익숙해지면서 고도는 본의 아니게 쾌감을 찾는 몸짓을 보였고, 그것은 청사의 성욕에 더욱 불을 지피는 행동으로 이어졌다.

고도가 허리를 세우고 허벅지 안쪽을 조였다. 청사의 성기는 제 길을 익숙하게 자리 잡았다. 이왕 배를 맞추는 것, 고도도 기분 좋게 응할 수 있도록, 청사는 아랫입술을 핥았다. 고도가 즐거움을 느끼는 부분이 청사가 느낄 수 있는 고도의 가장 뜨거운 내부였다. 서로의 흥분을 극대화하는 데에 일조한다는 점이다. 고도가 수동적으로만 쾌감을 받아들이지 않고, 스스로 찾는 행위는 청사에게도 즐거움을 줬다. 사랑스러운 연인이 허리를 비틀면서 "거기, 응……."하고 작게 속삭이는 소리를 가끔 들을 때마다 안달이 나서 고도의 볼이나 입술을 자꾸만 깨물게 되었다. 더 보채 달라고, 더 찔러 달라는 말을 내뱉도록 청사가 자진해서 고도의 탐닉을 거들어 줄 정도였다.

[여기 기분 좋지?]

청사가 수직으로 세운 물건을 고도의 안으로 밀어 넣어 찌르자 고도의 얼굴이 발갛게 상기됐다. 이젠 전희나 애무가 없어도 삽입만으로 바로 느끼게 된 것은 고도의 몸 안이 야해서일까, 청사의 기술이 그만큼 능숙해져서일까. 어느 쪽의 영향이 크건, 변화에 대한 적응력은 청사가 앞섰다. 고도가 아직도 삽입의 쾌감을 거리낌 없이 느끼기엔 망설임이 있는 반면, 청사는 고도가 망설일 시간조차 아까워하면서 제가 원하는 바를 요구하게 됐다.

[나 산수유 먹여 준다면서, 안 먹여 줄 건가.]

고도 대신 열매를 손바닥에 올려 준 청사가 긴 속눈썹을 흔들면서 웃었다. 몸 안에서 꿈틀거리는 성기가 느릿하게 가장 예민한 곳을 찌르는 덕에 고도는 색, 색 가쁜 숨을 내쉬었다. 청사의 행동이 얄미워서 손바닥으로 얼굴을 확 밀어내려 했지만 청사가 그런 고도의 손을 부드럽게 옭아매면서 열매 몇 알을 고도의 입술 안으로 밀어 넣었다. 혀 위를 굴러다니는 열매들이 고도의 잇새에서 터지기 전에 청사의 손이 고도의 뒤통수를 잡고 입을 맞췄다. 고도의 혀 위에 있던 열매를 자신의 입 안으로 빨아 당긴 청사가 다시 고도의 입 안으로 들어왔다. 고도는 열매와 함께 입 안으로 넘어온 청사의 혀 때문에 고개가 옆으로 꺾였다. 이 사이로 들어온 열매가 톡 터지면서 입 안 가득 시큼한 향이 번졌다. 과육을 맛보면서 고도의 입 안을 샅샅이 핥은 청사가 다시 고도의 허리를 잡았다. 고도가 반응하기도 전에 허리를 위아래로 직접 흔들었다. 찰싹, 살끼리 맞붙으면서 물살이 커졌다. 청사가 허리를 쥐고 위아래로 움직이는 탓에 고도는 강제적으로 몸속 깊은 곳에 삽입을 당해야만 했다.

"하아, 아, 너, 밥 먹을 생각이 애초에, 아, 응, 없었…… 아아."

청사의 어깨를 쥔 채 고도는 허리를 꼿꼿하게 세웠다. 청사는 젖어서 몸에 달라붙은 고도의 가슴을 바라봤다. 옷 너머로 단단하게 솟은 유두가 보였다. 관계 중 붉어지는 얼굴만큼이나 맛스럽게 익는 유두 역시 홍조를 띠고 있었다. 억지로 아랫도리를 쑤셔 들어갔고 허리를 흔들도록 유도하는 일은 청사의 강제성이 다분했지만 고도는 이 강제적 행위에서도 분명히고도 확실하게 느끼고 있었다. 허리를 흔들면서 쾌감을 받아들인 고도의 몸은 누가 봐도 이 관계를 탐닉하고 있었다.

조금 더 즐기면 좋겠다. 먼저 하고 싶다고 조르는 고도를 보고 싶다. 기분이 좋아서 허리가 뒤로 휘고, 청사의 목에 팔을 감고서 박자에 맞춰서 허리를 흔들고, 청사의 물건을 위와 아래로 오물오물 핥으면서 눈가를 붉히는 고도가 보고 싶어 미칠 지경이었다. 욕심은 인간만 지녔다고 생각했는데 나도 다르지 않구나.

청사는 시간이 지나도 고도를 원하는 욕심을 주체할 수 없어 갈증이 난 목 너머로 침만 꿀떡 삼켰다. 움직임에 속도가 붙으면서 찰박거리는 물의 파동이 거세졌다. 위아래로 흔들리는 고도가 허리에 힘을 잘 주지 못하는 모습마저 안타까움보다는 귀엽고 사랑스러워 더 괴롭히고 싶은 마음이 컸다.

"조그, 조금만 천천히…… 아앗."

청사는 고도의 목과 얼굴을 한 손으로 감쌌다. 큰 손 안에 넉넉하게 잡히는 얇은 턱과 가느다란 목이 붉어져서 숨을 헐떡이고 있었다. 사랑스러워서 얼굴과 목에 입술 자국을 잔뜩 남긴 청사가 몸을 빙글 돌렸다. 고도를 바위에 앉히고 그의 다리로 직접 허리를 감싸도록 만들었다.

"아, 아웃, 한무야."

[하아, 아 미치겠구나, 고도.]

"아웃, 잠깐, 잠깐만."

청사의 팔목을 쥔 고도가 당황하여 말했다. 엉덩이를 퍽퍽 쑤시는 성기는 이미 검붉게 부풀어 올라서 고도의 몸속을 출입하느라 정신이 없었

다. 심줄이 튀어나올 만큼 팽창한 성기는 짐승처럼 고도의 안쪽으로 쑤
셔 박혔다. 고도의 불그스름한 속살까지 쫀득하게 잡아먹을 심산으로 몸
안의 가장 깊은 곳을 공격했다. 고도가 허리까지 뒤틀며 견디기 힘들어
하는 쾌감의 지점이었다. 고도는 새빨개진 얼굴을 숨기지 못하고 입을
벌렸다.

"멈춰 보라니까…… 아웃, 아……!"

[하아, 웃, 여기서, 여기서 어떻게 멈춰.]

"뒤, 뒤에……! 아, 아아……!"

[훗, 여기? 여기가 더 좋다고?]

"그 뜻이 아니라……, 으응, 아, 으으응…….."

흐느끼는 고도는 허리가 짜릿하게 울리는 청사의 허릿짓에 속수무책
이었다. 청사에게 몇 번이나 "뒤, 뒤를……"이라고 문장이 되지 못한 말
을 내뱉었다. 청사는 고도의 허리를 끌어당겨 하체가 완벽하게 맞물리도
록 자리 잡았다. 고도가 숨을 헐떡였다. 청사의 허리를 감은 새하얀 다리
가 흔들리면서 발가락들이 곱아져 꼬옥 다물려 있는 모습이 고도가 어찌
나 쾌감에 정신이 없는지를 보여 주고 있었다.

"뒤…… 아앗, 아……!!"

더 이상 참지 못한 고도가 목을 젖히면서 괴로워하는 사이에 고도의
성기가 폭발하듯 사정했다. 동시에 뒤가 수축하며 움츠러들기에 청사 역
시 깊은 곳에 몸을 묻고 부르르, 떨었다. 고도의 몸 안을 뜨겁고 축축하
게 적신 청사는 숨을 한꺼번에 몰아쉬었다. 고도가 예민해진 몸을 움찔
거리면서 숨을 골랐다. 탈력감에 바닥에 누워서 한 팔로 눈을 가리고 숨
을 고르느라 흉곽이 도드라져 위아래로 크게 들썩였다. 어쩜 이리도 야
하고 예쁠 수가 있는지. 청사는 그대로 고도의 다리를 다시 벌렸다. 눈을
가린 손을 치우면서 당황하는 고도에게 살살 웃어 보인 청사가 두 번째

관계를 연이어 가지려 할 때였다.

"하아…… 하……, 망할 용 같으니라고."

느리게 내벽을 성기로 긁고 고스란히 연이어 몸을 섞으려던 청사를 고도가 확실한 손길로 밀어냈다.

"멈추라고…… 했잖느냐. 뒤를 보라는 그 말이 그렇게 들리지 않았느냐."

청사는 제 어깨를 잡고 돌리는 고도에게 미간을 좁혀 보였다.

[뒤는 잘 풀어졌잖아.]

"내가…… 아니라 네 뒤를 보라고!"

[한 번만 더 하고.]

"발정 난 것도 아니고, 정말…… 아, 아웃."

또다시 흔들리는 몸을 다잡지 못한 고도가 결국 청사의 어깨를 두 손으로 때리면서 다시 강하게 말했다.

"네, 네 등 뒤를 보라고……! 아……!"

대체 뭘 보라고 하는 건지. 청사는 고도에게 성기를 쑤셔 박으면서 슬쩍 등 뒤를 돌아봤다. 뿌연 연못에는 수증기만 자욱했다. 청사가 고도를 바닥에 뉘고 그 위에 올라타느라 둘의 젖은 옷을 타고 물기가 뚝뚝 연못 안으로 흘러내렸지만 연못 안을 몇 바퀴 돌아서 한가운데에 있는 알을 감고 있는 꼬리는 그대로였다. 아니, 다시 보니까 그대로가 아니다. 꼬리 바깥으로 알이 빠져나왔고, 물 위에 둥둥 떠다니는 알껍데기 겉면이 갈라지고 있었다.

청사의 눈이 세로로 더욱 수축됐다. 청사는 알이 왜 이 시기에 부화를 하려는 건지, 혹시 관계 중에 꼬리를 흔들어서 그 충격으로 알이 바위에 부딪힌 것이 아닌지, 알에 문제가 생기면 어떻게 해야 하는지, 머릿속이 온통 혼란스러웠다. 몸 안으로 파고든 이물감을 피하기 위해서 본능적으로 허리를 뒤트는 고도가 저도 모르게 아래를 꽉 조였다.

[아.]

청사는 머릿속으로 떠올린 수많은 생각들이 단숨에 날아갔다. 알도 중요하지만 고도도 포기할 수 없었다. 도중에 그만둘 수 없을 만큼 흥분해서 청사는 몸을 더 빠르게 앞뒤로 흔들었다. 고도가 앓는 소리를 내면서 그 박자에 맞춰 움직였다. 완전히 몰입해서 머릿속이 하얗게 변한 고도를 끌어안은 채 청사는 마지막으로 속도를 올렸다.

"아, 아으, 아, 응——……!"

헐떡이면서 숨을 억지로 삼켰다. 쥐어짜는 청사의 움직임에 고도는 그만두라느니, 멈추어 보라느니 하는 말을 더는 뱉지 못했다. 고도가 결국 눈을 크게 뜨고 온몸을 부르르 떨었다. 단숨에 두 번째 사정을 유도당해서 사정한 내용물의 질감이나 색깔이 이전보다 연하고 양도 적었다. 고도는 완전히 진이 빠져서 털썩 바닥에 드러누웠고, 청사는 고도가 바닥에 눕기 전에 그의 몸 안에 사정을 마쳤다. 급박하게 속도를 올린 탓에 지치기는 청사도 마찬가지였던지라 고도의 몸 위에 풀썩 쓰러져서 숨을 골랐다. 귀에 닿는 청사의 숨결을 의식하던 고도가 청사의 등판을 짝하고 손바닥으로 힘껏 때렸다.

[아파!]

청사가 빽 소리를 높이자 고도가 야차처럼 부릅뜬 눈으로 청사를 노려봤다.

"내 분명히 그만하라고 했지."

[윽, 그렇지만……!]

"이유 불문, 그만하라고 하면 우선 멈추어야지 왜 절제를 못하는 거야, 너 이녀석."

[미, 미안해.]

"알. 어서 알을 가져와 봐."

청사는 억지로 고도의 몸을 취한 죄책감이 들었기에 군말 없이 그의 부탁을 들어주었다. 꼬리로 감고 있던 알을 뭍으로 끌고 나왔다. 물살을 가르며 다가온 꼬리가 소중하게 감고 있던 알을 고도의 품 안에 안겨 주었다. 양손에 가득 담길 만한 크기의 알을 고도는 이리저리 살펴보았다.

용의 덩치를 감안하자면 꽤 작은 크기의 알이었다. 인간으로 치면 열 달을 채우지 못하고 나온 미숙아의 개념과 비슷했다. 오랫동안 못에서 자라나 크기를 키워도 부족한 판에 나온 지 얼마 되지도 않아 껍질이 깨어지면 문제가 있지 않을까.

"어떡하지, 한무. 죽은 거 아니냐."

적잖이 당황한 고도가 품에 알을 안고 걱정스럽게 청사를 바라봤다. 관계의 후희나 탈력감에 몸을 맡길 새도 없이 바로 알을 살피는 고도의 표정이 진지했다. 청사는 젖은 머리를 뒤로 넘겨서 시야를 확보한 뒤 고도가 불안하게 안고 있는 알을 바라봤다. 껍질이 깨어져 금방이라도 파스스 부서질 것처럼 잔금이 간 상태였다. 이대로는 부화가 임박한 용이 아니라면 더는 알 속에서 버틸 수 없는 상황이었다. 알이 정말 자신의 부주의로 깨진 것일까. 기껏 고도가 고생을 하여 만들어 낸 정기가 청사의 한낱 욕심 때문에 모두 물거품이 될까 봐 철렁, 심장이 밑바닥으로 가라앉을 때였다.

[어?]

갈라진 껍질 안쪽에서 무언가가 꿈틀거렸다. 청사는 못을 휘감고 있던 꼬리를 단숨에 몸 안으로 갈무리하고 고도의 앞에 앉았다. 고도는 걱정스레 바라보던 알 속에서 무언가 움직이는 기척을 느끼고는 청사를 바라봤다.

"벌써 부화하려는 거야?"

[부화하는 건가?]

"네놈도 모르면 누구한테 물으라고?"

[내가 어찌 아냐, 그걸.]

"이건 네가 안고 있어."

[아니, 못 한다.]

"네 새끼를 무서워하면 어떡해."

[네가 품은 새끼야.]

"네가 안아야지."

[그, 그치만!]

"한무."

[나, 나도 몰라, 이런 거!]

"같은 용이 무서워하면 인간인 나는 어쩌라고."

아무 지식도 없는 상황에서 어린 용을 만나야 한다는 사실에 고도와 청사 모두 우왕좌왕이었다. 세상을 춥게 느끼면 어떻게 하냐면서 알을 들고 못 속으로 들어간 고도와 그런 고도를 따라서 물속에 앉은 청사는 부화하는 알에게서 한시도 시선을 떼지 못했다.

갈라진 알 속에서 움직이는 형상이 모습을 드러냈다. 처음에는 고도의 집게손가락보다 작은 팔이 보였다. 아주 가느다랗고 연약한 피부를 가졌는데 네 개의 발톱을 동그랗게 말아 쥐었다가 펴면서 꼬무작거렸다. 청사처럼 단단한 비늘을 가진 교룡은 아니었다. 먹구렁이처럼 검은 피막이 피부를 구성하고 있는 용이었다.

용은 두 팔로 힘겹게 알껍데기를 깼다. 팔보다는 조금 더 큰 넓적다리를 내밀었다. 팔처럼 네 개의 자그마한 발가락과 발톱이 달려 있었다. 그 밑의 엉치뼈로부터 기다랗고 통통한 꼬리가 나왔다. 껍질을 조각내며 힘겹게 팔과 다리, 꼬리를 꺼냈던 새끼용이 곧 무거운 머리 위의 세상을 깨고 고개를 내밀었다. 물속에 몸이 잠겨 머리만 반쯤 내놓고 있는 용은 쪼글쪼글한 피부를 가졌고, 눈도 뜨지 못한 상태였다. 새처럼 삐이익, 가느다란 울음을 토한 용은 도롱뇽처럼 앞으로 툭 튀어나온 넓은 입 밖으로 이빨도 나지 않은 붉은 혀를 널름거렸다.

새끼용은 천천히 찌푸린 눈을 떴다. 커다랗고 까만 눈동자를 가진 용은 물속에서 엉거주춤한 자세로 자신을 잡고 있는 고도와 처음으로 시선을 맞췄다. 뱀과 도롱뇽을 합쳐 놓은 듯한 이상한 모습을 가진 새끼용이었다. 고도는 새끼 용과 청사를 번갈아 바라보았다.

"한무야."

이제 뭘 하면 되는 거지. 이 새끼 용한테 먹을 것을 구해다 줘야 하는 걸까. 아무것도 준비되어 있지 않은 고도는 아까부터 식은땀까지 흘리며 어린 용을 이러지도 저러지도 못했다. 몸을 전부 펼쳐 봤자 고도의 두 손바닥만 한 아이였다. 아이는 물속에서 고도만 빤히 바라보다가 고도의 가슴팍에 양팔을 벌려 덥썩, 옷을 붙잡고 매달렸다.

어린용이 옷에 납작 달라붙어서 기어 올라오더니 고도의 목과 어깨에 자리를 잡았다. 고도의 목을 중심으로 몸을 동그랗게 만 새끼 용은 고도의 목에 고개를 묻고 다시 눈을 감았다. 새액, 색, 인간의 호흡보다는 빠른 속도로 숨을 내쉬다가 그대로 다시 잠이 들고 말았다.

처음 본 자신을 어미로 인식했는지 네 개뿐인 발톱을 세워 고도의 옷을 꼭 움켜쥐고 한 치도 떨어지지 않으려고 했다. 고도는 심각한 표정으로 새끼 용을 바라보는 청사에게 쉬이 말을 걸지 못했다. 고도의 어깨에 매달린 용에게서 시선을 떼지 못하는 청사의 표정이 근래에 본 얼굴 중 가장 심각했다. 역시 외형이 조금 남다르다 싶었는데 알 속에 있던 기간이 짧아서 미숙아나 장애를 갖고 태어난 걸까. 고도는 여전히 입을 꾹 다물고 있는 청사에게 조심스럽게 물었다.

"무슨 문제 있는 거지, 그렇지?"

청사는 고도에게 대답하는 대신에, 알을 지키기 위해서 세상에 풀어놓았던 자신의 기운을 갈무리했다. 달과 풀이 스스로 고개를 숙이던 하늘의 정기를 더 이상 방출하지 않자 청사를 향해 모든 신경을 곤두세우고 있던 산이 그제야 깊은 안도를 표하며 몸을 웅크렸다. 능선을 따라 핀 상고대가 곁가지를 오므리면서 잔잔해졌다. 청사에게 산맥 하나가 잘리고도 그 어떤 해코지도 못하는 산이었기에, 청사가 하늘의 기운을 갈무리한 것만으로도 매우 감사하다는 느낌이었다. 힘을 되돌린 청사는 살갗 곳곳에 번져 있던 비늘이 사라지고 길게 자랐던 머리가 허리까지 짧아졌으며, 커다란 용의 앞발과 뒷발이 사라져 인간의 형태로 되돌아왔다.

청사의 모습이 교미를 운운하던 모습 이전의, 고도가 익히 알던 모습으로 되돌아갔다. 그는 여인의 섬섬옥수 같은 손을 내밀어 고도의 어깨에서 잠이 든 새끼용을 매만졌다. 청사의 손이 잡아 올린 것은 작은 날개였다. 등허리에 붙어 있는 피막 같은 날개 끝에는 두 개의 갈고리 발톱이 달려 있었다. 날개는 박쥐처럼 얇았다. 날개를 억지로 잡아 펴자 쭈글쭈글한 안쪽 피막까지 모습을 드러냈다. 검은 겉날개와 달리, 속 날개엔 흰 점이 곳곳에 수 놓여 있었다. 점박무늬 피막이었다. 고도는 기시감이 들었다. 하얀 점이 유별난 검은 날개가 마치 한밤중에 찾아온 아리아들을 떠올리게 했다.

"혹, 내 잘못으로 새끼에게 문제가 생긴 건 아니겠지?"

땅의 주인으로부터 대리 자격을 받을 때 문제가 생겼을 수도 있다. 청사에게도 미처 말하지 못한 사실이 있다. 땅의 주인과 직접 소통한 일. 땅의 큰 뜻을 인간이 헤아릴 수는 없으나, 그의 뜻과 자신이 연결되어 있다는 점을 청사에게 분명히 설명하지 못한 것이다. 만약 아리아와 땅의 주인, 그 둘과 얽힌 영향으로 새끼 용이 가져서는 안 될 것을 갖고 태어났다면 그것은 전적으로 고도의 잘못이었다. 새끼 용에게 문제가 있으면 내가 할 수 있는 모든 방법을 동원해 책임을 지겠노라. 그리 다짐할 때 청사가 비로소 입을 열었다.

"응룡이다."

응룡이라 함은 날개가 달린 용을 말할지니. 고도는 걱정스러운 눈으로 대꾸했다.

"장애가 생긴 건가."

"이건 장애와는 비교가 될 수 없는 사안인데."

"그렇게 심각한 문제란 말이지. 미안해, 내가 미처 말 못 했는데 아리아가 내가 알을 잉태했을 때 뱃속으로 들어와서……."

"아니, 고도. 네가 사과할 일이 아니다."

청사는 날개를 활짝 펼쳐서 그 크기가 새끼 용을 덮고도 남을 만큼 크다는 사실을 확인했다. 몸과 연결된 관절과 근육이 지금은 연약하지만 앞으로 튼튼하게 자랄 여지가 다분했다. 이 정도면 장식으로 날개를 달고 있는 것이 아니라, 훗날 비행에 필요한 역할을 능히 할 수 있을 정도다.

"현생하는 용 중 날개가 있는 이는 내 부친이 유일하다."

청사는 이 상황을 아직 인지하지 못하는 고도를 바라봤다. 용의 태생에 대해서는 인간인 고도가 잘 알지 못했다. 이 일을 길조인지 흉조인지, 어떤 방향으로 받아들여야 하는지 몰라 딱딱하게 굳은 표정을 풀지 못했다. 청사는 그런 고도의 표정을 가리고 있는 머리카락을 뒤로 넘겨주며 속삭였다.

"한동안 조용히 지냈는데 제법 떠들썩해지겠구나. 괜찮겠느냐, 고도."

"대체 무슨 일인지 얘기 좀 해줘."

"내 선택 사항이 늘어났다는 의미다."

"선택 사항? 넌 네 아이를 보고도 그런 말을 하다니."

"용족에게 아이는 그저 후계일 뿐, 인간처럼 애정과 내리사랑으로 보살펴야 하는 존재가 아니란다."

"매정하네."

"나 또한 그렇게 컸지. 매정이 아니라 용의 습성인 것이다."

"그래서 이 아이를 어쩌려고. 날개 달린 것이 그리도 기괴한 것이라면 내가 뭔갈 해보겠다."

"글쎄."

"한무야."

"조금만 더 생각할 시간을 줘. 머릿속이 정리되면 모든 걸 말해 줄게."

여전히 어리둥절한 얼굴로 바라보는 고도를 보면서 청사는 생긋 웃었다. 의미를 모르는 고도는 길조인지 흉조인지를 대답하라 보챘으나 청사는 제 생각에 푹 빠져 있느라 대답을 하지 않았다. 불안해하는 고도의 감정을 읽은 새끼 용이 미간을 찌푸리며 칭얼거렸다. 걱정과 불안이 섞인 침묵은 참으로 기묘했다.

뱅갈보리수 아래에 한 사내가 앉아 있었다. 사내는 여울목에 앉아 붉게 핀 만주사화와 나무 끝에 달린 영서화를 돌보고 있었다. 너른 초목을 붉고 하얀 빛으로 물든 꽃은 바람이 일면 고개를 숙였다가 바람이 잦아들면 꽃잎을 펴고 치마폭을 흔드는 무희처럼 가볍게 까딱거렸다. 한적한 자미원 꽃밭에서 꽃을 돌보는 남자였지만, 우담바라 꽃이 아직 활짝 펴지 않았으니, 여래의 지혜가 이곳에 모이지 않은 것을 깊이 안타까워했다.

남자가 붉은 만주사화의 품에 안겨 있는 곳은 도솔천[6]이었다. 그는 가전연이라 불렀다. 마른 몸에 핏줄과 뼈가 앙상하게 드러난 몸을 지닌 법인이다. 초라한 누더기로 몸을 가리고 여느 때처럼 꽃을 돌보고 있었다. 곧 꽃이 피리란 믿음으로 꽃잎을 정성스레 닦는 중이었다.

"가전연."

한적한 도솔천에 가전연을 찾는 이가 나타났다. 가전연은 예상하지 못했던 이들의 방문으로 손에 들고 있던 비료와 삽을 바닥에 내려놓았다.

"아니, 이런, 스승님들께서 어찌 기별도 없이 찾아오신 겁니까."

옷에 묻은 흙먼지를 조심스럽게 털면서 가전연은 꽃이 난 길을 피해서 걸어오는 세 남자를 바라보았다. 비바람과 뜨거운 햇살을 막는 것이 전부인 간소한 차림의 세 남자는 인간의 나이로 오십 줄에 들어선 늙은이들이었다. 모두 점잖고 양반처럼 젠체하지 않는 구석이 있으며, 그 누구보다 적극적으로 천계의 일을 돌보는 어르신들이기도 했다.

"바쁘지 않다면 그대와 이야기를 나누고 싶습니다."

"물론 괜찮습니다. 꽃을 피해 편하게 앉으세요."

대접하는 상판도 없고 차 한잔 들일 수 없는 너른 평원이었다. 가전연을 포함한 사내 네 명은 허례허식을 따지지 않았다. 그들은 모두 풀밭에 앉았다. 가전연을 방문한 세 남자 중 가장 나이가 젊어 보이는 이가 입을 뗐다.

"그대는 하계의 일을 모두 기억하고, 부처의 설법을 도승들의 꿈에 나

---

6 천계를 지탱하는 수미산에는 꼭대기에 제석천의 천궁이 자리 잡고 있다. 그 바로 아래 33개의 하늘이 있고, 이 하늘을 각각의 능력을 부여받은 천인들이 다스린다. 그중 욕계 육천(欲界 六天)중 제4천인 도솔천이 있다. 여래의 묘음과 32상을 볼 수 있다는 도솔천은 장차 부처가 될 보살이 사는 곳이다. 한때 석가도 현세에 태어나기 전에 이 도솔천에서 머물며 수행했다고 알려졌다. 도솔천은 천인들에게도 각별히 신성시되는 곳이다.

타나 알려 주는 분이시지요."

"그렇습니다."

"혹, 하계에서 도승들의 꿈속에서 설법을 할 때 '고도'라는 이를 접한 적이 있습니까."

가전연은 대답 없이 세 늙은이를 바라봤다. 가전연이 격렬하게 감정을 표현하는 구석은 없었지만 적잖이 놀라서 말문이 막힌 상태였다. 하늘님을 보좌하는 가장 높은 하늘의 주인들이 별안간 찾아와 '고도'라는 이름을 입에 담은 것은 정말로 놀라운 일이었다. 하늘은 땅과 별개의 존재라 그들의 일을 신경 쓰지 않는 것이 불문율이거늘, 어찌 저들 입에서 고도라는 이름 두 자가 튀어나올 수 있을까.

"고도란 자는 제가 각별히 설법을 알려 주던 도승의 절친한 친우였습니다."

가전연의 대답에 세 남자가 서로의 눈치를 살피다가 번갈아 가며 입을 뗐다.

"그 도승이 '강문'입니까."

"많은 것을 알고 계시는군요. 제가 본 땅의 도승 중 가장 법력이 강한 이였으나, 그 재능을 삿되이 쓰는 바람에 지금은 명계에서 벌을 받고 있습니다. 올바른 부처님의 가르침을 배우라고 꿈속에서 매일 같이 설법했으나 잘 통하지 않았지요."

"그래서 가전연께선 우리 천인 중 누구보다 '고도'에 대해 잘 알고 있다고 생각합니다. 그의 친우였던 자와 꿈에서 연결되신 분이니."

"전 그저 강문이 인지하는 도사를 알 뿐입니다만."

"본인을 낮출 필요가 없습니다. 그대처럼 매사에 눈이 밝은 분이라면 꿈속에서 고도란 자를 충분히 파악하셨지 않습니까."

"허허, 이런."

"고도란 자는 그 악명이 세간을 뒤덮을 만큼 자자했다고 들었습니다. 하계를 혼란스럽게 했고 명계를 어지럽혔다는 것은 천계에도 익히 알려진 사실입니다. 아직도 염라께서는 고도, 그자를 잡지 못해서 매일 밤 이를 버득버득 갈고 있으니 그대도 솔직하게 말을 해주심이 어떻습니까."

높은 하늘의 주인들이 고도에 대해 묻고자 가전연을 찾아왔다니. 하늘을 다스리는 이들이 땅의 사정에 큰 관심을 갖는 것 자체가 퍽 기이했다.

"제가 어떤 말을 해드려야 합니까."

"고도라는 자에 대해 명확하게 알고 싶습니다."

"딱히 들려드릴 말이 없습니다. 그는 지극히 인간다운 인간입니다."

"그 악동을 인간답다고 말씀하시다니, 그에게 좋은 평가를 내리시는 겁니까."

"오해가 있으신 것 같습니다. 저는 강문이 인식하는 고도만을 알고 있습니다. 개인의 사적인 판단을 거친 인물을 제가 판단할 수 없기에 인간을 인간이라 말한 것 아니겠습니까. 강문과 고도는 분명 서로의 의견이 달라서 크게 대립을 했고, 많은 하계의 존재들이 얽혀들 만큼 크게 싸움을 벌이기도 했습니다. 강문이 고도에 대해 긍정적이기도, 부정적이기도 한 여러 가지 생각을 제가 알고 있는데 어찌 한쪽에 치우쳐서 그대들에게 평가를 내리겠습니까."

고도와 직접적인 관계가 없으니 한 발 내빼는 것으로 보일 수도 있다. 그러나 가전연이야말로 인간 세상을 누구보다 밝은 혜안으로 지켜보는 이였다. 그가 파악하는 고도에 대한 이야기가 천인들에게는 매우 중요한 정보가 될 수 있었다. 세 남자들은 이대로 물러설 수 없어서 본론을 꺼냈다.

"고도란 자가 하늘로 올라오려고 합니다."

그 말을 덤덤히 듣고 있던 가전연이 고개를 끄덕였다.

"드디어 죽었군요."

"아뇨, 그는 죽지 못하는 몸, 혹여나 죽었다고 해도 무저갱에 처박혀 평생을 썩어야 하는 죄인입니다. 하늘처럼 고귀한 곳에 올 수 없는 존재 라고요."

"그분에게 악한 감정이 많으신가 봅니다."

"어찌 안 생길 수 있겠습니까. 차기 천룡의 반려자로 하늘에 오겠노라 벌써 공표를 했는데!"

속세와 떨어져 도림천에서만 꽃을 돌보던 가전연은 눈만 껌뻑였다. 분 개하는 세 남자의 이야기를 차근히 듣고 나서야 주먹으로 무릎을 탁 칠 수 있었다. 차기 천룡이라면 '한무'라는 이름의 어린 용이다. 아직 즉위 식을 거치지 않았지만 상제가 그를 각별히 여겨 다음 천룡으로 자신의 오른쪽에 두고 싶어 했기로 유명하다. 이변이 없으면 그가 천룡직을 수 행하게 될 것이다.

한무는 하계에서 '청사'라는 이름을 쓰고 있다. 그는 고도라는 도사와 함께 하계를 떠돌다가 강문과 얽혀서 그를 직접 죽여 버리지 않았던가. 고도와 차기 천룡의 사이가 각별한 것은 그때 알았지만, 설마 하늘의 지 배자인 천룡과 땅의 미물인 인간 사이에 반려의 정을 나누었다니 그 참 으로 신통한 일이 아닐 수 없다.

고도란 자가 확실히 평범한 인간은 아니구나. 고도의 재기 발랄한 앞 날에 비식 웃음을 터뜨린 가전연을 보며 세 천인이 답답함을 토로했다.

"고도라는 자를 하늘로 들이는 것을 반대해 주셨으면 합니다."

이리도 강력하게 말하는 세 명의 천인들을 가전연은 마다할 수가 없었 다. 자신을 위시하는 이들에게 손사래를 친다 하여 쉽게 물러날 분위기 도 아니었다. 어떻게든 가전연의 힘을 얻어 한무의 결정을 뒤집고 고도 를 정당하게 하계로 내쫓으려 했다. 그러기 위해 속세의 판단을 가장 올

바르게 내린다는 가전연의 힘이 필요했고, 세 남자는 가전연의 협조를 반드시 얻어 낼 심산이었다.

"여기, 차기 천룡의 전령입니다. 저희가 온 이유를 한 번 보시겠습니까."

가전연은 건네받은 종이를 펼쳤다.

[곧 천계로 올라갈 예정입니다. 귀천한 즉시 즉위식을 거행하고, 그와 관련한 모든 것은 상제와 아버님의 뜻을 따르겠습니다. 또한, 평생의 반려자를 데려가므로 그에 대한 서약을 상제와 아버님, 천계에 모두 공표하니 적당한 기일을 잡아 모두를 뵈었으면 합니다.]

전령의 내용을 읽은 가전연은 또다시 웃고 말았다. 한무라는 자의 고집이 쇠심줄보다 질기기로 유명하다. 땅에서 데려가는 반려자가 그 말도 많고 탈도 많았던 환영도사 '고도'라는 점에 천계의 모든 이들의 태도가 결코 우호적이지 않을 것을 알진대 대체 무슨 배짱으로 이런 전령을 보내 놓고 반대할 여지조차 주지 않았을까. 이러니 반발심이 심해져 높은 천인들이 먼저 나서 고도의 반려 지위 자체를 봉하려 하지 않나.

"왜 하필 저에게 도움을 요청하시는 겁니까."

가전연의 지긋한 물음에 흰 수염을 배꼽까지 기른 불환이 대답했다.

"고도라는 자를 가장 가까운 곳에서 지켜보신 게 바로 그대입니다. 더군다나 이 도솔천의 주인이신 그대가 고도를 마다한다면 정당한 사유가 될 것이지요."

"설령 제가 반대한다 할손, 천룡께서 일을 진행시키면 도리가 없습니다만."

"만에 하나 어린 차기 천룡이 고집을 피운다면 그의 즉위식도 무사히 거행되기 힘들 것입니다. 즉위식은 금관대경보좌와 중경보좌의 동의가 합일되어야 천룡의 소경보좌 후임을 인정합니다. 대경과 중경 역시 고도라는 자를 탐탁지 않아 하니 소경을 반대한다면 그도 고도란 자를 반려로 들이지 못할 것입니다."

"이미 대경과 중경과도 이야기를 끝내신 것 같은데 왜 저한테 와서 이러는 것이지요."

"즉위식까지 반대하면 상제의 심기가 불편해져서 정치적인 알력 싸움으로 비출 수가 있을 터, 그런 소란까지는 저희도 최대한 피하고 싶습니다. 그러니 고도, 그자만 차기 천룡의 반려자로 인정되지 않으면 만사가 평온하게 해결됩니다. 천계의 평안을 위해 가전연 그대가 도와주셨으면 합니다."

천계의 지성이 하계보다 높다고 알려져 있는데 그것이 일반적으로 통용되기에는 제법 무리가 있는 모양이다. 가전연이 보기에 하늘 위나 아래 모두 권력 다툼으로 서로의 이권 문제가 개입되어 누군가를 초대하고 내쫓는 데에 혈안이 되어 있는 모습이 안타까웠다. 고도를 천계에서 받아 주는 것이 나쁜 선례가 될 수 있지만 이 정도로 반대할 일이던가를 꼼꼼하게 짚어 보았다. 고도를 받아들이지 않는 이유를 하계와 명계에도 자자한 악명 높은 과거 행실 때문이라 함은 단순히 표면적인 핑계였다. 고도를 거부하는 가장 큰 이유는 죽음을 피한 인간이 천계에 올라온다면 지금까지 지켜 왔던 세상의 불문율이 어그러진다. 본디 살아생전 지은 행실에 따라 선과 악의 무게를 재고 그에 따라 윤회할 수 있는 기회를 주거나 지옥에서 노동을 하는 벌을 주지 않은가. 명백하게 구분되어 있는 상벌 제도가 고도 하나 때문에 허점이 생길 수 있는 문제였다. 하계에서 죽은 인간의 사후 세계에 대한 영향력이 곧 명계와 천계의 영향력이었다. 땅에 직접적으로 개입하지 못하는 이들 모두가 인간에게 상과 벌을 내려서 인간의 행동을 판단하는 역할을 하고 있었다. 한데 벌을 받아 마땅한 고도가 상을 내리는 하늘로 온다면 앞으로 하늘과 땅 아래의 역할과 그 위엄에 의문이 생기지 않겠나. 아주 큰 구멍이 생기는 꼴이다. 이것을 천계와 명계 모두에서 받아들일 리가 없다.

"가전연, 그대가 고도를 데리고 명계로 가십시오."

가전연은 세 남자의 말을 귀담아 듣고 자신의 생각을 정리하여 말했다.

"여러분, 그자의 뛰어난 능력을 저 혼자 제압하여 명계로 끌고 가라는 것은 잔혹하지 않습니까."

남자들이 즉시 반박하는 입을 뗐다.

"하늘에서 도술을 부리지 못할 나약한 인간을 그대가 제압하는 일은 어렵지 않을 터."

"명계로 보내는 정당한 사유는 하계에서 보고 들은 고도에 대한 이야기만으로 충분합니다. 저희들이 그러한 자리를 만들고 전격적으로 지지하겠습니다."

가전연은 꽃잎을 닦아 주던 손수건을 집어 들어 흙먼지를 털었다. 가전연의 침묵이 길어질수록 세 남자가 서로의 눈치를 살폈다. 가전연을 제 편으로 끌어들이지 못하면 그보다 높은 불자 천인을 알현하여 끌어들일 속셈이었다. 마침 명상을 마친 가전연이 입을 뗐다.

"인간이 '인간'이라 불리기 전, 하늘은 그들을 뭐라고 칭했는지 기억하십니까."

세 노인은 가전연의 뜬금없는 말에 선뜻 대꾸하지 못했다. 그들의 대답을 기대하고 있지 않았기에 가전연은 편하게 말했다.

"명명자입니다."

인간들은 피아를 이름으로 구분했고, 그 이름에 매겨진 가치에 따라서 자신의 세상을 구성했다. 이 원동력은 세상과 사물을 온통 궁금해하는 호기심에서 기인했다. 그들의 호기심으로 태어난 이름은 '명명자'가 가진 가장 큰 힘이었다. 피아를 구분하여 기록하고, 행동하며 생각한 것이 쌓여 역사가 꾸려졌기에 하늘과 땅 모든 존재들은 인간의 역사를 기억하고 존중했다. 그들의 본질이었기 때문이다.

"명명자는 사물에 이름을 붙이는 것만으로도 의미를 갖습니다. 이름이 곧 힘을 부여하죠. 도술이나 신선술, 제석천의 폭풍우처럼 눈에 보이는 힘과 다릅니다. 그들은 이름을 부르는 것만으로 상대의 가치를 결정하고, 그들의 영향력을 잴 수 있게 됩니다. 정말 신이하지 않습니까. 이름을 짓는 것만으로 상대를 구속할 수 있는 보이지 않는 힘을 갖는다니 말입니다."

"송구스럽지만, 그대가 하고 싶은 말이 뭔지 모르겠습니다."

"간단합니다. 명명자들 중에서도 가장 영향력이 큰 고도가 자신의 반려에게 직접 이름을 붙여 주었습니다. '대롱이'라고 말입니다. 이게 무슨 뜻인지 아십니까."

가전연은 인자한 미소로 말을 이었다.

"사랑을 선택했다는 뜻입니다. 그렇게 정다운 애칭을 붙여 놓고 과연 고도라는 명명자가 자신의 사랑을 포기할 것 같습니까. 한무의 반려가 되기로 했다면 우리라도 그를 막기 힘들 것입니다."

천인들이 우려 섞인 걱정을 내놓았다.

"그대는 우리와 대척하겠다는 뜻입니까."

"아뇨, 원하신다면 고도의 추방을 돕겠습니다. 저도 여래가 오시기 전에 하늘이 소란스러워지는 것은 피곤합니다. 하지만 정당한 사유가 없다면 고도의 추방보다는 이곳에 머무는 것을 돕도록 하겠습니다. 그리해도 되겠습니까."

"그자가 이곳에 머물러도 될 만한 사유가 없다고 장담합니다. 허면 그대는 우리를 도와주겠다는 것인지요."

"네, 이곳에 머물 사유가 없다면요. 정당하지 않은 고도라는 명명자를 저 혼자 받아들일 이유는 없겠지요."

세 남자가 가전연의 협조에 크게 만족하면서 고맙다는 인사를 해도 가전언은 그 인사를 받는 듯 마는 듯 애매한 미소만을 지을 뿐이었다. 땅과 지하에서도 미움을 받던 고도가 결국 하늘에서도 미움을 받아 추방당한다면 그의 팔자가 원래 그런 것일 테니, 가전연이 고도의 편을 들어준다고 뒤엎어질 판이 아니었다. 만약 고도가 하늘에 머물 수 있다면 그 힘은 전적으로 명명자가 가진 힘 때문일 것이다.

명명자임에도 스스로 이름이 없어 '고도'라는 인생을 산 이가 처음으로 누군가에게 애칭을 붙여 줬다는 것을 가전연은 몹시도 큰 의미로 받아들였다. 평범한 인간이라면 모를까, 고도만큼 삼라만상의 운명의 수레바퀴가 얽혀 있는 이에겐 그것이 아주 큰 영향력으로 되돌아올 것이다. 이번에도 고도가 이긴다면, 여래께서 어째서 인간들 사이에서 수행을 하셨는지, 그 깊은 뜻을 헤아릴 수 있을 것 같습니다. 가전연은 명명자의 한계에 끊임없이 도전하는 고도를 생각하며 여전히 은은한 미소를 내비쳤다.

"에취."

고도가 터뜨린 소리에 용과 도깨비, 여우 각 한 마리씩이 일제히 고도를 돌아봤다.

"고도 감기 걸렸어?"

"몽당 몽당?"

"어라, 웬 기침?"

미호가 집에 오다가 잡아 왔다던 까투리를 끓는 물에 넣고 털을 뽑는 중이었다. 까투리의 배를 갈라서 가을에 말려 놓은 당귀와 감초를 집어넣어서 먹음직스럽게 푹 고아 내고 있었다. 몽당 도깨비가 자기도 일을 거들겠다며 아궁이 불 앞에서 입김을 후욱 불었다가 불이 거세게 번져 미호의 머리끝을 태워먹은 덕에 둘이서 머리끄덩이를 잡고 티격태격하느라 정신이 없었다. 옆에서 청사가 애들도 아니고 그만하라면서 둘의 목덜미를 잡고 떨어트려 놓았지만 여전히 솜방망이 주먹질을 하는 어린 애와 철부지 여인의 다툼에 기가 막히다는 표정을 지었다. 셋이서 투닥거리는 모습을 정자에 앉아 지켜보던 고도가 때마침 기침을 작게 터뜨린 덕에 셋의 소요가 일순 중단되었다.

관심을 표하는 데에 그친 미호와 몽당이에 반해서 청사는 고도에게 얼른 달려왔다. 고도에게 달려가 끌어안았으면 품 안에서 고도가 괜찮다면서 올려다보는 귀여운 표정을 감상할 수 있었을 텐데, 그 선수를 다른 이에게 빼앗겼다.

"삐이이이."

고도의 품 안에서 작은 새소리가 울렸다. 처음엔 제대로 가누지도 못하고 바닥에 질질 끌고 다녔던 날개를 이젠 제법 탄탄하게 고정하고 퍼드득거리는 새끼 용이었다. 새끼 용은 고도의 옷자락을 잡고 목덜미까지 기어 올라왔다. 네 발로 고도의 옷과 머리카락을 움켜쥔 채 연달아 기침을 콜록이는 고도를 빤히 쳐다보았다. 커다란 눈망울로 고도를 바라보다가 머리통을 돌려 둥근 이마로 고도의 목을 간질였다. 고도가 한참 후에 멋쩍은 얼굴로 용의 턱 밑을 손가락으로 긁어 주었다.

"귀엽구나. 내 몸을 걱정해 주는 것이냐."

턱 밑을 긁어 주는 손길에 눈을 감고 가르릉, 목 너머를 울리는 새끼 용은 고도를 꼭 쥔 채 머리를 부비적거리며 행복해했다. 고도를 안아 주려 했던 청사는 고도가 완전히 새끼 용에게 정신이 팔린 모습을 보고 부루퉁한 표정을 지었다. 새끼 용이 미호와 몽당이에게까지 귀여움을 독차지하는 건 그러려니 넘길 수 있었는데 고도까지 저렇게 다정하게 웃어 주니까 입술이 절로 삐쭉 튀어나왔다. 청사는 고도의 옆자리에 바싹 앉아서 고도에게 고개를 내밀었다.

"고도야, 왜 감기에 걸린 거냐. 추우면 안아 줄까."

청사의 애교 섞인 걱정에 고도가 새끼 용을 바라보던 시선을 돌렸다. 청사가 평소보다 훨씬 잔망스럽게 눈웃음을 쳤다. 청사가 왜 이러는지 알 것 같기에 고도는 픽, 소리를 내어 웃었다.

"누구 때문에 감기에 걸렸는지 정녕 몰라서 묻느냐. 이런 옴팡진 놈을 봤나."

"나 때문이란 거야?"

"시도 때도 없이 벗겨댔잖아."

"설마 그 때문에 나는 멀리하고 새끼 용만 안고 있는 건 아니겠지."

"네놈 지금 네 새끼한테 질투하는 거냐."

"아니다!"

"그래, 이리 와라. 내 안아 주마."

"질투 아니라니까!"

청사의 얼굴이 새빨개졌다. 하필 다른 이도 아니고 제가 석 달하고 보름 넘게 못에서 끌어안고 부화를 기다린 아이가 고도에게 매달린 것에 불만을 표했다는 게 부끄러웠다. 부끄러움을 감추지 못하는 청사를 고도가 다정하게 안아서 등을 토닥여 주었다. 얼굴이 불타오르는 청사는 고도의 익숙한 체향을 맡으면서 조용히 한숨을 내쉬었다.

청사는 고도에게 매달리는 새끼용의 태도를 이해하지 못하는 터였다.

용은 부모 자식 간에 도타운 정이 없다. 부모의 피를 물려받는 다른 생명들과 달리, 용은 피보다 진한 하늘의 기운으로만 잉태가 가능하며, 부모의 체온보다는 알 속에서 스스로의 팔과 다리를 동그랗게 말고 눈을 감은 채 제 체온에만 의지를 해야 했다. 그래서 알을 깨고 나왔을 때 부모를 찾기보다는 하늘의 정기가 강한 이를 먼저 찾기 마련이다. 용이라면 종족과 계급을 막론하고 제석천을 으뜸으로 치면서 그 어떤 일이 있어도 그를 배반하지 않았다.

용은 독립적이고 자아와 주체성이 강한 종족이다. 자신의 판단을 최우선으로 치기에 외골수에 고집불통이라는 나쁜 평도 뒤따라 다녔다. 자주적인 특성은 알을 깨고 나온 그 순간부터 발현되어 스스로 먹이를 찾아 나서고 하늘의 정기를 꿀떡꿀떡 삼키느라 바쁜데 왜 고도와 청사가 낳은 새끼는 인간처럼 어미를 먼저 찾고, 어미를 그리워하며 따르고 그 체온에 기대어서 어리광을 부리는지 알 수가 없었다.

지성이 덜 떨어지는 놈인가 하여 청사가 지긋하게 쳐다보면 새끼용은 아직 이성이 완고히 잡히지 않은 상태에서도 청사가 자신보다 더 높고 고귀한 용임을 알아 스스로 고개를 숙였다. 청사가 몸속에 담고 있던 하늘의 정기를 내뱉어 새끼용에게 먹이로 주면, 용은 그 정기에 포근히 감싸여서 청사에게 고마움과 존경심을 표현했다. 아기 새처럼 삐이익, 울어댔지만 은하수를 빼다 박은 검은 눈동자를 굴리며 날개를 퍼덕일 때는 새끼용의 주변 공기가 일그러지면서 산골짜기에서 깊은 바람이 휘몰아치기도 했다.

용이 분명했다. 또한, 그 능력이 어린 나이에 어울리지 않게 걸출했다. 제대로 교육을 받고 큰다면 어쩌면 청사보다 더 이른 시기에 천룡의 즉위에 어울리는 실력과 성품을 갖출 수 있을 것으로 보였다. 자신이 낳은 새끼가 총명하고 눈치가 빠르며 재능이 뛰어나다는 점은 마냥 흐뭇했지만, 어째서 청사 자신에게는 용의 예우를 잘 갖추는 새끼가 고도에게는 어린아이처럼 칭얼거리며 매달리는지 알다가도 모를 일이었다.

새끼 용은 고도의 옷자락과 머리카락을 잡고 조금도 떨어지려 하지 않았다. 잘 때도 고도의 배 위에서 몸을 둥글게 말고 잠이 들었고, 밥을 먹을 때도 고도가 직접 찢어 준 꿩이나 토끼 살점을 받아먹었다. 고도가 비행 연습을 기대 어린 시선으로 바라보면 잘 날지도 못하면서 기우뚱, 허공을 날다가 땅에 처박혀서 빼애액 울기도 했다.

고도는 특별한 교미를 통해서 새끼용의 정기를 한동안 품고 있었다지만, 몸 밖으로 꺼낸 정기는 여의주에 가까웠고, 그것을 청사가 따로 돌봐 알의 형태를 갖고 태어났기에 자신이 낳은 자식이라는 생각은 거의 없는 상태였다. 태어난 아이도 인간의 형상이 아닌 짐승의 형상이었기에 조금 낯설어했다. 단지, 어리고 약한 짐승을 돌보게 되어서 그만한 책임을 다할 뿐이었다. 먹을 것을 챙겨 주고, 잠자리를 돌봐 주고, 원한다면 같이 시간을 보내는 정도다. 자신의 자식을 위하는 마음보다 연약한 생명을 보호하는 감정에 가까웠다. 어린 용은 그러한 고도의 시간을 독점해 버렸다.

청사는 그가 자신의 후계자라는 것도 잊고 사사로운 감정에 휩싸였다. 용이 이렇게 귀찮은 존재일 리가 없는데 어째서 이 녀석만큼은 제 모체를 분명하게 인지하고 매달리는지 통 모를 일이다. 새끼 용이 한시도 떨어지지 않았기에, 용이 부화한 이후로 청사는 고도와 잠자리도 갖지 못했다. 입을 맞추는 행위는 간단하여 불편하지 않았으나, 포옹 이상의 밀접한 접촉을 시도할라치면 청사와 고도 사이에 낀 어린 용이 불편함을 토로하며 꼬무작거렸다. 그동안 제대로 고도를 만지지도 못했던 청사였기에 고도가 포옹을 해준 지금이 몹시 고맙고 소중했다. 곧 새끼 용이 불편하다고 울어대서 짧은 접촉 후 떨어져야 했으나, 고도가 자유로운 한쪽 손으로 청사의 옷깃을 잡아당겼다. 와서 한쪽 품에나마 안기라는 소리였다.

너풀거리는 도포자락을 다잡지도 않고, 청사는 그대로 고도의 팔 안을 파고들었다. 한쪽 어깨엔 새끼 용을, 반대편 손엔 청사의 긴 머리와 등을 토닥이는 손길이 오갔다. 고도니까 저 둘을 감당하지, 다른 존재였다면 일찍이 지쳤겠다는 생각을 하는 미호였다.

"둘 다 어쩜 저렇게 어리광이 심할까. 부전자전이네."

미호는 몽당이가 홀라당 태워 버린 머리 한쪽을 날카로운 손톱으로 잘라 내면서 중얼거렸다.

"고도의 인내심이 대단해. 아니면 저런 행동 자체가 별로 짜증나지 않나 봐. 너는 어떻게 생각해?"

잘라 낸 미호의 그을린 머리카락을 한데 모으던 몽당이 눈을 데굴데굴 굴렸다. 몽당이는 잘 모은 머리카락을 매듭지어 허리춤에 달고는 양손을 머리 위로 들어 올렸다. 양쪽의 집게손가락을 톡톡 치면서 까르륵 웃는 모습을 미호가 이해하고는 씨익 입꼬리를 올렸다.

"하긴, 좋아하면 뭐든 다 용서할 수 있겠지."

푹 고아서 삶은 꿩을 국자로 퍼서 녹 그릇에 담았다. 몽당이는 허리에 묶었던 미호의 머리카락을 몇 가닥 풀어서 입으로 바람을 후 불었다. 자신과 똑같은 아기 도깨비 네 명을 둔갑술로 만들어 낸 몽당이가 미호가 국을 떠준 녹 그릇을 머리 위에 지고 도도도도 달려 나갔다. 누가 가르치지 않아도 제법 그럴듯하게 도깨비 요술을 부리는 몽당이가 귀여웠기에 미호는 뿌듯하게 웃었으며 그 모습을 지켜봤다.

새끼 용이 고도의 어깨 위에 턱을 올리고 새근새근 잠이 들어 있었다. 하루 중 눈을 뜬 시간이 모두 합쳐 두 시진도 안 될 만큼 어린 용은 하루의 대부분을 잠자는 데 보냈다. 새끼 용이 고롱고롱 코를 골면서도 편하게 자는 동안 청사는 고도의 턱 끝을 손으로 짚으면서 쪼옥, 뽀뽀를 해주었다. 고도도 따뜻한 청사의 입맞춤이 싫지 않은 듯 작게 입을 벌리고 넘어오는 청사의 혀를 받아 주고 있었다. 장소와 때를 구애받지 않는 둘의 애정 행각은 몽당이가 도도도 달려오다가 발이 걸려 넘어지는 통에 바닥에 쏟아 버린 꿩 죽으로 잠시 중단되었다. 몽당이가 음식을 엎은 죄책감에 눈물을 글썽거리자 청사가 먼저 손을 뻗어 그런 몽당의 옷에서 쌀알과 꿩 고기들을 털어 주었다.

"조심해야지."

음식을 엎었다고 혼나기보다 뜨거운 음식에 데지 않았는지를 먼저 살펴 주는 청사를 보면서 미호가 한 그릇 더 국자로 떠 담아 가져왔다.

"진짜 둘 다 많이 변하긴 했네."

몽당이의 분신들이 모두 사라지고 죽에 쫄딱 젖은 본신만 남았을 때, 미호는 옷고름으로 몽당의 젖은 몸을 닦아 주었다. 정자에 펼쳐 놓은 상 위에 꿩 죽을 올려놓은 미호는 청사와 고도를 빤히 바라봤다. 고도가 어깨에서 자는 새끼 용 때문에 팔을 움직이기 불편해하자, 청사가 말없이 먼저 죽 그릇을 챙겼다. 녹 숟가락으로 떠먹여 주는 음식을 자연스럽게 받아먹는 고도와 그런 고도를 사랑스럽게 쳐다보는 청사를 한참이나 바라보던 미호가 중얼거렸다.

"예전엔 그렇게 외로워해서 곁을 떠날 때도 찝찝하게 만들더니, 이젠 아무 걱정 안 해도 되겠네."

그 소리에 고도가 미호를 빤히 쳐다봤다.

"갑자기 무슨 소리냐."

"혼자 있는 게 익숙한 척 굴어도 엄청 외로워했잖아. 그러니까 나 같은 애가 달라붙어도 졸졸 데리고 다녔으면서."

"아주 먼 옛날 얘기를 하는 구나."

"그러게. 인간 남자 하나 때문에 꼬리 잃고 엉엉 울던 때가 오래되긴 했어."

짧게 숨을 뱉은 미호가 반듯하게 편 치마폭에 두 손을 얌전히 올려놓고 말했다.

"자리 잡은 너희를 보니 나도 마냥 철부지처럼 굴 순 없겠구나. 슬슬 고향에 돌아가 내 소임을 다하려고 생각 중이야. 이번에 가면 아마 평생 동안 인간들 사는 곳에 내려올 일은 없을 거야."

여상하게 내뱉는 그 한마디에 고도는 청사가 떠먹여 주던 죽을 더는 받아먹지 못했다. 미호는 씩씩한 말투답게 이별을 우울해하지 않고 개운하게 이야기하고 있었다. 그녀는 이곳에 와서 청사와 고도를 재회하고 둘과 시간을 함께 보낸 것을 후회하지 않았다. 고도의 일행과 토월산에서 헤어진 후에 고향에서 안정적으로 살며 아버지가 점지해 준 이와 혼사를 하면 우여곡절을 겪지 않고 안락하게 살 수 있었지만, 한편으론 고도 일행과 함께했던 일상의 시끌벅적함이 깊은 그리움으로 남아 있었다.

한밤에 달을 보다가도, 어두운 산 그림자를 보면서도 고도가 아직도 요괴를 잡으러 다닐까, 혹은 그가 바라는 대로 죽음을 소원으로 빌었을까, 궁금해했었다. 고도가 죽지 않고 청사가 그와 함께 사랑을 나누기로 맹세했다는 소식을 들었을 땐 오랜 친구를 다시 만날 기쁨과 그리움으로 앞뒤 생각하지 않고 달려 나왔다. 집을 나오면서 아버지는 또다시 인간에게 정을 주는 미호를 크게 꾸짖었고, 쓸데없는 짓 하지 말고 집으로 들어와 살라고 엄포를 놓았지만 그런 꾸지람이 듣기 싫어 일부러 고도와 청사를 만나고도 집에 돌아갈 생각을 하지 않았다.

지금도 산 곳곳에서 백여우들이 아버지의 전언을 미호에게 전해 주고 있다. 이 이상 말썽을 부리면 구미호들을 전부 동원하여 미호를 억지로라도 끌고 오겠노라 엄포를 놓았다. 아버지의 노여움이 솔직히 많이 무섭고 후한이 두려웠다. 그러나 미호는 아버지에게 고집이 먹히는 동안만 이라도 청사와 고도와 함께 시간을 보내고 싶었다.

미호가 보기에 고도와 청사가 서로를 아끼고 위하는 모습이 참으로 어 여뻤다. 둘을 보고 있노라면 자신도 저런 사랑을 할 수 있는 이를 찾고 싶었다. 말로 표현하고 행동으로 취하지 않아도 서로를 신뢰한다. 서로 의 마음을 배신하지 않는 것은 당연했고, 상처를 입히는 것마저도 조심 스러워했다. 양보하고 손해를 보면서도 가진 것을 내어 주고 있었다. 고 도가 외로워하지 않고 포근한 표정으로 작게 코를 골며 자는 모습을 보 았을 때, 그의 마음이 얼마나 편안하고 안락한지 굳이 설명할 필요가 없 어서 미호는 저도 모르게 울음을 터뜨릴 뻔했다.

고도가 행복해 보였다. 단 한 번도 본 적 없는 행복과 편안함으로 고롱 고롱 코를 골면서 자고 있었다. 낡은 집에서 넉넉하지 않게 먹고 입고 살 아도 그 부족함을 조금도 불편하게 생각하지 않을 만큼, 그는 청사와 함 께 보내는 이 시간을 몹시도 소중하게 여기고 있었다. 청사 역시 고도와 함께 시간을 지내기 위해서 자신이 할 수 있는 모든 일을 최선을 다해 수 행했다.

고도와 청사는 정말 강한 존재라 생각했다. 미호가 본 그 어떤 인간과 요괴, 도깨비보다도 마음이 단단하고 올곧았다. 고도 같은 사람만이 하 늘을 품을 수 있고, 청사 같은 용만이 땅을 굽어 살필 수 있을 것이다. 둘 은 특별했다. 특별했기에 미호처럼 평범한 백여우가 부러워할 만큼 완벽 한 사랑을 하는 것이리라.

"고향에 돌아가면 아버지가 점지해 주신 남성과 부부의 연을 맺겠지. 그리고 아버지와 남편의 도움을 받아 내가 일족을 이끌어야 할 거야. 일 족장이 된 나는 평생 인간을 만날 수도, 인간과 정을 나누지도 못하는 건 당연해. 물론, 인간이 되겠다는 생각도 두 번 다시 할 수 없을 거야."

미호의 덤덤한 고백을 고도가 물었다.

"그걸로 만족하느냐."

만족하느냐고. 어찌 요괴가 만족하는 삶을 살겠는가. 언제나 끊임없이 바라기에 요괴라 불리는 것을.

"모든 선택엔 후회가 따른다는 것을 고도, 네가 모를 리 없을 텐데 그런 질문은 삼가렴."

앞날에 확신이 있다면 그 어떤 존재도 방황하는 일은 없을 것이다. 방황하지 않으며 확신을 갖고 살아가는 존재는 오로지 신만이 가능하지 않을까. 언제나 확실한 결론에 따라서만 움직이는 신이 아닌 이상, 모든 존재는 불완전한 선택 속에서 기쁨과 속상함을 번갈아 나누며 살아가는 것일 테다.

미호가 느끼는 삶이란 그러했다. 후회하고 안타까워하면서도 결국은 원하는 것을 조금씩이라도 긁어모으는 것에 행복해하는 것이었다. 모든 것을 만족하면서 기쁘게 살아가는 존재는 절대자만이 가능할 것이다. 어쩌면 정해진 미래대로 살아가는 절대자가 세상에서 가장 불행할지도 모른다. 삶은 불확실하기에 살아가는 일을 포기하지 않아도 되는 것이지 않나.

미호는 고도와 청사의 사랑을 부러워했지만 그것이 사랑의 결실의 완전한 형태라고 생각하지 않았다. 자신의 상황에 맞는 소소한 행복과 사랑을 나누는 것이 어쩌면 자신처럼 평범한 존재에게 더 잘 어울린다는 생각도 했다. 사랑을 위해 모든 것을 감수하기 위해선 그만한 열정과 희생과 치열함이 있어야 하거늘. 딱 한 번의 실패한 사랑에 그렇게 힘들어했는데 그저 사랑에 대한 이상이 높아 마냥 올려다보고 쫓는 것은 스스로에게도 불행한 일이었다. 미호는 자신의 위치에 맞는 행복을 선택하기로 했다.

"웃차."

자리에서 폴짝 일어난 미호가 고도와 청사를 바라봤다.

"잘 놀았다. 이제 인세에 미련을 두지 않고 훌훌 털고 고향으로 갈 수 있을 것 같아. 한바탕 어울려줘서 고맙다, 대롱아, 고도야."

그녀의 이별에 가장 민감한 반응을 보인 이는 의외로 몽당이었다. 도깨비로 태어난 후 미호의 주머니 속에서 항상 살아왔던 존재였기에 그녀와 헤어지는 것을 원하지 않았다. 몽당이가 자리에서 폴짝 뛰며 손을 흔들었다. 자신을 두고 가지 말라며 매달리는 모습에 미호는 요사스러운 눈꼬리를 접으면서 웃었다.

"너도 나랑 같이 갈래? 저 둘보다는 내가 더 편하지 않니?"

미호가 몽당이를 손바닥에 올린 채 고도를 바라봤다. 몽당이는 고도와 청사와의 이별이 싫어서 시무룩한 표정을 지었지만, 둘 중 하나를 골라야 한다면 미호와의 동행을 선택하는지라, 어쩔 수 없이 고개를 끄덕였다. 몽당이의 추후 거처까지 결정되자 비로소 고도가 느릿하게 말을 꺼냈다.

"이 지진아가 혼자 결정하고 통보하는 거 보게."

고도의 한마디에 청사가 옆에서 거들었다.

"그러게. 혼자 여기 와서 자아성찰하고 도깨비도 끌고 가는 거 봐."

"내가 뭐랬느냐. 지진아는 그냥 시달림이 싫어서 여길 도피처로 삼은 거래도."

"맞는 말이야. 그냥 떠나기 부끄러워서 제법 그럴듯한 말을 하는 거 봐."

"그래도 하나도 감동적이지 않느니라."

"감동은 무슨, 혼자 어른인 척 구는 게 가소롭네."

고도와 청사를 한 대씩만 때릴 수 있다면 원이 없겠다는 미호였다. 어쩜 쌍으로 이렇게 얄미울 수가 있을까. 고도가 청사를 닮아 갔는지, 청사가 고도처럼 변했는지 모를 정도로 이제는 죽이 착착 맞는 둘을 괘씸한 눈으로 보는 미호였다. 평생 못 보리라 말을 해도, 둘에게서는 진지함을 찾아볼 수 없었다.

"너흰 내가 떠나는 마당에 고운 말도 못 해주니?"

야속하다 여기는 미호의 반응에 오히려 고도가 고개를 갸웃했다.

"영원한 이별이 아니지 않느냐."

"내가 족장이 되면 인간 세상에 못 내려온대도!"

"그럼 내가 가면 되지. 안 그러냐, 한무야."

고도가 직접 찾아온다는 말을 할 줄 몰랐기에 미호는 눈을 휘둥그레 떴다. 고도라면 시원하게 자신을 보내 버리고, 인연이 닿으면 후에 만나자며 손을 흔들 줄 알았다. 고도가 재회라는 앞날을 기약하는 말은 처음 들었다. 언제나 죽음만 앞두고 살아서 그 어떤 미련도 남기지 않는 고도가, 미호가 듣기엔 난생 처음으로 미래를 약속하고 있었다.

"어? 나는 하늘로 가면 땅에 못 내려올 텐데."

"그럼 나 혼자 내려가고."

"싫어, 안 보낼 거야."

"내가 언제 네 허락 받고 움직였더냐."

"너무해 고도! 이제 하늘도 너와 내 사이를 알거늘!"

"그래그래, 너는 각별히 챙기면서 지진아 보러 가마."

"가능할까."

"내가 하겠다는데 누가 상관이야."

"그래그래, 친우를 만나러 땅에 내려가겠다는데 천인들이 간섭하는 것도 모양새가 우습겠어. 실컷 내려가거라."

헤어짐을 영원한 이별로 받아들이지 않는 둘을 보면서 미호는 어처구

니없는 웃음을 흘렸다. 미래를 보는 시야도, 앞날에 대해 고민하는 모습도, 그 앞날을 혼자가 아닌 청사와 함께하려는 의지도 모두 미호의 눈에는 신기한 모습이었다. 처음 봤을 때의 불안정하고 갑갑한 화로 가득 차 있던 고도가 이제는 모든 것에 초월하여 뭐든지 제 뜻대로 하겠노라 여유를 부리는 모습이 얄미운 신선 같아서 웃음이 나왔다.

"그럼 둘을 오랫동안 보지 못할 테니 내 하나씩 선물을 주마."

다정하게 미래를 약속하는 고도의 속내를 눈치챈 미호는 싱그러운 미소를 지었다. 선물까지 챙겨 주는 고도라니, 세상도 살아 볼 일이다.

"고도의 선물이라니 불안하네. 안 받으면 안 돼?"

"거절은 거절하마."

고도는 우선 미호의 손바닥에 앉아 있는 몽당에게 고개를 숙였다. 손끝을 휘두르자 몽당이 허리춤에 차고 있는 도술 걸린 서전검이 붉게 빛났다. 몽당이 깜짝 놀라서 검을 꺼내 높이 들자 서전검에서 용트림하듯 꿈틀거리는 기운이 몽당의 몸 주변을 감쌌다. 그 기운은 고도와도 연결이 되어 있었다. 붉은색으로 은은하게 빛나는 힘이 고도와 서전검, 몽당을 한데 어울리듯 감쌌다. 고도와 연결되어 있던 기운은 서서히 끊어지고 고스란히 몽당에게 옮겨졌다. 고도를 감싸고 있던 커다란 붉은 연기가 서전검과 몽당에게 반씩 나누어 전해졌다. 몽당은 갑작스레 연기를 들이마셔 제 배가 부풀어 오른 모습을 보고 왕 구슬만 한 눈만 깜빡였다.

"주인의 서약을 다시 맺었다. 이 검은 이제 네 것이니라."

"몽당?"

"너는 이제 땅에 남은 유일한 내 흔적이다. 내 피로 만들어진 아이이다. 너를 끝까지 돌보지 못해 미안하구나. 이 검이 너를 대신 지켜 줄 것이야."

고도의 귀한 물건을 받은 몽당은 당황스러워서 입술을 우물거렸다. 동해 용왕의 눈을 찌른 명검을 선뜻 준 것도 모자라 아예 주인의 서약마저 바꿔 버리다니. 고도가 더는 검을 사용하지 않겠다고 선언한 것이나 다름없었다.

"몽당."

몽당은 귀한 서전검을 선물 받아서 활짝 웃었다. 사소한 것에 기뻐하며 즐거워하는 몽당의 순수함이 고도를 물들였다. 고도는 몽당을 마주보고 웃었다. 고도는 몽당에게 이 검을 선물해 줄 생각을 일찍이 품고 있었다. 몽당이 서전검을 아무렇지 않게 접하고 만질 때마다 그가 이 검을 이어받을 주인이라 줄곧 생각해 왔다. 도깨비는 자고로 죽지도 살지도 않은 존재라, 이매망량과 인간을 이어 주는 중간자에 위치해 있다. 외발이라서 인간을 홀려 씨름을 하는 씨름 도깨비도 있고, 요술 방망이와 감투를 들고 애먼 사람들에게 장난을 거는 요술 도깨비도 있으며, 이유를 불문하고 사람을 악하게 괴롭히는 독각귀도 있건만, 고도에게 작은 손을 뻗는 몽당이는 이 세 종류 중 어떤 도깨비인지 제대로 파악이 되지 않았다.

몽당이는 해가 뜨면 물건으로 돌아가는 밤의 권속인 일반적인 도깨비들과 달랐다. 그는 해와 달의 어떠한 영향도 받지 않았다. 낮에 힘이 약해져 눈을 감고 잠을 자긴 했지만 마음만 먹으면 따뜻한 햇살 아래에서 기지개를 켜며 활동할 수 있었다. 몽당이에겐 방망이도 감투도 없었고, 사람을 홀려 씨름을 거는 얄궂은 면도 없었다. 그렇다고 삿된 기운을 흘리는 악 도깨비 독각귀도 아니니, 물건에 혼이 담겨 인간의 형상으로 변하는 도깨비 특유의 능력만 없다면 이것이 과연 도깨비가 맞는지 혼란스러울 정도였다.

몽당이처럼 도깨비이면서도 도깨비의 특성이 변이된 존재라면 지금의 도깨비 세상을 바꿀 수 있을 수도 있다. 도깨비는 태초에 물건에 깃든 신이한 존재로, 신을 향한 믿음이 작을수록 신은 그 힘을 잃고 소멸하는데 도깨비들이 점차 사라지는 과도기에 놓여 있다. 이대로 영영 도깨비란 존재가 사라질지도 모른다. 어쩌면 이 작은 존재가 도깨비의 세상을 바꿀 등불을 비출 수도 있다.

"내가 도사로서 가장 잘했다고 생각하는 것이 있단다. 그것은 인간들에게 '무학관 무술'이란 것을 만들어서 알려 준 일이란다."

고도의 차분한 말에 몽당이 고개를 끄덕였다. 지성이 낮음에도 고도의 말을 침착하게 이해하려고 애쓰는 몽당이 기특하여 고도는 부드럽게 풀어진 입으로 설명을 이었다.

"무학관 무술은 약하고 늙고 어리며 병들고 신체 일부에 장애가 있는 사람들을 위한 무술이었단다. 스스로 강해지고자 단련을 위해 만든 무술과 다르단다. 약한 상태에서 스스로를 보호하고, 그가 보호하고 싶은 것을 지킬 수 있도록 약점을 보완하는 무술이었지. 상대를 다치게 하는 것보다 지키고자 하는 것을 안전하게 하는 무술. 그것이 도읍에서 가장 귀한 무술로 취급 받으면서 대대로 이어지는 것이 나는 고맙고 대견하단다. 그러니 또 다른 나와 다름없는 아이야. 이번엔 네가 그 무술로 인간이 아닌 이들을 도와주지 않겠느냐."

몽당이 두 눈을 끔뻑였다. 어려운 말을 다수 이해하지 못했지만 그의 마지막 말만은 정확하게 알아들었다. 무학관 무술을 이용해서 인간이 아닌 이들을 도와달라. 몽당은 서전검과 고도를 번갈아 바라봤다. '지키기 위해' 만들어진 이 검을 몽당이 쓴다면 고도의 뜻을 이어받는 것이 도깨비의 의리로써 당연한 일이라 생각했다.

"몽당!"

몽당의 활기찬 대답에 고도가 만족스러움을 표했다.

"도깨비는 오래전 그들의 지도자를 잃고 힘을 잃어 이곳저곳으로 흩어졌다. 왕을 모시고자 유능한 도깨비 무리인 '독각부대'가 그를 호위하려고 모였으나 결국 왕은 소멸되었어. 이 세상에 낡은 짚신 한 짝만 남기고 사라졌지. 그 명맥을 네가 한번 이어 보지 않겠느냐."

몽당은 조금 전의 활기찬 표정이 어두워졌다. 그는 곧장 당황스러운 눈으로 미호를 바라봤다. 미호는 어린 도깨비에게 막중한 임무를 넘긴 고도를 걱정하면서도 굳이 나서서 말리지 않았다. 혹 몽당이가 고도의 부탁을 잘 해결하지 못한다면 곧 백여우들의 족장이 될 미호가 도와줄 생각이었으니. 미호는 영악한 도사, 고도가 이 점까지 고려해서 어린 도깨비에게 서진검을 준 것이라 생각했다.

"네게 왕이 될 자질이 있다면 도깨비의 명맥을 이어 보거라. 만약 자질이 없다면 왕이 될 자를 평생 도우며 지키고 모시고 살아가 주었으면 한다. 이 검으로 무학을 실천하고, 약해진 도깨비들을 다시 모아 번성하거라. 왕국을 재건하고 행복하게 살아 주길 바란다. 내 바람이 거창하고 어깨를 무겁게 하는 것이 아니라면, 내 이 땅에 마지막으로 바라는 것이다."

몽당이는 서진검을 꼭 쥐었다. 한동안 고민을 하던 몽당은 커다란 눈망울을 들어 올렸다. 몽당이 고개를 끄덕였다. 도깨비 왕을 찾겠다, 혹은 도깨비 왕국을 건설하겠다. 흩어진 도깨비를 모으겠다. 적어도 고도처럼 대범한 피를 이어받은 몽당이라면 앞날에 펼쳐진 시련과 역경을 무사히 헤쳐 나갈 것으로 보였다.

"독각부대를 찾아가거라. 부대장인 비형랑을 찾아 이 검을 보여 주고 내 뜻과 네 뜻을 보여 주거라. 이것이 도깨비의 왕국을 재건하는 마지막 기회가 될지도 모르겠구나. 그리고 미호야."

고도는 쳐다보는 미호에게 손을 내밀었다. 미호가 "어?"하고 반응하기도 전에 고도의 넘실거리는 도력이 미호의 몸속을 파고들었다. 낯선

이의 힘을 들인 미호가 화들짝 놀라 온몸의 털을 세웠지만 강력한 기운은 미호를 해칠 의도가 전혀 없이 그의 엉치뼈에 모여들었다. 고도의 힘은 조금씩 뭉쳐지다가 미호의 살갗을 뚫고 나와 검고 풍성한 꼬리 하나를 만들었다. 기겁한 미호가 빼액 비명을 지르기도 전에 고도가 잽싸게 말을 가로챘다.

"내 도력이 담긴 꼬리니 잘 써보거라. 도력이 마르지 않을까 걱정 말고. 내 기운을 땅과 연결해 놨으니 아마 끊이지 않는 샘처럼 네 뜻대로 도력이 넘쳐흐를 것이다."

"말도 안 돼!"

"음? 너무 귀한 선물을 줬나?"

"이 더러운 검은 꼬리는 뭐야! 나처럼 하얀 백여우한테 안 어울리게!"

"……."

"으으! 토월산 아래 강에서 씻으면 하얘지려나? 어쩜, 고도는 미적 감각도 없지, 이런 흉측한 걸 어여쁜 처녀 엉덩이에 붙여 놓느냐!"

귀한 선물을 받고도 적반하장으로 소리치는 미호의 괘씸함에 고도가 한 손에 도력을 불어넣어 미호를 공격하려 했다. 청사가 적절하게 고도의 팔을 쥐고 웃으면서 "쟤 외모에 죽고 못 살잖아. 참아."라고 말한 탓에 고도가 심기 불편한 얼굴로 물러났다. 미호가 검은 꼬리를 정색하며 싫어하자 고도도 미간을 찌푸리고 한참을 바라봤다. 그러다 미호가 엉엉 울려는 기색을 비추자 손가락 두 개를 마주쳐 딱 소리를 내었다.

고도의 신이한 도력으로 검은 꼬리가 순식간에 화사한 백색 꼬리로 변했다. 눈물이 그렁그렁 매달려 있던 미호의 얼굴이 맑은 하늘처럼 활짝 개었다. 그녀는 본래 색과 똑같은 순백의 꼬리를 잡고서 방방 뛰었다. 저런 이중적인 지진아 같으니라고. 고도는 도력 담긴 꼬리의 존재보다 하얀 꼬리가 하나 더 생겼다는 사실 그 자체를 좋아하며 "고향 가면 아홉 꼬리 전부에 보석이나 주렁주렁 달아야겠다"는 철부지 발언을 한 귀로 들어 넘겼다.

"그럼 토월산에 언제 올 거야? 내가 성대한 잔치를 준비해 둘게!"

가슴을 내밀고 당당하게 차기 족장의 능력을 보여 주겠노라 말하는 미호에게 고도는 손사래를 쳤다. 꼬리를 만들어 줬으니 보답하겠다는 속셈을 모를까 보냐. 고맙다는 한마디면 될 것을 일을 키우는 데에 특화된 성격이 아닐 수 없다.

"생각나면 가마. 그동안 잘 먹고 잘살아라."

"흥, 네 걱정 없어도 잘살 거야. ……진짜 언제 올 거냐니까?"

"몰라, 생각나면 간다고."

"……혹시 삐쳤어?"

"내가 한무 같이 속이 좁은 줄 아느냐."

"삐쳤네."

"잠깐! 나는 왜 걸고넘어지는 건데!"

"네가 고도 성격을 저렇게 바꿔 놓은 거 아냐."

"아니다!"

고도의 한마디에 미호가 눈을 가늘게 뜨고 신경을 긁는 소릴 뱉었고, 엉겁결에 대화에 끌려 들어온 청사가 발끈해서 외치는 소리가 한동안 소란스럽게 울렸다. 옆에서 몽당이가 선물 받은 서전검을 들고 방방 뛰면서 좋아하고 여우 한 마리와 용 한 마리가 이를 드러내고 으르렁, 싸우느라 정신이 없었다. 고도는 눈 덮인 산등성이를 향해 한숨을 푹 내쉬고는 미호와 몽당에게 손을 휘이휘이 저었다.

"시끄러우니까 둘 다 어서 가버려."

고도의 축객령에 미호가 흥, 하고 말싸움을 하던 청사에게서 고개를 팩 돌렸다. 청사도 더는 말싸움을 그만두고 팔짱을 낀 채 영 아니꼬운 얼굴로 미호를 노려봤지만 말이다.

"몽당아 우리 그만 갈까?"

"몽당!"

미호가 아홉 개의 꼬리를 휘둘렀다. 고도의 도력이 미호의 요술에 섞이면서 평소의 요력보다 몰라보게 증폭된 힘이 미호의 몸을 감쌌다. 그녀는 고도와 청사에게 손을 흔드는 몽당이를 손에 꼭 쥐고 산길로 향하는 입구에 섰다.

"꼬리 고마워. 잘 꾸밀게."

"꾸미라고 붙여 준 게 아닐 텐데."

"꾸며도 되지, 이 꼬리 이제 내 거거든?"

"철부지."

"뭐, 이 용밖에 모르는 팔불출아."

혀를 베에 내뺀 미호가 씨익 웃으면서 마지막으로 손을 흔들었다.

"또 보자 도사야. 그리고 하늘의 용아."

헤어짐의 슬픔은 조금도 묻어나지 않았다. 고도 역시 손을 살랑살랑 흔들 뿐이었다. 고도의 성의 없는 손 인사를 보고 한쪽 눈썹을 찌푸린 미호였지만 곧 몸을 숙였다. 두 발이 눈에 언 땅에 움푹 파일 만큼 구미호의 뒷발로 변화했다. 전신을 인간의 외형으로 유지하되, 두 발에만 요력을 담은 미호가 마지막으로 고도와 청사를 힐끔 돌아보고는 문밖으로 튀어나갔다.

반짝이는 백색 털만 몇 가닥 휘날리며 눈앞에서 사라진 미호가 산의 능선을 따라 달렸다. 미호가 토월산으로 귀환한다는 소식을 들은 산속 여우들이 캥캥 울면서 그를 배웅하고 있었다. 여우들의 소란에 놀란 멧새가 날아오를 때마다 잔치에 초대받은 귀객처럼 신이 난 몽당이 요술을 부려대는 통에 나무 위에서 노랗고 파란 도깨비불이 펑펑 터져나갔다.

여우의 소리가 아득한 곳에서 메아리처럼 울릴 때가 되어서야 고도는 성의 없지만 줄곧 흔들고 있던 손을 내렸다.

시끌벅적하던 여우 요괴와 도깨비가 사라지자 집안이 순식간에 한적해졌다. 든 사람은 몰라도 난사람은 안다고, 벌써부터 적적한 집안 분위기에 고도는 가만히 정자에 엉덩이를 붙였다.

불어오는 겨울바람에 하늘거리는 머리카락 사이로 능선을 바라보던 고도가 눈을 감았다. 차츰차츰 여운처럼 남은 온기 두 개가 자리를 떠나갔다. 유일하게 남은 흔적인 발자국도 바람에 쓸려갔다. 기억이란 참으로 무서워서 어제 일이 까마득한 옛날처럼 멀게 느껴지는가 하면 아주 오래전의 일도 아침에 겪은 것처럼 생생했다. 미호, 몽당이와 함께한 시간은 인간의 세월로는 셈할 수 없을 만큼 꾸준히 그리고 오랫동안 켜켜이 쌓여 고도의 가장 선명한 기억에 자리 잡고 있었다. 오랜 시간이 지나도 또렷하게 남은 기억 중 하나가 될 것이다.

곧 보러 가마. 고도는 그리 말했으나 장담할 수 없는 기약이었다. 청사가 하늘로 돌아가 천룡으로 즉위하면 영원토록 땅으로 내려오지 못한다고 한다. 그의 후계를 낳는 데에 일조한 고도는 자연스럽게 청사의 곁에 거처를 두고 살아가야만 할 것이다. 상제의 허락 없이는 땅을 밟기 쉽지 않다는 말을 미호에게 해주지 않았다. 영영 못 만날 수도 있다는 가능성을 입 밖으로 내지 않은 대신에 마치 내일 곧 만날 사람처럼 손을 흔들었다. 헤어짐이 특별하면 두고두고 그녀와 아이를 그리워하며 곱씹을까 봐, 먼 훗날이 되어서도 선명하게 기억을 되새김질하면 비참할 것을 알기에 여상하게 맞이한 고도였다.

매일 밤 파도가 치는 곳에서 긴 치마폭에 휘감긴 어린 딸아이와 그녀의 손을 맞잡은 아이 엄마의 모습은 수백 년이 지난 지금도 잊지 못하고 있다. 즐거운 기억이 선명하면 행복하지만 슬픈 기억이 바로 어제 일처럼 떠오르면 그 어찌 불행한 일이 아닐꼬. 고도는 그 어떤 슬픔도 가슴 깊이 묻어 두고 싶지 않았기에 어쩌면 평생 동안 만나지 못할 미호와 몽당이를 그렇게 여운도 없이 떠나보낸 것일지도 모른다.

어디시든 잘살 것이다. 사랑에 그토록 아파한 여인은 그 어떤 사내보다도 강할 수 있는 존재이다. 몽당이 도깨비 왕국을 재건하는 모습을 두 눈으로 보지 못하더라도 그 반가운 소식을 먼 훗날 들을 수만 있다면 그때 비로소 빙그레 웃으며 둘의 기억을 아련하게 곱씹는 것도 행복한 일일 테니.

"고도야, 벌써부터 그리워하는 얼굴이구나."

손을 맞잡아 다정하게 말해 주는 목소리를 듣고 고도가 눈을 떴다. 고도가 매일 아침 빗으로 곱게 빗어서 서툰 솜씨로 비단 끈에 묶어 주는 청사의 머리카락이 바람결에 너풀거리고 있었다.

가끔은 여인처럼 따보기도 하고, 때론 대국 무사처럼 정수리에 높이 묶어도 보며, 어느 땐 머리를 돌돌 감아 쪽을 채우기도 하는 등, 고도는 부드러운 청사의 머리를 갖고 노는 일을 즐거운 소일거리로 여기고 있었다. 그럴 때마다 청사는 머리를 내어 주었다. 불평불만은 없었다. 서툴게 묶다가 머리채를 잡아 뜯어도 아프다는 투정 없이 "호 해줘."라면서 오히려 눈웃음을 치며 애교를 부리지 않던가. 이번에도 꼭 그 짝이라. 덤덤한 고도의 표정을 보고도 그 깊은 곳에 있는 마음과 속내까지 빠르게 눈치챌 수 있었다.

청사는 머리카락을 내어 줄 때처럼 고도에게 따뜻한 품을 내어 주었다. 고도가 직접적으로 말을 하지 않아서 그렇지, 용의 방식으로 교미를 하고 알을 품고, 이젠 하계와 연결된 모든 인연을 끊어 스스로 이 세상에 존재하지 않는 사람처럼 구는 것에 많은 불안감을 느끼고 있었다. 그 불안감을 표출하면 앞으로 함께 지내야 할 청사에게 예의가 아니라는 생각으로 혼자 삼키며 묵묵히 견디고 있었건만. 다정한 청사의 손길과 목소리에 그간 애써 공들여 왔던 평정심이 와르르 무너졌다. 고도는 결국 청사의 손에 얼굴을 묻었다.

"이젠 정말 다 버렸다."

친우도, 과거의 인연도 모두 끊어 냈다. 불필요한 인연을 만들지 않으려고 고립된 산에 들어와 조용히 살고 있었다. 다른 이와 소통하지 못하고 세상이 돌아가는 모습을 알지 못했다. 불안하고 외롭고 답답한 마음도 들었지만 아침마다 뜨는 해를 보면서 마음을 다잡았다. 외부의 요건에 의해 요괴를 잡느라 인간들에게 미움을 받고 고립될 때와는 비교도할 수 없을 만큼 스스로를 세상으로부터 멀어지게 만드는 일은 힘이 들었다. 그렇게 얼마 없던 것마저 모두 떨쳐내고 이제 손에 남은 것이 없다고 생각했다. 모든 걸 버렸다.

"고도야."

물밑까지 가라앉는 기분이었던 고도는 그 목소리를 듣고 가만히 제 손을 바라봤다. 다 버렸다고 말했지만, 아직 손에 쥔 것이 보였다. 청사가 손등을 어루만지면서 고도의 이마에 정중한 입맞춤을 해주었다.

"해줄 말은 하나다. 고맙다, 고도야."

무엇이 고마운지 나열하지 않아도, 고도는 이해했다. 고도가 산속에서 살아가는 이유와 미호, 도깨비를 한꺼번에 떠나보낸 사연을 긴 말로 설명하지 않아도 그 뜻을 이해하는 바였다.

"무엇이 가장 두려운지 말해 봐."

청사의 나긋한 말씨에 고도는 한참 동안 다물어져 있던 입술을 떼어냈다.

"이 세상에서 잊히는 게 두렵구나."

"잊힌다, 라."

"죽는 것이 싫어서 명부를 어지럽게 하여 영생을 얻었다. 살아 보니 때론 죽음이 편하다는 것을 여러 가지 사건을 통해 알게 되는구나. 유한한 삶의 미련이 얼마나 어리석은지 알게 됐단다."

"그래, 맞구나, 고도야."

"유한한 목숨에 이어 새로이 무서운 게 생겼단다. 그건 바로 누군가에게 잊히는 거란다. 소중한 이에게 내 얼굴과 목소리가 더 이상 기억나지 않게 되는 걸 생각만 해도 슬픔이 몰려오는구나."

"그건 네가 이 세상과 맞닿은 인연이 얼마 남지 않아서 더 애틋하게 여겨지기 때문일 테다. 한땐 유명한 도사로 살았다. 모든 사람들이 널 알고 기억했단다. 하지만 지금은 너란 존재를 아는 이가 하계에 딱 둘뿐이니, 그마저도 너와 같은 인간이 아니고 구미호와 도깨비뿐이구나. 그래서 둘에게서도 잊히면 너란 존재가 영영 이 세상에 필요 없을 것 같아 무섭구나."

"이런 천방지축 대롱이에게 위로를 받다니. 난 이제 글렀어. 세상이 망해버리면 좋겠네."

"감동적인 순간이라 생각했는데. 또 장난기 터지는 게 누가 고도 아니랄까 봐."

"사람은 잘 안 바뀌는 법이지. 이 한결 같은 나를 봐라."

"에휴, 뭐, 내가 매번 지니까 이번에도 져 줘야지. 그간 내가 네게서 많은 위로를 받았으니 돌려줘야 할 차례기도 하고."

생긋 웃은 청사는 고도를 끌어안았다. 어깨에서 자고 있는 새끼 용이 불편하지 않도록 조심스럽게 고도의 허리를 끌어안고 자신의 가슴에 머리를 기대게 해주었다. 청사는 고도의 머리카락을 쓸어 만졌다. 짧지만 부드러운 머리카락이 손바닥 아래에서 얌전히 매만져졌다. 천천히 숨을 내쉬는 고도의 숨결이 정겨워서 청사는 고도의 머릿결에 코를 묻고 숨을 들이마셨다. 서늘한 겨울 공기가 맺힌 머리카락은 언제나처럼 그립고 사랑스러운 향기가 풍겼다. 자신의 연인이며, 평생토록 함께 살 반려자에게서만 나는 향기였다.

"내가 널 기억한다. 영원히 기억한다. 내 숨이 끊어지는 그날까지 나만은 너를 기억하겠다. 그런 나로도 부족하느냐, 고도."

고도는 대답 대신 두 손으로 청사의 옷자락을 꼬옥 쥐었다. 아니, 충분하다. 그리 말하는 소리가 그의 손가락 끝을 타고 울리는 듯했다. 고도에게 고마운 것은 그가 살아서 곁에 있는 것 하나뿐이었다.

청사가 하계를 좋아하게 된 이유는 오로지 고도라는 님이 살아가는 곳이었기 때문이다. 그가 내쉬는 공기가 아름다웠고, 그의 눈에 맺힌 햇볕이 포근했고, 그의 머리카락을 간질이는 봄바람과 머리카락에 앉은 작은 멧새들이 귀여웠다. 고도가 걸어가는 길엔 한겨울에도 꽃이 피었다. 고도가 쳐다보는 허공엔 한밤중이라도 빛이 번졌다. 고도의 손이 닿은 곳은 선명한 색으로 와 닿았고, 고도의 미소가 세상 전부를 포근하게 만들었다. 고도라는 사람 하나로 이 세상을 사랑하는 법을 배웠다. 그의 존재만으로 자신이 다스릴 하계의 소중함을 깨달았다.

바라만 봐도 벅차고 사랑스러운 임이 자신을 사랑해 준다고 한다. 사랑하는 임이 오직 청사, 그 하나만을 위해서 모든 것을 과거에 묻어 두었다. 현재와 미래는 오직 청사만을 위해서 존재했다. 청사가 전부였고, 그를 위해 어떤 것도 준비가 되었노라 말했다. 아름다움이 한낱 스러지는 유한함이라 누가 말했던가. 임의 사랑이 존재하는 한 청사의 세상은 영원토록 아름다울 것이다.

고맙다, 고도야. 사랑해 줘서 고마워.

사랑할 수 있게 해줘서 정말 고마워.

"내가 널 기억한다. 영원토록, 이 세상이 사라지는 그때까지 기억하

마. 고도야, 고맙다."

두피 속으로 파고드는 청사의 숨결을 느끼면서 고도는 다시 눈을 감았다. 청사가 "울지 마라"고 티 없이 맑게 말했을 때 처음으로 자신이 울고 있다는 것을 깨달았다. 슬픔노 아쉬움도 아닌, 그저 행복 때문에 사람이 울 수도 있었다. 아주 오래전에 묻어 놓았던 함을 열어서 묵혀 두었던 귀한 물건을 꺼낸 기분이었다. 고도는 오랫동안 청사의 옷을 쥔 채 소리 없이 눈물을 흘렸다.

천룡 가문은 어제부터 하늘 위의 모든 관심을 피해 은밀하게 움직이고 있었다. 하늘을 떠들썩하게 만들어 낸 사건의 중심지였기에 모든 눈과 귀와 입이 천룡의 가문에 쏠려 있었다. 직위 일선에서 물러났음에도 종종 상제가 부르면 천궁에 가서 장기를 두는 천룡에게 사건에 대해 물어보려고 수많은 정치 관료들이 몰리는 일이 일상이었다. 서로 사건의 전말을 한마디라도 들어 보려고 천룡과 점심 약속을 잡으려는 아우성을 벌였다. 때론 예물에 가까운 고급스러운 선물을 집에 직접 보내면서 "일선에서 물러나신다는 얘기를 듣고 그간의 노고에 감사드리고자 작은 예를 갖추었으니 받아 주십시오."란 말과 함께 "시간이 괜찮으면 잠깐 차를 마시려 하는데 댁으로 찾아뵈어도 되겠습니까."라며 천룡에게 직접 말을 한번 붙이려고 안달이 난 이들도 수두룩했다.

차기 천룡의 즉위식이 코앞이기에 떠들썩할 수 있다지만 그것은 표면적인 이유였다. 속사정은 차기 천룡이 치미를 통해 보낸 서신 속 '반려자'의 정체에 쏠려 있었다. 제물로 바쳐진 인간 여자에게 천룡의 씨를 심고 후계를 보는 것이 전통인지라 용에게 '반려'의 개념은 지극히 약했다. 세상에서 가장 주체적이고 독립적인 개체로 정평이 난 용이 무려 인간을 반려로 들였다는 것도 놀라운데, 하물며 그 인간이 하계와 명계를 떠들썩하게 만든 소란의 주인공이란다. 천인들은 하나같이 불편하고 의심스러운 눈초리를 보내면서 어떻게든 꼬투리를 잡아 반려와의 혼사를 저지하려는 움직임마저 보였다.

천계의 증폭된 관심과 달리 천룡은 동요하지 않았다. 평상심을 유지하면서 서책을 보고 상제와 장기를 두는 일상을 이어 갔다. 금관소경보좌의 일은 믿을 만한 이들에게 뿔뿔이 나누어진 후였다. 선녀 군장인 자신의 딸인 '서진'에게 군사력을 일임하고 나머지 정치와 행정 일은 아래 백관들이 해결하게 한 뒤, 총괄과 검토만 천룡이 책임지고 있었다. 그에게 차기 천룡 후계이자 막내아들인 한무의 일을 물어도 "아들이 사랑하는 인간과 혼인하겠다는데 아비가 뭘 어쩌겠습니까."라며 혼인하는 데에 축복도 반대도 하지 않는 중립적인 입장을 지켰다.

바위 같이 단단하고 묵직한 천룡에게서 소문의 실제적인 이야기를 캐묻는 것보단 아직 미숙한 그의 아들에게 따지는 것이 더 좋을 터였다. 많은 천인들이 한무가 반려자와 함께 하늘로 오기만을 학수고대했다. 물을 것이 많았고 질책해야 할 부분도 있었다. 군장인 서진이 직급이 높은 선녀들을 하계로 내려 보내 한무의 귀천 마중을 맡은 일정이 소문나자 여러 이권다툼이 얽힌 이들의 움직임이 더욱 빨라졌다.

빠른 기류로 뒤섞이는 이권다툼을 마냥 관망할 수 없었기에 서진이 직접 나서기로 했다. 서진 본인이 직접 한무와 그의 반려를 맞이하려던 것까지 남에게 맡기고 중요한 일을 처리하기로 일정을 조율했다.

서진은 자홍색 활옷을 입고 있었다. 무지기를 덧댄 대란치마에는 천계에서도 가장 귀하다는 만주사화가 금박 금직으로 화려하게 수 놓여 있었다. 점점이 꽃이 핀 문양이 저고리까지 이어졌다. 하계에 내려갈 때 입는 잠자리 날개처럼 얇은 무명 선녀옷을 걸치고 있었지만 활강에 쓰일 생각은 없는 듯 너울거리지 않고 얌전히 그녀의 등을 덮고 있었다. 칠보로 장식된 화관만 머리에 쓴 서진은 대례복장을 입고서도 불편함 없이 마당을 가로 질렀다.

"서진 마마 드시옵니다."

어린 여종의 목소리에 비질을 하던 무수리와 음식을 나르던 아낙들이 모두 하던 일을 멈추고 허리를 굽혔다. 그녀들의 공손한 인사를 고갯짓으로 받아 준 서진은 여종의 도움으로 품이 넉넉한 치마를 발목까지 들어 올려 계단을 올랐다. 그녀가 향한 곳은 친부가 머무는 서재였다. 낡은 종이 냄새는 매일같이 물에 적신 숯과 솔방울을 교체해도 서재 안을 퀴퀴하게 감싸는 곳. 종이 냄새가 거북한 서진과 달리 아비는 좋아하는 기색이 역력했다. 오늘도 변함없는 물먹은 종이 냄새에 코끝을 찡그린 서진은 볕이 잘 드는 곳에 앉아 서책을 팔락 넘기는 친부에게 다가갔다.

"아버지."

보는 눈이 있을 때 '아바마마'라고 정히 예를 갖추고 인사를 올려야 했지만 다행히 곁에 있는 이들이 집안일을 하는 사용자들뿐이다. 그들은 입이 있되 혀가 없는 존재들로 어디 가서 허투루 혀를 놀릴 족속들이 아니었다. 서책에서 눈을 뗀 중년의 남성이 서진을 바라봤다. 햇볕이 닿아 청명한 하늘빛을 띠는 눈동자가 서진을 반갑게 맞이했다.

"그래, 어서 오거라. 옷이 참 곱구나. 잘 어울려."

이런 속 편한 소리나 내뱉다니. 아버지가 위기의식이 없어도 너무 없는 것 아닌가 싶어서 서진은 미간을 찌푸렸다.

"오늘이 무슨 날인지 잊으셨습니까. 한무가 하늘로 올라오는 날입니다."

"으음? 벌써 그렇게 됐느냐?"

"벌써라니요, 반려와 함께 돌아오겠다고 전령을 보내지 않았습니까."

"아하, 그랬던 것 같구나."

"아버지!"

"미안, 미안. 상제에게 연달아 장기를 지고 있어서 수를 연구하느라 정신이 팔렸지 뭐냐."

그러고 보니 읽고 있는 서책이 장기와 관련된 것이었다. 상 옆에 관련 책을 한가득이나 쌓아 놓고 골몰하는 것이 천계의 큰일도 아닌 소일거리 장기였다. 이 뛰어난 인력을 어찌 장기 대국 상대로 낭비하는지. 상제며, 상제의 장기 상대를 마다하지 않는 아버지며, 참으로 태평한 이들이라면서 서진은 손으로 이마를 짚었다.

한무가 천상으로 올라오면 어떤 풍파가 일 줄 알고, 대책을 준비해도 부족할 때에 태평하게 장기를 연구하는 아버지였다. 나이가 들어 세상만사에 허허실실해진 것일까. 하늘 위와 아래를 통틀어 아비만큼 근엄하고 엄격하며 날카로운 용도 없었는데 역시 세월에 모난 구석이 깎이고 둥글어졌나 보다.

아버지는 천룡의 나이로 1,500살이 넘었다. 인간의 외형에 비유하면 불혹인 사내였다. 하나, 몸은 여전히 건장했으니, 얼굴에는 이마와 입 주변에 굵은 주름이 있을 뿐, 금관소경대좌에서 완전히 물러날 만큼 몸이 허약해지지도 않았다. 그럼에도 일을 그만둔 건 순전히 하루 종일 장기만 두려 한 셈이 아니었을지. 상제에게 계속 지고 있으니 앞으로는 이기기 위해 전심전력으로 승부욕을 불태운다 오해가 될 정도였다. 아버지라면 충분히 그러실 분이라면서 서진은 아버지가 보고 있던 서책을 제 맘대로 덮어 버렸다.

"엇."

"준비하셔야 합니다. 여기서 더 지체되면 정말 늦어요. 어서 한무가 도착하면 간단하게 인사를 하고 정치 일선에서 견제하는 내용이 무엇인지를 그에게 알려 주어 대비책을 준비토록 일러야 합니다."

친부가 눈에 띄게 시무룩해하는 걸 알면서도 서진은 여종을 시켜 아비의 예복을 준비했다. 단정하게 묶어 놓은 머리를 여종 하나가 붙어 빗질하고 관을 씌우자 천룡도 결국 그 손길에 몸을 맡겼다. 다른 여종들이 손과 발을 씻기고 손톱과 발톱을 정리하는 동안 서진이 옷 상태를 살폈다.

상제를 뵐 때만큼 옷의 가짓수가 많거나 관이 높고 화려하지는 않았다. 그래도 후계를 대하는 모습을 누가 보더라도 예를 잘 갖췄으니 흠을 잡을 곳이 없었다. 색상도 아비의 검은 머리와 푸른 눈에 잘 어울리는 청색이고, 금실로 수가 놓여 있으니 고급스럽고 우아해서 좋았다. 서진이 옷 상태를 만족스럽게 확인한 뒤에 여종이 신기는 버선에 발을 내민 부친을 돌아보았다.

"아버지, 미리 말씀드리지만 저는 동생의 혼약을 지지할 겁니다."

부친의 시선이 서진의 얼굴에 닿았다. 그녀는 한 치의 부끄러움도 없는 얼굴이었다. 동생의 혼약을 지지하거나 반대함으로써 얻게 될 어떠한 것도 계산하지 않았다. 득실을 따지지 않고 동생의 마음을 먼저 생각하다니, 현재 천계의 떠들썩한 분위기를 생각하면 제정신이 아니었다.

"의외구나. 너는 혼약 자체를 싫어하지 않느냐."

"그건 제 문제고요, 동생 문제는 다르죠."

"막내가 반려자로 데려오는 이는 전 천계를 적으로 돌린 인간인데도 지지하겠느냐. 그럼 너만 피곤해질 텐데."

"저는 그 반려자가 누군지 예전에 하계에서 본 적 있습니다. 그 인간의 과거 행적이나 출신 성분은 그다지 환영하지 않지만 보통 인간과는 다른 그릇이라 막내랑 잘 어울린다고 생각했어요."

"다른 그릇?"

"네. 막내가 아주 홀딱 반했거든요. 정말 심할 정도로요. 그 철부지가 그렇게 오랫동안 사랑을 앓고 있는 상대인데 반대할 건 없잖습니까."

그래, 그 사랑 때문에 태어나서 한 번도 받아 본 적 없는 후계자 수업을 단 60년 만에 속강으로 해결하는 기염을 토하지 않나. 막내가 다른 용보다 똑똑한 건 알았지만 워낙 여색만 밝혀서 큰물에서 놀 용은 아니라 여겼던 생각을 단숨에 엎는 일이었다.

한번 마음먹고 자리에 앉으면 부친이 요구한 내용을 깨우치기 전에는 일어나지도 않았다. 집중력을 요할 때는 몇 주간 먹지도 않고 자지도 않으면서 그 일에 몰두하기까지 했다. 하계에 갔다 왔더니 철이 들었다고 감격할 새도 없이, "후계 수업 일찍 끝나면 즉위식 전까지 하계에 있다 와도 되죠? 사랑하는 사람이 보고 싶어 미칠 거 같아요"라는 말을 들었다. 막내아들이 눈에 불을 켜고 후계 수업을 들은 이유를 그제야 알게 된 것이다.

한무마저 후계 자리를 원치 않는다면 새로운 아이를 낳아야겠다고 마음먹었던 부친으로선 한무가 천룡으로 즉위하는 데에 나름 욕심을 낸다는 것을 알고 다행이라 생각했다. 사랑 때문에 야망도 알게 되고, 그 야망으로 다시금 사랑하는 이에게 복을 주고 싶어 한다는 선순환 구조를 생각하는 아들이다. 부친 역시 딸과 마찬가지의 의견일 수밖에 없다.

"천룡의 반려는 상제님이라도 점지하지 못하는 존재이지. 그거야말로 온 은하와 땅과 하늘의 교합이 이루어 내는 '운'일 뿐인데 우리가 반대하느니, 찬성하느니 할 수 있는 문제가 아니지 않나."

"말이 어렵네요, 아버지. 그럴 땐 그냥 한무 뜻대로 한다고 말씀하시면 되는 겁니다."

"내가 그래도 위치가 있는데 그럴 듯하게 말해야 하지 않겠느냐."

"저만 있을 때는 오히려 그런 예가 번잡스럽습니다만."

"엇, 그렇다면 깔끔하게 말하마. 나도 찬성이다."

천룡은 여종들의 도움으로 예복을 모두 갖추어 입었다. 큰 키의 천룡은 반듯하게 허리를 세우고 소맷단을 정리했다. 멍한 얼굴로 걷기만 해도 여인들이 얼굴을 붉히며 좋아할 만큼 외형이 정말로 근사한 아버지였으나 일을 처리할 때 지나치게 하늘의 뜻에 맡기는 경향이 있었다. 문제는 "되면 되는 거고 안 되면 안 되는 거겠지. 수인사대천명이라"고 말하는 아버지가 하는 일이 뭐든지 좋은 방향으로 풀리는 데에 있다.

만사형통인 천룡을 향해 많은 천인들이 수군거렸다. "둘째 아들이 은하수에 누워 있어서 그 아비에게까지 복이 간다"거나 "겉으로는 귀찮은 척해도 모든 일을 완벽하게 끝내 놓고 아닌 척하는 능구렁이 같은 사내라서 그렇다"거나 "진짜 운발 하나는 억수로 좋네" 등등의 평가를 1,000년도 넘게 받아 오고 있었다. 결론적으로 천룡이 진행한 일이 부정적인 결과를 낳은 적이 단 한 번도 없다는 사실은 칭송받아 마땅했다. 하나, 그를 가까운 곁에서 보필한 서진은 아버지에 대한 평가가 부풀려졌다고 생각했다. 순수하게 존경하기엔 아버지는 너무 세상만사를 내버려 두는 기색이 강했다. 서진은 이 옷을 입고 이제 뭘 하면 되느냐고 멀뚱히 쳐다보는 아버지의 손을 잡아당겼다.

"한무가 도착하면 대청에서 기다리라 일렀습니다."

낫 모양의 용마루를 지나면서 서진은 여종들이 허리를 숙여 인사하는 것을 일일이 받아 주었다. 딸에게 손이 잡혀 끌려가는 모양새가 썩 보기 좋은 꼴은 아니었지만, 이 가문의 여식이 사내대장부보다 골차다는 것은 천계에도 익히 알려진 터라, 아무도 그 모습을 흉하게 생각하지 않았다. 오죽하면 여인의 몸으로 선녀를 모두 이끄는 군장이 되었을까. 혼사도 부정적으로 생각하며 제 할 일에 매진하는 데 바쁜 서진은 웬만한 사내 몫을 거뜬히 할 수 있었기에 아비를 휘어잡는 것도 이상하지 않았다. 서진이 곧 가문의 안주인이나 다름없었다.

"사랑채에서 기다리라 하지 뭣하러 대청에서 기다리라 했느냐."

"사랑채는 너무 멉니다."

결국 본인의 편의를 위해서 오랜만에 보는 동생이 머물 곳도 정했다는 소리네. 서진다운 패기에 부친은 마음대로 하라며 더는 따지고 들지 않았다. 대청이 가까워질수록 청지기들이 부지런하게 뛰어다녔다. 겸인들이 대청을 중심으로 바삐 움직인다면 그곳을 이용하는 객이 이미 도착했다는 뜻이다. 분주히 먹을 상을 차리고 옮기는 모습을 본 서진이 자리에서 우뚝 멈추었다. 그녀는 가슴이 들썩였다. 후우, 크게 숨을 들이마신 그녀가 아비를 바라봤다.

"제가 막냇동생의 혼사를 지지한다지만 그 마음을 드러낼 생각은 없습니다. 그러니 처음 만났을 때는 위엄을 다하여 막냇동생을 꾸지를 것입니다. 그가 멋대로 반려를 정하여 천계를 혼란스럽게 한 점을 제가 아니면 누가 대놓고 혼내겠습니까."

"마음대로 하거라."

"아버지도 제 뜻을 알아주세요. 저는 결코 막냇동생을 싫어하지 않습니다. 그의 반려자도 밉지 않습니다. 그러나 집안에 한 명이라도 동생의 중심을 잡아 줘야 앞으로 겪게 될 문제를 냉정하게 잘 헤쳐 나가지 않겠습니까."

"알았대도."

"그럼 문 열겠습니다."

대청과 이어진 장지문 앞에 몸을 숙여 서 있던 여종들이 문을 잡아당겼다. 아비의 손을 놓은 서진은 허리를 꼿꼿하게 펴고 턱을 밑으로 당겼다. 호선을 그리는 애교 만점인 눈가를 경직시켜 진지함을 품은 그녀는 휘하의 수하들을 다룰 때 으레 짓곤 하던 엄격한 입매를 만들었다. 치마를 한 손으로 그러쥔 서진이 냉정하게 걸음을 옮길 때마다 대청에 구십구 종의 반찬상을 펼치던 여종들이 허리를 조아렸다. 근엄함과 냉정함이 담긴 서진의 태도에 상대가 혈족일지라도 옳고 그름을 확실하게 분간케 하겠다는 의지가 묻어났다.

"한무. 아우를 오랜만에 보는구나."

서진은 대청 한가운데에 앉아 있는 한무를 바라보았다. 익숙한 목소리에 차를 마시던 청사가 고개를 돌렸다. 천계를 떠날 때 약소하게 입었던 복식 그대로, 청사는 파란 눈을 들고 제 누이를 바라봤다. 검은 비단처럼 부드럽고 긴 머리를 여인처럼 비녀로 묶어 놓은 것이 이상했지만, 반듯하게 앉아 있는 모습에서 아버지와 똑같은 분위기를 느꼈다. 대청의 문짝을 모두 올려 천장에 걸어 둔 만큼 볕이 여과 없이 마룻바닥을 적시고 있었다. 그로 인해 남쪽을 바라보는 청사의 얼굴이 반짝반짝 빛났다.

날 때부터 신의 은혜를 입은 용이었다. 천계의 모든 실바람과 햇살과 향기가 그의 곁을 머물렀다. 누이를 향해 몸을 일으켜 인사를 하지 않아도 능히 마땅하다는 생각이 들 정도였다. 누군가를 쳐다보는 것만으로도 상대가 곧잘 고개를 숙이고 무릎을 접게 만드는 분위기가 자연스러웠다. 부친을 빼다 박은 천룡 특유의 기운을 몸에 품고 있어서다. 같은 용족이며 아버지의 씨라는 점이 동일한데 어이하여 청사만이 천라만상의 기품을 품고 있는지 의아한 서진이었다.

지금은 손아래 동생으로 대하고 있으나 즉위를 마치고 본격적으로 아버지의 대업을 잇기 시작하면 청사는 아버지만큼 고귀한 지배자가 될 상이었다. 아니다. 300년도 안 된 어린 용에게서 벌써부터 아버지의 모습이 보인다면 아버지와 똑같은 나이를 먹었을 때는 전에 없이 위대하고 훌륭한 은하수의 지배자가 되어 아비의 업적을 뛰어넘을지도 모를 일이다.

"누이, 오랜만이야."

생긋 웃어 보이는 미소를 보고 서진이 그제야 고개를 돌렸다. 아버지가 장기에만 홀딱 빠져서 다른 데에는 관심을 보이지 않는 것만큼, 청사는 제가 사랑하는 임에게 흠뻑 젖어서 주변을 의식할 틈이 없는 모양이다. 저리 예쁜 미소를 아무렇지 않게 흘려보내니 겸인들이며 여종들이 떨리는 가슴을 부여잡고 어쩔 줄 몰라 하지 않나.

"아무 때나 실실 쪼개는 얼굴은 집어치우지 그러냐."

"음?"

반가운 재회임에도 누이가 면박을 주자 청사는 제 볼을 손으로 긁었다.

"보기 흉해?"

"기생오라비 같아서 영 보기 안 좋아."

"자제해야겠네."

그 미소로 천인 여자들에게 상사병을 앓게 하는 건 아니 될 소리지. 반려도 있는 용에게 반해서 쫓아다닐 여자들이 많진 않겠다만. 서진은 치마를 잡고 청사의 맞은편에 앉았다. 여종들이 차려 준 상에 딱히 젓가락질을 하지 않는 청사를 본 서진은 주변을 돌아보았다. 오랜만에 뵌 막내 도련님을 위해서 분주히 움직이는 종들만 보이고 정작 서진이 찾는 이는 보이지 않았다. 대청을 두리번거린 서진이 지체 없이 물었다.

"그 도사는 어디 있느냐? 네 반려라고 데려온다면서 같이 안 왔느냐?"

"같이 왔어."

"그런데 어디 있지?"

"일이 있어서 마당에 나갔어."

"무엄하네. 지금 시누이 될 사람한테 인사도 않고 집안 구경을 다닌다는 거야?"

"시누이? 아하하하, 누이 그런 단어는 어디서 배웠어? 선녀들 따라서 하계에서 목욕재계하더니 하계 풍습이라도 배워 온 거야?"

"아니 뭐, 인간을 반려로 둔다고 하니까 나도 인간들의 풍습이 뭐가 있나 다 알아본 거시, 얘는 그런 걸로 박장대소할 건 뭐야? 인간들은 시집살이라는 개념이 있던데 나도 그거 시키면 되는 거 아냐?"

"아서라, 고도 손에 물 한 방울 묻히기만 해봐. 내가 누이 손을 바라믓 강물로 적셔 버릴 거야."

"이 패륜아!"

"뭐래. 헛소리는 누이가 먼저 시작해 놓곤."

"네 반려자 냉큼 데려와, 인사도 안 시킬 거냐!"

"성질머리하곤. 알았어, 아버지 오시면 같이 인사드릴게."

"아버지도 함께 오셨…… 어라? 어디 가셨지?"

조금 전에 분명히 자신의 손을 잡고 끌려온 부친이었다. 여종이 대청으로 향하는 문을 열어 줄 때까지만 해도 옆에 나란히 서 계셨던 분이 감쪽같이 사라지셨다. 청사와 서진이 함께 남쪽 마당으로 고개를 돌렸다. 음식상을 차리고 부엌간으로 돌아가던 이들이 깜짝 놀라서 걸음을 멈추었는데 얼마나 놀랐는지 주인댁 사람들과 눈을 맞추면 안 된다는 예의도 잊고 서로 짧게 비명을 지르느라 정신이 없었다.

갑작스러운 소란에 청사와 서진의 표정이 동시에 굳었다. 청사의 귀천 소식을 접한 고위 백관이 혹 암살자라도 보낸 것인지, 혹은 예를 잊고 무엄한 행동을 하기 위해 쳐들어온 것일지도 모른다. 침묵을 금으로 아는 하인들 사이에서 비명이 터질 정도면 예삿일이 아니다. 더욱이 그 비명 소리가 고도가 나간 방향에서 터졌기에 청사가 먼저 벌떡 일어났다. 청사를 뒤따라 치마 속에서 은장도를 꺼낸 서진이 대청마루 밑으로 내려설 때였다.

"아니, 왜 이 아이는 나를 이렇게 싫어하느냐."

손에 쥔 은장도의 손잡이를 손등으로 유려하게 돌리면서 언제든 자객을 처리할 준비를 했던 서진이 그 자리에서 멈추었다. 쩔쩔 매는 부친을 보고 서진은 엉성하게 은장도를 쥔 채 한 발자국도 움직이지 못했다.

부친이 흑의를 걸친 사내와 마주 서 있었다. 부친보다 머리 하나는 작은 사내에게 손을 내민 채 발만 동동 구르는 우스꽝스러운 장면을 연출하고 있었다. 위엄이란 것을 부러 꾸며 낼 줄 모르는 분이셨지만, 그래도 금관소경대좌라는 중책을 맡고 계신 분이 저리도 경망한 표정을 지으실 줄이야. 아버지의 부끄러운 행동에 서진이 얼굴을 붉혔다. 그녀는 은장도를 다시 갈무리하고 치마를 잡은 채 성큼성큼 걸어갔다.

"아버지, 뭐하시는 겁니까!"

서진의 사자후 같은 외침에 짧은 머리의 사내가 고개를 돌렸다. 서진은 사내를 알고 있었다. 하계에서 보았던 얼굴이다. 그땐 보기만 해도 불길한 기운을 내뿜은 무거운 죽통을 등에 매고 오라비를 애꾸눈으로 만든 검을 차고 있었지만, 오늘의 그는 홀홀하게 느껴질 만큼 가벼운 차림새였다. 청사의 반려임을 떠나, 그가 오만가지 사건을 끊임없이 끌고 다녔기에, 이번에도 아비에게 망령된 짓을 했다 생각하여 버럭 소리를 지르기 직전이었다.

죽통에 무겁게 짓눌려 있던 어깨가 아니라, 그 여느 때보다도 가벼워 보이는 어깨에서 무언가가 꿈틀거렸다. 서진은 한쪽 눈썹을 휘며 그 어깨의 생명체를 자세히 바라보았다. 어깨 위 생명체의 정체를 확인한 서진은 턱이 툭, 떨어지는 것도 잊고 눈을 휘둥그레 떴다.

생명체는 갓 태어난 어린 용이었다. 꼬리 길이까지 합치면 팔뚝만 하고 몸통만 보면 양손으로 감싸도 포근히 안을 수 있는 아주 작은 용이었다. 새까만 몸엔 비늘이 없었기에 청사나 서진처럼 교룡이 아니었다. 어린 용은 새까만 눈을 가져 동공조차 구분이 되지 않았는데 그 모습이 사내의 눈과 모양이 똑같아서 귀엽고 순하게 보였다. 매끈한 피부에 커다란 눈망울, 조막만 한 네 개의 발로 사내의 두루마기를 꼭 쥐고 쳐다보는 모습까지 뭣하나 빼놓을 것 없이 귀엽고 사랑스러운 모습이었다. 게다가 화룡점정으로 날개까지 갖추었다. 날개를 파드득거리며 쩔쩔매는 부친의 손길을 경계하며 크르릉, 목을 울리다니. 용족의 미관상 그것은 신이 빚은 탐스러운 외모였다.

"어머머머머."

어린애에게는 관심이 없어서 혼사조차 부정적으로 생각했던 서진이 두 손으로 입을 막고 호들갑스럽게 소리쳤다. 서진도 부친처럼 양손을 뻗어 어린 용을 잡으려했지만 어린 용이 눈동자를 세로로 흡착하며 경계했기에 섣불리 다가갈 수가 없었다. 보다 못한 청사가 아비와 누이를 피해 사내에게 다가갔다.

"고도."

고도라 불린 사내와 어린 용이 동시에 청사를 돌아봤다. 천룡과 서진의 접근은 철저하게 거부하던 어린 용은 청사에게만큼은 발톱을 숨기고 순한 눈으로 고개를 숙였다. 천룡에게도 대드는 발칙한 용이 청사에게는 자발적으로 순종하니 그 모습이 해괴했던 아비와 누이가 청사를 기이한 눈으로 돌아보았다.

둘의 시선을 신경 쓸 틈이 없는 청사였다. 고도와 새끼 용을 등 뒤로 돌리는 데에 급급했다. 눈앞에서 사라진 어린 용을 안타깝게 바라보는 부친과 누이의 표정이 똑같았다. 아니, 근처에 몰려들어 구경하는 청지기들의 표정까지 모두가 하나로 통일되어 있었다.

아, 한 번 더 보고 싶은데.

"뭣들 하시는 겁니까, 대체."

고도를 왜 괴롭히냐면서 잔뜩 비늘을 세우는 청사에게 부친과 누이가 동시에 말했다.

"저 용은 대체 무엇이냐."

"저 귀여운 애는 누구 애니?"

고도가 청사의 팔 너머에서 빼꼼 고개를 내밀었다. 고도가 난처한 표정으로 청사를 올려다보며 속삭였다.

"아버님께 제대로 인사를 못 드렸다. 누님 분께도."

고도와 그런 고도에게 매달려서 함께 청사를 올려다보는 어린 용의 모습에 서진은 한 손으로 입을 가렸다. 믿을 수 없게도 귀여운 모습이 빼다 닮았다. 인간과 용이 닮았다니, 그게 말이나 되는 소리일까 싶다만, 청사를 빤히 쳐다보는 용과 인간의 시선은 누가 봐도 부모 자식 혹은 형제로 느껴질 만큼 쏙 빼다 닮았다. 인간을 귀엽다고 생각한 적은 단 한 번도 없었는데, 천하제일미모의 새끼용과 똑같은 눈동자를 가져서일까. 고도가 문득 사랑스럽다고 여겨지는 서진이었다.

청사는 고도의 등을 손바닥으로 토닥여 주며 "내가 말할게."라고 대답해 주었다. 청사의 아비와 서진은 긴장한 고도와 그런 고도를 살뜰히 챙기는 청사를 번갈아 바라보았다. 청사는 수십 명에 달하는 정지기들과 아비, 누이의 과도한 관심에 썩 곤란한 음성을 흘리다가 예를 갖춰 인사를 했다.

"아버지, 오랜만에 뵙습니다. 아들, 한무가 돌아왔습니다."

청사의 정중한 인사를 신경 쓰는 이가 단 하나도 없었다. 그들의 관심은 오로지 고도와 어린 용에게 쏠려 있었다. 천룡이 아들의 귀환 인사마저 단박에 자르고 급급하게 물었다.

"됐고, 저 애는 누구냐."

"……저보다 이 아이가 더 궁금하신 겁니까."

"내 평생 저렇게 사랑스러운 용은 처음 보는구나."

"아, 예. 마음에 드셔서 다행입니다. 경황없는 분위기입니다만, 이렇게 되었으니 바로 소개해 드리겠습니다. 제 반려인 고도입니다. 고도와 함께 후세를 낳아서 데려왔고요, 제 자식입니다."

청사는 부드럽게 고도의 허리를 잡아 자신의 앞쪽으로 데려왔다. 평소 긴장이라는 걸 전혀 보이지 않던 고도였다. 그래도 사랑하는 이의 아비와 누이에게 인사를 해야 한다는 사실 때문인지 묘하게 굳은 얼굴이었다. 정식으로 자리를 보존하여 인사를 드려도 부족한 때에 마당에 엉거주춤 서서 인사를 드려야 한다니. 고도는 청사의 눈치를 살피다가 짧게 숨을 들이마셨다. 고도는 최대한 정중하게 고개를 숙였다.

"처음 뵙겠습니다. 고도라 합니다."

고도는 잠깐 뒷말을 멈추었다. 차기 천룡의 반려자로서 자신을 어떻게 소개해야 하는지 몰라서 뜸을 들였다. 그럴듯한 미사 어구와 화려한 수식어를 생각해 보아도 자신과 어울리지 않았기에 고도는 덤덤하게 있는 그대로를 말했다.

"평범한 인간입니다. 귀한 천룡의 자제분을 정식으로 제 반려로 맞이하고자 인사드립니다."

누가 보면 고도가 청사라는 신부를 데려가기 위해 신부 측 집안에 허락을 구하는 모습이었다. 고도의 입에서 정식으로 반려를 맞이한다는 말을 듣고 얼굴을 붉히는 청사의 모습을 보면 누가 봐도 고도라는 신랑과 청사라는 신부의 조합으로 보이기 충분했고 말이다. 정식으로 허락을 구하는, 짐짓 긴장한 기색의 고도를 물끄러미 쳐다보는 천룡의 분위기에 고도는 숙였던 고개를 들고 정면으로 그의 시선을 받아들였다.

천룡의 눈은 청사와 같았다. 맑은 하늘을 품은 새파란 눈동자였다. 푸른 눈동자는 신비롭고 맑아서 어둠을 닮은 자신과는 정반대의 속성으로 반짝거렸다. 고귀한 존재임을 시선 한 번으로 뽐내는 그의 대답이 늦어 질수록 고도는 입 안이 말랐다.

침묵이 길어지면 이는 혼약을 반대한다는 의미로 받아들여도 될 터. 만약 천룡이 고도의 과거 전적이 요란하고 흠잡을 곳이 많아서 이 혼약 을 반대한다고 말하면 고도는 어찌해야 할지 다음 행동을 생각했다.

고도는 가진 것이 없었다. 얼마 없는 것을 모두 하계에 버리고 와서 각 설이보다도 더 가난한 상태였다. 하늘을 가진 천룡의 마음에 찰 만한 재 물도, 천룡이 인정한 귀하고 품위 있는 직책을 가진 것도 아니다. 더욱 이 여성도 아닌 남성이다. 한때 다른 여인을 품은 적이 있어서 제물로 여 성을 받아들일 때 처녀성을 따지는 용들의 풍습에서 보면, 아무리 남자 라지만 하자가 많은 인간이었다. 성격이 좋으냐면 또 그것도 아니다. 고 도는 자신이 얼마나 고집스럽고 제멋대로에 하고 싶은 일만 하면서 사 는 한량인지 알고 있었다. 뭐 하나 내세울 것 없는 보잘 것 없는 인간이 하늘을 품은 사내를 달라 한다면 과연 어떤 집안에서 그 청을 들어주겠 는가.

혼사를 반대하는 게 어쩌면 당연한 수순이다. 반대하는 말을 뱉으면 우선 무릎을 꿇고 마음을 돌리실 때까지 기다리겠노라 말해야 했다. 늦 은 밤을 지새우고 날이 밝을 때까지 가만히 이 마당에 앉아 있으면 천룡 도 다시 돌아보지 않을까. 그리해도 허락을 받지 못한다면 종노릇을 하 며 마음을 돌릴 때까지 기다리겠노라 말해야 했다. 비록, 집안일이란 걸 제대로 할 줄 몰라 그릇을 다 깨먹고 빗자루를 다 부러뜨릴지라도 그렇 게까지 끈덕지게 굴면 미운 정이라도 들어서 받아 주지 않으려나.

누군가에게 잘 보이기 위해서 노력을 해본 적 없는 고도로서는 머릿속 에 떠올리는 많은 방법들이 낯설고 어려웠다. 그렇게 해서 청사와의 혼 약을 허락받을 수 있다면 노력해봐야겠다고 마음을 굳혔다. 꼭 쥔 주먹

안에서 땀이 꼬여도 옷에 닦아 내지 못할 만큼 고도는 긴장한 기색을 내비추지 않으려고 했다. 침착함을 유지하려 애썼다.

이 정도는 각오하고 하늘로 올라왔노라. 고도는 자신의 다짐을 다시 머릿속에 새겨 넣었다. 천룡이 그 어떤 잔인한 말을 내뱉어도 덤덤하게 받아들일 준비를 할 때였다. 천룡이 긴 팔을 내밀었다. 설마 때리려는 걸까. 맞는다는 상황까진 생각지도 못했기에 질끈, 한쪽 눈을 감으며 얼굴에 내려칠 과격한 타격감을 기다릴 때였다.

"이 혼사를 전적으로 지지한다."

벌린 팔로 고도를 와락 끌어안은 천룡이 기분 좋은 미소를 지으며 말했다. 머릿속에 염두 해 본 적 없는 천룡의 반응이었다. 고도는 꽉 감았던 눈을 한참 후에야 슬그머니 뜰 수 있었다. 무슨 일이 벌어진지 몰라서 당황한 기색이 역력했다. 마지못해 찬성해도 감사하다고 절을 해야 하는데 전적으로 지지한다는 말을 듣다니. 혹, 환청을 들었나 싶어서 천룡을 올려다보았다. 환청이라 생각한 천룡의 말이 사실이었는지 천룡이 기분 좋은 미소를 만면에 띠고 있었다.

"태어날 때부터 응룡인 자식을 낳은 게냐. 이건 하늘이 점지해 준 부부의 연이 아니고 무엇이겠나. 상제가 반대한다면 내가 그 자식 머리통을 갈겨 버리마. 아무 걱정 마라."

고도와 고도의 어깨에 달린 새끼용을 함께 사랑스럽게 바라보고 있는 시선은 부모의 포근함을 지니고 있었다. 용은 주체적이고 독립적인 개체라 부모와 자식간 효도의 관념이 없다고 알고 있었는데, 이것은 어찌된 것일까. 부모의 정과는 다른 애정인 걸까. 용은 같은 용족에게 너그러운 호의를 베푼다고 들었다. 그로부터 발현된 마음인 걸지도 모른다. 천룡은 후계를 중시하니, 후계가 여기서 큰 역할을 한 것일지도 모르고. 귀하다는 응룡 새끼가 어떤 영향을 미쳤는지 조금씩 이해하게 된 고도는 경직되어 있던 어깨에서 천천히 힘을 풀었다.

고도는 쿵쿵 뛰는 천룡의 가슴 소리를 들으면서 눈을 감았다. 너른 천룡의 품 안에서 고개를 숙였다. 조금 전까지 머릿속 한편을 갉아먹던 미약한 두통이 옅어지고 있었다. 식은땀이 척척하게 밴 손을 조심스럽게 풀었다.

하늘에 올라오기 며칠 동안 뜬 눈으로 밤을 새며 정자에 앉아 담배를 피우며 달을 바라봤던 모든 심란함이 서늘하게 심장을 적셨다. 청사가 자신에게 해준 애정 어린 행동들, 자신을 믿고 지금까지 곁에 남아 준 사랑이 머릿속에 넘실거렸다. 지금까지 청사가 마음 고생했던 것을 모두 되갚아 주겠다며, 하늘에서 그 어떤 모진 취급을 받아도 덤덤하게 받아들이겠노라 다짐했던 고도였다.

명계로 끌려가더라도 이 심장만큼은 청사에게 내놓고 가겠노라. 오로지 청사의 사랑에 보답하겠다는 생각만으로 두렵고 낯선 천행을 감행했다. 가족의 반대, 하늘의 반대, 정략적인 암투와 자신을 명계로 끌고 가기 위한 세력과의 다툼 등 모든 최악의 상황을 가정하고 있던 고도는 개중 청사의 가족이 자신을 반갑게 맞이해 준다는 사실에 눈물이 날 것 같았다. 귀한 응룡 덕분이라 하더라도, 그 모체인 자신을 인정해 준 것이 고마웠다. 새끼를 뺏어 가고 자신을 명계로 넘기려고 하지 않아 준 것만으로도 감사했다. 부러 자신을 반기는 척 뒤로는 다른 생각을 품지도 않고, 있는 그대로 고도를 반겨 주는 사실에 서늘했던 가슴이 뜨거워졌다.

고도는 아랫입술을 꽉 깨물었다. 잠도 자지 못하고 달만 멍하니 바라봤던 과거가 어리석게 느껴진 나머지 "감사합니다."라는 말이 힘없이 흘러나왔다. 고도와 응룡을 사랑스럽게 바라보는 천룡 옆에서 누이가 허탈한 웃음을 뱉었다. 제 아비에게 동생의 기강을 잡아 보이겠노라며, 혼사를 지지하는 티를 결단코 내지 않겠다 선언한 그녀였다. 하지만 아비가 이리도 막내아우의 반려자를 두 팔 벌려 환영했는데 이제 와 목소리를 무겁게 내리까는 것도 우스운 모습이지 않나. 그녀는 아비의 품에 안겨 있는 고도에게 다가와 다정하게 말했다.

"이 혼사를 저지하려는 이가 있으면 내가 모든 동원령을 내려 군대를 풀겠다. 걱정 마라, 이 귀엽고 사랑스러운 둘을 우리가 지켜야지, 누가 지키겠느냐. 아무 걱정 말고 나를 친누이처럼 따라 주거라, 도사야."

아비와 누이의 지지에 백만 군대를 얻은 것처럼 든든한 청사였지만, 곧 짜증난다는 얼굴로 뒤바뀌었다. 청사는 고도와 부친을 떨어뜨려 놓는 데에 사력을 다했다.

"아, 그만 안고 있으라고요, 아버지! 누이도 좀. 아, 둘 다 왜 이래!"

고도를 꼭 안고 햇볕 냄새가 난다는 머리카락에 고개를 비비적거리는 천룡과 그런 천룡을 따라서 자기도 고도를 한번 안아 보겠다며 다가오는 서진을 말리느라 청사의 얼굴이 새빨개졌다. 눈물을 보였던 고도는 어느새 자신을 한 번 더 안아 보려 하고 머리카락을 쓰다듬으려는 천룡과 서진 때문에 식은땀만 흘렸다. 시끄러운 용들의 말다툼에 새끼 용이 미간을 찌푸리고 빽 울어 버렸다. 천룡과 선녀 군장이 위엄도 잊고 어쩔 줄 몰라 하며 새끼용을 달래느라 한동안 마당은 정신이 없었다.

차기 천룡의 귀환과 소문만 무성하던 반려의 등장, 반려와의 사이에서 응룡이라는 자식을 보았다는 겹경사에 집안은 떠들썩했다. 하나 경사 속의 즐거운 분위기는 오래 지속되지 못했으니, 청사가 집안의 겸인들을 모아 외부에는 결코 응룡의 존재가 알려져서는 안 된다며 누설할 시 그

에 상응하는 대가를 치르게 하겠다는 엄명을 내렸기 때문이다.

청사의 즉위식에 앞서 상제의 최측근들이 서경권[7]을 행사하는 자리가 있을 예정이다. 서경권이 진행되기 전에 최측근은 사적으로 통하여 고도에 대한 간쟁과 논박을 끄집어낼 것이다. 청사는 고도를 부정하는 최측근들의 분위기를 부친과 누이를 통해 전해 들었다. 천룡의 즉위식을 수월하게 거행함은 물론, 고도의 평안한 앞날을 위해서는 청사가 고위 백관들을 설득하여 생각해야만 했다. 청사는 환송 잔치를 벌이는 집안사람들에게 양해를 구하고 자신이 해야 할 일을 준비했다.

아버지께 요청하여 서경권과 즉위식 절차에서 예상할 수 있는 논쟁을 정리할 만한 전문가들을 비밀리에 접촉했다. 고도의 존재를 부정하는 백관 세력이 어디인지, 그들을 설득하기 위해 청사가 선택해야 할 득실관계를 면밀히 따져야만 했다. 부엌간에서 나온 잔칫상 음식들이 소분되어 청사와 청사가 불러들인 비밀스러운 전문가들의 규합장으로 향했으나, 그 누구도 그 안에서 벌어지는 이야기를 들을 수 없었다.

고도는 저를 내버려 둔 채 사라진 청사 때문에 덩그러니 대청마루에 앉아 있었다. 청사가 있을 때는 멀찍이서 힐끗거리며 쳐다보던 여종들이 집안 주인들 없이 홀로 있는 고도에게 무수한 관심을 표했다. 유독 고노의 어깨에서 옷자락을 움켜쥐고 색색 잠이 든 새끼 용에게서 시선을 떼지 못했다. 새끼 용이 잠결에 날개라도 펼쳐서 퍼덕거리면 어디선가 까르륵 웃음이 터졌고 속살거리는 밝은 목소리가 뒤섞여 들렸다. 하늘에서는 조용히 있는 듯 없는 듯 사는 게 목표인 고도로선 하는 수 없이 한적한 곳으로 자리를 옮겨야 했다.

고도는 마당을 가로질러도 자신에게 쏟아지는 시선 때문에 몹시 곤욕

---

7 주요 직책의 임원들이 관료의 인사 임명을 논하는 자리. 현대의 인사 청문회

스러워하고 있었다. 수십 년 동안 깊은 산골짜기의 버려진 집에서 살면서 심마니들 외엔 사람을 만나 본 적이 없었다. 사람 소리보다는 새소리, 물소리, 바람소리가 더 익숙한 고도는 수백 명이 왁자지껄하고 분주하게 움직이는 십안의 분위기에 통 동화될 수가 없었다.

최대한 사람 소리가 들리지 않는 외진 곳으로 발길을 옮겼다. 워낙 넓은 곳이라서 가다가 길을 잃으면 어쩔까 하는 생각이 잠시 잠깐 들기도 했다. 그 일이 실제로 일어날 줄은 고도도 예상하지 못했지만 말이다.

"음."

눈앞에 펼쳐진 동산의 모습을 보고 고도는 한참이나 신음을 삼켰다. 사방에 무화과와 복숭아나무가 즐비했다. 꽃을 피우지 않은 만주사화가 따뜻한 바람결에 온몸을 흔들며 지평선까지 붉은 물결을 만들었다. 바람이 불면 으레 볼이 어는 차가움만 기억하던 고도로서는 때 이른 봄을 맞이한 듯 따뜻한 바람과 햇살, 눈앞에 펼쳐진 싱그러운 봄 분위기에 말을 잇지 못했다. 익숙하지 못하다는 것이 곧 낯설음으로 다가오는 곳이었다.

이곳은 인간들이 사는 곳과 달랐다. 지나치게 화사했고 포근했으며 풍요로웠다. 근심 걱정이 있을 수가 없는 극락이었다. 모든 것이 완벽하게 주어진 곳은 지금까지 고도가 느껴 왔던 부족함, 아쉬움, 빈곤과 안타까움과는 정반대의 속성들로만 뭉쳐 있었기에 고도는 구름 한 점 없는 포근한 하늘을 무척 생소한 눈으로 오랫동안 쳐다보아야 했다.

이런 곳에서 살려고 인간은 살아생전 복된 일을 하려고 애를 쓰는구나. 현생에 만족하지 못하는 이들이 왜 극락을 꿈꾸는지, 눈으로 직접 보고 깨달은 고도는 서글픔을 삼켰다. 단 한 번도 생각해 본 적 없는 극락 동산이었다. 자신에게 주어진 미래란 무저갱의 깊은 어둠뿐이라 믿어 왔던 그에겐 넉넉하게 주어진 이 모든 세상이 눈을 감았다 뜨면 사라질 신기루로 느껴졌다. 청사가 왜 구김살 없이 밝고 남을 사랑할 수 있는 넓은 그릇을 갖게 되었는지, 이곳의 아름다움을 보며 깨달았다. 그 깨달음은 곧 고도 자신의 부정으로 이어졌다.

이런 곳에서 청사와 사랑하며 살아도 되는 것일까. 분수에 맞지 않는 지나친 아름다움을 곁에 끼고 살아도 세상이 노여워하지 않을 것인가. 고도는 볼을 스치는 봄바람을 피해 고개를 숙였다. 문득 가슴속이 답답했다. 무거운 추를 가슴에 매달아 놓은 기분이었다.

"길을 잃은 얼굴이구나."

어두워진 얼굴로 발아래에서 고갯짓하던 만주사화를 멍하니 바라보던 고도가 그 목소리를 듣고 정신을 차렸다. 고도는 등 뒤로 고개를 돌렸다. 사람 목소리가 들렸는데 그 인기척을 전혀 알 수 없었기에 짐짓 놀란 시선이 스쳤다.

고도가 기척을 느끼지 못했다. 그것은 상대의 내공이 자신의 내공을 선회한다는 뜻이었다. 고도가 밟고 있는 마당을 품고 있는 별채 건물이 눈에 들어왔다. 별채 건물에는 청사의 부친이 홀로 앉아 장지문을 모두 열고 복숭아나무를 그늘 삼아 장기를 두고 있었다. 예복을 벗어 어깨에만 걸친 채 저고리와 바지만 입은 편안한 옷차림이었다. 벗어 놓은 복대 위엔 관모를 성의 없이 던져 놓은 것이 그에겐 상하관계와 사대부의 예절을 엄격하게 따지는 양반들과 다른 자유분방한 분위기가 풍겼다.

고도는 바보처럼 눈을 깜빡이며 천룡을 바라봤다. 천룡은 고도가 생각한 것 이상으로 더 위대한 존재였다. 고도가 기척을 느끼지 못한 것만으로도 깜짝 놀라서 쳐다볼 정도였는데 실제 두 눈이 마주치고도 천룡의 기운을 전혀 읽을 수 없었다. 그는 고요한 하늘같았다. 누구든 그를 우러러볼 수 있지만 하늘이 품은 원대한 뜻을 한낱 인간이 헤아리지 못해 미래를 준비하기 어려운 것처럼 천룡의 뜻, 의지, 의미, 능력 모든 것을 측

정할 수 없었다. 놀라웠다. 천룡의 그릇이 이 정도인 줄은 상상도 해본 적이 없다.

고도는 몸을 숙여 바닥에 가만히 앉았다. 제아무리 해괴망측한 도사로 악녕이 높은 고도조차 그가 섬기던 왕 앞에서 격식을 차릴 때는 요망한 소리를 하는 입을 다물 줄 알던 상식인이었다. 그 상식이 발휘되는 상대가 하늘 아래 오직 왕뿐이었기에 고위 백관들의 미움과 반발을 사기도 했다.

고도가 인정하는 존재가 적었을 뿐이었다. 고도 그 자체가 하늘과 땅, 지하라는 경계를 넘나들며 사건 사고를 부릴 수 있는 능력이 있었기에 고도가 인정할 만큼 위대한 이가 없던 것뿐이었다. 순수한 힘만을 봤을 때, 고도는 청사의 기질을 인정했다. 그가 자신보다 강하다는 것에 이의가 없었다. 임금보다 위대한 존재가 세상에 있단 것을 처음 알려 준 이가 바로 청사였다. 한데 그 청사의 위에도 누군가가 존재하고 있었다. 누군가 존재하더라도 그것은 옥황상제라고만 생각했거늘, 그의 아버지조차 이토록 원대한 하늘을 닮았는데 이 천룡을 수족으로 부리는 상제는 얼마나 대단한 것일까. 고도는 인간으로서는 감히 넘볼 수 없는 그들을 외경심으로 대했다.

"천룡께서 머무시는 개별 사택인 것을 모르고 들어왔습니다. 죄송합니다. 곧 나가도록 하겠습니다."

정중한 고도의 태도에 천룡은 손가락 사이에 끼운 장기 말을 빙글 돌렸다. 천룡은 지그시 고도를 바라보다가 장기판 위에 말을 올렸다. 나른한 태도였다. 천천히 시간을 들여 고도를 살피고 있었다. 고도는 본능적으로 천룡이 자신을 시험대 위에 두고 자질을 평가하고 있는 중이라 눈치챘다. 청사와 있을 때는 좋은 말을 해준 천룡이지만, 본심은 그게 아닐수도 있으니 독한 말이 비수가 되어 날아올 수도 있다. 어떤 이야기든 받아들일 준비를 하겠노라며 고도가 숨을 크게 들이마실 때였다.

"특이한 체질이구나. 땅에 속한 인간일진대 몸에서 느껴지는 것은 하늘의 기운이야. 두 개가 절묘하게 교합되어 가슴 위로는 하늘이, 배꼽 아래로는 땅이 느껴진다. 원래 날 때부터 그런 체질이었느냐."

청사의 곁을 떠나 저택에서 나가라는 말에 준비를 하던 고도는 움찔했다. 무슨 말인지 곱씹어도 잘 이해가 안 되었기에 슬그머니 의아한 얼굴로 고개를 들었다. 달칵, 천룡이 손가락 사이로 돌리던 장기 말을 장기판 위에 올려놓고 있었다. 홀로 주고받는 수를 살피면서도 고도를 허투루 살피는 것이 아니니, 부처님 손바닥 안이라는 말을 이때 쓰는가 싶었다. 천룡이 손쉽게 도력을 꿰뚫어보자 고도는 더는 당해 낼 수 없다는 표정을 짓고 말았다. 공력이 높은 도사나 신선이 자신의 등이나 머리에 손을 대고 전력으로 기운을 불어넣어야지만, 읽힐 수 있는 내공을 눈길 한 번 준 것만으로 파악하는 그를 무슨 수로 이기겠나.

"제 체질에 대해 말씀하신 것이라면 저도 잘 모르겠습니다."

고도의 단정한 대답을 듣고도 천룡의 파란 눈동자는 장기판 위에 고정되어 있었다. 그는 양반다리로 앉은 무릎 위에 팔을 올리고 턱을 괸 자세로 미간을 찌푸렸다. 복기를 하는 모양인지, 효율적인 수를 떠올리지 못해서 애먹고 있었다. 그는 사방이 꽉 막힌 장기 형국을 보면서 손에 쥔 포를 계속해서 빙글빙글 돌려 말했다.

"본인 체질에 대해 모르면서 도술을 썼단 말인가."

"땅의 기운을 이용해서 도술을 썼던 것은 맞습니다. 하지만 그러한 제 체질이 바뀌었다고 말씀하시는 것을 이해하지 못하겠습니다. 이전이나 지금이나 저는 동일한 방법으로 도술을 쓸 수 있습니다만."

"그래? 그렇다면 여기서 한번 보여 주겠느냐."

"그 말인즉, 천룡 앞에서 재주를 부려 보라는 뜻입니까."

"그래. 내 아들이 그대의 무엇에 그렇게 푹 빠졌는지 한번 보고 싶구나."

장기판 위를 쳐다보던 하늘빛 눈동자가 생긋 웃음을 머금고 고도를 향했다. 고도는 뜻하지 않게 시선을 회피해야 했다. 놀랍게도 청사와 닮은 얼굴이었다. 웃는 모습이 똑같아서 고도는 순간적으로 가슴이 설렐 뻔했다. 부드럽고 우아해서 누가 봐도 기품이 넘치는 모습. 청사가 나이가 든다면 저러한 외형으로 변하게 될 것만 같았다. 지금은 예쁘고 사랑스럽기만 한 연인이 그땐 멋지고 우아한 모습으로 자신을 휘어잡게 될 것만 같았다. 어찌 같은 사내를 홀릴 만큼 멋있는 얼굴이란 말인가. 애써 천룡의 외형에 동요하지 않으려고 주먹을 꼭 쥐었던 고도가 숨을 내쉬면서 마음을 다잡았다.

고도는 손가락 하나를 휘둘러 도력을 운용했다. 아직 꽃망울만 맺혀 있던 머리 위의 복숭아나무가 손짓을 따라 꽃을 만개했다. 꽃은 곧 다시 봉오리를 달았고 그 속에서 단단한 열매를 만들어 갔다. 초록색 과실들이 주먹만 한 크기로 커지며 알알이 익어 갔다. 뽀얀 연홍빛으로 물든 복숭아는 보기만 해도 군침이 돌 만큼 자태가 탐스러웠다. 나무에 꽃을 피우고 열매를 맺게 한 도술이다.

겉보기엔 간단한 도술이었으나 시간을 원하는 만큼 앞당겨 만물의 지고한 법칙을 깨트리는 수준 높은 능력이었다. 시간이란 신이 기록하는 무형의 역사와 같아서 잘못 건드리면 가혹한 벌을 받기 마련이거늘, 명부에서 자신의 이름을 지워 시간의 법칙에 속하지 않는 존재로 스스로를 나락에 떨어트린 고도가 그 위험성 앞에서 조금의 두려움도 없이 다시금 시간을 움직인 것이다.

천룡은 고도를 보면서 입 꼬리에 호선을 그려 웃었다. 고도에 대한 인상은 하나였다. 배짱이 두둑한 인간이다. 청사가 본인의 후세를 인간 남성에게 보았다기에 여자와 견주어도 부족하지 않는 여성성을 가졌는가 했더니만 아무리 봐도 청사보다 감정의 동요가 적고 맡은 바를 잘 처리해 나가는 지혜와 용기를 가진 듯했다. 맨바닥에 허리를 펴고 앉은 자세나 천룡을 앞에 두고도 기죽지 않는 모습은 물론, 인간이라면 과거의 과오를 떠올려서 다시는 건드리기 싫을 능력을 아무렇지 않게 운용하는 배짱까지 모든 것이 아들보다 더 사내답고 듬직했다. 이렇게 올곧으니 아직 미숙한 아들이 푹 빠진 것이려나. 천룡은 생긋 미소 짓고 새로운 장기말을 손가락 사이로 굴렸다.

"하늘에서 땅의 능력인 도술을 쓸 수 있구나. 하늘이라는 강한 곳으로 오는 인간은 그 힘에 압사당해 죽기 마련이거늘, 본연의 기질을 잃지 않는 모습은 처음이다. 땅에서 많은 미움을 받았다고 들었는데 그 풍문은 거짓이었나 보군. 땅의 인정을 받았으니 하늘에서도 완전할 수 있겠지."

고도는 머리 위로 떨어지는 복숭아를 피해 고개를 옆으로 움직였다. 그 모습이 마치 천룡의 말에 의구심을 갖고 고개를 갸웃해 보이는 것만 같았다. 아까 체질 얘기도 그렇고 대체 하고 싶은 말이 무엇일까. 고도는 침착하게 물었다.

"송구스럽지만, 무엇을 인정해 주시는 건지 모르겠습니다."

"그렇다면 더 대단하구나."

"무슨 말씀이십니까."

"땅은 누구도 편들지 않는다. 하늘과 같지. 중심을 잡고 자신을 지켜야만 한다. 이유 없는 애정도 미움도 품어서는 안 되는 것이다. 한데 땅의 사랑을 받는다고 여겨지는구나. 그대는 신의 실수로 땅 위에서 태어난 존잰가 보다. 아무리 봐도 용이나 그보다 높은 존재로 났어야 했어. 인간이 아니라."

고도는 심장과 배로 들어왔던 빛을 떠올렸다. 망막에도 남는 빛의 무리는 몸으로 흡수된 후 두 번 다시 나타나지 않고 있었다. 아리아와 얽혔던 때를 생각하니 이상한 일이 한두 가지가 아니었다. 땅의 주인이 나타나질 않나, 한겨울 찬바람이 그다지 차갑게 느껴지지 않지 않나. 까투리를 잡아먹었던 실쾡이가 산토끼를 보은처럼 내려놓은 적도 있었다. 깊은 산천의 수목이 눈과 얼음에 뒤덮여 있는 동안에도 고도가 머무르는 초가집은 따뜻한 햇살이 내리 쬐고 금수의 노래 소리가 들렸다. 이곳으로 오기 전의 땅 위에서의 생활이 참으로 아늑하고 행복하다고 느꼈던 터였다. 그것이 땅의 대리 주인으로서 받은 영광이고, 그 영광됨이 지금 천룡이 말하는 것과 상통하는 것일까. 그것이 맞다면, 고도는 그 영광이 과하다고 여겨졌다.

"저는 그런 그릇이 아닙니다. 땅의 품에서 태어난 한갓 인간일 뿐입니다."

"과소평가를 하는구나."

"아닙니다."

"과소평가가 맞다. 제석천이 하늘의 대리 주인이 된 이유를 알려 줄까. 그가 바로 하늘에서 태어났기 때문이다. 이 세상 모든 존재가 태어난 핏줄이 있고 계보가 있거늘, 제석천은 하늘 그 자체에서 난 하늘의 아들이다. 그대는 인간과의 연이 끊어졌다. 더 이상 인간이라 할 수 없지. 그럼에도 땅의 숨결, 땅의 의지, 땅의 소리를 모두 편파적인 생각 없이 들을 수 있는 뛰어난 지성을 지녔으니, 이 어찌 땅에게 사랑받는 이유로 부적합하다는 뜻이겠는가. 그대는 지금 땅에 속한 몸임에도 하늘에서 그 기운을 쓸 수 있다. 땅이 발에 붙어 있고 머리는 하늘에 닿아서 어려움이 없구나. 위와 아래가 모두 그대와 연결되어 있으니 명계에서도 신선계에서도 바다에서도 모두 그대의 능력이 통한다. 아주 특이한 체질이다. 아니, 귀한 체질이라고 말해야 맞겠구나."

칭찬인가. 칭찬이 맞는 듯싶은데 하늘과 땅과 바다와 지하가 모두 연결되어 있다고 말하는 것은 과하다고 생각했다. 자신은 천룡이 말하는 귀한 존재가 아니었다. 세상을 혼란스럽게 만드는 삿된 존재였다. 청사의 부친이 그런 자신을 받아만 줘도 더 이상 바랄 것이 없다고 여겼던 고도로서는 뜻하지 않은 칭찬 앞에 무슨 말을 해야 하는지 감을 잡을 수가 없었다.

천룡처럼 위대한 존재가 실없는 칭찬을 해봤자 얻을 것이 없을 것이다. 이는 진실로 고도를 좋게 봐준다는 의미지만 줄곧 제 능력을 세상 사람들이 무서워하며 경멸하는 태도만 받아 봤기에 칭찬이 어색하고 의아함은 당연했다. 고도는 여전히 알 수 없는 표정으로 천룡을 바라보았다. 다시 한 번 그의 얼굴에 홀려 멍하니 쳐다보다가 뒤늦게 정신을 차리고 고개를 숙였다.

"좋게 봐주셔서 정말 송구스럽습니다."

아무리 좋게 말해도 당혹스럽게만 여기는 고도를 딱한 눈으로 바라보는 천룡이었다. 자신의 능력에 자각이 없는 것인지, 칭찬이 인색한 동네에서만 살아온 것인지, 고도는 왜 천룡이 저를 좋게 보는지 전혀 이해하지 못하고 있었다. 고도가 하늘에서 배울 것을 정해 줘야겠다고 생각했다. 천룡은 그에게 한 가지 숙제를 내렸다.

"앞으로 내 아들을 보필하면서 그대가 왜 땅의 선택을 받았는지 이유를 찾아내어라. 찾아내어서 내게 설명을 하면 합격을 해주마."

"―갑자기 그리 말씀하시면."

"그래, 이유를 찾을 수 있도록 작은 도움을 줘야겠지. 네가 낳은 응룡 말이다. 본디 용은 태어날 때 날개를 지니고 있지 않단다. 1천년 이상 살아 환골탈태를 한 후에야 등에서 날개 뼈가 돋아나지. 한데 날 때부터 날개가 있다는 길조가 왜 하필 지금 이 시점에서 너의 피를 이어받은 용에게서 나왔다고 생각하느냐. 그것을 단순히 운이라고 생각하느냐."

"이게 그렇게 대단한 일이었습니까."

"왜 대단한지 찾으라고 숙제를 낸 것이 아니겠는가. 참으로 보배롭다."

"이 아이가 그렇게 보배롭고 대단하다면—."

"아이는 둘째 치고 그대 말일세. 그대가 보배라는 뜻이야."

입을 벙긋한 고도는 곧 얼굴이 새빨개졌다. 위대한 존재가 자신을 인정해 주는 것도 모자라 귀하다며 극찬을 하고 있어서 몸 둘 바를 몰랐다. 그것도 청사를 닮은 멋있는 얼굴로 지체 높게 웃으며 그리 내뱉으면 당할 재간이 없지 않나. 아니, 왜 이 집안 사내들은 하나같이 이렇게 부끄러운 소리를 아무렇지 않게 할 수 있지.

청사가 눈만 마주치면 사랑한다고 속삭였던 사실이 떠올랐다. 말은 자주 뱉을수록 그 힘이 약해진다고 생각하는 인간들의 방식과 달리, 좋은 말을 많이 해야 하늘이 그 이야기를 듣고 기운을 북돋아 준다는 용들의 방식 차이로 빚은 일이었다. 칭찬도 칭찬 나름이라, 이런 극찬을 아무렇지 않게 내뱉는 청사의 부친이 부끄럽고 원망스러웠다. 칭찬에 면역이 없는 고도로서는 식은땀만 삐질 흘렸다.

고도의 어깨에서 새근새근 잠을 자고 있던 새끼 용은 자신의 둥근 머리통에 닿은 고도의 볼이 평소보다 훨씬 뜨끈한 바람에 눈을 떴다. 고도의 따뜻한 볼을 졸린 눈으로 끔뻑거리며 바라보던 새끼용이 곧 머리통을 고도에게 들이밀면서 비비적거렸다. 새끼용의 정다운 애교까지 이어지자 '이 망할 용 집안'이라 생각한 고도는 한참이나 곤욕스러움을 삼켜야 했다. 이러한 고도의 심정을 훤히 꿰뚫어본 천룡의 입가에 더 짙은 미소가 걸렸다. 짓궂은 표정으로 고도를 놀리는 일을 무척 즐거워하고 있었다.

"그대를 데려오고 지키려는 아들 녀석도 마음에 드는구나. 이제야 슬 슬 천룡다워진다. 보는 눈도 생기고, 결단력도 생겼어. 본인이 선택한 것 을 위해 포기해야 하는 법도 배웠지 않느냐. 이게 다 그대 하나를 위해 성장하는 것이라면 내가 먼저 고맙다고 인사하고 싶구나."

그만해, 대체 얼마나 더 부끄럽게 할 작정인 거야. 용들의 성정이 솔직 하고 과감하게 표현하는 것이라 봐야 할지, 혀가 길고 매끄러운 만큼 그 위에 얹힌 말도 들기름이라도 바른 것처럼 미끄덩거리는 것인지 구분할 수가 없었다. 고도는 무릎을 꿇은 옷자락을 움켜쥐면서 식은땀을 흘렸 다. 고도의 붉은 얼굴을 한 번 꼬집어보고 싶다는 생각에 빠진 천룡의 칭 찬이 도를 넘기 시작했다.

"여태껏 살면서 아직 반려를 찾지 못한 내가 보기에 내 아들은 참 복 이 많은 것 같다. 용에게 반려란 정말 많은 상징성이 있거든. 인간들은 잘 모르겠지만 용족은 누군가를 믿고 의지하지 않는다. 개별적인 판단과 믿음으로만 움직이지. 본인밖에 모르는 이기적인 용이 평생을 함께할 반 려를 찾는다는 건, 타고난 체질을 바꾸는 것에 준하는 아주 큰 변화이다. 고작 300년밖에 안 된 어린 아들이 벌써 반려를 찾아 혼약과 즉위식을 함 께하려 하다니. 내 아들은 정말 복 받았나 보다. 아주 부러워. 나도 못 찾 은 반려를 찾았는데 그게 천상천하의 보배라니."

더는 들어 줄 수가 없었다. 정치 일선에서 물러난다고 들었는데, 그렇 다면 외형은 아직 젊어도 용들의 나이로써는 늙은이나 다름없을 것이다. 늙어서 노망이 난 거라며, 고도는 그를 존경했던 바로 직전의 마음을 잃 고 다급히 그의 말을 잘랐다.

"장기 상대가 없으면 제가 상대해 드려도 되겠습니까."

보배를 얻고 응룡이라는 후세까지 보다니. 이렇게 된 거 그대가 힘써 서 아들 셋에 딸 셋 정도를 낳아 보는 건 어떻겠느냐고 말을 잇던 천룡이 눈을 껌뻑였다.

"오, 그래 주겠나?"

좋아하는 것을 발견할 때 청잣빛 동공을 가느다랗게 좁히면서 시선을 빛내는 게 부전자전이라. 전봉이나 청사나 좋아하는 것에 푹 빠지는 성향은 한 핏줄다웠다. 고도가 자리를 털고 일어나 천룡의 앞에 공손히 앉았다. 상제 외엔 번듯한 장기 상대를 둬본 적 없던 천룡은 잔뜩 들뜬 얼굴로 고도의 손에 장기 말을 쥐어 주었다. 고도가 보여 준 첫수에서 초보적인 티는 보이지 않았다. 아주 날카로운 한 수였기에 즐거운 대국을 할 수 있겠노라, 천룡이 생긋 웃었다.

"그대 손도 참 곱구나. 혈색도 건강해 보여. 짧아서 그렇지 머리도 길면 웬만한 여인들이 부러워하겠는걸."

"춘부장 차례입니다."

"눈이 새까만 건 그대의 새끼나 그대나 판박이구나. 해에 가린 달그림자처럼 예쁘구나."

"춘부장."

"보배야, 보배."

그만하라고, 이 자식아. 예의에 어긋나지 않을 정도로만 원망스럽게 쳐다보는 고도의 시선에 천룡은 웃음을 삼켰다. 고도를 놀려 먹는 게 이리도 즐거울 줄 몰랐다. 반응이 참으로 사랑스러운지라, 이는 자신이 아닌 상제나 고위 백관들도 고도의 단정하고 무심한 얼굴이 빨갛게 물들어 원망 어린 기색을 보이면 매한가지의 생각을 하겠노라 여겼다. 천상의 존재들은 전부 해탈한 이들이라서 이렇게 감정을 표현할 주체가 없으니, 고도는 한동안 정치 세력의 즐거운 연락에 시달리지 싶었다. 천룡이 고도를 향해서 예쁘게 웃어 보였다.

"내 살아생전 아들을 부러워하긴 처음이야."

이 용들의 가문과 얽히면 자신의 과거 행적 때문에 불편한 일이 여럿 생기지 않을까 걱정했던 고도였다. 지금은 그 고민거리가 바뀌었다. 이 집안의 용이 나이에 상관없이 주책맞아서 이걸 어떻게 받아들여야 하는지를 진지하게 고심해야만 했다.

"어머나. 여기 새색시가 있었네."

고도는 사레라도 걸릴 것 같았다. 이젠 누이 차롄가. 대체 이집안은 다들 이상한 말만 하고 있지 않나.

차를 준비해 온 서진이 고도를 발견하자 그에게 어울릴 만한 옷이나 장신구를 챙겨 주느라 부산을 떨었다. 고도는 몹시 곤욕스러운 얼굴로 장기에 집중할 수가 없었다. 머리에 온갖 장신구를 꽂고 비단옷을 대보는 서진과 무슨 색을 걸쳐도 다 예쁘다고 맞장구를 치는 천룡에게서 도망가고 싶다는 생각만이 간절해졌다. 고도는 온갖 화려한 물건을 온몸에 걸친 채로 장기를 두는 것인지, 제 얼굴을 감상하는 것인지 모를 천룡과의 대국에 두 볼만 빨갛게 물들였다. 그런 고도를 보면서 귀엽다고 까르륵 웃는 서진과 흐뭇해하는 천룡이었다. 청사가 부산스럽고 일희일비하는 성격은 이 집안의 내력이구나. 그걸 똑똑히 깨우칠 수 있는 좋은 기회였다.

청사는 조력자들이 돌아간 관아 책상에 엎드려 있었다. 창틀에 앉아 짹짹 울어대는 바라뭇새의 옥구슬 굴러가는 지저귐에도 고개를 들지 못했다. 네 시진 넘게 꼬리에 꼬리를 문 안건 검토와 논쟁에 지쳐 버렸다. 정리해야 할 내용이 한가득임에도 손을 놔버렸다.

지금은 신경 쓰고 싶지 않았다. 여기서 머리를 조금이라도 더 굴렸다가는 머릿속이 녹아내릴 것 같았다. 죽음이 코앞에 와서 똑똑 두드리는 기분이다. 처음 겪어 본 장시간 회의에 넝마 조각이 된 청사는 엎드린 팔에 얼굴을 묻었다.

　조력자들이 돌아가고 텅 빈 199칸 관아엔 청사뿐이었으니 누구 눈치를 보지 않고 편히 쉬고 싶었다. 아비의 정무를 도와주느라 종이에 무언가를 필사하는 백관들을 제외하면 청사는 마음 놓고 한숨을 내쉬며 눈을 붙일 수 있는 여건이었다. 문밖에서 여종들이 "서진마마 납시옵니다."고 말하는 소리만 없었다면. 그 소리만 없었다면 이대로 저승행도 괜찮을 만큼 까무룩 잠이 들고 싶었건만.

　"정무 보는 중에 미안합니다, 오늘은 아우가 귀환한 별스러운 날이니 양해를 구해도 되겠습니까."

　서진은 여종들이 열어 준 문지방을 넘자마자 일을 하는 백관들에게 정중한 사과를 올렸다. 아비의 일을 돕고 있는 백관들을 섬세하게 신경 써 주는 서진에게 불평을 토로할 이가 어디 있을까. 그녀의 말마따나 오늘은 특별한 날이니만큼 그녀의 돌발적인 행동에도 모두들 괜찮노라고 대답해 주었다. 미소로 화답해 준 서진은 상 위에 엎드린 것도 아니고 몸을 똑바로 편 것도 아닌 엉거주춤한 자세의 청사를 바라봤다. 이제 막 잠이 들려고 했는지 졸린 눈을 찌푸리고 있는 아우의 몰골이 말이 아니었다.

　"한무야, 각설이가 따로 없구나. 회의가 아니라 몸싸움이라도 했니, 이 꼴이 다 뭐야."

　낭창한 누이의 핀잔에 청사는 안 그래도 엉켜 있는 머리를 손으로 벅벅 긁었다. 잠자기는 글렀구나. 청사는 몸을 바로 세우고 누이를 맞이했다.

　"누이가 이 먼 외아까지 어쩐 일이야."

"네게 보여 주고 싶은 것이 있어서 발길을 재촉했단다."

그 말에 청사는 "보여 주고 싶은 거?"라고 물으려 했던 입을 벙긋 다물었다. 서진을 머리에서 발끝까지 훑어보았다. 서진은 수펑처럼 화려한 자수가 놓인 치마를 흔들었다. 치맛단에 수놓인 금박 나비와 꽃이 햇빛에 비쳐서 아름답게 반짝거렸다. 치맛단에 그려진 꽃과 나비가 머리에 실제 모양으로 얹혀 있었다. 은사와 곡옥, 백옥으로 화려하게 장식한 머릿장신구는 서진만큼이나 그 화려한 위용을 뽐냈다.

누군가를 맞이할 때나 입을 법한 옷을 서진이 입고 있는 것이 의아했다. 이런 장신구들은 번잡스럽다면서 선녀옷만 걸치고 다니는 누이가 어언 일인가 싶었다. 이렇게 옷을 차려입을 정도면 누군가를 만나려는 것이고, 그 만남에 청사를 끌고 가려는 것은 아닐는지. 청사는 눈치껏 상황을 모면하려 했다.

"피곤한데 한숨 자고 일어나서 보면 안 될까."

"그때쯤이면 아버지께 빼앗길걸. 아버지가 어찌나 마음에 들어 하시던지 그대로 상제께 연락해서 보여 주려고 난리였다니까."

"별스럽군. 아버지가 장기 외에 다른 것에 마음을 돌리다니."

"오죽하면 나랑 짝을 맞춰서 내게도 이런 옷을 입혔겠느냐."

"뭔 소리야?"

"내 옷은 늦게 준비해도 되거늘, 아버지가 지나치게 좋아하셔서 그 분위기에 휩쓸려 나마저 옷 갈아입기 놀이를 하고 말았단다."

"대체 뭔 소리야 그게."

퉁명스럽게 대답하는 동생에게 평소라면 정강이를 발로 찼을 서진이었지만 이번엔 너른 아량으로 넘어가 주었다. 그녀가 문밖에 있는 이를 기분 좋은 목소리로 불렀다.

"도사야, 들어와 봐, 어서."

고도를 부르는 소리에 청사는 귀를 쫑긋 세웠다. 잠이 깬 얼굴로 얼른 누이의 넓은 치마폭 너머로 고개를 내밀었다. 문 너머에서 한 발자국도 움직이지 않던 고도가 그제야 작게 한숨을 내쉬면서 발을 뻗었다.

문지방을 넘어 들어오는 고도를 본 청사의 눈이 휘둥그레 커졌다. 언제나 상징처럼 입고 있던 검은색 두루마기를 벗은 고도는 흰색 포 위에 노을 색과 복숭아색, 홍화색이 아름답게 펼쳐진 훈색 답호를 입고 있었다. 답호 위에는 금색과 홍자색으로 물들인 세조대를 매고 있었는데 딸 기술의 길이가 답호 끝자락보다 두 뼘 위에서 멈추었기에 걸을 때마다 단정하게 너울거렸다. 장신구를 최소화했으나 요대를 구성한 보석이 옥과 금으로 세밀하게 세공되어 있었다. 앞머리는 누이의 머리 장식으로 고정하여 넘긴 상태였다. 누이와 같은 모양의 장신구는 길게 내린 은사와 금으로 만든 나는 새 모양이었다. 과하지 않고 딱 알맞은 아름다움이었다.

단정하고 소박한 모습만 봐왔던 청사는 고도의 화려한 모습에서 눈을 떼지 못했다. 고도의 옆에서 누이가 말하길, 아버지가 너무 젊은 사람들이 입는 것 같다며 꺼내 입지 않는 옷과 장식물을 찾았다고 한다. 고도에게 어울릴 만한 옷을 잔뜩 입혀 보고 개중 으뜸으로 마음에 가는 것을 골랐으니, 아비도 좋아서 무릎을 탁 치는 이 차림새가 청사 눈에는 어떻느냐고 물어봤다고 한다.

불행히도 누이의 목소리는 청사의 귀에 들리지 않았다. 영 불편한 얼굴로 자신의 차림새를 바라보는 고도만이 청사의 눈에 보이는 전부였다. 고도는 제게서 시선을 떼지 못하는 청사를 힐끔 보더니 옷자락을 손끝으로 잡아 내리면서 덤덤하게 말했다.

"식을 올릴 때 혼례복을 준비해야 된다고 들었어. 색상을 확인해 보라고 예비로 입어 보라 하셔서 걸친 거고. 아, 음. 아무리 봐도 영 어울리지 않는데 식은 건너뛰면 안 되겠느냐."

그리 묻는 목소리조차 청사의 귀에는 닿지 못했다. 청사는 멍한 얼굴로 고도를 하염없이 바라봤다. 한참이나 반응이 없는 청사에게 고도가 "그리 이상하느냐"고 묻는 목소리만 얼핏 인지했다.

패물과 식은 어떻게 해야 할지, 남성 둘의 혼사를 천인들이 쉽게 수긍할지, 물론 용족의 경우는 모체를 남녀 불문하고 잉태시킬 수 있다는 걸 알고는 있다지만, 실제로 그걸 행한 경우는 이번이 처음이다. 천인들이 거부감이 있을 텐데 식을 올릴 때 그것을 방지하기 위해서는 무엇을 준비해야 할지.

많은 것을 염두한 누이가 손을 꼽으며 말해 주었다. 누이가 워낙 털털해서 자주 여자라는 사실을 잊었지만, 이번만큼은 귀한 날을 어떻게 준비해야 하는지를 일일이 신경 써주는 안주인 노릇을 톡톡히 보여주었다.

그러면 뭐할까. 기껏 생각한 바를 간추려 말하는 누이의 소리는 전혀 인식할 수 없는 청사는 자리에서 벌떡 일어나 냅다 고도를 품에 안고서 들어 올렸는데 말이다.

"어머."

누이의 짧은 비명에 정무를 정리하고 외아를 나가려던 백관들이 멈추어서 쳐다보기 시작했다. 화려한 꽃분홍색으로 물든 옷을 입고, 금색으로 반짝거리는 장신구들을 허리와 머리에 꽂은 고도를 청사가 두 팔로 안아 올렸다. 고도의 허벅지와 무릎을 잡아 자신의 몸에 바싹 붙였다. 허공으로 들린 고도는 움찔거리며 청사의 어깨를 손으로 쥔 게 고작이었다. 청사의 시선에는 고도의 당황한 얼굴만 보였다. 앞머리를 시원하게 넘겨서 반듯하게 드러난 이마가 살짝 찌푸려진 모습이 그리도 예뻐 보일 수 없었다.

"내게 보여 주려고 이렇게 예쁘게 차려입어 준 건가, 고도가? 응? 네가 정말로?"

들뜨다 못해 살짝 떨려 나오는 목소리였다. 청사가 바싹 붙은 얼굴을 붉히며 고도의 모습에 어쩔 줄 몰라 했다. 청사의 반응을 지켜보던 고도의 얼굴이 차츰 붉어지다가 이내 목 언저리까지 새빨갛게 불타올랐다. 고도가 이리도 부끄러워하는 것은 난생 처음이었다. 복장 때문에 수치스러워하는 것인지, 청사에게 모든 속내를 꿰뚫려서 당황한 것인지, 알 수는 없었다. 다만 고도가 아랫입술을 살짝 깨물며 청사를 원망하는 시선을 보내는 바람에 청사는 속으로 비명을 지르면서 고도를 더 세게 안았다.

"부끄럽지도 않느냐. 어서 내려놓아라."

부끄럽냐니, 그런 당치도 않은 소리가 어디 있을까. 청사는 여전히 홀린 눈으로 고도를 바라보며 빠르게 말을 이었다.

"내 반려가 너무 고와서 걱정이 하늘 같아. 고도야, 네가 이렇게 예쁘면 앞으로 얼마나 피곤한 줄 모르지? 너한테 꽃이 달라붙고 햇살이 뒤따라오고 바람이 머리를 잡아당기고 새들이 옷깃에 파고들어 날개를 비빌 텐데, 만물에게 널 빼앗기긴 내가 싫구나."

"이게 드디어 미쳤구나. 내가 선녀도 아니고 그럴 리가 없잖아."

"선녀랑 비교를 하다니, 네가 미쳤지."

"아, 한무야, 제발 그만해라."

"어쩌지. 예식 올리면 네 이렇게 예쁜 모습을 하늘이 다 알게 된다는 거잖아. 안 되는데, 어쩌지."

"그만하라니까."

"자랑하고 싶은 마음 반, 숨기고 싶은 마음 반이야. 미치겠구나. 아, 진짜 미치겠다, 고도야."

"내가 더 미치겠다. 대체 너희 집안 왜 이러는 거야."

사람을 얼마나 더 부끄럽게 하려는 거야, 대체. 이렇게 화려한 옷도 극구 입지 않으려고 했지만 청사의 누이와 부친께서 기대하는 눈치가 역력했기에 갈아입었다. 누이는 갖가지 색으로 옷을 입혀 본 끝에 '설마 저걸 선택하진 않겠지'라는 고도의 불안감 그대로 훈색 옷으로 결정을 내렸다.

아연실색한 얼굴로 옷을 걸치고 있으니 이것저것 장신구를 가져왔다. 머리가 짧아서 관이나 립을 쓸 수 없기에 대신 여성용 장신구로 머리를 깔끔하게 넘겨주는 기이한 행동까지 보여 주었다. 모두 다 잡아 뜯고 싶은 마음을 애써 억누르며 그네들의 좋아하는 모습에 억지웃음을 보여 줬는데 "한무에게도 보여 주자!"고 누이가 손바닥까지 치며 들뜰 줄은 생각도 못 했다.

청룡의 개인 사택에서 외아까지 걸어오는 내내 겸인들의 시선이 꽂혀서 고도는 한참이나 옷소매로 얼굴을 가려야 했다. 누이는 고도를 보며 "미려한 선비 같아서 참 예쁘다"고 말해 줬으나 오랜 세월을 살아와 뼛속까지 보수적인 늙은이에 가까운 고도로서는 젊은 것들이나 입어야 어울리는 미색 복장을 자신이 걸쳐서 무척이나 해괴하다고 여기기 바빴다. 그나마 다행이라면 청사가 보고 박장대소를 터뜨리며 비웃지 않은 일이다. 이제 와 보니 차라리 비웃는 게 나았을지도 모르겠다. 이러한 반응이 더 곤란하다. 청사가 이 복장을 이토록 마음에 들어 할 줄은 생각도 못 했다.

"누이, 이런 느낌으로 혼례복도 준비할 수 있을까?"

고도를 여전히 품에 안고 있는 청사가 물었다. 일회성 복장이 아니라 혼례에서도 이런 옷을 입어야 하느냐며 기함한 고도와 달리, 서진과 청사는 죽이 잘 맞았다. 그녀는 고도가 노란색, 분홍색, 파란색이 잘 어울린다는 사실을 여러 개의 옷을 갈아입히면서 확인한 후였다. 개중 분홍색이 고도 특유의 무심한 분위기를 한층 없애 줘서 수줍은 청년처럼 보여 주는 덕에 혼례에서는 꼭 분홍색을 써야겠다고 어겼다. 그녀는 청사의 물음에 지체 없이 고개를 끄덕였다.

"색깔과 밑단의 자수가 이러면 되겠니?"

"응, 새나 나비, 꽃 등으로 자수를 놓을 수 있으면 더 해줘."

"금단으로 물들이고 그 위에 은실로 자수를 박도록 하마."

"장신구는 어떻게 할까."

"예식에 맞춰야지. 장신구까지는 건드리기 어려울 것 같다. 복식 색은 조금 변화를 줘도 되겠지만 장신구는 전통이니까."

"옷만이라도 자유롭게 고를 수 있다면 괜찮아. 이 꽃분홍색 정말 마음에 들어. 이런 걸 고도가 입은 모습도 처음 보고, 이렇게 잘 어울릴 줄도 몰랐어. 검고 하얀 것만 걸치고 다녀서 몰랐는데, 고도는 살갗이 하얗고 고와서 이런 부드러운 색도 정말 잘 어울리는구나."

청사는 품에 안고 있는 고도를 한없이 바라보면서 웃었다. 눈가까지 빨갛게 물들이고 좋아서 어쩔 줄 몰라 하는 청사를 보자 고도도 그만하라고 그를 밀쳐낼 수 없었다. 청사로부터 기쁨을 빼앗고 싶지 않았다. 그 기쁨이 고도 자신으로부터 기인하고 있는데 어찌 먼저 밀쳐내고 면박을 줄 수 있을까.

고도는 몸에서 힘을 빼고 편안하게 청사에게 안겼다. 청사는 고도가 얌전히 자신의 목을 안고 있자 행복하게 미소 지었다. 청사와 서진과 달리 분홍색 복식을 기이하게 여기는 고도는 표정이 조금 퉁명스러웠으나, 옷을 벗겠다느니, 하는 고집은 부리지 않았다. 얌전히 청사가 원하는 대로 따라 주는 고도의 마음이 어여뻐서 청사는 두 볼을 붉혔다. 청사의 입술이 고도의 따끈하게 익은 볼을 꾹 눌렀다.

"고도야, 너는 봄 같은 사내구나."

볼과 턱에 입맞춤을 받으면서 고도는 입술을 달싹였다. 이제는 이러한 낯간지러운 말들에 면역이 생길 법도 하건만, 여전히 자신을 향해 스스럼없이 쏟아붓는 사랑 고백들이 부끄러운 고도였다. 고도는 짧게 한숨을 내쉬면서 반박했다.

"봄은 너겠지."

"너야, 고도."

"나는 겨울이 잘 어울리는 사내라 생각한다만."

"그럴 리가 있나. 고도는 내게 봄인데. 언제나 봄이야."

"옷 하나에 이렇게 홀릴 줄 생각도 못했어."

"내가 나비였다면 네 품에 먼저 날아들었을 거다."

"윽, 너 그런 말 하지 말래도."

"새였다면 널 위해 노래 불렀을 거야."

"으, 으아……."

"물이였다면 널 적시는……."

"그만하라고, 이 멍청아."

고도는 두 손으로 얼굴을 가렸다. 이미 이 차림새에 푹 빠진 청사에겐 무어라 말해도 통하지 않을 분위기였다. 아이고, 이게 그리 좋을까. 그동안 장식에 신경 쓰지 않은 게 이런 식으로 뒤통수를 때릴 줄이야. 나비와 새, 물에 이어 또 다른 헛소리를 하려는 청사를 고도가 먼저 막아 버렸다.

품이 넓은 소맷자락으로 청사의 목을 감싸고 청사의 이마에 쪽 뽀뽀를 해주었다. 고도의 입맞춤을 기분 좋은 눈으로 받아들인 청사가 똑같이 고도의 이마에도 입술을 묻었다. 고도의 이마를 타고 청사의 따뜻한 숨결이 번졌다. 이 모습을 지켜보는 서진이 남세스럽다며 한숨을 푹 내쉬었지만 말리지는 않고 얌전히 지켜보기만 하였다. 누이의 암묵적인 동의를 얻은 청사는 그녀의 시선에 신경 쓰지 않기로 했다. 고도의 이마 선을 따라 콧잔등으로 내려오는 입술이 콧방울에서 멈추고는 둥근 끝을 이로 살짝 깨물기도 했다.

"혼례는 기일이 잡히면 바로 진행하자. 괜찮지, 고도?"

청사가 혼례 일정을 꺼낼 줄 알았지만 일찍 앞당기는 것에는 반대였다. 고도는 고개를 살짝 틀어서 코끝에서 멈춘 청사의 입술에 자신의 입술을 쪽 소리 나게 대었다가 떼어 냈다. 아주 가볍고 사랑스러운 입맞춤이었다. 고도의 차림새 덕분에 더욱 만족스러운 청사가 눈웃음을 생글생글 지었다. 고도는 행복해 보이는 청사가 오해하지 않도록 부드럽게 그의 청을 거절했다.

"거절할 이유는 없겠다만, 너무 급하게 진행하면 네가 일정에 치일 것 같은데. 곧 즉위식을 가져야 하지 않느냐."

"즉위 전에 혼례일이 잡히면 혼례 먼저 할 거야."

"흐음. 아니, 즉위 먼저 하자. 그게 더 중요하다."

"내가 두 일정을 소화하기 빠듯할까 봐 걱정하는 것이라면 괜찮다. 두 일정을 동시에 진행해도 무리 없어."

"네가 괜찮다니 다행이지만 보는 눈이 좋지 않을 거야."

"보는 눈?"

"네가 혼례를 먼저 치르고 즉위식을 갖는다면 상제의 오른편에 서서 대의를 돌보는 것보다 사랑에 빠져서 사적인 일을 중시하는 이로 낙인찍힐 수 있지. 그런 잡음이 생길 일은 내가 반대한다."

고도의 이야기를 청사는 가만히 생각해 보았다. 혼사를 먼저 진행하면 고도 말대로 부정적인 여론이 생길 수도 있었다. 안 그래도 고도를 반려자로 책봉한 점에도 불만을 가진 세력이 있건만 여기서 꼬투리를 더 잡히면 앞으로 천룡으로 살아가는 데에 어려움이 생길 것이다. 그러나 즉위식을 거행하고 금경소관보좌에 앉으면 혼례를 치를 여유가 조금도 생기지 않을 테다. 즉위를 하자마자 아비가 아랫것들에게 분산시켰던 일을 다시 정리하여 자신이 도맡아야 하건만, 아비의 일에 익숙해지기 위해서는 못해도 오 년에서 길면 이십 년 가까이의 세월이 걸릴 것이다.

용의 수명에 비하면 턱 없이 짧은 기간이나, 인간의 생체 시간이 더 익숙한 청사는 1년 단위로 세월이 변하는 것을 직접 지켜보았다. 그가 생각하는 '긴 날'이란 1년을 칭하는 것이었다. 그 긴 날을 한 번도 아닌 다섯 번 이상 보내야만 이리도 예쁜 고도와 정식으로 부부의 연을 맺을 수 있다는 게 못마땅했다. 즉위식 전에 혼례를 해야 한다. 안 그러면 언제 혼례를 할지 장담할 수가 없다. 청사는 생각을 바꾸지 않기로 했다.

"아무리 생각해도 혼례가 먼저야, 고도."

청사의 고집 어린 말씨를 가만히 듣던 고도가 청사의 어깨를 두드렸다. 땅에 내려 달라는 신호였다. 청사는 고도를 바닥에 내려 주었다. 고도는 문지방 너머에서 새끼 용을 돌보는 여종을 바라봤다. 용은 눈을 떴을 때 고도가 보이지 않으면 빼액, 소리를 내어 울었다. 다행히 하루 대부분을 잠만 잤기 때문에 눈을 잠깐 떴을 때 밥을 먹여 주고 놀아 주기만 하면 남은 하루를 평온히 보낼 수 있었다.

고도는 그다지 귀찮다는 생각을 하지 않고 있었다. 열 달 품어 아이를 낳는 인간과는 분명히 다른 방식이었지만 자신을 인간의 자식처럼 따르는 용이었다. 용의 성정 자체가 독립적 운운했지만, 새끼 용은 지극히 인간을 본딴 행동을 보였다. 배 아파 낳은 자식이 아니라도 이처럼 따르는 어린 생명체가 있다면 보살피고 돌보고 싶은 마음이 들기 마련이다.

용이 작은 앞발로 옷깃을 꼭 잡고 놓지 않으면 기분이 묘했다. 잘 돌봐 주지 못한 죽은 딸아이가 생각나서 새끼 용만큼은 한 번이라도 더 만져 주고 안아 주고, 같이 놀아 주고 있었다. 하나, 땅에서 먼 하늘까지 와서 용의 보모 노릇을 하고 싶은 마음은 없었다. 청사의 정치적 위세를 위하여, 그와 함께 있고자 후계자를 낳았다. 그러나 용의 모체로서만 인정받을 생각은 단 한 번도 하지 않았다. 새끼 용의 모체는 맞지만, 그걸 무기 삼아 건달처럼 하늘을 주름잡는 행동은 비열하다 못해 촌스러웠다. 날개 달린 새끼 용을 이용해서 하루하루를 살아가면 떳떳한 부모의 역할도 못할 것이다. 고도는 청사에게 단호히 물었다.

"한무, 너는 내가 이 새끼 용의 모체로서 하늘에 인정받으면 된다고 생각하는 거냐."

아무 직위나 목적도 없이 그저 용의 어미로서만 인정받으면 만사형통이라는 질문에 청사는 냉정하게 현재의 상황을 설명했다.

"응룡의 모체는 정략적으로 아주 큰 힘을 가져. 너를 내쫓고자 하는 이들을 정당하게 반대할 수 있는 것은 물론, 상제의 총애를 받을 수도 있는 일이지. 네가 안전하게 하늘에서 지낼 수 있는 수단을 동원하는 게 잘못된 일이냐."

"글쎄, 내 출신 성분을 이유로 들어서 내쫓으려는 이들은 지금은 새끼 용 때문에 물러나도 추후 어떤 수단과 방법을 써서라도 나를 내쫓고자 피곤하게 굴 겠지. 애초에 너희 용족에게 모체의 개념은 희박하잖아. 하늘 위의 모든 이들이 안다. 용이란 자주적이고 독립적이어서 부모의 역할이 필요 없다는 걸. 그걸 알면서도 나를 인정할 리가 없지."

"하지만 응룡이야. 이 아이가 널 원하고 있잖아. 이 애는 보통 아이와 다르게 행동하고 있고 그걸 하늘이 충분히 알 수 있도록 하면 돼."

"그것도 충분한 이유가 되지 못해. 어차피 크면 알아서 잘 먹고 잘살 텐데, 그때까지만 나를 거두어들이고 이후에 쫓아내도 할 말 없어져."

"그건―."

"한무. 네가 인간인 나와 함께 있느라 지나치게 인간적으로 이 상황을 판단하고 있다. 내가 보기엔 응룡의 모체라는 건 중요하지 않아. 어미가 중요한 것은 사대부 교육을 받은 인간들에 한해서니까."

응룡이 가치 있더라도 이걸로 모든 위기에서 벗어날 수는 없다. 살면서 수많은 어려움을 대면하게 될 고도는 고작 응룡의 어미라는 직위만으로 모든 것을 타파할 자신이 없었다. 아주 힘없는 명분에 매달려서 청사 옆에 있다가는 자신뿐만 아니라 청사의 힘마저 약해질지 모른다. 청사의 짐이 되고 싶지 않다. 응룡의 모체로서 인정받는 것과는 다른, 고도 그 자체의 힘이 필요했다. 하늘의 법칙을 따르면서 하늘의 존재들이 모두 인정할 수 있는 방법. 그걸 찾아야 한다.

"고도는 어떻게 했으면 좋겠어?"

청사가 고도의 의견을 물었다. 응룡의 모체라는 직위만으로 앞날이 불안정하다면, 안정적인 해결책을 준비해야 했다. 땅에서처럼 산산수수화화초초 흐름에 몸을 맡기고 팔자의 소관이라 치부하며 살아가기엔 하늘이란 곳이 무서운 고도였다.

고도는 땅에서와 달리 하늘에서는 약자였다. 고도가 뛰어난 도술을 발휘해도 상제의 벼락 한 번으로 몸이 산산조각 날 테고, 천인들이 신선술을 부려 주박을 하고 천라지망을 펼쳐 잡으려고 나서면 벗어날 수 없을 것이다. 인간들 사이에선 뛰어난 힘을 가졌어도 천인들에게는 쉽게 통하지 않을 터. 힘으로 자신의 몸을 지키기 어렵다면 천룡처럼 높은 직위가 필요했다. 고도는 인간인 자신이 천계에서도 직위를 가질 수 있는지를 먼저 확인해보기로 했다.

"네가 나를 필요로 하도록 만들어라. 나만이 너를 도울 수 있도록 해줘."

"구체적으로 어떤 것을 원해?"

"네가 천룡직을 수행하는 데에 내가 결정적으로 도움이 되기 때문에 그 누구도 나를 건드릴 수 없으면 된다."

"나는 고도와 군신의 예를 맺고 싶지 않다. 난 너와 반려가 되고 싶을 뿐이야. 내가 하는 일을 네게 명령하며 도와주길 원하는 게 아닌걸."

"반려란 네 공무를 비롯한 모든 생활을 함께하는 것이라 생각하는데, 흠. 내 생각이 틀렸나?"

냉정한 고도의 말에 청사는 감정적으로 대답할 수 없었다. 공적인 일과 사적인 일의 안팎으로 모두 힘이 되어 주기 때문에 반려이다. 청사는 고도가 원하는 대로 냉정하게 현 상황을 다시 점검하기로 했다.

"네 말이 맞아."

"내가 너를 돕는 데 부족함이 있어서 꺼려진다면, 이 얘긴 그만 하고."

"전혀 아니야. 고도라면 뭐든 맡길 수 있어."

"그렇다면 날 위해서라도 뭐든 맡길 수 있는 직책을 만들어 줘. 내가 하늘의 그 누구도 수행할 수 없는 일을 오로지 너를 위해 할 수 있음을 공표하게 만드는 거지. 난 어떤 일이든 할 수 있어."

고도가 이런 식으로 말을 할 줄은 몰랐다. 고도는 귀찮은 것도 싫어하고 누군가에게 신세 지는 것도 싫어한다. 가급적 하늘에서 소란을 피울 바에야 조용히 사는 것을 원한다고 했던 사람이다. 청사는 걱정스럽게 물었다.

"넌 하늘에서 조용히 살고 싶다고 했다. 그런데도 정치 일선에서 나를 위해 움직이고 싶단 말을 들으니 내가 어째야할지 모르겠어. 그게 얼마나 피곤한 일인지 알잖아."

모를 리가 있을까. 이곳과 규모는 비교할 수 없지만, 계략과 정략이 넘치는 왕실에서도 생활해 봤던 고도이거늘. 하지만 신선놀음을 하는 게 여의치 않다고 도망 다닐 수는 없었다. 고도는 눈에 튀는 행동은 자제하려 했으나, 자신과 청사를 지키기 위해서 피곤한 행동을 한다 해도 괜찮다고 생각을 돌렸다. 청사와 함께 평온하게 지내기 위해서 다른 무언가를 희생하는 것이 필요하다면 응당 그래 줄 수 있다.

"널 위해서라면 뭐든 할 수 있어. 그러니 걱정 마라."

청사는 고도가 어떤 의도에서 자신에게 정치적 힘을 실어 달라고 말하는지를 알았다. 상제의 오른팔이기 때문에 천인들 그 누구도 천룡을 함부로 건드릴 수 없는 것처럼, 자신이 천룡의 최측근이므로 건드릴 수 없게 해야 했다. 고도를 암살하거나 괴롭히는 일이 곧 천룡의 대의에 어긋나고 이는 상제의 뜻에도 반함으로 연결시켜야 했다.

고도가 응룡의 모체로서 인정받는 것은 어렵지 않다. 응룡의 가치가 하늘에서는 몹시도 귀하기에 고도도 함께 귀한 대접을 받을 수 있다. 그러나 청사의 조력자들도 우려한 부분은 현재가 아닌 앞날이었다. 응룡이 자라서 용의 특성인 독립성을 깨우치면 고도는 모체로서의 직위를 잃게된다. 그때가 되어서 고도를 추방하려는 여론이 다시 들끓으면 고도를 정당하게 보호할 마땅한 대책이 없다.

조력자들이 도와준 부분은 바로 고도의 안전한 생활을 위한 직위를 만들자는 것. 선견지명이 뛰어난 천인들이 머리를 한데 모아 논의했기에 해결책을 찾을 수 있었다. 이 해결책은 고도가 합의해야만 가능한 부분이다. 청사 혼자서 독단적으로 끌고 나갈 부분이 아니었다. 그렇기에 하늘에 고도를 데리고 와서 살면 그에게 손에 물 한 방울 묻히지 않고 천수를 호강시켜 준다 말했던 다짐에 반하는 부분이었다. 다시금 고도를 고생시키는 일이었고, 고도가 원치 않아도 자신이 명령을 내려야만 하는 일이었다. 고도와 아무것도 걱정 없이 그저 사랑만으로 함께 살기엔 청사가 지닌 지위가 극히 높아서 너무 많은 것이 복잡하게 얽혀 있었다.

고도를 행복하게 해주는 일과 그 행복을 준비하는 일이 서로 달라서 고도를 힘들게 할지 모른다. 때문에 어떤 선택을 해야 하는지 몰라 머리가 녹아내릴 것 같은 치열한 생각 속에서 조금 전까지 지쳐 있지 않았나.

그 고민을 고도가 먼저 거들어 주었다. 고도가 청사를 반듯하게 보면서 말하고 있다.

괜찮다고 말한다. 복잡하고 힘든 일에서 혼자 물러나 멀거니 쳐다볼 생각은 없냐고. 청사가 치열하게 준비해 주는 것만큼 자신도 할 수 있는 모든 것에 최선을 다해 보겠다고. 고도가 먼저 자신과의 사랑을 지키기 위해 노력하는 모습에 청사는 눈물이 날 것 같은 마음을 다잡았다.

고도에게 보답해야 한다. 이 세상에 태어나 주고, 자신을 사랑해 준 고도에게 보답을 해줘야만 했다. 고도가 자신을 포기하지 않는 한, 청사는 그를 아끼고 사랑하며 보호해야 할 의무가 있으니까. 용에게 반려란 그가 살아가는 세상 그 자체다.

"누이, 서경권을 행사하는 모든 이들을 불러 줘."

고도를 한 팔로 안은 청사가 서진을 향해 말했다. 청사에겐 걱정이나 두려움이 보이지 않았다. 그는 확신하고 있었다. 하늘의 높은 신분들을 상대로 자신이 원하는 바를 요구하는 것을 조금도 염려하지 않았다. 정식 즉위도 받지 않은 차기 천룡이 상제의 일을 돕는 현직 백관들과 언쟁을 벌이는 것을 무서워하지 않다니. 서진은 청사가 허세가 아닌 확신을 가지고 행동함을 눈치채고 진지하게 고개를 끄덕였다.

"문책을 받을 수도 있다. 네 지위가 낮아서 백관들을 소집하는 것 자체를 문제 걸고넘어질 수도 있어. 그래도 괜찮으냐."

"혼나는 거야 상관없다. 어차피 내가 부르면 다 와야 할 것을. 그들도 고도에 대해 할 말이 많겠지. 내가 먼저 그 말을 할 수 있는 자리를 열어 주겠다는데 누가 반대할까."

"그렇긴 하구나."

"그러니 고도에 대한 논박의 자리를 마련할 테니 의견이 있는 이는 단 하나도 빠짐없이 모이라고 해줘."

조력자들까지 머리를 맞대고 고생한 문제를 단숨에 처리하고 고도와 행복하게 혼사를 할 수 있는 절호의 기회였다. 하늘은 고도와 자신의 편이다. 응룡을 낳은 순간 확신한 청사는 서진에게 단호하게 말했다.

　　"고도를 하늘에서 내쫓으려는 이들 모두가 모이는 자리로 만들어 줘. 그 자리가 파하는 순간, 누구도 고도를 건드릴 생각조차 못 하게 만들어 줄 테니까."

　　벼르고 있던 백관들이 몰려들었다. 날개 달린 말을 타고 오는 이들은 모두 옥황상제의 33개 하늘을 돌보는 천인으로, 휘하에만 수만이 넘는 가솔을 둔 이들이었다. 그들은 상제의 부름이 없으면 머무는 하늘을 떠나지 않는 것이 진리였다. 아직 천룡으로 봉책되지 않은 어린 용의 부름에 지체 없이 나타난 것은 극히 이례적인 일이었다.

　　각개별로 얼굴을 보기도 힘든 33개 천궁의 주인들이 붉은 자미사화의 꽃망울이 지평선까지 흐드러지게 심어 있는 천룡의 집으로 속속들이 발을 내렸다. 차기천룡이 서경권 자리를 미리 마련했다는 이야기를 들은 순간 모두들 준비했다는 듯 일합으로 도착했다. 천룡의 반려자가 고도라는 소문이 퍼진 순간부터 암암리에 모여 천계의 평온을 우려하던 이들이었다.

　　서경권에서 따져 물을 것이 많았던 터라 천룡의 자택 외아에 모여서 빠르게 의견을 교환했다. 그들 중 고도를 인정하는 이는 없었다. 모두 고도의 전적을 입에 올리며 천룡의 반려자 선택에 유감을 표하는 것은 물론, 쫓아낸 고도가 하계에서 몹쓸 짓으로 분풀이를 할 수도 있으니 명계로 바로 내쫓는 게 어떻겠느냐는 강경한 의견도 내비쳤다.

시끌벅적한 백관들 사이에서 유일하게 직위가 없는 도솔천의 주인, 가전연만이 침묵하며 시선을 돌리고 있었다. 가전연은 유일하게 법복을 입고 있는 이였다. 그 역시 33개의 하늘 중 하나를 다스리고 있으나, 이는 높으신 상제의 뜻보다 여래가 올 것을 대비하는 제자의 마음이 더 컸다. 대대로 도솔천의 주인은 정치적으로 잘 얽히지 않음이 공공연히 퍼져 있었다. 그가 회의에 참석한 것만으로도 금번 서경권의 자리가 얼마나 중요한지를 암시하고 있었다.

가전연은 제 뜻보다 다른 하늘의 주인들이 부탁한 바가 있었기에 그 약속을 지킨 것에 불과하므로, 빠르게 교환받는 의견의 틈바구니에는 끼어들지 않았다. 그저 여유롭게 도자기 잔에 차를 우려 조심스럽게 마시기만 하였다. 고요한 그를 제외한 32명의 천인들이 둥근 원형 탁상에 모여 앉아 바삐 이야기를 주고받았다.

"차기 천룡은 무엇을 믿고 이 자리를 앞당겼는지 아시겠습니까."

"글쎄요. 믿는 구석이 있어서 이러는 것 아닐까요."

"소문을 듣기로는 혼례를 일찍 진행하고 싶어서 서경권과 같은 절차를 미리 처리한다는 분위기입니다."

"허허, 배짱이 두둑하네요. 혼례를 위해 이 자리를 앞당기다니요. 무엇이 먼저인지 분간을 못 하시는 어린애였습니까."

"말조심하시지요. 후에 우리보다 높은 곳에서 상제님을 모실 분입니다. 아무리 현재 보위가 낮다 하더라도 앞날을 위해 그리 직설적인 말은 삼가시는 게 어떻겠습니까."

"하오나, 저는 차기 천룡의 판단을 도무지 신뢰하기 어렵습니다. 옛날엔 여색을 밝히더니, 이제 와 남성 인간을 반려로 맞는다니요. 이리도 일관적이지 않은 분을 어찌 금관소경보좌로 모실 수가 있지요?"

"그것은 그분을 임명하는 상제께 항소를 할 사항이지요."

"항소는 무슨, 지금 상제의 결정에 반대한다는 소리입니까? 그런 불경한 말이 어디 있습니까."

"차기 천룡의 행동을 하나도 이해 못 하기에 답답한 마음에 한 말입니다. 그를 명백하게 비난하려는 마음은 없습니다."

"차기 천룡 자체에 불만을 토로하는 것이 아니라면 모두들 입조심하시기 바랍니다. 우리가 이곳에 모인 이유는 그의 반려자 때문입니다. 그가 아닙니다."

"맞습니다. 반려의 반대로만 이야기를 진행해 주세요. 차기 천룡 자체를 반대한다는 인상은 결코 심어 줘서는 아니 됩니다. 제 의견에 모두 동의하십니까."

합심하여 고개를 끄덕이는 이들 속에서 가전연만이 고요하게 찻잔을 두 손으로 잡아 올렸다. 말투는 기품 있고 우아했지만 모두들 혀 밑에 가시를 숨기고 차기 천룡을 문책할 준비를 하고 있었다. 차라리 서경권 자리를 천룡에 즉위한 후로 미루었으면 이 정도로 드러내놓고 반대하는 입장을 보진 않았을 텐데. 금관소경보좌가 자신의 반려자에 대해 백관들이 의견을 내지 못하도록 압박할 수는 있어도 즉위하지 않은 어린 용의 입김은 그만큼 미치지 못하는 것이 현실이었다. 한무가 사랑에 눈이 멀어 합리적인 선택을 하지 못하고 어리석게 군다는 말까지 나온 이상, 서경권 자리가 얼마나 각박할지 벌써 눈에 보였다.

"한무께서 드십니다."

웅성거리는 소란은 외아의 문이 열리는 순간 멈추었다. 양옆으로 열린 문 너머에서 푸른 답호를 입은 청사가 모습을 드러냈다. 청사를 본 이들이 자리에서 일어났다. 청사가 길게 흘러내린 머리카락 사이로 진중한 눈을 빛냈다. 여종의 안내로 문지방을 넘는 청사에게서 발소리는 울리지 않았다. 청사가 한 걸음 뗄 때마다 묘한 긴장감이 외아에 모인 천인들에게 비수처럼 꽂혔다. 정수리에서 머리를 높게 묶은 청사는 한때 천계에서 여색을 밝힌다 하여 제 아비가 하계로 내쫓았을 때와는 확실히 분위기가 달랐다.

어리고 철이 없던 때와 달리 신중한 눈으로 주변을 둘러볼 줄 알았다. 고위 백관을 단순히 늙은이로 취급하는 대신 정중한 예를 갖추는 우아함으로 대하는 법을 알았다. 그는 자신을 숨길 줄 알았지만 결코 자신을 낮추지도 않았다. 부러 꾸며 낸 분위기가 아니었다. 못 본 새 겪은 수많은 일로 인해 심경의 변화가 있었고, 자신의 위치에 맞게 어떤 행동을 해야 하는지를 깨달았기에 가능했다.

청사를 철부지 어린애로만 취급하면서 의견을 교환했던 천인들이 서로를 힐끔 쳐다보다가 슬쩍 고개를 저었다. 예상과는 다른 청사의 모습을 보고 그를 도발하거나 업신여기는 행동과 말투는 결코 해서는 안 된다고 암묵적으로 합의하고 있었다.

"바쁘신 와중에 이렇게 모여 주셔서 감사합니다."

청사가 원형 탁상의 빈자리에 앉으니 일어났던 백관들도 의자를 당겨 착석했다. 청사가 없었을 때 보이던 견제와 날카로움을 소매 속에 감춘 이들이 어느새 부드럽게 풀어진 눈가와 호선을 그리는 입매로 청사를 맞이했다. 그들은 인자한 어른처럼 웃으면서 덕담을 주고받았다.

"하계에서 편히 쉬다 오셨습니까."

"이리 뵈니 아버님을 많이 닮으셨습니다."

"즉위식이 곧이라고 들었는데 따로 시간을 내어 즉위 절차를 배우시지 않아도 될 것 같습니다."

"나중에 연락 주시면 현안과 안건을 정리해서 보내드릴 터이니 언제든 편하게 말씀하세요."

청사는 자신에게 좋은 말을 해주는 천인들을 향해 기품 있게 웃었다.

"말씀만으로도 모두 감사합니다. 좋은 이야기 잘 새겨듣겠습니다."

"물론입니다. 언제든 저희에게 편안히 연락 주시지요."

천인들은 능구렁이 같았다. 하고 싶은 말이 혀끝에 묶여 있는 얼굴로 이리도 너스레를 떠는 것이 청사의 눈에 훤히 보였다. 천인들은 실없는 이야기나 하려고 이리도 급히 모인 것이 아니었다. 그들이 하고 싶은 이야기는 따로 있었다. 청사가 그 주제를 입에 올리는 순간 다들 통탄을 금치 못하며 이야기를 쏟아 내리란 것을 모를 리 없었다. 덕담을 주고받으면서 시간을 때우기 아까운 것은 청사 쪽이다. 청사는 여종이 가져온 찻잔을 손으로 잡고 조용히 마시면서 말했다.

"제 반려자에 대해서 이야기를 들으셨을 거라 생각합니다."

그 이야기를 기다렸다는 듯 가장 근엄하게 앉아 있던 '불환'[8]이 고개를 들었다. 대경과 중경의 업무를 돕는 백관들이 먼저 불환을 돌아보며 이야기를 기다리고 있었다. 청사가 오기 전에 누가 이야기를 주도적으로 이끌지 결정한 모양이었다. 청사는 불환에게 완전히 시선을 돌리고 그의 말에 귀를 기울였다.

"천룡의 후계께서 반려자를 찾은 부분에 대해서는 저희 모두 감축드릴 일이오나, 그 반려 대상에 대해서는 우려를 표하고 있습니다."

청사의 직위에 도전하려는 의식은 전혀 없기에 청사의 선택이나 결정 자체를 비난하지는 않았다. 청사에게 미움을 받으면 후사가 두려워진다. 후환을 피하여 말을 조심하는 것은 정치인으로서 당연한 일이었다. 청사가 차기 천룡 자리에 오를지 여부가 불확실하다면 청사에게도 강경하게

---

8 잘 정비된 소승 불교의 교학敎學에서는 성인을 예류預流·일래一來·불환不還·아라한阿羅漢의 사위四位로 나누어 아라한을 최고의 자리에 놓고 있다. 강문을 모셨던 '아라한과阿羅漢科'들은 천계의 '아라한'이 되기 위해 수행하며 스스로를 '아라한'이라 칭하는 자들일 뿐, 실제 천계의 아라한을 뜻하는 말은 아니다.

말을 하겠지만, 이미 직위가 내정되어 있는 그를 반대하여 미운털이 박히는 것은 극구 사양하며 조심했다. 청사를 비난하는 게 아니라 그의 반려에게 우려를 표하는 것뿐, 불환은 청사가 혹 기분 나빠하지 않을지를 조심스럽게 살폈다. 청사는 용이 평생을 바친다는 반려자를 부정적으로 생각한다는데도 눈 하나 깜짝하지 않았다. 청사는 너르게 받아 줬다.

"그럴 수 있다고 생각합니다. 분명 걱정하시는 부분이 있으니 서경권을 발휘하시면서 의견을 주시는 것 아니겠습니까."

청사가 이야기를 받아 줄 수 있는 분위기임을 확인하자 불환에 이어 '예류'와 '일래'까지도 말을 거들었다.

"반려께서 많은 능력이 있음을 확인했습니다. 그 능력이 하계뿐 아니라 하늘 위에서도 큰 영향을 미치는 것을 저희는 우려하고 있습니다."

"하계와 명계에 큰 혼란과 근심을 안겨 주셨죠. 하늘에도 같은 소란을 일으키면 저희들이 전에 없이 강경하게 대처할지도 모릅니다."

"그렇다고 저희가 감히 천룡의 반려자에게 능력을 봉인할 계약을 맺거나 신선술을 이용해 부적과 진으로 그분의 행동을 제한할 수는 없지 않겠습니까."

"언제 이 고요한 하늘이 시끄러워질지 모르는 근심과 걱정을 안고 혼사를 축복해 드리기 힘들 수도 있습니다."

모두들 돌려 말하고 있으나 뜻은 하나였다. 고도의 악평이 자자하니 하늘에서 받아 줄 수 없다는 것. 지금은 이리 우아하게 '우려'를 표하는 선이지만 청사가 제 뜻을 굽히지 않는다면 혼사를 축복하지 못한다는 위협이었다. 더해서 고도라는 악인을 천계에서 받아들이는 나쁜 선례는 만들고 싶지 않다는, 일종의 경고를 하기도 했다.

청사는 소리를 죽이고 차를 마셨다. 차를 마시는 청사는 한 톨의 불쾌감도 표현하지 않았다. 평온한 눈매와 입가를 유지했다. 청사가 조금도 동요하지 않고 안면을 유지하는 것에 32명의 천인들은 청사가 이전과 같은 망나니가 아님을 대번에 파악했다. 그는 놀라울 정도로 자신의 숨은 뜻과 생각을 겉으로 비추지 않았다. 그 어떤 유명한 예언가가 와서 점을 본다 할 손, 그의 아비이자 일선에서 물러난 전前청룡과 완전히 똑같은 분위기라며 고개를 저을 것이다. 아무도 그를 읽을 수 없다. 단 몇 년 만에 이러한 경지에 다다른 청사를 바라보는 눈빛이 모두 신중하게 바뀐 것은 말할 필요도 없었다.

"말씀 잘 들었습니다."

찻잔을 내려놓은 청사가 푸르게 빛나는 눈으로 좌중을 둘러보았다. 청사의 속을 알 수 없는 분위기에 적잖이 놀란 분위기를 알면서도 청사는 처음 보였던 부드러운 미소를 끝까지 유지했다. 하나 그의 아름다운 입을 통해서 흘러나온 말은 누구보다도 위엄이 담겨 있었다.

"그대들은 제 반려의 과거 행적으로 현재를 판단하고 있군요. 반려가 하늘에서 결코 소요를 일으키지 않노라 맹세를 했다면 어쩌시겠습니까."

청사의 말에 불환이 조심스럽게 대답했다.

"송구스럽습니다만, 인간의 맹세는 믿을 수가 없습니다."

청사의 시선을 받은 불환이 예를 갖추며 말을 이었다.

"인간은 선과 악이 공존하는 존재입니다. 선밖에 없는 천계에서 인간이 지닌 악한 면을 우려하는 것은 당연한 이치입니다. 또한 선만이 발을 들일 수 있는 이 극락에 악이 머물면 천계와 하계, 명계를 구분하는 만고 불변의 진리를 어기는 일이 됩니다. 악이 들어 있는 존재는 하계에, 악뿐인 존재는 명계에, 선뿐인 존재는 천계에 있는 것이 인과율 아니겠습니까. 이것을 차기 천룡의 반려를 받아들임으로써 깨트릴 수는 없는 법입니다. 땅에 속한 존재를 땅으로 보내시는 것이 마땅할 것입니다. 마땅한 일을 부디 고려해 주십시오."

가장 원론적인 이유를 들어서 고도를 반대하고 있었다. 청사는 신중하게 불환이 한 이야기를 곱씹었다. 그의 말에 허점이 없는지를 확인해 보니 역시나 구멍은 존재치 않았다. 역시 말로 먹고 사는 이들다웠다. 청사는 준비된 모범 답안을 하는 불환에게 물었다.

"그대들은 고도가 악하기 때문에 하늘에 들일 수 없다는 것이군요."

"그 불문율은 저희가 아닌 태초에 정해진 바입니다. 저희가 어찌 선조의 뜻을 거역하겠습니까."

"허면 그대들의 높으신 '하늘'께서 고도를 받아들였다면 그 불문율도 깰 수 있겠습니까."

청사의 질문에 불환은 대답 대신 그를 바라보았다. '하늘'이 고도를 인정한다는 청사의 말의 뜻은 하나였다. 신께서 그를 선택했다는 의미이다. '신'이란 말은 명명자인 인간이 붙인 말이다. 존재하는 모든 신이한 존재를 줄여서 '신'이라 표했으나, 그 의미가 천계로 올라와 쓰일 때는 의미의 폭이 좁아졌다.

신이란, 천인과 천룡, 상제보다 높은 존재다. 제아무리 천인들이라도, 신의 의지는 헤아릴 수 없는, 하늘 밖의 또 다른 존재였다. 이 세상이 생겨난 근원, 이곳을 이루도록 수많은 장치를 둔 이 세상의 설계자. 그를 '신'이자 '하늘'이라고 불렀다. 그는 태고에만 이곳에 관심을 가졌을 뿐, 지금은 일선에서 물러난 정치인처럼 누구도 그의 존재를 아는 바 없이 그저 그의 뜻을 이어 받기만 하고 있다. 그런 자가 어찌 차기 천룡의 반려자를 직접 점지했다는 말인가. 불환은 우려를 표했다.

"그럴 일이 있겠습니까. 한무께서도 아시지 않습니까. 그는 결코 세상에 나타나지 않습니다. 자신의 뜻을 직접 전하는 일도 없지요. 그가 고도라는 인간을 하늘로 데려와 인과율을 어기도록 했다는 말을 선뜻 이해하기 힘듭니다."

"그것은 조금 있다가 증명해 보이겠습니다."

증명한다고. 그분과 직접 내통하기라도 했다는 것인가. 옥황상제도 연결되지 않는 그분을 어찌 감히. 이 불경스러운 말을 내뱉는 청사를 어떻게 대해야 하는지 몰라서 천인들의 얼굴은 붉게 물들었다. 아무리 차기 천룡이라지만, 그 선을 넘었다고 생각한 불환이 이전보다 강하게 의견을 말했다.

"한무, 중요한 말을 나중으로 미루지 않으셔도 됩니다. 지금 증명해 주십시오. 하늘을 걸고 말하신 만큼 저희를 온당하게 설득하지 못한다면 조금 전 발언은 불경죄로써 상제께 저희가 직접 고할 것입니다."

청사는 날 선 불환의 반응에도 여전히 평온한 얼굴이었다. 일부러 도발을 하여 화를 돋운 것일까. 예견된 반응이라는 듯 고요한 수면과도 같은 청사의 모습에 불환은 묘한 초조함을 받았다. 청사가 무엇을 믿고 이리도 고요하게 제 뜻을 굽히지 않는지 알 수가 없었다.

"그렇다면 저도 단도직입적으로 묻겠습니다. 하늘이 인정했다면 그대들도 고도를 받아 주실 겁니까."

"……그것은."

"제 눈치를 보지 말고 말씀하시지요. 설령 하늘이 고도를 지지한다 할손, 그대들이 마음에 들지 않는다고 말해도 괜찮습니다. 이런 이야기를 솔직하게 하기 위해서 마련한 자리이지 않습니까."

백관들은 침묵했다. 그들은 서로의 얼굴을 바라보았다. 청사가 눈치 보지 않고 말해도 된다고 했지만, 실제로 청사에게 그리 대답하는 이는 없었다. 설령 청사가 지금은 괜찮다고 여겨도 후에 생각해 보니 말씨를 괘씸하게 여겨 천룡으로 즉위를 한 후 불이익을 주면 그것은 누구 탓으로 돌려야겠는가. 백관들은 앞으로 청사를 모시고 살아야 할 자신들의 입장을 충분히 알고 있었기에 말을 삼갔다.

이러한 분위기를 먼저 읽은 이는 가전연이었다. 가전연은 사전에 백관들이 찾아와 부탁한 바를 수행하기로 했다. 차기 천룡인 한무에게도, 그의 반려라는 고도에게도 유감은 없으나 하늘의 뜻을 결정하는 자리이니만큼 사감은 삼가기로 했다.

"차기 천룡께 인사드립니다. 33천 육계 일부인 도솔천을 다스리는 승려, 가전연이라고 합니다."

청사는 불환을 바라보던 시선을 돌려 가전연을 바라봤다. 공손하게 인사하는 가전연의 눈이 맑았다. 정치적 실세와 득실을 따져서 행동과 말을 계산하는 백관들과는 달랐다. 그에겐 꾸밈이 없었다. 청사에게 잘 보일 필요도, 미움받는 것을 두려워하지 않았다. 유리와 같은 이다. 투명하여 안이 비친다. 비치는 내용물은 부유물이 없고, 탁함이 없으니, 청사가 접한 모든 천인 중 가장 정갈한 이였다.

"제가 한 말씀 올려도 괜찮습니까. 이 자리에 어울리지 않는다 생각하시면 내쫓으셔도 됩니다만."

청사는 정면에서 부딪히는 그가 마음에 들었다. 땅에서는 백구미호와도 매일같이 부딪혔다. 사소한 일상생활에서부터 중대 결정까지 생각을 부딪으며 자신을 굽히지 않은 끝에 결론을 내렸다. 그랬기에 가전연의 태도는 반가웠다. 다른 고위 백관들이 몸을 사리며 정치적 보복을 조심스러워하는 기색이 그에게는 묻어나지 않았다. 순수하게 맞부딪힐 수 있는 이였다. 청사는 숨이 트이는 기분이었다.

"물론입니다. 말씀하십시오."

"감사합니다. 말하기 전에 제가 이곳에 온 이유를 얘기해 드리려 합니다. 저는 고도라는 당신의 반려를 잘 알고 있습니다."

청사는 동그랗게 뜬 눈을 깜빡였다. 한 번도 고도와 마주한 적이 없는 천계의 승려가 어찌 고도를 상세하게 알고 있는지를 이해하지 못했다.

"저는 하계에서 '논의제일論議第一'이라 불립니다. 불법을 설파하는 도승들과 꿈에서 만나 부처의 뜻을 전해 주며 하계의 일에 끊임없이 개입을 하고 있습니다. 그러다 보니 한때 하계에서 가장 유명한 승려였던 '강문'과 밀접하게 꿈속에서 만났습니다. 꿈 속에서 저는 나비로 화해 그의 어깨에 앉은 적이 있으니, '고도'라는 자를 파악함에 천계의 누구보다 박식할 수 있었습니다."

청사는 강문이란 말이 갑작스러웠다. 오랜 옛날, 고도와 이념적인 대립을 나누었던 이다. 한때 고도의 둘도 없던 친우였으나 결국 이별을 맞이한 이였다. 모든 사람들에게 선하고 덕한 성자로 알려져 법력에 있어서는 역사 속 누구보다 큰 대업을 이룬 승려. 하지만 여래의 뜻을 잘못 해석하여 개인의 사사로운 목표를 앞세우게 되었으니, 청사가 고도를 돕게 되어 하늘의 처단을 내렸었다. 그자의 이름이 오랜 시간이 지난 지금에서야 다시 천계의 승려의 입에 올라왔다. 이미 죽어 버린 이가 고도의 앞날에도 여전히 영향을 미치고 있는 셈이다.

청사는 눈을 가느다랗게 떴다. 고도는 자신의 첫째 형에게 소원을 빌어 모든 악연을 끊어 냈다. 이제 와 고도의 악연인 강문이 고도가 하늘에서 살 수 있을지, 없을지에 영향을 미치지는 못할 것이다. 강문의 이름을 이 자리에서 들을 줄은 몰랐으나 이게 상황을 악화시킬 만한 계기는 되지 못할 터. 그러니 천계에서 고도를 가장 잘 파악하고 있다는 '논의제일 가전연'을 설득하자는 것에만 초점을 맞추기로 했다. 논의제일만 설득한다면 그 어떤 천인들도 고도에 대해 가부를 따지지 못한다는 뜻과 상통한다. 한 번에 가장 큰 물고기를 잡을 수 있는 기회다. 청사는 가전연을 반갑게 맞이했다.

"하계는 물론, 천계에서도 속세에서 벗어난 승려이시거늘, 도솔천의 주인께서 직접 제 반려의 문제에 대해 나서 주셔서 감사드릴 따름입니다."

공손한 청사의 태도에 가전연은 기분 좋게 웃었다. 확실히 정치에 물든 백관들과는 달리 생각이나 행동이 시원했다. 청사와는 눈치 볼 것 없이 의견을 주고받기로 하며 가전연이 먼저 입을 뗐다.

"인간이 팔자대로 산다는 게 무슨 뜻인지 차기 천룡께서도 아시죠? 인간의 팔자는 하늘의 소관이라, 인간은 결코 그 영향력에서 벗어나지 못한다는 뜻입니다. 태어난 이는 어떻게 살든 팔자를 따라가기 마련입니다."

아주 시원한 비판이었다. 청사는 유쾌한 얼굴로 되물었다.

"그래서 고도도 변하지 않을 것이란 뜻이군요. 어차피 하늘 아래에서 태어난 인간이기에 그의 팔자가 세상을 망치는 악동으로 정해졌다면 아무리 노력해도 벗어나지 못한다는 뜻인지요."

"네, 본성이란 바뀌기 힘들죠."

"만약 고도의 팔자가 땅에서의 10만 가지 악행을 저지른 후, 하늘에서 100만 가지 선행을 하는 것이라면 어쩌실 겁니까."

"음. 팔자가 그리도 괴발하다면 제가 뭐라 드릴 말씀은 없겠습니다. 아무리 제가 33개의 하늘 중 하나를 돌보고 있다 해도 개별 인간의 팔자까지 확인할 수는 없겠군요."

"확인할 수 없으니 확신하는 것도 그만둬 주시면 안 되겠습니까."

"반려께서 결코 하늘을 휘젓지 않으리라 굳게 믿으시는 군요."

"예, 그대들이 우려하는 게 무엇인지 알지만, 그 우려는 결코 벌어질 리가 없다고 믿고 있습니다."

"그 믿음의 근거를 물어봐도 되겠습니까."

"그대들은 고도의 불변을 우려하나, 저는 그의 변화를 믿고 있으니 서로가 보는 시각이 다르지 않습니까. 이를 가지고 무엇이 맞는지를 따질 수가 없습니다. 하늘은 앞날을 우리에게 알려 주지 않으며, 앞날은 직접 겪어야만 그것이 맞는지 틀렸는지를 후에 구분할 수 있을 뿐입니다."

옳은 말이었다. 벌어지지도 않은 앞날을 걱정하여 이 자리를 마련했으나, 가전연은 이 모임이 무의미하다고 여기는 터였다. 벌어지지 않은 일을 미리 걱정하고 있다. 나쁜 일이 벌어질 수 있다면 사전에 예방하고자 노력할 필요는 있다. 하나, 그 예방법이 오로지 고도를 내쫓는 일이고, 청사가 그 일만큼은 극구 거부하겠다고 하면 결론이 나지 않는 무의미한 말싸움과 다를 바 없었다. 가전연은 이 모임이 헛되다는 사실을 지적했다.

"한무의 말씀대로라면 백관들을 모아 서경권을 행사하는 자리를 열 필요가 없지 않습니까. 어차피 서로를 설득할 수 없다면 서로 대립하며 계속 나아가야만 할 텐데요."

"아뇨, 저는 그대들을 설득할 겁니다만."

"그대가 직접 서로 보는 시각이 달라서 합의점을 찾을 수 없다고 말씀하셨습니다."

"제가 설득할 부분은 고도의 본성이 악하건 착하건, 하늘 위에 소란을 피우건 말건, 그 부분이 아닙니다."

"매우 위험한 발언입니다. 만약 인간이 천계에서 죄를 짓는다면 그것은 하계에서 지은 죄와는 비교도 할 수 없이 무겁게 다스려집니다. 고도는 하계에서 요괴를 9,999마리 잡는 벌을 받았지만, 천계에서는 바로 명계로 추방시킬 수도 있습니다. 고도가 명계로 간다면 염라대왕이 결코 놔주지 않을 것입니다. 반려를 그런 가혹한 처벌을 받도록 내버려 둘 것입니까. 그럴 바엔 하계에서 데리고 오지 않는 것이 나을 수도 있습니다."

"오해하셨군요. 고도가 하늘에서 잘못을 저지르더라도 여러분은 그를 탓하지 말고 저를 탓하라는 뜻입니다."

"반려의 잘못을 천룡이 책임지고 일선에서 물러난다는 것 자체가 지나치게 무거운 대리 책임으로 느껴진다는 말씀을 올립니다. 반려를 위해서 그렇게까지 희생하시는 이유가 무엇입니까."

"고도는 반려 이전에 제가 아끼는 최측근 신하입니다. 소경의 일을 가장 가까운 곳에도 도와주게 될 고도가 잘못을 한다면 그의 직속 상부인 제가 모든 것을 책임지는 게 당연한 겁니다."

최측근 신하. 뜻하지 않은 단어에 가전연과 나머지 천궁의 주인들이 눈을 동그랗게 떴다. 지금 고도를 소경의 신하로 두겠다는 소리인가. 그럼 이 자리는 청사가 반려를 들고 말고로 싸우는 게 아니라, 그가 신하로 두느냐 마느냐로 논쟁을 벌여야 한다는 것 아닌가. 듣고 있던 불환이 몹시 화가 난 얼굴로 청사에게 반박했다.

"하계의 인간을 반려도 아닌 신하로 들인다면 저는 반대합니다. 반려이기에 논의 가치가 있는 것이지 감히 신하 따위를 이야기할 자리가 아닙니다."

거친 불환의 반박에 몇몇 이들이 말을 조심하라 일렀지만, 대다수가 불환과 뜻을 같이 했다. 반려 문제이기에 골머리를 썼는데 일개 신하라면 얘기가 달라진다. 지체 없이 추방이다. 그들이 한뜻으로 말하자 청사가 웃었다. 어찌 하나같이 다들 반대하느냐고 화를 내도 모자랄 분위기에서 생긋 웃는 청사의 미소에서는 큰 위화감이 느껴졌다. 그의 미소를 본 모든 천인들이 움찔하며 입을 다물기 시작했다.

청사의 눈은 고요했다. 그는 드디어 논쟁다운 논쟁을 시작했다는 얼굴로 이야기에 흥미를 보였다. 원탁 위에 두 팔을 올려서 가볍게 깍지를 끼는 행동을 취하면서 이야기의 가장 깊은 부분까지 닿을 준비를 하고 있었다. 천인들 모두가 그의 연출을 훌륭하다 칭찬할 수 없었다.

어린 용이 하늘의 주인들을 모아 놓고 모험을 하고 있지 않나. 인간을 신하로 들이는 안건이었으면 애초에 모이지도 않았을 33명의 주인들을 데려다 놓고 이게 무슨 해괴망측한 일인가.

"고도가 저를 위해서 할 일은 일개 천인 따위가 할 수 없는 종류입니다."

고도를 낮잡아 본만큼 청사가 똑같은 말씨로 부드러운 보복을 시작했다.

"그것은 전례 없는 보직입니다. 제가 직접 만들 것이기 때문이죠. 제가 땅 아래를 굽어 살필 때 고도를 땅과 하늘을 잇는 차사로 부릴 겁니다."

땅과 하늘을 오갈 차사로 쓴다니. 그런 시도는 과거에 해본 적이 없었다. 하늘에 속한 이들이 땅에 내려가면 많은 혼란을 준다. 직접적으로 계절과 만물의 생활을 비틀어 버리는 힘을 발휘할 수 있으므로 하늘과 땅을 자유자재로 오고가는 것은 큰 위험을 동반한다. 하지만 날 적부터 땅에 속한 이라면 이러한 걱정을 할 필요가 없어진다. 땅에 속한 인물이 땅에 계속 내려간다 하여 그의 아버지인 땅이 화를 낼 일이 없지 않은가. 청사는 예기치 못한 이야기에 신중한 표정이 된 백관들이 물었다.

"차사가 왜 필요합니까. 지금까지 없어도 땅을 잘 다스렸습니다."

"잘 다스렸다고요. 정녕 그렇게 믿으십니까."

청사가 날카롭게 물었다. 천인이 된 후 단 한 번도 하늘을 벗어나 본 적 없는 이들에게 땅을 두 차례나 직접 밟은 청사가 비판했다.

"제가 본 땅은 하늘과 단절되어 있었습니다. 우리가 땅 위를 살핀다 해도 그 복과 덕이 하계에 닿지도, 미치지도 못하고 있습니다. 땅은 신이함을 잃어 도깨비와 귀신의 힘이 약해졌고, 하늘에 제를 올리지도 않으며, 인간들은 재물과 영토를 탐내며 싸울 뿐입니다. 이것이 우리가 전한 뜻이란 소리입니까."

땅의 일에 그렇게까지 관심도 없는 서른세 명에게 발해 무엇하리. 그들은 하늘의 위계질서를 지키는 데에 더 급급하다. 땅에서의 문제에 관심을 가졌다면 인간이 하늘을 잊기 전에 하늘이 인간에게 손을 뻗었을 터다. 무관심은 하늘에서부터 시작되었고, 그 무관심에 버려진 인간들이 서로의 문제에 얽혀서 욕심을 부리며 삿된 것을 가까이하는데 이러한 사실조차 까마득히 모르고 있지 않았나.

청사는 파랗게 빛나는 안광으로 좌중을 둘러보았다. 백관들은 아무 말이 없었다. 저희보다 보직이 낮은 청사의 질책에 불만 어린 표정을 지으면서도, 고도를 천룡의 신하로 책봉함에 반대할 만한 근거조차 수집하지 못했기에 모두들 입을 다물고 있었다. 반려로서 반대할 구색을 찾는 데에만 시간을 보냈지, 그를 하늘과 땅을 잇는 차사직으로 논할 거라곤 애초에 생각도 못 한 바였다.

"고도를 제 밑의 직속 후임으로 새로운 직책을 만들어 앉히려 합니다. 서경권은 직책이 적합한지를 논하기 위해 만든 자리입니다. 저는 그대들에게 고도가 제 직속 후임으로 적합한지를 동의해 주십사 모신 것이지 제 반려를 찬성하고 말고를 물으려고 모은 것이 아닙니다. 애초에 제가 사랑하는 이를 데려와 살겠다는데 그걸 왜 남에게 묻겠습니까."

그렇지 않느냐며 되묻는 청사에게 몇몇 백관들이 미간이 찌푸려지는 것을 간신히 참았다. 이거 제대로 뒤통수를 맞았다. 고도를 내쫓을 생각만 했지, 그의 후임으로서 인사권을 결정할 줄은 몰랐기에 백관들은 빠르게 생각을 달리했다.

차기 천룡이 새로운 보직을 정해서 신하를 앉히겠다고 한다. 그것도 생전 들어 본 적이 없는 신생 보직이다. 그 보직이 뭔지도 제대로 파악하지 못한 시점에서 일방적으로 반대하거나 찬성하기도 어려웠다. 무려 천룡의 입에서 "소경의 일을 보좌할 수 있는 자리에 고도를 지목했기 때문에 하늘과 땅을 오가는 '차사'의 직함을 새로 내려주면 천룡의 주된 일에 큰 도움이 될 것이며 하늘 위도 순조롭다"는 말이 나왔다. 소경의 일에 도움이 되면서도 땅의 인정까지 받은 이를 밑에 두고 부리는 신하로 인정해 달라고 하면 반박할 말이 없었다. 가전연이 다시 입을 뗐다.

"소경의 일을 왜 하필 반려에게 맡기는지요."

"그만이 자격이 있습니다."

"그 자격이란 것을 대체 누가 주었다는 뜻입니까. 제석천께서요?"

"그보다 위대한 존재요."

"무엄하군요. 아무리 차기 천룡이라도 이 이상의 발언은 들어드릴 수 없습니다."

"전 사실만을 말한 것입니다. 제석천보다 위대한 존재입니다."

"하늘이 직접 임명했다는 것입니까."

"아뇨, 땅입니다."

일순 모든 이들의 입에서 탄식과 탄복이 쏟아졌다. 지금껏 그 어떤 소란과 혼란 속에서도 침묵을 지키고 있던 존재가 한 인간을 선택했다는 사실을 믿을 수가 없었다. 하늘의 배다른 형제가 땅이다. 하늘의 대리 주인이 옥황상제이나 땅은 한 번도 그 주인을 결정한 적이 없었다. 땅의 침묵을 보다 못한 염라가 땅 위의 일을 심판하여 저승으로 끌고 왔으나, 땅의 대리 주인이 아니었기에 직접 땅 위에서 자신의 영향력을 펼치지 못하고 땅 아래에 있는 것이다. 땅 위의 대리 주인이 결정되었다는 사실은 하늘의 대리 주인인 상제와 의형제가 된다는 말과 같았다.

청사가 거짓을 고할 리는 없으니 이는 뜻하지 않은 충격이 되어 모든 천인들을 혼란스럽게 만들었다. 가전연 역시 충격을 받았으나 그 감정을 겉으로 드러내지 않았다.

"땅의 선택을 받았다는 사실을 증명해 주실 수 있겠습니까."

"근거라 하시면—."

청사가 입을 벙긋 하는 순간 문밖에서 소란이 일었다. 소란에 말을 끊은 청사가 문가로 고개를 돌렸다. 어디선가 빼애애액 새가 우는 소리가 들리는 듯했다. 그 소란에 눈치를 살피던 백관들도 청사를 따라 문밖으로 고개를 돌려야만 했다.

"알겠다, 알겠노라, 이 사랑스러운 아이야, 네 아비만 보고 얼른 어미 품에 안겨 주마, 그리 서럽게 울지 마라."

문밖에서 선녀 군장 서진의 목소리가 들렸다. 백관들이 자리에서 일어났다. 천계 최강의 군력을 가진 군장이 문을 열고 들어오자 모두들 공손하게 그녀에게 인사를 올렸다. 서진은 인사를 받아 주는 둥 마는 둥 하면서 급히 청사에게 다가갔다.

"조심해서 데려왔는데 도중에 잠에서 깼어."

"이런, 잠에서 깨지 않게 잘 데려오라니까."

"아 귀여워 죽겠는데, 고도만 찾으니, 원."

"고도랑 떨어진 지 오래 됐어?"

"한 시진도 안 되었다! 진짜 금방 떨어진 거라니까!"

"누가 보면 하루종일 떨어져 있는 줄 알겠어."

"우는 모습도 귀엽긴 해."

"그거 되게 위험한 발언인 거 알지, 누이?"

"호호, 사실이잖아."

청사가 자리에서 일어나 서진으로부터 빼애액 우는 아이를 받아 안았다. 서진의 품에 안겨 있어 그 형태가 잘 보이지 않던 것이 청사에게 건네질 때 비로소 모습을 드러냈다. 실체를 육안으로 확인한 백관들이 위엄과 체통도 잊고 하나같이 입을 벌렸다. 턱이 아래로 떨어질 만큼 큰 충격을 받은 이들의 시선이 하나같이 청사의 손에 들린 생명체로 옮겨졌다.

뭐가 그리 마음에 안 드는지 서럽게 울고 있는 생명체는 날개가 달린 작은 새끼 용이었다. 새까맣고 얇은 피부를 가진 아이는 청사의 두 손바닥에 폭 감길 만큼 작았다. 등에는 제 몸만큼 커다란 두 개의 날개를 달고 있었는데 아이가 빽 울 때마다 파닥거리면서 흔들리는 것이 예삿힘이 아니었다. 몇 년만 지나면 너른 천공을 우아하게 선회하며 날아다닐 힘 있고 아름다운 날개였다.

"맙소사."

"으, 응룡이라니요."

"이렇게 어린 응룡이 세상에 존재할 수 있단 말입니까."

역사에 단 한 번도 기록된 바가 없는 초유의 사태에 백관들은 고도의 신하 책봉 문제를 더는 생각할 겨를이 없었다. 그들의 시선은 한결같이 청사에게 건네진 새끼 용에게 고정되어 있었다. 아이는 청사의 손 안에서도 울음을 그치지 못했다. 청사의 손을 낯설어하면서 무언가를 찾는 듯 사방을 두리번거렸다. 새까만 조약돌 같은 두 눈망울에 눈물이 잔뜩 고여 뚝, 뚝 떨어지고 있으니 그 모습이 어찌나 안타깝고 사랑스럽던지. 백관들은 홀린 듯 응룡에게서 시선을 떼지 못했다. 청사는 파드득거리는 날개 너머로 작은 용의 머리와 등을 쓰다듬어 줬다. 그러곤 아직도 얼이 나가 있는 백관들에게 깜빡했다는 듯 너스레를 떨면서 말했다.

"아, 그대들에게 소개해 주고자 누이에게 부탁했습니다. 고도가 낳은 제 후계입니다. 그리고 그대들이 보고 싶어 한 땅이 임명한 '자격'입니다."

청사가 자식을 보았다는 소문을 들어 본 적이 없다. 그 자식에게 날개가 달렸다는 것도 까마득히 모르고 있던 백관들은 응룡을 본 것만으로 고도를 추방해야 한다는 모든 생각을 날려 버렸다. 그 귀한 응룡이 청사와 고도 사이에서 나왔다면 이것은 하늘 전체가 잔치를 벌일 일이었다. 청사가 고도를 반려로 밀어붙인다고 해도 할 말이 없는 상황이었다. 한데 청사는 이 논의를 뒤로 미뤄 두고 고도를 신하로 봉책하면서 그 근거를 귀한 응룡에게 두었다.

"용에게 날개란 불필요한 부속물입니다. 날개가 없어도 하늘을 날 수가 있기 때문이죠. 하여, 날개는 오로지 상징적인 의미만이 존재합니다. 하늘에 속한 용이 땅에게도 인정을 받는다. 그것은 제 부친께서 수백 년 전, 날개를 꺼내 보이셨을 때 증명이 되었다고 생각합니다. 날개는 지극히 하늘 아래의 존재에게 의미가 있습니다. 하늘과 땅을 연결해 주는 단 하나의 도구이기 때문이죠. 그런 날개가 어린 새끼 용에게도 닿아 있으니, 이는 땅이 고도와 그가 낳은 자식을 땅의 일환으로 인정하여 하늘에 닿아도 됨을 증명한 것 아니겠습니까. 제 말이 틀렸습니까."

백관들이 입술을 달싹이다가 아무 소리도 내지 못했다. 반박하자면 여러 가지의 반박거리를 내놓을 수 있었다. 먼저, 고작 날개 달린 새끼 용을 근거로 고도라는 인간 자체를 하늘에서 받아들인다는 말을 지나친 비약으로 여긴다는 처사였다. 고도의 존재 가치는 그에게서 직접 찾아야 함이 응당 당연하거늘, 어찌 그 자식에게서 찾는다는 말인가. 또 다른 하나, 응룡의 가치 자체가 하늘에서는 특히 귀했기에 백관들이 함부로 그 가치 판단을 할 수 있는 부분이 아니었다. 응룡에 대해 논하려면 백관의 선으로는 부족했다. 삼재상을 모두 부르고, 옥황상제가 주관하는 규합장에서 다시 사안을 꺼내어 말해야 할 부분이었다. 백관들이 옳고 그름을 판단하기엔 그 사안이 너무 거대했다.

눈치를 보던 백관 하나가 자리에서 일어나 바닥에 내려앉았다. 빽빽 울어대는 어린 용을 손으로 흔들어 주면서 달래 주던 청사가 갑작스러운 행동을 하는 이를 바라봤다. 그는 공손하게 무릎을 꿇고 청사에게 머리를 숙였다.

"앞으로 제석천과 하늘의 일, 땅의 일을 두루 살펴 주시는 복된 천룡이 되십시오. 귀한 자식은 진심으로 감축드립니다."

여전히 의자에 엉덩이를 붙이고 있던 백관들이 서로의 눈치를 살폈다. 고도라는 인간이 아닌, 응룡이라는 대경사를 두고 옳고 그름을 판단하는 것 자체가 터무니없다는 듯, 모두들 고개를 저었다. 백관들은 하나둘 보존하고 있던 자리에서 일어났다. 그들은 공손하게 청사의 앞에서 무릎을 꿇었다.

"저희는 천룡의 반려를 땅과 하늘을 잇는 차사로서 새로운 직위를 내림에 이견이 없습니다."

"후계를 일찍 본 것을 감축드립니다."

"감축드립니다."

하늘이 고도를 받아들였다는 데에 청사는 가슴이 크게 부풀었다. 아무도 고도의 존재 가치를 의심하지 않는다. 그를 못되게 취급하지도 않았고 욕하지도 않았다. 지금 불만을 품고 있는 자가 있을지언정, 한번 고도를 하늘에서 받아들이기로 한 결정을 뒤늦게 엎기란 쉽지 않을 것이다. 청사의 눈가에 작은 눈물이 맺혔다.

고도가 인간들에게 외면받아 혼자서 깊은 산에 들어왔던 모습이 문득 떠올랐다. 스스로 고립하며 외로움을 벗 삼아 고요하게 지냈던 그에게선 서러움이나 아픔 같은 것은 보이지 않았다. 배척당하는 것이 으레 당연하다는 그의 태도에 오히려 청사가 가슴 아파하며 속상해했을 뿐, 저를 멸시하는 타인들의 태도를 덤덤하게 받아들이기만 했다. 한데 아니었던 모양이다. 인간이 이해하기엔 고도가 너무 높은 존재라서 겉돌았던 모양이다. 그러니 하계의 아버지인 땅이 그를 사랑하고, 하늘이 인정하여 이렇게 받아 주지 않겠나.

'만약 고도의 팔자가 땅에서의 10만 가지 악행을 저지른 후, 하늘에서 100만 가지 선행을 하는 것이라면 어쩌실 겁니까.'

가전연에게 했던 말은 청사의 솔직한 심정이었다. 고도의 악행을 변호할 수는 없었다. 그는 실제로 하계와 명계를 모두 혼란에 빠트린 주인공이었다. 그러나 땅과 지하에서 감당할 수 없는 능력을 타고난 이가 자신의 힘을 과시하다가 잘못을 저지르고, 그 잘못을 반성했는데 지나간 괴로움에 영원히 얽매여 불행해질 필요는 없다. 죄값은 요괴 9,999마리를 잡았을 때 모두 치렀다. 그 이후에 속세를 떠나 홀로 지내며 죄값 이상의 것을 혼자 감내한 것 아닌가. 이젠 그럴 필요가 없다. 그래서도 안되고. 행복이 익숙하지 않은 고도가 행복해지는 것에 익숙해질 필요가 있었다.

청사는 품에 든 응룡의 이마에 자신의 이마를 붙였다. 빼액 울던 응룡이 머리에 닿은 뜨뜻한 체온에 울음을 그쳤다. 커다란 눈물이 맺혀 있던 눈망울이 청사를 올려다보았다. 눈을 감고 있는 청사의 긴 속눈썹이 응룡에게 닿았다. 뜨겁게 차오르는 열기가 속눈썹 너머로 느껴지는 것 같아서 응룡은 오랫동안 감긴 눈꺼풀을 빤히 쳐다보았다.

응룡이 작은 앞발을 내밀었다. 청사의 볼에 닿은 자그마한 손바닥과 발톱은 부드럽고 따뜻했다. 청사는 눈을 뜨고 응룡을 마주 보았다. 자신을 쳐다보는 새끼 용은 무슨 생각을 하는지 알 수 없는 눈이었다. 그저 두 앞발로 청사의 뜨거운 볼을 가만 대고 있을 뿐, 울지 않고 청사를 마주하고 있었다. 청사의 눈가가 부드럽게 휘어지며 응룡에게 미소를 보냈다. 청사의 웃음에도 눈 하나 깜짝 않고 관찰하듯 빤히 바라보는 응룡은 곧 날개까지 퍼득이면서 청사의 품으로 파고들었다.

"모두들 고맙습니다."

청사의 손에서 더는 울지 않는 새끼 용을 어깨와 가슴팍에 올려놓았다. 누이에게 이 자리의 정리를 부탁하고 먼저 자리에서 일어났다. 누이는 청사의 얼굴을 몹시도 생소하게 바라보았다. 무언가 차오르는 감정을 절제하지 못해서 어금니를 꽉 깨물고 있는 모습이 울음을 터뜨릴 것도 같았고, 웃음을 환히 피울 것도 같이 이상야릇했다. 동생이 고위 백관들을 내버려 두고 먼저 자리를 뜨는 것을 질책하지 못했다.

"내가 정리하마. 너는 그만 나가 봐도 괜찮다."

청사가 달싹이던 입술을 열었다.

"고마워."

목소리가 걷잡을 수 없이 떨려 나오고 있었다. 서진은 말없이 청사의 등을 두드렸다. 청사가 긴 답호 자락이 끌리지 않도록 잡고서 외아를 나서자 등 뒤에서 서진이 고도의 새로운 직책은 청사가 천룡으로 즉위를 하자마자 만들 것이고, 상제께 고할 것이니 이에 협조를 바란다는 이야기가 들렸다.

청사는 외아의 대청을 지나 신발을 신고 앞마당으로 내려섰다. 엎드려서 바닥을 닦던 청지기들이 청사를 보고 곱게 인사를 하려다가 그의 얼굴에 엉망진창인 표정을 보고 깜짝 놀라 몸을 떠는 장면이 벌어졌다. 그렇다고 누구 하나 호들갑스럽게 청사의 상황을 걱정하며 챙길 수가 없었으니, 청사가 신을 신자마자 빠르게 앞마당을 가로질러 달렸기 때문이라.

송글송글한 땀이 이마에 맺혀도 청사는 한 지점만을 향해 달렸다. 인사하는 종들의 말을 모두 무시하고 만주사화가 고개를 숙인 곳으로 쉬지 않고 뛰었다. 뜨거운 숨이 입 밖으로 들쑥하게 뱉어질 때쯤, 부친의 사택 마당에 놓인 정자에서 혼자 앉아 있는 고도를 발견할 수 있었다.

청사는 비로소 뜀걸음을 멈추고 헉헉 받은 숨을 골랐다. 자리에 멈추어 서서 고도를 한동안 바라봤다. 고도는 도화꽃이 만발한 복숭아나무 밑에서 혼자서 장기를 두고 있었다. 아버지가 자주 고도를 불러 장기 대국을 두는 것을 알고 있었다. 상제께는 일방적으로 지는 아버지였지만, 고도와는 그 실력이 비등했다. 고도와 아비는 대국 승패를 나누어 가졌다. 처음에는 예의상 천룡과 장기 대국을 하던 고도가 호적을 만나 진심으로 겨루는 상태였다. 오늘도 아버지와의 대국을 복기하면서 뜰장 공격을 검토하느라 청사의 접근도 까마득히 모르고 있었다.

하늘하늘 떨어져 내리는 복숭아 꽃잎이 고도의 까만 머리 위와 어깨에 내려앉을 무렵, 고도가 장기판 위에서 고개를 들었다. 거칠어진 숨을 고르고 사부작 다가오는 청사를 뒤늦게 발견했다. 고도는 청사와 눈이 마주치자 장기 말을 든 채 굳은 표정이 되었다. 장기에 푹 담겨 있던 침착한 얼굴이 청사를 향해 당혹스러움을 표했다. 그는 곧 말을 내려놓고 청사에게 손을 뻗었다.

"왜 울고 그래."

혹여 무슨 안 좋은 일을 겪었는지 고도의 표정이 심각해졌다. 청사가 그런 고도가 앉아 있는 작은 정자 앞까지 다가가자 청사를 올려다보던 고도가 자리에서 일어났다. 고도는 양팔을 벌려 청사를 끌어안았다. 청사는 고도의 어깨에 고개를 묻고 나서야 자신이 울고 있다는 사실을 깨달았다.

언제부터 울었던 걸까. 달려오면서 여종들이 식겁하여 쳐다보던데 그때부터였을까. 어쨌든 외아에서는 감정을 조절할 수 있었지만 뛰면서는 뭐가 어떻게 된 건지 하나도 모르는 상태가 되지 않았나. 청사는 심장이 뜨거운 감각이 뛰어온 여파일 거라 치부할 수 없었다. 고도를 보자마자 왈칵 차오른 감정을 입 밖으로 한숨처럼 토했다.

안아 주는 고도를 마주 안아 주었다. 두 팔로 으스러지게 고도를 감쌌다. 품에 안긴 고도는 작고 연약했다. 언제나 강한 모습만을 보아 왔던 연인이 실은 아주 작고 연약한 존재라는 것을 비로소 깨달았다. 청사가 지켜야 할 세상이었다. 자신의 단 하나뿐인 존재였다. 청사는 고도를 끌어안은 채 눈물이 섞인 목소리로 말했다.

"오늘…… 서경권을 행사하는 고위 백관들과 외아에서 논쟁을 벌였다."

품 안에서 고도는 입을 다물고 있었다. 청사의 등을 토닥이는 손길만 이어졌다. 고도는 울고 있는 청사의 뒤통수를 조심스럽게 쓸어 만져 주었다.

"괜찮다. 나 때문에 일이 잘 안 풀렸다면, 나한테 미안해하지 않아도 된다. 오히려 내가 네 발목을 잡아서 미안하구나."

청사가 울고 있는 모습에서 논쟁의 결과를 유추한 듯했다. 고도의 목소리는 침착하고 평온해서 평소와 다를 바 없었는데, 결과가 잘 나오지 않은 것마저 의연하게 받아들이고 있었다. 그 태도가 청사의 심장을 더 뜨겁게 달궜다. 고도는 조금 더 행복에 욕심을 내도 되는데 어이하여 이렇게 불행만을 당연하다는 듯 손에 쥐고 있는가. 청사가 더 세게 고도를 끌어안았다.

"고도."

청사의 품 안에서 고도는 말없이 청사의 머리만을 다독였다. 고도의 어깨에 묻고 있던 고개를 든 청사는 허리를 안고 있던 팔을 풀어 고도의 얼굴을 두 손으로 소중하게 잡았다. 아무 표정도 읽을 수 없는 고도의 얼굴을 꼭 잡고 입술에 입을 맞춰 주었다. 청사의 위로에 고도가 천천히 눈을 감았다. 고도의 입에서 한숨이 새 나왔다. 청사의 머리를 다독여 주던 손이 힘없이 떨어졌다. 고도는 혼잣말처럼 말했다.

"같이 지낼 수 있는 날은 분명 있을 것이다. 안락하게 지낼 수 있을 때가 분명 있을 테니까, 그동안만, 그동안만 잠시 떨어져 지내자. 나 때문에 매번 고생을 시켜서 미안하다, 한무야."

이별을 암시하는 발언에 청사는 아랫입술을 질끈 깨물었다. 잘되지 않은 결과에도 반발하는 기색 없이 받아들이는 고도를 보자 심장이 터질 것만 같았다. 자신의 연인이 불행에 너무 익숙해져 있어서, 그 모습만으로도 그저 눈물이 나는 청사였다. 청사는 이를 악물고 말했다.

"고도, 지금까지 정말 수고했다. 진심으로, 정말 수고 많았어."

감고 있는 고도의 눈가가 붉어졌다. 고도는 청사의 가슴팍에 고개를 묻었다. 그의 옷깃을 핏기가 가신 손으로 꽉 잡고 고도는 고개를 들지 못했다. 헤어지고 싶지 않다고 말하고 싶은 마음이 목구멍까지 차올랐지만 이 이상 청사를 울리고 싶지 않아서 하고 싶은 말을 삼키는 것을 청사가 모를 리 없었다. 청사의 입장이 곤란해질까 봐 모든 말을 뜨겁게 삼키고 있었다. 청사가 마음고생을 할 바에야 자신이 모든 슬픔과 아픔을 안고 버티기로 마음먹은 것처럼 보였다. 청사보다 잘 견딜 자신이 있다며 옷깃을 꽉 쥔 채 눈을 감고 있는 고도에게 청사는 목이 꽉 메는 목소리로 마저 말했다.

"정말 수고 많았으니까."

청사의 말을 다 듣지 못하고 고도는 결국 눈물을 흘렸다. 감은 눈에 맺힌 눈물이 붉게 상기된 눈가를 타고 흘렀다. 볼에 길을 내면서 턱에 고인 방울들이 바닥으로 떨어지는 순간이었다.

"앞으로는 내가 평생토록 널 행복하게 해주겠어. 그 어떤 고생도 슬픔도 모르게 해주겠다. 행복해서 지쳐 쓰러질 때까지, 널 영원히 행복하게 해주마."

바닥으로 떨어진 눈물방울 위로 또 다른 눈물이 겹겹이 쌓였다. 고도는 한참이나 감은 눈을 뜨지 못했다. 청사의 이야기를 이해하지 못하는 얼굴로 옷깃만을 꼭 쥔 채 비로소 고개를 들었다.

눈물이 맺힌 속눈썹이 청사의 눈앞에서 깜빡거렸다. 붉어진 눈시울과 그 안에 꾹 참고 고여 있는 눈물이 서럽게 매달려 있었다. 눈물자국이 번진 고도를 보면서 청사가 결국 커다란 눈물을 터뜨렸다. 그럼에도 웃음이 멈추지 않아서 일그러진 입가로 바보 같은 웃음을 뱉었다. 울면서 활짝 웃고 있는 청사의 얼굴을 고도는 넋이 나간 얼굴로 바라봤다. 청사가 조금 더 고도의 허리를 세게 끌어안았다.

"내가 해냈어. 내가 널 지켰어."

아직도 이야기를 잘 이해하지 못한 고도는 느리게 눈을 깜빡일 뿐이었다. 겨우 생각할 수 있는 여유를 찾은 고도가 청사의 옷을 꽉 움켜쥐고 눈물에 가라앉은 목소리를 울렸다.

"잘 이해가 안 되는데."

"말 그대로다. 내가 해냈어. 너와 함께 지낼 수 있게 됐어."

"이런 순간에 농을 하면 아무리 너라도 미울 수 있어."

"농이 아냐. 농이라면 내 혀를 잘라 버리거라. 너한테 이러한 가증을 떨 이유가 없잖아."

"……어째서?"

"어째서라니. 내가 말했잖아. 너와 함께 이곳에서 살겠다고. 그런 날 믿고 따라 준 너에게 보답해 주겠다고. 왜 못 믿는 거야."

여전히 멍한 얼굴을 하고 있는 고도가 안쓰러워서 청사는 다시 고도에게 입을 맞춰 주었다. 믿어도 된다고, 이젠 행복을 욕심내며 탐해도 된다고 몇 번이나 속삭여 주며 달래 준 후에야 고도는 힘 빠진 손을 들어 다시 청사의 옷깃을 잡았다. 고도는 자신의 젖은 얼굴을 핥아 주는 청사에게 물었다.

"그러면, 나는 너와 헤어지지 않아도 되느냐."

떨리는 목소리가 아직도 현실을 인정하지 못하는 것 같았다. 청사는 쐐기처럼 그의 심장에 사실 그대로를 박아 넣어 주었다.

"응. 여기서 평생 나와 살 수 있어."

"네 신하로, 네 반려로 영원히?"

"응. 아무도 널 건드리지 못해. 내가 아니라 땅과 하늘이 널 지켜 줄 테니까. 고도, 정말 고생 많았어. 진심이야. 정말 고맙고 미안해. 내가 모자라서 널 일찍이 행복하게 해주지 못해서 정말 미안해."

고도는 두 볼까지 붉히며 울고 있는 청사 때문에 어째서인지 자신 역시 눈물이 멎지 않았다. 흉한 모습을 보이기 싫어서 그 어떠한 흐느낌도 꾹 참았으나 눈물만큼은 의지대로 되지 않았다. 굴러 떨어진 물방울이 턱에 모여 똑똑 바닥으로 떨어지자 청사가 젖은 자국을 핥으면서 고도를 달래고 있었다. 정말로 헤어져야만 할 줄 알고 심장이 쿵, 발치까지 떨어졌다가 튕겨 올라왔는데 헤어지지 않아도 된다는 말을 들으니 다른 의미에서 머리가 멍해졌다. 고도는 자신을 소중하게 끌어안고 있는 청사의 옷을 당기며 힘없이 말했다.

"한무야."

"응."

"한무."

"응, 고도."

"……한무."

이 세상에서 할 수 있는 말이 오직 청사의 본명인 것처럼 고도는 한참이나 그의 이름만을 중얼거렸다. 고도가 천천히 시선을 내리며 바닥을 바라볼 때까지 청사는 그의 시선을 따라 고개를 숙여 주면서 연신 대답을 해주었다. 그가 부르는 한무라는 존재가 바로 눈앞에 있는 사람이 맞다며 연거푸 각인을 시켜 주자 고도가 비로소 눈을 감고 그의 이름을 달싹이던 입술을 질끈 깨물었다. 드디어 믿어 주는 고도를 보면서 청사는 말없이 그의 볼과 입술에 입을 내려 앉혔다. 정답게 뽀뽀를 해주자 고도는 청사의 품에 안겨서 중얼거렸다.

"한무야. 앞으로 너를 한무라고 부르고 싶지 않은데 그래도 될까."

눈물을 삼킨 여파인지 고도의 목소리는 잔뜩 잠겨 있었다. 이렇게 감정이 억눌려 있는 고도의 목소리는 배를 맞출 때나 들어 봤기에 청사는 비죽 웃음을 흘리고 말았다. 갈라진 고도의 목소리를 듣고도 애욕을 느낄 만큼 청사는 고도의 모든 면이 사랑스러웠다.

"왜 내 이름을 부르고 싶지 않아?"

청사의 다정한 반문에 고도가 여전히 잠긴 목소리로 대답했다.

"하늘 아래에선 네가 '한무'라는 것을 아는 이가 나뿐이었어. 그래서 너를 한무라 부르는 유일한 내가 좋았다. 하지만 이곳은 아니구나. 모든 이가 너를 '한무'로 부르고 한무로서 사랑해 주고 있어. 그래서 나는 네 이름을 나 혼자만 갖고 있지 못한 기분이라 많이 서운하거든."

"그러면……."

"대롱이라고 다시 부르고 싶다."

청사는 겨우 멈추었던 눈물을 다시 흘렸다. 얼굴을 새빨갛게 물들인 청사는 아랫입술을 앙다물고 고개를 끄덕였다. 청사의 반응에 비로소 미소를 지은 고도가 숙이고 있던 고개를 들었다. 고도가 구김살 없이 웃으면서 자신을 바라봐 주는 모습이 어여쁘고 사랑스러워 이대로 영원히 끌어안고 싶었다. 이번엔 고도가 젖은 청사의 볼을 핥아 주면서 입술을 맞대었다.

"대롱이, 내 사랑아. 고맙다. 모든 게 다 고마워."

"……내가 할 말이잖아."

"은애한다, 대롱아."

"……고도."

안겨 있는 청사가 눈물을 멈추지 못하고 오랫동안 고도를 끌어안고 있어야 했다. 고도의 품이 아니면 빽빽 울어대던 새끼 용이 처음으로 청사의 어깨에서 얌전히 앉아 있었다. 작은 날개를 파드득거리며 움직거렸다. 청사 때문에 몇 번이나 눈을 뜨고 젖은 청사의 얼굴에서 눈물을 할짝거리며 핥아 주기도 했다. 새끼 용은 고도만큼이나 청사를 편안하게 생각했고, 청사는 새끼 용이 더 이상 자신을 밀어내지 않는 사실 하나에 다시 눈물을 쏟고 말았다. 고도도, 사랑도, 아이도, 후계도, 모든 것을 다 지켰다. 자신처럼 미숙한 용이 너무 크고 거대한 것을 지킬 수 있어서 이 벅찬 심정을 그 어떤 말로도 할 수 없었다.

"대롱이, 울지 마라."

볼과 입술에 뽀뽀를 해주는 고도를 막연히 끌어안고 아이처럼 큰 소리로 울었다. 청사는 자신의 생에서 가장 벅찬 감정에 오랫동안 펑펑 울었다. 지나치게 행복하면 가슴이 찢어질 것 같다는 심정을, 청사는 처음으로 깨달았다.

청사가 반려자로서 땅에서 악명 높았던 고도를 지목했을 때, 많은 사람들이 이 흉흉한 일을 어찌 해결할꼬, 머리를 맞대었던 일은 하루아침에 사라져 있었다. 고도가 땅의 주인이 직접 임명한 땅의 대리인이며, 그 증거로서 청사와 합일하여 낳은 새끼 용의 등에 땅의 기운이 담긴 날개가 붙어 있다는 소문이 넓게 퍼졌다.

고위 관료들이 전부 천룡의 집에 혼례에 쓰일 비단 장신구를 선물로 보내느라 아우성이었다. 그 선물을 등에 진 소와 말이 지평선까지 늘어설 정도였다. 모든 이들의 선물을 물리던 고도였지만, 어느 날 만주사화 벌판에서 마주한 가전연의 선물만큼은 유일하게 받아들였다.

본인을 '도솔천의 주인'이라고 소개한 젊은 남성은 고도에게 찢어진 옷자락을 주었다. 무엇인지 묻는 고도에게 가전연은 염화미소를 띠며 대답해 주었다.

"그대의 친우가 마지막으로 남긴 선물입니다. 부처의 품으로 돌아가고 싶어 했지만, 그럴 자격이 되지 못하여 지금쯤 불꽃 속에서 염을 외고 있겠죠. 그의 마지막에 닿아 있던 저에게 남긴 선물입니다. 저보단 그대에게 의미 있는 물건일 테니."

피 묻은 옷자락은 손으로 성기게 뜯어내어 솔깃이 모두 벌어져 있었다. 입고 있던 옷을 벗어서 준 흔적이었다. 친우라는 말에 고도는 고개를 들었다. 가전연은 타고 온 소의 등 위에 올라타고 있었다.

"강문입니까."

고도의 질문에 가전연은 그저 두 손을 합장하여 가지런히 인사할 뿐이었다. 고도는 먼 길을 돌아가는 소와 그 위에 올라타서 염을 외고 있는 가전연이 수평선 너머로 사라질 때까지 그 자리에 오도카니 박혀 있었다. 손에는 피와 때가 묻은 옷자락만 꼭 쥐고, 고도는 가만히 눈을 감고 있었다. 가전연을 통해 잊었던 친우가 떠오르나, 그것은 아이와 임금처럼 하나의 과거가 되었다. 더는 미련을 두지 않을 수 있었다.

고도는 옷자락을 함에 담고 뚜껑을 닫았다. 뚜껑의 자개 문양을 가만히 바라보았다. 밖에서 서진이 부르는 소리가 들렸다. 고도는 함을 가장 깊고 내밀한 곳에 밀어 넣은 뒤 자리에서 일어났다.

상제와 서른세 개의 하늘을 다스리는 주인들은 청사의 천룡 즉위식을 위해 면류관을 포함한 복식을 정비하는 것은 물론, 그가 새로이 일하게 될 장소와 신하들을 새로이 임명하느라 바빠졌다.

천인들이 가장 중히 다루는 직책이 '지상차사' 직이었다. 자고로 하늘에 속한 이들이 땅으로 내려갈 시엔 선녀 중에서도 높은 직급의 군사들만이 착용 가능한 선녀옷을 챙겨야 하고, 선녀옷을 챙기지 못할 시엔 상제에게 직접 땅으로 내려가도록 허락받아야 했다. 하지만 '지상차사'는 출천出天과 귀천歸天하는 시기만 기록하면 상제의 허락 없이도 자유자재로 땅과 하늘을 오고갈 수 있는 특수 보직이었다. 지상차사에 고도의 이름이 올라간 상태이며 고관들의 이견이 없으므로 청사가 천룡으로 즉위하여 그를 위한 신하들이 새로 꾸려질 때 문제없이 지상차사의 보직이 거론될 예정이었다.

즉위식이 원활하게 진행되는 덕분에 청사는 혼례에 모든 관심과 노력을 쏟아부을 수 있었다. 누이의 도움으로 청사의 혼례복은 금방 정해졌지만 고도의 혼례복에 문제가 생겼다. 어쩌면 사소한 문제였는데 고도가 한 발자국도 물러서지 않아서 언쟁이 길어진 부분이었다.

옥신각신 다투는 소리가 안방에서부터 번져 나왔다. 봄바람처럼 가벼운 발걸음으로 친부의 사택에 도착한 청사가 어리둥절한 얼굴이 되었다. 여종들이 그 다투는 소리에도 까르륵 웃는 것을 보아 심각한 상황은 아닌 것으로 판단했다. 청사가 문을 열고 안방을 향하니 온 방에 색색들이 화려한 옷이 펼쳐져 있었다. 펼쳐진 옷과 장신구의 숫자만도 익히 기백은 넘는지라 눈이 아플 정도였다. 넘치는 옷의 틈바구니 속에서 친부가 고도에게 무언가를 내밀며 부탁 아닌 부탁을 하고 있었다.

"이봐라, 얼마나 예쁜가, 한 번만 제대로 보래도."

"춘부장께서 뭔가 오해하셨습니다만, 혼례를 한다고 해서 제가 여성용 장식품을 찰 거라고 누가 그럽니까."

"이게 어디가 여성용이지? 남성 혼례복을 장식하는 혁대와 요대다! 딸기술 끝에 진주를 달고 훈색 도포에 금색으로 승천하는 용과 봉황과 암벽 사이에서 고개를 내민 현무와 계곡 사이의 백호가 위엄 있는 기품으로 수를 놓인 남성 혼례복이야!"

"옷만 남성용일 뿐, 장식품은 어딜 봐도 여성용입니다."

"기일에는 이런 장식을 하는 게 예의거늘! 보배는 어찌 그리도 검소하단 말인가."

"어디서 약을 파십니까. 제가 천계에 머물면서 이쪽 풍습과 예의범절을 배우도록 춘부장께서 직접 지도해 주셨습니다. 그 가르침 아래에 어디에도 기일날 남성이 여성용 장식을 하라는 말씀은 없었습니다만. 그리고 저를 보배라고 부르는 건 그만두시죠."

"어허, 이걸 얼마나 어렵게 구했는 줄 아느냐. 장인에게 맡겨서 직접 가공한 것이라 아주 귀한 물건들이란다."

"춘부장께서 직접 하시죠."

"내가 아니라 보배가 해야지!"

"아, 그 놈의 보배 소리, 으으."

"언제는 얼굴을 붉히며 내가 좋아하면 좋아해줬으면서! 우리 귀여운 보배가 변했구나, 변했어!"

"제, 제가 언제 말입니까."

"보배야!"

"으아아."

"보배가 검소해서 내 이길 수가 없다. 딸아, 보배를 설득해 보거라."

"아버지가 심하셨는데요. 저 머리장식은 누가 봐도 화관이잖아요. 저걸 남자가 어떻게 씁니까."

"너도 그럴 거냐? 보배한테 잘 어울리잖느냐. 이런 날 써야지 언제 쓴단 말인지."

"아버지, 지금 제가 시집갈 기미가 안 보이니까 한무의 반려한테 여성용 복식을 입혀서 대리만족을 하시려는 것을 누가 모를 줄 압니까?"

하나뿐인 딸과 막내아들의 반려가 요대와 옷에 다는 장신구까지는 백 번 양보해도 머리장식은 용납할 수 없다는 말에 천룡은 기운이 빠졌다. 청사가 눈을 가늘게 뜨고 아버지의 손에 놓인 물건을 바라봤다.

장신구는 꽃과 나비와 새가 한데 어우러져 오색찬란한 색으로 화려하게 솟은 머리장식이었다. 양옆으로 은사와 금사로 길게 늘어뜨려 있었다. 머리에 쓴다면 마치 휘항처럼 허리까지 내려올 장식은 심히 화려하다 못해 그 화려함이 과하기 그지없었다. 고도가 쓴다면 필시 잘 어울리겠지만 훈색 도포도 백번 양보해서 입어 주는 고도에게 저런 화려한 물건은 숨 넘어 갈 만큼 징그러운 벌레 취급할 것이 뻔했다.

청사는 자신의 미적 기준이 아비를 닮았다는 생각을 하며, 저 예쁜 장식을 고도가 머리에 써주지 않을 생각에 함께 시무룩해졌지만 그런 티를 내면 고도가 언짢아할 것이 분명했기에 내색하지 않도록 노력했다.

"고도, 고도."

청사가 가벼운 발걸음으로 안방 안으로 들어갔다. 머리장식 외에 모든 걸 다 받아 주겠노라고 천룡과 약속해 준 고도가 소맷부리에 금단과 은단을 입히기 위해서 여종에게 몸을 맡긴 채로 청사에게 고개를 돌렸다. 청사는 고도가 온갖 여자들 틈에 둘러싸여서 피곤한 얼굴로 자신을 바라보는 모습에 그만 웃음을 터뜨렸다.

"뭐가 웃기느냐, 이 망할 대롱이."

알록달록한 옷감을 온몸에 뒤집어쓰고 있는 모습이 퍽 재밌었다. 답호 안에 입을 두루마기 형식의 내의와 바지저고리까지 휘황찬란한 색으로 물들어 있어서 고도가 온갖 색체에 뒤범벅이 되어 있는 것 같았다. 예복의 가장 겉 옷감은 은하수를 내려 받아 만든 실로 짠 꽃분홍색이었고, 그 안에 세 겹이나 받쳐 입는 옷들은 노란색, 풀색, 하늘색이었고 그것들을 모두 금단과 금실, 은단과 은실로 엮고 잇고 있으니 고도는 마치 색색별의 봄꽃에 파묻혀서 숨 막혀 하는 듯한 모습인 것이다. 세상을 이루는 모든 색과 문양이 고도를 위해 존재하고 있었다. 어쩜 이리도 모든 것이 잘 어울릴까, 의아할 정도였다.

이 세상이 모두 고도를 위해 이루어진 듯하다. 청사 자신보다 하늘이 고도를 더 큰 마음으로 사랑하는 건 아닐지 삐죽 질투가 날 정도였다. 청사는 의자를 끌어당겨 등 받침대를 앞으로 돌렸다. 등 받침에 두 팔을 얹고 한 팔로 턱을 괴고서는 고도가 여종들의 손에서 이러저러한 옷과 신체 규격을 맞추는 모습을 흐뭇하게 바라봤다. 청사가 바라보는 모습을 힐끔, 눈동자만 굴려 쳐다보던 고도가 물었다.

"할 말 있는 얼굴이네."

"응, 치수 다 재고 나면 나랑 어디 좀 가지 않을래?"

"어딜?"

"내 둘째 형 만나러 가자."

그 말에 치수를 재던 여종들도, 여종들을 지휘하면서 옷감과 색상, 문양을 꼼꼼하게 바라보던 서진도, 저 혼자 기운이 없던 천룡도 한꺼번에 고개를 돌려 청사를 바라봤다. 아주 짧은 시간이었지만 청사를 가만히 바라보는 시선엔 무거운 기류가 실려 있었다. 약속이라도 한 듯 청사를 바라보고 다시 제 할 일로 돌아갔다. 찰나의 침묵은 고도에게 잔류처럼 남았다. 둘째 형이라는 존재에 동요를 한 것이다.

고도는 의아한 시선으로 청사를 바라봤다. 청사만이 암묵적인 침묵의 기류에 휩쓸리지 않고 고도를 마주보고 있었다. 고도의 마음속에 작은 의문이 파원처럼 커졌다. 여태껏 청사의 형제들을 봐왔었다. 그의 첫째 형은 동해를 다스리는 해룡이고, 누이는 선녀 군단장이다. 그 사이에 위치한 둘째 형은 본 적도 없고 무슨 일을 하는지 구체적으로 알지 못했다.

그것이 가족원들이 침묵한 이유라면 청사는 중요한 가족사를 고도에게 알려 주려는 것으로 생각되었다. 그것이 무엇이든 청사가 원한다면.

"그래."

고도가 가족원들의 불편한 기류에도 선뜻 고개를 끄덕였다. 서진이 무언가 한마디를 하고 싶은 표정으로 고도를 바라봤다. 그녀는 중요한 이야기를 꺼낼 것처럼 고도와 시선을 맞춘 채 파란 눈을 깜빡였다. 하지만 고도는 묻지 않았다.

"누이, 치수를 재는 일은 오래 걸릴까?"

서진은 청사를 힐끔 바라보다 고개를 저었다.

"다 끝났어. 도사는 데려가도 괜찮다."

고도가 수십 가지의 옷감을 몸에 더 대본 후에야 서진이 실제로 사용할 것들을 추렸다. 고도의 치수를 기록한 여종들은 서진이 고른 옷감을 꼼꼼하게 기록했고 장식할 물건들도 꼼꼼하게 확인했다. 고도가 더 도울 일이 없나 하여 쳐다보았으나, 다 똑같은 분홍색 원단을 손에 들고 어느게 더 나은지를 토론하는 분위기에 끼어들 수가 없어서 슬그머니 뒤로 물러났다. 청사는 고도의 손목을 잡고 몰래 자신 쪽으로 당겼다. 손목을 당겨서 쪽, 볼에 입을 맞추었다. 수십 가지 옷을 걸쳐 보느라 지쳐 있던 고도의 얼굴이 조금이지만 부드럽게 풀렸다. 청사는 흐뭇한 미소로 마주하면서 고도를 품에 안았다.

"아버지, 잠시 나갔다 오겠습니다."

"그래, 잘 다녀와라."

천룡에게 고도가 정중하게 인사했다. 천룡은 물끄러미 고도를 바라보며 청사와 함께 나가는 그를 잡아 세우지 않았다. 청사가 손목을 잡아 이끄는 대로 마당으로 나간 고도는 때마침 불어온 바람에 붉은 꽃밭이 고개를 숙이는 모습을 보았다. 오로지 붉은 물결로만 출렁이는 한가운데에 청사가 우뚝 섰다. 여종들이 손질해 주어 지상에서보다 훨씬 부드럽고 가지런한 머리카락들이 비단 끈에 묶여 너울거렸다. 휘날리는 푸른 옷자락이 붉은 땅과 대조되었다.

"여기보다 더 높은 하늘로 갈 거야."

고도는 꽃보다 아름다운 청사가 말하는 모습을 가만히 쳐다보았다. 말 없이 응시하는 고도의 시선에 청사는 고개를 갸웃했다.

"무슨 문제 있어, 고도?"

청사의 질문에 고도가 비로소 눈을 깜빡이면서 피식 웃음을 흘렸다. 실바람 같은 웃음을 흘리는 고도의 주변으로 꽃바람이 일었다. 봉우리에서 떨어진 붉은 꽃잎이 훈색 답호를 입은 고도를 감싸고 넘실거리자, 그 모습이 선녀도 부럽지 않은 아름다움이라. 청사는 꽃잎 속에서 웃고 있는 고도를 보며 얼굴을 붉혔다.

"대롱아, 넌 내가 봐온 만물 중 가장 아름다운 존재야."

그 말을 어찌 되돌려주지 않을 수 있을까. 저를 아름답다고 칭하는 고도야말로 그의 주변 꽃들이 먼저 고개를 숙이며 펴지 않은 치맛자락을 너울거리며 반갑게 맞이하거늘, 한낱 천룡이 이 귀한 인간보다 아름다울 수 있겠는가. 당장이라도 그의 머리와 옷자락에 붙은 붉은 꽃잎을 떼어 주며 그 아름다움은 네게 안착해 있노라며 말해 주고 싶었다. 그러나 청사는 붉어진 얼굴을 한 손으로 가리고 고개를 돌렸다. 저를 사랑스럽게 바라봐 주는 고도가 아름답고 고마워서 똑바로 바라보는 것조차 어려웠다.

"네 형님을 뵈러 가자면서 이리 서 있기만 하면 어쩌느냐. 어서 가자."

고도가 다가와 청사의 머리카락에 붙은 꽃잎을 떼어 주며 물었다. 청사는 여전히 고도의 주변에서 살랑거리는 꽃바람의 향기에 한숨만 삼켰다. 하늘 위의 이 땅이 고도를 좋아하고 있었다. 고도에게서 느껴지는 땅의 기운을 상서롭게 생각하고 그의 곁에 머물러 한 번이라도 손을 대고 싶어 한다. 고도가 사랑을 받는 것에 익숙해지길 바라고, 언제나 따뜻한 감정들에 둘러싸여 있길 원했으나, 이러다 누군가에게 빼앗기면 어쩌지 하는 마음이 없잖아 있기도 했다. 이곳의 많은 존재가 고도를 사랑하고 싶어 할 텐데. 질투하지 않고 버틸 수 있을까.

"대롱이?"

청사는 말없이 숨을 크게 들이마셨다. 고도에게 훈색 답호가 더없이 잘 어울리는 것처럼, 언젠가는 그에게 무표정한 얼굴보다 미소를 담은 표정이 더 잘 맞다는 것을 알게 될 날이 올 것이다. 고도에게 어울리는 것을 하나둘 찾아주기 위해서라면 그의 어깨에 머무는 꽃바람을 시샘해선 안 될 것이다.

"응, 가자."

청사가 고도의 손목을 잡아끌어 마당 한가운데에서 멈추니 그제야 고도는 사방을 둘러보다가 의아하게 물었다.

"걸어가면 되는 건가. 흐음. 더 높은 하늘로 갈 만한 수단이 보이지 않는데."

"마른하늘을 어찌 밟을 수 있겠어."

"그럼?"

"날아서 가야지."

그 말에 고도가 손등을 덮는 기다란 옷소매를 걷으면서 거들 듯이 말했다.

"날아가는 도술이야 내 특기지."

"하하, 하늘 길도 모르면서 네가 주도하여 날아가면 어쩌려고."

"여기보다 높은 하늘이라면 하나밖에 더 있느냐. 상제가 있는 천궁에 네 형이 기거한다는 소리로 들린다만."

"아니, 상제보다 높은 하늘에 살아."

"오오."

"둘째 형이 어떤 용인지 얘기했지?"

"그래, 은하수에 몸을 담그고 있다면서. 큰 하늘에 누워서 하늘을 받치고 있다 했지."

"맞아. 저 하늘, 저 높은 곳에 있어. 그러니 나한테 맡겨라. 내가 안전하게 안내하마."

생긋 웃은 청사가 도포자락을 휘날리며 몸을 낮췄다. 그의 유려하고 미려했던 손등이 커다란 용의 앞발로 변했다. 길게 풀어헤친 검은 머리가 머리에서 등까지 뻗은 갈기로 변했다. 하얀 피부에는 조각 같은 검은 비늘이 튀어나와 날카롭지만 아름답게 빛났다. 등은 길어지고, 길어진 등이 다리 너머로까지 이어지면서 기다란 꼬리로 변했다. 아름다운 얼굴이 용의 머리로 바뀌면서 조금씩 부피가 커졌다. 청사는 순식간에 백 장에 가까운 길이의 거대한 용으로 바뀌었다. 그 모습을 아무리 봐도 신성하게만 느껴지는 고도가 순수하게 탄복했다.

"왜 이 모습으로는 평소에 지내지 않는 거냐? 상당히 멋있는데."

고도가 손바닥으로 청사의 왼쪽 볼을 쓰다듬었다. 청사는 커다란 머리를 뉘면서 이빨보다 작은 고도가 저를 편하게 만질 수 있도록 했다. 아주 작은 손이 차가운 비늘에 닿았을 뿐인데도, 고도의 온기가 선명하게 만져지는 듯했다. 청사의 목소리가 인간의 형태일 때와는 전혀 다른 깊은 울림으로 마당을 적셨다.

[이 모습으로 있으면 게을러지거든.]

"왜?"

[계속 누워 있으니까 졸리잖아. 한번 잠들면 십 년이고, 이십 년이고 눈 뜰 생각도 못 하고 자게 되더라고.]

"움직이기 귀찮다는 소리군. 이런 게으름뱅이를 봤나."

[커서 운신하기 힘드니 어쩔 수 없지.]

"네가 몇 년이나 잠을 자는 건 나도 싫구나. 심심하지 않게 계속 놀아 주면 안 되셌느냐."

[바보야, 내가 왜 널 내버려 두고 잠을 자겠냐. 걱정 말고 내 손 위에 올라와. 심심하지 않도록 형님을 만나러 가자.]

청사가 내민 커다란 손바닥은 묵직한 암석 같았다. 고도는 청사의 뺨을 쓰다듬던 손을 떼고 답호 자락을 잡았다. 단단한 손바닥 위에 발을 올린 고도가 청사를 올려다봤다. 커다란 푸른 눈동자가 고도를 사랑스럽게 바라보고 있었다. 고도는 깊은 골짜기처럼 세로로 기다란 청사의 동공과 그 주변을 깊은 심해처럼 감싸고 있는 푸르른 빛이 무섭지 않았다. 이곳에 기거하는 천인들조차 천룡의 눈에 담긴 신비로움을 똑바로 마주할 용기가 없어서 고개를 조아리곤 하는데 고도는 두려움 없이 그의 시선을 마주했다. 어떠한 모습을 하고 있더라도 청사 본연의 존재를 봐주는 고도 덕분에 청사는 마음 놓고 웃었다.

[편히 앉아 있거라. 떨어지지 않게 내가 잘 잡아 줄 테니.]

"오냐, 이 몸을 잘 모셔 보거라."

[하하, 물론입니다.]

고도가 너른 용의 손바닥 안에 자리를 잡았다. 청사는 행여나 고도가 떨어질세라 두 발을 포개어 고도가 떨어지지 않도록 했다. 용의 발톱 사이로 빠끔, 고개를 내민 고도는 청사가 몸을 일으켜 하늘로 천천히 떠오르는 부유감을 함께 느낄 수 있었다. 철썩, 꼬리를 한 번 휘두르자 붉은 바다처럼 보이는 만주사화가 한꺼번에 동에서 서로 고개를 꺾었다. 청사가 일으킨 바람에 복숭아 꽃잎이 하늘로 솟구쳤다. 팔랑팔랑 날아든 붉은 꽃잎을 손바닥에 쥔 고도는 청사가 소중하게 감싸 안은 손바닥 안에서 바깥 풍경을 구경했다.

천계 어디든 꽃과 나무와 풀밭의 동산이 펼쳐져 있었다. 그곳엔 천인들이 삼삼오오 모여 그림을 그리고 악기를 연주하고 시를 지으며 글을 공부하고 있었다. 그들은 천계를 한 길로 꿰뚫는 바라밋 강에 기도를 했고, 작은 배를 띄워 낚시나 수영을 하기도 했다. 모두들 안락함을 벗으로 삼아 하고 싶은 일을 원 없이 하고 있었다. 서로 사랑하며, 웃고 떠들었다. 재력과 명예 등에 얽매였던 하계 생활과는 달리 누구의 눈치도 보지 않으면서 마음껏 자신의 감정을 표현했다. 그들은 33개 하늘의 주인과 천룡, 상제를 모셨으나, 하계에서처럼 강제적으로 나뉜 상하관계가 아닌, 마음에서 우러나오는 존경과 외경심으로 비롯된 행동이었다. 그래서인지 모시는 분들을 대하는 행동이 편했고, 그들을 부리는 이들도 강제적이고 고압적인 태도는 보이지 않았다.

천인들이 사는 평원보다 높은 곳에는 구름과 부유하는 땅으로 이루어진 33개의 하늘이 보였다. 수평으로 펼쳐진 서른세 개의 조각난 하늘에는 각각 그 하늘을 돌보는 부처의 제자들이 있었다. 그들은 여타의 천인들보다 고요하며 맑은 얼굴로 비상하는 청사와 자신을 올려다보고 있었다. 정치에 힘을 쓰는 이들은 상제를 뵈러 가거나, 상제가 시킨 일을 처리한다고 하늘에 덜한 관심을 보이고 있었다. 그러나 그를 대신하여 수많은 제자들이 서로 연결되어 있으니 누군가가 시키지 않아도 기꺼이 자신을 바쳐서 하늘을 돌보는 일이 숭고하게 느껴졌다.

33개의 하늘을 지나 더 높은 곳에 달하니 수미산 정상에 있는 옥황상제의 거처, 천궁이 모습을 드러냈다. 33개의 하늘을 모두 합쳐 놓은 것보다 더 큰 천궁은 겉면이 금으로 도색되어 있었다. 하나, 금색은 하계에서 귀하게 여기는 보석과는 그 성질이 조금 달랐는데, 천궁을 뒤덮은 금색 물결이 끊임없이 움직이고 있었다. 그것은 은하수 빛이었고, 달빛이었으며 태양의 빛이기도 했다. 세상의 가장 귀한 빛들이 천궁에 모여 손을 잡고 강강술래를 하며 천궁 안에 사는 이들에게 경배를 하고 있었다. 친궁 동쪽에는 상제의 부인인 서왕모가 사는 곤륜산으로 가는 길이 있고, 곤륜산 바로 아래 신선들이 머무는 청호림이 보였다. 염라가 사는 명계, 인간이 사는 하계를 지나 청호림, 곤륜산, 수미산으로 이어지는 모든 길이 하나로 통했다.

하나로 이어진 모든 길이 얇은 실처럼 멀어졌을 때, 봄볕처럼 따사로웠던 햇살이 사라지고 머리 위에는 드넓은 은하가 펼쳐졌다. 검푸른 색으로 끝을 볼 수 없는 세상에서 가장 큰 하늘에 별들이 군집하여 영롱하게 빛나고 있었다. 은하는 다리를 놓듯 서로서로 연결되어 커다란 하천처럼 흐르는가 하면, 어딘가에는 부서진 조각처럼 고립되어 외롭게 흐르고 있기도 했다. 포근하기만 하던 천계의 땅과 달리 은하에 가까워질수록 살을 에는 차가움이 느껴졌다. 태양의 권위가 닿지 않는 곳이었다.

햇살의 포근함은 검푸른 어둠 속으로 집어삼켜져서 그 어디에도 생명의 박동이 느껴지지 않았다. 땅에서 볼 때는 더없이 아름답게만 보이던 은하가 실은 끝없는 어둠 속에서 추위와 함께 얼어붙어 있었다 하니, 고도는 머리 위에 바싹 붙은 은하에 손을 뻗을 생각도 하지 못했다. 끝없이 상승하기만 하던 청사가 드디어 멈추었다. 비상하느라 고도를 손바닥에 꼭 쥐고 있던 청사가 비로소 천천히 포개어 있던 손바닥을 펼쳤다. 너른 손바닥 중앙에 가만히 앉아 있는 고도와 눈이 마주친 청사가 하늘의 별을 빼다 박은 눈에 미소를 머금고 있었다.

[고도, 은하수를 천계인들은 무엇이라 부르는지 아느냐.]

하계에서는 미리내라 하지만 천계에서는 무엇이라 부를지. 청사가 열어 준 손바닥 밖으로 고도는 하염없이 검푸른 하늘을 올려다보았다. 별빛이 쏟아지는 밤하늘을 가만 쳐다보자 청사가 대신 대답했다.

[용의 등뼈라고 불린단다.]

고도는 두 눈에 무수히 박히는 별빛을 바라봤다. 용의 등뼈라고 불리는 이유를 알 것 같았다. 흘러내리는 은하수의 모습은 규칙이 있었다. 열 맞춘 은하수들이 한꺼번에 동쪽이나 서쪽으로 움직이는가 하면 뱀이 지나간 자리처럼 그 흔적을 남기고 한동안 빛을 내다 사라지기도 했다. 그것은 여러 개의 은하수들이 이어져서 만들어진 거대한 하나의 등줄기였다. 등줄기를 따라서 기다란 용이 하늘 전체에 똬리를 뜨고 있었는데 그 크기가 하늘 전체를 뒤덮을 정도라 머리가 어디 있고 꼬리 끝이 어디인지를 구분할 방도가 없었다.

검은 하늘 속에서 외롭게 꿈틀거리는 거대한 용을 발견하자 고도는 입이 절로 벌어졌다. 용의 등뼈 하나가 거대한 은하수 하나를 표현하고 있으니 얼마나 넓은 하늘을 지탱하고 있는지 알게 되었다.

[형에게 고도를 인사시키고 싶어서 데려왔어.]

그 말에 고도는 어쩐지 목구멍 너머가 꽉 막히는 기분이었다. 하늘을 구성하는 그의 형은 불행히도 청사의 가족 중 그 누구와도 달랐다. 형에게는 형체가 없었으며, 그저 별들로 이루어진 등뼈가 존재할 뿐, 움직이는 등의 모습도 어떠한 의지를 가지고 움직이는 것은 아닌 듯했다. 그저 무수한 별빛의 흐름으로 이루어진 뼈대로만 보였다. 산 것도, 죽은 것도 아닌 영원불멸의 존재처럼.

[형은 죽지도, 살지도 못한 존재다. 하늘에 몸을 묻은 순간 육신은 녹아 버렸고 그의 의지만이 별로 화하여 이렇게 하늘을 지탱하고 있지. 그래서 우리 가족들은 형에 대해서 언급하지 않아. 첫째 형은 하계의 바다를 다스리는 왕이 되었고, 누나는 천계의 안보를 지키는 군장이 된 것을 자랑스러워하지만, 둘째형은 세상에서 가장 크고 무거운 하늘을 지탱하기 위해서 자신을 버렸거든. 그건 아주 슬프고 또 고귀한 일이라 우리가

뭐라고 함부로 말할 수 없다고 생각해서 입에 잘 담지 않지.]

고도는 은하를 담았던 눈을 돌려 청사를 바라봤다. 별빛이 닿은 청사의 검은 비늘이 하늘의 일부분처럼 보였다. 이 먹색이 하늘에 녹아들어도 위화감이 없을 정도였다. 고도는 행여나 자신이 떨어질까 봐 소중하게 감싸 안고 있는 청사의 발톱을 손으로 꽉 쥐었다. 청사가 하늘을 닮아서, 영원히 그 하늘이 될 것을 우려하는 몸짓이었다. 자신만의 하늘로만 남아 있어 주면 안 되겠는가. 고도가 무엇을 걱정하는지 알지 못하는 청사는 그저 고도의 시선이 자신에게 고정되어 있는 것만으로도 기쁨에 가득 찬 미소를 지었다.

[하지만 형은 세상의 모든 일을 다 알고 느끼고 있어. 그러니 나와 너의 사이도 축복할 것이야. 형에게 이리도 어여쁜 반려를 데려왔다고 정말 많이 자랑하고 싶었거든.]

턱 밑에 숨겨 놓은 여의주를 손에 쥐더라도 이처럼 소중하게 안고 있지는 못할 터. 청사는 세상의 그 어떤 보주보다 중요한 고도의 머리를 투박한 발톱으로 넘겨 주었다. 영원히 자라지 않는 그 짧은 머리카락이 실낱처럼 흔들렸다.

"네 형에게 어떤 예를 갖추어 인사를 드려야 할지 모르겠구나."

[인사는 이미 받았단다. 아까부터 네 머리카락에 형의 눈길이 닿아 있거든.]

고도는 자신의 머리를 조심스럽게 발톱으로 넘겨주는 청사와 그 너머의 하늘을 바라봤다. 은하수가 유독 자신과 청사의 머리 위에서 빛나고 있었다. 다른 하늘은 공허한 어둠도 머물러 있건만, 둘의 하늘은 별무리가 빼곡하게 자리 잡고 언제든 쏟아질 준비를 하는 듯했다. 눈이 멀 정도로 아름다운 빛의 폭포 속에서 청사가 온 하늘을 울리는 목소리로 말했다.

[있지, 고도. 옥황상제의 딸 중에 직녀라는 여인이 있는데 견우라는 인간 남자와 사랑에 빠져서 칠월 칠석 날만 천계에 사는 까치와 까마귀들의 도움을 받아 만나서 사랑을 할 수 있다고 해.]

그 이야기를 어찌 모를까. 청사가 실제로 그네 둘이 머물고 있는 별을 향해 몸을 틀었다. 고도는 청사가 가리킨 방향을 보면서 고개를 갸웃했다.

"이 하늘에 견우와 직녀가 있다는 소리냐."

[응. 형의 첫 번째 등뼈와 두 번째 등뼈에 속한 별이야. 저기 보이지?]

"까치와 까마귀가 자신들의 몸으로 다리를 놔주더라도 만나기 어려운 거리구나."

[하루를 꼬박 뛰어야 겨우 만날 수 있는 아주 먼 거리야. 쉼 없이 달려야 겨우 중간에서 한 시진 정도 서로를 만질 수 있거든. 도중에 지쳐서 쉬어 가기라도 하면 만나지 못하고 다시금 일 년을 기다려야 하는 거리지.]

야속하구나. 상제가 그만 제 딸에게 자비를 내려 주어도 될 것을, 어찌 저리도 먼 극단의 별에 딸과 딸의 사랑을 홀로 내버려 두고 일 년에 딱 한 차례만 만날 수 있게 하는가.

겉보기 아름답기만 한 별이 아니라는 것은 고도도 알고 있었다. 머리 위의 수많은 별에는 고도를 낳은 어미도 있을 것이고, 고도가 먼저 보낸 처자식도 있을 것이다. 고도가 지금껏 만난 수많은 사람들이 인간의 윤회를 마치고 나면 이 평온한 어둠에 누워 밝게 빛나며 영원토록 하늘과 땅을 우러러볼 것이다. 그리고 고도는 죽어서 돌아갈 곳이 될 수 없는 곳. 모든 인간들이 영원을 묻는 그곳 대신, 고도는 무無로 돌아갈 것이다.

고도는 별이 되지 못하는 자신의 미래를 두려워하지 않았다. 별이 되지 않아도 괜찮았다. 청사가 죽기 전에 자신은 결코 죽지 않을 것이기 때문이다. 청사가 제 아비처럼 늙어서 정치 일선에서 물러나고, 노인이 되어 흰 머리가 희끗해지더라도, 얼굴과 손에 세월이 깊이 팬 주름이 맺히더라도 고도는 영원히 청사의 곁을 지킬 생각이었다. 그가 죽어 다음 생에 또 만날 수 있다면 고도는 다시금 청사를 기다릴 것이고, 이번 생이 청사의 마지막 생이라면 청사의 끝을 모두 보고 난 후에 제 발로 명계로 찾아갈 생각이었다.

시작은 청사가 먼저 했으니, 그 끝만큼은 고도가 지켜 주고 싶었다. 설령 견우와 직녀처럼 청사를 일 년에 한 시진만 볼 수 있더라도, 아니, 그의 다음 생을 수천 년이나 기다려야 한다고 하더라도 행복할 자신이 있었다. 다음 생에서 청사가 고도를 알아보지 못한다 해도 서운하지 않을 것이다. 그가 다른 사랑을 선택한다고 해도 야속해지 않을 것이다. 고도는 그만큼 청사를 위하고 행복하게 빌어 줄 마음으로 가득했다. 자신에게 진정한 사랑이 무엇인지를, 수많은 고통과 인내 속에서 알려 준 이다. 이 귀한 이를 위해서 그 정도는 마땅히 지키고 버텨야만 했다. 그러니 청사가 연을 끊지 않는 한 평생을 후회 없이 아끼며 사랑해 줄 것이다. 그러기 위해 고도는 청사에게 영원을 바쳤다.

[내가 너를 배신하면 나를 죽여라, 고도.]

용의 커다란 눈망울이 고도 앞으로 가까워졌다. 고도는 잠시 생각을 멈추고 용의 눈을 들여다보았다. 살벌한 이야기를 다정하게 건네는 청사에겐 거짓도 두려움도 없었다. 고도는 얼굴과 머리카락을 쓸어 만지는 발톱을 손바닥으로 마주 쥔 채 피식 웃었다.

"왜 나한테 그런 무거운 이야기를 하느냐. 어차피 인간은 용을 죽이기 힘들지. 더욱이 이런 단단한 비늘을 무기도 없는 내가 어찌 뚫겠어."

[용을 살해하는 방법을 알려 줄까. 용의 반려자는 용을 죽일 수 있어.]

청사는 비늘로 덮여 있는 가슴을 내보였다.

[이곳은 그 어떤 무기로도 뚫을 수 없다. 하지만 나는 너에게 나를 살해할 수 있는 무기를 왼손으로 만들어 주었다.]

고도는 청사가 자신의 비늘로 만들어 준 왼손을 보았다. 검은색 비늘을 깎아서 만든 의수는 왼쪽 손목에 걸려 있었다. 그 의수는 고도의 간단한 도술로 실제 손처럼 움직이고 있었다. 고도는 손가락을 하나하나 접어 보다가 청사를 바라봤다. 청사는 눈가를 접어서 웃었다.

[용이 반려자를 잘 만들지 않는 이유는 이 때문이란다. 반려자만이 용을 살해할 수 있거든. 사랑하는 이에게만 이 단단한 가슴이 부드럽게 열리기 때문이란다. 그러니 철갑보다 단단한 나의 비늘을 네 왼손으로 뚫으면 나를 쉽게 죽일 수 있을 것이다. 만약 내가 너를 배신한다면 네가 나를 처단하거라. 네가 네 영원을 내게 준 것처럼, 나는 이번 생을 너에게 주마. 용은 절대 거짓말을 하지 않으니 내 말을 믿어도 좋다.]

청사의 그 말에 고도는 멍하니 있다가 설핏 눈물을 보였다. 끝이나 마지막을 준비하는 것이 저뿐만이 아니었다는 사실이 우습기도 하고 슬프기도 했다. 어이해 영원을 사는 자신과 영원만큼 천수를 누릴 용이 내일 당장 죽을 시한부보다도 더 마지막을 염두에 두는지 모를 일이었다. 그만큼 아쉬워서일까. 청사와 얼마나 오랫동안 함께 있는다 해도, 이 아쉬움은 평생을 가도 느낄 듯하여, 서로 마지막을 내일 일처럼 받아들이는 것일까.

"바보 같은 놈. 내가 어찌 그러겠어. 설령, 네가 나를 배신한다면 말이다."

고도는 왼손을 흔들어 보였다. 청사가 직접 비늘을 떼어서 만들어 준 검은색 의수가 청사의 가슴과 동색으로 움직였다.

"이 손이 아니라 내 멀쩡한 오른손으로 네 뺨을 때리고 명치에 주먹을 찔러 넣고 정강이를 차버릴 것이다. 너를 죽이는 게 아니라 너를 내 방식으로 길들일 것이다. 이 점에 불만 있느냐."

길들인다는 말이 이렇게 설렐 줄 누가 알았을까. 고도이기에 가능한 그 말을 듣고 청사가 배시시 웃었다.

[없구나. 전혀 없단다. 고도, 앞으로 나를 잘 길들여 주면 고맙겠다.]

이렇게 착한 용이 어디 있을까. 고도는 양손으로 청사의 뺨을 어루만졌다. 은하수가 내려앉은 검은 비늘이 기분 좋게 흔들렸다. 뜨겁고 묵직한 용의 숨결 속에서 고도는 청사처럼 맑게 웃었다.

"우리가 낳은 아이의 이름을 아직 안 지어 줬지. 내가 며칠 밤을 새면서 곰곰이 생각한 끝에 우리 아이 이름을 뭐라 지을지 결정했어."

고도는 자신을 따뜻하게 바라보는 푸른 시선에게 속삭였다.

"예그리나."

그 한마디를 입에 담은 고도는 청사의 뺨에 입을 맞췄다.

"사랑하는 우리 사이라는 뜻이다."

아이는 청사의 후계자로 훗날 천룡의 대업을 잇게 될 것이다. 최초에 그를 낳기로 결심한 것은 청사와 방해받지 않는 삶을 영위하기 위함이었으나, 결론적으로 아이는 그러한 가치로서 이용되지 않았다. 아이를 이용하기로 마음먹었던 것과 달리, 땅이 나서서 고도를 도와주었다. 아이에게 날개를 달아줌으로써 고도를 땅의 대리 주인으로, 하늘의 귀객으로서 인정받도록 해준 것이다. 이처럼 고도와 청사 사이를 이어 주는 소중한 존재이고, 땅과 하늘을 결합해 주는 새끼 응룡에겐 마땅히 귀한 이름을 지어 줘야만 했다. 이 아이가 하늘과 땅을 굽어 덕을 널리 이롭게 할 수 있도록 고도가 올바로 잘 키우겠다는 다짐을 삼켰다. 청사가 고도에게 모든 것을 준 것처럼, 사랑하는 둘의 결실이 바로 클 수 있도록 최선을 다하도록 말이다.

"대롱아. 말이란, 하면 할수록 힘을 얻는 것이라 생각한단다."

말을 할수록 천기누설이 되어 힘을 잃는다는 인간의 사고방식과 정반대였다. 고도는 용의 방식대로 자신의 삶을 이야기했다.

"앞으로는 사랑을 박하게 말하지 않으마. 네가 지칠 만큼 끊임없이 사랑을 속삭이겠다. 사랑한다, 대롱아."

그리고 고도는 용의 방식이 인간의 방식보다 옳다고 생각했다. 말은 할수록 힘을 잃는 것이 아니라, 힘이 더해지는 것이니. 이미 많이 들어온 그 고백에서도 고도는 언제나 새로운 감정과 기쁨과 행복을 느꼈다. 청사가 말하는 '사랑'이란 고도에게 겹겹이 쌓이는 행복의 옷감과도 같았다. 여종들이 화려한 옷감을 몸에 대어 주는 것처럼, 고도는 청사의 사랑한다는 한 마디가 그를 포근하게 감싸 안는다고 생각했다. 실제 옷감과 달리 사랑은 정겨우며 따뜻하지 않은가.

고도는 예그리나, 라는 자식의 이름을 곱씹다가 웃었다. 지금껏 단 한 번도 보여 준 적 없는 밝고 맑은 미소는 하늘의 별만큼이나 아름다웠다. 고도는 누구보다 견디는 데에는 자신 있었다. 불행에도, 고통에도 익숙할 수 있었다. 그러니 이젠 새로운 익숙함을 배워 보려 한다.

"잘 부탁한다, 대롱아."

은하를 촘촘히 엮어 만든 청사의 푸른 눈에 고도의 미소가 활짝 피어났다. 꽃봉오리만 져 있던 만주사화가 치마폭을 펼친 것처럼, 푸른 눈에 그의 사랑이 춤추고 있었다.

곡두기행 외전(外傳) :: 예그리나(Yegrina) 終

예그리나 외전 :: 왁자한 천상의 나날

물살이 천천히 흘러내리는 내천이었다. 도르르르, 작은 돌맹이가 구르는 소리가 선명하게 물자국을 남기고 있었다. 물은 굽이굽이 흘러내리면서 냇가에 자라난 만주사화의 뿌리를 적셨다. 햇살이 닿은 수면이 바람결에 일렁이는 사이였다. 반짝거리는 수면 위로 어린 용 한 마리가 불쑥 고개를 내밀었다. 젖어 있는 작은 날개를 흔들어 터는 응룡. 천인들은 팔뚝만 한 작은 용을 '예그리나'라고 불렀다.

예그리나는 도솔천을 따라 굴러다니는 조약돌만큼 까맣고 동글동글한 눈동자를 굴렸다. 날개에 묻은 물을 털어내고, 붉고 조그마한 혀를 내밀어 주름 접힌 날개 사이까지 핥아 낸 후에야, 두 날개에 힘을 주어 수면 위로 서서히 날아올랐다. 젖은 꼬리를 타고 흘러내린 물방울이 서쪽으로 흘러가는 도솔천의 수면에 잔잔한 파원을 만들어 냈다.

예그리나는 내천을 벗어나선, 드넓게 펼쳐진 붉은 만주사화 밭 위를 빠르게 활강했다. 햇살을 머금은 바람이 예그리나의 두 날개 밑을 어루만져 줬다. 꽃이 활짝 핀 만주사화 벌판은 바람이 불 때마다 파도를 치듯 한 번에 고개를 숙였다가 치켜들면서 흔들렸다.

눈부시지 않은 햇살, 포근한 바람, 꽃들은 만개하여 긴 치마폭을 흔드는 아이처럼 춤을 추고, 햇살이 내려앉은 냇물은 조약돌을 굴리며 노래를 부르니, 예그리나가 삐이, 삐이이, 기분 좋은 소릴 내며 높게 솟았다가 낮게 가라앉으며 들썩들썩 날갯짓을 하는 것은 당연한 일이었다.

기분 좋게 날갯짓을 하던 예그리나의 두 눈에 번쩍이는 물체가 들어왔다. 눈을 가늘게 뜨고 자세히 살펴보았다. 선녀들 사이에 주저앉아 있는 거대한 무언가가 보였다. 발굽이 두 개로 쪼개어진 네 다리와 킁킁거리 며 벌름거리는 들창코. 귀 끝이 뭉뚝하니 반으로 접혀 있는 머리까지. 흡사 돼지 형상 아닌가. 눈을 게슴츠레 뜨고 바라보던 예그리나가 조금 더 자세히 보기 위해 다가오자 돼지 형상은 돼지 그 자체가 틀림없었다. 돼지는 털빛이 얼마나 번쩍이던지, 햇살이 닿은 투실한 등허리가 금빛으로 번쩍여서 금동으로 만든 조각처럼 보일 정도였다.

호기심 많은 예그리나는 금돼지를 지나치지 않았다. 날개를 젖히며 금돼지 곁으로 날아갔다. 긴 치마폭에 감싸인 금돼지보다, 그 돼지 곁에서 꽃 자수가 놓인 부채를 살랑살랑 흔들어 주던 선녀들이 먼저 예그리나를 알아보았다.

"어머, 새끼 용이에요."

"소문의 응룡인가 봐요."

"천룡의 막내아들이 인간 남자에게서 만들어 냈다는 아이가 이 아이였나요?"

"맞습니다. 예그리나라고 부르더군요."

선녀들의 귀여움을 한껏 받는 예그리나는 제 날개를 쓰다듬거나 꼬리를 만지는 손길을 요리조리 피하며 금돼지 곁으로 다가갔다. 성인 남성 두 명만 한 덩치의 금돼지가 흙밭 위에 발을 깔고 네 다리를 쭉 펴고 있었다. 두 개로 갈라진 발굽 사이를 천으로 깨끗이 닦아 주는 선녀의 손길을 받으며 들창코를 벌름거리는 것이 호사도 그런 호사가 없어 보였다. 예그리나가 삐이, 하고 부르는 소리에 금돼지가 감고 있던 눈을 떴다. 금을 녹여 만든 듯한 휘황찬란한 금색 살갗만큼이나 두 눈도 금빛으로 번쩍이는 특별한 돼지였다.

"이게 누구야. 인간과 용 사이에서 나온 족보 없는 놈 아닌가."

금돼지의 거침없는 발언에 선녀들은 당황해서 부채로 입을 가렸다. 개중엔 천인들이 고개를 조아리며 예그리나가 혹시 기분이 상하지 않았나 눈치를 살피는가 하면, 돼지에게 무릎베개를 해주거나 발굽을 손질하던 여인들이 비웃듯이 까르르, 웃음 터뜨리기도 했다. 어린 용은 금돼지의 패악과 놀림을 알아듣지 못했다. 고개만 옆으로 갸웃하면서 금색으로 반짝거리는 눈동자만 신기하다는 듯이 바라볼 뿐이었다. 순진무구하고 철이 없는지, 인간의 기운이 섞여서 덜떨어지는 놈인지, 금돼지는 히죽 웃으며 빙글빙글 놀려대기 시작했다.

"나는 도락을 아는 금돼지 님이시다. 이곳엔 나와 같은 특별한 짐승들이 몇 있지."

금돼지는 금빛털을 반짝이며 낙낙하게 이야기했다.

"십수 개의 발이 달려 매일 신을 갈아 신는 뱀이라든지, 뿔 없는 머리에 모자를 쓴 수사슴, 화살 맞은 옆구리를 부여잡고 옹송망송 날아다니는 까투리, 비늘 하나가 조개껍질처럼 예쁘고 귀한 잉어까지. 모두들 오래 살다 보니 웬만한 인간 못지않게 말도 잘하고 장난도 칠 줄 알거든. 그래서 가만 보자, 널 보니 신령하다는 천룡보단 우리처럼 까불거리는 금수가 더 잘 어울릴 것 같은데, 어디 우리랑 놀아 볼 테냐?"

예그리나의 표정은 묘했다. 기분이 나쁘면서도, 자신을 챙겨 주는 듯한 금돼지가 고맙기도 하고, 치맛자락을 내어 준 선녀들의 웃음에 저도 모르게 부끄러워지면서도, 이렇게 예쁜 천인들을 이끌고 다니며 무릎베개를 하는 금돼지의 정체가 궁금하여 한바탕 어울려 놀고 싶기도 했다.

냇가에서 몸을 씻고 집으로 돌아가려던 계획을 변경하여 금돼지 옆에서 얌전히 날개를 접었다. 걱정 어린 눈으로 내려다보던 선녀 하나가 그런 예그리나를 손등으로 톡 쳤다.

"얘, 금돼지 님이 널 놀리시는 거란다. 지금이라도 늦지 않았으니 얼른 날아가 버리렴."

예그리나는 그 충고에 고개만 모로 숙였다. 새까만 눈을 굴리면서 올려다보는 예그리나가 제법 사랑스러웠던 탓에 선녀는 한숨을 내쉬었다. 제가 나설 자리는 아니라 생각했지만, 날개 달린 검고 어린 용은 서른세 개의 하늘과 상제, 천인, 신수들이 관심을 갖고 지켜보는 존재였다. 괜히 금돼지가 잘못 건드려서 천룡 집안 전체의 문제로 비화되어 버리면, 금돼지의 시중을 들고 있는 선녀들까지 싸잡혀 혼이 날 수도 있는 일이다. 현명한 선녀는 그리되지 않도록 금돼지 앞에서 절을 하며 말했다.

"아뢰옵기 송구하오나, 아직 세상 물정 모르는 어린 용과 놀다가 탈이라도 나면, 금돼지 님께서 신경 써야 할 일이 생길지도 모를 일입니다. 하오니, 어린 용을 돌려보내 놓고, 나중에 기회가 되면 놀아 보는 것은 어떠하온지요."

다른 선녀가 옆구리를 팔꿈치로 찌르며 말했다.

"금관보좌님들도 이런 일로 문책하진 않는단다. 고작 돼지님과 우리와 함께 노는 일을 뭐라 하시겠니?"

금관보좌란 상제의 곁을 지키는 세 가지의 지위를 통칭하는 말이다. 금관대경보좌, 금관중경보좌, 금관소경보좌.

옥황상제의 비서이자, 기록관이자, 그가 내리는 결정에 가장 큰 도움을 주는 금관대경보좌는 '동부'란 이름을 가진 천인 여성이다. 옥황상제의 부인인 '서왕모'는 질투가 많아서 동부의 매혹적인 자태와 슬기롭고 총명한 지적 매력에 제 남편이 홀릴까 봐 거대한 검은 사슴으로 만들어 버리곤, 오로지 옥황상제가 하늘의 일을 논할 때만 사람의 말을 할 수 있도록 하되, 사랑을 읊으면 바로 사냥꾼이 쏜 활에 맞는 저주를 내린 것으로 유명하다. 동부를 지키기 위해 천계에 사는 수많은 동물들이 그녀의 곁을 머물고 있다. 금돼지도 대경 동부의 곁을 지키는 짐승 중 하나였으나, 볕이 좋은 날엔 이처럼 냇가나 꽃밭에서 노는 것이다.

　금관중경보좌는 강보에 싸인 어린아이의 형상을 지닌 자로, 이름은 '옥로'라 하며, 옥황상제의 '눈' 역할을 한다고 알려져 있다. 워낙 많은 일을 동시에 처리해야 하는 상제를 위해서 그가 미처 보지 못한 과거의 일이나 미리 알아야 할 미래의 일을 볼 수 있다는데, 평소엔 두 눈을 꼭 감고 응애응애 울기만 하던 옥로가 중대한 일 앞에서는 두 눈을 번쩍 뜨며 검은자와 흰자위가 구분되지 않는 그저 새까만 우물 같은 눈을 뜨며 하늘의 뜻을 전해 준다고 알려져 있다.

　금관소경보좌는 세 금경 중에서 가장 많이 알려진 존재 즉, 먹빛 비늘을 가진 천룡이다. 용이란 태초에 물을 다스리는 신령한 금수에 지나지 않아서 바다를 지키는 일만 했었지만, 땅에 속한 존재 중 가장 현명하면서도 천 년이 지날 때마다 여의주를 하나씩 만들 수 있고, 그렇게 늘어나는 여의주에 천인들 못지않은 신령한 힘을 저장할 수 있게 되었다. 옥황상제는 용들 중 가장 뛰어난 자를 하늘로 승천시켜 자신을 지키는 무관으로서 옆에 두었다. 그 용을 다른 용들과 다르게 '천룡'이라 불렀다. 지금까지 소경은 '조아반'이라는 천사백 살 먹은 묵룡이 자리를 보전해 왔다. 천계 전체의 질서와 치안을 유지하기 위해 딸인 '서진'을 '선녀 부대'의 장군으로 임명하여 군대의 힘을 키워 온 것도 괄목할 만한 성과였다. 그러나 최근에 소경 자리 일선에서 은퇴를 선언하면서 그의 아들인 '한무'가 차기 소경으로 승격되었다. 아직은 논하기 이르지만, 옥황상제께서 그의 형제인 '땅의 주인'의 예쁨을 받았다고 알려지는 '예그리나'가 한무를 잇는 차기 소경으로 거론될 가능성이 높다는 얘기가 오고가는 중이었다.

　이처럼 동부, 옥로, 한무로 나뉘는 세 금경들은 물론, 옥황상제까지 관심을 가지는 존재가 예그리나이거늘, 햇살을 받고 땀을 흘리면 그것이

금가루가 된다는 전설의 금돼지 님이라도 그의 식솔인 선녀들까지 합세하여 예그리나를 어린애처럼 놀렸다가 잘못되면 하늘 전체의 문제가 될 수도 있지 않겠나.

통찰력이 남다른 선녀 하나가 금돼지에게 절을 하며 아뢰었다.

"천계에 친구가 없으신 예그리나 님을 금돼지 님께서 갸륵하게 여기시는 부분은 추앙받아 마땅한 일이옵니다. 하나, 이 어린 용은 아직 부모의 보살핌이 필요한 시기이니 만큼, 저희와 시간을 보내기보단 핏줄들에게 돌려보내는 것이 어떨까 하옵니다."

선녀의 말에 금돼지는 금빛 털을 부르르 떨었다.

"어린 용의 부모라면 얼마 전에 소경이 된 천룡 한무 아닌가. 그 천계의 사고뭉치 말이야!"

한무의 익살에 놀아난 기억이 생각나는 금돼지였다. 번쩍이는 금돼지가 보기도 좋은데 맛도 좋으냐며 활시위를 당기며 농락하던 일이었다. 그때야 워낙 천방지축인 한무를 보고 금돼지가 꿀꿀거리며 도망치기 바빴지만, 의젓해졌다는 지금 다시 만나면 엉덩이로 들이박으면서 사과하라 외치고 싶은 게 솔직한 심정이었다. 그런 금돼지 옆에 앉아 있던 선녀가 허리를 낭창낭창 흔들며 말을 보탰다.

"이 애의 아비는 천계의 호색한이었고, 어미는 인계의 말썽쟁이죠."

어미란 말에 금돼지가 눈을 빛냈다.

"웅? 어미는 누군데?"

"모르셨습니까?"

"재물로 데려오는 인간 여자 따위 알 게 뭔가."

"저런, 모르고 계셨군요. 물론, 천룡의 알을 품도록 대대로 인계에서 재물로 여성체를 바쳤습니다만, 이번에는 특수하게도 지상의 어미가 천계에서 천룡을 보좌하고 있습니다."

"뭐? 그게 가능하단 말이야?"

"무려 날개 달린 용의 어미이니까요. 게다가 땅 위의 일을 살피도록 '지상차사'라는 직함을 내렸다고 하니, 이건 용의 어미로서 뿐만 아니라, 소경의 일을 보좌하는 신하나 다름없죠."

"기이하고 또 기이하구나. 그런 이야기는 내 평생 천계에 살면서 듣도 보도 못했건만. 대체 그 상대가 누구기에 이토록 큰일을 벌인 게야?"

"고도라고 합니다."

농담과 우스갯소리가 넘실대던 분위기가 가라앉았다. 햇살을 머금어 금색 털을 바닥으로 흔들던 금돼지도 동상처럼 굳어서 멀거니 선녀들을 살폈다. 선녀들은 금은보화를 몸으로 만들어 낼 수는 있어도, 세상 물정 어둡고 게으른 금돼지가 천계를 발칵 뒤집은 사건을 제대로 알지 못하고 있다는 사실에 짤막한 한숨을 내쉬었다. 다른 사안도 아니고 이런 사안을 모르고 있었다니, 심했다.

"고도라고?"

꿀꿀거리며 코를 삼키는 금돼지는 한동안 말이 없었다. 농을 하며 놀릴 기분이 아니었는지 콧등을 찡그리고 있었다. 대략 천계의 말썽쟁이 차기 소경 한무가 되돌아오면서 날개 달린 아들을 낳았다고만 들었다. 그들의 혼례식 때도 찾아간 적이 없어서 어미가 누군지 관심도 없었건만. 상대가 고도라니, 이거 참 여러모로 복잡한 일이 아닐 수 없다.

"상제님과 천인들께서 고도가 천계에 머무는 것을 허락했단 말인가. 그러실 분들이 아닌데. 고도가 저지른 악행이 대수롭지 않은 것도 아니었고 말이다."

예그리나는 이 세상에서 가장 좋아하는 고도 얘기가 나올 때마다 날개를 흔들며 기분 좋게 삐이, 하고 울었다. 어른들 복잡한 사정도 모르는 저 천진난만한 새끼 용을 보니, 선녀들도 모진 말은 거를 수밖에 없었다.

"소경께서 원하신 일이었습니다. 대의명분도 그럴 듯했지요."

"그렇다고 다른 인간도 아닌 고도를 들였다니."

그리고 그 고도가 설마 알을 품고 용을 낳았다니. 금돼지는 퍽 기이한 시선으로 예그리나를 응시했다. 땅의 축복과 하늘의 축복을 모두 받아 겹경사라고 일컬어지는 응룡, 예그리나. 그 출신 성분과 핏줄 이야기를 들으니 경사가 아니라 말세와 파탄을 예고하는 저주가 아닌가 싶었다.

"자세한 사정은 모르겠습니다. 그러나 외형만 봐도 고도라는 도사를 상당히 닮아 있기에 핏줄은 저희가 왈가왈부 논할 수가 없을 듯하옵니다."

"흐음, 고도의 핏줄이었단 말이지."

금돼지는 기지개를 켜고 자리에서 일어났다. 네 발굽으로 딛고 선 꽃밭을 걸어와, 예그리나 앞에서 엉덩이를 깔고 앉았다. 짧은 꼬리를 좌우로 흔들 때마다 금색 털이 돋아난 속살을 탁탁 때렸다. 예그리나는 좌우로 움직이는 꼬리를 잡으려고 폴짝폴짝 뛰면서 꽃밭 위를 뒹굴었다. 그 모습을 자세히 관찰하던 금돼지기 말했다.

"아기 용아, 아기 용아, 내 재밌는 얘기를 해줄까."

재밌는 이야기를 싫어하는 어린 것은 세상천지에 없을 터. 예그리나가 날개를 퍼덕이며 기분 좋게 고개를 끄덕였다. 금돼지의 눈이 더 밝게 빛났다.

"넌 네 팔자를 모르는 모양이구나. 곧 어미를 잃을 놈이 태평하게 나비를 쫓는 고양이처럼 내 꼬리에 한눈이나 팔고 있고 말이야."

꽃밭 위를 뒹굴던 예그리나가 깜짝 놀라 눈을 휘둥그레 떴다. 어미를 잃는다는 말에 삐이, 하고 얇은 소리로 울었다. 금돼지는 웃음기를 싹 뺀 얼굴로 거두절미하고 말했다.

"여러 사정이 있겠다만, 그건 네가 직접 들어라. 다만, 고도가 제 입으

로도 말하지 않을 것 같기에 내가 친히 한 가지를 일러 주마. 너는 조만
간에 네 어미를 잃을 것이다."

놀라서 굳어 버린 예그리나는 한 발자국도 움직이지 못했다. 돼지와
똑같은 자세로 잉덩이를 깔고 앉아서는 작은 앞발로 꽃 모가지도 하나
움켜쥐지 못한 채 울망한 눈을 깜빡였다. 놀라서 경직된 얼굴을 보고도
금돼지는 말을 멈추지 않았다.

"옥황상제의 형제인 염라대왕은 고도의 철천지원수지. 염마는 인계를
오가는 데엔 제한이 있지만, 천계를 오가는 데엔 제한이 없다. 그가 원한
다면 얼마든지 옥황상제의 허락을 받고 이곳에 와서 고도를 잡아갈 수도
있거든."

금돼지가 고개를 숙였다. 제 앞발만 한 조그마한 용에게 얼굴을 들이
밀었다. 정오의 햇살은 정수리 위에서 바로 타들어 가기에, 수직으로 떨
어지는 햇볕은 금돼지의 얼굴에 긴 그림자를 만들어 냈다. 금빛으로 반
짝이던 털들이 순식간에 새까맣게 어두워졌다. 그 속에서 금색 눈만 번
쩍이는 금돼지를 보고 예그리나는 울망한 두 눈에 물기를 머금었다. 촉
촉하게 젖어 가는 두 눈을 보면서 금돼지가 히죽 웃었다.

"네 어미가 널 놔두고 쫓겨날 수 있으니 미리 알고 있으려무나."

참다못한 예그리나가 삐이이, 울음을 터뜨렸다. 그 서러운 울음이 만
주사화 벌판을 물들였다. 선녀 몇이 예그리나를 치마폭에 감싸서 달래
주었다. 몇몇 선녀들은 그 꼴이 우습다고 허리를 흔들며 웃음을 소맷단
사이로 감추었다. 금돼지만이 울고 있는 예그리나를 보며 흐뭇해할 뿐이
었다.

거짓은 아니었다.

염마가 고도를 잡아가고자 한다면 못 할 것도 없는 곳.

그곳이 바로 염마의 형제이자, 천계를 다스리는 옥황상제가 있는

나라.

고도와 청사가 사는 곳이다.

한때 금관소경보좌로서 옥황상제 곁을 지냈던 '조아반'은 청사의 친부이다. 천인들의 경외를 받으면서 퇴위식에서도 높은 지지와 사랑을 받았던 그는 냉정하고 차갑다는 소문과 달리, 혼자서 아기자기한 것을 즐기는 취미가 있었다. 조아반은 검고 긴 머리를 혼자서 빗질하는 일을 특히 좋아했다. 소경 시절에는 몸종들이 붙어서 매일 아침 머리에 기름을 발라 주고, 손톱 발톱을 손질해 주며, 시간 맞추어 밥상을 대령하거나 일산을 들고 와 안뜰을 걷다 보면 긴 행렬을 따르는 관료들이 많았는데, 그호사스러웠던 시절을 즐긴 적은 없었다. 오히려 머리끝부터 발끝까지 모든 것을 관리 받으니 시무룩해져서 더욱 말수가 줄어들었고, 그 모습을 본 천인들이 '역시 천룡 가문은 무섭다'는 소문만 키웠다. 몇몇 옥황궁 관료들은 일선에서 물러나면 이러한 소박한 일상에 박탈감을 느껴서 우울해진다고 하건만, 조아반은 오히려 기분이 좋아 보였다. 머리를 묶을 비단 끈을 새로 하나 사야지 라고 속으로 생각하는, 겉과 속이 다른 용이었다.

"어르신, 한무 소경께서 방문하셨습니다."

닫힌 문밖에서 들린 소리에 조아반은 허리에 두른 띠를 마저 여미며 대답했다.

"들라 하라."

양옆으로 열린 문 사이로 청사가 보였다. 옥황궁으로 입궐할 시간이 훨씬 지났는데도, 차림새가 간소했다. 머리에 쓰던 무거운 관도 없고, 금사 은사가 화려하게 수놓인 옷도 아니었다. 소매가 넓은 장삼 같은 포제였다. 긴 머리도 무명끈으로 가볍게 묶어 놓은 것이 이대로 다시 잠자리에 들러 간다 해도 믿을 성도였다. 천상제일미녀 자리는 서왕모가 차지하고 있으니, 천상제일미남 자리는 청사로 공식 인정받아야 하지 않을까. 허술한 옷차림으로도 이렇게 빛이 나니, 누구 아들인지 참 잘 키우긴 했다며, 조아반은 고개를 주억거렸다.

"네 이놈 입궐하여 일할 시간에 왜 집에 있느냐?"

조아반이 허리끈까지 단단하게 여민 후에야 자리에 앉으며 물었다. 청사가 그의 앞에 거리를 두고 앉으며 대답했다.

"오늘은 늦게 일을 시작해도 되는 날입니다."

"언제부터 옥황궁에서의 일이 그렇게 탄력적으로 운영되고 있는 거지."

"거기서 일하는 천인들이 얼마나 고생이 많습니까. 상제께서 한 번씩은 늦게 입궐하거나 일찍 퇴궐해도 된다고 허하셨죠."

"나 다닐 때는 부려 먹기만 하더니, 나쁜 늙은이."

"그 말 상제님께 고스란히 전해 드리죠."

"농담도 못 하냐, 이 녀석아."

귀염성이라곤 눈곱만큼도 없다며 투덜거리는 조아반이었다. 느긋하게 입궐한다고 제 아비를 놀리려고 여기까지 행차한 것은 아닐 터. 조아반은 청사를 보는 둥 마는 둥 하며 물었다.

"갑자기 어언 일로 찾아왔느냐?"

"거, 너무 서운하게 말씀하신다. 아들이 일 없으면 찾아오지도 못하나요."

"일 없으면 날 찾지도 않는 놈이 허세는."

"아, 허세 아닙니다. 얘기 좀 하려고 왔어요."

"일이나 하러 가거라. 즉위한 지 얼마 되지도 않았는데 벌써부터 여유 부리는 인상 주면 나중에 곤란해진다고."

"퇴궐하고 오면 주무시고 계시니까 그러죠."

"너도 늙어 봐. 밤잠은 늘고 새벽잠은 줄어."

"흐음, 별로 알고 싶지 않은데요."

"어디서 이렇게 속을 살살 긁어대는 성격이 됐나 몰라."

예전엔 조금 더 감정적이고 예민해서는 좀만 건드려도 표정을 일순 바꾸고 으르렁거리더만, 이제는 눈을 가느다랗게 뜨고 상대를 떠볼 줄도 알지 않나. 땅에 내려갔다 오더니만 꽤 많은 것이 바뀐 아들이 아직도 적응되지 않는 조아반이었다. 하긴, 금방 싫증을 내고 변덕을 부렸던 아들이 하늘로 돌아오자마자 눈물을 뚝뚝 흘리면서 소경으로서 갖춰야 할 수업을 모두 받겠노라 선언할 때만 해도 솔직히 믿지 않았더랬다. 저러다 금방 하기 싫다고 때려치우고 도망칠 줄 알았다. 근 육십 년 동안 정해진 대로 수업을 받고 규칙적인 일과를 하며 오로지 소경 일을 인계받기 위해 이를 악물고 노력한 결과 지금의 모습이 된 것이다. 이게 다 사랑하는 사람을 지키기 위해서라니. 인간들의 낭만적인 면모를 빼닮아서 좋아해야 할지, 흠이라고 봐야 할지도 모르겠다만.

"그래서 왜 왔냐니까."

입궐을 앞둔 아들과 시답잖은 이야기를 해서 뭣하나 싶어 바로 본론을 꺼냈다. 청사 역시 아비와의 아침 문안 인사는 짤막하게 끝내고 본격적인 이야기를 꺼냈다.

"보주 말입니다."

보주. 용이 가지면 다른 말로 여의주로 일컬어지는 구슬. 천 살이 넘어야 용의 턱 밑에서 튀어나온다는 여의주는 현재 옥황의 나라에서 조아반만이 생성한 상태이다. 그 귀한 것을 아들인 청사에게 물려준 것으로 모두에게 알려져 있기도 했다.

"진명의 보주 말이냐?"

지신이 준 여의수의 본래 이름을 말하자 청사가 고개를 저었다.

"아뇨."

"그렇담 네 첫째형이 바닷속에서 만들어 낸 영면의 보주 말이냐?"

"그것도 아닙니다."

"우리 가족 중에 여의주라곤 그 두 개뿐인데 무슨 보주를 말하는 거냐."

"혜안의 보주입니다."

혜안의 보주라면 '땅의 주인'이 가진, 사방정토를 느낄 수 있는 보주 아니던가. 실제로 본 적은 없고, 그런 것이 존재한다더라, 라는 풍문만 떠돌아다니는 도깨비 같은 구슬이었다. 하계와 관련된 보주라서 천계와 관련된 조아반은 그 보주를 딱히 염두에 두고 있지도 않았다. 그런 무관심했던 물건을 아들이 입에 담았다.

"갑자기 그건 왜?"

조아반의 물음에 눈을 휘둥그레 뜰 만한 이야기가 이어졌다.

"그 혜안의 보주가 아무래도 고도에게 옮겨 온 것 같습니다."

설마하니 땅의 주인이 귀한 보주를 인간에게 주었으려고. 아니지, 고도를 제 대리자로 임명했으니 그 정도는 줄 수 있으려나. 조아반은 청사에게로 상체를 기울였다.

"그 보주란 것을 직접 보았느냐?"

"아뇨, 그건 아닙니다만."

"그런데 그런 큰일 날 소리를 하고 있어?"

"음, 그것이."

청사는 퍽 곤란한 얼굴로 대답을 망설였다. 볼가를 긁적이면서 홍조를 띠는 것이 심상치 않았다. 아니나 다를까 청사가 뱉은 발언은 파격적이었다.

"고도와 아무리 밤을 함께 보내도 그의 가장 깊은 곳까지는 저의 기운으로 물들일 수가 없습니다. 천룡의 힘에 맞설 수 있는 것이 그 보주의 힘이라고밖에 생각이 들지 않아서요."

아들이 집에 돌아와 제 사람과 무슨 짓을 했는지를 상세히 고한 것이나 다름없었다. '아무리' 몸을 섞어도, 그러니까 '시도 때도 없이' 정사를 해도 고도를 지탱하고 있는 땅의 기운을 몰아낼 수 없다니.

조아반은 어디 아비 앞에서 못하는 소리가 없다고 떽기, 혼을 내야 할지, 아니면 고작 도사 주제에 천룡의 기운에 잠식되지 않는다니 고도의 단전에 정말로 땅의 주인이 준 보주가 있는지를 살피자고 진지해져야 할지, 아들놈이 기력이 약해서 도사 하나 장악하지 못하는 듯하니 더 강력하게 밤일을 할 수 있는 방법을 알려 주마, 라고 맞장구를 쳐야 할지 모를 지경이었다.

결국 조아반이 선택한 행동은 이마를 짚는 것이었으니. 소경이 되기 전에 혼인을 하고 싶다 하여 바람대로 해주었더니, 이젠 제 사람을 천상에 온전히 속하지 못하게 한 것만 같아서 불안해하는 아들은 조아반 눈엔 여전히 어린아이처럼 보였다. 어렵사리 문제 하나를 해결해 내어도, 다른 하나는 해결하지 못하고 쩔쩔매는 게 소경의 소임을 다하려면 먼 것처럼 보였다.

이러구러 꺼낸 얘긴 아닐 터. 고민하다가 달려와서 이렇게 얘길 하는 걸 보면 진지하게 생각하는 문제 같으니 조아반도 허투루 대하진 않기로 했다.

"내가 네게 준 보주를 써서 땅의 기운을 살펴보지 그랬느냐."

"당연히 해봤죠. 제가 설마 그걸 놓쳤으려고요."

"그런데도 안 되더냐?"

"예. 고도의 단전 이상으로는 파고들 수가 없었습니다."

"흐음, 그야 내 힘보단 땅의 주인의 힘이 더 강하니, 그게 정말 보주라면 파고들 수가 없겠다만. 도사는 제 몸에 보주가 있는 걸 모르더냐."

"네, 전혀 모르는 눈치입니다. 제가 따로 말을 해주지도 않았고요."

"말을 해서 함께 논의를 해보지 그러냐."

"걱정만 키울 것 같아서 그랬습니다. 아직 보주인지도 확실하지가 않고요."

"그럼 그게 보주인지 아닌지를 확인할 방법은 있고?"

"글쎄요."

"허, 그런 대답이 어디 있느냐."

"확실하지가 않아서요."

확실하지만 않을 뿐, 그래도 방법이 없지 않은 모양이다. 조아반은 대답을 채근했다.

"말해 봐라."

청사는 이 대답이 사심으로 비칠까 봐 우려하면서 조심스럽게 꺼내 보았다.

"한 번 더 제 아이를 잉태하면 알 수 있을 것 같습니다."

고도가 들었다면 마시던 물도 뿜을 소리였다. 가끔 농처럼 둘째 갖자고 살살 웃으며 다가오는 청사를 밀어내며 한숨을 내쉬던 고도였다. 지금은 예그리나 하나를 돌보는 것도 벅찰뿐더러, 청사가 소경의 일에 슬슬 본격적으로 투입되면서 '지상차사'로서 자신이 해야 할 일도 검토해 봐야 하는데, 무슨 여유가 있다고 애를 더 낳느냐고 반박하면 청사도 할 말이 없지 않겠나. 물론, 둘째를 가지면 청사야 좋겠다만, 그 사심을 충족하고자 고도의 몸에 보주가 있는지를 확인하는 절차로 이용하는 것은 아니 될 말이었다. 사심을 누른 상태에서 생각해 보아도 이 방법 외에 없기에 꺼낸 말이었다.

"예그리나를 잉태했을 때, 고도 주변에 이상한 일이 많았습니다. 땅이 보낸 전령들이 밝은 빛을 내뿜으며 고도 주변에서 떨어지질 않을뿐더러, 나중엔 고도의 몸에서 꺼낸 알이 한동안 전령들과 같은 색으로 빛이 나서 의아했었거든요. 그땐 처음 알을 돌보던 때라 아무 지식도 없고 준비된 것도 없어서 그러려니 하고 넘겼지만, 지금 생각해 보면 예그리나에게 날개가 달린 것도 그렇고, 전령들이 고도 곁에 머물던 것도 그렇고, 보주가 고도의 몸속으로 옮겨진 것이 맞지 싶습니다."

그렇다면 고도의 몸속에서 보주를 잡아 빼내면 그만이지. 그렇게 간단히 해결할 문제는 아니었다. 인간의 몸으로 땅의 기운을 품고, 그렇게 품었던 기운을 잃는 일련의 작용을 쉽게 감당하긴 어려울 것이다. 일단 고도가 보주를 몸 안에 지니고 있는 것이 맞는지, 맞다면 어떤 방법을 강구할 수 있는지를 순차적으로 준비해야 한단 소리였다. 땅의 주인이 '대리자'라고 고도를 지목했을 정도면 보주를 넘겨줬을 가능성이 크다만, 다른 이유에서 청사가 고도를 장악하지 못하는 것일 수도 있으니. 조아반은 흐음, 하고 목 너머를 울리며 고심한 끝에 입을 뗐다.

"둘째를 가지면 보주가 있는지 아닌지를 정확하게 알 수 있느냐."

청사는 대번에 고개를 끄덕이려다 붉어진 얼굴을 큼큼하는 헛기침으로 달랬다.

"알을 오랫동안 속에 품고 있는데 단전에 머물고 있는 보주의 기운이 완전히 묻지 않을 방법은 없을 테니까요."

"그럼 굳이 알이 아니라 다른 걸 품게 하는 방법도 있잖아."

조아반이 대체 얼마나 민망한 말을 했는지, 스스로 알긴 할까. 청사는 설마하고 기겁한 눈으로 제 아비를 쳐다봤지만, '알이 아닌 다른 무언가'를 구체적으로 생각해 본 적은 없는 얼굴로 그냥 막연히 던진 말에 불과해 보였다. 이런 조언에서 음란한 생각만 한 청사는 살짝 고개를 돌렸다. 마음 같아서야 고도의 몸속에 하루고 이틀이고 들락날락거리고 싶지만, 고도가 그런 일을 허락할 리 만무했다.

아, 원 없이 한 일주일만 시도 때도 없이 몸을 섞다 보면 보주의 정체를 알 수 있을 텐데. 이 방법은 도저히 사심을 빼고 생각할 수 없는 문제였다. 조아반이 아는 날엔 망측한 시선을 피할 수는 없을 듯했다. 청사는 속마음을 감추며 큼큼, 목 뒤를 울리고 표정을 바로잡았다.

"저는 고도가 알을 품으면 보주가 있는지 없는지를 확실하게 안다고 생각하지만, 그 외에 다른 방법이 있다면 아버지의 조언을 듣고 싶습니다."

보주의 정체를 알자고 아이를 또 하나 낳는 것도 너무한 일이었으니, 건너는 돌다리를 여러 번 두드리려 함이라. 청사의 의도를 안 조아반 역시 고개를 끄덕였다.

"그래, 일단 내가 알아보마. 그 전에 너는 오늘 해야 할 일이나 끝내라."

조아반이 청사의 입궐 시진을 상기시켰다. 상제가 하루 과과를 시작함을 알리는 누런 봉황이 옥황궁 꼭대기에서 날개를 펄럭였다.

청사가 일하는 일터는 천상에서 가장 화려한 곳이었다. 천상의 존재들 모두가 아는 곳. 보장된 직업과 결코 금은보화가 부족할 일이 없는 직업.

그렇기에 가장 많은 일을 처리하는 이. 바로 옥황궁에서 일하며 청사처럼 공무를 보는 이들이었다.

옥황상제의 궁궐은 규모도 장대하고 장식도 화려하여 천하제일의 색과 음이 흘러넘치는 곳이었다. 상제의 궁궐 서쪽으로는 신선들이 사는 청호림이 붙어 있어서, 그곳에서 음악을 하는 신선들 소리가 하루밤낮을 쉬지 않고 흘러들었다. 동쪽으로는 해와 달을 번갈아 굴리는 삼족오의 날갯짓이 있으니, 아침마다 불덩이를 삼키고, 밤마다 달빛을 아롱지는 세 발 달린 까마귀를 따라서 구름과 빛이 창연하고 고고하게 세상을 비추었다. 남쪽으로는 도솔천이 흐르고 흘러 몇 리에 걸쳐 만주사화 벌판이 수를 놓고 있으며, 북쪽으로는 궁궐보다 더 높은 하늘, 즉 청사의 둘째 형이 거대한 몸을 뉘고 있는 은하수와 밤하늘에 닿을 수 있는 용포로 뒤덮인 계단이 놓여 있었다.

그 모든 세상의 중심에 서 있는 옥황상제의 궁궐에서 청사가 걸어 나왔다. 여덟 개의 궁궐 건물을 지나 남쪽으로 난 계단을 따라 내려왔다. 지나치는 건물마다 아름다운 여인들이 길을 안내하고, 감색 옷을 입은 아이들이 그 여인들을 시중들며 큰절을 하고 있으니, 금관소경대좌라고 불리는 청사가 얼마나 고매한지를 몸소 모든 이들이 보여 준다고 할 만했다.

청사는 상제를 알현할 때 입는 정식 의복을 갖춘 상태였다. 은하수와 묵룡이 수놓은 금색 도포를 입었는데, 호박으로 장식한 허리띠엔 사자와 기린이 붉게 수놓여 있었다. 금사와 은사로 엮은 신을 신고, 머리는 청색 비단으로 단정하게 묶어 놓았다. 팔각으로 재단된 면류관을 닮은 모자를 쓰고 있어서 관의 앞과 뒤로 길게 엮은 벽옥들이 햇볕에 반짝이고, 서로 부딪으며 맑은 소리를 울렸다.

청사는 가마를 대령하는 천인들을 뒤로 물렸다. 대신 제 발로 계단을 내려왔다. 그러자 기다렸다는 듯이 계단에 느긋하게 앉아 있던 여인이 자리에서 일어났다. 자색 저고리에 청색 치마를 깨끼옷으로 입은 누이 '서진'이었다.

"퇴궐 시간은 칼같이 지키는구나."

빙글빙글 웃는 모습이 어째 청사를 놀리는 것만 같았다. 청사는 옥황 궁 계단에서 이게 뭐람, 하는 시선으로 누이를 흘기다가 멈추었던 걸음을 옮겼다.

"그러는 누이는 일이 다 끝났나 보지, 옷도 챙겨 입고 나와서 동생 기다릴 시간이 있네."

"유능하게 모든 걸 마무리 지은 여유야."

"뺀질거리는 건 아니고?"

"말하는 것도 어쩜 이리 얄밉니. 내가 일 못하는 너랑 똑같은 이유로 시간을 느긋하게 쓰는 줄 아니."

"아직 배우는 단계라 일이 많지 않은 동생이랑 선녀부대 군장직만 삼백 년째인 누이 입에서 먼저 비교한단 소리가 나오니까 기가 차서 그렇지."

"그럼 남아서 일을 더 찾아서 해보려는 모습이라도 보이지, 성의 없게 바로 나온 건 맞잖아."

"일을 더 달라고 해도 안 주던데. 금경과 중경이 일찍 퇴궐할 수 있을 때 나가래. 나중엔 일찍 집에 가고 싶어도 일이 많아서 밤새야 한다고."

"흠. 나 같으면 숙제라도 내줄 텐데, 너흰 그런 것도 없니?"

"누이 지금 모습 꼬장꼬장한 노친네처럼 보여."

"어머, 얘는 지금 시집도 안 간 처자한테 못하는 소리가 없어."

그렇게 신입을 부려 먹고 싶으면 새로 부대에 들어온 옥황천녀들이나 괴롭힐 것이지, 하여튼 선녀들은 예쁘다고 금이야 옥이야 아껴 주면서 제 동생은 어디 흙밭에서 굴러도 상관하지 않을 서진이었다. 그녀가 옥황상제의 전속 부대에 퍼붓는 특혜와 편애를 일일이 나열하자면 끝도 없는지라, 입씨름은 그만두기로 했다. 청사가 돌계단을 내려왔다. 서진은 청사의 옆에서 떨어져 걸었다. 낯간지럽게 같이 집에 가자고 기다린 건 아닐 터. 청사가 서진을 돌아보며 먼저 물었다.

"그보다 나는 왜 기다리고 있었어?"

서진은 말간 하늘 같은 눈을 깜빡이다가 씨익 웃었다.

"얘, 너 둘째 가질까 고민한다면서."

우뚝 멈추어 선 청사에게 서진이 냉큼 말을 덧붙였다.

"아버지가 알려 주시더라. '혜안의 보주'와 관련된 일이라고, 우리 식구들이랑 다 논의해 보고 싶으시다는데, 나만 이상한 냄새를 맡았나 봐. 너 보주 핑계 대고 다른 음험한 생각하는 거 아니니?"

뜨끔한 청사 얼굴이 새빨갛게 붉어졌다. 서진이 손등으로 입을 가리며 '어머머머'하고 호들갑을 부리는데 눈은 현월처럼 접어 빙글빙글 웃어대기 바빴다.

"아니거든!"

"그렇게 질색하는 반응을 보니 더 의심되잖아."

"누이가 시답잖은 소리 해서 그렇잖아!"

"뭘 팔짝 뛰고 그래. 아니면 아닌 거지. 너랑 그 도사가 워낙 금슬이 좋아서 물어본 거다, 뭐."

"보주라는 중요한 일을 두고 내가 사리사욕이나 채우는 음험한 구렁이같이 말하니까 그렇잖아."

"누이 좋고 매부 좋은 일이지."

"아, 아니라니까."

"도랑 치고 가재 잡고."

"누이!"

"꿩 먹고 알 먹고……."

청사의 팔꿈치기 누이의 옆구리를 푹 찔렀다. 새초롬한 눈으로 누이를 노려보는 청사를 보고 아무것도 모르는 숙맥 같은 놈이 대체 고도한테 뭔 짓을 할까 싶어서 속으로 웃음을 터뜨리기도 했다. 나중에 날 잡고 고도와 청사와 함께 술이라도 나눠 마셨으면 했다. 그래도 부부지연으로 맺어진 사이 아닌가. 청사가 고도만 보면 쩔쩔매는 모습이 앙살스럽고 웃겼다. 고도가 얼마나 좋으면 얘기만 나와도 얼굴을 붉혀대나 그래. 둘이 평소에 뭐하고 지내느냐고 꼭 물어보겠다 다짐하는 서진이었다. 남의 이야기에 웬 오지랖이 그리 많냐고 타박한다면 서진도 할 말이 없다만, 그 정도로 청사와 고도가 서로밖에 모르니 괜히 골려 주고 싶은 심정이었다. 아무튼 서진은 홧홧한 얼굴을 어쩌지 못하고 씨근덕거리는 동생 골려먹기는 그만두기로 하곤 이곳에 온 이유를 말했다.

"보주라는 거, 우리끼리 자체적으로 알아보려고 애써 봤자 소용없다는 거 알려 주려 왔어."

그녀는 아직도 볼이 빨간 동생에게 덧붙여 얘기해 주었다.

"내 부대에 속한 선녀들은 주기적으로 땅에 내려갔다 오곤 해. 간혹 흑심 품은 나무꾼이 선녀옷을 숨겨서 선녀가 행방불명되는 일이 있긴 하다만, 그런 일은 우리 선에서 결코 용납하지 않으니 자체적으로 샅샅이 조사하느라고 산속 사정이나 인간들 상황에 훤해질 수밖에 없지."

"선녀들 목욕하는 것과 보주가 관계가 있어?"

"결론만 말하자면, 선녀들이 요즘 목욕하러 하계로 내려가질 않아. 하늘의 기운과 땅의 기운이 합일하는 날에 목욕을 하면 더 강해져서 하계의 폭포를 이용했지만, 이젠 땅의 기운을 담는 폭포가 없어졌거든. 그게 무슨 뜻이겠어?"

눈치 빠른 청사가 그 질문에 곧장 대답했다.

"땅을 신성하게 만들던 보주가 사라졌구나."

"맞아. 더불어서 땅의 힘으로 먹고 살던 성수들도 모두 천계로 소환되었어. 청호림 문도 닫혔고, 이무기들도 몸을 오래 묻고 있는다 해서 영험한 힘이 쌓이지 않게 되었어. 요괴의 힘은 약해지고, 도깨비들도 뿔뿔이 흩어지고 있다더라."

좋은 일 같지 않았다. 청사는 걱정을 감출 수가 없었다.

"보주를 고도가 갖고 있고, 고도가 더 이상 땅에 있지 않아서 생기는 일인 거야? 고도 책임인 걸까?"

"내 생각엔 땅의 주인이 자신의 힘을 땅에 더는 둘 수 없어서 고도와 함께 천상으로 올려 보낸 거 같은데. 옥황상제께서 직접 관리하실 수 있게."

"왜 그랬을까?"

"보주가 있기 전부터 하계는 인간들이 점령하기 시작했지. 그 어떤 종족들보다 강한 힘과 지력으로 세력을 확장하고 있었어. 덕분에 요즘 태어나는 아이들은 요괴나 성수, 도깨비를 본 적도 없고 옛날이야기처럼 치부하고 있다더라고. 그만큼 힘의 균형이 인간에게 기울어 버린 거지."

"그래서 인간들이 보주를 발견하여 쟁탈을 벌일까 봐 고도를 대리자로 지정해서 안전하게 하려 한 걸까."

"그럴 가능성이 크지만, 우리들이 땅의 주인의 큰 뜻을 헤아리긴 어렵지. 그래서 우리끼리 자체적으로 보주라는 걸 알아보지 말자고 말하는 거야. 이 건은 옥황상제께 정식으로 고하고, 그분께서 고도를 직접 살피도록 하는 게 좋을 것 같아."

보주가 있는지 없는지를 확인하기 위해 둘째를 갖는 것보다야 상제가 더 현명한 진단 방법을 내려줄 것도 같긴 하다. 아니, 확실히 말하면 그

쪽이 당연한 수순이었다. 보주가 있는지 없는지가 중요한 게 아니라, 있으면 어떻게 처리할지를 상제로부터 지시받아야 하지 않겠나. 그걸 뻔히 아는 청사였지만, 그러겠노라며 고개를 선뜻 끄덕일 수가 없었다. 청사의 걱정은 다른 데 있었다.

"상제께서 고도를 괴롭히면 어떡하지?"

누가 들었으면 사랑에 맛이 간 남자가 어떤 모습인지를, 청사라는 표본으로 일러 주었을 것이다. 소경이 목숨 걸고 모셔야 하는 상제를 이렇게 얘기하기도 쉽지 않을 텐데. 입을 벌리고 경악으로 굳어 버린 서진과 달리, 청사는 진심으로 걱정하는 얼굴이었다.

"고도 입장에서도 얼마나 부담스럽겠어. 인간의 몸으로 옥황상제를 알현한다니, 그것만으로 속이 메스꺼울 거라고."

그래서 그런 고민의 결과물이 둘째를 갖자! 였단 말이니.

서진은 대책이 안 서는 표정으로 청사를 바라보다가 고개를 저었다. 여기서 더 뭐라고 해본들, 청사 귀엔 들리지도 않을 것이다.

"그럼 도사의 의견을 먼저 물어야겠네. 그렇지?"

그가 상제를 알현하는 일에 거리낌이 없다면, 보주 일은 상제의 명으로 진행하면 될 것이고, 거리낄 것이 있다면 다시 용들이 머리를 맞대고 고민하면 될 일이다. 단순명쾌한 대답에도 청사는 찌푸린 미간을 펼 줄 몰랐다. 고도에게 무언가 결정을 맡기는 것마저도 부담을 지우는 것만 같아 마음이 편치 않아서리라.

"알았어, 말은 꺼내 볼게."

"꼭 말해. 약속."

"알았다니까."

툴툴거리면서 뒤돌아선 청사는 생각이 깊어질수록 불안이 가중되었다. 얼굴에도 금세 불안하고 초조한 빛이 머물더니 더는 안 되겠는지 누이와 나란히 걷던 것도 잊고 저 혼자 마구간으로 뛰어갔다. 마구간엔 청사가 타고 온 검은색 종마가 가볍게 꼬리를 치고 있었다. 청사는 흑마 위에 훌쩍 올라탔다. 넓은 소맷자락과 도포자락이 불편할 법도 하건만, 익숙하게 말을 타고 상제의 궁을 뒤로한 채 집을 향했다. 문을 열어 주는 가솔들과 시종들에게 간단한 인사만으로 화답한 청사가 한눈팔지 않고 향한 곳은 고도가 머무는 별관이었다.

시종들이 열어 준 장지문을 박차고 들어간 청사가 고도를 외치려다가 입을 다물었다. 격자무늬 나무창틀 앞에 앉은 고도는 상 위에 두 팔을 포갠 채 그 위에 한쪽 볼을 올리고 색색, 잠이 들어 있었다. 격자무늬로 생긴 그림자가 마당에 심어 놓은 나무 이파리의 그림자와 어우러져 고도의 얼굴 위를 간질였다.

일산이라도 들고 있으면 어룽거리는 저 햇살을 가려 주건만. 어이해 이토록 빛을 모으는 저 얼굴이 애틋하고 해사할 수 있을까.

청사는 종들이 닫아 준 문을 뒤로한 채 조심스럽게 고도 곁으로 다가왔다. 고도가 엎드려서 자고 있는 상 앞에 앉자, 면류관 벽옥들이 맑은 구슬 굴러가는 소리로 울어댔다.

청사는 모자를 벗어 바닥에 내려놓고는 그 손으로 조심스럽게 고도를 쓰다듬었다. 햇볕이 닿은 목덜미가 따끈따끈했다. 버석한 햇살 냄새와 함께 따뜻하게 익어 있는 촉감이 사랑스러운 나머지 청사도 모르게 입가에 미소가 번졌다. 볕 쬐는 고양이 같다. 어떻게 사람에게서 이렇게 포근하고 따뜻한 냄새가 날 수 있는 걸까. 청사는 고도의 귀 뒤에 코를 묻고

깊게 숨을 들이마셨다. 이게 얼마만의 고도 체향인지. 바보처럼 헤실헤
실 웃음이 나왔다.

"음……."

귓가를 간질이는 느낌에 고도가 불편한 듯 고개를 뒤치덕거렸다. 고개
를 반대편으로 돌려도 따라붙는 간지러움에 고도가 햇살이 닿은 눈꺼풀
을 들어 올렸다. 멍한 시야에 청사가 잡혔다. 금색 도포를 입고 있는 청
사는 은하수를 직접 끌어다가 한 올 한 올 옷에 새긴 것처럼 아름다웠다.
햇살 때문인지 평소보다 더 반짝거리며 빛나는 것이 세로로 길쭉한 푸른
눈동자도 선명하게 보여서 몽환적으로 느껴졌다. 정말로 청사가 맞나,
신기루는 아닌가 싶어서 멍하니 바라보는 동안에 청사는 입술이 바싹 말
라 갔다. 오랜만에 본 내 님이 아직도 이렇게 곱고 예쁘고 귀여워서 어찌
해야 하나, 두 손을 꾸물거리며 고도를 끌어안지도, 잠을 깨라고 미간을
문지르지도 못한 채 발만 동동 구르는 형상 아닌가.

"이 녀석, 왔으면 소리라도 낼 것이지 음흉하게 남이 자는 얼굴이나
들여다보고 있느냐."

고도의 일침에도 청사는 배시시 웃었다. 위엄 있는 의관으로 상제의
궐에서 소경의 업무를 볼 때와는 지극히 다른 얼굴이었다. 소경의 업무
를 보좌하는 이들이 혹여나 실수라도 하지 않을지, 청사의 기분을 언짢
게 하진 않을지, 바싹 긴장하여 굳은 얼굴로 눈치를 살폈건만, 지금의 청
사를 보면 억울해서라도 맥이 탁 풀리지 않을까. 그 정도로 전연 다른 얼
굴을 한 청사가 고도의 이마에 입술을 묻었다. 쪽, 하고 터지는 입술 사
이의 소리가 달콤했다. 고도가 피식 웃으며 고개를 들었다.

"일 잘했느냐, 내 대롱이."

"우리 고도 보고 싶어서 죽는 줄 알았어."

"아직 해도 기울지 않았는데 벌써 집에 온 건 뭘까나."

"아버지께서 하시던 일을 인계받는 기간이라 그렇게 바쁘진 않아."

"농땡이 피우는 건 아니고?"

"아니거든."

"어떻게 믿을꼬."

"나처럼 젊은데 유능한 용은 유례가 없다고 그랬어!"

"아하, 그렇게도 내 칭찬이 고프다면 예쁘다고 이렇게 쓰다듬어 줘야 겠네."

"에헴, 대단한 용을 만지는 너도 복 받은 거다. 무슨 뜻인지 알지, 고도?"

"그럼그럼."

천계에 오기 전의 고도였다면 "무슨 헛소리를 이리도 길게 하는 거냐, 망할 대롱이"라면서 손바닥으로 이마를 찰싹 때렸을 텐데. 요즘엔 두 눈 동자가 달콤한 꿀에 젖은 것 같은 모습으로 다정도 병인 양 바라봐 주었 다. 덕분에 청사는 달아오르는 얼굴을 식힐 겨를이 없었다. 고도만 보면 절로 두 볼에 홍조가 떠오르고, 고도의 다정한 말과 행동에 바르르, 손끝 이 떨릴 정도로 기분이 좋으니, 이게 병이라면 필시 중증이렷다.

고소한 볕 냄새가 나는 고도의 머리카락에 고개를 묻고 웃던 청사가 슬그머니 상을 옆으로 치웠다. 흰색의 무명 의복을 입은 고도의 옷고름 에 손을 가져갔다. 고도가 눈을 가늘게 뜨고 바라봤지만, 청사를 밀어내 거나 거부하는 기색은 아니었다. 오히려 이럴 기회가 없던 사실을 스스 로 잘 알고 있는 눈치였다.

청사는 옷고름을 이대로 풀어서 옷을 젖혀야 할지, 그렇게 막무가내인 분위기를 잡을 바에야 함께 온양행궁으로 마실을 나갔다 돌아와서 뜨거 운 분위기를 이어 갈지를 고민하다 말고 마른침을 꼴깍 삼켰다.

"오늘은 널 안아도 되겠느냐."

그 말에 고도가 눈을 도륵도륵 굴리다 말고 웃음을 터뜨렸다.

"누가 들으면 소박맞은 새색신 줄 알겠다. 이게 대체 뭐라고, 아하하."

"웃음이 나와? 난 진짜 죽을 맛이거든. 몇 주나 너를 제대로 안아 보질 못했잖아."

"네놈이 바쁜 걸 어쩌겠나."

"내가 바쁜 탓만은 아니잖아."

"하긴, 저녁에 붙어 있으려 해도 쉽지 않긴 해."

"쉬려고 하면 통 도와주질 않지."

'누가' 도와주질 않는지는 묻지 않아도 빤했다. 고도는 씩 웃으면서 그 범인을 입에 담았다.

"도 선생도 우리 아들만큼 밤잠이 없진 않을 거다."

"도 선생?"

"세간에선 도둑이라고 부르고, 나는 밤의 영웅이라 하는 담 넘기의 귀재가 있느니라."

"도둑과 예그리나를 비교하다니, 너도 대단하다."

"우리 아들이 낮에는 빨빨거리며 돌아다니고, 밤에는 나와 놀겠다고 날개를 통 접질 않으니 그러하지."

"으음. 우리 아들이라……."

그렇게 친근하게 우리 아들, 이라고 부르기엔 아직까지 영 어색하고 낯간지러운 청사였다. 그도 그럴 것이 청사가 성룡이 된 지 아직 백 년도 채 되지 않았다. 한 마리의 어엿한 용으로서 자리를 잡기도 전에 후사를 도모하는 아들을 낳았으니, 어찌 익숙해질 수 있을까. 어린아이가 어린아이를 낳은 것과 같은, 때 이른 부자관계였다. 청사 눈엔 제 아들이 사랑스럽고 귀엽다기보다는 저게 정말 자신과 한 핏줄이라니, 라는 어색하고 불편하고 부담스러운 마음이 앞서기도 했다. 그럴 때마다 고도는 혀를 차면서 청사의 콧방울을 손끝으로 때렸다. 지금처럼 말이다.

"아야."

얻어맞은 콧방울을 한 손으로 움켜쥐었다. 고도는 어깨까지 풀어헤쳐진 옷매무새를 정리하지도 않고 느긋하게 말을 했다.

"예뻐하란 말은 하지 않겠다만, 밀어내진 말라고 내 누누이 일렀을 텐데."

"언제 밀어냈다고 그래."

"세상 천지에 제 자식을 불편해하는 아비가 어디 있더냐? 그것도 아비인 네놈이 얼른 낳고 싶어서 무리하여 세상 빛을 봤는데."

"알아. 누가 모른다나."

"그런데 왜 그렇게 부담스러워하느냐. 말썽을 피우지도 않고, 얌전하고 의젓한 아이인데, 뭐가 네 마음에 들지 않는 게냐?"

"그런 거 아냐, 그냥⋯⋯."

"그냥?"

"아, 음, 내 욕심 때문에 철저한 계획도 잡지 못하고 낳았잖아. 그게 신경 쓰여."

"죄책감이란 말이더냐."

"몰라. 어쨌든 내가 누굴 보살피는 게 어설픈 걸 어떡해. 난 고도, 너하나만 신경 쓰는 것만으로도 다른 곳엔 눈 돌릴 틈이 없는걸."

"그 얘길 들으면 네 아들이 퍽 섭섭해하겠어."

"섭섭하긴. 원래 용은 태어나서 부모에게 의지를 하지 않는 존재다. 예그리나가 특이한 거야. 그 녀석은 왜 그렇게 너를 좋아하고 따를까? 용의 자식 같지 않고, 인간의 자식 같아."

"인간과 용 사이에서 낳은 아이라 그런 거 아닐까."

"그건 아니야. 내 어미 역시 이름도 얼굴도 모르던 인간이었는데 나는……."

청사는 모친을 떠올리다 말고 급히 입을 다물었다. 하늘에 제를 지내던 풍습에 따라서 인간이 바친 재물 중 하나였다는 사실에 고도를 살피게 된 것이다. 고도가 세상만사 무심하다고는 해도 천륜을 중시하는 인간이었다. 어머니를 재물로 받아들인 씨받이이자, 알을 낳느라 양분을 공급한 뒤에 명이 다해 죽은 취급을 받았다고 설명해도 이런들 어떠하리 저런들 어떠하리 받아들일 사람은 아니었다. 용족이 잉태되는 방법과 용의 사고방식에 거부감이 들지 않으면 다행이었으니. 청사의 걱정과 달리 고도의 표정엔 큰 변화가 없었다. 청사를 제 반려로 받아들이면서 많은 부분에서 이해와 관용을 베푸는 미덕을 몸소 실천해 보인 결과였다.

다행이면서도, 한편으로는 이렇게 솔직할 필요는 없다고 자기반성을 하는 청사였다. 고도가 걱정하거나 신경 쓸 바에야 아무 말도 하지 말자고 생각하지만, 그렇다고 자신의 마음을 숨기거나 고도를 속이고 싶지는 않았다. 그 결과 상황이 개선되든 악화되든 재지 않고 솔직하게 털어놓게 되었다. 그때마다 너무 솔직한 청사를 보고 고도는 눈을 휘둥그레 뜨면서 당황하기도 했다. 한편으로는 고도와 오해가 없도록 최선을 다하는 청사의 마음이 예뻐서 안쓰럽게 여기기도 했다. 이처럼 서로가 서로의 마음을 신경 쓰면서 애를 쓴 덕분에 고도와 청사는 이제 서로의 표정이나 눈빛만 봐도 생각하는 바를 알 수 있게 되었다.

고도는 두 손으로 청사의 볼을 감쌌다. 갓 찧은 떡처럼 따끈따끈하고 보드라웠다. 손바닥으로 살갗을 음미하다가 입술에 쪽, 뽀뽀를 해주었다. 눈가까지 붉어져서 새치름한 시선을 내리는 청사가 어찌나 예뻐 보이던가. 고도는 입술에 이어 손끝으로 괴롭혔던 콧방울과 붉어진 눈가까지 입술로 어루만져 주었다.

처음에는 부끄러워하던 청사도 곧 고도의 애정 어린 행동에 감화되었다. 고도의 흐트러진 옷자락 사이로 손을 집어넣고는 몸을 바싹 붙였다. 고도가 입고 있는 무명 학창의가 그리 얇은 편도 아니건만, 맞닿은 심장이 쿵쿵 뛰는 소리가 서로에게 들릴 정도였다.

풀어 내린 옷고름 안쪽으로 파고드는 청사의 손길을 느끼면서, 고도 역시 청사의 옷고름을 풀었다. 동정깃에 감싸여 있던 단정하고 곧은 목선에 고도가 입술을 붙였다. 숨을 크게 들이마시면서 쪽, 하고 입술 사이로 힘을 주어 문대니 뽀얀 살갗 위로 붉은 자국이 덧입혀지는지라. 그 따끔한 압박에 목울대를 울린 청사는 두 눈에 정염이 가득해졌다.

"하아."

청사가 장탄식을 하며 고도의 상의를 완전히 뒤로 젖혔다. 달아오르는 열기에 고도는 부끄러움과 욕망을 동시에 느꼈다. 환한 햇살 아래서 몸을 드러내기 꺼려지면서도, 오랜만에 보는 청사의 색기 어린 얼굴엔 절로 마른침이 삼켜졌다.

혼례를 치른 지 몇 달 지나지도 않았다. 천계에 와서 혼롓날에 처음으로 육신의 합일을 이루었다. 청사의 친부와 누이가 워낙 관심이 많았던지라, 첫날밤을 치르는 신방처럼 사방에 꽃과 향을 물들여 놓질 않았던가. 심지어 청사의 아비께서 귀하게 보관했던 비단으로 침구를 만들어 선물을 보냈기에 이 은덕을 갚으려면 두 번째 알이라도 낳아야 하나, 하고 진심으로 청사와 머리를 맞대어 고민을 하기도 했다.

아직은 첫째를 의젓하게 키우는 데만도 신경이 쓰이고, 초보 부모답게 익숙하지 않은 것들투성이라, 둘째는 보류를 했다. 그러나 청사가 금관소경보좌에 있는 이상, 후대를 무리 없이 지키기 위해서는 예그리나를 보위할 수 있는 형제나 예그리나가 믿고 따를 혈족을 만들어 주는 게 좋기도 하다.

천계에는 용족의 개체수가 많지 않다. 그러니 청사나 예그리나가 안

전하게 믿고 의지할 혈족이 많으면 많을수록 좋은 법. 무엇보다 선녀군 장인 서진이 혼인에 생각이 없고, 후사를 낳을 생각 없이 일평생을 선녀들과 지내고 싶어 하는 생각이 많은 만큼, 대를 잇는 일은 청사와 고도가 고심해야 할 문제였다.

용의 잉태 방식은 인간처럼 자식을 열 달 배불리 보듬지 못하는 것이 장점이자 곧 단점이다. 고도는 기일을 잡아 청사의 기운을 몸에 받아들이는 것이 그렇게 거북스럽지도 않았다. 청사가 아버지로부터 일을 인계받는 요즘이 그나마 덜 바쁠 시기이고, 보좌에 올라서 모든 일을 혼자 해결해야 할 시기가 온다면 자식이고 뭐고 신경 쓰기 어렵지 않을까. 차라리 지금 둘째를 잉태하는 게 청사가 보좌에 자리 잡고 일을 진행하는 데에 도움이 될 것도 같은데.

고도는 손바닥으로 청사의 가슴을 밀어냈다. 응? 하는 사이에 청사는 뒤로 천천히 넘어가 등을 바닥에 붙이고 누운 자세가 되었다. 너풀거리는 금색 옷과 그 위를 검게 물들인 청사의 머리카락이 비단 한 폭을 끊어내어 바닥에 펼친 것처럼 아름다웠다. 그 아름다움을 음미하듯이 고도는 손끝으로 청사의 가슴팍을 어루만지면서 배 위에 올라앉았다.

"우, 우왓, 고도?"

맨살을 더듬던 손끝이 단단한 복부를 지나 아래로 내려갔다. 손이 지나가는 길을 따라 힘줄이 도드라지는 것이 어지간히도 긴장을 한 듯했다. 거칠게 숨을 몰아쉬며 올려다보는 청사의 얼굴이 새빨갰다. 고도가 적극적으로 먼저 만져 주는 일이 거의 없었기에 손길 하나에도 예민하게 반응했다.

"하아, 읏."

풀어헤쳐진 옷 속을 더듬어 들어온 손길이 속곳 위를 문질렀다. 오른 무릎을 세우며 허리에 힘을 주는 청사의 모습을 보면서 고도 역시 웃음기가 가신 얼굴로 시시각각 변하는 표정을 홀린 듯이 바라봤다. 속곳 위를 문지르는 손바닥에도 열기가 고였다. 옷 속에서 부풀어 가는 형태가 고스란히 느껴졌다. 단단하게 심지가 세워지는 물건에 고도의 기분도 묘해졌다. 머리와 옷이 흐트러진 채 얼굴을 붉히며 신음하는 청사가 왜 이렇게 예뻐 보이는지 알다가도 모를 일이었다.

"대롱아."

속곳 안쪽으로 손을 밀어 넣자, 뻣뻣하게 힘이 들어가던 청사가 허리를 뒤틀었다.

"하읏, 고, 고도, 오늘따라 왜……."

"내 대롱이, 왜 이렇게 예쁘지."

"뭐, 뭐?"

"이렇게 예쁘니까 널 닮은 애들을 보고 싶어서 욕심이 생기나 싶기도 하고."

"날 닮은 애들이라니."

고도는 천천히 손을 움직였다.

"하늘을 담은 듯한 이 우물 같은 눈을 가진 아이도 보고 싶고."

눈가를 동그랗게 덧그리던 손길이 귓가에 흘러내린 긴 머리를 넘겨 주었다.

"은하수가 가득한 하늘을 한 폭 끊어낸 듯한 이 머리 또한 보고 싶기도 하고."

머리카락을 매만지던 손이 부드러운 턱 선과 목선을 지나 가슴팍을 쓰다듬었다.

"이렇게 건장한 몸을 가진 아이가 네 곁을 지켜 줬으면 하는 마음도 생기거든. 아니면 어여쁘게 태어나 네 누이 밑에서 가르침을 받아도 좋지."

담백하게 만지는 손길이 왜 이토록 야살스러운가. 이 손길에 욕망이 부채질당했다고 말하면 또 밝힌다고 한소리 듣겠다만, 이런 손길에 아무 반응이 없다면 그게 더 큰 문제가 될 것만 같았다. 아이 얘기는 흘려들었나. 지금은 그런 것에 집중할 틈이 없었다. 청사는 이 이상 욕망을 자제할 자신이 없었다.

부풀어서 주름이 펴진 팽팽한 귀두 끝에 고도의 엄지가 문질러졌다. 요도 구멍을 누르며 비벼지는 감촉에 금방이라도 사정할 것 같은 기분이었다. 고도가 저를 놀리는 것인지, 흥분시키는 기술이 늘어서 이렇게 쉽게 반응하는 것인지, 청사 스스로도 확신할 수 없었다. 단지, 고도는 흥분한 청사를 보면서 시선을 떼지 못했다. 자신 때문에 안절부절못하는 청사를 보면서 포만한 동물처럼 웃기도 했다.

하여튼 못 이기겠다니까.

속으로 중얼거린 청사가 한 손을 뻗어 고도의 목 뒤에 둘렀다. 성기를 만지작거리며 흥분시키는 손길을 내버려 둔 채 목 뒤에 두른 손에 힘을 주어 얼굴을 내렸다. 맞닿은 입술을 열었다. 부드럽게 젖어 있는 입 안으로 혀를 밀어 넣자 고도가 눈을 감았다. 제 입 안으로 들어온 혀를 음미하듯 핥고 빨면서 고개의 각도를 틀어 주었다. 고도에 비해 상대적으로 긴 혀를 가진 청사는 언제나처럼 고도의 혀를 제 혀로 꼬듯이 감쌌다. 청사가 제 입 안으로 끌고 들어온 고도의 혀를 맛보고, 혀뿌리에서부터 혀끝까지 애무했다. 고도의 닫힌 눈꺼풀 사이가 움찔했다. 미세하게 떨리는 속눈썹을 보면서, 고도가 이 입맞춤을 맘에 들어 하노라고 확신한 청사는 이젠 입천장과 치열까지 훑었다.

고도가 조금 더 몸을 기대어 왔다. 청사의 귀두를 문지르고 기립한 기둥을 위아래로 쓸어 만지던 손길도 조금 더 빠르고 강해졌다. 흥분해 있던 청사만큼이나 호흡이 가빠진 고도가 잠시 입을 뗀 사이에 말했다.

"침보 펼까?"

오늘따라 왜 이렇게 고도가 귀여워 보이는 걸까. 몇 주 동안 잠자리를 같이 못 해서 그런 거라면, 가끔 한 번씩은 이러는 것도 나쁘지 않겠는데. 청사는 고도의 목에 두르고 있던 팔을 내려 허리를 감싸 안았다. 손으로 매만져 주던 성기와 그 성기를 감싼 고도의 손과 그 위를 다시 내리누르는 삽을 느끼면서 속삭였다.

"내가 누워 있을 테니, 네가 움직일래? 두 무릎을 바닥에 대고 내 몸에 타고 앉아 있으면 돼. 그럼 침보를 펴지 않아도 될 것 같아."

청사가 자세까지 잡아 주는 적나라한 요구를 해보였다. 고도는 잠시 망설이는 기색이었다. 이것 봐라, 하고 눈을 가느다랗게 뜨고 목 너머를 흐음, 하고 울려 보지만, 왜 앙큼한 생각이냐고 타박하는 말은 내뱉지 못했다. 그 앙큼한 생각을 청사와 고도할 것 없이 서로 품고 있다 못해 행동으로 이행하려 했으니.

고도는 장난스러운 대꾸 대신에 청사의 장단에 맞추어 주었다. 허리를 바로 세웠다. 청사의 속곳 안을 문지르던 손을 빼내고 제 바지와 속곳을 벗었다. 옷고름과 띠가 모두 풀어헤쳐진 고도가 속곳 없는 맨살로 올라앉은 자세였다. 청사는 그 모습을 황홀하다는 듯 바라보았다.

벌어진 옷 사이로 고도의 맨몸이 얼핏 드러났다. 인계에서처럼 도술을 쓰며 요괴들을 상대하거나, 잠을 줄여 가며 여정을 재촉할 일이 없어서인지, 말랐던 팔목과 허벅지에는 보기 좋게 살이 올라 있었다. 해를 거의 보지 않던 예전과 달리, 볕이 좋으면 누각에 올라 거문고도 켜고 마음 편히 새근새근 자기도 하면서 살갗은 옅은 밀색으로 변하기도 했다. 건강해지고, 편안해진 고도를 확인할 때마다 청사는 자신이 연인을 위해 하는 일이 영 쓸모없지는 않구나 싶어 뿌듯하고 기분 좋았다.

청사는 고도를 제 가슴팍에 기대어 엎드리게 했다. 빠꼼 올려다보는 고도의 볼에 입을 맞추면서 손을 내렸다. 옷춤 사이로 손을 넣고 포동하게 잡히는 엉덩이를 양쪽으로 잡아 벌렸다. 자세가 불편해서 미간을 찌푸리는 고도를 보았지만, 청사는 손가락을 입에 넣어 침으로 저시고 다시 빌린 엉덩이 사이로 밀어 넣었다.

"아, 응."

작게 신음한 고도가 청사의 옷깃을 양손으로 움켜쥐었다. 자세도 그렇고, 청사와 매번 몸을 섞는데도 익숙해지질 못해서 그런지, 이런 관계에 좀처럼 의연해지지 못했다. 그런 고도가 귀여운 나머지, 청사는 눈을 떼지 못했다. 아무리 반복해도 좀처럼 적응하지 못하는 얼굴이 오히려 청사를 자극했다. 청사를 넘어트리며 주도권을 잡던 고도는 어디 가고, 귀여운 고도만 남아 있었다.

청사는 젖은 손가락으로 고도의 몸 안을 들썩였다. 구멍 입구를 덧그리며 만지작거리는가 하면, 그 안으로 밀어 넣어 움칠거리는 내벽을 문지르고, 손가락을 빙글 돌리면서 안팎으로 자극을 해주었다. 물기 없이 단단하게 굳어 있는 바깥과 달리, 손가락을 휘감는 안쪽은 부드럽게 젖어 있었다. 무심한 얼굴이나 여유로운 표정만 지어 보이는 고도에게 이렇게 뜨겁고 촉촉한 속이 있다는 사실을 청사 외에 누구도 알지 못했다. 청사가 침투하면 눈가와 귓가까지 붉어져서 이 내벽만큼이나 젖은 시선으로 바라보는 비밀을, 누구에게도 알려 주고 싶지 않았다.

"아, 웃, 갑자기 두 개로 늘리면……."

검지와 중지가 동시에 파고들어 입구를 늘리는 바람에 고도가 허리를 꺾었다. 아무리 햇살에 달궈진 바람이 따끈따끈하다고 해도, 청사가 벌려 놓은 구멍 속으로 새들어오는 것을 느끼면 낯설음에 흠칫 놀라기 십상이다. 바람이 들락거릴 정도로 벌려 놓은 구멍에 손가락 개수도 세 개로 늘어났다. 청사의 옷깃을 쥐고 있던 손에 하얀 뼈가 불거지기 시작했다. 흥분한 몸을 타고 열기가 밖으로 터져 나왔다. 처음에는 뜨거워진 숨소리로, 그다음엔 얼굴의 홍조로, 마지막으론 고여 있던 몸 안에서 억지로 열어 놓은 다리 사이를 통해서.

고도는 앞머리 사이로 촉촉하게 젖어드는 땀을 훔칠 새도 없었다. 손가락 세 개가 파고든 엉덩이를 들썩이면서 청사에게 조금 더 몸을 바싹 기대었다. 민망할 정도로 바라보는 청사의 시선을 마주했다. 누가 더 홀려 있는지도 모를 시선이었다. 고도와 청사는 둘 다 서로에게서 눈을 떼지 못했고, 조금이라도 더 곁에 붙어 있기 위해서 몸을 뭉근하게 비볐다.

시선이 섞이는 것만으로는 부족해서 입을 맞추었다. 상대의 숨을 빼앗아 삼키는 것으로도 아쉬워서 혀나 침을 섞었다. 네 것과 내 것이 구분 없이 녹아들게 만들었다. 반쯤 벗겨진 옷을 모두 바닥에 떨어트리면서 양팔은 목이나 허리를 감싸며 서로의 체온을 느꼈다. 천천히 쏟아지는 청사의 숨소리를 삼키면서 고도가 허리 끝에 힘을 주었다. 부풀어서 쿡쿡 쑤시는 청사의 성기를 엉덩이 사이로 문질렀다. 젖어 있는 귀두 끝이 고도의 회음부에 닿아서 누를 때마다 고도는 청사의 목에 순흔을 새겼다.

"얼른……."

입술 자국이 선명한 낙인처럼 찍혀 있는 목에 고도가 볼을 기대며 속살거렸다.

"얼른, 응?"

무엇을 보채는지는 청사도 잘 알고 있었다. 엉덩이를 위아래로 느릿하게 움직이면서 발기한 성기의 기둥을 따라 비비고 있는 고도였다. 그 움직임을 보노라면 애간장이 바싹 졸아서 얼른 수직으로 꿰뚫어 버리고 싶은 청사였다. 손가락 세 개를 삼키고도 움칠거리는 이 구멍에 기립한 성기를 넣으면 고도가 어떻게 허리를 뻣뻣하게 세우면서 신음을 토해 낼

지, 상상만으로도 성기가 욱신거릴 지경이었다.

스스로 올라앉아서 허리를 들썩이는 고도를 올려다보고 싶었다. 땀방울이 맺혀서 머리칼을 타고 방울져 떨어지면, 땀 한 방울 놓치는 것도 아까워서 핥고 싶은 충동이 일어날 테니. 고도의 허리를 움켜쥐고 먼저 강하게 쳐올리거나, 흥분을 다스리지 못해서 몸을 뒤집어서 고도의 다리를 벌리고 앞뒤로 거세게 흔들지도 모른다는 상상 역시 피할 수가 없었다.

청사는 거칠어지는 숨을 참지 못했다. 훅, 후욱, 숨을 몰아쉬면서 고도의 몸 안을 휘젓던 손가락을 빼내었다. 빠끔거리는 구멍 안으로 귀두 끝이 젖어들 정도로 흥분한 성기를 밀어 넣으려던 찰나였다.

"삐이이이!"

나무 이파리가 그림자로 흔들리던 격자무늬 나무창이 요란하게 부서졌다. 흠칫 놀란 고도가 허리에서 힘을 풀었다. 입구를 벌리며 파고드는 귀두에 집중을 하지 못했기에 두터운 기둥까지 한꺼번에 몸 안으로 삼키고 말았다. 한계까지 벌어진 구멍에 숨을 급히 들이마신 고도가 당황한 것만큼, 기별도 없이 고도의 안쪽으로 확 빨려 들어간 청사도 눈앞에서 별이 부서지는 듯한 충격에 신음했다. 이렇게 한 번에 밀어 넣어 본 게 얼마 만일까. 성기 전체를 압박하는 강렬한 뜨거움에 청사는 창문을 부순 소란에 관심을 돌릴 수가 없었다. 고도가 스스로 허리를 흔드는 모습을 지켜보겠다던 일념 또한 파도에 휩쓸린 모래알처럼 흔적도 없이 사라져 버렸다.

"예그리나?"

당황한 고도가 부서진 창틀 쪽으로 고개를 돌리며 말했지만, 그 말이 끝나기도 전에 청사가 몸을 뒤집었다. 엇, 하고 눈이 휘둥그레 커진 고도를 입다 말았는지, 벗다 말았는지도 알기 어려울 정도로 엉망이 된 도포만 걸친 청사가 내려다보았다. 하나로 단정하게 묶었던 머리끈은 오간

데 없이 바닥으로 넓게 펼쳐진 은하수를 닮은 머리가 출렁였다.

"하아, 하, 고도."

벌어진 다리 사이를 청사가 철썩, 쳐올렸다. 머릿속을 하얗게 만드는 충격에 고도가 짧게 신음을 토했다. 긴 도포를 걸치고 있는 청사 덕분에 고도의 벌어진 다리를 비롯해 맨몸이 드러나는 일은 없었지만, 도리어 긴 머리와 도포에 감싸여서 꼼짝없이 청사에게 붙잡힌 기분을 자아냈다.

"자, 잠깐, 대룡아, 예그리나가…… 아웃, 아."

부서진 창틀과 함께 바닥을 뒹군 예그리나는 어지러운지 머리를 흔들어 털고 있었다. 고도는 제 얼굴 양옆을 짚고 있는 청사를 불렀지만, 청사는 응답하지 않았다. 세우고 있던 두 팔을 굽혀서 몸을 더 바싹 붙여서는 고도의 다리로 제 허리를 감게 하고 거침없이 움직였다. 뜨거운 안쪽을 들쑤시는 거대한 성기에 고도가 고개를 젖히면서 괴로운 숨을 토했다.

"아앗, 아! 자, 잠깐만, 이놈아, 앗!"

짧게 비명을 지르는 고도 소리를 듣고 예그리나가 정신을 차렸다. 널브러진 몸을 일으켜 세운 예그리나가 날개를 펄럭였다. 부서진 창틀 잔해를 떨쳐 내고 고도에게 날아갔다. 몸 안을 쾌감과 열락으로 감싼 청사 덕분에 두 눈에 눈물이 맺힌 고도를 보고 예그리나가 다시금 삐이이, 울었다. 당황한 고도가 고개를 돌려 제 얼굴을 붙잡은 조막만 한 용의 손을 바라봤다. 밖에서 무슨 일을 겪은 건지, 예그리나는 겁에 질려 있었다. 고도를 끌어안고 삐이이 삐이이 울 정도로 뭔가 서러운 것 같았다.

"아, 아아, 아!"

들썩이는 고도가 참지 못하고 고개를 반대편으로 돌려 버렸다. 머릿속이 새하얗게 부서진 고도가 숨을 헐떡였다. 너무 좋아서 눈가를 새빨갛게 붉히면서 앓는 소리를 토해 냈다. 엉덩이 사이를 철썩철썩 꿰뚫는 소리가 음란하게 울려 퍼졌지만, 어린애가 보는 앞에서도 멈추지 못하는 청사나, 이 행위가 뭔지 몰라서 그저 고도만 끌어안고 삐이이 울어대는 예그리나나, 누가 부자관계 아니랄까 봐 자기밖에 모르는 건 똑 닮아 있었다.

"하아, 학, 고도, 고도."

"삐이이이이."

"고도, 하웃, 아, 기분 좋아, 아웃, 아!"

"삐이이이!"

머리 위에서는 청사가 좋아서 신음을 터뜨리며 거세게 움직이고 있고, 청사가 만들어 낸 순흔 자국이 가득한 목에는 예그리나가 매달려서 서럽게 울고 있으니, 고도만 정신이 없었다. 이 부자가 대체 무슨 짓인지, 맨정신으로 생각해 낼 만한 상식을 가진 사람은 고도뿐이었다. 하지만 어느 쪽을 먼저 달래지도 못했다. 청사는 고도의 다리 한쪽을 어깨까지 들어 올려 걸쳐놓고 흔들 정도로 흥분에 휩쓸린 상태였다. 예그리나는 고도가 얼굴을 붉히며 거칠게 숨을 몰아쉬는 모습이 어딘가 아픈 게 아닌가 싶어서 덜컥 겁을 먹고 더 고도의 얼굴에 매달리는 상태였다. 고도는 부끄러워 죽을 것만 같았다. 아무것도 모르는 어린 용이라지만, 이게 무슨······.

"하윽, 고도, 고도!"

"삐이이!"

두 부자의 제멋대로인 행위에 고도만 남아나질 않았다. 고도는 머릿속을 새하얗게 뒤흔드는 쾌락 속에서도 예그리나를 쉬이쉬이, 달래느라 제정신이 아니었다.

"대롱이, 네놈 정말 미친 거지. 애가 보는 앞에서 무슨 짓이야."

"커흠, 미, 미안. 나도 모르게 그랬네."

"모르는 게 어디 있느냐. 뻔히 네 눈앞에서 애를 봤는데."

"그게…… 눈앞에 있긴 했는데 내가 전혀 신경 쓸 수 없는 상태였다고 해야 할까."

"흥분을 그렇게 조절 못하는 것도 병이다."

"상대가 너일 땐 그 아무것도 조절하지 못하는걸."

"그게 병이라고."

"그럼 난 죽을병 걸린 용 할래."

"……"

"화 풀어, 고도. 응?"

고도는 맥이 빠지는 얼굴로 청사를 먼 산 바라보듯 바라봤다. 어디서 배워 온 건지, 저 불리한 상황이 있을 때면 살살 애교 섞인 목소리를 낸다거나, 고도를 꼭 끌어안고 예쁜 표정으로 바라보기 일쑤였다. 소녀 같은 놈, 이라고 몇 번 놀리기는 했지만, 이제는 이러한 모습들이 어린 계집들이 하는 짓과 뭐가 다를까 싶었다.

남성체라고 상냥하거나 나긋한 말투와 행동을 하지 말란 법은 없지만, 청사는 소경이라 불리는 옥황상제 바로 아랫단계의 높은 지위에 앉은 이였다. 안 그래도 젊은 용에다가 어린 시절의 객기로 천녀들을 꼬아내어 꽃선비처럼 도포자락을 휘날리고 다닌 이력을 나이 지긋한 천인들은 좋게 보지 않았다. 그 결점을 만회하기 위해서라도 인정받을 만한 능력과 위엄, 존경과 경외를 풍겨야만 했다. 실제로 공적인 자리에서는 파란 눈을 치켜뜨면 주변 분위기가 서늘하게 가라앉을 정도로 기백이 남달라졌다. 목소리를 낮게 깔며 으르렁거리면 사나운 맹수를 생각나게 할 정도로 상대를 움츠러들게 만들기도 했다. 그러나 사적인 자리에서는 꼬리 여덟 개 달린 구미호보다 더 되바라진 표정을 지어 보였다.

그의 부친인 조아반 역시 소경으로 지내던 시절엔 명철하기론 둘째가 서러운 천룡이었지만, 자리를 아들에게 물려주고 일선에서 물러난 뒤에는 분위기가 정반대로 바뀌었다. 사택에서 장기나 두며, 장기 상대로 고도를 졸졸 쫓아다니다 못해 '보배는 왜 날 자꾸 피하느냐! 아무리 늙은이가 미워도 그러는 거 아니다!'는 기겁할 소리를 해댔다. 사리에 밝은 존재가 그 무슨 망측한 짓이란 말인가. 그 바람에 고도가 이마를 짚은 일이 한두 번이 아니었다.

'어르신을 공경함이 마땅하거늘, 왜 제가 춘부장을 미워하겠습니까.'

'나만 보면 저 멀리서부터 슬그머니 발길을 돌리더만.'

'제가 늙으니 노안이 침침해져서 멀리서 오시는 춘부장을 알아보지 못하는 듯합니다.'

'새파랗게 어린 게 노안 타령이라니.'

'제가 이래 봬도 회갑을 세 번은 더 치렀지 않습니까.'

'새파랗게 어려!'

'아이고, 눈이 침침하여 춘부장 머리가 희끗하게 보이니 장기 말을 두는 오동나무판의 가로세로 줄도 못 알아보겠습니다.'

눈덩이를 손가락으로 지그시 누르며 골골 앓는 소리를 해봤지만, 돌아오는 것은 천룡의 비기뿐이었다.

'용안龍眼으로 만들어 주마.'

천상의 물줄기를 끌어다가 눈을 깨끗이 씻겨 주니, 아침에 자고 일어나 제대로 떼지 못한 눈곱은 물론이요, 수십 년 묵은 먼지 한 톨 없이 청결하게 씻겨 주는 게 아닌가. 맑고 투명하게 반짝이는 제 눈을 보아하니 이젠 노안 운운해도 소용이 없는지라, 그 길로 조아반이 손을 꼬옥 잡고 데려간 장기판 앞에서 세 시진은 승부를 겨루었다고 한다. 그때를 생각하니 다시금 찾아오는 희미한 두통에 고도는 침음을 삼켰다.

이건 역시 집안 내력이겠지. 첫인상은 차갑다 못해 얼어붙을 듯이 냉정해 보이는데, 실제론 칭얼거리며 자신이 원하는 것을 어린애처럼 요구하는 게 조아반과 한무 둘 다 똑같은 데다가, 예그리나도 그럴 기미가 보이지 않나.

고도는 쪽쪽 뽀뽀를 해대는 청사에게서 슬그머니 눈동자를 돌렸다. 폭신한 면포에 앉아 있는 예그리나는 까만 눈을 데굴데굴 굴리고 있었다. 창을 부수고 들이닥쳐서 관계 중인 고도의 얼굴을 붙잡은 채 닭똥 같은 눈물만 뚝뚝 흘리던 것이 제가 무슨 남세스러운 짓을 했는지도 모르고 고개만 갸웃거리고 있었다. 청사 말마따나 어려서 아무것도 모르는 것이 불행 중 다행이리라. 다시 생각하면 얼굴이 홧홧해지며 열이 오르는 터라, 고도는 손으로 부채질을 하며 애써 의연해지려고 노력했다. 다시금 무미건조한 평소의 고도로 돌아온 후에야 예그리나를 잡고 물었다.

"아이야, 뭐가 그리 급해서 창을 부수고 들어온 게냐."

말간 눈으로 고도를 보던 예그리나가 그 말에 잊고 있던 것을 떠올린 모양이었다. 해맑던 얼굴이 삽시간에 충격으로 뒤덮였다. 평소처럼 손에 다과라도 쥐고 있었으면 면포 위에 뚝 떨어트릴 정도로 작은 발톱이 난 손을 떨고 있었다. 애가 고뿔이라도 들었나 싶어 걱정 어리게 바라보고 있으니, 예그리나의 그 왕방울만 한 눈에서 눈물이 하염없이 떨어졌다.

삐이, 삐이이이이 무어라 무어라 외치며 우는데 통 무슨 말인지를 알 수가 있나. 이게 작은 발톱을 달달 떨면서 면포를 움켜쥐다 못해 주저

앉아서 대성통곡을 하고 있는데, 그 꼴이 흡사 망국의 하나밖에 남지 않은 왕자로 볼 만큼 사연이 구구해 보였다.

고도는 예그리나를 답싹 들어 어깨와 가슴팍에 기대어 안았다. 고노의 옷자락을 쥐고 하염없이 눈물을 쏟아 내는 통에 옷이 짙게 젖어 갔다. 고도는 청사에게 시선을 돌렸다. 서럽게 울어대는 아들을 보고도 얘가 왜 이러나 싶어서 멀거니 바라만 보기에 미간을 찌푸렸다. 어째 부자지간이 아니라 아들 둘을 보는 것 같은 건 기분 탓일까.

"대롱아."

고도의 부름에 엉엉 울기만 하는 예그리나를 멀거니 바라보던 청사가 시선을 마주했다. 고도는 그 시선에서 청사의 감정을 읽었다. 저건 질투였다.

"나는 용의 언어를 알아듣지 못해서 말이다. 예그리나가 대체 뭐 때문에 이리 우는지 너는 알겠느냐."

청사는 대답 대신 입가만 찌푸렸다. 등을 토닥여 주는 고도의 손길을 보자니 예그리나가 샘이 나기도 해서 대답이 모나게만 들렸다.

"새끼 용 옹알이는 나도 못 알아들어."

삐쳐도 단단히 삐친지라. 하, 이거 참, 고도는 퍽 난감한 기분으로 청사에게 눈짓을 해보였다. 한 걸음 다가온 청사의 이마에 뽀뽀를 해주니 뾰족하게 모가 나 있던 눈매가 사그라진다. 감정적인 만큼, 단순하기도 한 청사의 반응에 고도는 피식 웃으면서 부드럽게 말했다.

"네 아긴데 그래도 옹알이하는 태는 벗어날 때까지 돌봐줘야 하지 않을까. 춘부장께서도 널 그 정도는 돌보셨을 것 같은데 말이지."

그렇게 구슬려 보아도 청사는 누군가를 돌봐 본 경험이 없는지라 난감한 기색을 감추지 못했다.

"아버지나 누이께 도움을 청해 볼까?"

"우리가 해결해 보고, 그래도 안 되겠다 싶으면 그때 부탁해 보는 건 어떠하느냐."

"으음, 좋아. 일단 왜 우는지를 알아보자, 그거지."

청사는 여태 울고 있는 예그리나를 바라봤다. 고도의 옷자락만 꼭 쥐고 우는 모습이 고도가 어디 멀리 가기라도 할 것처럼 불안해하고 있었다. 청사가 소경으로서 할 일을 모두 인계받아서 고도에게 하사한 '지상차사' 직을 본격적으로 수행하게 된다면, 고도가 몇날 며칠 동안 땅에 내려갔다 올 일이 생길지도 모르겠지만, 지금은 그럴 시기가 아니었다. 일단, 청사가 제 할 일을 할 수 있게 되어야 고도도 함께 바빠질 텐데, 그런 복잡한 정치 사정을 이 어린 용이 알 리는 없을 테고. 그렇담 고도가 차사직을 수행하느라 자리를 비울 것을 미리 걱정하며 울음을 터뜨리는 것은 아니란 생각이 들었다.

청사는 천천히 용의 힘을 개방했다. 파랗게 넘실거리는 기류가 순식간에 고도와 예그리나를 감쌌다. 세상을 푸른색으로 물들이지만, 보기만큼 차갑지도 않았다. 오히려 고도와 예그리나를 보호하듯 포근하고 부드러웠다. 예그리나는 삐이이 터뜨리던 울음을 그쳤다. 눈물콧물을 고도의 어깨에 쏟아 내던 얼굴을 들고 청사를 바라봤다. 청사가 보여 주는 기운에 무르춤해져서 날개를 접다가도, 청사가 자신을 보호하려함을 깨닫곤 감사 인사라도 하듯 고개를 숙이기까지 했다. 울며불며 난리를 피우던 예그리나가 진정하자, 청사도 그에게 편히 말을 붙일 수 있게 되었다.

"무슨 일이 있던 건지 차분하게 얘기를 해보아라."

청사의 명에 예그리나는 작은 손으로 젖은 얼굴을 닦아 내곤 얌전히 면포 위로 돌아왔다. 고도를 돌아보면 다시 두 눈에 눈물을 그렁그렁 매달았지만, 이번에는 대책 없이 울어대는 대신 손짓과 날갯짓을 해보였다.

"뻬이이이."

앞발 두 개를 최대한 양옆으로 벌려서 엄청나게 크다는 것을 표현하더니 주둥이를 손바닥으로 눌러서 코를 들추고선 그 들창코로 바닥을 파헤치는 시늉을 해보였다. 부서진 창틀로 엉금엉금 다가가서 내리쬐는 햇살에 반짝이는 금색 볕을 가리켜며 나른하게 네 다리를 펴기도 했다. 청사가 고개를 끄덕였다.

"만주사화 벌판에 사는 금돼지를 만난 거군."

그 말을 듣고 고도가 멍하니 입을 벌렸다. 대체 예그리나의 무엇을 보고 청사가 말귀를 알아듣는 것인가. 흥미 없다고 손사래 칠 땐 언제고 이 망할 대롱이가 아기 용의 옹알이를 해석하고 있다.

예그리나는 너스레를 떨던 금돼지 표정을 지어 보이면서 앞발로 고도를 가리켰다. 고도가 오랏줄에 붙잡힌 것처럼 짧은 앞발 두 개를 등 뒤로 돌리고선 뒤뚱뒤뚱 걷기 시작했다. 부서진 창틀 밑으로 폴짝 뛰어내린 예그리나는 바닥에 드러누워 네 다리를 휘저으며 짐짓 고통스러운 모습을 흉내내더니 그대로 꼴까닥 죽는 시늉도 해보였다. 청사의 표정이 심각해졌다.

"고도가 저승차사들에게 붙잡혀서 지옥에 끌려간다는 말이더냐. 금돼지가 그리 말했던?"

죽은 시늉을 하던 예그리나가 얼른 자리에서 일어났다. 다시금 뻬이이, 정신 사납게 울어대려 하자 청사가 번쩍 들어 달래곤 되물었다.

"누가 감히 고도를 잡아간단 말이냐."

예그리나가 긴 수염을 배꼽까지 길러 쓰다듬는 척해 보였다.

"염라대왕이 그럴 수 있단 말이지. 으음, 그래, 그럴 자격은 있지. 하나, 제 형인 옥황상제도 인정한 게 고도라는 존재이거늘, 형의 뜻을 거슬러서까지 이곳으로 쳐들어와 고도를 끌고 갈 수는 없을 것이다."

예그리나는 탈춤이라도 추듯이 방방 뛰어 보였다.

"그래, 고도가 지상에서 말썽을 많이 피우긴 했다만, 이미 그것과 관련된 일은 사했는데. 이제 와 또다시 과거 일을 들추는 건 치졸하고 옹졸하지 않겠느냐."

예그리나는 앞발로 부서진 창밖, 하늘과 땅과 산과 내천을 가리켰다.

"맞다. 너도 어느 정도는 알고 있구나. 저승의 동쪽은 이곳의 서쪽과 맞닿아 있다. 그곳에 흐르는 원천강은 이곳에서 흘러내린 도솔천의 지류이지. 원천강의 물을 먹고 자라 수많은 꽃이 피어난 서천꽃밭이 있고, 그 지류가 더 흐르고 흘러 인간들의 이승과 저승을 가르는 삼색물이 흐르는 곳까지 번져 간단다. 하늘을 천계로, 땅을 인계로, 지하를 마계로 분류하지만 실제론 그렇게 높이가 구분되어 있지 않으며, 모든 세상이 하나로 통하는 수많은 출입구가 있기 마련이다. 그래서 고도처럼 죽지 않고도 저승을 갔다 오는 존재가 있는가 하면, 극락왕생하지 못한 존재가 길을 잃어 천계로 오는 경우도 적지 않단다. 그걸 걱정하는 거라면 이해한다만."

예그리나는 발톱을 동그랗게 말아서 구멍을 만들었다. 반대편 앞발들을 움직여서 그 구멍을 두 개, 세 개로 늘려 보았다.

"이곳은 불안정해서 몰래 들어와 고도를 납치하려 한다면 못할 것도 없지. 혹은 천인 중에 삿된 마음을 품고 고도를 기절시켜 도솔천에 던져 버리면 저승에서 건져 올릴 테니, 흔적도 없이 처리할 수도 있는 일이고."

대체 예그리나의 무엇을 보고 저렇게 심오한 해석을 할 수 있는지 몰라서, 가관이란 표정으로 바라보던 고도가 그 말에 눈을 깜빡였다.

"그게 무슨 소리냐, 대롱아."

예그리나의 손짓발짓에 고개를 끄덕이며 이야기하던 청사가 고도를

돌아봤다. 어떻게 예그리나와 대화를 이어 갈 수 있는지 궁금해하는 고
도를 제법 진지하게 보고 있었다. 고도는 고개를 갸웃했다. 아무것도 모
르는 표정이었다.

"고도, 내가 옛날 얘기 하나 들려줄까?"

대뜸 옛이야기를 들려준다는 청사의 말에 고도는 눈을 깜빡였고, 예그
리나는 흥미가 동하는 얼굴로 청사를 뚫어져라 바라봤다. 둘이 똑 닮은
검은 눈을 제게 고정하고 있는 모습이라니. 귀엽고 사랑스러워서 청사는
배시시 웃고 말았다.

"옛 이야기 들려줄게. 이 아이가 왜 널 붙잡고 울었는지 그 기원을 말
이야."

옛날옛날 아주 먼 옛날, 땅과 하늘이 맞닿아 구분이 없던 때가 있었다.
어둠과 빛의 구분이 없이 혼돈뿐이던 세상이었다. 어느 날 들썩이던 세
상 사이에 틈이 생겨났고, 그 틈으로 거대한 신이 하나 일어났다. 거신은
양손과 어깨로 위를 받치고, 굳건한 두 다리로 아래를 밀어내면서 자연
스럽게 하늘과 땅을 만들어 냈다. 하늘과 땅 사이에 푸른 이슬이 맺히며
비가 되고 구름이 되어 세상은 오랫동안 젖어 있었다. 비가 그친 후엔 하
늘을 떠받치던 거신의 앞쪽 얼굴에 난 두 개의 눈은 떨어져 나와 태양 두
개가 되었고, 뒤통수에 달린 두 개의 눈은 달 두 개가 되었는데, 훗날 신
들이 두 개씩 떠 있는 태양과 달을 하나씩 떨어트려서 지금의 모습이 되
었다. 그리고 그 속에서 태초의 어둠과 빛이 태어났다.

어둠과 빛이라 불린 부부는 머리를 맞대고 고민을 했다. 세상이 너무

도 적막하고 고요하여 희망이 없으니, 그 밝음을 심어 보는 게 어떻겠느냐고. 어둠과 빛은 그 길로 각자가 아이 하나씩을 잉태하여 한날한시에 낳았다. 어둠과 빛에서 태어난 형제를 보며 이르길, 둘이 이 세상을 잘 다스렸으면 한다는 이야기였다.

형제는 위아래와 앞뒤가 없는 이 세상을 공평하게 나누어 보기로 했다. 위와 아래를 갈라 높은 쪽을 하늘이라 부르기로 낮은 쪽을 땅이라 부르기로 했으며, 앞과 뒤를 구분하여 사방을 동서남북이라 칭하고 해와 달이 동쪽에서 서쪽으로 움직이도록 하되, 남쪽으로는 꽃과 곡식이 왕성하게 잘 자라도록 하고, 북쪽으로는 얼음과 바람이 태어나도록 하였다.

세상을 구획하여 구분하는 것엔 형제가 합심하여 잘했지만, 세상을 하나둘 쪼개다 보니 욕심이 생기기 마련이라. 좀 더 비옥하고 밝은 곳을 자신이 다스리고 싶어 하다 보니, 사시사철 꽃내음이 풍기고 복숭아가 자라는 하늘을 누가 다스리느냐로 다투게 되었다.

다툼은 끝날 줄을 몰랐다. 그들이 싸울 때마다 당황한 땅이 우르르 흔들리며 지진이 벌어지는가 하면, 지진으로 쾅쾅 부딪치는 땅들이 융기하거나 침잔하며 산과 계곡이 만들어졌다. 비가 몇날 며칠을 내려 바다를 만드는 일까지 생겨 버렸다. 이러다간 자신들이 다스리기로 한 세상이 다시 어둠과 빛이라는 부모 품으로 돌아갈 판이라. 하는 수 없이 싸움을 중단하고, 하늘을 누가 다스릴지로 내기를 하기로 했다.

그 내기란 것은 간단했다. 산을 서른세 개 쌓아 보되, 더 빨리 쌓은 사람이 하늘을 다스리자고. 형은 동생보다 산 하나를 더 쌓아 내기에서 이겼다. 형이 그곳 중앙에 궁을 지어 '옥황상제'가 되었고, 내기에서 진 동생은 형이 꼴 보기 싫어져서 땅이 아닌 그보다 더 낮은 지하로 들어가 '염라대왕'이 되었다.

"대롱아, 그럼 상제와 염마는 서로 사이가 안 좋은 거냐?"

옛 이야기를 들려주던 청사가 흐음, 하고 목 너머를 울렸다. 면포에 앉아서 다과를 우물우물 씹는 예그리나나, 그런 예그리나 손이 비면 자연스럽게 새로운 다과를 쥐어 주는 고도나, 두 눈을 반짝이며 자신에게만 집중하는 모습이 사랑스러웠다. 세상만사 모든 걸 다 안다고 알려진 환영도사 고도조차 천계의 일은 몰랐다니. 그걸 알려 줄 수 있다는 것만으로도 청사는 기분이 좋아져서 목에 힘을 주었다.

"지금은 사이가 좋은 편이야. 처음에는 정말 서로 보기만 해도 으르렁거렸거든."

"왜?"

"지금이야 땅 위에 사는 금수와 풀과 나무, 인간과 요괴, 도깨비가 모두 늘어나서 옥황상제가 더는 관여할 수 없는 규모가 되어 버린 거지, 처음에는 인간들도 몇 명만 모여 살고, 나라다운 나라도 없었어. 서로 쓰는 말도 달라서 상제를 부르는 말도 제각각이었지."

"그건 나도 안다. 태상노군, 원시천존, 옥천대제, 제석천, 천공, 천주, 노천야, 옥황야, 옥황상제, 상제, 하늘님."

"맞아, 그중에 고도, 너희 조상들이 상제를 뭐라 불렀는지 알아?"

"음, 글쎄? 상제? 하늘님? 그 둘 중 하나 아니었을까?"

"천지왕이라고 불렀어."

"오호라, 그때까진 하늘과 땅 위의 일에 모두 관여해서 하늘과 땅의 왕이라 불렸던 거군."

"그래, 지금이야 하늘만 관여하니 하늘님이나 옥황상제라고만 불리는데, 태초엔 땅을 상제와 염마의 중립지대로 만들었었거든. 오죽하면 상제가 잠깐 인간 세상에 내려갔다가 인간 여자에게 제 자식을 본 일이 있을 정도일까. 그때 낳은 두 아들인 대별왕과 소별왕을 땅으로 보내서 인간들이 자리를 잡을 때까지 도와주다가 지금은 둘 다 저승으로 가서 염마의 양측을 보위하고 있어."

하늘과 땅을 분리하여 잘 다스리고자 했으나 문제가 생겼으니, 그 문제점이 크게 두 가지라. 하나는 한번 땅에서 분리된 하늘이 끝 간 데 없이 높아지며 멀어지려고 했고, 다른 하나는 날이 갈수록 발전하는 인간 세상을 다스릴 존재가 없다는 것이다.

곰곰이 고민을 하던 옥황상제가 두 가지 꾀를 내었다. 하나는 깊은 바다 속에만 살던 '용'을 하늘 위로 불러들여서 바다뿐만 아니라 하늘도 오고갈 수 있도록 허락할 테니, 저 높은 하늘을 꼬리로 묶어서 더는 멀어지지 않도록 붙들고 있어 달라는 것이었다.

옥황상제의 제안을 받아들인 용은 그 후로는 '여의주'를 얻으면 하늘로 승천하여 상제와 염마가 쌓은 서른세 개의 산인 '수미산'에서 살 수 있게 되었다. 개중 능력 있는 용은 상제가 왼편에 두어 '천룡'이라는 이름하에 하늘에서 처리해야 할 많은 과업을 내렸다. 천룡 중에 만약 덩치가 우람하여 하늘을 받들 만한 힘이 있다면 하늘이 더는 멀어지지 않도록 붙들어 두거나 다시 땅 위로 떨어져 태초와 같은 모습으로 돌아가지 않도록 지지하게 하였다. 이들을 훗날 '미리내'라 부르며 넓고 길게 펼쳐진 은하수 모습을 용의 등뼈라고 부르는 어원이 되었다고 한다.

고도가 이 이야기를 듣고 청사의 둘째형이 하늘을 받들고 있어 주는 그 노고를 떠올리는 것은 당연했다. 그리고 혼자서 오랫동안 차갑고 어두운 하늘에 몸을 묻고 있는 둘째 형을 위해서라도, 그가 외롭지 않도록 등뼈를 다져 줄 또 다른 천룡이 필요하겠다는 생각 역시나.

"상제는 하늘이 멀어지는 일은 해결했지만, 다른 한 가지 고민거리는 해결하지 못했어. 그 고민이 무언고 하니 인간세상을 다스릴 사람이 없다는 거야. 인간들은 천지왕을 신성시하여 자기들 사이에서 그 왕이 하던 일을 물려받을 사람이 태어날 거라 감히 생각도 못 했거든. 게다가 온갖 신들을 땅에 내려보내서 옥토를 비옥하게 하거나 삼망할매를 통해서 아이 낳는 일도 점지해 주는데 그걸 어떻게 인간들이 할 수 있겠다고 믿겠어. 상제가 아무리 인간들 왕을 뽑아 널리 이롭게 하라고 말해도 다들 난색을 표하며 고개를 저은 거지."

하늘과 땅을 분리하여도, 땅에 속한 존재들이 하늘의 뜻을 기다리고 믿고 의지하니, 저희들끼리만 의지하여 살기 두려워하더라. 이에 옥황상제는 '땅을 다스릴 존재'에 관해서도 다음과 같이 결정했다.

'천인' 중에서도 수양이 부족하여 낙원에서 말썽을 부리는 이들은 저 땅 위로 쫓아내어 부처의 가르침을 몸소 배우도록 한다. 그리고 명이 다한 후엔 동생인 염마가 다스리는 저승으로 보낼 것이다. 그 저승에는 천계에서 흐르는 오색찬란한 도솔천의 지류인 '은하수 천궁길'을 포함한 삼색물이 흐르는데, 이 삼색물은 지옥으로 가는 붉은 물과 극락으로 가는 금빛물, 천계로 승천할 수 있는 오색물로 나뉘어 흐른다. 죽은 천인들은 인간들과 똑같이 이 삼색물을 건너면서 살아생전 지은 죄에 따라 지옥이나 극락으로도 갈 수 있었다. 그러니 땅에서 자식을 낳고, 나라를 꾸려, 인간들 혼자 겁을 내는 나랏일이 실은 아무것도 아닌 일이란 사실을 알려 주며 덕을 베풀어 천상으로 되돌아오도록 노력하라. 그러면서도 원래 땅에서 살았던 종족들 이를 테면 도깨비와 요괴들과 어우러져 보라.

이렇게 땅으로 쫓겨난 천인들이 나라를 만들고 자식을 낳아서 스스로를 '왕'이나 '백성'으로 칭하기 시작했다. 이들은 천계에서의 자신을 잊은 채 더 많은 죄를 지으면 삼색물에서도 은하수 천궁길을 따라가는 배를 타지 못한 채 염라대왕이 이끄는 지옥의 시왕들 손에 끌려가 더 많은 고초를 주기도 했다.

제아무리 천상의 존재였다는 천인이라 할지라도, 천상에서의 기억을 지워 버렸으니 땅에서 평범한 인간으로 사는 이도 있었다. 천인인 것도 모른 채 인간과 혼인해 씨를 뿌리다 보니, 평범한 인간은 갖추기 힘든 능력을 가진 존재들이 태어났다.

신선의 핏줄을 이어받은 도사. 귀신이나 도깨비를 부리는 술사와 부처의 가르침에 능통한 법사와 아라한과. 하늘의 소리를 들을 수 있는 무속인. 지덕체를 두루 갖춘 왕의 자질을 가진 이.

이들이 한데 엉키며 세상은 혼란스러워졌다. 그 혼란을 저희들끼리 중재하기 위해 '왕'을 모시기 시작하면서, 옥황상제가 바라던 것처럼 인간들은 하늘의 법칙이 아닌 자신들의 법칙으로 살아가는 것에 익숙해져 갔다.

"그러다 보니 인간들은 천상과 더욱 거리가 멀어지고 말았어. 고도, 생각나? 예전에 나와 함께 추운 겨울 산에 갔을 때 도자기를 굽던 노인이 있었잖아."

"아아, 콩팥을 장수로 부리던 이 말이지. 당연히 기억한다."

"그런 존재가 바로 천상에서 자신이 할 일을 잊고 땅 위에서 평범하게 사는 천인이거든. 이런 이들이 늘어만 가니까 세상이 점점 혼란스러워지게 된 거야."

지하를 다스리는 염마나 하늘을 다스리는 상제처럼, 땅 위의 '왕'이 무소불위의 권력을 가진 것은 아닌 법. 오히려 왕이 앞장서서 인간들 세상을 더 많은 욕심으로 혼탁하게 만들기도 했다. 다시금 고민에 빠진 상제가 제 부모인 어둠과 빛에게 청을 했다.

하늘의 주인과 지하의 주인이 있듯이 땅의 주인인 막냇동생을 하나만 더 보내 달라. 인간들이 갈 길을 모르고 해야 할 일을 알지 못해 헤매지 않도록 길라잡이가 될 동생을 보내 달라.

어둠과 빛은 첫째 아들의 청을 들어주어 별을 뭉친 셋째 아들을 상제에게 보내 주었어. 상제는 자신과 염마와는 다른 형태로 태어난 막냇동생을 보고 처음에는 무척 당황했다. 그도 그럴 것이 막냇동생이라고 건네받은 형태가 커다란 알이었기 때문이다.

붕우에게 그 커다란 날개로 감싸 보라 하자 붕우는 그리 답했다.

"아닙니다, 아닙니다, 제 날개로 다 덮을 수 없습니다."

해가 토하는 불덩이를 먹고사는 세 발 달린 까마귀에게 부탁하자 삼족오는 그리 답했다.

"아닙니다, 아닙니다, 제가 품으면 알이 다 녹아 버릴 것입니다."

상제는 자신의 부인이자 인간들에게는 서왕모, 바지왕 등으로 불리는 여인에게 부탁하자 서왕모는 그리 답했다.

"아닙니다, 아닙니다, 대별왕과 소별왕을 인간 세상에 보내고도 제대로 일을 처리 못 해 염마 곁으로 되돌렸는데, 당신의 동생까지 잘 맡아 키우고 인도할 자신이 없습니다."

고민하던 상제는 천일성과 태일성으로 뭇별을 다스리는 별의 신인 칠성님과 옥녀부인을 찾아갔다. 그들의 빛을 먹고 태어난 막냇동생이자, 일곱 아들 북두칠성이 사람의 길흉화복을 점지해 주는 능력이 있는 만큼, 땅을 다스리는 운명을 미리 알고자 함이었다. 그들은 한목소리로 그리 답했다.

"인간은 아직 껍데기밖에 없는 갓 태어난 아이들과 같습니다. 그 속이 여물지 못하여 욕망에 쉽게 흔들리고 마니, 이를 주신主神인 어둠과 빛께서 파악하시어 그들의 알맹이가 될 수 있는 상제님의 막냇동생을 만든 것입니다. 인간의 겉을 감싸고 있는 껍질을 '몸'이라 하고, 알맹이는 '얼'이나 '혼'이라고 부름이 마땅하니, 막냇동생께 그런 이름을 붙여 주시고, 달의 여신에게 데려가는 게 어떠하십니까."

들고 보니 맞는 말이라, 상제는 막냇동생을 인간들의 '혼'이라 부르기로 정하고 별들이 점지해 준 대로 달의 여신을 찾아갔다. 달에는 세 여신이 살고 있었다.

땅에서 태어난 아리따운 처녀였지만, 옥황궁 선비인 궁상이를 사랑하게 된 해당금이.

사람이 살고 죽는 것, 잘살고 못 사는 것을 정해 주는 운명신 감은장아기.

옥황꽃밭을 좋아하여 천진한 처녀처럼 뛰어 놀며 사람들에게 타고난 복을 전해 주는 노가단풍자지명왕.

세 여신들은 은하수가 펼쳐진 하늘, 옥황궁, 옥황 꽃밭과 옥황 목장을 자유롭게 돌아다니며 신성한 짐승들과도 친하게 지냈다. 세 여신은 상제가 품에 안고 온 별빛 머금은 알을 받아 들고 말했다.

"저희가 잘 보살펴서 때가 되면 땅으로 내려보내겠습니다."

하지만 계획대로 되지 않아서 혼은 여러 악재와 고난과 고초를 겪은 후, 많은 것을 잃고 얻은 후에 땅에 몸을 뉘어 땅 그 자체가 될 수 있었다. 그 누구보다 인간을 사랑한 덕분에 그의 마음과 얼과 혼이 혼란스럽고 욕심만 많으며 어리석었던 인간들을 조금 더 현명하고 건강하게 만들어 주었다. 껍데기뿐이던 인간들도 혼과 얼이라는 알맹이가 단단해져서 제법 서로를 의지하고 선의의 경쟁을 하면서 나라를 꾸려 갈 수 있게 된 것이다. 그러나 인간들은 자신들의 원형이 어디에서 왔는지를 시간이 지날수록 서서히 잊게 되었다. 혼을 자신의 몸속에 품게 된 인간들 덕분에 원래 이름의 주인이었던 혼은 본래 이름을 잃고 그저 '땅의 주인'이라고만 불리게 되었다.

"그건."

이야기를 듣던 고도가 바싹 마른 입술을 달싹였다.

"그건 인간 세상에서 내게 아리아를 보내던 땅의 주인을 뜻하는 게 맞느냐. 그게 네가 말한 혼이란 이름을 가진 존재인가."

"그건 아무도 알 수 없을 거야."

"어째서냐."

"천상과 저승의 존재들이 인간을 뭐라 부르는지 알지?"

"그럼. 명명자라 부르지."

"맞아, 이름을 짓는 존재들. 그게 인간이야. 피아彼我를 구분하기 위해 이름을 붙이는 행위가 어느새 모든 존재를 바라보는 인간만의 시선을 갖게 했거든. 그 명명자들이 땅의 주인을 과거에 무어라 불렀을지, 달에 사는 여신들을 어떻게 정의내리고 해석했을지는 알 수 없을 거야. 왜, 옥황상제를 수많은 이름으로 부르는 여러 나라가 있듯이, 이곳의 존재들이 저 밑에서 어떻게 불리든 그건 그들이 원해서 부르는 거잖아."

"잠깐 이야기에 벗어난 주제다만, 혹시 인간들의 명명이 나쁘다고는 생각하지 않느냐."

"나쁠 것까지 있을까?"

"가령, 천상이나 지하의 존재들이 의도한 것과 다른 방식으로 접근하여 이름 붙여서 해석했을지도 모르잖느냐."

"그것도 인간이 만들어 낸 영역이라 생각해. 의도하지 않은 방식으로 흘러가는 것. 그게 고도, 네가 강문보살과 싸워서 지켜 내려 한 것이기도 하잖아."

심중을 헤아리기 어려운 표정으로 바라보는 고도에게 청사는 여느 때 처럼 햇볕 같이 웃어 주었다.

"네가 나를 어떤 의도로 '대롱이'라 부르든, 나는 그게 좋다. 너에게 불리는 그 자체가 좋아."

그러니 땅의 주인이 어떤 이름으로 불리건, 그의 존재를 인간들이 어떻게 접근하고 있건, 크게 우려하지 않는다는 포용력을 너스레처럼 부려 보았다. 고도의 입에서 나온 '대롱이'라는 부름이 얼마나 소중하고 귀한 지 알고 있는 청사였다.

"……하여튼 멋있는 말만 늘어난다니까."

투덜거리면서도 결국은 피식 웃고 마는 고도도, 청사의 너스레를 닮아 가고 있었다.

"어쨌든 본론으로 돌아오자면, 하계의 모든 혼을 대표하는 존재의 대리자라니. 너무 막중한 임무에 뱃속이 찌르르 아파 올 지경이야."

정말로 윗배를 문지르는 고도였다. 얼마나 오래전의 얘긴지도 모르겠고, 사람들이 만들어 낸 신화나 설화쯤으로만 들리는 이야기들이 실은 이 옥황의 나라에선 실존했던 역사이자 과거의 한 단면이란 사실에 기분이 이상했다. 과거와 현재와 미래를 오고 가는 느낌이었다. 우스갯소리가 사실이었다. 사실들은 증명할 수 없어 희미했다. 증명할 수 없는 희미함이 지금의 고도의 신분과 위치를 대변하고 있는 셈이다. 모든 게 난해하기만 했다.

"그런데 그런 옛이야기들이 예그리나가 날 붙잡고 운 것과 무슨 관련이 있느냐."

다과를 먹던 예그리나는 그 말에 다시금 눈물을 그렁그렁 매달았다. 서럽게 울음을 터뜨릴까 봐 청사는 예그리나의 주둥이에 복숭아 과즙을 부어 만든 다과를 쑤셔 넣으며 대답했다.

"하늘과 땅과 지하가 그렇게 명확하게 구분되어 있지 않다는 걸 말해주고 싶어서 꺼낸 얘기야."

"그래, 네 얘길 들으니 알았다. 한배에서 태어나 필요에 의해 위아래로 갈라진 세상이지만, 실은 다 통할 수 있단 뜻이지."

"맞아. 네가 땅에서 운이 좋으면 신선들이 사는 청호림으로 들어갈수 있는 돌계단을 발견하는 것처럼, 땅에는 하늘로 들어올 수 있는 무수한 구멍이나 샛길들이 존재해. 마찬가지로 도솔천 냇물이 흘러흘러 저승의 삼색물 지류가 되는 것처럼 저승과 천상을 오고갈 수 있는 방법도 많거든."

"오호라, 네 말인즉, 저승에서 마음만 먹으면 천상으로 쳐들어올 수도있단 소리네."

"하물며 상대가 염라대왕인데 하늘로 오는 길을 모를까. 널 정말로 잡아가서 지옥의 불구덩이에 던져 버리고자 하면 언제든 납치해 갈 수 있는 여건인 셈이지."

그러니 금돼지가 예그리나에게 "저승사람들이 고도를 끌고 가버린다"고 말한 것은 순전히 허풍만은 아닌 셈이다.

고도는 눈을 굴리며 생각했다. 어린 용이 불안해서 울며불며 난리를부렸는데 말로만 괜찮다고 걱정 말라 달래 봤자 소용이 없을 듯했다. 예그리나는 용인데도 자주성이 부족하다고 천인들 사이에서도 자주 입방아에 올랐다. 겉보기엔 하늘이 점지해 준 최고의 용이지만, 하는 짓을 보면 팔푼이가 아닌가 곁눈질로 바라보곤 했다. 역시 모체가 인간이라, 그것도 말썽 많은 환영도사라 천룡 가문에도 액운이 낀 것으로 치부하는이도 있었다. 아무래도 오래도록 조아반의 가문이 천룡직을 독식했으니, 인계를 살펴서 깜냥이 되는 용을 승천시켜 천룡직을 경쟁 붙여 보고 더나은 용을 소경에 앉히는 게 어떤고 하는 뒷말도 자자했다.

고도는 저를 욕하는 일이야 대수롭지도 않고 신경 쓰지도 않았지만, 자신 때문에 청사와 예그리나가 피해를 보는 일만큼은 적극적으로 대응하기로 했다.

"웃차."

무릎을 짚고 일어난 고도가 노인처럼 허리를 두드렸다. 헐겁게 띠를 둘러 두었던 학창의를 반듯하게 입은 모습에서 여유가 묻어났다. 바람이 불 때마다 살랑거리며 가볍게 흔들리는 머리칼 사이로, 밤하늘보다 깊은 눈동자가 웃음기를 머금은 모습이 보였다.

"내가 산몸으로 저승을 가 차사들을 족치고 염마의 살생부까지 강탈하여 이름을 지은 방법, 궁금하지 않느냐?"

청사가 반색했다.

"그들의 약점을 아는구나."

"눈치가 빨라졌어, 대롱이."

"난 원래 눈치 하나는 둘째가 서러운 몸이었지."

"눈치가 덕지덕지 붙은 대롱아, 그럼 어디 한번 걔네 약점 잡아서 몰래 천계로 숨어든다 한들, 나를 잡아갈 수 없다는 걸 증명해 보자꾸나."

"좋지!"

자리에서 벌떡 일어난 청사와 입가에 다과 부스러기를 잔뜩 묻힌 채 눈만 깜빡이는 예그리나였다. 고도는 청사와 예그리나에게 양손을 내밀었다. 고도의 얼굴엔 둘을 사랑스럽게 바라보는 웃음이 활짝 피어 있었다.

"우리 귀여운 아기 용이 즐거울 잔치다."

조아반은 오동나무로 만든 장기판 위만 빤히 내려다보고 있었다. 양반다리를 한 왼쪽 무릎에는 팔을 올리고 손바닥으로 턱을 괬고, 오른쪽 무릎엔 차車 말을 빙글빙글 돌리고 있었다. 오전에 청사가 들이닥쳐서 고도의 몸에 있다는 혜안의 보주 얘기를 해서 머릿속이 복잡한 터였다. 둘째를 보는 일이야 청사와 고도의 문제이니, 그들의 선택과 결정에 맡긴다고 하더라도 혜안의 보주가 정말로 고도의 몸속에 있다면 이것은 상제에게 어떻게든 알려야 하는 문제였다. 잠깐 서진을 불러서 얘기를 했을 때, 그녀는 대수롭지 않게 말했다.

'그만큼 고도가 더 대단하단 소리 아닙니까. 상제께서 쌍수 들고 환영할 일이네요. 혜안의 보주가 있는 게 확인되면 꽃가마 태워서 옥황궁으로 보냅시다. 상제께서 눈물을 흘리며 안아 주실 겁니다.'

아니, 그러면 정말 좋겠다만, 그게 말처럼 쉽나. 상제에게 있어 고도란 존재는 오랫동안 골칫거리였다. 지금이야 천룡 가문의 새색시가 되어서 내버려 두는 것이지, 조금만 신경에 거슬리면 남보다 배는 더 큰 벌을 내리는 식으로 복수를 꿈꾸지 않을까 싶다. 그런 그에게 혜안의 보주 이야기를 꺼내면 독이 될지 꿀이 될지 가늠이 안 되었다. 덕분에 조아반은 복잡해진 머릿속을 비우고자 고도와 말을 나누었던 장기판을 되짚고 있었다.

고도에게 졌던 장기판을 복기하니, 고도의 특징이 보이는 듯했다.

고도는 장기를 거꾸로 두고 있었다. 그게 무슨 말인고 하니, 자신이 "장이오" 소리를 들을 가능성과 그 소리를 뱉을 가능성을 딱 하나씩만 생각한다는 의미였다. 결말을 정해 두고, 그 정해 둔 결말로 가기 위한 모든 포석을 준비한다. 장기란 것이 많은 가능성을 품고 있기에 자신이 원하는 방식으로 끝을 내는 것이 불가능할진대, 고도는 수를 주고받으면서 자신이 설정한 끝에 가까워지도록 가능성을 지워 가는 전략을 취하는 것이다. 가령, 마를 움직여 좌측에서 왕을 먹기로 했다면, 그 마가 좌측으로 가기 위해 포와 차까지도 포기하는 것이다.

장기에 유능한 이는 몇 수 앞을 내다본다고 하지만, 고도는 끝을 확정 짓고 시작한다. 확정짓지 못하는 것은 오로지 자신이 이길지 질지의 여부일 뿐, 마지막 남겨 놓는 말은 장기를 시작하는 순간 결정해 놓는 것이다. 이러니 고도가 무슨 말을 고집할지 초반에 꿰뚫어 보지 못하면 전혀 예상치 못한 방식으로 고도의 차나 포를 먹고 신나서 뒤통수를 맞기 일쑤였다. 그래서 고도가 지는 판은 모두 고도가 정해 놓은 마지막 말이 도중에 잡혔을 때였다. 마지막 말만 살아남으면 조아반이 졌다. 서로 주고받은 승부가 정확히 반절이 될 때까지 고도의 이 비밀을 모르고 있었다.

"아무리 오래 산 인간이라 해도, 혜안은 용인 나보다 못할진대, 참으로 기이하단 말이야."

조아반의 손가락 사이로 붉은색 차가 빙글 돌며 옮겨 다녔다.

"변수가 한두 개도 아니고, 마지막 남기려고 작정한 말을 어떻게 끝까지 살려서 끝을 보는 걸까."

혹, 이것도 다 혜안의 보주가 힘을 보태 주는 것은 아닌지.

빙글 돌던 말이 검지와 중지 사이에서 멈추었다. 장기판을 내려다보던 조아반이 눈살을 찌푸렸다. 안뜰을 가로지르며 누군가 다가오고 있었다. 수행하는 이를 옆에 대동하지도 않고 너른 치맛자락을 흔들고 있으니, 여인의 몸으로 그토록 대범하게 다닐 수 있는 이가 이 집안에는 딱 한 명뿐이지 않은가. 고운 깨끼옷을 입은 딸, 서진이었다.

"아니, 우리 예쁜 딸이 여긴 어언 일이느냐."

검밖에 모르는 여인네라 선녀들과 달이 뜰 때까지 검을 섞던 딸이 집에 일찍 돌아왔다. 기이하면서도 반가운 마음에 손가락 사이에 끼우고 돌리던 장기 말을 판 위에 내려놓았다. 가까이 다가온 서진은 고개를 모로 살짝 숙이면서 다소곳하게 인사를 하곤 바로 평소의 털털한 모습으로 되돌아왔다.

"천궁의 계단 앞에서 한무 놈을 만났는데 이 자식이 글쎄 저만 내버려 두고 저 혼자 말을 타고 집에 돌아온 거 있죠."

냅다 고자질하는 서진을 보던 조아반이 히죽 웃었다.

"사내란 게 그렇다. 사랑하는 이가 생기면 주변 따위 돌아보질 않지."

"사내가 그런지는 모르겠지만, 한무를 보면 동생이라도 가관일 때가 많아요. 걘 머릿속에 도사 생각밖에 없나 봐요."

"그 도사 하나 때문에 지금의 소경 자리까지 올라왔으니 봐주거라."

"에휴, 언제 철이 들는지."

"왜 그러느냐. 난 보기 좋던데."

사랑하는 사람을 위해서 최선을 다한다는 게 얼마나 갸륵한가. 그게 가끔 공과 사가 구분이 안 되고 뒤섞여서 정신없이 휩쓸리는 일도 있긴 하다만, 청사와는 반대로 생각이 많고 침착한 고도 덕분에 일이 완전히 틀어진 적도 없으니, 둘의 관계는 균형이 잘 맞다고 할 수 있었다. 어느 한쪽도 일방적으로 끌려가지 않고, 끌고 가려 하지도 않으면서, 서로를 보듬으며 생각하며 애를 쓰는 게 겉으로도 모두 드러나지 않은가. 보기 좋기만 하건만, 군을 통솔하느라 적확한 방향으로 생각하며 결정하는 데에 익숙한 서진이 보기엔 불안해 보이는 모양이었다.

"아버지께서 말씀하신 혜안의 보주요. 그 문제는 옥황상제께서 직접 아시는 게 먼저라고 말을 해두었는데, 그 녀석이 잘 따를지는 모르겠습니다."

서진은 아비가 앉아 있는 누마루로 올라왔다. 살랑살랑 불어오는 꽃바람에 허술하게 흘러내린 조아반의 머리카락도 덩달아 흔들리고 있었다. 느지막이 일어나 끼니도 대충 때우고 하루 종일 장기판만 들여다보는 모습이 영락없는 한량의 모습이다만, 그동안 소경의 자리에서 어떤 고생을 했는지 알기에 누구도 지금의 조아반을 나태하다 욕하지 않았다. 오히려 조금 더 쉬셔야지, 저러다가 지겹다고 자리 털고 일어나서 다시 옥황상제 옆에서 일을 달라고 손을 내밀까 봐 걱정일 정도였다. 혜안의 보주 건도 옥황상제에게 맡기자 먼저 말한 이가 서진이었다. 안 그랬으면 아비 반응은 뻔했다.

"상제도 바쁜데 그냥 우리끼리 처리하는 건 어떠냐."

보나마나 이랬을…… 아니, 너무 예상에 맞는 반응이라 서진은 이마만 짚었다.

"혜안의 보주가 용들끼리 결정 내릴 문제가 아닌 건 아시잖아요."

"그렇다고 냅다 상제에게 맡기는 건 너무 무책임하잖느냐. 우리가 뭐라도 해봤는데, 그래도 안 되더라, 하고 최종 보고하는 것도 아니고."

"아니, 아버지, 아버지가 언제부터 그렇게 상제님께 충심이 깊으셨습니까."

"누가 들으면 정말로 내가 상제랑 맞먹으려는 줄 알겠어."

"예? 아니셨습니까? 상제님께서 매번 '새 마누라 얻은 기분'이라고 한숨을 푹푹 내쉬었던 기억이……."

"커흠흠흠."

혜안의 보주가 신경 쓰이기는 하나, 천상 생활이 그러하듯, 조급하게 생각하지는 않았다. 느긋하게 지켜보다가 느지막이 상제에게 보고를 올려도 누가 뭐라 할 이가 없는 세상이었다. 아마도 그런 여유가 몸에 배어서인지, 조아반도 서진도 더는 보주를 두고 왈가왈부하지 않았다. 엄밀히 따지자면 보주와 관련된 문제는 온전히 고도와 연관이 있는 것. 그것을 청사가 신경 쓰는 것은 당연하나, 둘의 문제를 가족 전체의 문제로 키워서 머리를 맞대고 하루 종일 골몰할 필요는 없다. 둘이 알아서 처리해

보도록 내버려 두어도 될 문제였다. 당장 급하게 해결해 본다고 닦달해 봤자, 지금 둘 사이에 다른 문제가 눈에 들어올까 싶기도 하고.

조아반은 적당히 식은 차를 마시면서 내려놓았던 장기 말을 집었다. 시진이 불끄러미 바라보는 판 위를 그 장기 말로 톡톡 두드리며 말했다.

"고도라는 도사 말이다. 한 번에 속을 꿰뚫기가 어려워. 인간 주제에 그 정도로 만물의 이치를 꿰뚫고 있는 것도 신기하지만, 그 뛰어난 혜안을 겉으로 드러내지도 않고 아무렇지 않게 여기는 심성도 참 독특하단 말이야."

조아반이 그렇게 판단할 만한 가치가 고도와 겨루었던 장기판을 복기하는 것에서 찾아볼 수 있는 모양인가. 서진은 특별할 것 없는 장기 말들을 살피며 대꾸했다.

"인간들이 사는 흐름과 속도가 우리와 달라서 그렇겠지요. 더 많은 것을 더 빨리 익히고 생각하며 판단해야 하기 때문에 우리가 생각하는 것보다 현명해 보이기도 하고, 결단력이 있어 보이기도 하지만, 한편으로는 경솔하거나 아둔한 것처럼 보이기도 합니다. 그것은 서로 살아온 세상의 흐름과 가치가 다르니 이해해야 하지 않겠습니까."

"네 말도 맞지만, 이런 분야에서까지 내가 고작 인간 하나의 속을 꿰뚫어 보지 못하는 건 자존심이 상하지 않느냐."

"이런 분야라 말씀하심은 혹시, 장기 말이신가요."

"그래. 장기를 두면 상대의 생각과 성향을 알기 마련인데, 몇 번 손을 섞어 봤지만 판단할 수가 없어. 무슨 생각인지 잘 모르겠거든."

조아반의 장기 말이 톡톡, 판 위를 두드렸다.

"혹시 승부는 별로 관심이 없는 건지도 모르겠다. 자기가 살리기로 한 말을 끝까지 살려 놓는 게 목표일 뿐, 이기는 건 목표가 아닌 걸 수도 있고."

방어만 하는 장기란 존재하지 않는 법이니, 어쩔 수 없이 공격을 하더라도 끝까지 가져가기로 한 말만은 살려 두는 것. 도중에 그 말이 잡히면 그 말을 대처할 다른 전략을 고려해 두지 않았기에 패배로 이어지는 것. 그 자체를 즐기는 것일지도 몰랐다. 장기만 이렇게 두는 게 아니라, 평소에도 이런 마음가짐을 갖는다면…….

"흐음."

목 너머를 울리던 조아반이 무언가 소리를 듣고 고개를 들었다. 서진도 이상한 낌새를 눈치채고 누마루 너머 안뜰과 바깥뜰까지 고개를 돌려 살펴보기 시작했다.

어쩐지 마당과 밭이 어수선했다. 힘깨나 쓴다는 종들이 양손에 무언가를 가득 들다 못해 등에도 한 짐을 이고지고 움직였다. 부엌에서 일하는 여종들도 웬 둥근 소반에 나무 숟가락, 젓가락을 올려놓고 부산히 날랐다. 옷에 수를 놓고 박음질하는 종들 역시 분홍색 버선과 신이 한가득이니 이건 어떤 손님을 맞이하려고 하는 모습일까.

"오늘 집안에 무슨 일 있습니까?"

서진은 일하는 이들까지 죄 나와 있는 모습이 의아하여 물었다. 조아반은 고개만 갸웃했다.

"나도 모르겠구나. 뭘까, 이건."

"보아하니 위험한 일은 아닌 것 같군요."

"한번 가볼까?"

"가보아야지요."

조아반이 장기판을 물려놓고 마당으로 내려섰다. 서진도 옷매무새를 가다듬고 누각 계단을 밟으며 내려왔다. 부산스러운 종을 잡고 뭣들 하는 거냐고 묻고 싶은 마음이 한가득이었지만, 붙잡고 물어보다가 자칫 저들이 일을 제때 끝내지 못하면 이런 일을 시킨 이에게 뭇매를 맞을까 싶어서 참아 보았다. 이런 일을 시킬 사람이 이 집안에 누가 있겠는가. 청사나 고도밖에 더 있을까.

"보배야, 보배야."

소아반이 고도를 부르며 너른 마당을 가로지르니, 높은 문설주와 돌벽담 밑으로 복작거리는 사람들이 보이는지라. 힘 좋은 종들이 양손과 등에 이고지고 가던 것이 작은 묘목이라는 사실을 그제야 안 조아반이었다.

"보배야, 이게 다 무슨 일이냐."

이젠 보배 소리에 두드러기가 난 표정을 짓던 고도도 많이 익숙해진 모양이었다. 묘목 한 그루를 바닥에 심던 고도가 자리에서 일어나 조아반과 그 뒤를 따라오는 서진에게 바르게 인사를 했다.

"춘부장, 지난밤 평안하셨습니까. 서진 군장님도 오랜만에 뵙습니다."

고도 옆에서 함께 묘목을 심던 청사도 몸을 일으켰다.

"아버지랑 누이가 여긴 무슨 일이래요."

부드럽고 촉촉한 흙을 온몸에 묻히며 바닥을 뒹굴거리던 예그리나가 삐이이, 하고 기분 좋은 소리를 내기도 했다. 서진이 그런 예그리나만큼이나 높은 목소리로 좋아서 꺄아아, 하고 비명을 질렀다. 저렇게 어린 용만 보면 귀엽다고 방방 뛰는데도, 시집가란 말을 하지 않는 조아반이나 애 낳는 것과 보는 것은 별개라고 딱 자르는 서진이나 주변에서 신기하게 볼만했다.

예그리나를 품에 안고 빙글빙글 도는 서진을 내버려 둔 채 조아반은 그들과 같이 묘목을 심던 종들 일동이 절을 하며 인사하는 모습을 바라보았다. 문설주를 중심으로 담벼락 밑에 정체 모를 묘목을 가득 심고 있었다. 동문 옆엔 여종들이 챙겼던 둥근 소반과 밥그릇, 수저가 놓였고, 나무 접시 안에는 탐스러운 복숭아들이 볕을 받아 반짝거렸다. 남문에는 꽃분홍색 깨끼적삼과 장옷이, 서문에는 버선과 꽃신이 다소곳이 놓여졌다. 묘목이며 그릇, 옷, 신에서 한결같은 향기가 풍겼다.

"집안을 복숭아밭으로 만들 셈이냐."

조아반의 의아한 물음에 고도가 정중하게 대답했다.

"송구합니다. 이곳 천상에서 만주사화만큼 복스럽게 여기는 것이 복숭아라 들어서, 집안 가득 심어 보려는데 혹 불편하십니까."

"나무만 심는 것도 과해 보이는 규모지만, 문마다 복숭아 물을 들인 옷감과 복숭아나무로 만든 상차림을 보니, 뭔가 꿍꿍이가 있어 보이는구나."

"하하, 역시 어르신 눈을 속이지 못하겠습니다."

"재밌는 일이라면 나도 끼워 주거라."

"별거 아닙니다. 저승차사들이 오지 못하게 해두는 것뿐입니다."

아니, 인계도 아니고 천상에서 웬 저승차사 타령일까. 이해하기 어려운 수를 두는 장기처럼, 고도의 맥락 없는 이야기의 연유를 물었다.

"염마의 사신들이 여기 오는 걸 막으려고 복숭아로 가득 채웠다고?"

"차사들이 가장 질려 하는 나무가 무엇인지 아십니까."

"복숭아나무지."

"맞습니다. 예부터 차사들이 무서워하던 것이 셋 있으니, 하나는 귀신을 내쫓고 액막이로 신령하게 쓰이는 복숭아요, 둘째는 살아 있는 사람이오, 셋째는 염라대왕이죠."

자고로 저승차사들은 복숭아 향기만 맡아도 속이 메스꺼워지고, 복숭아 나뭇가지로 때리면 상처가 나고, 복숭아로 물들인 옷은 무거워서 입지도 못하고, 나뭇가지를 죽에 쑤어 잘 말려 만든 신을 신으면 발병이 나기 마련이라. 이승에서야 산사람들은 조상님 혼령이 집에 잘 들라고 향나무를 심어 두고, 복숭아나무를 심어 두지 못하게 만들지만, 천상에서는 저승차사들을 볼 일이 없으니 그 향긋함과 달콤함만 즐기느라 사방에 깔아둔 게 바로 복숭아였다. 그것들을 고도가 조금 더 이용 하겠다 하여 문제될 것은 없었다.

차사가 싫어하는 것이 산 사람이란 말은 죽은 자여야 저승으로 끌고 가서 일을 끝마칠 텐데, 명부에 이름이 적혀서 죽은 줄 알고 끌고 가려 했던 이가 살아 있으면 일이 배로 늘어나서 질려 함이오, 염마를 두려워 하는 것은 나라와 종족과 성별과 나이를 불문하고 모든 이들은 선배와 스승과 상사를 싫어한다는 뜻 아니겠나. 죽은 것도 산 것도 아니게 된 고 도가 천상까지 와서 몰래 잡아가려는 차사들을 상대하기 적당한 것은 역 시 복숭아였다. 복숭아로 사방 천지를 물들이니 예그리나도 안심하며 더 는 울지 않아서 다행이었고. 이렇게 아기자기한 소꿉놀이처럼 한 가족이 담 밑에 둘러앉아 묘목을 심는 모습이 될 줄은 몰랐다만.

"차사들이 너를 잡아갈까 봐 이렇게 사방을 도홧빛으로 물들이는 게냐."

집주인인 조아반이 괘념치 않는 모습이 다행이었기에, 고도의 대답에 서도 긴장감이 한결 가셨다.

"감히 천룡의 집을 쳐들어올 정신 나간 차사는 없을 것 같습니다만, 흠, 차사들이 모두 정상은 아니더라고요."

"마치 겪어 본 말튼데."

"많이 겪어 봤죠. 머리에 복숭아 화관을 쓰고 허리에 복숭아 나뭇가지 를 두르고 주머니엔 복숭아씨를 한 움큼 챙겨가서 덤비는 차사들 입에 쑤셔 넣었거든요."

"저런, 차라리 똥을 먹이지."

"똥은 삼킬 수라도 있지 않습니까."

"역시 잔혹한 환영도사일세."

"제가 복숭아나무로 변신해서 차사들 엉덩이를 찰싹찰싹 때려 준 얘기도 언제 시간 나면 들려드리겠습니다."

옆에서 듣고 있던 청사가 고도를 보며 조용히 박수를 쳤다. 그렇게 차사들을 농락했으니 염마가 입에서 불을 뿜으며 고도를 잡으려고 안달이 난 게 이해도 되었다.

"이 나무들에 열매가 나면 우리 집 식구끼리 다 먹지도 못 하겠어."

청사는 식솔들이 팔을 걷고 심는 묘목 개수를 눈으로 헤아리면서 허탈하게 웃었다. 봄마다 만개하는 복숭아꽃에 온 집안이 분홍빛으로 물든 모습을 보면 괜히 설레서 일도 못 하는 거 아닐까 싶었다. 고도는 턱 밑을 긁으며 흐음, 하고 목 너머를 울리더니 그리 대답했다.

"이웃에 다 뿌리는 건 어때."

"나눠 주자는 뜻이야?"

"복숭아는 오래 보관도 못 하는 과실이니, 뭣하면 옥황궁에서 일하시는 분들께 모두 돌려도 되고."

"그럼 환심도 살 수 있어서 좋겠어. 잘 키워 봐야겠네."

고도가 위험해질 일을 줄이면서 천인들에게 환심을 살 수 있는 일석이조 방식에 고도와 청사는 마주보고 웃었다. 고도의 곁으로 예그리나가 날아왔다. 흙먼지를 뒤집어쓴 몸을 고도의 어깨에 기대어 머리를 들이밀었다. 기분 좋게 웃어 보이는 예그리나에게선 창문을 부수고 날아와 엉엉 울고 손짓발짓 다 동원하며 고도가 제 곁을 떠날까 봐 두려워하던 모습은 더 이상 찾아볼 수 없었다.

이렇게 나무를 심고 문설주마다 차사를 대접할 옷과 신, 음식상을 마련하는 것은 이승의 법칙이었다. 저승차사란 자고로 자신이 잡아가야 할 인간에게 극진히 대접받으면 함부로 끌고 갈 수가 없는 제약이 있지만, 천상에서도 그런 방법이 통할지는 알 수 없는 일이었다. 염마도 바보가 아닌 이상 산 사람을 끌고 가는 이승의 저승사자나 바리데기보단, 옥황 상제에게 협조를 구하여 복숭아의 효험도 없을 저승시왕 중 일부를 보낼 수도 있는 노릇이니. 이 모든 일이 소용없는 헛짓거리가 될 것을 염두에 두어야 했다.

그러나 지금의 고도는 이것만으로도 충분했다. 예그리나가 불안해하며 울지 않는다. 청사도 탐탁치 않아 하던 예그리나를 먼저 찾고 흙먼지를 털어 주고 있다. 집주인인 조아반도 제집을 분홍빛으로 물들이는 것에 괘념치 않았고, 가솔들 특히 여종들은 꽃을 따러 꽃밭에 갈 일이 앞으로 없겠다며 복숭아꽃으로 화관을 만들 이야기에 까르륵 웃음을 터뜨렸다.

"삐이이!"

예그리나가 무어라 외쳤다. 고도가 그 뜻을 몰라 고개를 갸웃했더니, 옆에서 청사가 예그리나의 말을 해석해 주었다.

"금돼지를 잡으러 가자는데."

"음?"

"네가 저승차사들한테 끌려간다고 말한 성수."

"아아, 뭘 그런 걸로 잡으러 갈 필요가 있나."

그 말에 예그리나가 눈을 치켜뜨며 외쳤다.

"삐이이이, 삐이, 삐이이이."

이번에도 예그리나의 말을 해석하는 일은 청사 몫이었다.

"괘씸해서 금색 털을 모조리 뽑아 버려야겠대."

"저런, 우리 아이가 누굴 닮아 이렇게 광포한 말만 골라 쓰나 모르겠구나."

"삐이이이!"

"그게 바로 용의 덕목이라고 말하네."

광포함을 용의 덕목이라 말하면, 청사는 그 자질을 갖추지 못한 것 같고, 딱히 고압적이지도 않은 조아반 역시 그 덕목에서 탈락해야 하지 않을까.

주변을 둘러보던 고도는 저를 가만히 바라보고 있는 조아반의 시선을 마주했다. 무슨 생각을 하는지 알기 어려운, 그 담담한 조아반의 표정을 보고 있노라니, 고도는 용의 혜안으로 제 속마음을 읽었나 싶어 뜨끔했다. 그러나 조아반이 먼저 웃어 보이는 바람에 고도 역시 이유도 모른 채 따라 웃고 말았다.

조아반은 고도가 신기했다. 아무리 곁에 두고 지켜봐도 신기한 것투성이였다. 하늘에 닿았던 지상에서의 악명도, 그런 악명에 스스로 묶여 힘들어하고 죽고 싶어 하던 고통도 보이지 않았다. 외로운 섬도 아니고, 고통의 길도 아니고, 옛 도읍도 아닌, 고도였다. 아마도 이젠 새로운 의미가 필요할 그 이름의 주인.

"혜안의 보주는 있어도 그만, 없어도 그만이긴 하지. 그건 느긋하게 알아봐도 아무 문제없느니라."

조아반의 혼잣말에 고도는 혼자 그런 생각을 했더란다.

이 망할 천룡 집안은 모두들 자기 말만 하고 그 뜻을 알려 주지 않는 게 특징인 것 같다고. 딱히 제 말에 설명을 덧붙이진 않은 조아반이 고개를 주억였다. 앞으로 장기 상대로 고도를 찾을 바에야, 옥황궁에 올라가서 상제와 해야겠다고 생각했다. 일선에서 물러난 천룡이 자기가 심심하다고 세상에서 제일 바쁜 사람을 놀이 상대로 지목하면 상제는 기가 막혀 하겠지만, 알 게 뭔가. 어차피 상제도 장기를 둘 상대가 없어서 심심해할 텐데, 이렇게 뒷방 늙은이들끼리 놀아야지.

천상에선 모두들 근심 걱정 없이 즐겁게 사는 것이 당연했지만, 그 당연한 일을 비로소 영위하고 있는 듯한 고도를 보자 조아반이 고도를 대신해 예그리나를 품에 안았다. 흙먼지를 뒤집어쓰고도 웃고 있는 어린 용만큼이나 제 얼굴에 묻은 흙을 털어 주는 청사를 사랑스럽게 바라보는 고도였다.

문설주에 걸어 놓은 옷자락이 복숭아 향을 풍기며 바람결에 흔들렸다. 누가 자기를 해치러 온다는 얘길 들어도 소꿉놀이하듯이 웃고 있는 고도였다. 그 미소를 보면서 청사는 오랫동안 밝은 표정으로 제 님을 바라봤다.

수련이 핀 못가에 고도가 즐겨 가는 누각이 있었다. 기분이 좋을 때면 그곳에서 거문고를 켜곤 했던 고도가 청사의 무릎을 베고 누웠다. 혼자서 줄을 뜯는 것보다 더 기분 좋은 것을 찾은 사람처럼, 그는 함께 행복할 수 있는 방법을 택했다.

"대룡아, 우리 둘째 가질까?"

고도의 머리카락을 넘겨 주던 청사가 그대로 굳었다. 달콤한 복숭아 내음만큼이나 단내가 나던 청사의 눈동자도 세로로 기다랗게 줄어들고 있었다.

"예그리나 동생을 낳자고?"

당황한 모양이다. 고도는 눈을 가느다랗게 뜨고는 청사의 목 뒤로 두 팔을 돌렸다.

"왜, 무서우냐."

둘째 이야기에 잠깐 잊고 있던 사실들이 새록새록 생각난 청사였다. 여러모로 복잡한 심정이었다. 고도에게 보주 이야기를 꺼내야 할까, 생각하면서도, 두 번째 알을 보면 자연스럽게 보주의 존재를 이야기할 만한 상황이 만들어지지 않을까, 지금 이야기했다가 괜한 걱정을 하게 하면 어쩌지, 하는 여러 가지 고민도 들었다. 청사는 고도가 이젠 아무 걱정 없길 바랐다. 아무 걱정 없이 그저 행복하고 태평하게만 살았으면 하는데.

"이런 소릴 하는 네가 더 무서워."

세상은 여전히 너를 가만히 내버려두지 않는 것만 같구나. 그렇게 혼잣말을 삼킨 청사였다. 청사의 이야기를 이해하지 못한 고도는 고개를 갸웃하더니만 흠, 하고 목 뒤를 울렸다.

"둘째까지 가지면 감당하기 어려우려나?"

보주의 정체를 알 수 있다면 갖고 싶지만……. 복잡한 심정으로 고도를 내려다보던 청사가 빙긋 웃었다.

"너 예그리나의 알을 품었을 때, 몸속에서 기운이 들끓어 죽을 고비를 넘긴 거 기억 안 나는 거냐."

"그걸 걱정하고 있구나."

그것도 걱정이 되는 건 사실이다. 보주 이전에 고도가 알을 품게 되었을 때의 건강 악화가 제일 신경 쓰였다.

"당연하지. 네가 그렇게 고생했는데 어떻게 둘째 갖자는 말에 기뻐해?"

"거긴 땅이었고, 땅에서 천기를 받으려니 몸이 남아날 리가 없지. 여기선 다르지 않겠어?"

"갑자기 왜 그런 생각을 했는지 물어도 될까."

"예그리나가 많은 형제들과 함께 오순도순 행복하게 자랐으면 좋겠어. 그리고 그들이 너를 도와 작건 크건 천상과 지상, 지하의 일을 했으면 좋겠고."

하늘의 기운을 품는 일이 말만큼 쉽지 않은 일이란 사실을 알면서도, 고도는 자신이 겪을 고통보다 청사나 예그리나의 행복을 기원했다. 보통의 용들과 달리 어리광도 심하고 의존도도 심한 예그리나가 조금만 불안해지면 서럽게 울면서 매달리는 모습을 본 이상, 언제까지나 그를 따라다니며 달래 줄 수는 없는 법. 제 형제들과 뒤섞여 살다 보면 용으로서 가져야 할 자질을 배우게 될 것이다. 혼자 자라서 천계에서 쓸모없는 천룡 취급을 받으면 예그리나를 제대로 키우지 못했다는 죄책감에 고도도 슬퍼질 터였다. 용들이 하는 일이 많아서 청사를 돕지 않으면, 청사가 그 일들을 모조리 혼자 떠맡아야 하니 힘들고 괴로울 테고. 자식들에게 일을 분배할 수 있다면 청사도 훨씬 편하고 행복해질 것이다.

"널 닮은 벽안의 용을 보고 싶은 것도 있거든."

장난스러운 고도의 말에 청사는 얼굴을 붉혔다. 부끄러워하는 그 모습을 보면서 고도는 몇 달 전 혼롓날이 떠올랐다.

혼례 준비로 지친 고도가 잠깐 잠이 들었을 때였다. 멀리서 들려오던 풍악 소리가 지척에서 귀를 따갑게 울렸다. 파도처럼 사람들의 웃음소리와 환호가 앞으로 쏠리듯 들어왔다 뒤로 재빠르게 빠져나갔다. 소리는 피부에 먼저 닿았다. 옷 너머에서 북소리에 맞춰 흔들리기도 했다. 고도는 귀와 살갗을 어지럽히는 소리의 향연에 멍한 얼굴을 감추지 못했다. 비어 있던 공간이 한꺼번에 쏟아지는 감각들로 가득 차서 아직 그 느낌을 따라가기 벅찼다.

'잘 잤어, 고도?'

포근한 감촉이 입술에 닿았다가 떨어졌다. 고도는 발끝을 간질이는 햇살을 내려다보다가 고개를 들어 올렸다. 햇빛을 등지고 있어서 정수리부터 짙은 그림자를 드리운 사내가 몸을 숙였다.

차르륵, 흔들리는 구슬 소리가 들렸다. 면류관을 본딴 혼례용 모자가

가지런히 올려 묶은 청사의 머리를 감싸고 있었다. 멍한 얼굴로 올려다
보는 고도에게 청사가 햇살처럼 웃더니 쪽쪽, 입술과 볼에 입맞춤을 내
려앉혔다.

고도는 옥과 금, 투명한 보석들로 알알이 꿴 구슬들을 손끝으로 매만
졌다. 돌들이 저희끼리 몸을 부대끼며 새처럼 울었다. 하늘보다 파랗고
청명한 눈으로 고도를 빤히 내려다보던 청사가 고도가 앉은 의자 앞에
다리를 포개어 앉았다. 고도의 무릎에 볼을 기댄 청사는 고도의 훈색 혼
례복이 행여나 구겨질까 봐 여종들이 고정해 놓은 집게와 장신구들을 보
았다. 그 어느 때보다 반짝반짝 빛나고 있는 고도였으나, 자기 자신을 살
피지 못할 만큼 청사의 모습에서 눈을 떼지 못했다.

'곧 식을 올려야 한다. 끝나면 실컷 재워줄 테니 조금만 힘내 보자,
고도.'

고도의 손끝을 이로 살짝 깨무는 청사였다. 그는 고도를 일으켰다. 안
절부절못하는 여종들의 태도를 눈치챘기에 고도의 손을 잡고 자연스럽
게 방을 가로질렀다.

청사의 손가락이 고도의 손가락 사이사이를 끼어 들어왔다. 다정하게
깍지를 낀 청사와 고도가 여종들이 열어 준 방문을 넘어갔다. 마당으로
이어진 돌담길 너머에 새소리처럼 삐이익 울고 있는 예그리나를 달래는
조아반과 고도의 옷가지를 만족스럽게 바라보는 서진, 직접 행차하지 못
한 동해용왕의 바다 사신들과 상제의 천궁에서 보낸 축하 사절단, 온 마
을 천인들과 관료들, 서른세 개의 하늘에서 띄워 보낸 연등과 꽃이 세상
을 오색빛깔로 물들였다.

고도는 난생 처음 받아 보는 환대에 얼떨떨해졌다. 자신을 이렇게나
많은 사람들이 모여서 기다리고 지켜보는 장면은 생에 처음이라. 서진에
게 몇 번이나 주의를 들어온 예식의 순서를 까먹을 정도로 얼어붙고 말

앗다. 청사가 그런 고도의 어깨를 붙잡아 빙글 돌려 세웠다. 고개를 숙여 입술에 입을 맞췄다. 사방에서 몰려 있던 사람들이 한차례 소란을 피웠다. 식도 올리지 않은 둘의 순서가 엉망이었다. 청사가 모든 식순을 무시하고 멋대로 진행하는 모습에 서진이 멀리에서 뭐라뭐라 외치는 소리가 들렸으나, 둘의 귀에는 닿지 않았다.

'고도야, 앞으로 어떤 길이든 함께 걷자.'

청사가 말갛게 웃으면서 다시 입을 맞췄다.

'네 길 위에서 평생 이 꽃을, 저 구름을, 온 향기와 노래를 내 모두 알려 주리라.'

어느새 어린아이들이 와르르 달려와 청사의 머리에 화관을 씌우고 꽃잎을 뿌려대는 통에 말릴 틈이 없었다. 풍악대가 청사 귀 바로 옆에서 악기를 울어대고 광대들이 좋아서 공중제비를 뛰어다녔다. 아이들에게 꽃을 한 아름 받은 고도가 산적한 꽃송이에 오도 가도 못하고 곤란해했다. 청사는 준비된 식과는 전혀 다른 방향으로 흘러가는 소란에 한바탕 자지러지게 웃었다. 청사는 자신의 옆에 선 고도를 품에 안아 들었다. 주변에서 와아아, 귀가 멍멍할 정도로 커다란 소리가 울렸다. 청사의 품에 안겨 꽃세례를 받고 있는 고도는 전에 없이 수줍은 얼굴로 청사의 품만 파고들었다.

길의 목적지가 중요할까. 그 위에서 보는 풍경이 중요한 것을.

시작은 하나였으나, 와중에 둘 이상이 되는 것이 바로 길을 걷는 즐거움이다. 그리고 이젠 그 즐거움을 청사에게 되돌려줄 차례였다.

"둘째라."

청사는 눈을 굴리다가 생긋 웃었다.

"네가 좋다면 나야 환영이지."

"이 녀석, 내가 먼저 이런 얘길 꺼내길 기다렸단 툰데."

"당연하지. 난 고도랑 합일하는 거 너무 좋아."

"색골이야, 색골."

"내가 하늘의 힘을 개방하고 너를 완전히 잠식할 때, 그때 정말 기분 좋아."

"색골 맞네."

평범하지만은 않은 그 합일의 과정을 생각해 낸 고도는 볼만 긁적였다. 과정에 더 만족해하는 청사와 달리, 고도는 결과를 위해 다시금 운을 뗐다.

"둘째 가지자."

"응, 가지자."

"좋은 기일 잡아 보자."

"여긴 지상과 달라서 그렇게 꼼꼼히 따지지 않아도 될 텐데."

"떽, 그러다가 윤사월 그믐날에 알이라도 생겨 봐라. 삼년 액과 세 가지 살이 다 드는 날에 우리 아이가 불행해지면 어쩌려고."

"걱정이 되면 바로 알아보마."

"그래 주면 고맙겠구나."

청사는 고개를 숙였다. 고도의 반듯한 이마에 입술을 꾹, 누른 청사가 미소를 머금고 속삭였다.

"사랑해, 고도."

그 말은 언제까지고, 아마도 용으로서 해야 할 일을 모두 다하여 둘째 형이 누워 있는 하늘로 올라가는 그때까지도 변하지 않을 것만 같았다. 변함없다는 말은 달리 받아들이면 지겹다고 할 수도 있건만, 고도는 청사의 사랑 고백에는 언제나 처음 듣는 것처럼 설레는 기분이었다. 자신의 삶조차 지루하여 반드시 끝내고 싶다고 생각했건만, 이제는 그 삶이 매순간 행복했다. 이 행복은 자신을 보며 웃고 있는 그 덕분이었다. 청사가 없다면 존재하지 않을 행복. 고도는 청사가 만들어 준 손으로 그의 머리카락을 쓸어 넘겨 주었다.

"언제나 말하지만."

다시금 부드럽게 앞으로 흘러내리는 머리카락을 귀 뒤에 꽂아 주면서, 고도가 달콤하게 속삭였다.

"내가 더 사랑한다, 내 대롱아."

고도의 승부욕은 조아반과 겨루는 장기판 위에선 존재하지 않았다. 고도가 언제나 이기고 싶은 것은 청사의 마음이었다. 그가 겨루고 싶은 것은 상대를 누가 더 생각하는지, 그 마음의 크기였다. 아마도 어렴풋하게 이 사실을 깨달은 조아반과 달리, 고도는 자신의 모든 것이 온통 청사에게 쏠려 있다는 사실조차 자각하지 못했다. 고도의 시선에 눈가를 붉히는 청사 또한 알지 못할 일이라.

"그런데 나 하나 말할 거 있는데."

분위기 좋은 때에 주춤주춤 말하는 청사 덕분에 입이라도 맞춰 주려던 고도가 멈추었다. 청사는 새파란 눈을 굴리다가 결국 입을 뗐다.

"너, 땅의 주인이 품고 있던 '혜안의 보주'를 갖고 있는 거 같아. 아마도. 확신은 안 가지만, 아마 맞을 거야."

그게 뭔지는 몰라도 어쨌든 큰일이라는 것만큼은 눈치챈 고도였다. 고도는 대체 왜 이런 얘길 이 시점에서 하는지 몰라 머리만 굴리다가 한숨을 삼켰다. 입을 맞추어 주려던 달콤함 대신이 손가락으로 청사의 콧방울을 퉁기며 말했다.

"상제님을 알현하고 말씀 드려야겠다. 내일 입궐할 때 나도 함께 하자."

"어, 뭐? 정말? 바로 상제님께 고하게?"

"땅의 주인과 관련된 일인데 당연히 보고해야지."

"안 돼! 그럴 거면 둘째 갖고 얘기하자!"

"왜지?"

"보주 때문에 네가 잉태하는 걸 상제님이 반대하면 나도 거역할 수가 없잖아!"

이왕 낳기로 한 거, 하계에서 반밖에 드러내지 못했던 합일의 방식 말고, 온전한 방식으로 고도를 품고 싶었다. 그 '온전한 방식'이란 고도는 상상도 못 할 야하고 음탕한 방식이지만, 그걸 위해 둘째를 갖자는 말은 차마 할 수 없으니 청사 속만 까마득하게 타들어 갔다. 고도는 멀거니 그런 청사를 바라보다가 피식 웃었다. 소경이란 감투를 뒤집어쓰면 뭐할까. 청사는 여전히 고도 문제에 있어선 일희일비하는 소녀였다.

"상제께서 낳지 말라면 낳지 말아야지. 천룡이 드높은 하늘의 뜻을 어길 셈이냐."

"그, 그건!"

"뭘 이런 걸로 실망하고 그래."

"넌 죽었다 깨나도 모를 거야!"

"이거 가만 보니 둘째 낳자는 빌미로 뭔가 다른 꿍꿍이가 있구면."

"······넌 절대 모를 거라고."

"흐응."

"부부지정을 내 입으로 어떻게 다 설명하겠느냐. 용이 반려를 두지 않는 이유가 뭔지 알잖아. 반려에게 환심을 사기 위해 어떤 식으로 육신이 변화하는지, 저번 예그리나 때는 맛보기만 보여 준 거란 말이다."

"흐으으응. 거기가 이만해지기라도 하느냐."

"아, 팔뚝 내보이지 말고오!"

"아님 허벅지나 허리가 이마안해지느냐?"

"아, 고도오오!"

놀리는 고도와 얼굴이 새빨갛게 익은 청사의 투덜거림이 한참을 이어졌다. 어르고 달래는 고도와 마지못한 듯 기분을 푸는 표정을 지으면서도 고도의 손만 꼭 잡고 있는 청사를, 주변에서 일하던 이들이 보고 양팔만 북북 긁어냈지만 말이다.

고도를 닮은 용과 청사를 닮은 용이 매번 뒤엉켜 싸우다가도 서로를 꼭 끌어안고 따뜻한 볕 아래에서 자는 모습을 가솔들, 조아반, 서진, 청사, 고도는 물론이오, 사택으로 논쟁을 하러 온 관인들조차도 소중하게 바라보게 되었다는 것은 아주 조금 더 지난 훗날의 일이었다.

아주 조금 더 지난 훗날.

여전히 즐겁고 왁자한 어느 날 말이다.

〈곡두기행〉, 〈예그리나〉
설정 및 후일담

제목의 의미

곡두기행

곡두는 '환영幻影'의 순우리말이다. 우리말 사전에 따르면 '눈앞에 없는 사람이나 물건의 모습이 있는 것처럼 보이다가 가뭇없이 사라져 버리는 현상'이다. 소설에 쓰인 제목의 어원은 '곡두인생'에서 가져온 것으로, 인생 자체가 환영과도 같다는 극단적인 삶의 허무함을 뜻한다. 소설 속 고도의 인생관이기도 하고, 고도의 여정을 따라가는 이야기이기도 해서 순우리말인 '곡두'와 여행의 체험이나 감상을 기술한 기행문의 '기행'을 합성해서 제목으로 만들었다.

예그리나

예그리나는 '서로 사랑하는 우리 사이'라는 뜻의 순우리말로 알려졌지만, 국립국어연구원에 문의해 본 결과, 옛말은 아닌, 옛말처럼 보이는 신조어라는 답변을 들었다. 예그리나를 집필한 시기는 2015년 초였는데, 이땐 사전에 등재된 말인 줄 알고 의심 없이 사용했다가, 2017년에 소설을 개정, 외전 증보하며 잘못된 어원으로 썼다는 사실을 깨닫고 크게 낙심했다. 제목 자체를 수정하기에는 무리였던지라, 신조어 그대로를 가져갈 수밖에 없었다. '예그리나'의 이름이 붙은 고도와 청사의 아이는 동양 신화 속 용의 모습에 날개가 달린 서양 신화 속 드래곤의 모습이 합성된 이미지로 잡혀 있다. 제목도 신조어에다가 그 제목이 곧 이름인 용의 모습도 합성되어 있으니 이건 이거대로 괜찮다는 생각이 들었다는 건 비밀.

자세한 이야기들 : 곡두기행

옴니버스식 이야기 설정

한국의 옛이야기와 신화, 전설, 설화를 즐겁게 찾아 읽다가, 이 이야기들을 원천소스로 한 소설을 쓰고 싶어서 시작했다. 쓰고 싶은 옛이야기는 많고, 글을 쓸 시간은 부족해서 옴니버스식 구성에 들어간 이야기들은 지역색이 옅은, 전국에서 공통적으로 발견될 수 있는 설화를 중점으로 구성했다. 가장 많이 담고 싶었던 이야기들은 대부분 제주도 설화였는데, 이렇게 지역색이 짙은 이야기를 한 지역만 집중해선 안 될 것 같다는 생각이 들었다. 각 지역별로 하나씩 선별해야 하지 않을까 고민이 많았다. 하지만 공통설화에다가 지역별로 선별한 설화를 더해서 쓰면 지금의 〈곡두기행〉을 구성하고 있는 열 개의 설화가 아니라 이십 개로 늘어날 것 같아서 포기했다. 마음 같아서는 이 옴니버스 이야기만 수십 개쯤 쓰고 싶은데 너무 아쉽다.

'고도'라는 인물에 대해

주인공 고도는 〈전우치전〉을 모토로 만들어진 캐릭터다. 전우치는 조선 중종 때 실존했던 인물로 기록되어 있다. 특징으로는 도술을 부리고 시를 잘 지었지만, 나라에 반역을 꾀하다가 죽었고, 죽은 뒤 다시 살아났다고 한다. 전우치 이야기는 판본에 따라 다르게 해석되어서, 어느 판본을 보면 도술로 의를 행하여 평민들을 위했다는 의적처럼 표현된 것도 있다. 고도의 모토가 된 전우치는 '세상을 어지럽게 하는 도사' 이미지일 뿐, 대업이나 대의와는 거리가 먼 인물상이다.

우리나라 전설과 설화에선 도사가 되려면 신선에게 직접 가르침을 받거나, 아주 오래 살아서 기이한 능력이 생기는 특성이 보편적이다. 고도는 이 두 가지 특성을 모두 가지고 있다. 저승에서 염라대왕이 가지고 있는 살생부 속 이름을 지웠기에, 영원히 살게 된 인간이어서 자연스럽게 신이한 힘을 가

질 수 있었다. 타고나길 도술에도 재능이 있어서 '장오'라는 신선의 가르침을
하사받아 조선팔도 최고의 '환영도사'가 되었다는 설정이다.

그런데 이 '도술'이라는 건 파고들면 파고들수록 신기루 같더라. 우리나라
사람들이 예부터 누가 해학의 민족 아니랄까 봐, 인간이 아닌 것이든 인간이
든 죄다 까불까불하고 근본도 없는 깃들로 만든 게 아닌가. 서양식 판타지를
보면 특수한 힘이 있는 존재들은 고귀하고 그 능력의 사용도 대자연을 부리
거나 신이한 존재들을 굴복시키는 상위 개념의 능력처럼 표현되기 마련인데,
우리나라 판타지라고 할 수 있는 도사는 남을 골려먹는 '도깨비' 같은 능력으
로만 표현된다. 이 능력은 남과 나를 구분 짓는 아주 특별하고 위대하고 존엄
한 능력도 아니다. 그냥 장난치고 개구지게 남을 골탕 먹이는 어린아이의 특
성일 뿐이다.

도사가 왕 앞에 끌려와 볼기짝을 맞거나 주리가 틀리거나 동네 사람들에
게 돌팔매질을 당하는 일도 부지기수다. 도사님께 도움을 요청하러 온 절박
한 사람들 앞에서 오줌을 갈기질 않나, 벌판에 드러누워서 숨바꼭질을 하질
않나, 저승사자들이 잡으러 오면 도망 다니고, 배가 고파서 저잣거리에서 빌
어먹고, 어여쁜 아녀자를 보면 그 뒤를 졸졸 쫓아다니기도 한다. 이런 특성을
가진 주인공이라니. 머릿속에서 도사를 주인공 삼고 싶은 마음이 무럭무럭
피어났다.

오랫동안 이어져 내려온 도사만의 해학을 현대적으로 재해석하면서 '고
도'라는 인물의 사차원적 사고방식과 발언, 능글맞음, 가볍고 능청맞고 진지
해지지 않으려는 성격으로 표현해 보았다. 그런 도사의 엉뚱함에 휘말리는
팔미호와 천상의 존재인 용과 달리, 함께 까불거리며 놀아대는 도깨비 소가
오랫동안 친구인 것도 이런 연유이다. 도깨비 같은 인간과 인간 같은 도깨비
의 조합을 개인적으로 〈곡두기행〉이라는 소설에서 가장 사랑했기 때문에 소
를 떠나보내면서 가장 큰 만감이 교차했다.

시간이 지날수록 과학이 밝혀내는 영역이 커지면서 예부터 전해졌던 도깨
비란 존재가 지워졌다. 이 소설에서도 '소'라는 존재가 지워지는 것은 당연한
순리라고 생각했다. 소와 고도의 특징을 반반씩 이어받은 새로운 아기 도깨
비 '몽당이'가 있지만, 소가 꾸렸던 도깨비 왕국을 몽당이가 재건할 수 있을

지는 회의적으로 생각하고 있다. 이렇게 사라지고 죽는 존재에 관한 이야기를 하나 더 쓰고 싶은데 과연 기회가 있을까. 고도가 평생 숙원이었던 '죽기 위해 여행을 한다'를 만약 정말로 이루었다면, 그가 직접 겪게 되었을 세상이 어떠한지를 보여 주고 싶다. 저승으로 끌려간 죽은 사람들(고도를 사랑했던 왕, 고도의 전처와 아이 등)도 나오는 이야기가 아직 남아 있다. 이 얘기까지 정리되어야 〈곡두기행〉 시리즈가 완성이 되지 않을까. 고도라는 인물 하나로 파생된 이 야기가 이렇게 잔가지가 많으니, 글 쓰는 입장에서 좋아해야 할지 슬퍼해야 할지도 모르겠다. 독자분들은 이것으로 충분하다고 생각할 수 있으니, 저승 얘기를 해봤자 사족 같을 테고.

아무튼 고도야 사랑한다.(급수습)

'청사'라는 인물에 대해

청사라는 이름이 나오기까지 큰 고민도 없었다. 푸른 뱀이라는 의미에서 붙인 이름이었다. 고도라는 이름이 '옛 도읍', '옛길', '고통스러운 길', '외딴 섬' 등등 여러 가지 의미로 그를 표현하는 것에 비해 청사는 명명백백했다. 눈이 시퍼런 뱀! 처음부터 청사는 요괴라는 정체로 독자분들을 속이길 바라는 마음에서 이름까지 거짓으로 지어 줬지만, 역시 글 쓰는 사람은 독자의 지성을 이기기 어려운가 보다. 등장부터 얜 용이네요, 라는 얘길 듣고 모니터에 머리 박고 좌절했던 기억이 난다. 그렇다고 이름을 바로 바꿀 수는 없어서 꿋꿋하게 아닙니다 요괴입니다, 라는 억지춘향을 진행했다.

까불거리는 도사와 콤비를 맞춰야 할 청사인지라, 남성스럽고 멋있는 것 보단 도사에게 끌려가면서도 감정적으로 대응하는 성격을 넣어 주고 싶었다. 쓰다 보니 소설에서 가장 얼굴을 잘 붉히고, 잘 울고, 말도 잘 더듬고, 속마음을 숨길 줄 몰라서 이건 미호랑 연결시켜 줘야 하나…… 하고 진지하게 고민하기까지 했다. 구미호랑 같이 발끈해서 고도에게 신경질 부리는 주인공이라니. 아무래도 설정 단계에서 생각을 잘못한 게 아닐까. 그러나 글쓴이 취향이라 어쩔 수가 없었다. 귀여운 청사. 더 울었으면 좋겠는데.

용은 우리나라에서 가장 고귀하게 생각하는 신화적 동물이다. 오죽 고귀하게 생각했으면 임금의 얼굴을 용안, 옷은 용포라고 했을까. 임금을 직접적으로 상징할 정도로 추앙받는 용은 실제론 바다 속 나라를 다스리는 신령한 짐승 취급을 많이 받는다. 그래서 하늘에 기원을 지내고 복을 바랄 때도 하늘과 직접 소통하기보다는 '용'을 통해서 빌고, 용 또한 하늘의 뜻을 대신 알려주는 사신의 역할처럼 비유되는 일이 많았다. 엄밀히 따지자면 청사가 가진 용의 특성, 이를 테면 하늘에서 옥황상제를 보좌하는 금관소경보좌(이런 직책은 존재하지 않는다. 글쓴이가 만든 허구다)라는 것은 말도 안 되고 천룡이라든지 은하수를 받치고 있다든지 하는 설정도 과장되었다고 할 수 있다. 오래된 이무기가 승천해서 용이 되고, 상제의 명을 받아 계곡이나 바다에서 사는 신성한 금수 정도로만 여겨지는 우리나라의 신화와 전설과 달리 청사의 가문엔 천상의 존재로 격상시킨 좋은 설정을 팍팍 넣어 줬다고 할 수 있겠다.

청사가 하늘에서 쫓겨난 이유는 옥황상제의 부인인 '서왕모'를 건드렸기 때문이다. 중국식 신화에 가까운 '서왕모'보다는 우리식 신화에 가까운 '바지왕'이라고 부르는 게 더 맞겠지만, 그러면 옥황상제, 제석천 같은 명칭도 '천지왕'으로 바꿔야 하고, 옥황상제의 동생이라는 염라대왕도 저승을 다스리는 열 명의 저승시왕의 대표격일 뿐, 그보다 높은 급수에 천지왕의 아들인 '대별왕'과 '소별왕'이 존재하기에 족보가 무지막지하게 꼬일 것 같았다. 그런 꼬인 족보를 요즘 시대에 맞게 융합하고 풀어서 외전에 담긴 했지만, 곡두기행이란 소설 자체가 순수 한국 신화보다는 중국식 표현을 흡수한 동양신화 전반으로 구성되어 있고, 왕이나 신의 급수도 순수한 우리식 해석보다 동양 전체의 보편적인 해석으로 진행하게 되어 이런 곤란함이 있다고 할 수 있겠다. 아무튼, 청사가 '서왕모'에게 추파를 던졌고, 이를 괘씸하게 여긴 옥황상제와 그 상제를 모시고 있는 청사의 아버지 조아반의 결정으로 인간 세상으로 던져진 것이 청사가 '청사'라는 이름을 쓰게 된 연유라고 할 수 있다.

그렇다면 독자들은 여기서 궁금할 수도 있겠다. 청사는 용이었는데 어째서 고도와 처음 만났을 때 전력을 다하지 않은 고도에게 잡혀서 죽통에 봉인되었을까? 두 가지 이유가 있다. 하나는 〈예그리나〉에서 밝힌 것처럼 하늘의 존재가 땅에서 본래 힘을 모두 드러내면 땅 위의 흐름과 법칙이 파괴되기 때문이다. 안 그래도 잘못을 받아서 땅으로 내쫓긴 신분에서 하늘의 힘을 끌어다가 전력으로 고도를 상대했으면, 그의 누나인 '서진'이 눈치채지 못할 리가 없고, 만약 서진이 청사가 어떻게 되든 알 바 아니라며 제 아버지에게 사실대로 고했다간 청사의 벌이 두 배로 늘어나지 않겠는가(실제로 청사가 하늘의 힘을 끌어다 쓴 '힘센 옹기장이' 파트에서 서진은 동생 일을 아버지에게 말하지 않고, 자신 선에서 해결하려 했다. 서진이 윗선에 고발했다면 청사는 더 큰 벌을 받았을 것이다). 두 번째 이유는 청사의 오만함이 빚은 실수라고 할 수 있다. 벌을 받고 내쫓겼을 때 청사는 반성하는 기미를 보이지 않았다. 반성은 고도를 좋아하고 난 후, 인간 세상을 싫어하지 않게 된 후에야 가능한 일이었다. 그러니 고도를 만나던 처음 시기엔 천상의 용이 땅으로 내쫓긴 자신의 처지에 짜증이 나 있고, 억울하고, 원망스럽기도 했을 것이다. 그러니 고작 도사 하나 상대하지 못할까 싶어서 '요기'만 써 본 거겠지만, 상대가 평범한 도사도 아닌 전국 팔도를 주름 잡는 유명한 환영 도사 아닌가. 고도가 청사보다 조금 더 능숙했기에 전투에서 이겼다고 봐야겠다.

철없던 청사가 고도를 만나 의젓해지고, 고도를 위해서 스스로 금관을 머리에 쓰는 소경이 되겠다고 결심했으니 모든 것이 행복한 결말이다. 좋겠다, 좋겠어.

자세한 이야기들 : 예그리나

배경 설정

인간 세상의 이야기들을 다룬 〈곡두기행〉과 달리, 〈예그리나〉는 천상의 이야기들을 다루고 있다. 하늘을 배경으로 한 이야기이다 보니까 현실적이지 않은 신화 이야기들을 기반으로 한 것들이 많고, 이 신화를 자세히 파고들면 우리 식보단 중국식이 더 많고 자세하기 때문에 〈곡두기행〉 시리즈와 맞지 않는 설정이나 분위기들이 있어서 선별하는 작업이 필요했다.

창세신화는 우리나라 신화를 많이 가져왔다. 태초의 세상이 하나였다가 그 속에서 빛과 어둠이 태어나 하늘과 땅이 갈라졌다는 설정은 동서를 막론한 공통적인 창세신화이지만, 그 갈라진 하늘과 땅 사이를 거인이 받치고 있는 것은 중국과 우리나라식의 해석이고, 옥황의 나라에서 천지왕이 땅의 사정까지 돌보며 저승까지 아우르는 이야기가 펼쳐지는 것은 순수하게 우리나라식 해석이다. 그러니 요약해 보자면 예그리나의 창세신화는 전 세계 공통된 특징이지만, 소설에서 서술된 시점에서의 천상은 우리나라 식 해석이 더 많이 들어가 있다고 할 수 있겠다.

우리나라 신화들은 인간세상(이승)과 죽은 자들의 세상(저승)에 집중되어 있어서 하늘 위(천상)의 이야기는 거의 없다. 있다고 하더라도, 장자가 잠깐 꿈을 꿨을 때 나비가 나인지 내가 나비인지 몰랐다는 이야기처럼 꿈속에서만 접할 수 있는 어떠한 환상적인 세상으로 뭉뚱그려 아름답게 표현하는 일이 많기 때문이다. 그 개념도 모호하여 '극락'이라는 곳을 도교적 개념에서 보면 저승의 하위 개념인 '지옥' 옆에 있는 또 다른 세상이 될 수도 있고, 불교적 개념에서 보면 '극락정토'로서 피안의 세계의 개념으로 볼 수도 있고 조선 후기에 들어온 기독교적 관념에서의 '천국'과 동일시되기도 한다. 〈곡두기행〉은 도교와 불교적 개념에서의 '극락'을 상정하고 있지만, 글쓴이가 현대인인 만큼, 이 개념이 서구식 사고방식과 자연스럽게 혼합되어 표현되었을지도 모르겠다.

곡두기행과 예그리나 전반에 깔려 있는 세계관은 다음과 같다.

가장 높은 하늘

어둠과 빛만 존재하는 곳. 해와 달이 있다. 청사의 둘째 용이 은하수가 되어 떠받치고 있다.

천상계

옥황이라 불리는 너른 천계의 땅 정중앙에는 '가장 높은 하늘'에 맞닿아 있는 수미산이 솟아 있다. 수미산 꼭대기에는 옥황궁(천궁)이 있고, 이곳에는 옥황상제와 서왕모가 산다.

수미산 주변을 서른세 개의 구획으로 나누어 '33개의 하늘'이라 부른다. 이곳을 저마다 다스리는 천인들이 있다. 수미산 꼭대기에서 흘러내린 물줄기가 33개의 하늘을 지나가면서 천상의 꽃이라 불리는 '만주사화'가 펼쳐진 꽃밭 사이를 지나는데, 이 물줄기를 '도솔천'이라 부른다. 〈예그리나〉에서는 이 도솔천을 지키는 천인을 인간 세상에 부처가 강림하길 기다리는 수도승 '가전연'으로 표현하고 있다.

옥황국의 직급은 다음과 같다.
a) 옥황상제–서왕모
b) 금관대경보좌, 금관중경보좌, 금관소경보좌
c) 33개의 하늘을 다스리는 천인들
d) 신이한 힘과 무력을 사용할 수 있는 선녀부대와 옥황천녀들
e) 옥황국에 사는 평범한 천인들
f) 백탁, 금돼지처럼 특별한 금수, 성수들

옥황을 가로지르는 도솔천이 인간세상을 거치지 않고 바로 지하세계로 떨어지는 물줄기를 은하수 천궁길이라 한다. 저승까지 이어진 이 물은 저승 가장 밑바닥에서 '삼도천(삼색물)'으로 바뀐다.

옥황의 땅 바로 밑에는 신선들이 사는 기암절벽 '천호림'이 존재한다. 천호림도 인간들이 사는 세상과 바로 이어지지는 않지만, 특별한 조건을 갖춘 존재에겐 천호림으로 오를 수 있는 계단과 입구를 보여 준다. 〈곡두기행〉에서는 고도 일행이 신수 '기린'을 만나서 그의 도움으로 천호림에 닿을 수 있었다.

인간계/하계

'땅의 주인'이 다스리는 세상. 천상의 옥황상제와 저승의 염라대왕과 달리, '땅의 주인'을 지칭하는 이름은 없다. 이것은 순전히 땅 위에 사는 존재들이 '땅의 주인'의 존재를 잊었기 때문이다. 최초의 땅은 옥황상제의 두 아들 '대별왕'과 '소별왕'이 다스렸지만, 그 둘은 지금은 저승으로 내려가 염라대왕을 보좌하고 있다.

인간계에는 수많은 존재들이 산다. 인간, 도깨비, 요괴, 귀신, 이매망량, 신수 등등. 태초엔 모두가 각자도생했으나, 이 종족들 중 인간의 힘이 가장 커지면서, 다른 존재가 살아갈 땅이 좁아들어 소멸되고 있는 상태이다. 〈곡두기

행)의 배경이 조선 중기에서 후기를 아우르는 만큼, 이미 이 시대엔 신수가 거의 소멸되거나 천상으로 소환되어 인간계에선 찾아보기 어렵게 되었다. 따라서 고도가 기린을 만난 것은 정말 뜻밖의 우연일 뿐, 신수를 만나기 위해서 고도가 백일홍 아래에서 '백택'을 소환하지 않으면 이젠 신성한 땅에서도 신수를 보기 어려운 시대가 되었다. 특별한 금수들도 살 자리가 사라지고 있는데(곡두기행에서 말하는 호랑이 형님 파트), 도깨비와 요괴도 살 자리가 점점 밀려나고, 인간계는 인간과 인간의 넋으로 이루어진 귀신들만 가득 차고 있다.

　　다음은 〈곡두기행〉에서 비중 있게 다루었던 두 종족의 이야기의 숨은 설정들이다.

구미호

　　토월산에 사는 여우 요괴들. 지명을 '토월산'으로 지은 것도 이유가 있다. 〈곡두기행〉의 도읍은 '자량'이라고 하지만, 실제론 '한양'과 같다. 북질뫼는 백두산, 한산뫼는 금강산, 토월산은 북악산으로 설정했지만, 조선시대 지역명과 사람들의 이동 경로 및 지리 사정을 확인하는 데에 고증이 필요했고, 자료 조사의 어려움을 겪어서 가상의 공간과 가상의 이름을 붙이게 되었다. 이 '토월산'에 사는 구미호 요괴들은 대부분 인간과의 교류가 활발했다. 둔갑술에 특화된 요괴이니만큼, 사람 행세를 하며 사람들 사는 곳에 잘 섞여드는 재주가 있었다. 그러나 인간의 세력이 커지고 강해지면서, 인간들은 자신과 다른 요괴들을 구분하는 방법을 만들어 갔다. 인간이 배척하는 종족은 다른 무엇보다도 '요괴'였는데, 인간과 비슷한 지능과 외형, 성격을 가지고 있음에도 유교의 덕목을 따르지 않으며 각자도생하는 모습이 패륜으로 여겨졌기 때문이다. 특히, 구미호의 경우에는 남성체는 인간을 먹이사냥하고, 여성체는 인간 남성과 사랑에도 빠졌기 때문에 다른 요괴들보다도 극심하게 내몰린 경향이 있다. 작중 주인공과 함께 다녔던 일행 '미호' 역시 사랑 때문에 꼬리 하나를 잃었다. 고도가 도술로 없어졌던 꼬리를 하나 만들어 준 이후로는 고향인 '토월산'에서 어엿하게 신부수업을 받는 중으로 알려져 있다. 그러나 인간들과의 마찰이 심해져서 부족 전체가 토월산을 떠나 다른 곳에 터를 잡으려 한다고 하니, 미호가 인간들에게서 완전히 등을 돌리고 여우 부족들하고만 살게 될지, 아니면 여전히 인간과 여우 사이에 서서 아웃사이더처럼 인간세상을 기웃거리는지는 알 수가 없다.

도깨비

도깨비 왕국은 한산뫼, 즉 금강산에 본거지를 두었다는 설정이다(한산뫼에는 불지네 팡철이도 산다). 도깨비들은 주로 깊은 계곡과 음습한 나뭇등걸 사이에서 살아가며, 종종 인간들의 무덤이나 폐가에 머물렀다 가기도 하는데, 한 번에 모여서 잔치를 벌이거나 구천을 떠도는 혼을 저승으로 인도하기 위해서 도깨비불이 줄을 맞추어 산등성이를 넘어가는 모습으로 표현된다. 일본에서는 이 모습을 '백귀야행'이라고도 부르는데, 우리나라에선 그 정도로 요괴와 귀신과 도깨비의 세력이 크지 않다. 〈곡두기행〉 내에서의 도깨비들 역시 일본의 무섭고 사악한 '오니'와는 달리, 빗자루, 부지깽이, 깨진 사발, 짚신 등 오랜 물건에 혼이 깃들어 생긴 '귀신'의 일종으로 다루고 있다. 도깨비 대왕 '소'는 도깨비 설화 중 알려진 대왕인 '치우'를 모티프로 하고 있다. 그러나 씨름 도깨비면서도 요술방망이를 들고 다닌다거나, 외발 도깨비에다가 붉은 것(피와 팥)을 무서워하는 점. 사람들을 골탕 먹이며 까불기를 좋아하지만, 그래도 친하게 지내고 싶어 하는 약간은 무지한 멍청함과 순박함을 지닌 모습이 근엄한 대왕의 이미지보단 보편적인 한국 도깨비의 특징을 집산했다고 봐야겠다.

〈예그리나〉에서는 도깨비 소가 죽은 후, 소의 특성과 고도의 특성을 반반 물려받은 '몽당이'가 고도의 '사진검'을 선물받은 뒤 도깨비 왕국으로 돌아갈 것을 암시하고 있다. 고도와 떨어진 후 한동안 미호와 함께 동행하기도 했다. 미호가 자신의 고향이 점차 입지가 좁아지고 부족장인 아버지의 명에 따라 토월산을 버린 채 더 깊숙한 곳으로 옮겨가려 하자, 몽당이도 미호에게서 독립하여 도깨비 왕국이 있던 '한산뫼'로 갔을 것으로 예상한다. '한산뫼'의 도깨비 왕국은 아주 오랫동안 대왕을 잃은 채 살아갔기 때문에 힘이 약화되어 있을 것이다. 어쩌면 소의 오른팔이었던 도깨비 '비형랑'과 '길달이', 소의 친위부대였던 '독각부대'만 소수 남아 있을지도 모른다(비형랑 이야기는 신라시대

진지왕 때 귀신을 부리는 아이를 낳은 설화를 모티브로 했으며, 비형랑이 잡아들인 여우 귀신이 길달이다. 독각부대는 글쓴이가 지어 낸 허구의 군대이다). 새로운 임금을 모시게 된 비형랑과 길달이, 독각부대가 몽당이와 함께 도깨비 왕국을 재건했을지, 아니면 요괴의 세력이 약화되는 것만큼, 도깨비의 세력도 약화되는 것이 당연한 수순이라 새로운 방법으로 살길을 모색했을지는 모르겠다. 도깨비 왕국과 귀신의 이야기는 정말로 할 말이 많은데 다 풀지 못해서 아쉬울 따름이다.

바다는 서해바다와 동해바다에 각각 용왕을 두고 다스리는 나라가 있었지만, 시간이 지나면서 용왕 하나가 모든 바다를 아울러 다스리게 되었다. 현재 용왕은 조아반의 첫째 아들이자 청사의 큰형님이다. 고도의 사진검에 눈 한쪽을 찔려 애꾸가 되었고, 고도의 전처와 아이를 용궁으로 잡아가서 늙어 죽게 만든 장본인이기도 하다. 용궁은 인간계보다 지하계에 가깝다. 따라서 바다에서 죽은 넋은 땅 위에서 죽은 넋보다 쉽게 저승으로 인도될 수 있다고 한다.

지하계

저승을 다스리는 이는 염라대왕을 비롯한 열 명의 저승시왕들이다. 염라대왕은 이 시왕들의 대표격이며, 〈곡두기행〉에서는 이 염마가 '대별왕'과 '소별왕'의 보좌를 받고 있다고 상정하고 있다. 한국식 신화에 따르면 염라대왕은 저승시왕 중 하나일 뿐, 그보다 높은 급수에 대별왕과 소별왕을 두고 있지만, 〈곡두기행〉 세계관은 중국식 도교와 인도식 불교도 접목된 만큼 토속 신인 대별왕과 소별왕을 염라대왕과 동급으로 두었다. 이렇게 〈곡두기행〉 안에서는 격상된 염라대왕이 고도를 직접 처벌하기 위해 살생부를 챙기고, 수많은 저승차사들을 동원하여 고도를 때려잡으려 하지만, 고도의 도술이 워낙 출중하여 염마마저 속여 버리고 살생부에서 이름을 지운 것으로 유명하다.

저승의 직급은 다음과 같다.
a) 염라대왕–대별왕–소별왕
b) 저승 시왕 9명

c) 저승차사와 지옥의 문지기를 비롯한 시왕의 일꾼들

d) 저승의 주민들과 극락에서 살며 다음 생을 기다리는 영혼들

e) 인두조수를 비롯한 금수들

f) 지옥에서 죗값을 치르고 있는 죽은 자들

죽은 지 7일이 지나기 전에 저승차사나 바리데기의 안내를 받아 저승 입구에 다다르면 자신이 지은 죄를 따라 지옥, 극락, 천상으로 갈 수 있는 삼도천(삼색물)에 다다른다. 이곳 냇가엔 죄인들의 옷을 걸어 놓는 의령수와 그 의령수 밑을 지키는 현의옹과 탈의파가 있다. 천상으로 가는 죽은 자들은 오색찬란한 은하수 천궁길 물길을 호화스러운 배를 타고 옥황의 땅에 다다라서 천인으로 살아가게 된다. 극락에 가는 죽은 자들은 시간이 되면 다시 인간계로 회귀한다. 지옥에 가는 죽은 자들은 살아생전 지은 죄의 무게에 따라 처벌을 받고 죗값을 모두 치르면 극락에 가 인간으로 다시 태어나거나 금수로 태어날 수 있다. 고도의 전부인과 아이, 전왕前王은 극락에 있고, 강문보살과 아라한들은 지옥에 있다.

예그리나

초판 1쇄 발행   2017년 8월 31일

글 G바겐

발행인 원종우
발행처 이미지프레임

주소 (13814) 경기도 과천시 뒷골1로 6, 3층
영업부 02-3667-2653   **편집부** 02-3667-2654   **팩스** 02-3667-2655
메일 mm@imageframe.kr   **웹** mmnovel.com

ISBN 979-11-6085-326-1-03810 (예그리나)
979-11-6085-322-3-03810 (세트)